ELIZABETH GEORGE
Im Angesicht des Feindes

BUCH Die zehnjährige Charlotte ist spurlos verschwunden. Und sofort hat ihre Mutter, die konservative junge Politikerin Eve Bowen, einen Verdacht. Nur Dennis Luxford kommt für sie als Täter in Frage. Er ist der Chef einer berüchtigten Boulevardzeitung und der Vater ihrer unehelichen Tochter Charlotte, dem sie nach ihrer kurzen Affäre jeden Kontakt untersagt hatte. Eves Verdacht erhärtet sich noch, als Luxford einen Erpresserbrief erhält: Um Charlottes Leben zu retten, müsse er sich zu seiner Erstgeborenen bekennen, und zwar in seinem eigenen Blatt.

Für Eve Bowen scheint all dies ein abgekartetes Spiel zu sein, das ihre Karriere ruinieren und Luxford riesige Auflagen verschaffen soll. Rigoros lehnt sie jede Zusammenarbeit mit der Polizei ab und untersagt Luxford, der Forderung des Erpressers Folge zu leisten. Nach zähem Ringen einigen die beiden sich schließlich darauf, daß Luxford einen vertrauenswürdigen Bekannten, den Gerichtsmediziner Simon St. James, mit einer Art verdeckter Ermittlung betraut.

Erst als Charlotte tot aufgefunden wird, erfährt Inspector Lynley von dem Fall. Doch dann geschieht das Unfaßbare: Ein weiteres Kind wird entführt – Leo, Luxfords ehelicher Sohn. Und hinter Politaffären und Presseskandalen taucht endlich ein Geheimnis auf, das in den Untiefen der Vergangenheit nistet – in einer zutiefst verwirrten Seele.

AUTORIN Ebenso souverän wie spannungsgeladen kombiniert die Amerikanerin Elizabeth George in ihren Kriminalromanen psychologische Raffinesse mit einem unfehlbaren Sinn für Dramatik. Ihre »Fälle« sind stets detailgenaue Porträts unserer Zeit und ihrer Gesellschaft.

Die Autorin lebt in Huntington Beach, Kalifornien. Außer dem vorliegenden sind von ihr folgende Romane als Goldmann-Taschenbücher erschienen:

Asche zu Asche (43771)
Auf Ehre und Gewissen (41350)
Denn bitter ist der Tod (42960)
Denn keiner ist ohne Schuld (43577)
Gott schütze dieses Haus (9918)
Keiner werfe den ersten Stein (42203)
Mein ist die Rache (42798)

ELIZABETH GEORGE

Im Angesicht des Feindes

Roman

Aus dem Amerikanischen
von Mechtild Sandberg-Ciletti

GOLDMANN

Ungekürzte Ausgabe

Titel der Originalausgabe: In the Presence of the Enemy
Originalverlag: Bantam Books, a division of Bantam Doubleday Dell
Publishing Group, Inc., New York

Umwelthinweis:
Alle bedruckten Materialien
dieses Taschenbuches
sind chlorfrei und umweltschonend.

Der Goldmann Verlag
ist ein Unternehmen der Verlagsgruppe Bertelsmann GmbH.

Genehmigte Taschenbuchausgabe Oktober 1999

Umschlagentwurf: Design Team München
Umschlagfoto: Imagine
Verlagsnummer: 44493
Made in Germany

ISBN 3-442-44493-4

Zum Gedenken an Freddie La Chapelle
1948–1994
Ich schenke dir Unsterblichkeit
auf die einzige bescheidene Weise,
die mir zu Gebote steht.
Geh mit Gott, mein lieber Freddie.

Denn weder Mensch noch Engel auch vermag
Die Heuchelei mit hellem Blick zu schauen,
Das einz'ge Laster, das nur Gott allein
  Erkennen kann –

John Milton, *Das verlorene Paradies*

Erster Teil

1

Charlotte Bowen dachte, sie sei tot. Sie öffnete die Augen in Kälte und Dunkelheit. Die Kälte war unter ihr und fühlte sich an wie die Erde in der Gartenurne ihrer Mutter, in der sich unter dem unablässigen Tropfen des Wasserhahns außen am Haus eine feuchte Stelle gebildet hatte, die grün war und muffig roch. Die Dunkelheit war überall. Drückend wie eine schwere Decke lag die Schwärze auf ihr, und sie kämpfte mit den Augen gegen sie an, um aus dem endlosen Nichts eine Form herauszuschälen, die ihr sagen würde, daß sie nicht in einem Grab lag. Anfangs rührte sie sich nicht. Sie streckte weder Finger noch Zehen aus, weil sie die Wände des Sarges nicht fühlen wollte, weil sie nicht wissen wollte, daß der Tod *so* war, während sie doch geglaubt hatte, er käme mit Heiligen und Sonnenglanz und schaukelnden und harfespielenden Engeln.

Sie lauschte angespannt, hörte jedoch keinen Laut. Sie schnupperte, aber es war nichts zu riechen außer dem Moder feuchter alter Mauern. Sie schluckte und nahm das flüchtige Aroma von Apfelsaft wahr. Der Nachgeschmack reichte, um die Erinnerung zu wecken.

Ja, er hatte ihr Apfelsaft gegeben. Er hatte ihr eine Flasche gereicht, mit aufgeschraubtem Deckel und feucht glänzenden Tröpfchen auf dem Glas. Er hatte gelächelt und einmal kurz ihre Schulter getätschelt. »Du brauchst keine Angst zu haben, Lottie«, hatte er gesagt. »Das würde deine Mama nicht wollen.«

Mama. Sie war es, um die es ging. Aber wo war sie? Was war mit ihr geschehen? Und Lottie? Was war mit Lottie geschehen?

»Es hat einen Unfall gegeben«, hatte er gesagt. »Ich soll dich zu deiner Mama bringen.«

»Wohin?« hatte sie gefragt. »Wo ist Mama?« Und dann, lauter, weil sich ihr Magen plötzlich ängstlich verkrampft hatte und ihr die Art, wie er sie ansah, gar nicht gefallen hatte:

»Sagen Sie mir, wo meine Mama ist. Sagen Sie es mir. Auf der Stelle!«

»Ist ja gut«, hatte er hastig versichert und sich dabei umgesehen. Genau wie ihrer Mama war ihr lautes Benehmen auch ihm peinlich. »Beruhig dich, Lottie. Sie ist in einem Gästehaus der Regierung. Du weißt doch, was das ist?«

Charlotte hatte den Kopf geschüttelt. Sie war ja erst zehn Jahre alt und hatte wenig Ahnung, was die Regierung eigentlich tat. Für sie bedeutete »in der Regierung sein« nur, daß ihre Mutter jeden Morgen vor sieben aus dem Haus ging und meistens erst nach Hause kam, wenn sie selbst längst schlief. Ihre Mutter fuhr in ihr Büro am Parliament Square. Sie ging zu Besprechungen im Innenministerium. Sie ging ins Unterhaus. Freitag nachmittags hielt sie Sprechstunde für ihren Wahlbezirk in Marylebone, während Lottie, in ein Zimmer mit gelben Wänden abgeschoben, in dem gewöhnlich der Exekutivausschuß des Wahlbezirks tagte, ihre Schularbeiten machte.

»Benimm dich«, pflegte ihre Mutter zu sagen, wenn Charlotte am Freitagnachmittag nach der Schule eintraf, und mit vielsagender Kopfbewegung auf das gelbe Zimmer zu weisen. »Ich möchte keinen Mucks von dir hören, solange wir hier sind, verstanden?«

»Ja, Mama.«

Darauf pflegte ihre Mutter zu lächeln und zu sagen: »Schön, jetzt gib mir einen Kuß und drück mich einmal ganz fest.« Ihr Gespräch mit dem Gemeindepfarrer oder dem Pakistani aus dem Lebensmittelgeschäft in der Edgware Road oder dem Grundschullehrer oder jedem anderen, der gerade zehn Minuten der kostbaren Zeit seiner Abgeordneten für sich abzweigen wollte, unterbrechend, drückte sie Lottie in einer steifen, schmerzhaften Umarmung an sich, gab ihr einen Klaps auf den Po und sagte: »Ab mit dir.« Dann wandte sie sich mit einem Lächeln – »Kinder!« – wieder ihrem Gesprächspartner zu.

Die Freitage waren die schönsten Tage. Nach der Sprechstunde fuhr Lottie mit ihrer Mutter zusammen nach Hause und erzählte ihr, was sie die Woche über getrieben hatte. Ihre

Mutter hörte zu. Sie pflegte zu nicken, Lottie ab und zu das Knie zu tätscheln, dabei aber, knapp am Kopf des Chauffeurs vorbei, unverwandt zur Straße hinauszublicken.

»Mama«, sagte Lottie dann wohl nach einer Weile mit einem gequälten Seufzer, weil es ihr nicht gelang, die Aufmerksamkeit ihrer Mutter von der Marylebone High Street auf sich selbst zu lenken. Mama brauchte doch gar nicht auf die Straße zu schauen. Sie fuhr doch gar nicht selbst. »Ich *rede* mit dir. Wonach schaust du dauernd?«

»Ich gebe Obacht, Charlotte. Und ich würde dir raten, das auch zu tun.«

Aber anscheinend hatte sie nicht genug Obacht gegeben. Doch ein Gästehaus in der Regierung? Was war das? So was wie ein Ferienhaus?

»Fahren wir jetzt zu dem Gästehaus?« Lottie hatte den Apfelsaft schnell hinuntergespült. Er schmeckte ein bißchen merkwürdig – gar nicht richtig süß –, aber sie trank ihn, weil sie wußte, daß es unhöflich gewesen wäre, einem Erwachsenen gegenüber undankbar zu erscheinen.

»Ja, da fahren wir jetzt hin«, hatte er gesagt. »Deine Mama wartet dort.«

Das war alles, woran sie sich mit Klarheit erinnern konnte. Danach war alles verschwommen. Die Augen waren ihr schwer geworden, während sie durch London fuhren, und innerhalb von Minuten, wie ihr schien, war sie nicht mehr fähig gewesen, ihren Kopf hochzuhalten. Undeutlich meinte sie sich erinnern zu können, daß jemand in freundlichem Ton gesagt hatte: »So ist es recht, Lottie. Mach ein kleines Nickerchen« und eine Hand ihr behutsam die Brille abgenommen hatte.

Als ihr das einfiel, schob Lottie in der Dunkelheit ihre Hände zu ihrem Gesicht hinauf, die Arme dabei so dicht wie möglich an ihren Körper gedrückt, damit sie nicht die Wände des Sarges streiften, in dem sie lag. Ihre Finger berührten ihr Kinn und kletterten langsam ihre Wangen hinauf. Sie tasteten sich zu ihrem Nasenrücken. Ihre Brille war weg.

Das machte in der Dunkelheit natürlich nichts. Aber wenn

das Licht anging ... Doch wie sollte in einem Sarg Licht angehen?

Lottie holte einmal vorsichtig Luft. Dann noch einmal. Und noch einmal. Wieviel Luft? dachte sie. Wie lange, ehe ... Und warum? Warum?

Die Kehle wurde ihr eng, und in ihrer Brust stieg es heiß auf. Ihre Augen brannten. Ich darf nicht weinen, dachte sie, nur nicht weinen. Keiner darf sehen ... Aber hier konnte man ja nichts sehen. Hier war nichts als undurchdringliches Schwarz auf Schwarz. Das ihr die Kehle zudrückte, es in der Brust heiß aufsteigen ließ und die Augen brennen machte. Nicht weinen, dachte Lottie. Bloß nicht weinen.

Rodney Aronson lehnte sich mit seinem Pferdehintern an das Fensterbrett im Büro des Chefredakteurs. Er spürte, wie sich die Lamellen der alten Sonnenjalousie in seinen Rücken drückten, während er aus einer Tasche seiner Safarijacke den Rest Nußschokolade herauskramte, den er sich aufgehoben hatte, und ihn mit der Hingabe eines Paläontologen, der gewissenhaft jedes Bröckchen Erde von den ausgegrabenen Überresten eines prähistorischen Menschen entfernt, aus der Silberfolie schälte.

Drüben, am Konferenztisch, saß locker und entspannt Dennis Luxford im Hochsitz, wie Rodney den Chefsessel zu nennen pflegte. Mit einem breiten Lächeln, das sein Koboldgesicht zu einem Dreieck verzog, hörte sich der Chefredakteur den letzten Bericht des Tages über die Strichjungen-Sause an, wie die Fleet Street den Vorgang in der letzten Woche getauft hatte. Der Bericht wurde vom besten Reporter ihrer Zeitung *The Source* mit beträchtlichem Feuer vorgetragen. Mitchell Corsico war dreiundzwanzig Jahre alt, ein junger Mann mit einer närrischen Vorliebe für Cowboykleidung, der über den Instinkt eines Bluthunds und die Sensibilität eines Barrakudas verfügte. Er war genau der Mann, den sie in dem gegenwärtigen, von parlamentarischen Seitensprüngen, öffentlicher Entrüstung und Sexskandalen angereicherten Klima brauchten.

»In seiner Erklärung von heute nachmittag«, sagte Corsico gerade, »hat unser hochgeschätzter Herr Abgeordneter von East Norfolk behauptet, seine Wählerschaft stehe wie ein Mann hinter ihm. Er sei unschuldig, solange seine Schuld nicht erwiesen sei, et cetera und tralala. Der loyale Parteivorsitzende versichert, der ganze Aufruhr sei allein die Schuld der Sensationspresse, die wieder einmal versuche, der Regierung das Wasser abzugraben.« Corsico blätterte auf der Suche nach dem dazugehörigen Zitat in seinen Notizen. Nachdem er es gefunden hatte, schob er seinen geliebten Stetson auf den Hinterkopf, warf sich in Pose und zitierte: »›Es ist kein Geheimnis, daß die Medien entschlossen sind, die Regierung zu stürzen. Die Strichjungen-Affäre ist lediglich ein weiterer Versuch, die Richtung der parlamentarischen Auseinandersetzung zu bestimmen. Aber wenn die Medien im Sinn haben sollten, die Regierung zu vernichten, werden sie auf würdige Gegner treffen, die, sei es nun in der Downing Street, in Whitehall oder in Westminster, nur darauf warten, den Kampf aufzunehmen.‹« Corsico klappte seinen Block zu und schob ihn in die Hüfttasche seiner abgetragenen Jeans. »Nobel geht die Welt zugrunde«, sagte er abschließend.

Luxford kippte seinen Sessel nach hinten und faltete seine Hände auf seinem beneidenswert flachen Bauch. Sechsundvierzig Jahre alt, mit dem Körper eines jungen Mannes und vollem aschblondem Haar dazu. Man sollte ihn abmurksen, dachte Rodney finster. Es wäre eine Erlösung für seine Mitarbeiter im allgemeinen und Rodney im besonderen, aus seinem eleganten Schatten heraustreten zu können.

»Wir brauchen die Regierung gar nicht zu stürzen«, sagte Luxford. »Wir brauchen nur in aller Ruhe zuzusehen, wie sie sich selbst den Garaus macht.« Zerstreut spielte er an seinen Hosenträgern aus Paisleyseide. »Hält Mr. Larnsey immer noch an seiner ursprünglichen Geschichte fest?«

»Wie ein Klammeraffe«, sagte Corsico. »Unser ehrenwerter Herr Abgeordneter von East Norfolk hat sein früheres Statement über das, wie er es nennt, ›unglückselige Mißverständnis, das daraus entstand, daß ich letzten Donnerstagabend in einem Auto hinter dem Bahnhof Paddington saß‹, noch einmal bekräftigt. Er habe Informationen für den Ausschuß für Drogenmißbrauch und Prostitution gesammelt, behauptet er.«

»Gibt es denn einen Ausschuß für Drogenmißbrauch und Prostitution?« fragte Luxford.

»Wenn nicht, können Sie sich darauf verlassen, daß die Regierung *sofort* einen einsetzen wird.«

Luxford verschränkte seine Hände im Nacken und kippte seinen Sessel noch eine Spur weiter zurück. Er hätte nicht zufriedener aussehen können über die Entwicklung der Dinge. In der laufenden Regierungsperiode der Konservativen hatten die Sensationsblätter des Landes bereits alle möglichen Geschichten aufgedeckt: von Abgeordneten, die Geliebte hatten, die uneheliche Kinder hatten, die mit Callgirls verkehrten, die autoerotischen Neigungen frönten, die zwielichtige Immobiliengeschäfte machten, die fragwürdige Verbindungen zur Industrie unterhielten. Dies jedoch war eine Premiere: ein konservativer Abgeordneter, der so *in flagranti* wie überhaupt möglich ertappt worden war – in inniger Umarmung mit einem sechzehnjährigen Strichjungen hinter dem Bahnhof Paddington. Das war der Stoff, aus dem Auflagenträume gemacht waren, und Rodney sah Luxford an, daß er im Geist schon die nächste Gehaltserhöhung ausrechnete, die man ihm wahrscheinlich geben würde, wenn die Bücher abgeschlossen und der Gewinn eingestrichen war. Der gegenwärtige Lauf der Ereignisse machte es ihm leicht, sein Versprechen, die *Source* zum meistgelesenen Blatt des Landes zu machen, zu erfüllen. Der verdammte Kerl hatte wirklich Schwein. Aber nach Rodneys Meinung war er nicht der einzige Journalist in London, der das Talent besaß, eine unerwartete Gelegenheit beim Schlafittchen zu packen wie der Jagdhund den Hasen und einen Knüller aus ihr herauszuschlagen. Er war weiß Gott nicht der einzige Krieger der Fleet Street.

»In spätestens drei Tagen läßt der Premierminister ihn fallen«, prophezeite Luxford. Er warf Rodney einen Blick zu. »Was meinen Sie?«

»Ich würde sagen, drei Tage sind ein bißchen lang, Den.« Rodney grinste im stillen über Luxfords Gesicht. Der Chefredakteur haßte es, wenn man seinen Namen abkürzte.

Luxford bedachte Rodneys Antwort mit zusammengekniffenen Augen. Kein Dummkopf, unser guter Dennis, dachte Rodney. Aber er hätte es ja auch nicht so weit gebracht, wenn er sich der in seinem Rücken gezückten Dolche nicht stets bewußt gewesen wäre.

Luxford wandte seine Aufmerksamkeit wieder Corsico zu. »Was gibt's sonst noch?«

Corsico hakte die einzelnen Punkte an seinen Fingern ab. »Larnseys Frau hat gestern erklärt, sie stehe voll hinter ihrem Mann. Ich habe aber aus guter Quelle gehört, daß sie heute abend aus der gemeinsamen Wohnung auszieht. Dafür brauche ich einen Fotografen.«

»Rod wird sich darum kümmern«, sagte Luxford ohne einen weiteren Blick zu Rodney. »Weiter?«

»Die Konservativen von East Norfolk treffen sich heute abend, um die ›politische Lebensfähigkeit‹ ihres Abgeordneten zu erörtern. Ich habe einen Anruf von einem Insider bekommen, der sagt, daß man Larnsey um den Rücktritt bitten wird.«

»Sonst noch etwas?«

»Wir warten auf einen Kommentar des Premierministers. Ach ja. Eins noch. Ein anonymer Anruf. Angeblich hätte Larnsey schon immer ein Faible für halbwüchsige Knaben gehabt, auch schon in der Schule. Die Ehefrau sei vom Tag der Hochzeit an nur Fassade gewesen.«

»Was ist mit dem Strichjungen?«

»Der hält sich im Moment versteckt. In der Wohnung seiner Eltern in South Lambeth.«

»Wird er reden? Kann man von den Eltern etwas erwarten?«

»Daran arbeite ich noch.«

Luxford senkte seinen Sessel nach vorn. »Gut dann«, sagte

er und fügte mit seinem dreieckigen Lächeln hinzu: »Machen Sie weiter so, Mitch.«

Corsico tippte kurz an seinen Stetson und ging zur Tür, durch die in diesem Moment Luxfords Sekretärin eintrat, eine Frau von sechzig Jahren, die mit zwei Briefstapeln zum Konferenztisch ging. Stapel eins bestand aus geöffneten Briefen und wurde links vom Chefredakteur deponiert. Stapel zwei enthielt ungeöffnete Briefe mit dem Vermerk *Vertraulich* oder *Persönlich* und wanderte auf Luxfords rechte Seite. Dann holte die Sekretärin den Brieföffner aus dem Schreibtisch ihres Chefs und legte ihn genau fünf Zentimeter von den ungeöffneten Briefen entfernt auf den Tisch. Sie brachte den Papierkorb und stellte ihn neben Luxfords Sessel. »Sonst noch etwas, Mr. Luxford?« fragte sie ehrerbietig wie jeden Abend, bevor sie ging. Ein Flötensolo, Miß Wallace, antwortete Rodney im stillen. Auf die Knie, Weib! Und stöhnen Sie gefälligst dabei. Er mußte unwillkürlich lachen bei der Vorstellung, wie Miß Wallace – wie immer in Tweedrock, Twinset und Perlenkette – zwischen Luxfords Schenkeln kniete. Um seine Erheiterung zu verbergen, senkte er hastig den Kopf und betrachtete den Überrest seiner Schokolade.

Luxford war dabei, die ungeöffneten Briefe durchzusehen. »Rufen Sie meine Frau an, bevor Sie gehen«, sagte er zu seiner Sekretärin. »Ich werde wahrscheinlich spätestens um acht zu Hause sein.«

Miß Wallace nickte und marschierte in ihren soliden Schuhen mit den Kreppsohlen lautlos zur Tür. Zum erstenmal an diesem Tag allein mit dem Chefredakteur, rutschte Rodney vom Fensterbrett, als Luxford nach dem Brieföffner griff und sich die Korrespondenz zu seiner Rechten vornahm. Rodney hatte Luxfords Vorliebe, an ihn persönlich gerichtete Briefe eigenhändig zu öffnen, nie verstehen können. In Anbetracht der politischen Richtung der Zeitung – so weit links von der Mitte wie möglich, ohne rot oder kommunistisch genannt oder mit einem weitaus unliebenswürdigeren Etikett versehen werden zu können – konnte ein mit *persönlich* gekennzeichneter

Brief leicht eine Bombe enthalten. Da wäre es doch klüger, ein Fingerchen oder Äuglein von Miß Wallace zu riskieren, anstatt sich selbst einem Verrückten als Zielscheibe anzubieten. Aber Luxford war natürlich nicht gewillt, es so zu sehen. Nicht, daß er sich Miß Wallaces wegen Sorgen gemacht hätte. Vielmehr pflegte er zu erklären, es sei die Aufgabe des Chefredakteurs einer Zeitung, höchstpersönlich das Ohr am Puls der Öffentlichkeit zu haben. *The Source,* pflegte er zu erklären, würde die begehrte Spitzenreiterposition im Kampf um die Auflagenzahlen ganz sicher nicht erreichen, wenn der Chefredakteur seine Truppen von der Etappe aus dirigierte. Kein Chefredakteur, der sein Geld wert sei, verliere je den Kontakt zu seiner Leserschaft.

Rodney beobachtete Luxford bei der Lektüre des ersten Briefes. Der prustete verächtlich, knüllte das Blatt zusammen und warf es in den Papierkorb. Er öffnete das zweite Schreiben und überflog es. Mit einem leisen Lachen sandte er es dem ersten nach. Er hatte den dritten, vierten und fünften Brief gelesen und war dabei, den sechsten zu öffnen, als er in zerstreutem Ton, der, wie Rodney wußte, beabsichtigt war, sagte: »Ja, Rod? Haben Sie etwas auf dem Herzen?«

Was Rodney auf dem Herzen hatte, war die Wut darüber, daß man ihn um den Posten gebracht hatte, den Luxford nun innehatte: Herr der Mächtigen, Imprimatur-Geber, Erster vom Dienst, Obermacker, kurz: der ehrwürdige Chefredakteur der *Source.* Man hatte ihm vor sechs Monaten die sauer verdiente Beförderung versagt und Luxford vorgezogen. Ihm fehlten »die erforderlichen Instinkte«, um bei der *Source* jene Veränderungen vorzunehmen, die das Blatt auf Erfolgskurs bringen würde, hatte der schweinsköpfige Aufsichtsratsvorsitzende ihm mit sonorer Stimme erklärt. »Was für Instinkte?« hatte er höflich gefragt. »Die Killerinstinkte«, hatte der Mann erwidert. »Luxford besitzt sie im Übermaß. Sie brauchen sich nur anzusehen, was er für den *Globe* getan hat.«

Gewiß, er hatte den *Globe,* ein Blatt, das sich nur noch müde mit Filmklatsch und schwülstigen Geschichten über die königliche Familie dahinschleppte, zur meistgelesenen Zeitung des Landes gemacht. Aber er hatte es nicht getan, indem er das Niveau anhob. Dazu hatte er, wie schon gesagt, das Ohr zu dicht am Puls der Öffentlichkeit. Er hatte es getan, indem er an die niedrigen Instinkte der Leser appellierte. Und wie damals beim *Globe* bot er ihnen auch jetzt ein tägliches Menü aus Skandalgeschichten, von den sexuellen Eskapaden diverser Politiker bis zur Heuchelei in der anglikanischen Kirche, die er mit Berichten über die scheinbare und höchst seltene Ritterlichkeit des kleinen Mannes würzte. Das Resultat war ein echter Festschmaus für Luxfords Leser, die jeden Morgen millionenfach ihre fünfunddreißig Pence auf den Tisch legten, als wäre es der Chefredakteur der *Source* allein – und nicht auch sein Mitarbeiterstab, nicht auch Rodney Aronson, der genauso auf Draht war und fünf Jahre mehr Erfahrung hatte als Luxford –, der den Schlüssel zu ihrer Seligkeit in der Hand hielt. Und während der Schlaumeier sich in seinem Erfolg sonnte, plagten sich die übrigen Londoner Blätter damit ab, Schritt zu halten. Alle gemeinsam drehten sie der Regierung eine lange Nase und sagten: »Leckt uns doch mal hochachtungsvoll am Arsch«, wenn diese wieder einmal drohte, ihnen irgendwelche Kontrollen aufzuzwingen. Auf die Stimme des Volkes konnte man sich in Westminster nicht mehr stützen, solange die Presse den Premierminister jedesmal runterputzte, wenn ein konservativer Abgeordneter sein Teil dazu beitrug, die, wie sich immer deutlicher zu zeigen schien, grundlegende Heuchelei der Tories offenkundig zu machen.

Nicht, daß Rodney Aronson es als schmerzlich empfunden hätte, das Schifflein der Konservativen sinken zu sehen. Er hatte, seit er zum erstenmal zur Wahl gegangen war, stets Labour gewählt oder schlimmstenfalls die Liberalen. Den Gedanken, daß die Labour-Partei vom derzeitigen Klima politischer Unruhe profitieren könnte, fand er äußerst befriedigend. Unter anderen Umständen hätte Rodney also das tägliche Spektakel von Pressekonferenzen, empörten Telefonanrufen, Forderungen nach einer Sonderwahl und Unkenrufen über den Ausgang der in den nächsten Wochen anstehenden Kommunalwahlen genießen können. Unter den gegebenen Umständen jedoch, mit Luxford am Ruder, wo er wahrscheinlich auf unabsehbare Zeit bleiben und Rodneys eigenen Aufstieg verhindern würde, verspürte Rodney nur Wut. Er versuchte sich einzureden, sein Zorn komme nur daher, daß er der bessere Journalist sei. In Wahrheit war er eifersüchtig.

Er war seit seinem sechzehnten Lebensjahr bei der *Source,* hatte sich vom Laufjungen zu seiner gegenwärtigen Stellung als stellvertretender Chefredakteur dank reiner Willenskraft, Charakterstärke und Begabung hochgearbeitet. Die Spitzenposition stand ihm zu, und alle wußten es. Auch Luxford. Genau das war der Grund, weshalb ihn der Chefredakteur jetzt so scharf beobachtete und ihm, Fuchs, der er war, die Gedanken vom Gesicht ablas, während er auf eine Antwort wartete. Ihnen fehlt der Killerinstinkt, hatte man ihm gesagt. Ja. Gut. Sie würden die Wahrheit noch bald genug erkennen.

»Haben Sie noch was auf dem Herzen, Rod?« wiederholte Luxford, ehe er wieder auf seinen Briefstapel hinuntersah.

Ja, deinen Job, dachte Rodney. Doch er sagte: »Diese Strichergeschichte – ich denke, es wäre besser, da eine Pause einzulegen.«

»Warum?«

»Sie wird schal. Wir bringen die Sache seit Freitag als Aufmacher. Gestern und heute war es nicht mehr als Aufgewärmtes von Sonntag und Montag. Ich weiß, daß Mitch Corsico neuen Entwicklungen auf der Fährte ist, aber solange er die nicht hat, sollten wir eine Kampfpause einlegen, finde ich.«

Luxford legte Brief Nummer sechs auf die Seite und strich die überlangen Koteletten, die seine persönliche Note waren; eine Geste, die, wie Rodney wußte, ausdrücken sollte: »Chef denkt über die Meinung eines Untergebenen nach«. Dann nahm er Brief Nummer sieben und schob den Brieföffner unter die Klappe des Kuverts. In dieser Pose verharrte er, während er antwortete.

»Die Regierung hat sich selbst in diese Situation gebracht.

Der Premierminister hat uns seine ›Rückbesinnung auf britische Grundwerte‹ als Teil des Parteiprogramms beschert, richtig? Das ist gerade mal zwei Jahre her. Wir fühlen den Tories nur auf den Zahn, um herauszufinden, was diese Rückbesinnung auf britische Grundwerte ihnen wirklich bedeutet. Die einfachen Leute glauben alle, damit sei eine Rückkehr zu menschlicher Anständigkeit und dem Abspielen der Nationalhymne nach dem Kino gemeint. Unsere Herren und Damen Abgeordneten sehen es offenbar anders.«

»Das ist richtig«, pflichtete Rodney bei. »Aber soll es denn aussehen, als wollten wir die Regierung mit einer unendlichen Geschichte darüber zu Fall bringen, was ein schwachsinniger Abgeordneter in seiner Freizeit mit seinem Schwanz treibt? Zum Teufel, wir haben genug andere Munition, die wir gegen die Tories einsetzen können. Warum greifen wir also nicht –«

»Sollten Sie in elfter Stunde moralische Skrupel entwikkeln?« Luxford zog spöttisch eine Augenbraue hoch und wandte sich wieder seinem Brief zu. Er schlitzte den Umschlag auf und zog das gefaltete Blatt Papier heraus. »Das hätte ich Ihnen nicht zugetraut, Rod.«

Rodney bekam heiße Wangen. »Ich sage ja nur, wenn wir die Regierung mit schwerer Artillerie unter Beschuß nehmen wollen, dann sollten wir vielleicht darüber nachdenken, ob wir das Feuer nicht auf wesentlichere Ziele als auf kleine Abgeordnete und ihr Freizeitvergnügen richten wollen. Das tut die Presse doch seit Jahren, und was haben wir damit erreicht? Die Kerle sind immer noch an der Macht.«

»Ich denke, unsere Leser sind der Meinung, daß ihren Interessen wohl gedient ist. Wie hoch, sagten Sie, waren unsere letzten Auflagenzahlen?« Das war Luxfords alter Trick. Er stellte solche Fragen nie, ohne die Antwort bereits zu wissen. Wie um das zu betonen, richtete er seine Aufmerksamkeit wieder auf das Schreiben in seiner Hand.

»Ich sage ja gar nicht, daß wir diese außerehelichen Sexspielchen ignorieren sollen. Ich weiß, daß das unser tägliches Brot ist. Aber wenn wir die Geschichte so drehen, daß es aussieht, als hätte die Regierung...« Rodney merkte, daß Luxford gar nicht zuhörte. Vielmehr blickte er stirnrunzelnd auf den Brief in seiner Hand. Wieder strich er über seine Koteletten, aber diesmal war es keine leere Geste, diesmal war die Nachdenklichkeit echt. Rodney war sicher. Er sagte mit steigender Hoffnung, die er sich bemühte nicht zu zeigen: »Ist was, Den?«

Luxford knüllte den Brief in seiner Hand zusammen. »Quatsch«, sagte er und warf das Papier zu den anderen in den Korb. Er griff nach dem nächsten Brief und schlitzte ihn auf. »So ein absoluter Bockmist«, sagte er. »Die große hirnlose Masse spricht.« Er überflog das nächste Schreiben und sagte dann zu Rodney: »Das ist der Punkt, in dem wir uns unterscheiden. Sie betrachten unsere Leser anscheinend als erziehbar, Rod. Während ich sie so sehe, wie sie sind. Das große Heer der Ungewaschenen und Unbelesenen. Denen man ihre Meinung füttern muß wie lauwarmen Haferbrei.« Luxford schob seinen Sessel vom Tisch weg. »Gibt es heute abend sonst noch was? Ich habe nämlich noch einen Haufen Anrufe zu erledigen, und zu Hause wartet eine Familie auf mich.«

Ja, es gibt noch was, dachte Rodney. Deinen Job. Der mir zusteht, nachdem ich diesem verdammten Käseblatt zweiundzwanzig Jahre lang die Treue gehalten habe. Laut sagte er: »Nein, Den, nichts. Jedenfalls im Moment nicht.«

Er ließ sein Schokoladenpapier zwischen die weggeworfenen Briefe des Chefredakteurs fallen und ging zur Tür.

»Rod«, sagte Luxford, als er sie aufzog. Und als er sich umdrehte: »Sie haben Schokolade am Bart.«

Luxford lächelte, als Rodney hinausging.

Doch das Lächeln erlosch, sobald der andere verschwunden war. Dennis Luxford drehte seinen Sessel zum Papierkorb. Er zog den Brief heraus. Er glättete ihn auf dem Konferenztisch und las ihn von neuem. Er bestand nur aus der Anrede und einem einzigen Satz, und er hatte nichts mit Strichjungen, Autos oder dem Abgeordneten Sinclair Larnsey zu tun.

›*Luxford* –

Verwenden Sie die Titelseite, um Ihr erstgeborenes Kind anzuerkennen, und Charlotte wird freigelassen.‹

Luxford starrte auf das Blatt hinunter. Das Pochen seines Blutes klang ihm hell und schnell in den Ohren. Rasch erwog er eine Handvoll Möglichkeiten, wer der Absender sein könnte, doch sie waren alle so unwahrscheinlich, daß er nur eine einzige, simple Lösung sah: Der Brief mußte ein Bluff sein. Dennoch griff er, vorsichtig, um die Reihenfolge, in der er die Korrespondenz weggeworfen hatte, nicht durcheinanderzubringen, in den Papierkorb und fischte den Umschlag heraus, der das Schreiben enthalten hatte. Ein Teil des kreisrunden Poststempels neben der Briefmarke, ein Viertel etwa, fehlte. Er war blaß, doch immerhin so deutlich, daß Luxford erkennen konnte, daß der Brief in London aufgegeben worden war.

Luxford lehnte sich in seinem Sessel zurück und las die ersten neun Wörter noch einmal. ›Verwenden Sie die Titelseite, um Ihr erstgeborenes Kind anzuerkennen.‹ Charlotte, dachte er.

Seit zehn Jahren gestattete er sich höchstens einmal im Monat, an Charlotte zu denken, sich eine Viertelstunde lang zu der Vaterschaft zu bekennen, die er vor aller Welt erfolgreich geheimgehalten hatte. Den Rest der Zeit verdrängte er die Existenz des Kindes aus seiner Erinnerung. Nie hatte er mit einem Menschen über es gesprochen. Manchmal schaffte er es sogar, völlig zu vergessen, daß er mehr als ein Kind hatte.

Er nahm Brief und Umschlag und ging damit zum Fenster. Schweigend sah er zur Farrington Street hinunter, von der gedämpfter Verkehrslärm heraufdrang.

Jemand, den er kannte, jemand aus seiner nächsten Nähe, aus der Fleet Street vielleicht oder aus Wapping oder aus dem gigantischen Glasturm drüben auf der Isle of Dogs, wartete nur darauf, daß er einen falschen Schritt tun würde. Jemand da draußen, der aus Erfahrung wußte, wie eine Story, die mit den aktuellen Ereignissen überhaupt nichts zu tun hatte, sich in der Presse aufblähen und die Gier der Öffentlichkeit nach einem spektakulären Sündenfall wachkitzeln konnte, rechnete damit, daß er in Reaktion auf diesen Brief unüberlegt eine Spur legen und dadurch eine Verbindung zwischen sich und Charlottes Mutter herstellen würde. Und sobald das geschehen war, würde die Presse zuschlagen. Ein Blatt würde die Geschichte aufdecken. Die anderen würden folgen. Und Charlottes Mutter und er würden für ihren Fehltritt bezahlen. Sie würde mit öffentlicher Brandmarkung und politischer Entmachtung bestraft werden. Er durch einen Verlust mehr persönlicher Natur.

Mit einer gewissen bitteren Belustigung vermerkte er, wie er da mit seinen eigenen Waffen angegriffen wurde. Wäre nicht gewiß gewesen, daß der Regierung weitaus mehr Schaden drohte als ihm selbst, wenn die Wahrheit über Charlotte publik wurde, so hätte Luxford vermutet, daß ihm der Brief aus der Downing Street Nummer zehn zugesandt worden war, etwa nach dem Motto, wie du mir, so ich dir. Doch die Regierung hatte mindestens genausoviel Interesse daran, die Wahrheit über Charlotte ruhen zu lassen, wie er selbst. Und wenn die Regierung nichts mit diesem Schreiben und der versteckten Drohung, die es enthielt, zu tun hatte, dann mußte irgendein anderer Feind dahinterstecken.

Und Feinde gab es wie Sand am Meer. Aus jedem Lebensbereich. Feinde, die begierig warteten. Die hofften, daß er sich verraten würde.

Dennis Luxford war zu geübt in der Kunst, den Konkurrenten immer um eine journalistische Nasenlänge voraus zu sein, um einen falschen Schritt zu tun. Eben weil er mit den Methoden der Presse, der Wahrheit auf den Grund zu gehen, bestens vertraut war, hatte er es geschafft, die Talfahrt der *Source* zu bremsen und das Steuer herumzureißen. Er beschloß darum, den Brief wegzuwerfen und zu vergessen. Sollten seine Feinde sehen, was sie damit anfangen konnten. Und wenn er einen zweiten erhalten sollte, würde auch der in den Papierkorb wandern.

Er knüllte das Schreiben ein zweites Mal zusammen und

ging vom Fenster weg, um das Papier zu den anderen zu werfen. Doch da fiel sein Blick auf die Korrespondenz, die bereits geöffnet auf dem Konferenztisch lag. Was, wenn tatsächlich ein weiterer Brief eintreffen würde, diesmal nicht ausdrücklich an ihn persönlich gerichtet, sondern ohne Vermerk auf dem Umschlag, so daß jeder ihn öffnen konnte, oder mit dem Namen Mitch Corsico oder eines der anderen Reporter versehen, die derzeit das Lotterleben der Politiker unter die Lupe nahmen? Der Brief würde in diesem Fall gewiß nicht so verschlüsselt formuliert sein. Er würde Namen, Daten und Ortsangaben enthalten, und was als Bluff begonnen hatte, würde sich zu einem vielstimmigen Schrei nach der Wahrheit auswachsen.

Das konnte er verhindern. Es bedurfte nur eines Anrufs und einer Antwort auf die einzige Frage, die im Moment zählte: Hast du es jemandem gesagt, Eve? Irgend jemandem? Irgendwann während der letzten zehn Jahre? Über uns? Hast du es jemandem erzählt?

Wenn sie es nicht getan hatte, war der Brief nichts als ein Versuch, ihn zu erschrecken. Das war leicht wegzustecken. Wenn doch, mußte sie erfahren, daß ihnen beiden eine Belagerung mit schwerem Geschütz bevorstand.

2

Nachdem Deborah St. James ihr Publikum gebührend vorbereitet hatte, legte sie drei große Schwarzweißfotografien auf einen der Arbeitstische im Labor ihres Mannes. Sie stellte die Leuchtstofflampen ein und trat zurück, um das Urteil ihres Mannes und seiner Mitarbeiterin, Lady Helen Clyde, abzuwarten. Seit vier Monaten experimentierte sie mit dieser neuen Fotoserie, und wenn sie auch mit den Ergebnissen recht zufrieden war, so fühlte sie sich doch in letzter Zeit zunehmend unter Druck, einen echten finanziellen Beitrag zum gemeinsamen Haushalt zu leisten. Es sollte ein regelmäßiger Beitrag sein, nicht wie bisher abhängig von den Zufallsaufträgen, die sie ergatterte, indem sie bei Werbeagenturen, Talentagenturen, Zeitschriften, Nachrichtenagenturen und Verlagen hausieren ging. In den Jahren seit Abschluß ihrer Ausbildung hatte Deborah immer mehr das Gefühl, dreiviertel ihrer Zeit damit zu verbringen, ihre Mappe kreuz und quer durch London zu schleppen, obwohl sie doch vom ersten Tag an nichts anderes gewollt hatte, als mit ihrem Fotografieren reine Kunst zu produzieren. Andere, von Stieglitz bis Mapplethorpe, hatten es doch auch geschafft. Warum nicht sie?

Deborah preßte die Hände zusammen und wartete darauf, daß ihr Mann oder Helen Clyde etwas sagen würden. Sie waren mitten in der Auswertung eines Gutachtens über Wasser-Gel-Sprengstoffe gewesen, das Simon vor vierzehn Tagen für eine Gerichtsverhandlung erstellt hatte, und hatten danach eigentlich im Auftrag eines Strafverteidigers, der sich davon eine Entlastung seines des Mordes angeklagten Mandanten erhoffte, zu einer Analyse von Spuren übergehen wollen, die irgendein Werkzeug auf der Metallumrandung eines Türknaufs hinterlassen hatte. Doch sie hatten nichts dagegen gehabt, eine Pause einzulegen. Sie waren seit neun Uhr morgens an der Arbeit, hatten sich nur zwei kurze Unterbrechungen zum Mittag- und zum Abendessen gegönnt, und soweit Deborah sehen konnte, war zumindest Helen jetzt, um halb zehn Uhr abends, bereit, für heute Schluß zu machen.

Simon beugte sich über die Fotografie eines Skinheads von der National Front, Helen studierte eine kleine Westinderin, die einen riesigen flatternden Union Jack hochhielt. Sowohl der Skinhead als auch das Mädchen standen vor einer tragbaren Kulisse, die Deborah aus großen Dreiecken einfarbig bemalter Leinwand angefertigt hatte.

Als weder Simon noch Helen sich äußerten, sagte sie: »Die Bilder sollen persönlichkeitsspezifisch sein, versteht ihr? Ich möchte das Subjekt nicht objektivieren, wie ich das früher immer getan habe. Ich bestimme den Hintergrund – das ist die Kulisse, an der ich im letzten Februar gearbeitet habe, weißt du noch, Simon? –, aber die Person bestimmt das Bild. Sie kann sich nicht verstecken. Sie kann sich nicht verstellen, weil die Verschlußgeschwindigkeit zu gering ist und das Modell die Verstellung nicht so lange aufrechterhalten kann, wie die Belichtungszeit es verlangen würde. Also, was meint ihr?«

Sie sagte sich, es spiele keine Rolle, was die beiden dazu meinten. Sie war mit diesem neuen Ansatz auf dem richtigen Weg und entschlossen, dabei zu bleiben. Aber es täte gut, von unabhängiger Seite zu hören, daß die Arbeit gut war, wie sie glaubte, selbst wenn diese unabhängige Seite ihr eigener Mann war, der Mensch, von dem am wenigsten zu erwarten war, daß er an ihren Bemühungen etwas auszusetzen finden würde.

Er trat von dem Foto des Skinheads weg, ging um Helen herum, die noch immer die kleine Fahnenträgerin betrachtete, und sah sich das dritte Foto an, einen Rastafari mit einem eindrucksvoll mit Perlen bestickten Schal, der sein durchlöchertes T-Shirt bedeckte. Er sagte: »Wo hast du die aufgenommen, Deborah?«

»Covent Garden. In der Nähe vom Theatermuseum. Als nächstes möchte ich zur St.-Botolph's-Kirche. Zu den Obdachlosen. Du weißt schon.« Sie wartete gespannt, während

Helen zu einem anderen Bild trat. Sie konnte es sich gerade noch verkneifen, an ihrem Daumennagel zu kauen.

Endlich sah Helen auf. »Ich finde sie großartig.«

»Wirklich? Ganz ehrlich? Ich meine, findest du ... sie sind anders, nicht? Was ich wollte ... ich meine ... ich arbeite mit einer Polaroid, und ich habe die Abdrücke von der Transporttrommel gelassen und ebenso die Spuren der Chemikalien auf den Abzügen, weil ich möchte, daß sie sich als Bilder zu erkennen geben. Sie sind die künstliche Wirklichkeit, während die Sujets selbst die Wahrheit sind. Wenigstens ... na ja, so möchte ich es gern sehen ...« Deborah hob ihre Hände zu ihrem Haar und schob sich die kupferroten Locken aus dem Gesicht. Sie war nicht wortgewandt. Das war schon immer so gewesen. Sie seufzte. »Das versuche ich ...«

Simon legte ihr den Arm um die Schultern und gab ihr einen herzhaften Kuß auf die Wange. »Ganz wunderbar«, sagte er. »Wie viele Aufnahmen hast du gemacht?«

»Oh, Dutzende. Hunderte. Na ja, vielleicht nicht gerade Hunderte, aber eine ganze Menge. Ich habe gerade erst angefangen, diese übergroßen Abzüge zu machen. Ich hoffe, sie sind gut genug, um ausgestellt zu werden ... in einer Galerie, meine ich. Wie Kunst. Sie sind ja schließlich Kunst, und ...« Sie verstummte, als sie aus dem Augenwinkel eine Bewegung wahrnahm. Als sie sich der Tür zum Labor zuwandte, sah sie ihren Vater – langjähriges Mitglied des einen oder anderen St.-James-Haushalts –, der in die obere Etage des Hauses in der Cheyne Row hinaufgestiegen war.

»Mr. St. James«, sagte Joseph Cotter, an seiner eisernen Gewohnheit festhaltend, Simon niemals beim Vornamen zu nennen. Er hatte sich bis heute nicht richtig daran gewöhnen können, daß seine Tochter seinen jungen Arbeitgeber geheiratet hatte. »Sie haben Besuch. Ich habe die Herrschaften ins Arbeitszimmer geführt.«

»Besuch?« fragte Deborah. »Ich hab' gar nichts gehört. Hat es denn geläutet, Dad?«

»Dieser Besuch braucht nicht zu läuten«, antwortete Cotter.

Er trat ins Labor und betrachtete stirnrunzelnd Deborahs Fotografien. »Scheußlicher Kerl«, bemerkte er über den Skinhead. Und zu Deborahs Mann sagte er: »Es ist David. Mit irgendeinem Bekannten mit seidenen Hosenträgern und schicken Schuhen.«

»David?« fragte Deborah. »David St. James? Hier? In London?«

»Hier im Haus«, erwiderte Cotter. »Und sieht wieder mal aus wie der letzte Penner. Wo dieser Bursche sich seine Garderobe besorgt, ist mir ein Rätsel. Wahrscheinlich bei der Heilsarmee. Soll ich Kaffee bringen? Die beiden sehen aus, als könnten sie eine Tasse gebrauchen.«

Deborah lief schon die Treppe hinunter. »David? David?« rief sie, während oben ihr Mann sagte: »Kaffee, ja. Und wie ich meinen Bruder kenne, wird auch der Rest vom Schokoladenkuchen willkommen sein.« Er wandte sich an Helen. »Machen wir Schluß für heute. Du willst jetzt sicher gehen.«

»Laß mich erst noch David begrüßen.« Helen schaltete das Licht im Labor aus und folgte St. James zur Treppe, die dieser wegen seines geschienten linken Beines sehr langsam und vorsichtig hinuntersteigen mußte. Cotter kam als letzter.

Die Tür zum Arbeitszimmer war offen. Drinnen sagte Deborah gerade: »Was tust du denn hier, David? Warum hast du nicht angerufen? Sylvie oder den Kindern fehlt doch nichts, oder?«

David gab seiner Schwägerin einen leichten Kuß auf die Wange. »Nein, es geht ihnen gut, Deb. Alles bestens. Ich bin zu einer EG-Handelskonferenz hier. Dennis hat mich hier aufgestöbert. – Ah, da ist ja Simon. – Dennis Luxford, mein Bruder Simon. Meine Schwägerin. Und Helen Clyde. – Helen, wie schön! Wir haben uns ja seit Ewigkeiten nicht mehr gesehen.«

»Weihnachten das letztemal«, erwiderte Helen. »Am ersten Feiertag im Haus deiner Eltern. Aber da war so ein Getümmel, daß ich dir verzeihe, daß du es vergessen hast.«

»Ich habe wahrscheinlich den ganzen Nachmittag nur am Buffet gestanden.« David klatschte sich mit beiden Händen auf seinen runden Bauch, der so ziemlich das einzige Merkmal war, das ihn von seinem jüngeren Bruder unterschied. Er und Simon glichen sich, wie alle St.-James-Geschwister, beinahe wie ein Ei dem anderen. Sie hatten das gleiche lockige dunkle Haar, die gleiche Größe, die gleichen scharfkantigen Gesichter, die gleiche Augenfarbe, die immer zwischen Grau und Blau zu schwanken schien. Gekleidet war er, wie Cotter es beschrieben hatte: ausgefallen. Von den Birkenstocksandalen und den Rautenmustersocken bis hinauf zu Tweedjackett und Polohemd war David der Eklektizismus in Person und ein einziges modisches Desaster. Aber im Geschäft war er ein Genie und hatte den Umsatz des Familienunternehmens um das Vierfache gesteigert, seit sein Vater sich zur Ruhe gesetzt hatte.

»Ich brauche deine Hilfe.« David setzte sich in einen der beiden Klubsessel am Kamin und bedeutete den anderen mit der Selbstsicherheit eines Mannes, der es gewohnt ist, Heerscharen von Angestellten zu befehlen, sich ebenfalls zu setzen. »Oder genauer gesagt, Dennis braucht deine Hilfe. Deshalb sind wir hergekommen.«

»Hilfe inwiefern?« St. James betrachtete den Mann, der mit seinem Bruder gekommen war, er stand etwas abseits im Halbschatten in der Nähe der Wand, an der Deborah regelmäßig wechselnde Beispiele ihrer Arbeit aufzuhängen pflegte. Luxford war ein äußerst fit wirkender Mann mittleren Alters von relativ bescheidener Statur. Der elegante blaue Blazer, die Seidenkrawatte und die beigefarbene Hose schienen ihn als Dandy auszuweisen, das Gesicht jedoch zeigte einen Ausdruck feinen Mißtrauens, in das sich in diesem Moment ein gerüttelt Maß an Ungläubigkeit mischte. St. James kannte den Ursprung dieser Ungläubigkeit, sie begegnete ihm immer wieder, und doch sah er sie nie ohne ein momentanes Gefühl der Niedergeschlagenheit. Dennis Luxford wollte Hilfe irgendeiner Art, aber er glaubte nicht, daß er sie von jemandem, der augenscheinlich ein Krüppel war, bekommen würde. St. James hätte am liebsten gesagt: »Es ist nur das Bein, Mr. Luxford.

Mein Verstand funktioniert tadellos.« Statt dessen wartete er darauf, daß der andere das Gespräch eröffnete, während Helen und Deborah auf dem Sofa und auf dem Sitzkissen Platz nahmen.

Luxford schien nicht erfreut darüber, daß die beiden Frauen offensichtlich vorhatten, sich hier für die Dauer des Gesprächs häuslich niederzulassen. Er sagte: »Es handelt sich um eine persönliche Angelegenheit, die streng vertraulich behandelt werden muß. Ich bin nicht bereit –«

David St. James unterbrach ihn. »Das sind die drei Menschen in ganz England, von denen du am wenigsten befürchten mußt, daß sie deine Geschichte an die Medien verkaufen, Dennis. Ich vermute, sie wissen nicht einmal, wer du bist.« Und dann zu den anderen: »Wißt ihr es? Schon gut. Ich seh's euch an, daß ihr keine Ahnung habt.«

Dann erklärte er. Er und Luxford, sagte er, hatten zusammen an der Universität Lancaster studiert, waren im Debattierklub hitzige Gegner gewesen und hatten nach dem Examen gemeinsam gefeiert. Sie waren nach Abschluß des Studiums miteinander in Verbindung geblieben, jeder hatte mit Interesse die erfolgreiche Karriere des anderen verfolgt. »Dennis schreibt«, fuhr David fort. »Und er schreibt verdammt gut, wenn ihr's genau wissen wollt.« Eigentlich war er nach London gekommen, um sich einen Platz in der schöngeistigen Literatur zu erobern, wie David berichtete, aber irgendwie war er an den Journalismus geraten und dabei geblieben. Er hatte als politischer Korrespondent für den *Guardian* angefangen. Heute war er Chefredakteur.

»Des *Guardian?«* fragte Simon.

»Der *Source.«* Luxford sagte es mit herausforderndem Blick. Beim *Guardian* anzufangen und bei der *Source* zu enden konnte vielleicht nicht gerade als himmelstürmender Aufstieg betrachtet werden, doch Luxford war offensichtlich nicht in Stimmung, sich kritisieren zu lassen.

David schien den Blick gar nicht zu bemerken. Mit einer Kopfbewegung in Luxfords Richtung sagte er: »Er hat die

Source vor sechs Monaten übernommen, Simon, nachdem er den *Globe* zur Nummer eins gemacht hatte. Er war der jüngste Chefredakteur in der Geschichte der Fleet Street, als er den *Globe* leitete, und der erfolgreichste. Und der ist er immer noch. Sogar die *Sunday Times* hat das zugegeben. Sie hat in ihrem Magazin einen großen Artikel über ihn gebracht. Wann war das, Dennis?«

Luxford überhörte die Frage. Er schien sich unter Davids Lobgesängen zu winden. Einen Moment strich er nachdenklich über seine überlangen Koteletten. »Nein«, sagte er schließlich zu David. »Das hat keinen Sinn so. Es ist viel zu riskant. Ich hätte nicht herkommen sollen.«

Deborah machte Anstalten aufzustehen. »Wir gehen«, sagte sie. »Helen, kommst du?«

Doch St. James, der den Journalisten aufmerksam musterte, fühlte sich durch irgend etwas an ihm – vielleicht die Gewandtheit, mit der er die Situation manipulierte? – getrieben zu sagen: »Helen Clyde ist meine Mitarbeiterin, Mr. Luxford. Wenn Sie meine Hilfe brauchen, werden Sie um die ihre nicht herumkommen, selbst wenn es im Moment nicht so aussieht. Und meine Frau nimmt an all meiner Arbeit Anteil.«

»Das wär's dann«, sagte Luxford und wandte sich schon zum Gehen.

David St. James hielt ihn zurück. »Irgend jemandem mußt du vertrauen«, sagte er und wandte sich wieder an seinen Bruder. »Das Problem ist, daß hier eine Tory-Karriere auf dem Spiel steht.«

»Das müßte Sie doch eigentlich freuen«, sagte St. James zu Luxford. »Die *Source* hat aus ihrer politischen Linie nie ein Geheimnis gemacht.«

»Hier handelt es sich um eine besondere Karriere«, erklärte David. »Erzähl es ihm, Dennis. Er kann dir helfen. Entweder du hältst dich an ihn oder an einen Fremden, der vielleicht nicht Simons ethische Grundsätze hat. Du kannst natürlich auch zur Polizei gehen. Aber wohin das führen wird, weißt du ja.«

Während Dennis Luxford über die Möglichkeiten nachdachte, brachte Cotter den Kaffee und den Schokoladenkuchen herein. Er stellte das Tablett auf den Couchtisch vor Helen und sah zur Tür, wo ein kleiner Langhaardackel sein Tun hoffnungsvoll beobachtete. »Hör mal, Peach«, sagte Cotter. »Hab' ich dir nicht gesagt, du sollst in der Küche bleiben?« Der Hund bellte schwanzwedelnd. »Er hat eine Vorliebe für Schokolade«, erklärte Cotter.

»Er hat eine Vorliebe für alles«, korrigierte Deborah. Sie stand auf, um Helen, die den Kaffee einschenkte, die Tassen abzunehmen. Cotter hob den Hund hoch und begab sich in den rückwärtigen Teil des Hauses. Gleich darauf hörten sie ihn die Treppe hinaufgehen.

»Milch und Zucker, Mr. Luxford?« fragte Deborah so liebenswürdig, als hätte Luxford nicht vor einem Augenblick noch ihre Integrität in Frage gestellt. »Möchten Sie ein Stück Kuchen? Mein Vater hat ihn gebacken. Er bäckt vorzüglich.«

Luxford sah aus, als wüßte er genau, daß er mit dem Entschluß, das Brot mit ihnen zu brechen – oder in diesem Fall den Kuchen –, eine Linie überschreiten würde, die er lieber nicht überschritten hätte. Dennoch nahm er an. Er ging zum Sofa, setzte sich ganz vorn auf die Kante und blieb einen Moment in Nachdenken versunken, während Deborah und Helen Kaffee und Kuchen herumreichten. Dann sagte er schließlich: »Also gut, mir ist klar, daß ich kaum eine Wahl habe.« Er griff in die Innentasche seines Blazers – wobei er die seidenen Hosenträger enthüllte, die Cotter so beeindruckt hatten – und zog einen Brief heraus, den er mit der Bemerkung an Simon weitergab, er habe ihn am Nachmittag mit der Post erhalten.

Simon betrachtete das Kuvert, ehe er das Schreiben selbst herauszog. Er las den kurzen Text und ging sofort zu seinem Schreibtisch, wo er einen Moment in einer Seitenschublade kramte, bis er einen Plastikumschlag gefunden hatte, in den er das Blatt Papier hineinsteckte. »Hat sonst noch jemand dieses Schreiben in der Hand gehabt?« fragte er.

»Nein. Nur Sie und ich.«

»Gut.« Simon reichte die Plastikhülle an Helen weiter, dann sagte er zu Luxford: »Wer ist Charlotte? Und wer ist Ihr erstgeborenes Kind?«

»Charlotte. Sie ist mein erstgeborenes Kind. Sie ist entführt worden.«

»Sie haben die Polizei nicht informiert?«

»Wir können die Polizei nicht hinzuziehen. Wir können es nicht riskieren, daß das publik wird.«

»Es wird nicht publik werden«, entgegnete Simon. »Bei Entführungen ist absolute Geheimhaltung Vorschrift. Das wissen Sie doch genau. Ich würde annehmen, ein Journalist –«

»Ich weiß genau, daß die Polizei die Presse täglich auf dem laufenden hält, wenn sie mit einer Entführung zu tun hat«, fiel Luxford ihm scharf ins Wort. »Unter der Bedingung, daß nichts davon gedruckt wird, bevor das Opfer zu seiner Familie zurückgekehrt ist.«

»Wo liegt dann das Problem, Mr. Luxford?«

»In der Person des Opfers.«

»Wieso? Sie ist Ihre Tochter.«

»Ja. Und die Tochter Eve Bowens.«

Helen sah Simon in die Augen, als sie ihm das Schreiben des Kidnappers zurückreichte. Sie zog die Brauen hoch.

Deborah sagte: »Eve Bowen? Ich verstehe nicht – Simon, weißt du …«

Eve Bowen, erklärte ihr David, sei die Staatssekretärin im Innenministerium und bekleide damit einen der exponiertesten Posten der konservativen Regierung. Sie habe den Aufstieg in dieses Amt mit beeindruckender Geschwindigkeit geschafft und schicke sich an, die nächste Margaret Thatcher zu werden. Ihr Wahlkreis sei Marylebone, und eben aus Marylebone sei ihre Tochter offenbar entführt worden.

»Als ich diesen Brief bekam«, warf Luxford ein, »habe ich sofort mit Eve telefoniert. Ich glaubte, ehrlich gesagt, es handele sich um einen Bluff. Ich dachte, irgend jemand hätte irgendwie unsere Namen in Verbindung gebracht und wollte mich jetzt zu einer Reaktion herausfordern, die verraten würde, daß früher eine Beziehung zwischen uns bestanden hat. Ich dachte, da sei jemand auf einen Beweis dafür aus, daß durch Charlotte eine Verbindung zwischen Eve und mir besteht, und die Behauptung, Charlotte sei entführt worden – und meine Reaktion darauf –, würde ihm diesen Beweis liefern.«

»Weshalb sollte jemand ein Interesse daran haben, Ihre Beziehung zu Eve Bowen aufzudecken?« fragte Helen.

»Um die Story an die Medien zu verkaufen. Ich brauche Ihnen nicht zu sagen, wie es sich in der Presse ausnehmen würde, wenn bekannt werden würde, daß ausgerechnet ich der Vater von Eve Bowens einzigem Kind bin. Besonders wenn man bedenkt, wie sie...« Er schien nach einem beschönigenden Wort zu suchen, das ihm nicht einfallen wollte.

Simon vollendete den Gedanken, ohne es freundlicher auszudrücken. »...wie sie die Tatsache, daß sie ein uneheliches Kind hat, in der Vergangenheit für ihre eigenen Ziele ausgeschlachtet hat?«

»Sie hat es ja praktisch zu ihrem Markenzeichen gemacht«, gab Luxford zu. »Sie können sich wohl vorstellen, wie die Presse mit ihr umspringen würde, wenn bekannt werden sollte, daß Eve Bowen ihre große Sünde aus Leidenschaft mit jemandem wie mir beging.«

O ja, das konnte Simon sich gut vorstellen. Die Abgeordnete von Marylebone pflegte seit langem das Image der Frau, die einen Fehltritt gemacht und Wiedergutmachung geleistet hatte, die einen Schwangerschaftsabbruch mit der Begründung verworfen hatte, eine solche Lösung spiegele nur den Verfall der Werte in dieser Gesellschaft, die gut und recht an ihrem Kind gehandelt hatte. Daß sie die uneheliche Geburt ihrer Tochter nie verheimlicht hatte, hatte ebenso wie die Tatsache, daß sie noblerweise den Namen des Vaters nie preisgegeben hatte, zumindest teilweise dazu beigetragen, daß sie überhaupt ins Parlament gewählt worden war. Sie machte sich öffentlich für moralische Werte, Religion, Familiensolidarität und Treue zu König und Vaterland stark. Sie stand für alles, was die *Source* bei den konservativen Politikern verhöhnte.

»Ihre Geschichte hat ihr gute Dienste geleistet«, stellte Simon fest. »Eine Politikerin, die sich öffentlich zu ihren Fehlern bekennt! Da kann der Wähler schwer widerstehen. Ganz zu schweigen von einem Premierminister, dem daran liegt, seine Regierung zu stärken, indem er Frauen in wichtige Ämter beruft. Weiß er übrigens, daß das Kind entführt worden ist?«

»Niemand in der Regierung weiß etwas davon.«

»Und Sie sind sicher, daß es entführt wurde?« Simon deutete auf den Brief, den er auf den Knien liegen hatte. »Der Text ist in einer Art Blockschrift geschrieben. Das könnte leicht ein Kind getan haben. Besteht eine Möglichkeit, daß Charlotte selbst hinter dieser Sache steckt? Weiß sie von Ihnen? Könnte das ein Versuch von ihr sein, ihre Mutter unter Druck zu setzen?«

»Nie im Leben. Mein Gott, sie ist knapp zehn Jahre alt. Eve hat ihr nie etwas gesagt.«

»Können Sie da ganz sicher sein?«

»Natürlich kann ich nicht sicher sein. Ich kann mich nur auf das verlassen, was Eve mir gesagt hat.«

»Und Sie selbst haben auch mit niemandem gesprochen? Sind Sie verheiratet? Haben Sie es Ihrer Frau gesagt?«

»Ich habe es keinem Menschen erzählt«, erklärte er entschieden, ohne auf die anderen beiden Fragen einzugehen. »Und Eve sagt, daß auch sie mit niemandem darüber gesprochen hat, aber sie muß bei irgendeiner Gelegenheit etwas verraten haben – durch eine unbedachte Bemerkung oder eine Anspielung. Sie muß zu irgend jemandem was gesagt haben, der etwas gegen sie hat.«

»Gibt es niemanden, der etwas gegen *Sie* hat?« Helens dunkle Augen waren unschuldig, ihr Gesicht höflich interessiert, als hätte sie keine Ahnung, daß die ganze Philosophie der *Source* darin bestand, jedes schmutzige Geheimnis auszugraben und als erste an die Öffentlichkeit zu bringen.

»Das halbe Land wahrscheinlich«, bekannte Luxford. »Aber

meine berufliche Laufbahn wird es kaum ruinieren, wenn herauskommt, daß ich der Vater von Eve Bowens unehelicher Tochter bin. Ich werde in Anbetracht meiner politischen Ansichten eine Weile zum allgemeinen Gespött werden, aber mehr nicht. Eve, nicht ich, ist in der angreifbaren Position.«

»Warum hat man den Brief dann an Sie geschickt?« fragte St. James.

»Wir haben beide einen bekommen. Meiner kam mit der Post. Der ihre wartete zu Hause. Der Haushälterin zufolge war er irgendwann im Lauf des Tages durch einen Boten gebracht worden.«

St. James musterte noch einmal den Umschlag des Schreibens. Er war am Tag zuvor abgestempelt worden.

»Wann ist Charlotte verschwunden?« fragte er.

»Heute nachmittag. Irgendwo zwischen der Blandford Street und der Devonshire Place Mews.«

»Liegt eine Lösegeldforderung vor?«

»Nein. Nur die Forderung an mich, die Vaterschaft öffentlich anzuerkennen.«

»Wozu Sie nicht bereit sind.«

»O doch, ich bin bereit dazu. Ich täte es lieber nicht, weil es mir natürlich Unannehmlichkeiten bescheren wird, aber ich bin dazu bereit. Eve ist diejenige, die nichts davon hören will.«

»Sie haben sie gesehen?«

»Mit ihr gesprochen. Danach habe ich David angerufen. Ich erinnerte mich, daß er einen Bruder hat ... Ich wußte, daß Sie irgendwie mit gerichtlicher Ermittlungsarbeit zu tun haben oder hatten. Ich dachte, Sie könnten vielleicht helfen.«

St. James schüttelte den Kopf und reichte Luxford Brief und Umschlag zurück. »Nein, darauf kann ich mich nicht einlassen. Die Sache kann in aller Diskretion von der –«

»Hören Sie mir zu.« Luxford hatte weder seinen Kaffee noch seinen Kuchen angerührt, doch jetzt griff er nach seiner Tasse. Er nahm einen Schluck Kaffee und stellte die Tasse wieder hin. Ein wenig Kaffee schwappte über und rann über seine Finger. Er versuchte nicht, sie zu trocknen. »Sie wissen nicht, wie Zeitungen wirklich arbeiten. Die Polizei wird als erstes Eve aufsuchen, und niemand wird davon erfahren. So weit, so gut. Aber die Ermittlungsbeamten werden mehr als einmal mit ihr sprechen wollen, und sie werden nicht bereit sein, auf einen Moment zu warten, wo sie unbeachtet zu Hause sitzt. Sie werden sie in ihrem Büro im Innenministerium aufsuchen, weil das von Scotland Yard aus bequemer ist – und daß diese Entführung zu einer Angelegenheit von Scotland Yard wird, wenn wir nicht jetzt etwas tun, um das abzubiegen, ist wohl klar.«

»Scotland Yard und das Innenministerium halten enge Verbindung«, erklärte St. James. »Das wissen Sie doch. Und selbst wenn dem nicht so wäre, würden sie die Beamten kaum in Uniform aufsuchen.«

»Glauben Sie im Ernst, sie müßten in Uniform kommen?« fragte Luxford scharf. »Es gibt nicht einen einzigen Journalisten, der es nicht merkt, wenn er einen Polizeibeamten vor sich hat. Da kreuzt also ein Polizeibeamter im Innenministerium auf und fragt nach der Staatssekretärin. Ein Korrespondent einer der Zeitungen sieht ihn. Jemand im Innenministerium ist bereit zu quatschen – ein Sekretär, eine Sachbearbeiterin, ein Hausmeister, ein fünftrangiger Beamter, der Schulden und ein ausgeprägtes Interesse an Geld hat. Ganz gleich, wie es passiert, es passiert. Jemand quasselt also mit dem Korrespondenten. Und sofort richtet sich die Aufmerksamkeit seiner Zeitung auf Eve Bowen. Wer ist diese Frau, fragt die Zeitung. Was will die Polizei von ihr? Wer ist übrigens der Vater ihres Kindes? Es wäre nur eine Frage der Zeit, bis sie über Charlotte zu mir finden.«

»Wenn Sie niemandem etwas gesagt haben, ist das unwahrscheinlich«, meinte St. James.

»Es spielt keine Rolle, was ich gesagt oder nicht gesagt habe«, entgegnete Luxford. »Der springende Punkt ist doch, daß Eve geredet hat. Sie behauptet, es nicht getan zu haben, aber sie muß geredet haben. Jemand weiß Bescheid. Jemand wartet. Wenn wir die Polizei hinzuziehen – also genau das tun, was der

Entführer von uns erwartet –, kommt die Geschichte unweigerlich in die Presse. Und wenn das geschieht, ist Eve erledigt. Sie wird von ihrem Posten als Staatssekretärin zurücktreten müssen, und ich vermute, sie wird auch ihr Mandat verlieren. Wenn nicht sofort, dann bei der nächsten Wahl.«

»Es sei denn, sie wird zum Mittelpunkt öffentlicher Anteilnahme. Dann wäre diese Angelegenheit ihren Interessen äußerst dienlich.«

»Das«, sagte Luxford, »ist eine ganz besonders bösartige Bemerkung. Was wollen Sie unterstellen? Sie ist Charlottes Mutter, Herrgott noch mal!«

Deborah wandte sich ihrem Mann zu. Sie hatte auf dem Sitzkissen vor seinem Sessel gesessen. Mit leichter Hand berührte sie sein gesundes Bein und stand auf. »Kann ich mal mit dir sprechen, Simon?« fragte sie.

St. James sah, wie erhitzt sie wirkte, und bedauerte sofort, daß er nichts unternommen hatte, um ihr dieses Gespräch zu ersparen. Sobald er gehört hatte, daß es sich um ein Kind handelte, hätte er sie unter irgendeinem Vorwand hinausschicken sollen. Kinder – und ihre eigene Kinderlosigkeit – waren ein wunder Punkt.

Er folgte ihr ins Speisezimmer auf der anderen Seite des Korridors. Die Hände hinter sich auf das glänzende Holz des Tisches gestützt, blieb sie stehen. »Ich weiß, was du denkst«, sagte sie, »aber das ist es nicht. Du brauchst mich nicht zu schützen.«

»Ich möchte mit dieser Sache nichts zu tun haben, Deborah. Das Risiko ist zu groß. Ich möchte es nicht auf dem Gewissen haben, wenn dem Kind etwas zustößt.«

»Aber das ist doch anscheinend keine typische Entführung, oder? Keine Lösegeldforderung, nur die Forderung nach öffentlicher Anerkennung. Und keine Todesdrohung. Wenn du ihnen nicht hilfst, werden sie nur zu jemand anders gehen, das weißt du doch.«

»Oder sie gehen zur Polizei, was sie im übrigen gleich hätten tun sollen.«

»Aber du hast doch so etwas schon gemacht. Und Helen auch. In letzter Zeit natürlich nicht mehr. Aber früher. Und du warst gut.«

St. James antwortete nicht. Er wußte, was er tun sollte – das, was er bereits getan hatte: Luxford sagen, daß er die Finger von dieser Sache lassen würde. Aber Deborah sah ihn an, und ihr Gesicht spiegelte das rückhaltlose Vertrauen, das sie stets in ihn gehabt hatte. Das Vertrauen darauf, daß er das Richtige tun, eine weise Entscheidung treffen würde.

»Du kannst ja eine zeitliche Grenze setzen«, sagte sie vernünftig. »Wie wär's, wenn du sagst, du gibst der Sache ... äh ... einen Tag? Oder zwei? Um vielleicht eine Spur aufzunehmen. Um mit Leuten zu sprechen, die das kleine Mädchen kennen. Um ... ach, ich weiß auch nicht. Um etwas zu tun. Dann weißt du wenigstens, daß die Ermittlungen ordentlich geführt werden. Darum geht es dir doch, nicht wahr? Du möchtest sicher sein, daß alles richtig gehandhabt wird, oder?«

St. James berührte ihre Wange. Ihre Haut war heiß. Ihre Augen wirkten zu groß. Sie schien trotz ihrer fünfundzwanzig Jahre selbst noch ein halbes Kind. Er hätte sie Luxfords Geschichte nicht hören lassen dürfen, dachte er wieder. Er hätte sie zurück zu ihren Fotografien schicken sollen. Er hätte darauf bestehen sollen. Er hätte ... St. James schüttelte die Gedanken ab. Deborah hatte recht. Immer wollte er sie schützen. Und dieser Drang, sie zu beschützen, war Gift für ihre Ehe, der größte Nachteil daran, daß er elf Jahre älter war als sie und sie seit ihrer Geburt kannte.

»Sie brauchen dich«, sagte sie. »Ich finde, du solltest ihnen helfen. Sprich wenigstens mit der Mutter. Hör dir an, was sie zu sagen hat. Das könntest du heute abend noch tun. Du kannst mit Helen zu ihr fahren. Jetzt gleich.« Sie ergriff seine Hand, die immer noch auf ihrer Wange lag.

»Ich kann keine zwei Tage versprechen«, sagte er.

»Das macht nichts, Hauptsache, du kümmerst dich erst mal darum. Also – tust du es? Ich weiß, es wird dir nicht leid tun.«

Es tut mir jetzt schon leid, dachte St. James. Aber er nickte.

Dennis Luxford hatte genug Zeit, sich zu sammeln, während er nach Hause fuhr. Er wohnte in Highgate, eine beträchtliche Strecke vom Haus der St. James' in Chelsea entfernt, und während er seinen Porsche durch den Verkehr lenkte, ordnete er seine Gedanken und baute eine Fassade auf, von der er hoffte, seine Frau würde sie nicht durchdringen können.

Er hatte sie nach dem Gespräch mit Eve angerufen. Er würde nun leider doch später als erwartet heimkommen, erklärte er. »Sei mir nicht böse, Liebling. Hier hat sich einiges getan. In South Lambeth wartet einer meiner Fotografen darauf, daß Larnseys Strichjunge sich aus dem Haus seiner Eltern herauswagt, ein Reporter steht auch schon bereit, um die Aussage des Jungen aufzunehmen, wenn er eine machen sollte, und wir warten mit dem Druck so lange wie möglich, um es noch in der Ausgabe von morgen bringen zu können. Ich muß hier verfügbar sein. Vermassele ich dir deine Pläne für heute abend?«

Fiona sagte nein. Sie hatte Leo gerade vorgelesen, als das Telefon läutete, oder genauer gesagt, sie hatte *mit* Leo gelesen, weil niemand Leo vorlas, wenn Leo selbst wollte. Er hatte Giotto gewählt, gestand Fiona mit einem Seufzer. Schon wieder. Ich wollte, er würde mal anfangen, sich für eine andere Epoche zu interessieren. Lektüre über religiöse Gemälde schläfert mich ein.

Aber sie ist gut für deine Seele, hatte Luxford erwidert. Er hatte sich bemüht, freundlich-ironisch zu klingen, obwohl er dabei dachte: Sollte er sich in seinem Alter nicht für Dinosaurier interessieren? Für das Weltall? Großwildjäger? Schlangen und Frösche?

Wie, zum Teufel, kam ein Achtjähriger dazu, über einen Maler des vierzehnten Jahrhunderts nachzulesen? Und warum ermutigt ihn seine Mutter noch dazu?

Die beiden standen einander zu nahe, dachte Luxford nicht zum erstenmal. Leo und seine Mutter waren seelisch zu stark miteinander verbunden. Es würde dem Jungen ungeheuer guttun, wenn er im Herbst nach Baverstock ins Internat kam.

Leo fand die Aussicht gar nicht verlockend, Fiona noch weniger, aber Luxford wußte, es konnte für beide nur gesund sein. Hatte Baverstock nicht auch ihm geholfen? Ihn zum Mann gemacht? Ihm Richtung und Ziel gegeben? Hatte nicht der Besuch einer guten Privatschule ihn dahin gebracht, wo er heute stand?

Er verdrängte den Gedanken daran, wo er heute stand, heute abend, in dieser Minute. Er mußte die Erinnerung an den Brief und alles, was sich daraus ergeben hatte, auslöschen. Nur dann konnte er die Fassade aufrechterhalten.

Dennoch leckten Gedanken wie kleine Wellen an den Barrieren, die er gegen sie errichtet hatte, und Mittelpunkt dieser Gedanken war sein Gespräch mit Eve.

Seit jenem Tag vor vielen Jahren, als sie ihm eröffnet hatte, daß sie schwanger war, hatte er nicht mehr mit ihr gesprochen. Das war genau fünf Monate nach dem Parteitag der Tories gewesen, bei dem sie sich kennengelernt hatten. Das heißt, eigentlich hatte er sie schon von der Universität her gekannt, flüchtig, als Mitarbeiterin der Zeitung, und hatte sie attraktiv gefunden, wenn ihn auch ihre politischen Ansichten abgestoßen hatten. Als er sie in Blackpool unter den grau gekleideten, grauhaarigen und im allgemeinen graugesichtigen Drahtziehern der Konservativen Partei gesehen hatte, hatte er sie immer noch attraktiv gefunden und ihre politischen Ansichten immer noch abstoßend. Doch da waren sie Journalistenkollegen gewesen – er seit zwei Jahren Leiter des *Globe*, sie politische Korrespondentin beim *Daily Telegraph* – und hatten im geselligen Beisammensein mit anderen Kollegen Gelegenheit zu hitziger intellektueller Auseinandersetzung über den bedingungslosen Machtwillen der Konservativen gefunden. Die intellektuelle Auseinandersetzung hatte zu hitziger körperlicher Annäherung geführt. Nicht nur einmal, das hätte man vielleicht entschuldigen können, hätte es einem Übermaß an Alkohol und sexueller Begierde zuschreiben und vergessen können. Doch die Geschichte hatte sich über die gesamte Dauer des Parteitags hingezogen. Das Ergebnis war Charlotte.

Was hatte er sich damals nur dabei gedacht? fragte sich Luxford. Er hatte Fiona zur Zeit des Parteitags bereits seit einem Jahr gekannt, hatte gewußt, daß er sie heiraten wollte, hatte sich bemüht, ihr Vertrauen und ihr Herz zu gewinnen, ganz zu schweigen von ihrem verlockenden Körper, und bei der ersten Gelegenheit hatte er alles verpfuscht. Aber es war noch einmal gutgegangen. Eve hatte nämlich überhaupt nichts von einer Heirat wissen wollen, als er ihr, nachdem er von ihrer Schwangerschaft erfahren hatte, widerstrebend einen Antrag gemacht hatte. Sie war entschlossen gewesen, in der Politik große Karriere zu machen. Eine Heirat mit Dennis Luxford paßte nicht in ihre Pläne. »Mein Gott«, hatte sie gesagt, »glaubst du im Ernst, ich würde mich mit einer hämischen Dreckschleuder wie dir zusammentun, nur damit auf der Geburtsurkunde der Name eines Mannes steht? Du bist anscheinend noch verrückter, als deine politischen Ansichten vermuten lassen.« In diesem Sinn hatten sie sich getrennt. Und in den folgenden Jahren, während sie in der politischen Hierarchie aufgestiegen war, hatte er sich manchmal gesagt, daß Eve das geschafft hatte, was er nicht fertiggebracht hatte: Sie hatte mit einem sauberen Schnitt diesen Teil ihrer Vergangenheit aus ihrem Gedächtnis getilgt.

Daß das in Wirklichkeit nicht der Fall gewesen war, entdeckte er, als er sie anrief. Charlottes Existenz hatte es gar nicht erlaubt.

»Was willst du?« hatte sie gefragt, als es ihm endlich gelungen war, sie im Unterhaus im Büro des parlamentarischen Geschäftsführers aufzustöbern. »Warum rufst du mich an?« Ihre Stimme war leise und angespannt gewesen. Im Hintergrund waren andere Stimmen zu hören.

»Ich muß dich sprechen«, sagte er.

»Aber ich dich nicht.«

»Es geht um Charlotte.«

Er hörte, wie sie kurz nach Luft schnappte. Aber ihr Ton änderte sich nicht. »Du hast mit ihr nichts zu tun, und das weißt du auch.«

»Evelyn«, sagte er beschwörend, »ich weiß, daß der Anruf dir wie ein Überfall vorkommt.«

»Und zeitlich so günstig!«

»Es tut mir leid. Ich höre, daß du nicht allein bist. Gibt es nicht ein privates Telefon in der Nähe?«

»Ich habe überhaupt nicht die Absicht –«

»Ich habe einen Brief bekommen, in dem man mich anklagt.«

»Das wundert mich nicht. Man sollte meinen, daß ein Brief, in dem du angeklagt wirst, für dich etwas ganz Alltägliches ist.«

»Jemand weiß Bescheid.«

»Worüber?«

»Über uns. Über Charlotte.«

Das schien sie aus der Fassung zu bringen, wenn auch nur einen Moment lang. Zunächst sagte sie gar nichts. Er glaubte hören zu können, wie sie mit einem Finger gegen die Muschel des Telefonhörers trommelte. Dann sagte sie abrupt: »Quatsch!«

»Nein. Hör mir doch nur mal zu.« Er las ihr das kurze Schreiben vor. Wieder sagte sie nichts. Irgendwo im Hintergrund lachte jemand laut. »*Erstgeborenes* Kind, heißt es da«, sagte Luxford. »Jemand weiß Bescheid. Hast du es jemandem erzählt?«

»Freigelassen?« sagte sie. »›Charlotte wird freigelassen‹?«

In der nachfolgenden Stille spürte Luxford förmlich, wie ihr Verstand arbeitete, während sie versuchte, den möglichen Schaden an ihrer Glaubwürdigkeit und das Ausmaß des politischen Fallout abzuschätzen. »Gib mir deine Nummer«, sagte sie schließlich. »Ich rufe dich zurück.«

Das hatte sie getan. Aber sie war eine andere gewesen. »Dennis, Gott verdamm dich«, hatte sie gesagt. »Was hast du getan?«

Keine Tränen, keine Angst, keine Hysterie, keine Selbstvorwürfe, keine Wut. Nur diese wenigen Worte. Und das Ende seiner Hoffnung, daß der Brief nur ein Bluff sei. Niemand bluffte hier, wie es jetzt schien. Charlotte war verschwunden.

Jemand hatte sie in seiner Gewalt, jemand, der die Wahrheit wußte.

Er mußte diese Wahrheit vor Fiona verborgen halten. Sie hatte es sich zu einer Art heiligen Pflicht gemacht, in ihrer zehn Jahre währenden Ehe keine Geheimnisse vor ihm zu haben. Unausdenkbar, wie tief das Vertrauen zwischen ihnen erschüttert werden würde, sollte sie das eine Geheimnis erfahren, das er vor ihr bewahrt hatte. Es war schlimm genug, daß er ein Kind gezeugt hatte, das er niemals gesehen hatte. Das würde Fiona ihm vielleicht verzeihen. Aber dieses Kind in der Zeit gezeugt zu haben, als er Fiona umworben, ein Band zwischen ihnen geknüpft hatte... Sie würde alles, was von diesem Moment an zwischen ihnen geschehen war, nur noch als die eine oder andere Variation von Verlogenheit sehen. Und Verlogenheit würde sie niemals verzeihen.

Luxford bog von der Highgate Road ab und folgte der Krümmung der Millfield Lane an der Hampstead Heath entlang, wo kleine schwankende Lichter auf dem Weg entlang der Teiche ihm zeigten, daß trotz der späten Stunde und der Dunkelheit noch Radfahrer unterwegs waren, die das freundliche Spätmaiwetter genossen. Er bremste ab, als die Backsteinmauer, die sein Grundstück begrenzte, hinter einer Hecke aus Buchs und Stechpalmen auftauchte. Er fuhr zwischen den Pfeilern hindurch und lenkte den Wagen die Auffahrt hinauf zu der Villa, in der sie seit acht Jahren lebten.

Fiona war im Garten. Aus der Ferne sah Luxford den Schimmer ihres weißen Morgenmantels, der sich vom Dunkelgrün der Farne abhob, und ging über die unregelmäßig gelegten Steinplatten zu ihr. Wenn Fiona die Ankunft des Wagens gehört hatte, so zeigte sie es nicht. Sie schlug den Weg zum größten Baum des Gartens ein, einer schirmartig ausladenden Hainbuche, unter der am Rand des Gartenteichs eine Holzbank stand.

Die langen Mannequin-Beine hochgezogen, die wohlgeformten Füße unter dem fließenden Fall ihres Morgenmantels verborgen, hockte sie auf dieser Bank, als er sie erreichte. Sie hatte sich das Haar hochgesteckt, und das erste, was er tat, nachdem er sich zu ihr gesetzt und sie liebevoll geküßt hatte, war, die Nadeln zu lösen, so daß es ihr über die Schultern herabfiel. Er betrachtete sie wie stets mit einer Mischung aus Ehrfurcht, Begehren und tiefem Staunen darüber, daß dieses herrliche Geschöpf tatsächlich seine Frau war.

Er war froh um die Dunkelheit, die diese erste Begegnung zwischen ihnen leichter machte. Und er war froh, sie im Freien angetroffen zu haben, denn ihr Garten – das krönende Werk ihres Hausfrauendaseins, wie sie gern sagte – bot ihm Gelegenheit, sie abzulenken.

»Ist dir nicht kalt?« fragte er. »Möchtest du meine Jacke haben?«

»Der Abend ist so schön«, antwortete sie. »Ich habe es drinnen einfach nicht ausgehalten. Was meinst du, bekommen wir einen scheußlichen Sommer, wenn es im Mai so herrlich ist?«

»Tja, meistens ist es so.«

Ein Fisch durchbrach den Wasserspiegel des Teichs zu ihren Füßen und schlug mit der Schwanzflosse auf ein Seerosenblatt. »Das ist unfair«, sagte Fiona. »Der Frühling sollte eine Verheißung sein, die der Sommer erfüllt.« Sie wies zu einer Gruppe junger Birken in einer Mulde, vielleicht zwanzig Meter von ihrer Bank entfernt. »Die Nachtigallen sind wieder da. Und Leo und ich haben heute nachmittag eine Braunkehlchenfamilie beobachtet. Als wir die Eichhörnchen gefüttert haben. Liebling, wir müssen Leo beibringen, die Eichhörnchen nicht aus der Hand zu füttern. Ich sage es ihm immer wieder. Aber er behauptet, in England gäbe es keine Tollwut. Und er will sich einfach nicht überlegen, in welche Gefahr er so ein Tier bringt, wenn er es an menschliche Nähe gewöhnt. Willst du nicht noch einmal mit ihm sprechen?«

Wenn er mit Leo sprechen würde, dachte Luxford, dann gewiß nicht über Eichhörnchen. Interesse an Tieren war bei einem kleinen Jungen etwas ganz Normales, Gott sei Dank.

Fiona sprach weiter. Luxford, der merkte, wie vorsichtig sie ihre Worte wählte, wurde unbehaglich zumute, bis ihm klarwurde, worum es ging. »Er hat heute wieder von Baverstock gesprochen, Liebling. Ich glaube, er möchte da wirklich nicht hin. Ist dir das nicht aufgefallen? Ich habe ihm immer wieder erklärt, daß es deine alte Schule ist, und ihn gefragt, ob es ihm denn nicht gefallen würde, ein alter *Bavernian* zu werden wie sein Vater. Aber er sagt immer, nein, das interessiere ihn nicht besonders. Außerdem sei es doch ganz unwichtig, Großpapa und Onkel Jack seien ja auch nicht in Baverstock gewesen und hätten es trotzdem ganz schön weit gebracht.«

»Das haben wir doch alles schon besprochen, Fiona.«

»Ja, ich weiß, Liebling. Immer wieder. Ich möchte nur, daß du weißt, wie Leo dazu steht, damit du morgen früh vorbereitet bist. Er hat mir erklärt, daß er beim Frühstück mit dir sprechen will – von Mann zu Mann, hat er gesagt –, vorausgesetzt, du bist auf, ehe er zur Schule geht. Ich habe ihm gesagt, daß du heute abend erst spät kommen würdest. Ach, hör doch, Liebling – die Nachtigall! Wunderschön, nicht? Habt ihr übrigens eure Story bekommen?«

Luxford wäre beinahe gestolpert. Ihre Stimme war so ruhig und sanft gewesen. Ihr Haar so weich an seiner Hand. Er hatte versucht, den Duft zu erkennen, den sie trug. Er hatte an das letztemal gedacht, als sie sich im Freien geliebt hatten. Und darum hätte er den weichen Übergang, den sanften Umschwung des Gesprächs beinahe nicht bemerkt.

»Nein«, antwortete er und war froh, ihr etwas Wahres berichten zu können. »Der Strichjunge hält sich immer noch versteckt. Wir sind ohne ihn in Druck gegangen.«

»Das muß doch scheußlich sein, einen ganzen Abend damit zu vertun, auf nichts zu warten.«

»Ein Drittel meiner Arbeit besteht darin, auf nichts zu warten. Und ein weiteres Drittel besteht darin zu entscheiden, was am nächsten Tag anstelle von nichts auf die erste Seite kommt. Rodney meint, wir sollten die Story erst mal ruhen lassen. Wir hatten heute nachmittag deswegen eine kleine Auseinandersetzung.«

»Ach, er hat übrigens heute abend hier angerufen und nach

dir gefragt. Vielleicht deshalb. Ich habe ihm gesagt, du seist noch in der Redaktion. Er sagte, da hätte er es auch schon versucht, aber vergebens. An deinem Privatanschluß hätte sich niemand gemeldet. So gegen halb neun. Da hast du wohl irgendwo etwas gegessen, hm?«

»Wahrscheinlich, ja. Halb neun?«

»Das hat er gesagt, ja.«

»Ich glaube, um die Zeit hab' ich mir mein Sandwich zu Gemüte geführt.« Luxford rutschte auf der Bank herum. Ihm war heiß und unbehaglich. Er hatte seine Frau nie belogen, jedenfalls nicht nach dieser einzigen Lüge über die unerträgliche Langeweile jenes schicksalhaften Parteitags in Blackpool. Und Fiona war damals ja noch nicht seine Frau gewesen, also wog das doch nicht so schwer, oder? Er seufzte und hob einen kleinen Stein vom Boden unter der Bank auf. Mit dem Daumen schnippte er ihn in den Teich und beobachtete das Spiel der Kräuselwellen an der Wasseroberfläche, als die Fische in der Hoffnung auf Fang herbeischossen. »Wir sollten mal Urlaub machen«, sagte er. »In Südfrankreich. Ein Auto mieten und durch die Provence zuckeln. Vielleicht für einen Monat ein Haus mieten. Was meinst du? Diesen Sommer?«

Sie lachte leise. Er spürte ihre kühle Hand in seinem Nacken. Ihre Finger gruben sich in sein Haar. »Einen ganzen Monat ohne deine Zeitung? Du würdest dich innerhalb einer Woche zu Tode langweilen. Und fast verrückt werden bei der Vorstellung, daß Rodney Aronson sich inzwischen bei sämtlichen Leuten vom Aufsichtsratsvorsitzenden bis zum Putzpersonal einschmeichelt. Der will deinen Job haben, das weißt du doch.«

Ja, dachte Luxford, genau das wollte Rodney Aronson. Er hatte Luxford seit dessen Ankunft bei der *Source* auf Schritt und Tritt mit Argusaugen beobachtet und wartete nur auf den einen Fehler, den er dem Aufsichtsratsvorsitzenden melden konnte, um sein eigenes Schäfchen ins trockene zu bringen. Wenn Charlotte Bowens Existenz als dieser eine Fehler bezeichnet werden konnte ... Aber Rodney konnte unmöglich von Charlotte wissen. Unmöglich. Absolut unmöglich.

»Du bist so still«, bemerkte Fiona. »Bist du sehr müde?«
»Ich habe nur nachgedacht.«
»Worüber?«
»Ich dachte an das letztemal, als wir hier im Garten miteinander geschlafen haben. Ich kann mich nicht mehr erinnern, wann es war. Ich weiß nur noch, daß es regnete.«
»Im letzten September«, sagte sie.
Er sah sie über die Schulter hinweg an. »Du weißt es noch.«
»Da drüben bei den Birken, wo das Gras höher ist. Wir hatten uns Wein und Käse mit hinausgenommen. Und im Haus hatten wir Musik an. Wir hatten uns die alte Decke aus deinem Auto geholt.«
»Hatten wir das?«
»Das hatten wir.«
Sie sah verwundert aus im Mondlicht. Sie sah aus wie das Kunstwerk, das sie war. Ihre vollen Lippen waren einladend, der schöne Schwung ihres Halses verlangte nach seinem Kuß, ihr stolzer Körper war eine wortlose Versuchung.
»Die Decke liegt immer noch im Wagen«, stellte Luxford fest.
Die vollen Lippen lächelten. »Dann hol sie doch«, sagte sie.

3

Eve Bowen, Staatssekretärin im Innenministerium und seit sechs Jahren Parlamentsabgeordnete des Wahlbezirks Marylebone, wohnte in der Devonshire Place Mews, einem hakenförmig gekrümmten Sträßchen mit Kopfsteinpflaster, von ehemaligen Stallungen und Remisen gesäumt, die seit langem schon in elegante Wohnhäuser umgewandelt worden waren. Ihr Haus stand am Nordostende der Straße, doppelt breit und drei Stockwerke hoch, ein ansehnlicher Bau aus Schiefer, Backstein und weißen Holzverzierungen mit einer Dachterrasse, von der üppiges Efeugerank herabfiel.

St. James hatte mit Eve Bowen gesprochen, ehe er von zu Hause weggefahren war. Luxford hatte die Verbindung hergestellt und nur gesagt: »Ich habe jemanden gefunden, Evelyn«, ehe er St. James den Hörer gereicht hatte, ohne auf die Erwiderung zu warten. St. James' Gespräch mit der Abgeordneten war kurz gewesen: Er würde unverzüglich bei ihr vorbeikommen, er würde eine Mitarbeiterin mitbringen, ob die Frau Staatssekretärin ihm vorher noch etwas mitteilen wolle.

Ihre erste Antwort war eine brüske Frage gewesen: »Woher kennen Sie Luxford?«

»Durch meinen Bruder.«

»Wer ist das?«

»Ein Geschäftsmann, der sich zu einer Konferenz in London aufhält. Aus Southampton.«

»Verfolgt er irgendwelche eigennützigen Interessen?«

»Die der Regierung oder dem Innenministerium schaden könnten? Das bezweifle ich sehr.«

»Gut.« Sie gab ihm ihre Adresse und schloß mit den Worten: »Halten Sie Luxford da heraus. Sollte es den Anschein haben, als würde das Haus beobachtet, wenn Sie kommen, dann fahren Sie einfach weiter und wir treffen uns später. Ist das klar?«

Sonnenklar. St. James und Helen Clyde ließen gewissenhaft

eine Viertelstunde nach Luxfords Abgang verstreichen, ehe sie sich auf die Fahrt nach Marylebone begaben. Es war kurz nach elf, als sie von der Hauptstraße in die Devonshire Place Mews abbogen, und nachdem sie die Straße einmal abgefahren hatten, um sich zu vergewissern, daß niemand in der Nachbarschaft herumlungerte, stellte St. James seinen alten MG vor Eve Bowens Haus ab und nahm die Handkupplung heraus.

Über der Haustür brannte eine Lampe. Im Erdgeschoß warf eine weiße Lampe unregelmäßige Lichtstreifen auf die zugezogenen Vorhänge der Fenster. Als St. James läutete, hörten er und Helen beinahe augenblicklich schnelle Schritte auf einem Marmor- oder Fliesenboden. Dann wurde ein gutgeölter Riegel zurückgeschoben, und die Tür ging auf.

Eve Bowen sagte: »Mr. St. James?« und trat sofort wieder aus dem Lichtschein, der auf sie herabfiel. Sobald St. James und Helen im Haus waren, sperrte sie die Tür ab und schob den Riegel vor. »Bitte«, sagte sie und führte sie über Terrakotta-Fliesen nach rechts in ein Wohnzimmer, wo auf einem Beistelltisch neben einem Sessel ein offener Aktenkoffer lag, aus dem braune Hefter, Manuskripte, Zeitungsausschnitte, Telefonnachrichten und Dokumente aller Art hervorquollen. Eve Bowen klappte den Deckel herunter, ohne das Durcheinander zu ordnen, nahm ein schweres grünes Weinglas, trank es aus und goß sich aus einer Flasche Weißwein, die in einem Kübel auf dem Boden stand, neu ein.

»Es würde mich interessieren«, sagte sie, »wieviel er Ihnen für diese Farce bezahlt.«

St. James war verblüfft. »Wie bitte?«

»Es ist doch klar, daß Luxford hinter dieser Sache steckt. Aber ich sehe Ihnen an, daß er Ihnen das noch nicht anvertraut hat. Wie klug von ihm.« Sie setzte sich in den Sessel, in dem sie offensichtlich vor ihrer Ankunft schon gesessen hatte, und wies sie zu einer dunkelbraunen Polstergarnitur, die aussah, als bestünde sie aus riesigen, aneinandergenähten Kissen. Sie stellte ihr Weinglas auf ihre Knie und balancierte es mit beiden Händen auf dem schmalen Rock ihres schwarzen Nadelstreifenkostüms. Bei diesem Anblick erinnerte sich St. James plötzlich an ein Interview mit der Staatssekretärin, das er gelesen hatte, kurz nachdem sie von der Regierung in ihr derzeitiges Amt berufen worden war. Keiner würde ihr nachsagen können, daß sie nach Art ihrer Kolleginnen im Unterhaus versuche, die allgemeine Aufmerksamkeit auf sich zu ziehen, hatte sie erklärt. Sie sähe keine Notwendigkeit, sich in Scharlachrot zu werfen, um sich von den Männern abzuheben. Das schaffe sie auch mit ihrem Verstand.

»Dennis Luxford ist ein gewissenloser Mensch«, sagte sie unvermittelt. Ihre Stimme war kühl und schneidend. »Er ist der Dirigent, der bei diesem Stück den Taktstock schwingt. Nicht direkt, natürlich. Ich vermute, selbst er würde sich scheuen, kleine Mädchen von der Straße weg zu entführen, obwohl er wahrhaftig vor keiner Schweinerei zurückschreckt. Aber machen Sie sich nur nichts vor, er hält Sie zum Narren und versucht das auch mit mir. Aber ich lasse es mir nicht gefallen.«

»Wie kommen Sie darauf, daß er an der Entführung beteiligt sein könnte?« St. James ließ sich auf dem Sofa nieder und fand es trotz seiner Formlosigkeit ausgesprochen bequem. Vorsichtig streckte er sein geschientes Bein aus. Helen blieb, wo sie war. Sie stand vor dem Kamin und einer Wandnische, in der eine Sammlung von Trophäen ausgestellt war. Sie wollte Eve Bowen von einem Platz aus beobachten können, wo es nicht auffiel.

»Weil es nur zwei Menschen gibt, die wissen, wer der Vater meiner Tochter ist. Der eine bin ich. Der andere ist Dennis Luxford.«

»Ihre Tochter selbst weiß es nicht?«

»Natürlich nicht. Und es ist ausgeschlossen, daß sie von selbst dahintergekommen sein könnte.«

»Und Ihre Eltern? Ihre Familie?«

»Niemand, Mr. St. James, außer Dennis und mir.« Sie trank einen gemessenen Schluck von ihrem Wein. »Sein Revolverblatt hat es sich zum Ziel gemacht, die Regierung zu Fall zu bringen. Und im Augenblick spielen ihm die Umstände in die Hände. Er sieht eine Gelegenheit, die Konservative Partei ein für allemal zu erledigen, und er versucht, sie zu ergreifen.«

»Ich kann Ihnen nicht recht folgen.«

»Die Geschichte kommt ihm doch sehr zupaß, finden Sie nicht? Das Verschwinden meiner Tochter. Ein angebliches Entführerschreiben in seinem Besitz. Eine Forderung, die Wahrheit über meine Tochter publik zu machen. Und das alles folgt unmittelbar auf Sinclair Larnseys Eskapaden mit einem minderjährigen Jungen in Paddington.«

»Mr. Luxford hat sich nicht gerade wie ein Mann benommen, der dabei ist, eine kleine Entführungsstory zu inszenieren, um Sie den Sensationsblättern zum Fraß hinwerfen zu können«, bemerkte St. James.

»Nicht den Sensationsblättern im Plural«, entgegnete sie. »Einem einzigen Sensationsblatt – dem seinen. Er wird bestimmt nicht zulassen, daß ihm die Konkurrenz seinen Knüller wegschnappt.«

»Ihm scheint aber ebensoviel wie Ihnen daran zu liegen, nichts publik werden zu lassen.«

»Befassen Sie sich mit dem Studium menschlichen Verhaltens, Mr. St. James? Gehört das zu Ihren zahlreichen Begabungen?«

»Ich halte es für klug, mir ein Bild von den Menschen zu machen, die mich um Hilfe bitten. Ehe ich einwillige, ihnen zu helfen.«

»Wie umsichtig. Wenn wir einmal mehr Zeit haben, werde ich Sie vielleicht fragen, was für ein Bild Sie sich von mir gemacht haben.« Sie stellte ihr Weinglas neben ihren Aktenkoffer. Sie nahm die Schildpattbrille mit den runden Gläsern ab, rieb diese an der Armlehne ihres Sessels, als wollte sie sie polieren, und musterte dabei St. James. Das Schildpattgestell hatte etwa die gleiche Farbe wie ihr wohlfrisierter Pagenkopf, und als sie die Brille wieder aufsetzte, stieß ihr oberer Rand an die Spitzen des Ponys, den sie überlang trug, um ihre Augenbrauen zu verdecken. »Nur eine Frage«, sagte sie. »Finden Sie es nicht merkwürdig, daß Mr. Luxford sein Entführerschreiben mit der Post erhielt?«

»Selbstverständlich«, antwortete St. James. »Der Brief war gestern abgestempelt. Und wurde möglicherweise sogar am Tag vorher eingeworfen.«

»Während meine Tochter gesund und wohlbehalten zu Hause war. Wenn wir das in Betracht ziehen, können wir also sagen, daß sich der Kidnapper, als er den Brief aufgab, des Ausgangs seiner geplanten Entführung ziemlich sicher war.«

»Oder«, entgegnete St. James, »der Entführer wußte, daß es nichts ausmachen würde, wenn die Sache nicht klappt, weil der Brief in diesem Fall keine Wirkung auf den Empfänger haben würde. Wenn nämlich der Entführer und der Empfänger des Briefes ein und dieselbe Person sind. Oder wenn der Entführer vom Empfänger des Briefes beauftragt wurde.«

»Na bitte.«

»Ich hatte den Poststempel nicht übersehen, Mrs. Bowen. Und ich nehme auch nicht alles, was man mir erzählt, für bare Münze. Ich bin durchaus bereit zu bedenken, daß Dennis Luxford hinter dieser Sache stecken könnte. Ich bin gleichermaßen bereit zu denken, daß Sie selbst dahinterstecken könnten.«

Sie verzog flüchtig den Mund. Dann nickte sie kurz. »So, so«, sagte sie. »Luxford hat Sie also nicht so fest in der Tasche, wie er annimmt, wie? Schön, ich denke, Sie sind in Ordnung.«

Sie stand aus ihrem Sessel auf und trat zu einer abstrakten Bronzeskulptur, die auf einem Podest zwischen den beiden vorderen Fenstern stand. Sie kippte die Skulptur und zog unter ihr einen Brief hervor, den sie St. James brachte, ehe sie zu ihrem Sessel zurückkehrte. »Der Brief wurde irgendwann im Lauf des Tages gebracht. Wahrscheinlich zwischen ein und drei Uhr nachmittags. Meine Haushälterin, Mrs. Maguire, sie ist für heute schon gegangen, fand ihn, als sie von ihrem wöchentlichen Besuch bei ihrem Buchmacher zurückkam. Sie legte ihn zur übrigen Post – Sie sehen ja, er trägt meinen Namen – und dachte erst wieder an ihn, als ich sie um sieben anrief und nach Charlotte fragte. Nachdem Luxford mit mir telefoniert hatte.«

St. James sah sich den Briefumschlag an, den Eve Bowen ihm gegeben hatte. Er war weiß, ungefüttert, ein Briefumschlag, wie man ihn in jedem Schreibwarengeschäft oder Warenhaus kaufen konnte. Nachdem er ein Paar Latexhandschuhe übergezogen hatte, entnahm er das Schreiben. Er entfaltete das einzelne Blatt Papier und legte es in eine Plastikhülle, die er von zu Hause mitgebracht hatte. Dann zog er die Handschuhe wieder aus und las den kurzen Text.

Eve Bowen – wenn Sie wissen wollen, was Lottie zugestoßen ist, rufen Sie ihren Vater an.

»Lottie«, bemerkte St. James.

»So nennt sie selbst sich.«

»Wie nennt Luxford sie?«

Eve Bowen ließ sich in ihrer Überzeugung, Luxford sei an der Entführung beteiligt, nicht erschüttern. »Es wäre nicht unmöglich, den Namen herauszubekommen, Mr. St. James«, sagte sie. »Offensichtlich hat ihn ja jemand herausbekommen.«

»Oder kannte ihn bereits.« St. James zeigte Helen den Brief. Sie las ihn, ehe sie sprach.

»Sie sagten, Sie hätten Mrs. Maguire heute abend um sieben angerufen, Mrs. Bowen. Aber da muß Ihre Tochter doch schon mehrere Stunden verschwunden gewesen sein. Ist Mrs. Maguire das nicht aufgefallen?«

»Doch, es ist ihr aufgefallen.«

»Aber sie hat Sie nicht alarmiert?«

Die Staatssekretärin setzte sich ein klein wenig anders hin. So, wie sie den Atem ausstieß, hätte man es beinahe für einen Seufzer halten können. »Im vergangenen Jahr – eigentlich seit ich im Innenministerium bin – hat Charlotte des öfteren über die Stränge geschlagen. Mrs. Maguire weiß, daß ich von ihr erwarte, daß sie allein mit Charlotte fertigwird, ohne mich bei der Arbeit zu stören. Als Charlotte nicht nach Hause kam, hielt sie das für eine ihrer Ungezogenheiten.«

»Wieso das?«

»Weil Charlotte Mittwoch nachmittags Musikstunde hat und da nicht besonders gern hingeht. Sie geht immer nur unter Protest, und meistens droht sie damit, sich selbst oder ihre Flöte in einen Gully zu werfen. Als sie heute nicht direkt nach dem Unterricht nach Hause kam, nahm Mrs. Maguire an, sie sei wieder mal auf Dummheiten aus. Erst um sechs fing sie an herumzutelefonieren, um sich zu erkundigen, ob Charlotte zu einer ihrer Klassenkameradinnen gegangen sei anstatt zur Musikstunde.«

»Sie geht also allein zur Stunde?« fragte Helen.

Die Abgeordnete hörte die unausgesprochene, aber unvermeidbare Frage hinter Helens Worten: Ließ man ein zehnjähriges Mädchen unbeaufsichtigt in London umherwandern? Sie sagte: »Heutzutage laufen die Kinder in Rudeln herum, falls Sie das noch nicht bemerkt haben sollten. Charlotte dürfte kaum allein gewesen sein. Wenn es wirklich einmal der Fall ist, versucht Mrs. Maguire sie zu begleiten.«

»Versucht.« Das Wort war Helen nicht entgangen.

»Charlotte gefällt es nicht besonders, wenn ihr eine übergewichtige Irin in ausgebeulten Leggings und einem mottenzerfressenen Pullover hinterherschleicht. Aber sind wir nun hier, um meine Erziehungsmethoden zu besprechen, oder um uns darüber Gedanken zu machen, was meiner Tochter zugestoßen ist?«

St. James spürte Helens Reaktion auf die Worte, auch wenn ihr nichts anzusehen war. Die Luft schien zu knistern, als die Feindseligkeit, die die eine Frau ausstrahlte, auf die Ungläubigkeit der anderen stieß. Doch diese Emotionen würden ihnen bei der Suche nach dem Kind nicht weiterhelfen. Er griff deshalb wieder in das Gespräch ein.

»Und nachdem Mrs. Maguire festgestellt hatte, daß Charlotte bei keiner ihrer Schulkameradinnen war, hat sie Sie immer noch nicht angerufen?«

»Ich hatte ihr nach einem Zwischenfall im letzten Monat sehr deutlich zu verstehen gegeben, daß sie während meiner

Abwesenheit die alleinige Verantwortung für meine Tochter trägt.«

»Was war das für ein Zwischenfall?«

»Ach, ein typisches Beispiel von Charlottes Dickköpfigkeit.« Die Abgeordnete trank wieder ein Schlückchen Wein. »Charlotte hatte sich im Heizungskeller ihrer Schule versteckt – St.-Bernadette in der Blandford Street –, weil sie nicht in ihre Therapie wollte. Sie geht jede Woche, sie weiß, daß sie gehen muß, aber einmal im Monat beschließt sie, nicht kooperieren zu wollen. Das war so eine Gelegenheit. Mrs. Maguire rief mich in heller Panik an, als Charlotte nicht pünktlich nach Hause kam, um zur Therapie zu gehen. Ich mußte im Büro alles stehen- und liegenlassen und sie suchen. Danach habe ich mich mit Mrs. Maguire hingesetzt und ihr ein für allemal klargemacht, wie ihre Pflichten meiner Tochter gegenüber aussehen und von wann bis wann sie diese Pflichten zu erfüllen habe.«

Helen schien völlig perplex über die Erziehungspraktiken der Abgeordneten und drauf und dran, die Frau von neuem ins Verhör zu nehmen. St. James kam ihr zuvor. Es hatte keinen Sinn, die Staatssekretärin noch mehr in die Defensive zu drängen, zumindest im Moment nicht.

»Wo findet der Musikunterricht statt?«

Nicht weit von der Grundschule, erklärte Eve Bowen, im Cross Keys Close, in der Nähe der Marylebone High Street. Charlotte ging jeden Mittwoch nach der Schule direkt dorthin. Ihr Lehrer war ein Mann namens Damien Chambers.

»Und war Ihre Tochter heute in der Musikstunde?«

Ja, sie war dort gewesen. Mrs. Maguire hatte gleich als erstes bei Mr. Chambers angerufen, als sie um sechs mit der Suche nach Charlotte begonnen hatte.

»Dann müssen wir mit diesem Mann sprechen«, sagte St. James. »Und er wird wahrscheinlich wissen wollen, warum wir ihn befragen. Haben Sie das berücksichtigt und sich überlegt, wohin das führen kann?«

Eve Bowen hatte sich offenbar bereits damit abgefunden,

daß es auch bei einer privaten Untersuchung des Verschwindens ihrer Tochter nicht zu vermeiden war, die Leute zu befragen, die sie zuletzt gesehen hatten. Und ebendiese Leute würden sich zweifellos ihre Gedanken darüber machen, warum ein verkrüppelter Mann und eine Frau sich nach dem Kind erkundigten. Das war nicht zu ändern. Ihre Neugier würde die Befragten vielleicht dazu verleiten, der Presse einen Tip zu geben, der Interesse weckte, aber Charlottes Mutter war offenbar bereit, dieses Risiko einzugehen.

»So, wie wir es anpacken, kann die Story nur Spekulation sein«, sagte sie. »Wenn die Polizei eingreift, ist es definitiv.«

»Eine Spekulation, die sich zur Katastrophe auswachsen kann«, sagte St. James. »Sie müssen die Polizei hinzuziehen, Mrs. Bowen. Wenn nicht die zuständige Dienststelle, dann Scotland Yard. Sie haben dank Ihrer Stellung beim Innenministerium den nötigen Einfluß, das durchzusetzen, würde ich vermuten.«

»Ich habe den Einfluß. Und ich will keine Polizei. Das kommt gar nicht in Frage.«

Ihr Gesichtsausdruck war unerbittlich. Er und Helen, das war St. James klar, könnten noch Stunden über diesen Punkt mit ihr diskutieren, ohne daß etwas dabei herauskommen würde. Das, worauf es vor allem andern ankam, war, das Kind zu finden – und zwar schnell. Er bat um eine Beschreibung des kleinen Mädchens, wie es an diesem Morgen ausgesehen hatte, und um eine Fotografie. Eve Bowen sagte ihnen, daß sie ihre Tochter an diesem Morgen nicht gesehen hatte, daß sie Charlotte morgens niemals zu Gesicht bekam, weil sie stets schon vor dem Erwachen des Kindes das Haus verließ. Aber sie hatte natürlich ihre Schuluniform an. Oben, sagte sie, sei irgendwo ein Foto von ihr, auf dem sie die Uniform trage. Sie ging hinaus, um die Aufnahme zu holen. Die beiden hörten, wie sie die Treppe hinaufstieg.

»Das ist doch mehr als merkwürdig, Simon«, sagte Helen leise, sobald sie allein waren. »So, wie diese Frau sich verhält, könnte man beinahe glauben ...« Sie zögerte. Sie schlang ihre

Arme um ihren Oberkörper. »Findest du ihre Reaktion auf Charlottes Verschwinden nicht reichlich unnatürlich?«

St. James stand auf und trat zu der Wandnische beim Kamin, um sich die Trophäen anzusehen. Sie trugen alle Eve Bowens Namen und waren ihr für ihre Leistungen im Dressurreiten zuerkannt worden. Es schien sehr passend, daß sie mehr als ein Dutzend erster Plätze in gerade dieser Sportart erobert hatte. Er hätte gern gewußt, ob ihr politischer Stab ebensogut parierte, wie ihre Pferde es offensichtlich getan hatten.

»Sie glaubt, daß Luxford die Hand im Spiel hat, Helen«, sagte er. »Und er würde nicht daran denken, dem Kind etwas anzutun. Ihm ginge es nur darum, der Mutter einen Schrekken einzujagen. Aber sie scheint entschlossen zu sein, sich keinen Schrecken einjagen zu lassen.«

»Trotzdem – hier, ganz privat, hätte ich schon ein oder zwei Risse im Panzer erwartet.«

»Sie ist Politikerin. Sie will sich auf keinen Fall in die Karten schauen lassen.«

»Aber es geht doch um ihre Tochter! Wieso läuft das Kind allein auf der Straße herum? Und was hat ihre Mutter von heute abend sieben bis jetzt getan?« Helen wies zum Tisch mit dem Aktenkoffer und den Papieren, die unter dem zugeklappten Deckel heraushingen. »Ich hätte nicht erwartet, daß die Mutter eines entführten Kindes – ganz gleich, von wem es ihrer Meinung nach entführt wurde – die Ruhe hat, sich auf ihre Arbeit zu konzentrieren. Das ist doch nicht normal. Das alles ist nicht normal.«

»Ich bin ganz deiner Meinung. Aber ich denke, sie weiß sehr wohl, wie das auf uns wirken muß. Sie hätte es nicht in so kurzer Zeit dahin gebracht, wo sie heute steht, wenn sie nicht stets vorher gewußt hätte, wie die Dinge wirken würden.« St. James musterte eine Galerie von Fotografien, die unter drei Grünpflanzen auf einem schmalen Chromtisch mit Glasplatte aufgereiht waren. Er bemerkte ein Bild, das Eve Bowen mit dem Premierminister zeigte, ein anderes mit Eve Bowen und dem Innenminister, ein drittes von Eve Bowen Seite an Seite mit der Prinzessin von Wales, die eine recht spärliche Versammlung von Polizeibeamten willkommen hieß.

»Die Dinge«, sagte Helen, leicht ironisch den Ausdruck wiederholend, den St. James gewählt hatte, »wirken für meine Begriffe bemerkenswert distanziert.«

Draußen wurde die Haustür aufgesperrt, noch während Helen sprach. Die Tür wurde geöffnet und wieder geschlossen. Der Riegel wurde wieder vorgelegt. Schritte knallten auf den Fliesen, und ein Mann erschien an der Tür zum Wohnzimmer, gut eins achtzig groß, hager, mit schmalen Schultern. Seine teefarbenen Augen schweiften von St. James zu Helen, doch zunächst sagte er nichts. Er wirkte müde, und sein hellbraunes Haar war jungenhaft zerzaust, als hätte er sich zur Belebung seines Kreislaufs den Kopf massiert.

»Guten Abend«, sagte er schließlich. »Wo ist Eve?«

»Oben«, antwortete St. James. »Sie sucht ein Foto.«

»Ein Foto?« Er warf Helen einen Blick zu und sah dann wieder St. James an. Etwas in ihren Gesichtern schien ihn stutzig zu machen: Sein Ton, der bisher freundlich gleichgültig gewesen war, wurde plötzlich argwöhnisch. »Was geht hier vor?« fragte er mit einer aggressiven Schärfe im Ton, die darauf schließen ließ, daß er es gewöhnt war, sofort und ehrerbietig Antwort zu erhalten. Offenbar empfingen auch Regierungsmitglieder nur dann Gäste kurz vor Mitternacht, wenn etwas Schwerwiegendes vorlag. »Eve?« rief er nach oben, ehe er sich wieder St. James zuwandte und fragte: »Ist etwas passiert? Ist mit Eve alles in Ordnung? Hat der Premierminister –«

»Alex!«

St. James konnte Eve Bowen nicht sehen, doch er hörte ihren schnellen Schritt auf der Treppe.

»Was ist hier los?« fragte Alex sie.

Sie wich der Frage aus, indem sie Helen und St. James vorstellte und dann sagte: »Mein Mann, Alexander Stone.«

St. James konnte sich nicht erinnern, je davon gehört zu haben, daß die Staatssekretärin verheiratet war, aber als sie jetzt ihren Mann vorstellte, sagte er sich, daß er es irgendwo gelesen und in einer besonders verstaubten Schublade seines Gedächtnisses abgelegt haben mußte, da es ihm unwahrscheinlich vorkam, überhaupt nicht zu wissen, daß Alexander Stone der Mann der Staatssekretärin war. Stone war einer der führenden Unternehmer des Landes, vor allem in der Gastronomie tätig. Ihm gehörte mindestens ein halbes Dutzend eleganter Restaurants von Hammersmith bis Holborn. Er war gelernter Koch, ein Junge aus Newcastle, der es geschafft hatte, seinen Akzent im Lauf seines bewunderungswürdigen Aufstiegs vom Pastetenbäcker zum hochkalibrigen Gastronom abzulegen. Tatsächlich verkörperte er in jeder Hinsicht das Ideal der Konservativen Partei: ein Mann, der es ohne alle Privilegien – und selbstverständlich ohne sich auf staatliche Hilfe zu stützen – zu Erfolg gebracht hatte. Er war die fleischgewordene Möglichkeit, der Meister der Privatinitiative. Kurzum, er war der ideale Ehemann für eine konservative Abgeordnete.

»Es ist etwas passiert«, erklärte Eve Bowen ihm und legte ihm zugleich beschwichtigend die Hand auf den Arm. »Alex, es ist leider nicht sehr erfreulich.«

Wieder blickte Stone von St. James zu Helen. St. James hatte Mühe zu begreifen, daß Eve Bowen ihren Mann bis jetzt nicht von der Entführung ihrer Tochter unterrichtet hatte. Helen ging es ebenso, wie er sah. Ihre Gesichter boten umfassend Möglichkeit zur Interpretation, und Stone, der sie scharf musterte, wurde blaß. »Dad«, sagte er. »Ist er tot? War es sein Herz?«

»Es geht nicht um deinen Vater, Alex. Es geht um Charlotte. Sie ist verschwunden.«

Er starrte seine Frau an. »Charlotte«, wiederholte er verständnislos. »Charlotte. Charlie. *Was*?«

»Sie ist entführt worden.«

Er sah aus, als hätte er einen betäubenden Schlag erhalten. »Was? Wann? Was ist –«

»Heute nachmittag. Nach ihrer Musikstunde.«

Mit der rechten Hand griff er sich in sein zerzaustes Haar

und brachte es noch mehr durcheinander. »Verdammt noch mal, Eve. Was zum Teufel hat das zu bedeuten? Warum hast du mich nicht angerufen? Ich war seit zwei im *Couscous*. Das hast du doch gewußt. Warum hast du mich nicht angerufen?«

»Ich habe es erst um sieben erfahren. Und dann ging alles so schnell.«

Er sagte zu St. James: »Sie sind von der Polizei.«

»Keine Polizei«, fuhr seine Frau dazwischen.

Er drehte sich nach ihr um. »Hast du den Verstand verloren? Was zum *Teufel* –«

»Alex!« Die Stimme der Abgeordneten war leise und eindringlich. »Würdest du in der Küche warten? Würdest du uns etwas zu essen machen? Ich komme gleich nach und erkläre dir alles.«

»Erklären? Was denn?« fragte er scharf. »Was geht hier vor, verdammt noch mal? Wer sind diese Leute? Ich erwarte eine Antwort von dir, Eve.«

»Du wirst sie gleich bekommen.« Wieder berührte sie seinen Arm. »Bitte! Laß mich hier fertigmachen. Bitte.«

»Du kannst mich nicht abschieben wie einen deiner beschissenen kleinen Beamten.«

»Das tue ich doch gar nicht, Alex. Wirklich nicht. Laß mich nur hier fertigmachen.«

Stone schüttelte ihre Hand ab. »Gott verdammich«, knirschte er. Dann ging er mit langen Schritten durch das Wohnzimmer, durch das anschließende Speisezimmer und verschwand durch eine Schwingtür, die offenbar in die Küche führte.

Eve Bowen blickte ihm nach. Hinter der Schwingtür wurden Schranktüren aufgezogen und krachend zugeschlagen. Töpfe klapperten auf Arbeitsplatten. Wasser rauschte.

Sie reichte St. James eine Fotografie. »Das ist Charlotte.«

»Ich brauche ihren Wochenplan. Eine Liste ihrer Freunde. Die Adressen der Leute, die sie regelmäßig aufsucht.«

Sie nickte, obwohl ihr anzusehen war, daß sie in Gedanken bei ihrem Mann in der Küche war. »Natürlich«, sagte sie und kehrte zu ihrem Sessel zurück. Sie nahm einen Block und einen Füller. Das Haar fiel ihr ins Gesicht, als sie zu schreiben begann.

Helen war es, die die Frage wagte. »Warum haben Sie Ihren Mann nicht angerufen, Mrs. Bowen? Nachdem Sie gehört hatten, daß Charlotte nicht aufzufinden ist, warum haben Sie ihn da nicht angerufen?«

Eve Bowen hob den Kopf. Sie sah völlig gefaßt aus, als hätte sie die Zeit, die sie gebraucht hatte, das Zimmer zu durchqueren, dazu genutzt, alle Emotionen, die sie hätten verraten können, zu unterdrücken. »Ich wollte nicht, daß er auch noch ein Opfer Dennis Luxfords wird«, antwortete sie. »Ich hatte den Eindruck, als seien es schon genug.«

Alexander Stone hantierte in der Küche wie ein Berserker. Er goß Rotwein in die Mischung aus Olivenöl, gehackten Tomaten, Zwiebeln, Petersilie und Knoblauch. Er stellte die Hitze unter dem Topf kleiner und rannte von seinem ihm so teuren ultramodernen Herd zur Arbeitsplatte, wo er mit blitzendem Messer eine Handvoll Champignons hackte. Die fegte er in eine Schale und trug sie zum Herd. Dort begann gerade das Wasser in einem großen Topf zu kochen. Schimmernde Dampfwolken stiegen zur Decke auf, und er mußte plötzlich an Charlotte denken, die so wehrlos war. Geisterwolken hätte sie sie genannt und sich ihren Hocker zum Herd gezogen, um mit ihm zu schwatzen, während er arbeitete.

Lieber Gott, dachte er.

Mit geballter Faust schlug er sich hart auf den Oberschenkel. Er spürte das Brennen seiner Augen und sagte sich, seine Linsen reagierten auf die Hitze vom Herd und die Schärfe der brutzelnden Zwiebeln und des Knoblauchs. Dann schimpfte er sich einen feigen Lügner, ließ stehen und liegen, was er tat, und senkte den Kopf. Er keuchte wie ein Marathonläufer, während er versuchte, sich zu beruhigen. Er zwang sich, der Wahrheit ins Auge zu sehen: Er wußte die Tatsachen noch nicht, und solange er sie nicht kannte, vergeudete er mit Wut nur wertvolle Energie. Das würde ihm nicht helfen. Das würde Charlie nicht helfen.

Gut, dachte er. Ja. In Ordnung. Kümmern wir uns um das, was anliegt. Warten wir ab.

Er ging zum Tiefkühlschrank und nahm eine Packung Fettuccine heraus. Erst als er die Nudeln ganz ausgepackt hatte und ins sprudelnde Wasser werfen wollte, wurde ihm bewußt, daß er ihre Kälte an seiner Hand nicht spürte. Bei dieser Erkenntnis ließ er die Pasta so plötzlich in den Topf fallen, daß eine Fontäne kochenden Wassers aufspritzte und sein Kinn näßte. Das spürte er und sprang instinktiv vom Herd weg wie einer, der noch nie in der Küche gearbeitet hatte.

»Verflucht«, flüsterte er. »Verdammter Mist.«

Er ging zum Kalender, der neben dem Telefon an der Wand hing. Er wollte sich vergewissern. Es war ja möglich, daß er ausnahmsweise vergessen hatte, seinen Arbeitsplan für diese Woche einzutragen, daß er den Namen des Restaurants nicht hinterlassen hatte, in dem er an diesem Tag Köchen und Kellnern auf die Finger gesehen hatte, daß er vergessen hatte, Mrs. Maguire, Charlie, Eve wissen zu lassen, wo er zu erreichen war, daß er ausnahmsweise vergessen hatte, für einen Notfall Vorsorge zu tragen, wenn man ihn dringend brauchen sollte... Aber da stand es klar und deutlich in dem Kästchen für Mittwoch: *Couscous.*

Gerade so wie für den Vortag *Sceptre* dastand und für den folgenden Tag *Demoiselle.* Und das bedeutete, daß es keine Entschuldigung gab. Es bedeutete, daß er die Fakten hatte. Er konnte seiner Wut freien Lauf lassen, mit Fäusten die Schränke durchschlagen, Gläser und Geschirr zu Boden fegen, Besteck an die Wände schleudern, den Kühlschrank ausleeren und seinen Inhalt unter seinen Füßen zertrampeln...

»Sie sind weg.«

Er fuhr herum. Eve war zur Tür gekommen. Sie nahm mit müder Bewegung ihre Brille ab und putzte die Gläser am schwarzen Seidenfutter ihrer Kostümjacke. »Du hättest nichts Frisches zu machen brauchen«, bemerkte sie mit einer Kopfbewegung zum Herd. »Mrs. Maguire hat uns sicher etwas dagelassen. Das tut sie doch immer –« Sie brach ab und setzte die Brille wieder auf.

Für Charlotte. Sie wollte die beiden Wörter nicht aussprechen, weil sie den Namen ihrer Tochter nicht aussprechen wollte. Hätte sie es getan, hätte sie ihm das Stichwort gegeben, ehe sie zu einer Auseinandersetzung bereit war. Und sie war schließlich Politikerin, die verdammt genau wußte, wie man die Oberhand behielt.

Als würde die Mahlzeit nicht bereits auf dem Herd köcheln, ging sie zum Kühlschrank. Alexander beobachtete sie, wie sie zwei zugedeckte Teller herausnahm, die er bereits inspiziert hatte, und sie zur Arbeitsplatte trug. Sie nahm die Folie von Mrs. Maguires Hinterlassenschaft für den Mittwochabend: gratinierte Makkaroni, Mischgemüse und gekochte neue Kartoffeln mit einer gewagten Prise Paprika.

»Du meine Güte«, sagte sie, als sie die Käseklumpen in der verklebten Makkaronimasse sah.

»Ich lasse Charlie jeden Tag etwas da«, sagte er. »Sie braucht es nur aufzuwärmen, aber sie tut's nicht. Nichts als Fraß mit hochtrabenden Namen, behauptet sie.«

»Ach, und das ist kein Fraß?« Eve warf beide Makkaroniportionen ins Spülbecken und schaltete den Abfallzerkleinerer ein. Das Wasser lief und lief, und Alexander sah ihr zu, wie sie zusah. Er wußte, daß sie die Zeit nutzte, um sich auf das bevorstehende Gespräch vorzubereiten. Ihr Kopf war gesenkt, und ihre Schultern hingen schlaff herab. Ihr Nacken lag bloß. Er war weiß und verletzlich und bettelte um sein Mitleid. Aber es rührte ihn nicht.

Er ging zu ihr, schaltete den Zerkleinerer aus und drehte den Wasserhahn zu. Er nahm sie beim Arm, um sie herumzudrehen. Sie war stocksteif. Er senkte seine Hand.

»Was ist passiert?« fragte er.

»Das, was ich schon gesagt habe. Sie ist auf dem Heimweg von der Musikstunde verschwunden.«

»Maguire war nicht bei ihr?«

»Anscheinend nicht.«

»Verdammt, Eve! Wir haben das doch x-mal besprochen. Wenn die Frau nicht zuverlässig ist –«

»Sie dachte, Charlotte wäre mit Freunden unterwegs.«

»Sie dachte. Sie dachte! Herrgott noch mal!« Wieder hätte er am liebsten zugeschlagen. Wäre die Haushälterin zur Stelle gewesen, er wäre ihr an die Kehle gegangen. »Warum?« fragte er scharf. »Sag mir doch nur, warum.«

Sie gab nicht vor, ihn nicht zu verstehen. Sie drehte sich um. Sie kreuzte die Arme über ihrer Brust. Durch diese Haltung wehrte sie ihn sicherer ab, als wenn sie sich auf die andere Seite des Raums zurückgezogen hätte. »Alex, ich mußte doch erst mal überlegen, was ich tun soll.«

Er war dankbar dafür, daß sie wenigstens nicht versuchte, bei ihrer früheren Lüge zu bleiben und ihm vorzumachen, es sei alles zu schnell gegangen. Doch das Fünkchen Dankbarkeit änderte nichts – es war wie ein Samenkörnchen, das auf unfruchtbaren Boden fiel.

»Würdest du mir vielleicht erklären, was es da zu überlegen gab?« fragte er betont ruhig und höflich. »Mir scheint das ganze Problem aus vier simplen Schritten zu bestehen.« Er zählte die Schritte an den Fingern ab: »Charlie wird entführt. Du rufst mich im Restaurant an. Ich hole dich vom Büro ab. Wir fahren zur Polizei.«

»So einfach ist das nicht.«

»Du scheinst irgendwo bei Schritt eins steckengeblieben zu sein. Richtig?« Ihre Miene veränderte sich nicht. Sie trug immer noch diesen Ausdruck völliger Ungerührtheit, der bei ihrer Arbeit so wichtig war. Angesichts Eves Selbstbeherrschung begann Alex die seine zu verlieren. »Verdammt noch mal, ist das richtig, Eve?«

»Soll ich es dir erklären?«

»Du sollst mir sagen, wer diese Leute im Wohnzimmer waren. Du sollst mir sagen, warum zum Teufel du nicht die Polizei alarmiert hast. Du sollst mir erklären – und versuch's mir in zehn Worten oder weniger zu sagen, Eve –, warum du es offenbar nicht für wichtig hieltest, mir Bescheid zu geben, daß meine eigene Tochter –«

»Stieftochter, Alex.«

»Heiliger Himmel! Wenn ich also ihr Vater wäre – und deiner Definition nach genügt es anscheinend, den Samen geliefert zu haben –, dann hätte ich einen Anruf verdient, um zu erfahren, daß mein Kind verschwunden ist. Habe ich das richtig verstanden?«

»Nicht ganz. Charlottes Vater weiß bereits Bescheid. *Er* hat mich angerufen, um mir zu sagen, daß sie entführt worden ist. Ich glaube, daß er selbst sie entführen ließ.«

Das Nudelwasser suchte sich diesen Moment aus, um überzukochen. Schäumend sprudelte es über den Topfrand und ergoß sich auf den Herd. Mit einem Gefühl, als wate er bis zu den Hüften in Haferbrei, rannte Alex zum Herd, stellte die Hitze kleiner, rührte um, hob den Topf von der Platte, stellte ein Sieb zurecht, während es um ihn herum unablässig *Charlottes Vater, Charlottes Vater, Charlottes Vater* dröhnte. Er legte die Gabel, mit der er umgerührt hatte, sorgsam auf ein Brettchen, ehe er sich wieder zu Eve umdrehte. Sie hatte von Natur aus eine helle Haut, aber in der Küchenbeleuchtung sah sie totenblaß aus.

»Charlies Vater«, sagte er.

»Er behauptet, einen Entführerbrief erhalten zu haben. Ich habe ebenfalls einen bekommen.« Alex sah, wie ihre Finger, die ihre Ellbogen umfaßten, sich anspannten. Es war, als wollte sie sich wappnen. Das Schlimmste, erkannte er, würde erst noch kommen.

»Weiter«, sagte er ruhig.

»Willst du nicht nach deiner Pasta sehen?«

»Ich habe keinen Appetit. Du?«

Sie schüttelte den Kopf. Doch sie ließ ihn einen Moment allein, um ins Wohnzimmer zu gehen. Er stand inzwischen wie betäubt am Herd, rührte die Sauce und die Fettuccine und fragte sich, wann ihm je wieder nach Essen zumute sein würde. Sie kehrte mit einer offenen Flasche Wein und zwei Gläsern zurück. Sie schenkte an der Bar ein, die sich neben dem Herd befand, und schob ihm eins der Gläser zu.

Er erkannte, daß sie es nicht sagen würde, wenn er sie nicht dazu zwang. Alles andere würde sie ihm sagen – was Charlie vermutlich zugestoßen war, um welche Tageszeit, wie und wann sie davon erfahren hatte. Aber den Namen würde sie nicht aussprechen, wenn er nicht darauf bestand. Die Identität von Charlottes Vater war das einzige persönliche Geheimnis, das sie ihm in den sieben Jahren, seit sie sich kannten, in den sechs Jahren ihrer Ehe nicht anvertraut hatte. Und Alex war es nicht fair erschienen, sie zu drängen. Charlies Vater, wer immer er war, gehörte Eves Vergangenheit an. Alex hatte nur ihrer Gegenwart und ihrer Zukunft angehören wollen.

»Warum hat er sie entführt?«

Sie antwortete emotionslos, mit einer rein sachlichen Auflistung der Schlußfolgerungen, zu denen sie bereits gelangt war. »Weil er publik machen möchte, wer ihr Vater ist. Weil er die Tories in noch größere Schwierigkeiten stürzen möchte. Weil der Premierminister Neuwahlen ausschreiben lassen muß und meine Partei sie verlieren wird, wenn über Regierungsmitglieder immer neue Sexskandale bekannt werden, die das Vertrauen der Öffentlichkeit in die gewählten Volksvertreter erschüttern, und genau das möchte er erreichen.«

Alex griff das Wort heraus, das ihn am meisten verstörte und ihm zugleich am meisten darüber sagte, was sie so viele Jahre vor ihm verborgen hatte. »Sexskandale?«

Ihre Lippen verzogen sich zu einem bitteren Lächeln. »Ja, Sexskandale.«

»Wer ist es, Eve?«

»Dennis Luxford.«

Der Name sagte ihm nichts. Jahre der Furcht, Jahre des Kopfzerbrechens, der Spekulationen und Vermutungen, und der Name sagte ihm überhaupt nichts. Ihre Miene sagte ihm, daß sie wußte, daß er mit dem Namen nichts anfangen konnte. Mit einem bitteren kleinen Lachen, das ihr selbst galt, ging sie zu dem kleinen Küchentisch, der in dem Erker mit Blick in den

Garten stand. Neben einem der Stühle war ein Zeitschriftenständer. Dort bewahrte Mrs. Maguire das wenig anspruchsvolle Lesematerial auf, mit dem sie sich bei ihrem zweiten Frühstück zu vergnügen pflegte. Eve zog eine Zeitung aus dem Ständer, nahm sie mit zur Bar und legte sie Alex hin.

Im Scharlachrot des Kopfes leuchteten in grellem Gelb die Worte *The Source!* Darunter folgte eine Schlagzeile von mindestens sechs Zentimetern Höhe: *Die geheimen Spielchen des Abgeordneten,* mit zwei Farbfotos, von denen das eine Sinclair Larnsey zeigte, den Abgeordneten aus East Norfolk, wie er mit finsterer Miene in Begleitung eines älteren stöckchenschwingenden Mannes, dem man den Wahlausschußvorsitzenden auf den ersten Blick ansah, aus einem Haus trat; das andere einen roten Citroën, der im Untertitel als »Sinclair Larnseys mobiles Liebesnest« bezeichnet wurde. Der Rest der Titelseite war Überschriften wie »Gewinnen Sie einen Traumurlaub (Seite 11)«, »Frühstück mit Ihrem Lieblingsstar (Seite 8)« und »Baldiger Prozeß im Cricket-Mord (Seite 29)« gewidmet.

Stirnrunzelnd blickte er auf die Zeitung hinunter. Sie war knallig und aufdringlich, wie zweifellos beabsichtigt, und er konnte sich vorstellen, daß sie jeden Morgen von Tausenden von Pendlern, die auf dem Weg zur Arbeit etwas Unterhaltsames lesen wollten, gekauft wurde. Aber man brauchte doch nur die schludrige Aufmachung zu sehen, um zu wissen, wie weit der Einfluß dieses Blattes auf die öffentliche Meinung reichte. Wer las schon solchen Schund – abgesehen von Leuten wie Mrs. Maguire, die nicht gerade als eine der bedeutenden intellektuellen Kräfte dieses Landes bezeichnet werden konnte?

Eve kehrte zu dem Zeitungsständer zurück. Sie kramte drei weitere Exemplare des Blattes heraus und legte sie vor ihn auf die Bar. *Die neueste Leiche im Abgeordnetenkeller: Schmiergelder für Spitzenbeamte* nahm eine ganze Titelseite ein. *Ex-Geliebte eines Tory-Abgeordneten packt aus* zierte eine andere. *Königlicher Federball: Wer hält nachts die Prinzessin warm?* sprang einem von einer weiteren Seite entgegen.

»Was soll das?« fragte Alex. »Dein Fall liegt doch ganz anders. Was könnten dir die Zeitungen anhängen wollen? Du hast einen Fehler gemacht. Du bist schwanger geworden. Du hast ein Kind bekommen. Du hast es aufgezogen, für es gesorgt und dein Leben weitergelebt. Da ist doch für die Presse nichts zu holen.«

»Du verstehst nicht.«

»Was gibt's zu verstehen?«

»Das ist Dennis Luxfords Zeitung, Alex. Charlottes Vater ist der Chefredakteur dieses Blattes und war Redakteur eines ähnlich widerlichen Blattes, als wir unsere –« Sie zwinkerte hastig, und einen Moment lang glaubte er, sie würde tatsächlich die Fassung verlieren. »Er war bei einem dieser Revolverblätter – immer auf der Jagd nach dem gemeinsten Klatsch, den er auftreiben konnte, ständig darauf aus, jeden in den Dreck zu ziehen, den er demütigen wollte –, als wir in Blackpool unsere kleine Affäre hatten.«

Er wandte den Blick von ihr ab und richtete ihn wieder auf die Zeitungen. Wenn er sie nicht richtig gehört hatte, sagte er sich, brauchte er es nicht zu glauben. Sie machte eine Bewegung, und er sah, daß sie ihr Weinglas ergriffen hatte und es hochhielt, als wollte sie einen Toast ausbringen. Doch sie tat es nicht, sondern sagte statt dessen: »Eve Bowen, zukünftige Abgeordnete der Konservativen Partei, zukünftige Staatssekretärin und zukünftige Premierministerin, damals erzkonservative, gottesfürchtige, selbstgerechte kleine Reporterin, ist mit der übelsten Dreckschleuder des Landes ins Bett gehüpft. Das wird für die Presse noch ein gefundenes Fressen sein. Und dieses Schmierblatt wird die Meute anführen.«

Alex wollte etwas sagen, doch es fiel ihm schwer, weil er in diesem Moment nichts empfand als eine eisige Kälte, die sein Herz einzufrieren schien. Selbst seine Stimme klang wie tot. »Damals warst du noch nicht im Parlament.«

»Eine Nuance, die die Öffentlichkeit bestimmt mit Freuden übersehen wird, das versichere ich dir. Man wird sich vielmehr mit größtem Vergnügen vorstellen, wie wir beide im Hotel in

Blackpool auf heimlichen Liebespfaden gewandelt sind und uns mit ungezügelter Leidenschaft wilder Lust hingegeben haben, ich mit gespreizten Beinen auf einem Bett im Hotelzimmer, danach lechzend, daß Luxford mich mit seinem mächtigen Organ im Innersten aufwühlt, und am nächsten Morgen wieder die brave Jungfer Rühr-mich-nicht-an für die Kollegen. Und dann habe ich jahrelang mit diesem Geheimnis gelebt. Habe behauptet, ich fände alles, wofür dieser Mann steht, zutiefst unmoralisch und verwerflich.«

Alex starrte sie an. Er betrachtete ihr Gesicht, das er so gut kannte: das wohlfrisierte Haar, die klaren hellbraunen Augen, das etwas zu spitze Kinn, die zu schmale Oberlippe. Er dachte: Das ist meine Frau. Das ist die Frau, die ich liebe. Niemand kennt mich so, wie sie mich kennt. Aber kenne ich sie? Er sagte tonlos: »Und tust du das denn nicht? Tatest du es denn nicht?«

Ihr Blick schien sich zu verdunkeln. Als sie ihm antwortete, klang ihre Stimme merkwürdig distanziert. »Wie kannst du mich das überhaupt fragen, Alex?«

»Weil ich es wissen möchte. Ich habe ein Recht, es zu wissen.«

»Was zu wissen?«

»Wer zum Teufel bist du?«

Sie antwortete nicht. Sie sah ihm nur schweigend in die Augen, ehe sie den Topf vom Herd nahm und zum Spülbekken trug, wo sie die Fettuccine in ein Sieb abgoß. Mit einer Gabel hob sie einen Strang Nudeln hoch. »Du hast sie verkochen lassen, Alex«, sagte sie ruhig. »So etwas hätte ich von dir nicht erwartet.«

»Antworte mir!«

»Ich glaube, das habe ich eben getan.«

»Der Irrtum war die Schwangerschaft«, sagte er, »nicht die Wahl des Partners. Du wußtest, wer er ist, als du mit ihm geschlafen hast. Du mußt es gewußt haben.«

»Ja. Ich wußte es. Möchtest du, daß ich dir sage, es hat keine Rolle gespielt?«

»Ich möchte, daß du mir die Wahrheit sagst.«

»Gut. Es hat keine Rolle gespielt. Ich wollte mit ihm schlafen.«

»Warum?«

»Er hat mich geistig gefordert. Und das ist etwas, was die meisten Männer nicht einmal versuchen, wenn es ihnen darum geht, eine Frau zu verführen.«

Alex stürzte sich auf das Wort, weil er es brauchte. »Er hat dich verführt.«

»Das erstemal. Danach war es nicht mehr nötig. Danach beruhte es auf Gegenseitigkeit.«

»Du hast also mehr als einmal mit ihm gevögelt.«

Sie zuckte nicht vor dem Wort zurück, wie er sich das gewünscht hätte. »Ich habe während der ganzen Konferenz mit ihm geschlafen. Jede Nacht. Und beinahe jeden Morgen.«

»Wunderbar.« Er schob die Zeitungen zusammen. Er steckte sie wieder in den Ständer. Er ging zum Herd und nahm den Topf mit der Soße. Er schüttete sie ins Spülbecken und sah zu, wie sie blubbernd in den Ausguß rann. Eve stand immer noch neben dem Abtropfbrett. Er spürte ihre Nähe, aber er konnte sie nicht ansehen. Ihm war, als hätte seine Seele einen tödlichen Schlag empfangen. Das einzige, was er sagen konnte, war: »Und jetzt hat er Charlie entführt. Luxford, meine ich.«

»Er hat es veranlaßt. Und wenn er publik macht, daß er ihr Vater ist – auf der Titelseite seines Blattes –, dann kehrt sie zurück.«

»Warum rufst du nicht die Polizei an?«

»Weil ich ihn zwingen will, Farbe zu bekennen.«

»Und dazu willst du Charlie benutzen?«

»Charlotte benutzen? Was meinst du damit?«

Dies endlich konnte er fühlen, und das tat ihm gut. »Wohin hat er sie gebracht, Eve? Weiß sie, was vorgeht? Ist sie hungrig? Ist ihr kalt? Ist sie vielleicht außer sich vor Angst? Sie wurde von einem Wildfremden auf der Straße entführt. Interessiert dich eigentlich noch etwas, außer deinen Ruf zu retten, das Spiel zu gewinnen und dieses Schwein, Luxford, dazu zu zwingen, Farbe zu bekennen?«

»Mach doch jetzt bitte kein Referendum über die Mutterschaft daraus«, entgegnete sie ruhig. »Ich habe in meinem Leben einen Fehler begangen. Ich habe für diesen Fehltritt bezahlt. Ich bezahle immer noch dafür. Ich werde bis zum Tod dafür bezahlen.«

»Wir sprechen hier von einem Kind, nicht von einem Fehler. Von einem zehnjährigen Kind!«

»Und ich bin entschlossen, sie zu finden. Aber ich werde es auf meine Art tun. Eher verrotte ich in der Hölle, als daß ich mich ihm beuge. Du brauchst dir doch nur seine Zeitung anzusehen, wenn du immer noch nicht begreifst, was er von mir will, Alex. Und ehe du mich wegen meines Eigennutzes verdammst, solltest du vielleicht mal darüber nachdenken, was so ein saftiger Sexskandal in der Zeitung für Charlotte bedeuten würde.«

Er wußte es natürlich. Einer der schlimmsten Alpträume im Leben eines jeden Politikers war die unerwartete Enthüllung eines unerquicklichen Geheimnisses, das man längst begraben und vergessen geglaubt hatte. Wenn dieses Geheimnis erst einmal abgestaubt und veröffentlicht war, führte das dazu, daß jede Handlung, jedes Wort, jede Absicht des Betroffenen argwöhnisch beäugt wurde. Die Existenz dieses Geheimnisses – selbst wenn es im Leben des Betroffenen nur noch eine periphere Rolle spielte – verlangte danach, daß jedes Motiv untersucht, jeder Kommentar abgeklopft, jeder Schritt verfolgt, jedes Schreiben analysiert, jede Rede auseinandergenommen und alles andere so genau wie möglich unter die Lupe genommen wurde, um den Geruch der Heuchelei zu entdecken. Und dieses Mißtrauen beschränkte sich nicht auf den Bloßgestellten allein. Alle Familienmitglieder hatten darunter zu leiden, die im Namen des gottgegebenen Rechts der Öffentlichkeit auf Information ebenso durch den Schmutz gezogen wurden. Parnell hatte das erfahren. Profumo ebenfalls. Yeo und Ashby hatten beide die gnadenlose Durchleuchtung ihres Privatlebens ertragen müssen. Nicht der höchste Politiker, nicht einmal die Monarchie selbst war vor öffentlicher Bloßstellung und Verhöhnung sicher; daher wußte Eve, daß man auch bei ihr keine Ausnahme machen würde, schon gar nicht ein Mann wie Luxford, der von zweifelhaftem journalistischen Ehrgeiz und einer persönlichen Abscheu gegen die Konservative Partei getrieben wurde.

Alex fühlte sich niedergedrückt von der Last. Sein Körper verlangte nach Handeln. Sein Verstand verlangte nach Begreifen. Sein Herz verlangte nach Flucht. Er war hin- und hergerissen zwischen Abneigung und Mitgefühl und fühlte sich von dem inneren Kampf dieser gegensätzlichen Gefühle aufgerieben. Er rang sich zu Mitgefühl durch, wenn auch vielleicht nur für einen Moment.

Mit einer Kopfbewegung zum Wohnzimmer sagte er: »Und wer waren nun die beiden? Der Mann und die Frau?«

Er sah ihr an, daß sie glaubte, sie habe gesiegt. »Er hat früher einmal bei Scotland Yard gearbeitet«, antwortete sie »Sie ist ... ich weiß nicht. Sie ist seine Mitarbeiterin, glaube ich.«

»Und du bist sicher, daß sie dieser Sache gewachsen sind?«

»Ja.«

»Wieso?«

»Als er mich bat, eine Liste von Charlottes Aktivitäten zu machen, ließ er sie mich zweimal schreiben. Einmal mit meiner Handschrift und das zweitemal in Druckschrift.«

»Das verstehe ich nicht.«

»Er hat die beiden Entführerbriefe, Alex, den, den ich bekommen habe, und den anderen von Dennis. Er möchte sich meine Schrift ansehen und sie mit der Schrift der beiden Briefe vergleichen. Er hält es für möglich, daß ich selbst beteiligt bin. Er traut niemandem. Und für mich heißt das, daß wir ihm trauen können.«

4

»So um fünf nach fünf«, sagte Damien Chambers, dessen Akzent deutlich verriet, daß er aus Belfast stammte. »Manchmal bleibt sie länger. Sie weiß, daß ich erst um sieben wieder Stunde habe, und bleibt darum manchmal noch ein Weilchen. Wir machen dann zusammen ein Konzert – ich mit der *tin whistle* und sie mit den Löffeln. Aber heute wollte sie gleich gehen. Um fünf nach fünf war sie weg.« Mit drei langen Fingern schob er die feinen Strähnen seines rotblonden Haars wieder in den langen Pferdeschwanz, der im Nacken gebunden war, während er auf St. James' nächste Frage wartete.

Sie hatten Charlottes Musiklehrer aus dem Bett geholt, aber er hatte sich nicht darüber beschwert, sondern nur gesagt: »Verschwunden? Lottie Bowen ist verschwunden? Mein Gott!« und sich entschuldigt, um einen Moment nach oben zu laufen. Wasser begann laut rauschend in eine Badewanne zu strömen. Eine Tür wurde geöffnet und geschlossen. Eine Minute verstrich. Wieder ging eine Tür. Das Wasser wurde abgestellt. Er kam mit eiligen Schritten wieder zu ihnen hinunter. Er hatte einen langen schottisch karierten Morgenrock an und nichts darunter. Seine Knöchel waren nackt, knochenweiß wie die Haut seines Gesichts und seiner Hände. An den Füßen hatte er abgetragene Lederpantoffeln.

Damien Chambers wohnte in einem der engen Häuser im Cross Keys Close, einem Wirrwarr schmaler Kopfsteingassen, das im Lichtschein der altmodischen Straßenlaternen etwas Unheimliches bekam, so daß man versucht war, sich immer wieder umzusehen und noch schneller zu gehen. St. James und Helen hatten nicht bis vor Chambers' Haus fahren können – die Straßen waren zu schmal, und selbst wenn der MG hineingepaßt hätte, hätten sie nirgendwo Platz zum Wenden gehabt. Sie hatten den Wagen deshalb am Bulstrode Place stehenlassen, gleich bei der Hauptstraße, und sich zu Fuß einen Weg durch den Irrgarten gesucht, bis sie das Haus Nummer zwölf gefunden hatten, wo Charlottes Musiklehrer wohnte.

Jetzt saßen sie mit Chambers in seinem Wohnzimmer, das nicht viel größer war als ein Eisenbahnabteil. Ein Spinett teilte sich den begrenzten Raum mit einem elektrischen Keyboard, einem Cello, zwei Geigen, einer Harfe, einer Posaune, einer Mandoline, einem Hackbrett, zwei schiefen Notenständern und einer Menge Staubbälle von der Größe fetter Ratten. St. James und Helen hatten sich auf der Klavierbank niedergelassen, Chambers kauerte auf der Kante eines Metallstuhls. Er schob seine Hände tief in seine Achselhöhlen, wodurch er noch kleiner und schmächtiger wirkte, als er war.

»Sie wollte die Tuba lernen«, sagte er. »Ihr gefiel die Form. Sie sagte immer, eine Tuba sähe aus wie ein goldenes Elefantenohr. Tubas sind natürlich aus Messing, nicht aus Gold, aber Lottie ist bei so was nicht pingelig.« Er zwinkerte einmal, räusperte sich und schluckte. »Ich hätte es ihr beibringen können, das Tubaspielen – ich kann so ziemlich alles unterrichten –, aber ihre Mutter wollte nichts davon hören. Zuerst sagte sie, Geige. Das haben wir sechs Wochen lang probiert, bis Lottie ihre Eltern mit dem Gequietsche fast in den Wahnsinn getrieben hat. Dann sagte sie, Klavier, aber sie hatte in ihrem Haus keinen Platz für ein Klavier, und Lottie hat sich geweigert, auf dem Klavier in ihrer Schule zu üben. Da haben wir's mit der Flöte versucht. Die ist klein, leicht zu transportieren und auch nicht so laut. Sie spielt seit knapp einem Jahr, aber sehr gut ist sie nicht, weil sie nie übt. Und ihre beste Freundin – ein kleines Mädchen namens Breta – findet Flöte spielen blöd und möchte immer lieber mit ihr spielen. Mit Lottie, meine ich.«

St. James zog die Liste heraus, die Eve Bowen für ihn zusammengestellt hatte, und überflog sie. »Breta?« sagte er. Der Name war hier nicht aufgeführt. Es waren, wie er jetzt verblüfft feststellte, überhaupt nur die Namen der Erwachsenen genannt, die Charlotte in irgendeiner Form betreuten: Tanzlehrerin, Psychotherapeutin, Chorleiter, Musiklehrer. Er runzelte die Stirn.

»Ja, ganz recht, Breta. Ihren Nachnamen weiß ich nicht. Ein richtiger kleiner Fratz, wenn man Lottie glauben kann. Sie werden also sicher keine Mühe haben, sie zu finden, wenn Sie mit ihr sprechen wollen. Sie und Lottie haben nichts als Dummheiten im Kopf. Süßigkeiten klauen. Alte Leute ärgern. Sich beim Buchmacher herumtreiben, wo sie nichts zu suchen haben. Ohne Eintrittskarte ins Kino schlüpfen. Sie haben nichts von Breta gehört? Mrs. Bowen hat Ihnen nicht von ihr erzählt?«

Er schob seine Hände tiefer in die Achselhöhlen, und seine Schultern fielen noch weiter nach vorn. Damien Chambers mußte mindestens dreißig Jahre alt sein, aber in dieser Haltung wirkte er eher wie ein Altersgenosse Charlottes denn wie ein Mann, der theoretisch ihr Vater hätte sein können.

»Was hatte sie an, als sie heute nachmittag bei Ihnen wegging?« fragte St. James.

»Was sie anhatte? Na, ihre Kleider. Ich meine, was hätte sie denn anhaben sollen? Sie hat sich hier nicht ausgezogen. Nicht mal ihre Strickjacke. Weshalb auch?«

St. James spürte Helens beunruhigenden Blick auf sich. Er zeigte Chambers eine Fotografie, die Eve Bowen ihnen gegeben hatte. Der Musiklehrer sagte: »Ja, das hat sie immer an. Das ist ihre Schuluniform. Häßliche Farbe, dieses Grün, nicht? Sieht aus wie Schimmelpilz. Sie mag sie gar nicht. Ihr Haar ist jetzt allerdings kürzer als hier auf dem Bild. Sie hat es sich am letzten Samstag schneiden lassen. Sah aus wie eine frühe Beatlesfrisur, Sie wissen schon – so ein Pilzkopf. Heute nachmittag hat sie furchtbar darüber geschimpft. Sie meinte, jetzt sähe sie wie ein Junge aus, aber sie würde sich die Lippen anmalen und Ohrringe antun, damit die Leute sehen, daß sie ein Mädchen ist. Sie sagte, Cito – so hat sie ihren Stiefvater genannt, aber das wissen Sie wahrscheinlich schon, nicht wahr? Es kommt von *papacito*. Sie lernt Spanisch in der Schule. Ja, also, sie sagte, Cito hätte ihr erklärt, Lippenstift und Ohrringe seien längst kein Indiz mehr für das Geschlecht des Trägers, aber ich glaube nicht, daß sie verstanden hat, was er damit meinte. Erst letzte

Woche hat sie ihrer Mutter einen Lippenstift stibitzt. Und als sie heute hier ankam, hatte sie sich angemalt. Sie sah wie ein kleiner Clown aus, weil sie keinen Spiegel dabeihatte und sich über die Lippen hinausgemalt hatte. Ich mußte mit ihr nach oben ins Bad gehen und ihr im Spiegel zeigen, wie sie sich verschmiert hatte.« Er hüstelte hinter vorgehaltener Hand und schob die Hand dann wieder in die Achselhöhle. »Das war natürlich das einzige Mal, daß sie oben war.«

St. James spürte, wie Helen auf der Bank neben ihm erstarrte. Er beobachtete den Musiklehrer und dachte über die möglichen Ursachen seiner Nervosität nach – und darüber, was oder wer ihn veranlaßt hatte, so hastig nach oben zu laufen, als sie gekommen waren. Er sagte: »Ist dieses andere kleine Mädchen – Breta – manchmal mit Charlotte zur Stunde gekommen?«

»Fast immer.«

»Heute auch?«

»Ja. Wenigstens sagte Lottie, Breta habe sie begleitet.«

»Sie selbst haben die Kleine nicht gesehen?«

»Ich lasse sie nie herein. Sie würde Lottie zu sehr ablenken. Sie wartet immer beim *Prince Albert Pub*. Da lungert sie zwischen den Tischen auf dem Bürgersteig herum. Sie haben das Lokal wahrscheinlich bemerkt. Am Bulstrode Place, gleich an der Ecke.«

»Und da war das Mädchen auch heute?«

»Lottie sagte mir, Breta warte auf sie, deshalb wollte sie ja so schnell gehen.« Er machte ein nachdenkliches Gesicht und biß sich auf die Unterlippe. »Wissen Sie, es würde mich gar nicht wundern, wenn Breta irgendwie mit dieser Geschichte zu tun hätte. Ich meine, mit Lotties Durchbrennen. Sie ist doch durchgebrannt, nicht wahr? Sie sagten, sie sei verschwunden, aber Sie glauben doch nicht, daß – daß ein Verbrechen vorliegt?« Er verzog das Gesicht bei den letzten Worten und klopfte zusehends nervöser mit einem Fuß auf den Boden.

Helen beugte sich vor. Das Zimmer war so klein, daß sie alle drei dicht beieinander saßen. Sie nutzte diese Nähe und legte

Chambers behutsam ihre Hand aufs Knie. Er hörte sofort auf, mit dem Fuß zu klopfen.

»Entschuldigen Sie«, sagte er. »Ich bin nervös. Ist ja klar.«

»Ja«, sagte Helen. »Ich sehe es. Warum?«

»Na, die Sache rückt mich in ein schlechtes Licht. Diese Geschichte mit Lottie. Ich könnte derjenige sein, der sie zuletzt gesehen hat. Und das würde sich nicht gut ausnehmen.«

»Wir wissen noch nicht, wer sie zuletzt gesehen hat«, erwiderte St. James.

»Und wenn es in die Zeitungen kommt...« Chambers krümmte sich noch weiter zusammen. »Ich gebe Kindern Musikunterricht. Für das Geschäft wird es kaum von Vorteil sein, wenn bekannt wird, daß eine meiner Schülerinnen nach ihrer Stunde bei mir verschwunden ist. Ich würde es vorziehen, wenn so etwas nicht passieren würde. Ich führe hier ein ruhiges Leben, und es wäre mir recht, wenn es so bliebe.«

Das konnte St. James verstehen. Chambers' Existenz stand auf dem Spiel, und ihre Anwesenheit und ihre Fragen nach Charlotte zeigten zweifellos, wie leicht ihm die Zügel entgleiten könnten.

Dennoch schien ihm seine Reaktion auf ihre Anwesenheit extrem.

Er machte Chambers darauf aufmerksam, daß Charlottes Entführer – natürlich immer vorausgesetzt, sie war tatsächlich entführt worden und hielt sich nicht irgendwo bei einer Freundin versteckt – den Weg, den sie regelmäßig von der Schule zu ihrer Musikstunde und von dort nach Hause nahm, gekannt haben mußte.

Chambers stimmte zu. Aber die Schule sei nur einen Katzensprung von seinem Haus entfernt, und es gebe nur einen Zugang zur Siedlung – den, den auch St. James und Helen genommen hatten –, es wäre also keine zeitaufwendige Aufgabe gewesen, Lotties Weg auszukundschaften.

»Ist Ihnen jemand aufgefallen, der sich hier in den letzten Tagen herumgetrieben hat?« fragte St. James.

Man sah Chambers an, daß er gern bejaht hätte, um die

Aufmerksamkeit von sich abzulenken. Aber er sagte, nein, kein Mensch. Natürlich, fuhr er mit einem Schimmer von Hoffnung fort, gingen hier im Viertel ständig Polizisten auf Streife – sie seien kaum zu übersehen –, und ab und zu verirrte sich auch ein Tourist hierher, der irgendwo falsch abgebogen war und statt im Regent's Park in Marylebone lande. Aber außer ihnen und den Leuten, die man zu sehen erwartete, wie den Briefträger, die Müllmänner und die Arbeiter, die mittags im *Prince Albert Pub* saßen, habe er niemanden bemerkt. Andererseits käme er nicht viel hinaus, es wäre deshalb vielleicht gut, wenn Mr. St. James bei den Nachbarn fragen würde. Jemand müsse doch etwas gesehen haben, oder? Ein Kind könne doch nicht einfach verschwinden, ohne daß jemandem etwas auffiel. Wenn Lottie wirklich verschwunden sei. Denn es sei ja gut möglich, daß sie bei Breta sei. Es könne durchaus einer von Bretas Streichen sein.

»Aber das ist doch noch nicht alles, nicht wahr, Mr. Chambers?« meinte Helen sanft und teilnehmend. »Gibt es da nicht noch etwas, was Sie uns sagen möchten?«

Er sah von ihr zu St. James, und St. James sagte: »Es ist jemand bei Ihnen im Haus, nicht wahr? Eine Person, die Sie schnell nach oben gebracht haben, als wir kamen.«

Damien Chambers wurde blutrot. »Das hat mit dieser Sache nichts zu tun«, antwortete er. »Ehrlich.«

Ihr Name sei Rachel, erklärte er leise. Rachel Mountbatten. Keine Verwandtschaft natürlich. Sie war Geigerin bei den Philharmonikern. Sie kannten einander seit Monaten. Heute abend waren sie nach dem Konzert zusammen essen gegangen. Er hatte sie zu einem Glas Wein in seine Wohnung eingeladen. Sie war gern mitgekommen, und als er mit ihr nach oben gehen wollte ... es war das erstemal, daß sie einander so nahe gekommen waren. Er wollte, daß alles ganz vollkommen würde. Und dann hatten sie an seine Tür geklopft. Und jetzt das.

»Rachel ist ... na ja, sie ist nicht frei«, erklärte er. »Sie glaubte, es wäre ihr Mann, als Sie klopften. Soll ich sie herunterholen? Ich würde es lieber nicht tun. Das würde zwischen uns wahrscheinlich alles verpfuschen. Aber ich hole sie, wenn Sie es möchten. Aber«, fuhr er fort, »ich würde sie niemals als Alibi benutzen, wenn es soweit kommen sollte. Ich meine, wenn ein Alibi nötig werden sollte. Das wäre nicht fein, oder?«

Eben Rachels wegen, fuhr er fort, würde er bei dieser Geschichte mit Lottie lieber im Hintergrund bleiben. Er wisse, das klinge herzlos, und es sei keinesfalls so, daß er sich keine Sorgen um das kleine Ding mache, aber die Beziehung zu Rachel sei ihm sehr wichtig ... Er hoffte, sie verstünden das.

Auf dem Rückweg zu St. James' Wagen sagte Helen: »Das wird ja immer merkwürdiger, Simon. Mit der Mutter stimmt was nicht. Mit Chambers stimmt was nicht. Benützt man uns vielleicht nur?«

»Wozu?«

»Das weiß ich auch nicht.« Sie setzte sich in den MG und wartete, bis er ebenfalls eingestiegen war und den Motor angelassen hatte, ehe sie fortfuhr: »Keiner verhält sich so, wie ich es erwarten würde. Eve Bowen, deren Tochter spurlos verschwunden ist, lehnt es ab, die Polizei einzuschalten, obwohl sie dank ihrer Position im Innenministerium die besten Leute von Scotland Yard mobil machen und dafür sorgen könnte, daß nichts publik wird. Dennis Luxford, der eigentlich ganz wild darauf sein sollte, der Story nachzugehen, möchte nichts damit zu tun haben. Damien Chambers hat oben im Schlafzimmer seine Geliebte sitzen – und ich wette, er dachte gar nicht daran, sie uns vorzuführen – und hat eine Heidenangst davor, mit dem Verschwinden eines zehnjährigen Kindes in Verbindung gebracht zu werden. Wenn die Kleine wirklich verschwunden ist. Vielleicht stimmt das ja gar nicht. Vielleicht weiß jeder einzelne von diesen Leuten, wo Charlotte ist. Vielleicht war Eve Bowen deshalb so gelassen und Damien Chambers deshalb so nervös, wo man von beiden doch genau das Gegenteil erwarten würde.«

St. James fuhr in Richtung Wigmore Street und weiter zum Hyde Park, ohne etwas zu sagen.

»Du wolltest diese Sache nicht übernehmen, stimmt's?« fragte Helen.

»Ich habe auf diesem Gebiet keine Erfahrung, Helen. Ich bin Gerichtswissenschaftler und kein Privatdetektiv. Liefere mir ein paar Blutflecken und Fingerabdrücke, und ich gebe dir ein halbes Dutzend Antworten auf deine Fragen. Aber hier schwimme ich.«

»Warum hast du dann...« Sie sah ihn forschend an. Er spürte, wie sie mit dem ihr eigenen Scharfsinn in seinem Gesicht las.

»Deborah«, sagte sie.

»Ich habe ihr versprochen, mit Eve Bowen zu reden, mehr nicht. Ich habe ihr gesagt, ich würde sie drängen, die Polizei hinzuzuziehen.«

»Das hast du auch getan«, erklärte Helen. Sie manövrierten sich durch das Gewühl am Marble Arch und bogen in die Park Lane mit ihren strahlend erleuchteten Hotels ein. »Und wie soll's jetzt weitergehen?«

»Da gibt es zwei Möglichkeiten. Entweder machen wir selbst weiter, bis Eve Bowen klein beigibt, oder wir schalten sofort Scotland Yard ein, auch ohne ihre Zustimmung.« Er wandte einen Moment den Blick von der Straße, um sie anzusehen. »Ich brauche dir nicht zu sagen, wie leicht letzteres wäre.«

Sie sah ihn ruhig an. »Laß mich überlegen.«

Sobald hinter Helen die Haustür zufiel, streifte sie die Schuhe von den Füßen. »Gott sei Dank«, flüsterte sie aufatmend, von den Qualen befreit, die sie um des modischen Schicks willen auf sich genommen hatte. Sie hob die Schuhe auf und trottete müde über den Marmorboden der Eingangshalle zur Treppe, die zu ihrer Wohnung hinaufführte, sechs Zimmer in der ersten Etage eines spätviktorianischen Hauses. Ihr Wohnzimmer ging auf die Grünanlage des Onslow Square in South Kensington hinaus. Dort brannte, wie sie von der Straße aus gesehen hatte, Licht. Da sie sich genau erinnern konnte, es am Morgen, bevor sie zu Simon ins Labor gegangen war, gar nicht angeknipst zu haben, konnte das nur bedeuten, daß sie Besuch hatte. Nur einer konnte es sein.

Den Schlüssel schon in der Hand, zögerte sie vor der Wohnungstür. Simons Worte gingen ihr durch den Kopf. Ja, wie leicht wäre es, Scotland Yard ohne Eve Bowens Wissen oder Zustimmung einzuschalten, zumal in diesem Moment ein Inspector der Kriminalpolizei hinter der schweren Eichentür auf sie wartete.

Ein einziges Wort zu Tommy, mehr brauchte es nicht. Er würde dann alles in die Hand nehmen. Er würde dafür sorgen, daß die entsprechenden Maßnahmen getroffen wurden: Man würde jeden, der auch nur im entferntesten mit der Staatssekretärin, dem Chefredakteur der *Source* und ihrer gemeinsamen Tochter zu tun hatte, gründlich überprüfen; eine akribische Analyse der beiden Entführerschreiben vornehmen; ein Heer von Beamten auf die Straßen von Marylebone loslassen, um mögliche Zeugen zum Verschwinden des kleinen Mädchens ausfindig zu machen und das ganze Viertel Zentimeter um Zentimeter nach Spuren abzusuchen, die Aufschluß darüber geben würden, was Charlotte Bowen zugestoßen war. Man würde Fingerabdrücke sichern und sie an den Erkennungsdienst weiterleiten. Man würde Beschreibungen von Charlotte in den Polizeicomputer eingeben. Man würde dem Fall oberste Priorität einräumen und ihn den besten Leuten übergeben, die man zur Verfügung hatte. Tommy würde wahrscheinlich gar nichts damit zu tun haben. Ohne Zweifel würde man die Ermittlungsleitung Leuten anvertrauen, die im Yard mehr zu sagen hatten als er. Man würde ihm den Fall aus der Hand nehmen, sobald man hörte, daß es sich bei dem vermutlich entführten Kind um die Tochter von Eve Bowen handelte.

Und das bedeutete natürlich, daß das Yard den bewährten Weg einschlagen würde. Und das bedeutete, daß die Medien informiert werden würden.

Stirnrunzelnd blickte Helen zu dem Schlüsselbund in ihrer Hand hinunter. Wenn sie sich darauf hätte verlassen können, daß man einzig und allein Tommy mit dem Fall betraute… aber das konnte sie nicht.

Sie rief seinen Namen, als sie die Tür aufstieß. Er antwortete: »Hier, Helen«, und sie folgte dem Klang seiner Stimme in die Küche, wo er mit aufgekrempelten Ärmeln, offenem Kragen und ohne Krawatte vor dem Toaster stand. Auf der Arbeitsplatte stand ein Glas Hefeextrakt bereit. In der Hand hielt er irgendwelche Papiere, in denen er las, und als sie ihre Schuhe fallen ließ, hob er den Kopf mit dem nicht mehr ganz ordentlich frisierten blonden Haar, das im Licht der Küchenlampe glänzte, und sah sie über den Rand seiner Brille hinweg an.

»Du kommst aber spät«, bemerkte er und legte Papiere und Brille auf die Arbeitsplatte. »Ich hatte schon fast aufgegeben.«

»Das ist doch nicht dein Abendessen?« Sie warf ihre Umhängetasche auf den Tisch, sah die Post des Tages durch, zog einen Brief von ihrer Schwester Iris heraus und nahm ihn mit zu Tommy. Er schob seine Finger unter ihr Haar, wie er das gern tat – sie spürte seine warme Hand an ihrem Nacken –, und küßte sie. Erst auf den Mund, dann auf die Stirn, dann noch einmal auf den Mund. Er hielt sie an sich gedrückt, während er auf seinen Toast wartete. Sie öffnete knisternd ihren Brief. »Also, Tommy?« sagte sie. Als er nicht gleich antwortete, fügte sie hinzu: »Ich möchte gern wissen, ob das dein ganzes Abendessen sein soll. Du machst mich wirklich völlig fertig. Warum ißt du nicht richtig?«

Er drückte seinen Mund an ihren Kopf. »Ich vergesse es einfach.« Seine Stimme klang müde. »Ich war fast den ganzen Tag bis in den Abend hinein bei der Staatsanwaltschaft. Wegen des Fleming-Falls. Zeugenvernehmungen, Anträge der Anwälte, endlose Berichte, Pressekonferenzen – ich hab's einfach vergessen.«

»Du hast vergessen zu essen? Das verstehe ich nicht. Merkst du's denn nicht, wenn du Hunger hast?«

»Manchmal vergißt man's eben, Helen.«

»Hmpf. Ich nicht.«

»Das weiß ich nur zu gut.«

Sein Toast war fertig. Er spießte ihn mit der Gabel auf und bestrich ihn mit dem Hefeextrakt. An die Arbeitsplatte gelehnt, kaute er einen Moment und sagte dann erstaunt: »Du lieber Gott, das schmeckt ja scheußlich. Ich kann nicht glauben, daß ich in Oxford praktisch von dem Zeug gelebt habe.«

»Mit zwanzig hat man andere Geschmacksknospen. Wenn du jetzt noch einen billigen Weißwein hättest, würdest du dich in deine Jugend zurückversetzt fühlen.« Sie entfaltete den Brief.

»Was gibt's?« fragte er.

Sie las ein paar Zeilen und berichtete. »Die Zahl der Kälber, die bisher in diesem Jahr auf der Ranch geboren wurden. Große Freude, wieder einen Winter in Montana überlebt zu haben. Jonathons Noten sind nicht das, was sie sein sollten, ob ich glaube, ein Internat in England wäre das richtige. – Ganz bestimmt nicht! – Mamas Besuch war nur deshalb ein so großer Erfolg, weil Daphne auch da war und sie davon abgehalten hat, einander an die Kehle zu gehen. Wann ich mal zu Besuch komme? Du bist ebenfalls herzlich willkommen, jetzt, wo alles – wie sie es formuliert – offiziell ist. Und wann die Hochzeit ist, weil sie unbedingt noch drei Monate hungern muß, damit sie sich in der Öffentlichkeit sehen lassen kann.« Helen faltete den Brief und stopfte ihn wieder in den Umschlag. Die ausufernden Rhapsodien ihrer Schwester über ihre Verlobung mit Thomas Lynley, dem achten Earl of Asherton, das dick unterstrichene *endlich endlich endlich* samt zahlloser Ausrufungszeichen und die respektlosen Spekulationen darüber, wie ihr zukünftiges Leben mit einem, wie Iris es ausdrückte, Lynley an der Leine aussehen würde, unterschlug sie. »Das ist alles.«

»Ich meinte eigentlich heute abend«, sagte Tommy mit vollem Mund. »Was gibt's?«

»Heute abend?« Helen versuchte, Unbekümmertheit zu heucheln, schaffte aber nur einen Ton, der sich in ihren eigenen Ohren wie eine Mischung aus Dümmlichkeit und schlechtem Gewissen anhörte. Tommys Gesicht veränderte sich ein klein wenig. Sie versuchte sich einzureden, er sähe mehr perplex als argwöhnisch aus.

»Du hast doch reichlich lange gearbeitet«, meinte er. Seine braunen Augen waren wachsam.

Um dem forschenden Blick zu entgehen, holte Helen den Wasserkocher, füllte ihn mit Wasser und schloß ihn an die Steckdose an. Dann nahm sie die Teedose aus dem Schrank und gab einige Löffel Tee in eine Porzellankanne.

»Gräßlicher Tag«, bemerkte sie, während sie löffelte. »Werkzeugspuren auf Metall. Ich hab' durch Mikroskope geglotzt, bis mir die Augen tränten. Aber du kennst ja Simon. Warum schon um acht aufhören, wenn man noch vier Stunden weitermachen kann, ehe man vor Erschöpfung zusammenklappt? Wenigstens hab' ich's geschafft, ihm zwei Mahlzeiten abzupressen, aber auch nur, weil Deborah zu Hause war. Wenn es ums Essen geht, ist er so schlimm wie du. Was sind das nur für Männer in meinem Leben? Wieso haben sie so eine Aversion gegen ordentliches Essen?«

Sie spürte, wie Tommy sie musterte, als sie den Deckel auf die Teedose drückte und sie wieder in den Schrank stellte. Sie nahm zwei Tassen, stellte sie auf Untertassen und holte zwei Löffel aus einer Schublade.

»Deborah hat ein paar ganz wunderbare Aufnahmen gemacht«, berichtete sie. »Ich wollte eigentlich eine mitbringen, um sie dir zu zeigen, aber ich hab's vergessen. Na, macht nichts. Ich bringe sie morgen mit.«

»Du arbeitest morgen auch?«

»Wir haben noch massenhaft zu tun. Tagelang wahrscheinlich. Warum? Hattest du was vor?«

»Ich dachte, wir könnten nach Cornwall fahren, wenn diese Fleming-Geschichte erledigt ist.«

Ihr ging das Herz auf bei der Aussicht auf Cornwall, die Sonne, den Meerwind, das Zusammensein mit Tommy, wenn er einmal in Gedanken nicht nur bei seiner Arbeit war. »Ach, das ist eine herrliche Idee, Liebling.«

»Kannst du denn weg?«

»Wann?«

»Morgen abend. Vielleicht übermorgen.«

Das konnte Helen sich nicht vorstellen. Sie konnte sich aber auch nicht vorstellen, wie sie das Tommy beibringen sollte. Sie arbeitete immer nur sporadisch für Simon, und selbst wenn er dringende Termine hatte, kurzfristig als Gutachter bei Gericht gebraucht wurde oder mit einem Vortrag oder Seminar für die Universität unter Druck war, zeigte er sich Helen gegenüber als der verständnisvollste Arbeitgeber, den man sich vorstellen konnte – wenn man ihn überhaupt als Arbeitgeber bezeichnen konnte. Ihre Zusammenarbeit war eine liebe Gewohnheit, die sich in den letzten Jahren ganz zwanglos gebildet hatte. Eine förmliche Vereinbarung hatte es nie gegeben. Sie konnte also Tommy gegenüber nicht gut behaupten, Simon würde Einwände erheben, wenn sie jetzt ein paar Tage nach Cornwall reisen wollte. Er würde unter normalen Umständen nicht die geringsten Einwände erheben, und das wußte Tommy genau.

Dies waren natürlich keine normalen Umstände. Unter normalen Umständen würde sie jetzt nicht in ihrer Küche stehen und wünschen, das Wasser würde endlich kochen, damit sie sich in Geschäftigkeit stürzen konnte, um nicht in dem Bemühen, eine direkte Lüge zu umgehen, Halbwahrheiten fabrizieren zu müssen. Der Gedanke, Tommy zu belügen, war ihr schrecklich. Sie wußte, er würde es merken und sich Gedanken darüber machen, warum sie ihn anlog. Ihre eigene Vergangenheit war ja beinahe so buntscheckig wie die seine, und wenn Liebende anfingen zu flunkern – Liebende mit abenteuerreichen Vergangenheiten, die den anderen leider ausschließen –, dann steckte meistens ein Grund aus einer dieser Vergangenheiten dahinter, der sich unversehens in die gemeinsame Gegenwart eingeschlichen hat. War es nicht so? Und würde Tommy nicht genau das vermuten?

Himmel, dachte Helen. Ihr schwamm der Kopf. Würde das Wasser denn nie zu kochen anfangen?

»Wenn wir einmal dort sind, würde ich ungefähr einen

halben Tag brauchen, um die Bücher durchzusehen«, sagte Tommy, »aber die Zeit danach hätten wir für uns allein. Und du könntest ja diesen halben Tag mit Mutter verbringen, nicht?«

Natürlich konnte sie das. Sie hatte Lady Asherton noch nicht gesehen, seit – wie Iris es formulieren würde – ›alles endlich hochoffiziell‹ geworden war. Sie hatten miteinander telefoniert. Sie hatten sich gegenseitig versichert, daß es wegen der Zukunft noch eine Menge zu besprechen gebe. Hier war die Gelegenheit dazu. Aber sie konnte nicht weg. Auf keinen Fall morgen, und wahrscheinlich auch nicht übermorgen.

Jetzt war der Moment, Tommy die Wahrheit zu sagen: Wir führen da nur gerade eine kleine Ermittlung durch, weißt du, Liebling. Simon und ich. Was für eine, fragst du? Ach, nichts Besonderes. Ganz belanglos. Nichts, weswegen du dir Gedanken machen müßtest. Wirklich.

Noch eine Lüge. Lüge über Lüge. Was für ein schreckliches Kuddelmuddel.

Helen starrte hoffnungsvoll auf den Wasserkocher. Wie zur Antwort begann er tatsächlich zu dampfen. Er schaltete sich ab, und sie stürzte hinzu, um sich seiner anzunehmen.

Tommy sagte gerade: »... sind anscheinend wild entschlossen, so bald wie möglich in Cornwall einzufallen, um zu feiern. Ich glaube, das ist Tante Augustas Idee. Ihr ist jeder Anlaß zu einer Fete recht.«

»Tante Augusta?« wiederholte Helen. »Wovon sprichst du, Tommy?« fragte sie und begriff im selben Moment, daß er von ihrer Verlobung gesprochen hatte, während sie darüber gegrübelt hatte, wie sie ihn am besten anlügen konnte. »Ach, entschuldige, Liebling«, sagte sie. »Ich war einen Moment ganz woanders. Ich habe an deine Mutter gedacht.« Sie goß Wasser in die Teekanne, rührte kräftig und ging zum Kühlschrank, um nach der Milch zu suchen.

Tommy sagte nichts. Sie stellte die Kanne und alles andere auf ein Tablett, hob es hoch und sagte: »Komm, strecken wir unsere matten Glieder im Wohnzimmer aus, Tommy. Ich habe leider keinen Lapsang Souchong mehr da. Du mußt dich mit Earl Grey begnügen.«

Worauf er antwortete: »Was ist eigentlich los, Helen?«

Ach verdammt, dachte sie und sagte: »Was soll los sein?«

»Laß das«, sagte er. »Ich bin doch nicht blöd. Dir geht doch etwas im Kopf herum.«

Sie griff seufzend zur Halbwahrheit. »Es sind die Nerven«, sagte sie. »Tut mir leid.« Und dachte, laß ihn jetzt nicht weiter fragen. Um ihn von der nächsten Frage abzuhalten, sagte sie: »Es ist vermutlich die Veränderung zwischen uns. Daß jetzt alles entschieden ist. Der Gedanke, wie das Leben wohl werden wird.«

»Bekommst du kalte Füße wegen unserer Hochzeit?«

»Kalt, nein.« Sie lächelte ihn an. »Ich bekomme überhaupt keine kalten Füße. Sie zwicken mich nur ganz allgemein. Ich weiß nicht, was ich mir dabei gedacht habe, als ich diese Schuhe kaufte, Tommy. Waldgrün, perfekt zu diesem Kostüm und die reine Folter. So gegen zwei Uhr heute nachmittag konnte ich mir gut vorstellen, wie sich die untere Hälfte einer Kreuzigung anfühlt. Komm, massier sie mir ein bißchen, ja? Und erzähl mir, was heute bei dir alles los war.«

Er fiel nicht darauf herein. Sie merkte es an seiner Art, wie er sie ansah. Er unterzog sie seiner Inspektoreninspektion, und sie würde aus dieser Prüfung nicht ungeschoren hervorgehen. Hastig wandte sie sich ab und nahm Kurs auf das Wohnzimmer. Während sie den Tee eingoß, sagte sie, sich auf die Ermittlungen beziehend, die ihn in den letzten Wochen so stark in Anspruch genommen hatten: »Hast du den Fall Fleming dann jetzt abgeschlossen?«

Er kam ihr langsam nach, aber er ging nicht zum Sofa, wo sie mit dem Tee wartete, sondern zu einer Stehlampe, die er einschaltete, dann zu einer Tischlampe neben dem Sofa und zu einer weiteren neben einem Sessel. Er hielt erst inne, als alle Schatten aus dem Raum verbannt waren.

Dann kam er zu ihr, setzte sich aber nicht neben sie, sondern auf einen Sessel ihr gegenüber, von wo aus er sie – wie sie wußte – gut beobachten konnte. Und das tat er, als sie ihre Tasse ergriff und von ihrem Tee trank. Sie wußte, er würde darauf bestehen, die Wahrheit von ihr zu hören. Was ist wirklich los, Helen? würde er sagen. Und lüg mich bitte nicht mehr an. Ich merke es nämlich immer, wenn man mich anlügt, ich habe schließlich jahrelange Erfahrung mit Lügnern erster Güte gesammelt, und ich möchte gern glauben, daß die Frau, die ich heiraten werde, nicht zu ihnen gehört, daher würde ich jetzt, wenn du nichts dagegen hast, vorschlagen, wir machen reinen Tisch, und zwar gleich, denn ich merke, daß ich Zweifel an dir und an unserer Beziehung bekomme, und solange diese Zweifel nicht aus der Welt geschafft sind, kann ich mir nicht vorstellen, wie es weitergehen soll mit uns.

Aber er sagte etwas ganz anderes. Die Hände lose zwischen seinen Knien gefaltet, leicht vorgebeugt, mit ernstem Gesicht und in ernstem Ton – und klang es nicht beinahe zaghaft? – sagte er: »Ich weiß, daß ich manchmal zu sehr dränge, Helen. Meine einzige Entschuldigung ist, daß ich immer das Gefühl habe, wir müßten uns beeilen. Als hätten wir längst nicht genug Zeit und müßten jeden Augenblick nützen. Heute. Heute abend. Sofort. Mit dir ist es mir immer so gegangen.«

Sie stellte ihre Teetasse auf den Tisch. »Du drängst? Das verstehe ich nicht.«

»Ich hätte dich anrufen sollen, um dir zu sagen, daß ich hier auf dich warte. Aber ich habe gar nicht daran gedacht.« Er senkte seinen Blick auf seine Hände. Er schien sich um einen leichteren Ton zu bemühen, als er hinzufügte: »Liebes, ich kann es verstehen, wenn du heute abend lieber ...« Er atmete tief ein, ließ die Luft entweichen, sagte: »Ach, zum Teufel« und stieß hervor: »Helen, möchtest du heute nacht lieber allein sein?«

Sie blieb still auf ihrem Platz auf dem Sofa sitzen und betrachtete ihn. Sie fühlte, wie sie auf hundert Arten innerlich weich wurde, und während ihre Natur sie drängte, etwas dagegen zu unternehmen, unterrichtete ihr Herz sie, daß sie es nicht konnte. Sie hatte jenen Vorzügen Tommys, die ihn in den Augen anderer zur blendenden Partie machten, lange widerstanden. Sein gutes Aussehen beeindruckte sie nicht. Sein Reichtum interessierte sie nicht. Sein leidenschaftliches Naturell war manchmal strapaziös. Seine Glut war schmeichelhaft, aber sie hatte ihn in der Vergangenheit genug andere Frauen mit derselben Glut umwerben sehen, um ihre Beständigkeit in Zweifel zu ziehen. Und seine Intelligenz war gewiß erfrischend, aber sie hätte andere Männer haben können, die genauso klug und geistreich waren wie Tommy. Doch dies... Helen besaß nicht die Waffen, um dagegen anzukämpfen. In einer Welt, in der man um jeden Preis Haltung bewahrte, war sie wie Wachs in den Händen eines Mannes, der seine Verletzlichkeit zeigte.

Sie stand auf. Sie ging zu ihm und kniete neben seinem Sessel nieder. Sie sah ihm ins Gesicht. »Allein«, sagte sie leise, »möchte ich zuallerletzt sein.«

Diesmal weckte sie Lichtschein. Er stach ihr so grell in die Augen, daß sie glaubte, es sei der Glanz der gnadenvollen Heiligen Dreifaltigkeit. Sie erinnerte sich, wie Schwester Agnetis ihnen im Religionsunterricht in St. Bernadette die Dreifaltigkeit erklärt hatte. Sie hatte ein Dreieck gezeichnet, an die eine Ecke »Vater«, an die andere »Sohn« und an die dritte »Heiliger Geist« geschrieben und dann mit goldgelber Kreide lange Sonnenstrahlen gemalt, die von allen Seiten des Dreiecks ausgingen. Nur sollten es keine Sonnenstrahlen sein, wie Schwester Agnetis erklärte, sondern das Licht der Gnade. Man mußte sich im Zustand der Gnade befinden, um in den Himmel zu kommen.

Zwinkernd starrte Lottie in den weißen Glanz. Es mußte die Heilige Dreifaltigkeit sein, entschied sie, denn das Licht schwebte in der Luft wie Gott. Und aus ihm drang eine Stimme durch die Dunkelheit, die wie die Stimme Gottes war, als er aus dem brennenden Busch zu Moses gesprochen hatte.

»Hier hast du was. Iß.«

Der Lichterglanz senkte sich. Eine Hand streckte sich Lottie entgegen. Eine Blechschale landete scheppernd neben ihrem Kopf auf dem Boden. Dann stieg das Licht selbst zu ihr herab. Es zischte – wie die Luft, die einem durchlöcherten Gummireifen entweicht. Das Licht traf klirrend den Boden. Sie schreckte vor seinem Feuer zurück, weit genug, um zu erkennen, daß es einen Hut trug und in einem Gehäuse brannte. Nur eine Laterne. Nicht die Heilige Dreifaltigkeit. Das mußte bedeuten, daß sie doch noch nicht tot war.

Eine Gestalt trat in den Lichtschein. Sie war schwarz gekleidet und von Lotties Blickwinkel aus in die Länge gezogen wie durch einen Zerrspiegel. Mit trockenem Mund sagte Lottie: »Wo ist meine Brille? Ich hab' meine Brille nicht. Ich brauch' sie. Ich kann ohne sie nicht richtig sehen.«

»Im Dunkeln brauchst du sie nicht«, sagte er.

»Ich bin aber nicht im Dunkeln. Sie haben ein Licht gebracht. Geben Sie mir meine Brille. Wenn Sie sie mir nicht geben, verrat' ich alles.«

»Du bekommst deine Brille schon noch.« Ein Klappern, als er etwas auf den Boden stellte. Hoch und gerundet. Rot. Eine Thermosflasche, dachte Lottie. Er schraubte sie auf und goß Flüssigkeit in die Schale. Wohlriechend. Heiß. Lottie knurrte der Magen.

»Wo ist meine Mama?« fragte sie. »Sie haben gesagt, daß sie in einem Gästehaus ist. Sie haben gesagt, Sie bringen mich zu ihr. Sie haben's versprochen. Aber das hier ist kein Gästehaus. Wo ist sie? Ich möchte wissen, wo sie ist.«

»Sei still«, sagte er.

»Ich schreie, wenn ich will. Mama! Mama! Mama!« Sie wollte aufstehen.

Eine Hand schoß vor und legte sich fest auf ihren Mund. Finger gruben sich wie Tigerklauen in ihre Wangen. Sie wurde zu Boden gerissen und fiel auf die Knie. Eine scharfe Kante wie von einem Stein schnitt ihr ins Fleisch.

»Mama!« schrie sie, als er sie losließ. »Ma –«

Die Hand stieß ihren Kopf in die Suppe. Die Suppe war heiß. Sie brannte. Lottie drückte ihre Augen zu. Sie hustete. Sie strampelte mit den Beinen. Mit den Händen riß sie an seinen Armen.

»Willst du jetzt still sein, Lottie?« sagte er dicht an ihrem Ohr.

Sie nickte. Er zog sie hoch. Suppe tropfte von ihrem Gesicht auf ihre Schuluniform hinunter. Wieder hustete sie. Sie wischte sich ihr Gesicht am Ärmel ihrer Strickjacke ab.

Es war kalt in dem Raum, in den er sie gebracht hatte, wo immer das auch sein mochte. Von irgendwo blies Wind herein. Als sie versuchte, sich umzusehen, konnte sie jenseits des Lichts, das die Laterne spendete, nichts erkennen. Selbst von ihm konnte sie nur einen Stiefel sehen, ein gebeugtes Knie und seine Hände. Sie schreckte vor ihnen zurück, als sie nach der Thermosflasche griffen. Er schenkte noch etwas Suppe in die Schale.

»Hier hört dich keiner, wenn du schreist«, sagte er.

»Warum darf ich dann nicht schreien?«

»Weil ich den Lärm von kleinen Mädchen nicht mag.« Mit der Zehenspitze schob er ihr die Schale zu.

»Ich muß aufs Klo.«

»Gleich. Iß erst.«

»Ist es Gift?«

»Richtig. Tot nützt du mir ungefähr so viel wie ein Loch im Kopf. Iß jetzt.«

Sie sah sich um. »Ich hab' keinen Löffel.«

»Eben hast du doch auch keinen Löffel gebraucht, oder? Also, los, iß das jetzt.«

Er trat aus dem Licht. Lottie hörte ein Geräusch und sah ein Streichholz aufflammen. Er hielt den Kopf über seine Flamme gebeugt, und als er sich ihr wieder zuwandte, sah sie die Glut einer Zigarette.

»Wo ist meine Mama?« fragte sie und hob die Blechschale in die Höhe. Es war Gemüsesuppe, wie Mrs. Maguire sie oft machte. Sie war so hungrig wie noch nie zuvor in ihrem Leben. Gierig trank sie die Suppe und schob sich das Gemüse mit den Fingern in den Mund. »Wo ist meine Mama?« fragte sie wieder.

»Iß!«

Sie ließ ihn nicht aus den Augen, als sie die Schale wieder zum

Mund führte. Er war nur ein Schatten, und ohne ihre Brille sah sie ihn nur verschwommen.

»Was glotzt du so? Schau woandershin.«

Sie senkte die Augen. Es hatte sowieso keinen Sinn zu versuchen, ihn anzusehen. Sie konnte nicht mehr als seine Umrisse erkennen. Einen Kopf, Schultern, zwei Arme, zwei Beine. Er achtete darauf, nur ja nicht ins Licht zu treten.

Da kam ihr zum erstenmal der Gedanke, daß sie entführt worden war. Sie erschrak so heftig, daß sie etwas von der Gemüsesuppe vergoß. Sie rann über ihre Hand und tropfte auf den Rock ihres Trägerkleids. Was passierte mit Leuten, die entführt wurden? fragte sie sich. Sie versuchte, sich zu erinnern. Da ging es doch immer um Geld, oder? Man wurde irgendwo versteckt, bis jemand was bezahlte. Nur, Mama hatte nicht viel Geld. Aber Cito hatte Geld.

»Wollen Sie Geld von meinem Vater?« fragte sie.

Er schnaubte. »Was ich von deinem Vater will, hat mit Geld nichts zu tun.«

»Aber Sie haben mich doch entführt, stimmt's? Ich glaub' nämlich nicht, daß das hier ein Gästehaus ist, und ich glaub' auch nicht, daß Mama hier ist. Und wenn hier kein Gästehaus ist und Mama nicht hier ist, dann haben Sie mich mitgenommen, weil Sie Geld haben wollen. Stimmt's? Warum hätten Sie mich sonst . . .«

Eine Geschichte fiel ihr ein, die Schwester Agnetis erzählt hatte. Vorn im Klassenzimmer auf und ab humpelnd, hatte sie von der heiligen Maria Goretti erzählt, die gestorben war, weil sie rein bleiben wollte. War die heilige Maria Goretti auch entführt worden? Hatte die schreckliche Geschichte nicht genauso angefangen? Damit, daß jemand sie mitgenommen hatte, der ihren kostbaren Tempel des Heiligen Geistes beschmutzen wollte? Vorsichtig stellte Lottie die Suppenschale zu Boden. Ihre Hände waren klebrig von der verschütteten Suppe, und sie wischte sie an ihrem Rock ab. Sie wußte nicht so genau, was der Tempel des Heiligen Geistes war und wie er beschmutzt werden konnte, aber wenn es damit zu tun hatte, daß man Gemüsesuppe trank, die einem von einem Fremden gegeben wurde, dann mußte sie sich weigern, sie zu trinken. »Ich hab' genug«, sagte sie und fügte höflich hinzu: »Vielen Dank.«

»Iß auf.«

»Ich mag aber nichts mehr.«

»Ich hab' gesagt, du sollst aufessen. Hast du verstanden?« Er trat näher und goß die restliche Suppe aus der Thermosflasche in die Schale. Kleine gelbe Fettaugen schwammen auf der Suppe. Sie trieben aufeinander zu und bildeten einen Ring, der aussah wie die Halskette einer Fee. »Oder muß ich dir dabei helfen?«

Lottie gefiel sein Ton nicht. Sie wußte, was er meinte. Er würde ihr wieder das Gesicht in die Suppe stoßen und so lange hineindrücken, bis sie entweder aß oder ertrank. Gott würde ihr doch sicher vergeben, wenn sie die Suppe aufaß.

Als sie fertig war, stellte sie die Schale auf den Boden. »Ich muß aufs Klo«, sagte sie wieder.

Er schob scheppernd etwas ins Licht. Einen Topf, einen tiefen Topf mit Gänseblümchen darauf und einem gerundeten Rand, der an das Maul eines Tintenfisches erinnerte. Sie starrte ihn verständnislos an. »Ich will keine Suppe mehr«, sagte sie. »Ich hab' doch schon aufgegessen. Ich muß aufs Klo.«

»Dann geh«, versetzte er. »Weißt du nicht, was das ist?«

Sie begriff, daß er meinte, sie solle den Topf benützen, und das vor seinen Augen. Er erwartete, daß sie ihre Unterhose herunterziehen und pinkeln würde, während er dabeistand und alles sah und hörte. Wie Mrs. Maguire, wenn sie zu Hause vor der Toilettentür stand und rief: »Hast du heute morgen schon ein großes Geschäft gemacht, Kindchen?«

»Ich kann nicht«, sagte sie. »Nicht vor Ihnen.«

Er sagte: »Dann eben nicht« und zog den Topf weg. Blitzschnell nahm er die Thermoskanne, die Suppenschale und die Laterne. Das Licht erlosch. Charlotte hörte direkt neben sich etwas zu Boden fallen. Sie schrie und fuhr zurück. Ein kalter

Luftzug strich über sie hin wie eine Geisterschar, die aus dem Friedhof kam, eine Tür fiel zu, ein Schloß knirschte, und sie wußte, daß sie wieder allein war.

Sie tastete mit der Hand auf dem Boden, um zu sehen, was er ihr zugeworfen hatte. Es war eine Decke. Sie roch muffig und fühlte sich rauh an, aber Lottie nahm sie und drückte sie an sich und versuchte, nicht daran zu denken, was es über die Dauer ihres Aufenthalts hier aussagte, daß er ihr eine Decke gebracht hatte.

»Aber ich muß doch aufs Klo«, wimmerte sie leise vor sich ihn. Ein dicker Kloß drückte ihr die Kehle zu, und die Brust wurde ihr eng. Nein, nein, dachte sie. Nicht weinen, nicht weinen. »Ich muß aufs Klo.«

Sie ließ sich zu Boden sinken. Ihre Lippen zitterten, und ihre Augen waren voller Tränen. Sie drückte eine Hand auf ihren Mund und kniff fest die Augen zu. Sie schluckte mehrmals, damit der Kloß wieder in ihren Magen zurückrutschte.

Denk an was Schönes, würde ihre Mutter sagen.

Also dachte sie an Breta. Sie sagte sogar ihren Namen. Ganz leise. »Breta. Meine allerbeste Freundin. Breta.«

Das war das Schönste, was sie sich denken konnte. Mit Breta zusammenzusein. Geschichten zu erzählen. Streiche machen.

Sie überlegte, was Breta tun würde, wenn sie hier drinnen eingesperrt wäre. Was würde Breta hier im Dunkeln tun?

Zuerst würde sie pinkeln, dachte Lottie. Breta würde einfach pinkeln. Sie würde sagen: »Sie haben mich in dieses dunkle Loch gesperrt, Mister, aber Sie können mich zu gar nichts zwingen. Drum pinkel' ich jetzt erst mal. Nicht in irgendeinen blöden Topf, sondern direkt auf den Boden.«

Der Boden. Sie hätte merken müssen, daß sie nicht in einem Sarg lag. Der Boden war ja hart und holprig wie Steine. Nur...

Lottie tastete den Boden ab, über den er sie geschleift, an dem sie sich das Knie angeschlagen hatte. Breta hätte das natürlich als allererstes getan, wenn sie in der Dunkelheit aufgewacht wäre. Breta hätte versucht herauszubekommen, wo sie war. Sie hätte bestimmt nicht einfach rumgelegen und vor sich hin gejammert wie ein kleines Kind.

Lottie schniefte und ließ ihre Finger suchend über den Boden gleiten. Er war voller Furchen. An einer von ihnen mußte sie sich das Knie aufgerissen haben. Sie zog eine Furche mit dem Finger nach und stellte fest, daß sie ein Rechteck bildete. Daneben war wieder ein Rechteck. Dann wieder eins.

»Ziegelsteine«, flüsterte sie. Breta wäre stolz auf sie gewesen.

Ein Boden aus Ziegelsteinen, dachte Lottie und überlegte, was ihr das über den Raum sagen konnte, in dem sie sich befand. Sie machte sich klar, daß sie sich verletzen konnte, wenn sie hier im Dunkeln herumtappte. Sie konnte stolpern. Sie konnte fallen. Sie konnte kopfüber in einen Schacht stürzen. Sie konnte –

Ein Schacht im Dunkeln? hätte Breta gefragt. Das glaube ich nicht, Lottie.

Auf allen vieren kroch Lottie vorsichtig tastend weiter über den unebenen Boden, bis ihre Finger schließlich auf Holz stießen. Das Holz war rauh und splittrig, an manchen Stellen von kleinen kühlen Nagelköpfen durchsetzt. Sie ertastete Kanten und Ecken, gerade Seiten. Eine Kiste, sagte sie sich. Mehr als eine. Eine ganze Reihe Kisten, an der sie entlangkroch.

Sie berührte eine andere Art Oberfläche, ein rundes Ding aus einem glatten Material, das vom Boden aufragte. Als sie mit den Knöcheln versuchsweise dagegenklopfte, bewegte es sich mit einem hohlen Echogeräusch, das sie erkannte, das sie an Salzwasser und Sand erinnerte, an glückliche Spiele am Strand.

»Ein Plastikeimer«, sagte sie, stolz auf sich. Breta hätte es auch nicht besser machen können.

Sie wackelte an dem Eimer und hörte von innen ein Schwappen. Sie neigte den Kopf, um zu schnuppern. Kein Geruch. Sie tauchte einen Finger in die Flüssigkeit und führte ihn an ihre Zunge. »Wasser«, sagte sie. »Ein Eimer Wasser.«

Sie wußte sofort, was Breta jetzt tun würde. Sie würde sagen, tut mir leid, aber ich muß pinkeln, Lottie, und sie würde den Eimer benutzen.

Und das tat Lottie. Sie kippte das Wasser auf den Boden, zog ihre Unterhose herunter und stellte sich über den Eimer. In einem heißen Schwall schoß der Urin aus ihr heraus. Sie hockte sich auf den Eimer und legte ihren Kopf auf ihre Knie. Das angeschlagene Knie brannte. Sie leckte über die Stelle und schmeckte Blut. Plötzlich war sie todmüde. Sie fühlte sich sehr allein. Alle Gedanken an Breta verflogen wie zerplatzte Seifenblasen.

»Ich will meine Mama«, flüsterte Lottie.

Und wußte auch diesmal genau, was Breta darauf sagen würde: Hast du schon mal dran gedacht, daß deine Mama dich vielleicht nicht will?

5

In der Marylebone High Street vor einem Obstgeschäft, wo eine ältere Dame mit einem ungeduldigen Foxterrier an der Leine die Erdbeerkörbchen begutachtete, trennte sich St. James von Helen und Deborah. Die beiden wollten, ausgerüstet mit einer Fotografie Charlotte Bowens, die Gegend rund um die St.-Bernadette-Klosterschule in der Blandford Street, Damien Chambers' Häuschen im Cross Keys Close und die Devonshire Place Mews oben an der High Street durchstreifen. Mit doppelter Absicht: Sie wollten versuchen, jemanden zu finden, der Charlotte am vergangenen Nachmittag gesehen hatte, und sie wollten jeden möglichen Weg erforschen, den das Kind von der Schule zu Chambers' Haus und von dort zum Haus ihrer Mutter eingeschlagen haben konnte. Ihr Auftrag war Charlotte. St. James' Auftrag war Charlottes Freundin Breta.

Lange nachdem er Helen vor ihrer Wohnung abgesetzt hatte, lange nachdem Deborah zu Bett gegangen war, war St. James ruhelos durch das Haus gestreift. Im Arbeitszimmer begann er die Wanderung, zog Bücher aus den Regalen, wie sie ihm gerade in die Hände fielen, und trank zwei Brandys, während er sich vorzumachen versuchte, er läse. Von dort aus ging er in die Küche, wo er sich eine Tasse Ovomaltine machte – die er nicht trank – und zehn Minuten damit totschlug, indem er zu Peachs Vergnügen einen Tennisball von der Küche zur Hintertür warf. Er stieg die Treppe zum Schlafzimmer hinauf und betrachtete seine schlafende Frau. Zuletzt ging er ins Labor hinauf. Deborahs Fotografien lagen noch auf dem Arbeitstisch, auf dem sie sie am Abend ausgebreitet hatte, und im Licht der Deckenlampe betrachtete er das Bild des kleinen westindischen Mädchens mit der britischen Fahne in den Händen. Sie konnte nicht viel älter als zehn sein, dachte er. Charlotte Bowens Alter.

Er trug die Aufnahmen in Deborahs Dunkelkammer und holte die Plastikhüllen mit den Briefen, die Eve Bowen und Dennis Luxford erhalten hatten, heraus. Neben die Briefe legte er die in Druckbuchstaben geschriebene Liste von Eve Bowen. Er schaltete drei starke Lampen ein und griff zu einem Vergrößerungsglas, um die beiden Schreiben und die Liste genauer zu studieren.

Er konzentrierte sich zunächst auf das Wort »Sie«, das in beiden Schreiben vorkam, dann auf einige andere Buchstaben, das »f«, das Doppel-»t«, das alleinstehende »w« in »wird« und »wollen« und den für Analyse und Entschlüsselung zuverlässigsten Buchstaben.

Das »Sie« in beiden Briefen zeigte hohe Übereinstimmung, im unteren Schwung des »S« eine Schleife, die zum »i« durchgezogen war, während das »e« allein stand. Der Querstrich des »F« in Luxfords Brief entsprach genau dem des »f« in Bowens: In beiden Fällen floß der Querstrich ohne Absetzen in den dem »f« folgenden Buchstaben über. Genauso war es bei dem Querstrich des Doppel-»t« in Charlotte und Lottie. Das kleine »w« in den beiden Briefen stand allein, unten rund, ohne Verbindung zum folgenden Buchstaben. Der Abschwung des »e« andererseits war stets mit dem nachfolgenden Buchstaben verbunden, während der Anstrich durchwegs vom vorhergehenden Buchstaben getrennt war. Insgesamt wirkte die Schrift in beiden Briefen wie ein Zwischending zwischen Schreibschrift und Blockschrift. Sogar für das ungeübte Auge war leicht zu erkennen, daß beide Briefe von einer Person geschrieben worden waren.

Er zog sich Eve Bowens Liste heran und suchte nach den verräterischen Ähnlichkeiten, die selbst jemand, der seine Schrift verstellte, meist nicht verschleiern konnte. Das Schreiben ist eine so automatische Tätigkeit, daß einem bei dem Versuch, die eigene Schrift zu verstellen, zwangsläufig kleine Fehler unterlaufen, wenn man nicht jeden einzelnen Strich oder Schwung ganz bewußt zieht. Nach eben einem solchen Leichtsinnsfehler suchte er: nach der charakteristischen

Schleife eines »e«; dem typischen Anstrich eines »a« oder »o«, dem Schwung eines »r« und dem Ansatz dieses Schwungs, nach einer Übereinstimmung bei den Wortabständen, einer Übereinstimmung in der Art, wie Feder oder Stift am Ende des Wortes abgesetzt wurden.

Jeden einzelnen Buchstaben studierte er mit dem Vergrößerungsglas. Jedes einzelne Wort betrachtete er aufmerksam. Er maß den Abstand zwischen den Wörtern und die Höhe und Breite der Buchstaben. Das Ergebnis war eindeutig: Die Briefe waren von ein und derselben Person geschrieben worden, aber nicht von Eve Bowen.

St. James ließ sich auf seinen Hocker sinken und überlegte, in welche logische Richtung diese Art der Schriftprobenanalyse ihn unweigerlich führen würde. Wenn Eve Bowen die Wahrheit gesagt hatte und Dennis Luxford tatsächlich der einzige war, der die Identität von Charlottes leiblichem Vater kannte, dann wäre der nächste vernünftige Schritt, sich eine Schriftprobe Luxfords zu beschaffen. Doch auf diesem Weg durch das Labyrinth der Graphologie weiterzumachen, schien ihm reine Zeitverschwendung zu sein. Wenn Dennis Luxford in der Tat Charlottes Verschwinden inszeniert hatte, wäre er, ein erfahrener Journalist, der durch seinen Beruf mit den Arbeitsmethoden der Polizei bestens vertraut war, kaum so dumm gewesen, die Entführerbriefe mit der Hand zu schreiben.

Genau das war es, was St. James so ungewöhnlich und irritierend fand: daß die Briefe mit der Hand geschrieben waren. Sie waren nicht getippt, sie waren nicht aus Buchstaben, die aus Zeitschriften oder Zeitungen herausgeschnitten waren, zusammengesetzt worden. Daraus ergeben sich zwei Möglichkeiten: Der Entführer glaubte nicht daran, daß er gefaßt werden würde, oder er war überzeugt, daß er nicht bestraft werden würde, wenn die ganze Wahrheit über die Entführung ans Licht kommen sollte.

Wie auch immer, die Person, die Charlotte Bowen entführt hatte, war jemand, der mit dem Tagesablauf des Kindes entweder bestens vertraut war oder ihn vor der Entführung gründlich studiert hatte. War das erstere der Fall, so mußte ein Familienmitglied die Hand im Spiel haben, wie indirekt auch immer. Traf das zweite zu, so konnte man mit ziemlicher Sicherheit annehmen, daß der Entführer sein Opfer zunächst beobachtet hatte. Und ein Beobachter erregt früher oder später Aufmerksamkeit. Am ehesten wäre der Betrachter in diesem Fall wohl Charlotte selbst aufgefallen. Oder ihrer Freundin Breta. Und auf der Suche nach Breta fuhr St. James jetzt in nördlicher Richtung zur Devonshire Place Mews, nachdem er seine Frau und Helen in der Marylebone Street abgesetzt hatte.

Hinter der geschlossenen Tür von Eve Bowens Haus erscholl A-cappella-Gesang. Als St. James läutete, hörte er den monotonen Singsang männlicher Stimmen, wie man ihn in einem Kloster oder einer Kirche erwartet. Auf das Bimmeln der Türglocke brach der Gesang unvermittelt ab. Einen Augenblick später wurde der Riegel zurückgeschoben und die Tür geöffnet.

Er hatte erwartet, Eve Bowen oder ihren Mann zu sehen. Doch vor ihm stand eine rotgesichtige Frau mit der Körperform einer Birne. Sie trug einen voluminösen orangefarbenen Pullover über knallroten, an den Knie ausgebeulten Leggings.

»Wir brauchen keine Zeitschriften, keine Zeugen Jehovas und keine Vorträge von den Mormonen, besten Dank«, sagte sie kurz in so breiter irischer Mundart, als wäre sie erst vor ein paar Tagen aus einem irischen Dorf eingetroffen.

Das, entschied St. James, der an die Beschreibung der Abgeordneten dachte, konnte nur Mrs. Maguire, die Haushälterin sein. Ehe sie die Tür schließen konnte, stellte er sich vor und fragte nach Eve Bowen.

Mrs. Maguires Ton schwang augenblicklich von verächtlicher Abwehr zu gespannter Neugier um. »Sie sind der Herr, der Charlie sucht?«

St. James bejahte. Die Haushälterin trat rasch zurück. Sie führte ihn ins Wohnzimmer, wo aus Lautsprechern gedämpft ein düsteres *Sanctus* erklang. Auf einem kleinen Tisch neben dem Kassettenrecorder war ein provisorischer Altar aufgebaut. Zwei Kerzen brannten flackernd zu beiden Seiten eines Kruzifixes, und das Arrangement war flankiert von einer Marienfigur mit segnend ausgestreckten Händen, die etwas angeschlagen waren, und einem bärtigen Heiligen in Grün und Safrangelb. Beim Anblick des Altars drehte St. James sich um und sah, daß Mrs. Maguire einen Rosenkranz in der rechten Hand hielt.

»Ich bete heute den Rosenkranz mit allen Geheimnissen«, erklärte Mrs. Maguire rätselhaft mit einer Kopfbewegung zu ihrem Altar. »Den freuden-, den schmerzen- und den glorreichen Rosenkranz, alle drei. Und ich erhebe mich nicht eher von meinen Knien, als bis ich mein Teil dazu getan habe, daß Charlie gesund wieder nach Hause kommt. Ich bete zum heiligen Judas und der Muttergottes. Sie werden Charlie beschützen.«

Sie schien sich nicht bewußt zu sein, daß sie eben nicht auf den Knien lag, von denen sie sich erklärtermaßen nicht hatte erheben wollen. Sie ging zum Kassettenrecorder und drückte auf einen Knopf. Der Gesang brach ab. »Wenn ich nicht in der Kirche sein kann, mache ich mir eben meine eigene. Der Herr wird es schon verstehen.« Sie küßte das Kreuz an ihrem Rosenkranz und legte die Gebetsschnur liebevoll zu Füßen des heiligen Judas ab. Sie nahm sich einen Moment Zeit, um die Perlen so zu arrangieren, daß sie einander nicht berührten, und das Kreuz richtig herum hinzulegen.

»Sie ist nicht hier«, sagte sie zu St. James.

»Mrs. Bowen ist nicht zu Hause?«

»Nein. Und Mr. Stone auch nicht.«

»Sind sie unterwegs, um Charlotte zu suchen?«

Mrs. Maguire legte ihre kurzen dicken Finger wieder auf das Kreuz des Rosenkranzes. Sie schien ein Dutzend möglicher Antworten zu überdenken, um die zu finden, die den besten Eindruck machen würde. Aber offensichtlich fruchteten ihre Bemühungen nichts, denn sie sagte schließlich nur: »Nein.«

»Ja, aber wo –«

»Er ist in eins von seinen Restaurants gefahren, und sie ist im Unterhaus. Er wär daheimgeblieben, aber sie will, daß alles ganz normal aussieht. Drum bin ich auch hier und nicht in der St.-Lukas-Kirche, wo ich viel lieber wär, um den Rosenkranz vor dem heiligen Sakrament zu beten.«

Sie schien St. James' Verwunderung darüber, daß man trotz Charlottes Verschwinden zur Tagesordnung übergegangen war, zu spüren und auch zu erwarten, denn sie fügte hastig hinzu: »Das ist nicht so herzlos, wie's aussieht, junger Mann. Mrs. Bowen hat mich heut nacht um Viertel nach eins noch angerufen. Ich mein', ich hab' sowieso nicht geschlafen – und sie hat's gar nicht erst versucht, Gott schütze sie –, und ich hab' bis zum Morgengrauen kein Auge zugetan. Sie hat mir erzählt, daß Sie sich um diese Sache mit Charlie kümmern und daß wir anderen – Mr. Stone und sie selbst und ich – inzwischen so ruhig bleiben und uns beschäftigen und so tun müßten, als wäre alles wie immer. So normal wie nur irgend möglich, hat sie gesagt. Für Charlie. Drum bin ich hier. Und drum ist sie, Gott sei bei ihr, wie immer in die Arbeit gefahren, als hätte sie nichts andres im Kopf, als das nächste Gesetz über die IRA durchzubringen.«

Dies weckte St. James' Interesse. »Mrs. Bowen hat mit der IRA-Gesetzgebung zu tun?«

»Von Anfang an. Kaum hat sie in ihrem Büro im Innenministerium gesessen, vor ungefähr zwei Jahren war das, als sie auch schon bis über beide Ohren drinsteckte in Antiterrorismus-dies, Antiwaffenbesitz-das und hier ein Gesetz und da ein Gesetz über die Erhöhung der Gefängnisstrafen für die IRA. Nicht, daß es keine einfachere Lösung für das Problem gäbe, als ewig im Unterhaus herumzulabern.«

Das gab St. James zu denken: IRA-Gesetzgebung. Eine Abgeordnete, der daran lag, sich zu profilieren, würde ihren politischen Standpunkt zur IRA-Frage nicht geheimhalten können, würde es wahrscheinlich gar nicht wollen. Dies – in Verbindung mit dem irischen Element, das in ihrem Leben und dem ihres Kindes eine, wenn auch noch so zweitrangige

Rolle spielte – war etwas, was zu bedenken war, sollte Breta nicht in der Lage sein, ihnen die erhoffte Hilfe bei der Suche nach Charlotte zu leisten.

Mrs. Maguire wies in die Richtung, die Alex Stone am vergangenen Abend angesteuert hatte. »Wenn Sie mit mir reden wollen, ist es am besten, ich mach' dabei meine Arbeit. Wenn ich so tu', als wär' alles normal, glaub' ich's vielleicht mit der Zeit.« Sie führte ihn durch das Speisezimmer in eine High-Tech-Küche. Auf einer der Arbeitsplatten standen ein offener Besteckkasten aus Mahagoni und eine Dose Politur, daneben lagen einige schwarzfleckige Poliertücher.

»Ein ganz normaler Donnerstag«, sagte Mrs. Maguire. »Mir ist schleierhaft, wie Mrs. Bowen sich aufrecht hält, aber wenn sie's kann, dann schaff' ich es auch.« Sie schraubte die Politurdose auf und legte den Deckel auf die Granitplatte. Ihre Mundwinkel zogen sich herab. Sie nahm etwas grüne Politur mit einem Lappen auf. Leise sagte sie: »Ein unschuldiges kleines Mädchen. Gott helfe uns, sie ist doch nur ein unschuldiges kleines Ding.«

St. James setzte sich an die Bar neben dem Herd. Während Mrs. Maguire verbissen einen Vorlegelöffel putzte, sagte er: »Wann haben Sie Charlotte zuletzt gesehen?«

»Gestern früh. Ich hab' sie in die Schule gebracht wie immer.«

»Sie bringen sie jeden Morgen zur Schule?«

»Ja, außer wenn Mr. Stone sie mitnimmt. Aber ich lauf' immer nur hinter ihr her. Sie mag's nicht, wenn ich sie begleite. Ich schau', daß sie richtig zur Schule kommt und nicht irgendwo endet, wo sie nicht hingehört.«

»Hat sie denn schon mal geschwänzt?«

»Von Anfang an. Sie mag die St.-Bernadette-Schule nicht. Sie möchte lieber auf eine staatliche Schule, aber davon will Mrs. Bowen nichts hören.«

»Ist Mrs. Bowen katholisch?«

»Mrs. Bowen hat dem Herrn immer gut gedient, aber katholisch ist sie nicht. Sie geht sonntags regelmäßig in die Kirche.«

»Dann ist es doch merkwürdig, daß sie für ihre Tochter eine katholische Schule ausgesucht hat.«

»Sie meint, Charlie braucht strenge Disziplin. Und da ist eine katholische Schule genau das richtige.«

»Und was meinen Sie?«

Mrs. Maguire begutachtete mit zusammengekniffenen Augen den Löffel.

»Was ich meine?«

»Braucht Charlotte Disziplin?«

»Kinder, die mit strenger Hand erzogen werden, brauchen keine Disziplin, Mr. St. James. So war's jedenfalls bei meinen eigenen fünf. Und so war's bei meinen Geschwistern und mir. Achtzehn Kinder waren wir, in drei Zimmern, in der County Kery, aber von uns hat nie einer was auf den Hintern gebraucht, damit er gehorcht. Aber die Zeiten haben sich geändert, und ich bin die letzte, die an den Erziehungsmethoden einer anständigen und gottesfürchtigen Frau wie Mrs. Bowen, die in einem schwachen Moment mal gestolpert ist, rummäkeln würde. Der Herr vergibt uns unsere Sünden, und er hat ihr die ihren längst vergeben. Außerdem hat man als Frau für manche Dinge ein natürliches Talent und für andere eben nicht.«

»Was für Dinge meinen Sie?«

Mrs. Maguire konzentrierte sich auf das Polieren des Löffels. »Mrs. Bowen gibt ihr Bestes«, sagte sie. »Sie gibt ihr Bestes und hat das schon immer getan.«

»Sind Sie schon lange bei ihr?«

»Seit Charlie sechs Wochen alt war. Gott, war die Kleine ein Schreihals, als hätte Gott sie auf die Erde geschickt, um die Geduld ihrer Mutter zu prüfen. Es wurde erst besser, als sie reden gelernt hat.«

»Und wie stand es mit Ihrer eigenen Geduld?«

»Wenn man fünf Kinder großziehen muß, lernt man Geduld. Charlies Krawall war für mich nichts Neues.«

»Und Charlottes Vater?« fragte St. James wie selbstverständlich. »Wie ist er mit ihr umgegangen?«

»Mr. Stone?«

»Nein, ich meine Charlottes leiblichen Vater.«

»Diesen Schurken kenne ich nicht. Glauben Sie vielleicht, der hätte auch nur ein einziges Mal was hören lassen, angerufen oder geschrieben? Nein, der nicht. Der hat sich überhaupt nicht um sein Kind gekümmert. Aber Mrs. Bowen sagt immer, genauso hätte sie's gewollt. Sogar jetzt noch! Stellen Sie sich das vor! Herr Jesus, dieses Monster hat ihr wirklich übel mitgespielt.« Mrs. Maguire hob ihren Arm zu ihrem Gesicht. Sie drückte den weiten Ärmel erst unter das eine Auge, dann unter das andere und sagte: »Entschuldigen Sie. Aber wissen Sie, ich fühl' mich so hilflos. Da sitz' ich hier in diesem Haus und tu so, als wär's ein Donnerstag wie jeder andere. Ich weiß ja, daß es das Beste ist. Ich weiß, daß es für Charlie ist. Aber es ist Wahnsinn. Einfach Wahnsinn.«

Sie griff zu einer Gabel, pflichtbewußt, wie Eve Bowen es von ihr erwartete. Aber im Herzen schien sie woanders zu sein. Ihre Lippen bebten, während sie das Putzmittel auf dem Silber verrieb. Die Gefühle der Frau wirkten durchaus echt, aber St. James war sich im klaren darüber, daß seine Stärke die Auswertung von Beweismaterial war und nicht die Beurteilung von Zeugen und möglichen Verdächtigen. Er lenkte das Gespräch wieder auf den morgendlichen Schulweg und bat die Haushälterin zu versuchen, sich an jeden auf der Straße zu erinnern, der Charlotte vielleicht beobachtet hatte, der irgendwie nicht ins alltägliche Bild zu passen schien.

Sie starrte einen Moment in den Besteckkasten, ehe sie antwortete. Ihr sei niemand aufgefallen, erklärte sie schließlich. Aber sie gingen ja auch die Hauptstraße entlang, und da seien immer eine Menge Leute unterwegs. Lieferanten, Angestellte auf dem Weg zur Arbeit, Geschäftsleute, die ihre Läden aufmachten, Jogger und Fahrradfahrer, Leute, die zum Bus oder zur Untergrundbahn eilten. Nein, ihr sei nichts aufgefallen. Sie hätte nie darauf geachtet. Sie habe Charlie im Auge behalten, damit das Kind keine Dummheiten machte und pünktlich zur Schule käme. Sie dächte dabei über die Arbeit nach, die auf sie wartete, überlegte sich, was sie Charlie zum Essen machen wollte und... Gott möge ihr vergeben, daß sie nicht Obacht gegeben hatte, daß sie die Augen nicht offengehalten hatte, um das Werk des Teufels zu erkennen, daß sie auf ihre kleine Charlie nicht so aufgepaßt hatte, wie sie es hätte tun sollen, wofür man sie bezahlte, wobei man ihr vertraute, wie...

Mrs. Maguire ließ Silber und Putztuch fallen. Sie zog ein Taschentuch aus ihrem Ärmel und schneuzte sich geräuschvoll. Dann sagte sie: »Herr gib, daß ihr kein Haar auf dem Kopf gekrümmt wird. Wir wollen versuchen, dein Wirken in dieser Geschichte zu erkennen. Und eines Tages werden wir auch den tieferen Sinn deiner Wege begreifen.«

St. James fragte sich, wo jenseits des Grauens dieser Entführung ein Sinn sein sollte. Die Religion, fand er, konnte die Geheimnisse, die unglaublichen Grausamkeiten und die Ungereimtheiten des Lebens nicht erklären. Er sagte: »Vor ihrem Verschwinden war Charlotte anscheinend mit einem anderen kleinen Mädchen zusammen. Was können Sie mir über ein Mädchen namens Breta sagen?«

»Nicht viel und kaum was Gutes. Die Kleine ist ein wildes Ding. Sie kommt aus einer zerrütteten Familie. Nach dem, was ich von Charlie so gehört habe, geht die Mutter anscheinend lieber in die Disco zum Tanzen, als Breta an die Kandare zu nehmen. Die ist gar nicht gut für Charlie, die Kleine.«

»Sie sagen, sie ist wild. Inwiefern?«

»Na, sie hat nichts als Dummheiten im Kopf. Und dauernd will sie Charlie zum Mitmachen verführen.« Breta sei eine richtige kleine Gaunerin, erklärte Mrs. Maguire. Sie stehle Süßigkeiten in den Läden in der Baker Street. Sie schleiche sich ohne Eintrittskarte in Madame Tussauds Wachsfigurenkabinett. Sie schmiere überall in der Untergrundbahn die Anfangsbuchstaben ihres Namens an die Wände.

»Ist sie eine Schulkameradin von Charlotte?«

Mrs. Maguire bejahte. Charlies ganzer Tag sei von Mrs. Bowen und Mr. Stone so streng eingeteilt, daß sie außer in der Schule gar keine Gelegenheit habe, Freundschaften zu schließen. »Wann sonst hätte sie denn Zeit, mit ihr zusammenzusein?« fragte Mrs. Maguire. Sie selbst, fuhr Mrs. Maguire auf St. James' Fragen fort, wisse den Nachnamen des Mädchens nicht, habe das Kind auch noch nie zu Gesicht bekommen, aber sie gehe jede Wette ein, daß die Eltern Ausländer seien. »Und von der Sozialhilfe leben«, fügte sie hinzu. »Die ganze Nacht tanzen und den ganzen Tag verschlafen und sich dann auch noch, ohne rot zu werden, von der Regierung unterstützen lassen!«

St. James fand diesen neuen Aspekt von Charlotte Bowens Leben seltsam und irritierend. Seine eigenen Eltern hatten die Namen, Adressen, Telefonnummern und vermutlich die Blutgruppen all seiner Kindheitsfreunde und der dazugehörigen Eltern gekannt. Wenn er sich über ihre strenge Zensur beschwert hatte, pflegte seine Mutter zu sagen, es gehöre zu ihrer Pflicht als Eltern, auf seinen Umgang genauestens zu achten. Aber wie sahen eigentlich Eve Bowen und Alexander Stone ihre Elternpflicht?

Mrs. Maguire schien seine Gedanken zu lesen. Sie sagte nämlich: »Charlie hat immer was vor, Mr. St. James. Dafür sorgt Mrs. Bowen. Montags nach der Schule hat das Kind Tanzstunde, am Dienstag geht sie zur Therapie, am Mittwoch zur Musikstunde und donnerstags ist nachmittags in der Schule Sport. Freitags geht sie immer direkt nach der Schule zu ihrer Mutter ins Bezirksbüro. Sie hat überhaupt keine Zeit für Freunde, außer in der Schule, und da ist sie unter der Aufsicht der guten Nonnen, da kann also nichts passieren. Sollte man jedenfalls meinen.«

»Wann spielt Charlotte denn dann mit diesem Mädchen?«

»Immer wenn sie einen freien Moment hat. In der Schule in der Pause oder beim Sport. Vor ihren Terminen. Kinder finden immer Zeit für Freunde.«

»Und an den Wochenenden?«

Die Wochenenden verbrachte Charlie mit ihren Eltern, wie Mrs. Maguire erzählte. Entweder mit beiden gemeinsam oder mit Mr. Stone in einem seiner Restaurants oder bei Mrs. Bowen in ihrem Büro am Parliament Square. »Die Wochenenden sind für diese Familie da«, sagte sie, und ihr Ton ließ ahnen, wie streng an dieser Regel festgehalten wurde. »Die beiden haben viel zu tun«, fuhr sie fort. »Sie sollten Charlies Freunde eigentlich kennen. Sie müßten wissen, was sie treibt, wenn sie nicht mit ihnen zusammen ist. Aber sie wissen es nicht immer, so ist das nun mal. Gott verzeih ihnen, denn ich weiß wirklich nicht, wie sie sich selbst verzeihen wollen.«

Die St.-Bernadette-Grundschule in der Blandford Street, nicht weit von der Marylebone High Street und vielleicht einen halben Kilometer von der Devonshire Place Mews entfernt, war ein vierstöckiges Backsteingebäude mit Kreuzblumen an den Ziergiebeln und, in einer Nische über dem Portal, einer Statue der Heiligen, die ihr den Namen gegeben hatte. Sie wurde von den Schwestern der heiligen Märtyrer geleitet, einer Gruppe von Frauen, deren Durchschnittsalter bei siebzig Jahren zu liegen schien. Sie trugen schwere schwarze Gewänder, Rosenkränze mit dicken Holzperlen um die Mitte, weiße Brustkragen und gestärkte Schleier, die an enthauptete Schwäne erinnerten. Sie hielten ihre Schule so tadellos sauber wie einen polierten Kelch. Die Fenster blitzten, die weißen Wände waren so rein wie eine gute christliche Seele, die grauen Linoleumböden glänzten, und es roch allenthalben nach Bohnerwachs und Desinfektionsmitteln. Wenn es nach der Sauberkeit ging, konnte der Teufel nicht hoffen, mit den Schülerinnen dieses Instituts viel zu tun zu haben.

Nach einem kurzen Gespräch mit der Schulleiterin, einer Nonne, die sich ihm als Schwester Mary vorstellte und mit fromm gefalteten Händen und scharfem Blick seinen Worten lauschte, wurde St. James in die erste Etage hinaufgeführt. Dort folgte er der Nonne durch einen stillen Korridor, hinter dessen geschlossenen Türen die Sache der Wissenschaft gefördert wurde. Vor der vorletzten Tür blieb Schwester Mary stehen und klopfte einmal kurz, ehe sie eintrat. Die Schülerinnen – vielleicht fünfundzwanzig kleine Mädchen, die in ordentlichen Reihen saßen – sprangen wie auf Kommando von ihren Stühlen auf und riefen, Füller und Lineale in der Hand, im Chor: »Guten Morgen, Schwester!«, worauf Schwester Mary kurz nickte. Schweigend setzten sich die Mädchen und wandten sich wieder ihrer Arbeit zu, der grammatikalischen Gliederung von Sätzen, wie es schien. Ihre Finger waren voller Tintenflecken vom Umgang mit Füller und Lineal beim Ziehen der Verbindungslinien zwischen den einzelnen Satzteilen.

Schwester Mary tauschte mit gesenkter Stimme einige Worte mit der Nonne, die ihr mit dem hinkenden Gang derer, die vor kurzem eine künstliche Hüfte empfangen haben, entgegenkam. Ihr Gesicht glich einer getrockneten Aprikose, und auf der Nase hatte sie eine randlose Brille mit dicken Gläsern. Nach ein paar knappen Worten nickte die Nonne und trat zu St. James hinaus auf den Korridor. Schwester Mary, die sie in der Zwischenzeit im Klassenzimmer vertreten würde, schloß die Tür.

»Ich bin Schwester Agnetis«, stellte sich die Nonne vor. »Schwester Mary hat mir gesagt, daß Sie wegen Charlotte Bowen hier sind.«

»Sie ist verschwunden.«

Die Nonne kniff die Lippen zusammen und griff zu dem Rosenkranz, der ihr bis zu den Knien herabhing. »Das kleine Luder«, sagte sie. »Das wundert mich nicht.«

»Und wieso nicht, Schwester?«

»Na, die will doch immer nur auf sich aufmerksam machen. Im Klassenzimmer, in der Kantine, beim Sport, beim Gebet. Das ist zweifellos wieder so ein Einfall von ihr, um sich in den Vordergrund zu spielen. Es wäre nicht das erstemal.«

»Wollen Sie damit sagen, daß Charlotte schon einmal weggelaufen ist?«

»Sie hat sich schon des öfteren aufgespielt. Letzte Woche kam sie mit den Kosmetika ihrer Mutter zur Schule und malte sich damit während der Mittagspause auf der Toilette das Gesicht an. Sie sah aus wie ein Clown, als sie wieder ins Klassenzimmer kam, aber genau das hatte sie natürlich gewollt. Im

Zirkus ist doch immer der Clown die Hauptattraktion, habe ich recht?« Schwester Agnetis hielt inne, um in den Tiefen ihrer Tasche auf Schatzsuche zu gehen. Sie zog ein zerknülltes Papiertuch hervor, das sie kurz auf beide Mundwinkel drückte, in denen sich während ihrer Rede Speichel gesammelt hatte. »Sie ist nicht fähig, länger als eine Viertelstunde in ihrer Bank zu bleiben. Entweder blättert sie in den Büchern oder sie stochert im Hamsterkäfig herum oder sie schüttelt die Kollekteschachteln –«

»Kollekteschachteln?«

»Geld für die Missionen«, erklärte Schwester Agnetis kurz und setzte ihren Gedankengang gleich wieder fort. »Sie wollte unbedingt Klassensprecherin werden, und als die Mädchen eine andere wählten, wurde sie richtiggehend hysterisch und konnte für den Rest des Nachmittags nicht am Unterricht teilnehmen. Sie hält weder bei sich selbst noch bei ihrer Arbeit auf Sauberkeit, sie befolgt nur die Regeln, die ihr passen, und in der Religionsstunde verkündet sie fast jedesmal, sie sei nicht katholisch und sollte darum nicht gezwungen werden teilzunehmen. Aber das hat man eben davon, wenn man Nichtkatholiken in die Schule aufnimmt. Mich geht es ja nichts an. Wir sind schließlich hier, um der Gemeinde zu dienen.«

Sie steckte das Papiertuch wieder ein und stellte sich wie vorher Schwester Mary mit gefalteten Händen in Positur. Als St. James einen Moment schwieg, um über das Gehörte nachzudenken und es einzuordnen, fügte sie hinzu: »Sie halten mich wahrscheinlich für hart in meinem Urteil über das Mädchen. Aber ich bin sicher, ihre Mutter würde Ihnen gern bestätigen, wie schwierig die Kleine ist. Sie war mehr als einmal zum Gespräch hier.«

»Mrs. Bowen?«

»Ich habe erst Mittwoch abend vor einer Woche wegen der Geschichte mit den Kosmetika mit ihr gesprochen, und ich kann Ihnen versichern, daß sie das Kind streng bestraft hat – sie mußte bestraft werden, schließlich hatte sie einfach die

Sachen ihrer Mutter mitgenommen. Ohne um Erlaubnis zu fragen.«

»Und wie wurde sie bestraft?«

Schwester Agnetis breitete zum Zeichen, daß sie das nicht wisse, die Hände aus. »Ganz gleich, was für eine Strafe sie bekam, sie hat ausgereicht, um das Kind für den Rest der Woche zu dämpfen. Am Montag war sie natürlich schon wieder ganz die alte.«

»Also schwierig?«

»Wie ich schon sagte, ganz die alte.«

»Vielleicht wird Charlotte von ihren Klassenkameradinnen dazu angestachelt, über die Stränge zu schlagen«, meinte St. James.

Schwester Agnetis empfand das als einen Affront. »Ich bin bekannt für die Disziplin in meinen Klassen, Sir«, sagte sie.

St. James bemühte sich sogleich, sie zu beschwichtigen. »Ich meinte damit eine Freundin von Charlotte hier an der Schule. Es ist gut möglich, daß sie weiß, wo Charlotte sich aufhält. Oder daß sie wenigstens auf dem Heimweg von der Schule etwas bemerkt hat, was uns bei der Suche weiterhelfen könnte. Mit diesem Mädchen würde ich gern einmal sprechen. Sie heißt Breta.«

»Breta?« Schwester Agnetis zog die spärlichen Überreste ihrer Augenbrauen zusammen. Sie trat zu dem kleinen Fenster in der Tür zum Klassenzimmer und spähte hinein, als suchte sie nach dem Kind. »In meiner Klasse gibt es kein Mädchen, das Breta heißt«, sagte sie.

»Es ist vermutlich ein Spitzname«, meinte St. James.

Zurück zum Fenster. Neuerliche Musterung der Klasse. »Sanpaolo vielleicht. Brittany Sanpaolo.«

»Kann ich mit ihr sprechen?«

Schwester Agnetis holte das Mädchen, eine mürrisch wirkende Zehnjährige, deren Uniform an dem dicklichen Körper spannte. Sie trug ihr Haar zu kurz für das volle runde Gesicht, und wenn sie sprach, blinkte die Zahnspange in ihrem Mund.

Sie ließ keinen Zweifel an ihrer Einstellung zu Charlotte.

»Lottie Bowen?« fragte sie ungläubig. Sie fuhr fort, wobei sie die S-Laute zischend hervorstieß: »Die ist nicht meine Freundin. Ganz bestimmt nicht. Die ist doch zum Kotzen.« Mit einem hastigen Blick auf Schwester Agnetis fügte sie hinzu: »Oh, tut mir leid, Schwester.«

»Das sollte es auch«, sagte Schwester Agnetis. »Beantworte die Fragen des Herrn.«

Brittany konnte St. James nicht viel erzählen, und was sie erzählte, kam auf eine Weise heraus, als hätte sie seit dem ersten Schuljahr auf eine Gelegenheit gewartet, ihren Unmut über Charlotte loszuwerden. Lottie Bowen machte sich über die anderen Mädchen lustig, enthüllte Brittany. Sie spottete über ihre Haare, über ihr Aussehen, sie lachte über die Antworten, die sie im Unterricht gaben, sie zog sie auf, weil sie dick oder dünn waren, sie machte ihre Stimmen nach. Vor allem, diesen Eindruck gewann jedenfalls St. James, verspottete sie Brittany Sanpaolo. Im stillen bedankte er sich sarkastisch bei Schwester Agnetis dafür, daß sie ihm dieses unangenehme Kind auf den Hals gehetzt hatte, und wollte gerade die Litanei über Charlotte Bowens Sünden unterbrechen – Lottie gibt dauernd mit ihrer Mutter an, sie gibt mit den Urlaubsreisen an, die sie mit ihren Eltern macht, sie gibt mit den Geschenken an, die sie von ihren Eltern bekommt –, als Brittany zur abschließenden Zusammenfassung ihrer Rede kam: Überhaupt gäbe es keine in der Klasse, die Lottie mochte, keine wolle in der Pause mit ihr zusammensein, keine wolle sie in der Schule haben, keine wolle mit ihr befreundet sein – außer dieser doofen Brigitta Walters, und warum *die* sich mit Lottie abgebe, wisse ja jeder.

»Brigitta?« wiederholte St. James. Hier war vielleicht ein Fortschritt. Wenigstens kam Brigitta dem Klang von Breta schon näher. Der Name Breta konnte leicht eine Abkürzung von Brigitta sein, vielleicht von einem Kleinkind kreiert, das den Namen der älteren Schwester nicht aussprechen konnte.

Brigitta war in der Klasse von Schwester Vincent de Paul, wie sie von Brittany erfuhren. Sie und Charlotte sangen im Schulchor zusammen.

Sie brauchten nicht mehr als fünf Minuten, um von Schwester Vincent de Paul – mindestens achtzig Jahre alt und schwerhörig – zu erfahren, daß Brigitta Walters an diesem Tag nicht in der Schule war. Keine Entschuldigung von den Eltern, aber das sei ja heutzutage fast schon gang und gäbe. Die Eltern waren zu beschäftigt, um anzurufen, zu beschäftigt, um am Leben ihrer Kinder Anteil zu nehmen, zu beschäftigt, um mit einfacher Höflichkeit Zeit zu vertun, zu beschäftigt...

St. James dankte Schwester Vincent de Paul hastig. Ausgestattet mit Brigitta Walters' Adresse und Telefonnummer, ergriff er die Flucht.

Es schien ganz so, als habe er endlich eine Spur.

6

»Also, was haben wir für morgen?« Dennis Luxford wies mit dem Finger auf Sarah Happleshort, seine Nachrichtenredakteurin. Sie schob den Kaugummi in ihrem Mund auf die Seite und griff zu ihren Notizen.

Rund um den Tisch in Luxfords Büro warteten die übrigen Mitarbeiter auf das Ende der täglichen Besprechung, bei der jeweils beschlossen wurde, wie der Inhalt der Zeitung am folgenden Tag aussehen sollte, welche Berichte gebracht würden, was nach Luxfords Entscheidung auf der Titelseite erscheinen sollte. Der Sportredakteur hatte sich für eine eingehendere Berichterstattung über die Auswahl der Cricket-Nationalmannschaft eingesetzt, was ihm trotz der Tatsache, daß Englands bester Schlagmann vor kurzem ermordet worden war, allseits nur höhnisches Gelächter eingebracht hatte. Im Vergleich zur Strichjungen-Sause war die Erstickung eines berühmten Cricketspielers eine Lappalie, gleichgültig, wer nun verhaftet und angeklagt worden war, bei besagter Erstikkung die Hand im Spiel gehabt zu haben. Außerdem waren das »olle Kamellen«, die längst nicht den Unterhaltungswert hatten wie die verzweifelten Schadensbegrenzungsversuche der Konservativen angesichts des Skandals um ihren Abgeordneten Sinclair Larnsey und sein Tête-à-tête mit einem sechzehnjährigen Strichjungen hinter den dicht beschlagenen Fenstern eines Citröen – »Dieses miese Schwein kauft nicht mal britisch«, sagte Sarah Happleshort hell empört –, in dem das Paar angeblich »die Gefahren der Prostitution« diskutiert hatte, als es von der Polizei rüde gestört worden war.

Mit einem Bleistift tippte Sarah auf die einzelnen Punkte auf ihrer Liste. »Larnsey hat sich mit seinem Wahlausschuß getroffen. Noch keine offizielle Aussage, aber wir haben aus zuverlässiger Quelle erfahren, daß man ihn bitten wird, sein Mandat niederzulegen. East Norfolk ist anscheinend bereit, im Rahmen christlicher Nachsicht und nach der Maxime ›Wer ohne Fehl ist, der werfe den ersten Stein‹ einen kleinen Ausrutscher da und dort zu verzeihen. Aber wenn es um verheiratete Männer, minderjährige Jungen, geschlossene Automobile und den Austausch von Körperflüssigkeit und Bargeld geht, ziehen die Herrschaften die Grenze. Die brennende Frage unter den Ausschußmitgliedern schien zu sein, ob sie eine Nachwahl erzwingen sollen, solange die Popularität des Premierministers im Sinken begriffen ist. Wenn sie es nicht tun, wird es den Anschein haben, als sei ihnen ihre Rückbesinnung auf die wahren britischen Grundwerte schnurzegal. Wenn sie es tun, werden sie den Sitz wahrscheinlich an die Labour-Partei verlieren.«

»Immer und überall Politik«, beschwerte sich der Sportredakteur.

Rodney Aronson fügte hinzu: »Die Story wird langsam schal.«

Luxford ignorierte beide. Der Sportredakteur würde für seine Story kämpfen bis zum letzten, ohne sich von aktuelleren Ereignissen beeindrucken zu lassen, und Rodney hatte seine persönlichen Interessen im Auge, die nichts damit zu tun hatten, daß eine Story an Attraktivität verlor. Er hatte Luxford den ganzen Tag beobachtet wie ein Wissenschaftler, der die Teilung einer Amöbe studiert, und Luxford war sicher, daß dieses scharfe Interesse wenig mit dem Inhalt der nächsten Ausgabe der *Source* zu tun hatte, dafür aber um so mehr mit Spekulationen darüber, warum er – Luxford – den ganzen Tag nichts gegessen hatte, bei jedem Läuten des Telefons zusammengezuckt war, viel zu hastig nach der ersten Post gegriffen und die Briefe viel zu angespannt durchgesehen hatte.

»Der Strichjunge hat über seinen Vater seine Verbeugung vor der Öffentlichkeit gemacht«, fuhr Sarah Happleshort fort. »Zitat: ›Wolfie tut's leid, was Mr. Larnsey da über sich ergehen lassen muß. Wolfie findet, er sei ein echt netter Mensch.‹«

»Wolfie?« fragte der Bildredakteur grinsend. »Larnsey hat's mit einem Wolfie getrieben?«

»Vielleicht heult er, wenn's ihm kommt«, meinte der Wirtschaftsredakteur.

Beifälliges Gelächter rundherum. Sarah fuhr fort: »Wir haben allerdings ein Zitat des Jungen selbst, das wir meiner Ansicht nach als Aufmacher verwenden können.« Als sie sah, daß der Sportredakteur Luft holte, um neuerlich für seinen ermordeten Cricket-Star zu plädieren, sagte sie: »Gib's auf, Will. Werd realistisch. Wir haben Flemings Tod sechs Tage lang auf der ersten Seite gebracht. Die Story hat sich totgelaufen. Aber das hier – das hier mit dem Foto! Wolfie spricht mit der Presse. Man hat ihn über seinen Lebensstil ausgefragt. Wie das denn nun sei, wenn man's mit alten Knackern im Auto treibt. Und er sagte: ›Man kann davon leben, oder?‹ Das wird unsere Schlagzeile. Mit einem passenden Kommentar auf Seite sechs darüber, wie weit die Tories unsere jungen Leute durch ihr Mißmanagement in Verwaltung und Wirtschaft getrieben haben. Rodney kann den schreiben.«

»Unter anderen Umständen mit Freuden«, sagte Rodney freundlich. »Aber das sollte unter Dennis' Namen laufen. Er hat eine weit mächtigere Feder als ich, und die Tories verdienen eine Abreibung vom Herrn und Meister. Was meinen Sie, Den? Schaffen Sie das?« Er schob einen Riegel Luftschokolade in den Mund und legte sein Gesicht in teilnahmsvolle Falten, als er hinzufügte: »Sie sehen heute ein bißchen spitz aus. Brüten Sie vielleicht was aus?«

Luxford musterte Rodney einen Moment lang schweigend. Was Rodney sagen wollte, war: »Kommst du ins Trudeln, Den? Schrumpfen dir die Eier?«, aber dazu fehlte ihm der Mut. Luxford überlegte, ob er genug über den schleimigen Kerl wußte, um ihn zu feuern, wie er das verdiente. Er bezweifelte es. Rodney war ein aalglatter Bursche.

Er sagte: »Larnsey bekommt die Titelseite. Mit dem Foto des Strichjungen. Bastelt mir eine Ausgabe von Schlagzeile und Foto, bevor ihr in Druck geht. Cricket kommt in den Sportteil.« Und er ging die übrigen Themen durch, ohne sich auf seine Notizen zu beziehen. Wirtschaft, Politik, Nachrichten aus aller

Welt, Polizeibericht. Er hätte seine Aufzeichnungen konsultieren können, ohne fürchten zu müssen, dadurch bei seinen Mitarbeitern an Respekt zu verlieren, aber Rodney sollte sehen, wer hier bei der *Source* am Drücker war, damit er es nicht vergaß.

Unter allgemeinem Stühlerücken und Stimmengewirr fand die Sitzung ihr Ende. Der Sportredakteur brummte finster etwas von »grundlegender menschlicher Anständigkeit«, während der Bildredakteur rief: »Wo ist Dixon? Ich brauch' eine Vergrößerung von Wolfie«, was mit allgemeinem Wolfsgeheul quittiert wurde. Sarah Happleshort schob ihre Papiere zusammen und ging mit zwei Kollegen lachend zur Tür, wo sie Luxfords Sekretärin Platz machen mußte.

»Telefon, Mr. Luxford«, rief Miß Wallace. »Ich habe dem Mann vorhin schon mal gesagt, daß Sie in einer Besprechung sind, und wollte mir seine Nummer notieren, aber er hat sie mir nicht gegeben. Er hat schon zweimal zurückgerufen. Ich habe ihn noch an der Leitung.«

»Wer ist es?« fragte Luxford.

»Seinen Namen wollte er mir nicht sagen. Er hat nur gesagt, daß er mit Ihnen über den Bankert sprechen will.« Sie wedelte mit der Hand vor ihrem verlegenen Gesicht herum, als wäre die Luft voller Mücken. »Das ist der Ausdruck, den er gebraucht hat, Mr. Luxford. Ich nehme an, er meint den jungen Mann, der ... neulich abend ... am Bahnhof ...« Sie lief rot an. Nicht zum erstenmal fragte sich Dennis Luxford, wie Miß Wallace so lange bei der *Source* überlebt hatte. Er hatte sie von seinem Vorgänger geerbt, dem sie mit ihrer Prüderie manchen Augenblick der Erheiterung beschert hatte. »Ich habe ihm gesagt, daß Mitch Corsico für die Story zuständig ist, aber er meinte, Sie würden ganz bestimmt nicht wollen, daß er mit Mr. Corsico spricht.«

»Soll ich das erledigen, Den?« fragte Rodney. »Es geht doch nicht, daß jeder hergelaufene Idiot von der Straße hier anruft, wenn er gerade Lust auf einen Schwatz mit dem Chefredakteur hat.«

Luxford spürte, wie sich sein Magen zusammenzog, als er sich klarmachte, was die Worte »... will mit Ihnen über den Bankert sprechen« bedeuten konnten. Er sagte: »Ich mach' das schon. Verbinden Sie mich«, befahl er Miß Wallace, und die trabte brav zu ihrem Schreibtisch zurück.

»Den«, sagte Rodney, »Sie schaffen hier einen Präzedenzfall. Die Briefe dieser Leute zu lesen geht ja noch an, aber mit ihnen zu telefonieren ...?«

Das Telefon läutete. »Ich weiß Ihre Fürsorge zu schätzen, Rod«, versetzte Luxford, als er zu seinem Schreibtisch ging. Es bestand ja immer die Möglichkeit, sagte er sich, daß Miß Wallace recht hatte und der Anrufer Informationen über den Strichjungen an den Mann bringen wollte, daß der Anruf nichts anderes als eine weitere Unterbrechung an einem hektischen Tag war. Er hob ab und sagte: »Luxford hier.«

Ein Mann sagte: »Wo war die Story, Luxford? Ich leg' sie um, wenn Sie die Story nicht bringen.«

Indem sie eine Besprechung absagte und einen zweiten Termin verschob, schaffte es Eve Bowen, um fünf bei Harrod's zu sein. Sie hatte ihrem Assistenten die Umplanung überlassen, und während der mit höflichen Entschuldigungen herumtelefonierte und neugierige Blicke in ihre Richtung warf, hatte sie Anweisung gegeben, ihren Wagen vorzufahren. Sie hätte vom Parliament Square zum Innenministerium leicht zu Fuß gehen können, das wußte auch Joel Woodward. Und daher wußte er ebenfalls, daß ihr kurzes »Es ist etwas passiert. Blasen Sie die Besprechung um halb fünf ab« nichts mit Regierungsangelegenheiten zu tun hatte.

Natürlich würde sich Joel seine Gedanken machen. Er war ein äußerst neugieriger junger Mann, besonders wenn es um ihre Privatangelegenheiten ging. Aber er würde keine Frage stellen und es ihr so ersparen, ihm kunstvolle Lügen auftischen zu müssen. Und er würde seine Vermutungen über den Anruf, den sie in der Tat erhalten hatte, nicht mit anderen teilen. Er würde vielleicht bei ihrer Rückkehr wie beiläufig fragen:

»Ist die Besprechung gut gelaufen?« und versuchen, aus ihrer Antwort herauszulesen, wie weit sie der Wahrheit entsprach. Er würde sich vielleicht auch ans Telefon hängen und versuchen, ihr nachzuspionieren. Aber ganz gleich, was Joel sich dachte, er würde seine Gedanken für sich behalten. »Für Königin und Vaterland« war seine Parole, ganz zu schweigen von »Die Chefin hat immer recht«, und er hing viel zu sehr an der fragwürdigen Wichtigkeit seines Jobs, um ihn dadurch zu gefährden, daß er sich ihren Unmut zuzog. Joel Woodward fand es weit besser, wenigstens ein bißchen was zu wissen – eine Stellung innezuhaben, wo Schweigen und ein bedeutsames Nicken geringeren Sterblichen gegenüber auf intime Vertrautheit mit den Angelegenheiten der Staatssekretärin im Innenministerium schließen lassen würden –, als irgendwo herumzukrebsen, wo er gar nichts erfuhr und sich deshalb auf Intelligenz und Leistung allein hätte verlassen müssen, um sich in der Hierarchie nach oben zu strampeln.

Was den Chauffeur anging, so war es seine Aufgabe, den Wagen zu fahren. Und er war es gewohnt, sie an einem einzigen Tag zu so unterschiedlichen Zielen wie Bethnal Green, Mayfair und dem Holloway-Gefängnis zu bringen. Er würde sich über den Befehl, sie zu Harrod's zu fahren, kaum wundern.

Er setzte sie vor dem Eingang in der Hans Crescent ab. Auf ihr »Zwanzig Minuten, Fred« antwortete er mit einem zustimmenden Grunzen. Sie stieß die Bronzetür auf, wo Sicherheitsposten darüber wachten, daß sich keine Terroristen einschleichen und die florierenden Geschäfte stören konnten, und steuerte auf die Rolltreppe zu. Trotz der späten Nachmittagsstunde drängten sich dort die Leute, und sie fand sich zwischen drei von Kopf bis Fuß vermummten Inderinnen und einer Schar mit Einkaufstüten beladener deutscher Touristen eingezwängt.

In der vierten Etage kämpfte sie sich durch Unterwäsche, Badeanzüge, Mädchen mit Strohhüten und Rastafaris zum Trend-Shop durch, wo, hinter Puppen in schicken schwarzen

Jeans, schwarzen Pullis, schwarzen Boleros, schwarzen Westen und schwarzen Baskenmützen halb verborgen, der Eingang zum Restaurant war, in dem sich die modebewußte Kundschaft stärkte.

Dennis Luxford war schon da. Es war ihm gelungen, einen grauen Tisch zu erobern, der in einer Ecke stand und von einer gewaltigen gelben Säule teilweise abgeschirmt war. Er trank irgendein Sprudelgetränk aus einem hohen Glas und tat so, als studierte er die Speisekarte.

Eve hatte ihn seit dem Nachmittag nicht mehr wiedergesehen, an dem er erfahren hatte, daß sie schwanger war. In den nachfolgenden zehn Jahren hätten sich ihre Pfade leicht kreuzen können, besonders nachdem sie ihre politische Karriere begonnen hatte, aber sie hatte dafür gesorgt, daß das nicht geschah. Ihm war es offenbar ganz recht gewesen, von ihr Abstand zu halten, und da seine Position als Chefredakteur zuerst des *Globe* und dann der *Source* nicht verlangte, persönlichen Kontakt zu Politikern zu pflegen, wenn er das nicht wollte, hatte er nie wieder an einer Versammlung der Konservativen oder anderen Veranstaltungen teilgenommen, wo sie einander hätten begegnen können.

Er hatte sich kaum verändert. Dasselbe volle, helle Haar, dieselbe elegante Kleidung, dieselbe drahtige Figur, dieselben überlangen Koteletten. Auch die Narbe an seinem Kinn, Erinnerung an eine Schlägerei im Schlafsaal kurz nach seiner Ankunft im Knabeninternat Baverstock, war noch da, wie sie sah, als er aufstand. Als sie während ihrer sexuellen Aktivitäten im Hotelzimmer in Blackpool vor über zehn Jahren einmal eine Pause eingelegt hatten, hatten sie ihre Gesichtsnarben verglichen. Sie hatte ihn gefragt, warum er sich nicht einen Bart wachsen lasse, um die seine zu verstecken. Er hatte wissen wollen, warum sie die ihre, die ihre rechte Augenbraue teilte, mit dem überlang getragenen Pony unbedingt verstecken wolle.

»Dennis«, sagte sie, die dargebotene Hand übersehend. Sie schob sein Glas auf die andere Seite des Tisches, so daß nun er und nicht sie sich mit Blick in den Raum setzen mußte. Dann stellte sie ihren Aktenkoffer zu Boden und ließ sich auf dem Stuhl nieder, auf dem er gesessen hatte. »Ich habe genau zehn Minuten.« Sie fegte die Speisekarte weg und sagte, als der Kellner an den Tisch trat: »Einen Kaffee. Schwarz. Nichts dazu.«

Als der Kellner gegangen war, wandte sie sich Dennis zu. »Wenn du da draußen einen Fotografen stehen hast, um diesen romantischen Moment zwischen uns beiden für die morgige Ausgabe einfangen zu lassen, hast du Pech gehabt. Mit meinem Hinterkopf läßt sich nicht viel anfangen. Und da ich nicht die Absicht habe, das Lokal in deiner Begleitung zu verlassen, wird es für deine begierigen Leser keine weitere Gelegenheit geben zu erfahren, daß zwischen uns beiden eine Verbindung besteht.«

Immer schon ein Meister der Verstellung, schaffte er es auch jetzt, seine wahren Gefühle zu verbergen und den Bestürzten zu spielen, wie sie feststellte. »Herrgott noch mal, Evelyn«, sagte er, »deswegen habe ich dich wirklich nicht angerufen.«

»Ich bitte dich, halte mich doch nicht für ganz dumm. Wir wissen schließlich beide, wo du politisch stehst. Es wäre dir ein Genuß, die Regierung zu Fall zu bringen. Aber meinst du nicht, du läßt dich da auf ein Risiko ein, das deine Karriere zerstören könnte, wenn deine Verbindung zu Charlotte bekannt wird?«

»Ich habe von Anfang an gesagt, daß ich bereit bin, mich vor aller Welt zu ihr zu bekennen, wenn das nötig ist, um –«

»Von dieser Verbindung spreche ich nicht, Dennis. Alte Geschichten sind längst nicht so interessant wie aktuelle Ereignisse. Das müßtest doch gerade du besser als jeder andere wissen. Nein, ich spreche von einer Verbindung jüngeren Datums und nicht davon, daß du meine Tochter gezeugt hast.«

Das Wort aus dem Bereich der Fortpflanzung betonte sie sanft. Sie lehnte sich auf ihrem Stuhl zurück, als der Kaffee gebracht wurde. Der Kellner drückte den Siebkolben der Stabfilterkanne durch den grobgemahlenen Kaffee und fragte Dennis, ob er noch ein Perrier wünsche. Als dieser bejahte, verschwand er, um es zu holen. Dennis nutzte den Moment, um Eve zu mustern. Sein Gesicht drückte Verblüffung aus, doch er begann erst zu sprechen, als sie nach etwa zwei Minuten wieder ungestört waren.

»Es gibt keine Verbindung zwischen Charlotte und mir aus jüngerer Zeit«, erklärte er.

Sie rührte in ihrem Kaffee und betrachtete ihn nachdenklich. An seinem Haaransatz meinte sie einen feinen Schweißfilm zu sehen. Es hätte sie interessiert, was die Ursache dafür war: die Anstrengung, ihr etwas vorzuspielen, oder das ängstliche Bemühen, diese Szene zu einem erfolgreichen Ende zu bringen, ehe die morgige Ausgabe seiner widerlichen Zeitung in Druck ging.

»Leider gibt es doch eine jüngere Verbindung«, entgegnete sie, »und ich sage dir am besten gleich, daß dein Plan sich nicht so entwickeln wird, wie du es dir vorgestellt hast. Du kannst Charlotte in deiner Gewalt behalten, solange du willst, um mich zu manipulieren, Dennis, am Ausgang dieser Sache wird es nichts ändern: Du wirst sie freigeben müssen, und dann werde ich dafür sorgen, daß du wegen Kindesentführung belangt wirst. Was, denke ich, weder deiner Karriere noch deinem Ruf besonders guttun wird. Wenn es auch, das gebe ich zu, ein Knüller für die Zeitung sein wird, bei der du dann nichts mehr zu sagen hast.«

Er hielt seinen Blick unverwandt auf sie gerichtet, so daß sie die plötzliche Erweiterung seiner Pupillen deutlich sehen konnte. Zweifellos versuchte er zu taxieren, wie weit ihre Worte nur Bluff waren. »Bist du verrückt geworden?« fragte er. »Ich habe Charlotte nicht. Ich habe sie nicht in meiner Gewalt, wie du es formulierst. Ich habe sie nicht entführt. Ich weiß nicht einmal –«

Gelächter vom Nebentisch unterbrach ihn. Drei Leute hatten sich dort eben auf die Stühle fallen lassen und diskutierten lautstark darüber, ob nun die Obsttörtchen oder der Zitronenkuchen besser geeignet sei, die beim nachmittäglichen Einkaufsbummel durch Harrod's erschöpften Energiereserven wieder aufzuladen.

Dennis beugte sich vor und sagte angespannt: »Evelyn, verdammt noch mal, du solltest auf mich hören. Das ist echt. *Echt.* Ich habe Charlotte nicht. Ich habe keine Ahnung, wo Charlotte ist. Aber jemand hat sie entführt, und der Kerl hat mich vor anderthalb Stunden angerufen.«

»Ja, das hast du behauptet«, erwiderte sie.

»Es *war* so«, erklärte er. »Herrgott noch mal, sag mir nur mal, warum ich mir so was ausdenken sollte?« Er nahm seine Serviette und knüllte sie in seiner Hand zusammen. Leiser fuhr er fort: »Hör mir jetzt einfach mal zu, okay?« Er warf einen Blick zum Nebentisch, wo jetzt alle laut für den Zitronenkuchen stimmten. Dann wandte er sich wieder Eve zu. Mit der Hand schirmte er sein Gesicht und seine Stimme gegen das Lokal und seine Gäste ab, als wollte er ihr den Eindruck vermitteln – sehr clever gedacht, fand sie anerkennend –, es sei für ihn genauso wichtig wie für sie, daß niemand von ihrem Zusammentreffen erfuhr, und berichtete von seinem angeblichen Gespräch mit dem Entführer.

»Er sagte, er will die Story morgen in der Zeitung sehen«, erzählte er. »Wörtlich: ›Ich will Tatsachen über Ihr erstes Kind in der Zeitung sehen, Luxford. Auf der Titelseite. Ich möchte, daß Sie selbst die ganze Geschichte erzählen, genauso, wie es war, ohne was wegzulassen. Besonders möchte ich ihren Namen drin haben. Ich möchte ihren Namen lesen. Ich möchte die ganze gottverdammte Geschichte lesen.‹ Ich erklärte ihm, daß das möglicherweise nicht ging. Daß ich erst mit ihr sprechen müßte. Ich sagte, schließlich sei ich ja nicht der einzige Betroffene, man müßte auch auf die Gefühle der Mutter Rücksicht nehmen.«

»Wie reizend von dir. Du hattest ja schon immer ein großes Herz für die Gefühle anderer.« Eve goß sich Kaffee nach und gab Zucker dazu.

»Er ist nicht darauf eingegangen«, fuhr Dennis fort, ihre

spitze Bemerkung ignorierend. »Er sagte, wann ich mich denn je um die Gefühle der Mutter gekümmert hätte.«

»Wie scharfsinnig von ihm.«

»Jetzt hör mir doch einfach mal zu, verdammt. Er sagte: ›Wann haben Sie denn an Mama gedacht, Luxford? Als Sie's getan haben? Als Sie ihr gesagt haben, wir müssen miteinander reden? Reden! Ha! Da kann ich doch nur lachen, Sie dreckiger Heuchler.‹ Das hat mir zu denken gegeben... Evelyn, es muß jemand sein, der beim Parteitag in Blackpool war. Dort haben wir miteinander gesprochen, du und ich. Damit hat es angefangen.«

»Ich weiß, wie es angefangen hat«, entgegnete sie eisig.

»Wir dachten, wir wären diskret, aber wir müssen nicht gut genug aufgepaßt haben. Und irgend jemand hat seitdem nur auf den geeigneten Moment gewartet.«

»Um was zu tun?«

»Um dich zu Fall zu bringen. Hör mal.« Dennis drehte seinen Stuhl und schob ihn näher an den ihren heran. Sie unterdrückte den Impuls, von ihm abzurücken. »Glaub von mir, was du willst, aber bei der Entführung Charlottes geht es nicht darum, die gesamte Regierung zu stürzen.«

»Wie kannst du das behaupten, wo doch jeder sehen kann, wie deine Zeitung seit dem vergangenen Freitag, als die Geschichte mit Sinclair Larnsey herauskam, das Messer wetzt.«

»Weil die Situation eine völlig andere ist als beim Profumo-Skandal. Natürlich steht die Regierung mit ihrer Rückbesinnung auf die wahren, britischen Grundwerte dank Larnsey jetzt ziemlich dumm da, aber es besteht kaum eine Chance, daß sie deswegen gleich untergehen wird. Nicht wegen Larnsey und deinetwegen auch nicht. Das sind doch kleine Sexskandale. Das ist was anderes, als wenn ein Abgeordneter das Parlament belügt. Es sind keine russischen Spione im Spiel. Es handelt sich also nicht um eine Verschwörung. Das hier ist eine rein persönliche Angelegenheit, die dich betrifft. Dich und deine Karriere. Das mußt du doch einsehen.«

Er hatte beim Sprechen impulsiv über den Tisch gegriffen

und ihren Arm umfaßt. Als sie die Wärme seiner Finger spürte, wurde ihr bis zum Hals hinauf heiß. An ihm vorbeisehend, sagte sie: »Nimm bitte deine Hand weg.« Als er nicht gleich reagierte, sah sie ihn kalt an. »Dennis, ich habe gesagt –«

»Ich hab's gehört.« Noch immer rührte er sich nicht. »Warum haßt du mich eigentlich so furchtbar?«

»Mach dich nicht lächerlich. Um dich zu hassen, müßte ich mir die Zeit nehmen, an dich zu denken. Und das tue ich nicht.«

»Du lügst.«

»Und du machst dir was vor. Nimm jetzt bitte deine Hand von meinem Arm, ehe ich dir Kaffee darübergieße.«

»Ich wollte dich heiraten, Evelyn. *Du* wolltest nicht.«

»Du brauchst mir meine Lebensgeschichte nicht zu erzählen. Ich kenne sie gut genug.«

»Es kann also nicht daran liegen, daß wir nicht geheiratet haben. Vielleicht deswegen, weil du von Anfang an wußtest, daß ich dich nicht liebe. Hat das deine puritanischen Prinzipien verletzt? Verletzt es sie immer noch? Daß du für mich nur ein sexuelles Abenteuer warst? Daß du mit einem Mann geschlafen hast, der nichts weiter wollte, als mit dir vögeln? Oder war der Akt selbst keine so schwere Sünde wie der Genuß, der damit verbunden war? Dein Genuß übrigens. Für meinen spricht schließlich schon Charlottes Existenz.«

Sie hätte ihn am liebsten geschlagen. Wären sie nicht an einem öffentlichen Ort gewesen, sie hätte es getan. Es verlangte sie danach, ihn ins Gesicht zu schlagen.

»Du bist widerwärtig«, sagte sie.

Er zog seine Hand weg. »Weshalb? Weil ich dich damals berührt habe? Oder weil ich dich jetzt berühre?«

»Du berührst mich nicht«, gab sie zurück. »Du hast mich nie berührt.«

»Du machst dir etwas vor, Eve. War das nicht das Wort, das du gebraucht hast?«

»Wie kannst du dich unterstehen –«

»Was? Die Wahrheit zu sagen? Was wir getan haben, haben

wir getan, und wir haben es beide genossen. Du solltest nicht versuchen, die Geschichte umzuschreiben, nur weil du sie nicht wahrhaben möchtest. Und du solltest es mir nicht nachtragen, daß ich dir die einzigen lustvollen Stunden bereitet habe, die du wahrscheinlich je erlebt hast.«

Sie stieß ihre Kaffeetasse in die Mitte des Tisches. Er kam ihrer Absicht zuvor, indem er aufstand. Er legte eine Zehn-Pfund-Note neben sein Glas und sagte: »Dieser Kerl will morgen die Story in der Zeitung sehen. Auf der Titelseite. Er will die ganze Geschichte, von Anfang bis Ende. Ich bin bereit, sie zu schreiben. Ich kann bis neun Uhr warten, dann müssen wir in Druck gehen. Wenn du dich entschließt, die Sache ernst zu nehmen, weißt du, wo ich zu finden bin.«

»Deine Aufgeblasenheit war immer schon dein abstoßendster Zug, Dennis.«

»Und bei dir war es der Drang, immer das letzte Wort haben zu müssen. Aber in dieser Situation wirst du es nicht haben, und du tätest gut daran, dir das klarzumachen, ehe es zu spät ist. Es steht schließlich ein anderes Leben auf dem Spiel. Neben deinem eigenen.«

Er machte auf dem Absatz kehrt und ging.

Sie merkte, daß sich ihre Hals- und Schultermuskeln völlig verkrampft hatten. Einen Moment lang massierte sie sie mit den Fingern, um sich Erleichterung zu verschaffen. Alles – alles –, was sie an Männern verachtete, war in Dennis Luxford verkörpert, und dieses Zusammentreffen hatte nicht mehr bewirkt, als sie in dieser Überzeugung zu bestärken. Aber sie hatte sich nicht zu ihrer gegenwärtigen Position hinaufgekämpft, indem sie sich männlichem Dominanzstreben unterworfen hatte. Und jetzt würde sie bestimmt nicht klein beigeben. Sollte er ruhig versuchen, sie mit unechten Entführerbriefen, mit erfundenen Telefonanrufen, mit heuchlerischen Demonstrationen noch heuchlerischerer väterlicher Besorgnis zu manipulieren; sollte er versuchen, sie beim Mutterinstinkt zu packen, von dem er offensichtlich glaubte, er sei allen Frauen angeboren; sollte er doch ruhig den Entrüsteten, den

Aufrichtigen, den politisch Weitsichtigen spielen. Das alles konnte nicht über die schlichte Tatsache hinwegtäuschen, daß die *Source* in den sechs Monaten, die sie nun unter Dennis Luxfords Leitung stand, alles in ihrer schmutzigen Macht Stehende getan hatte, um die Regierung zu demütigen und die Sache der Opposition zu fördern. Sie wußte das so gut wie jeder andere, der lesen konnte. Und wenn Luxford glaubte, daß Eve Bowen – nur weil er es geschafft hatte, ihre Tochter in seine gemeinen Machenschaften zu verwickeln – jetzt aufstehen und vor aller Öffentlichkeit ihre Sünden bekennen würde, um damit ihre Karriere zu zerstören und der Presse neues Kanonenfutter zum Abschuß der Regierung zu liefern ... Etwas Lächerlicheres hatte sie noch nie gehört.

Denn in Wirklichkeit ging es ihm ja nur um seine Zeitung. Es ging hier um den Kampf um Auflagenhöhe und politischen Einfluß, um Werbeeinnahmen und redaktionelles Renommee. Sie sollte in Dennis Luxfords Spiel um die Macht als bloße Schachfigur herhalten. Aber er irrte sich, wenn er glaubte, sie würde sich nach seinem Belieben hin und her schieben lassen.

Er war ein Schwein. Er war immer ein Schwein gewesen.

Eve stand auf und ergriff ihren Aktenkoffer. Sie ging zum Ausgang des Restaurants. Dennis war längst weg, sie brauchte also nicht zu fürchten, daß jemand ihre Anwesenheit in Harrod's mit ihm in Verbindung bringen würde. Pech für ihn, dachte sie. Tja, es läuft eben im Leben nicht immer alles so, wie man es geplant hat.

Rodney Aronson wollte seinen Augen nicht trauen. Er hatte bei den Kleiderständern und den Regalen voll flippiger schwarzer Kopfbedeckungen herumgelungert, seit Luxford im Restaurant verschwunden war. Die Ankunft der Frau hatte er versäumt – dank einem schwitzenden Verkäufer, der ihn dreißig Sekunden lang von seinem Lauerposten verdrängte, als er einen Ständer voll schwarzer zweireihiger Blazer mit silbernen Knöpfen von Frisbeegröße hereinrollte. Zwar hatte Rodney sich bemüht, sie doch noch ins Visier zu bekommen, sobald der schwitzende Jüngling zwei Ständer mit Hosen umrangiert hatte, aber er hatte nur noch einen Blick auf einen schmalen Rücken in maßgeschneiderter Kostümjacke und auf glattes dunkelblondes Haar erhascht. Alle Versuche, mehr zu entdecken, waren fehlgeschlagen. Er konnte es nicht riskieren, Luxfords Aufmerksamkeit zu erregen.

Er hatte genau gemerkt, wie Luxford bei dem Anruf nach der Besprechung in Spannung geraten war und seinen Stuhl gedreht hatte, um sein Gesicht zu verbergen. Er hatte es sich gefallen lassen, mit einem kurzen »Kümmern Sie sich um die Strichjungen-Story, Rodney« entlassen zu werden, um auf Luxford zu lauern wie die Katze auf die Maus und ihm, als er hinausgeschlüpft und am Ludgate Circus in ein Taxi gesprungen war, in einem zweiten Taxi zu folgen wie ein Detektiv in einem billigen *film noir*. Das ließ sich mit der Begründung, er habe nur im Interesse der Zeitung gehandelt, leicht rechtfertigen. Dies hier jedoch – das war riskant. Die Intensität des Gesprächs zwischen Luxford und der Dunkelblonden legte nahe, daß es um etwas anderes als um eine rein geschäftliche Angelegenheit ging, um etwas, was sich dem Aufsichtsratsvorsitzenden der *Source* vielleicht als Verrat an den Interessen der Zeitung verkaufen ließ. Und genau darauf hatte Rodney es natürlich abgesehen – auf eine Gelegenheit, Luxford vom Thron zu stoßen und selbst den ihm zustehenden Platz im Chefsessel einzunehmen. Aber dieses Tête-à-tête hier – wirklich blöd, daß er sich nicht näher heranwagen konnte! – zeigte alle Merkmale eines heimlichen Stelldicheins zweier Verliebter: die einander zugeneigten Köpfe, die gekrümmten Schultern zur Abschirmung atemloser Dialoge, Luxfords Manöver, um näher an sie heranzurücken, dieser zärtliche Moment körperlicher Berührung, als er ihr die Hand auf den Arm legte, Ersatz dafür, daß er sie ihr nicht unter den Rock schieben konnte. Und dazu das eindeutigste Zeichen überhaupt: getrennte Ankunft und getrenntes Weggehen. Es gab keinen Zweifel, der gute alte Den ging fremd.

Der Idiot muß den Verstand verloren haben, dachte Rodney, während er der Frau in einigem Abstand folgte und ihr Maß nahm. Sie hatte schöne Beine und einen knackigen kleinen Arsch, und der Rest war vermutlich auch nicht übel, wenn man nach dem streng geschnittenen Kostüm gehen konnte. Doch eins war nicht zu vergessen: Während Rodney zu Hause seiner Pummel-Paula das Bett wärmte, zierte Luxfords häuslichen Herd die schöne Fiona. Fiona, die Göttliche, mit den interessantesten Wangenknochen, die je die Titelblätter exklusiver Modezeitschriften geschmückt hatten. Wie konnte man, wenn einen so eine Frau zu Hause erwartete – und Rodney konnte sich nur hitzigen Fantasien darüber hingeben, welch einen Empfang eine ätherische Circe wie Fiona ihrem Herrn und Meister bei seiner Heimkehr aus der Fleet Street allabendlich zu bereiten pflegte –, überhaupt auf die Idee kommen, mit einer andern Maulwurf ins Loch zu spielen?

Rodney konnte absolut nicht verstehen, wieso man als Mann das Bedürfnis haben sollte, eine Frau wie Fiona zu betrügen. Aber so ein heißer kleiner Seitensprung konnte in der Tat Luxfords derzeitige Zerstreutheit, den schlechten Zustand seines Nervenkostüms und sein mysteriöses Verschwinden am vergangenen Abend erklären. Nicht zu Hause, der spektakulären Gattin zufolge. Nicht in der Redaktion, den Siebengescheiten im Nachrichtenraum zufolge. Nicht im Auto unterwegs, den vergeblichen Versuchen zufolge, ihn am Autotelefon zu erreichen. Rodney hatte die Erklärung, daß Luxford wahrscheinlich beim Essen war, zunächst akzeptiert. Jetzt jedoch wußte er, daß er es mit der Dunkelblonden getrieben hatte.

Sie kam ihm irgendwie verdammt bekannt vor, obwohl er nicht wußte, wo er sie einordnen sollte. Aber sie war jemand. Eine prominente Anwältin oder Managerin.

Er schob sich dichter an sie heran, als sie sich der Rolltreppe näherte. Er hatte nur einmal kurz ihr Gesicht gesehen, als sie aus dem Restaurant gekommen war; sonst immer nur ihren Hinterkopf. Wenn es ihm irgendwie gelänge, ihr einmal fünfzehn Sekunden lang ins Gesicht zu sehen, würde er ihr bestimmt einen Namen geben können.

Aber das schien unmöglich. Er hätte sich schon auf der Rolltreppe an ihr vorbeidrängen und rückwärts hinunterfahren müssen, um das zu schaffen. Nein, er würde sich damit begnügen müssen, ihr auf den Fersen zu bleiben und zu hoffen, daß irgend etwas sie verraten würde.

In Menschenmassen eingekeilt, fuhr sie direkt ins Erdgeschoß hinunter, wo sie von einem wogenden Strom mit grünen Einkaufstaschen bepackter Kaufwütiger erfaßt und zum Ausgang getrieben wurde. Die Leute schrien in den verschiedensten Sprachen wild durcheinander und fuchtelten in der Luft herum, um ihre Worte zu unterstreichen. Zum zweitenmal an diesem Tag – beim erstenmal hatte er hinter Luxford auf der Rolltreppe nach oben gestanden – wurde er daran erinnert, warum er Harrod's mied.

Um diese Uhrzeit war es im Erdgeschoß brechend voll. Als die Dunkelblonde im Getümmel zum Ausgang drängte, betete Rodney darum, daß sie sich auf die Straße zum U-Bahnhof Knightsbridge begeben würde. Ihrem Auftreten und ihrer Kleidung nach hätte er zwar eher auf Taxi, Chauffeur oder eigenen Wagen getippt, aber hoffen konnte man ja. Wenn sie nämlich die Untergrundbahn nahm, würde sie ihn nicht mehr loswerden. Dann brauchte er ihr nur noch nach Hause zu folgen, und die Frage ihrer Identität wäre im Handumdrehen gelöst.

Leider wurden seine Hoffnungen enttäuscht, als er ungefähr zehn Sekunden nach ihr die Tür zur Straße erreichte. Auf der Suche nach dem glatten dunkelblonden Haar ließ er seinen Blick über die Menschenmengen schweifen, die an der Basil Street in Richtung Knightsbridge um die Ecke bogen, und glaubte, als er sie entdeckte, im ersten Moment, sie würde entgegenkommenderweise tatsächlich zur U-Bahn gehen. Doch als er hinter ihr herlief und in die Hans Crescent abbog, sah er sie auf einen schwarzen Rover zusteuern, dem ein dunkel gekleideter Chauffeur entstieg. Sie drehte kurz den Kopf in Rodneys Richtung, als sie hinten in den Wagen stieg, und wieder sah er einen Moment ihr Gesicht.

Er prägte es sich ein: das glatte Haar, das es umrahmte, die Schildpattbrille, die volle Unterlippe, das spitze Kinn. Ihre Kleidung, ihr Aktenkoffer, ihre Haltung, ihr zielstrebiger Schritt – alles verriet die Frau von Einfluß und Macht. Nie im Leben hätte er es Luxford, diesem Bastard, zugetraut, daß er sich so ein Kaliber für einen leckeren kleinen Seitensprung aussuchen würde. Aber andererseits verschaffte es ihm sicher eine primitive Befriedigung, eine solche Frau auf die Matratze zu werfen. Rodney fuhr auf die dominanten Typen ja nicht ab. Aber Luxford – selbst ein dominanter Typ – fand die Herausforderung, sie zuerst anzuheizen, dann zu verführen und schließlich zu unterwerfen, wahrscheinlich höchst anregend. Wer also war diese Frau?

Er beobachtete, wie ihr Wagen sich in den Verkehrsstrom des späten Nachmittags einreihte und direkt auf ihn zukam. Während er an ihm vorbeifuhr, glitt sein Blick von der Insassin zum Chauffeur des Wagens und erfaßte im selben Moment das Nummernschild und die letzten drei Buchstaben des Kennzeichens. Bei diesem Anblick riß er die Augen auf. Die Buchstaben waren Teil einer Serie, und das hieß, daß der Rover zu einem ganzen Wagenpark gehörte. Und er hatte sich als Reporter lang genug in Westminster herumgetrieben, um genau zu wissen, wem dieser Wagenpark diente. Seine Mundwinkel hoben sich glücklich. Er lachte leise vor sich hin.

Der Wagen bog um die Ecke, doch sein Bild blieb Rodney gegenwärtig, und was es bedeutete, war klar.

Das Nummernschild wies den Rover als ein Fahrzeug aus dem Wagenpark der Regierung aus. Das hieß, daß die Dunkelblonde ein Regierungsmitglied war. Und das wiederum hieß – bei dem Gedanken konnte und wollte Rodney einen kleinen Triumphschrei nicht zurückhalten –, Dennis Luxford, angeblicher Anhänger der Labour-Partei, Chefredakteur eines Labour-Blattes, trieb es mit dem Feind.

7

Als St. James Eve Bowens Assistenten mitteilte, er würde auf die Rückkehr der Staatssekretärin warten, erntete er einen Blick hochnäsiger Mißbilligung. »Ganz wie Sie wollen. Sie können dort drüben Platz nehmen«, sagte der Mann, aber sein Gesichtsausdruck verriet, daß ihm St. James' Anwesenheit so lästig wie ein übler Geruch aus der Zentralheizung war. Sichtlich entschlossen zu demonstrieren, welch eine Zumutung dieser unangemeldete Besuch war, wandte er sich wieder seinen Geschäften zu, die vor allem darin bestanden, unablässig von einem Ort zum anderen zu sausen: vom Telefon zu den Faxgeräten, von Aktenschränken zu einem überdimensionalen Wandkalender. St. James, der ihn beobachtete, mußte an das weiße Kaninchen aus *Alice im Wunderland* denken, obwohl der Mann eher an einen Fahnenmast erinnerte, von dessen Spitze dunkelbraunes Haar wehte.

Der junge Mann ging augenblicklich in Hab-acht-Stellung, als Eve etwa zwanzig Minuten nach St. James' Ankunft ihr Büro betrat. Mit den Worten »Ich wollte schon Spürhunde auf Sie ansetzen« eilte er zur Tür und griff nach ihrem Aktenkoffer. Dann verlas er ein Bündel von Telefonnachrichten, die er gleich mitgenommen hatte. »Die Ausschußsitzung ist auf morgen verschoben. Die Hausdebatte beginnt heute abend um acht. Die Delegation vom Zoll möchte ein Mittagessen, kein Abendessen. Die Lancaster-Universität hofft, Sie können im Juni vor der konservativen feministischen Vereinigung sprechen. *Und* Mr. Harvie läßt fragen, ob Sie vorhaben, ihm innerhalb der nächsten zehn Jahre eine Antwort auf die Salisbury-Frage zu geben: Brauchen wir wirklich ein weiteres Gefängnis, und *muß* es ausgerechnet in seinem Wahlbezirk gebaut werden?«

Eve Bowen nahm ihm die Zettel aus der Hand. »Ich glaube nicht, daß ich in den letzten zwei Stunden das Lesen verlernt habe, Joel. Könnten Sie nicht etwas Produktiveres tun?«

Bei der Zurechtweisung blitzte einen Moment Wut im Auge des Assistenten auf. Er sagte förmlich: »Virginia ist schon gegangen, Mrs. Bowen. Da dieser Herr hier auf Ihre Rückkehr warten wollte, hielt ich es für besser, das Büro nicht unbesetzt zu lassen.«

Bei diesen Worten sah Eve Bowen von den Telefonzetteln auf und gewahrte St. James. Ohne Joel einen Blick zu gönnen, sagte sie: »Gehen Sie zum Abendessen. Ich brauche Sie erst um acht wieder.« Zu St. James gewandt, fügte sie hinzu: »Bitte, kommen Sie« und führte ihn in ihr Zimmer.

Sie ging direkt zu einer Kredenz hinter dem großen Schreibtisch in der Mitte des Zimmers und goß sich aus einer Thermosflasche Wasser in einen Plastikbecher. Sie kramte in einer Schreibtischschublade, nahm ein Fläschchen mit Aspirin heraus, schüttete vier Tabletten in ihre Hand. Nachdem sie sie geschluckt hatte, ließ sie sich in den grünen Ledersessel hinter dem Schreibtisch sinken, nahm ihre Brille ab und sagte: »Also?«

St. James berichtete ihr zuerst, was Helen und Deborah bei ihrem Streifzug durch Marylebone ausfindig gemacht hatten. Er hatte sich um fünf Uhr im *Rising Sun Pub* mit ihnen getroffen. Wie er hatten auch sie den Eindruck, daß die Informationen, die sie gesammelt hatten, sich zu einem Muster zusammenzufügen begannen, das ihnen vielleicht den Weg zu Charlotte Bowen zeigen würde.

In mehr als einem Geschäft war das kleine Mädchen anhand der Fotografie erkannt worden. »Ein richtiges kleines Plappermaul« oder »Redet wie ein Buch, die Kleine« lautete das allgemeine Urteil über sie. Zwar hatte niemand ihren Namen gewußt, die Leute jedoch, die sie erkannten, konnten immerhin mit einiger Gewißheit sagen, wann sie sie zuletzt gesehen hatten. Und im *California Pizza* in der Blandford Street ebenso wie im *Chimes Musikladen* in der Marylebone High Street und dem *Golden Hind Fish & Chips* in der Marylebone Lane hatte man sogar ganz genau angeben können, wann die Kleine das letztemal dagewesen war. In der Pizzeria und im Musikgeschäft war

Charlotte in Begleitung eines anderen kleinen Mädchens von der St.-Bernadette-Grundschule gewesen, das gar nichts dagegen gehabt hatte, daß Charlotte eine ganze Handvoll Fünf-Pfund-Noten für sie ausgegeben hatte: hier eine Pizza und eine Cola und dort mehrere CDs. Das war am Montag und am Dienstag vor Charlottes Verschwinden gewesen. Im *Golden Hind* – dem Laden, der dem Haus des Musiklehrers am nächsten war, daher vermutlich auch dem Ort von Charlottes Entführung am nächsten – erfuhren sie, daß das kleine Mädchen mittwochs regelmäßig vorbeikam. Sie pflegte eine Handvoll klebriger Münzen über die Theke zu schieben und stets das gleiche zu bestellen: eine Tüte Fritten und eine Cola. Sie übergoß die Fritten immer mit so viel Essig, daß einem Geschöpf mit empfindsamen Geschmacksnerven schon beim Zuschauen übel wurde, und nahm sie mit, um sie unterwegs zu essen. Auf die Frage, ob Charlotte bei den Einkäufen in Begleitung eines anderen Mädchens gewesen sei, sagte der Ladeninhaber zuerst nein, dann ja, dann vielleicht und erklärte schließlich, mit Sicherheit könne er gar nichts sagen, weil sich jeden Tag nach der Schule das »ganze kleine Volk« in seinem Laden herumdrücke und er dieser Tage nicht mal die Mädchen von den Jungen unterscheiden, geschweige denn erkennen könne, wer nun mit wem da sei.

In der Pizzeria und im Musikgeschäft hatten Helen und Deborah jedoch eine Beschreibung des Mädchens erhalten, das Charlotte an den Nachmittagen vor ihrem Verschwinden begleitet hatte. Sie hatte krauses Haar, trug mit Vorliebe knallrote Mützen oder neonfarbene Stirnbänder, hatte ein sommersprossiges Gesicht und abgekaute Fingernägel. Und wie Charlotte trug sie die Uniform der St.-Bernadette-Grundschule.

»Wer ist das?« fragte Eve Bowen. »Und wieso treibt sich Charlotte mit ihr herum, wenn sie eigentlich in der Tanzstunde oder ihrer Therapie sein sollte?«

Vermutlich, antwortete St. James, sei Charlotte meist vor ihren Terminen mit dem Mädchen zusammen. In beiden Geschäften hatte man bestätigt, daß die Mädchen in der halben Stunde unmittelbar nach Schulschluß gekommen waren. Bei der Freundin handle es sich um Brigitta Walters. Ob Eve Bowen sie kenne?

Die Staatssekretärin verneinte. Sie hatte das Mädchen nie gesehen. Sie erklärte, sie selbst habe so selten Gelegenheit, sich Charlotte zu widmen, daß sie es, wenn die Zeit es erlaube, vorziehe, mit ihrer Tochter allein oder mit ihrer Tochter und ihrem Mann zusammen etwas zu unternehmen, nicht aber in Gesellschaft der Freundinnen ihrer Tochter.

»Dann werden Sie wahrscheinlich auch Breta nicht kennen«, sagte St. James.

»Breta?«

Er berichtete, was er über diese Freundin Charlottes wußte. »Zunächst«, sagte er, »glaubte ich, Breta und Brigitta seien ein und dieselbe, da Mr. Chambers uns gesagt hatte, daß Breta Charlotte im allgemeinen zu ihrer Musikstunde begleitet.«

»Aber es sind zwei verschiedene Mädchen?«

Zur Antwort erzählte St. James ihr von seinem Besuch bei Brigitta, die mit einer dicken Erkältung in ihrem Zuhause in der Wimpole Street im Bett gelegen hatte. Er hatte im Beisein der kraushaarigen Großmutter, die wie ein argwöhnischer Anstandswauwau in einem Schaukelstuhl in der Ecke gesessen hatte, mit dem Mädchen gesprochen. Sobald er sie sah, wußte er, daß dies das Mädchen war, mit dem Charlotte in der Pizzeria und im Musikgeschäft gesehen worden war. Ihr Haar war so kraus wie frisch geschorene Wolle, ihr Stirnband neongrün, und sie kaute mit der verbissenen Hingabe einer Performance-Künstlerin auf ihren Fingernägeln. Sie hielt nur inne, wenn eine seiner Fragen eine Antwort erforderte.

Anfangs hatte er geglaubt, er hätte sein Ziel erreicht und Breta gefunden. Aber sie war nicht Breta, und Breta war kein Spitzname von ihr. Sie habe überhaupt keine Spitznamen, teilte sie ihm mit. Sie sei nach ihrer Großtante benannt, die Schwedin war und mit ihrem vierten Mann, sieben Windhunden und massenhaft Geld, viel mehr, als Lottie Bowen je gehabt habe, in Stockholm lebte. Brigitta besuchte sie mit ihrer Oma jedes Jahr in den Sommerferien. Und hier sei ein Foto von Tantchen, wenn es ihn interessiere.

St. James hatte das Mädchen gefragt, ob sie Breta kenne. Ja, das sei eine Freundin von Lottie, die auf eine der staatlichen Schulen in Marylebone gehe, vertraute sie ihm mit einem vielsagenden Blick in Richtung ihrer Großmutter an, wo sie *normale* Lehrer hätten, die wie *normale* Menschen angezogen seien, und nicht so uralte Schachteln, die beim Reden sabberten.

»Haben Sie eine Ahnung, welche Schule das sein könnte?« fragte St. James Eve Bowen.

Sie überlegte. »Es könnte die Geoffrey-Shenkling-Schule sein«, antwortete sie. Das sei eine Grundschule am Crawford Place, nicht weit von der Edgware Road. Die Abgeordnete meinte, es sei durchaus wahrscheinlich, daß St. James Breta dort finden würde, denn Charlotte hätte diese Schule selbst gern besucht. »Sie wollte von Anfang an lieber auf die Shenkling-Schule gehen als auf die St. Bernadette. Tatsächlich will sie das immer noch. Ich bin sicher, sie macht viele Dummheiten nur, weil sie hofft, daß die Nonnen sie dann hinauswerfen und ich sie auf die Shenkling-Schule schicke.«

»Ja, Schwester Agnetis hat mir schon erzählt, daß Charlotte erst neulich einen kleinen Aufruhr verursacht hat, als sie mit Ihren Kosmetika zur Schule kam.«

»Sie geht dauernd an meine Schminksachen. Oder an meine Kleider.«

»Und das gibt dann Streit?«

Die Staatssekretärin rieb sich die Stirn, als wollte sie die Kopfschmerzen vertreiben. Sie setzte ihre Brille wieder auf. »Es ist nicht leicht, sie unter Kontrolle zu halten. Ihr liegt offenbar überhaupt nichts daran, zu gefallen oder brav zu sein.«

»Schwester Agnetis erzählte mir, daß Charlotte dafür bestraft wurde, daß sie Ihre Kosmetika genommen hatte. Sie sagte ›streng bestraft‹.«

Eve Bowen sah ihn ruhig an, ehe sie antwortete. »Ich lasse meiner Tochter Ungehorsam nicht durchgehen, Mr. St. James.«

»Wie reagiert sie im allgemeinen auf Strafe?«

»Sie spielt die Beleidigte. Und danach läßt sie sich meistens neue Dummheiten einfallen.«

»Ist sie schon einmal weggelaufen? Oder hat sie damit gedroht, es zu tun?«

»Ich sehe, daß Sie einen Ehering tragen. Haben Sie Kinder? Nein? Nun, wenn Sie welche hätten, wüßten Sie, daß ein Kind, das von seinen Eltern wegen irgendeiner Ungezogenheit bestraft wird, ihnen meist damit droht, daß es weglaufen würde. Nach dem Motto, wartet nur, wenn ich nicht mehr da bin, dann wird's euch leid tun.«

»Wie kann Charlotte mit diesem anderen kleinen Mädchen – Breta – bekannt geworden sein?«

Eve Bowen stand auf. Mit verschränkten Armen ging sie zum Fenster. »Mir ist natürlich klar, worauf Sie hinauswollen. Charlotte erzählt Breta, daß ihre Mutter sie schlägt – wie ich meine Tochter kenne, würde sie fünf kräftige Klapse auf den Hosenboden so beschreiben, die sie im übrigen erst bekommen hat, nachdem sie das drittemal meinen Lippenstift genommen hatte. Breta meint daraufhin, das beste wäre es, Mama einmal richtig zu erschrecken, und die beiden brennen durch und warten, bis Mama ihre Lektion gelernt hat.«

»Es ist eine Möglichkeit, die wir in Betracht ziehen sollten. Kinder handeln oft unbedacht, ohne zu begreifen, wie ihr Verhalten auf ihre Eltern wirken wird.«

»Kinder handeln nicht *oft* so, sondern immer.« Sie schaute zum Parliament Square hinunter, blickte dann auf, als meditierte sie über die gotische Architektur von Westminster, und sagte, ohne sich umzudrehen: »Wenn dieses andere Mädchen in die Shenkling-Schule geht, hat Charlotte sie vermutlich in meinem Bezirksbüro kennengelernt. Dort ist sie jeden Freitagnachmittag. Breta kam wahrscheinlich mit ihren Eltern zu meiner Sprechstunde, und während ich mit ihnen sprach, ging sie auf Erkundung. Wenn sie ins Konferenzzimmer geschaut hat, wird sie dort Charlotte bei ihren Schularbeiten angetroffen haben.« Sie wandte sich vom Fenster ab. »Aber es geht hier nicht um Breta, wer immer dieses Kind auch sein mag. Charlotte ist nicht bei Breta.«

»Dennoch muß ich mit dem Mädchen sprechen. Das ist unsere beste Chance, eine Beschreibung von Charlottes Entführer zu bekommen. Es ist möglich, daß sie ihn gestern nachmittag gesehen hat. Oder auch früher, wenn er Ihre Tochter beobachtet hat.«

»Sie brauchen Breta nicht, um sich eine Beschreibung von Charlottes Entführer zu beschaffen. Sie haben seine Beschreibung schon. Sie haben ihn selbst kennengelernt. Dennis Luxford.«

Vor dem Fenster stehend, umrahmt vom abendlichen Licht, berichtete sie ihm von ihrem Zusammentreffen mit Luxford, von dem Anruf, den er von dem Entführer erhalten haben wollte. Sie berichtete von der Drohung, Charlotte umzubringen, und der Forderung, Dennis Luxford solle die Geschichte ihrer Geburt – mit Namen, Daten und Ortsangaben – persönlich schreiben und auf der ersten Seite der morgigen Ausgabe der *Source* veröffentlichen.

Bei St. James schrillten sämtliche Alarmglocken, als er von der Todesdrohung hörte. Er sagte entschieden: »Das ändert alles. Charlotte ist in Gefahr. Wir müssen –«

»Unsinn! Dennis Luxford möchte mich glauben machen, daß sie in Gefahr sei.«

»Mrs. Bowen, das stimmt nicht. Wir rufen jetzt die Polizei an. Auf der Stelle.«

Sie ging wieder zur Kredenz und goß sich noch einen Becher Wasser ein. Ohne den Blick von St. James zu wenden, trank sie es und sagte dann mit kühler Ruhe: »Augenblick, Mr. St. James. Ich darf Sie vielleicht darauf aufmerksam machen, wie leicht ich völlig überflüssige polizeiliche Ermittlungen in dieser Angelegenheit blockieren kann. Ein einziger Anruf genügt. Und wenn Sie glauben, ich kann – oder werde – das nicht tun, dann haben Sie wenig Ahnung von den Machtverhältnissen in der Regierung.«

St. James war sprachlos. Er hätte nicht für möglich gehalten, daß ein Mensch in einer solchen Situation eine derartig starrköpfige Unvernunft an den Tag legen konnte. Doch als sie im selben Tenor weitersprach, erkannte er nicht nur, wie die Dinge standen, sondern auch, daß es jetzt nur noch einen Weg für ihn gab. Er verfluchte sich dafür, daß er sich in diese elende Sache hatte hineinziehen lassen.

Als wüßte sie, was in ihm vorging und zu welchem Schluß er gekommen war, fuhr sie fort: »Sie können sich gewiß vorstellen, wie sich eine Veröffentlichung der Story auf die Auflagenzahl und die Werbeeinnahmen von Mr. Luxfords Zeitung auswirken würde. Die Tatsache, daß er selbst eine Hauptrolle in dieser Geschichte spielt, wird für den Verkauf der Zeitung kaum von Nachteil sein. Im Gegenteil, seine direkte Beteiligung wird den Verkauf wahrscheinlich noch ankurbeln, und das weiß er auch. Oh, es wird ihm sicher ein wenig peinlich sein, ertappt worden zu sein, aber Charlotte ist schließlich der lebende Beweis für Mr. Luxfords männliche Potenz. Sie stimmen mir doch sicher zu, wenn ich sage, daß sich bei Männern in die flüchtige Verlegenheit angesichts öffentlicher Enthüllungen über ihre männlichen Heldentaten immer auch eine gehörige Portion Stolz mischt. In unserer Gesellschaft zahlt stets die Frau den höheren Preis für einen Fehltritt dieser Art.«

»Aber es ist doch kein Geheimnis, daß Charlotte unehelich geboren ist!«

»Nein. Das ist richtig. Aber wer ihr Vater ist, habe ich geheimgehalten. Und diese Vaterschaft – meine unglückselige Partnerwahl und die damit verbundene Heuchelei – ist es, was man mir ankreiden wird. Denn es geht hier um Politik, Mr. St. James, auch wenn Sie das nicht sehen. Es geht hier nicht um Leben oder Tod. Es geht hier nicht einmal um Moral. Und wenn ich auch nicht an so exponierter Stelle sitze wie der Premierminister oder der Innenminister oder der Schatzkanzler, so wird die Veröffentlichung dieser Geschichte – so unmittelbar nach dem Skandal um Sinclair Larnsey und seinen Strichjungen – mich doch meine Karriere kosten. Sicher, ich werde fürs erste weiterhin Abgeordnete bleiben. In einem Wahlbezirk, in dem ich mit einer Mehrheit von gerade achthundert Stimmen angefangen habe, wird man mich kaum auffordern, mein Amt niederzulegen und so eine Nachwahl erforderlich machen. Aber es spricht alles dafür, daß ich vom Wahlausschuß bei der nächsten Wahl nicht mehr aufgestellt werde. Und selbst wenn das nicht der Fall sein sollte, selbst wenn die Regierung es schaffen sollte, diesen neuesten Schlag zu überleben – was glauben Sie wohl, wie weit ich in der Politik noch aufsteigen kann, wenn meine Affäre mit Dennis Luxford publik ist? Es handelte sich hier ja nicht um eine lange, innige Liebesbeziehung, die mir mein törichtes kleines Herz gebrochen hat, weil ich den Mann, der mich verführt hatte und den ich anbetete, nicht heiraten konnte. Nein, hier handelte es sich um reinen Sex, um gemeine sexuelle Lust. Der ich mich ausgerechnet mit dem Erzfeind der Konservativen hingegeben habe. Also, Mr. St. James, erwarten Sie im Ernst, daß der Premierminister mich dafür belohnen wird? Aber eine tolle Story für die Titelseite der *Source* gibt es ab, das werden Sie mir wohl glauben.«

Jetzt war sie doch erschüttert, sah St. James. Ihre Hand zitterte, als sie sie hob, um ihre Brille zurechtzurücken. Sie blickte sich in ihrem Büro um, und es war, als sähe sie in den Büchern, Akten, Berichten, Fotografien und gerahmten Urkunden, die sie umgaben, die neu abgesteckten Grenzen ihres politischen Lebens. »Er ist ein Monstrum«, sagte sie. »Der einzige Grund, weshalb er die Story nicht schon viel früher gebracht hat, ist, daß er auf die rechte Gelegenheit gewartet hat. Nach der Sache mit Larnsey und dem Strichjungen ist sie da.«

»Aber in den letzten zehn Jahren sind doch eine ganze Reihe sexueller Fehltritte enthüllt worden«, meinte St. James. »Ich verstehe nicht, warum Luxford bis jetzt gewartet haben sollte.«

»Sehen Sie sich die Meinungsumfragen an, Mr. St. James.

Die Popularität des Premierministers hat einen absoluten Tiefstand erreicht. Einen besseren Moment gibt es nicht für eine Labour-Zeitung, um den Tories eine gehörige Tracht Prügel zu verpassen und zu hoffen, daß die Prügel ausreichen werden, um darüber die gesamte Regierung stürzen zu lassen. Und mich wird man für diese Prügel verantwortlich machen.«

»Aber wenn Luxford wirklich hinter dieser Entführung steckt«, entgegnete St. James, »riskiert er doch selbst alles. Er muß damit rechnen, wegen Kindesentführung ins Zuchthaus zu wandern, wenn wir ihm die Täterschaft nachweisen können.«

»Er ist ein Zeitungsmann«, sagte sie. »Diese Leute sind immer bereit, alles zu riskieren, wenn dabei eine Story herausspringt.«

Ein gelber Schimmer an der Tür zum Labor zog St. James' Aufmerksamkeit auf sich, und er blickte auf. In der Dunkelheit des Korridors stand Deborah im gelben Morgenrock.

»Kommst du zu Bett?« fragte sie. »Du warst gestern die halbe Nacht auf. Willst du wieder so lang machen?«

Er legte das Vergrößerungsglas auf die Plastikhülle, in der das an Dennis Luxford gerichtete Entführerschreiben steckte. Als er sich auf seinem Hocker aufrichtete, verzog er vor Schmerz das Gesicht und griff sich mit beiden Händen in den Nacken, der vom langen Sitzen in unveränderter Haltung verkrampft war. Deborah runzelte die Stirn, als sie das sah. Sie ging zu ihm und schob behutsam seine Hände weg. Sie teilte sein langes Haar, drückte ihm einen liebevollen Kuß auf den Nacken und begann selbst, ihn zu massieren. Er lehnte sich dankbar zurück.

»Lilien«, murmelte er, während seine Muskeln sich unter ihren Händen zu lockern begannen.

»Lilien? Wieso?«

»Dein Parfüm. Riecht gut.«

»Das freut mich, besonders wenn es hilft, dich zu einer halbwegs vernünftigen Zeit ins Bett zu locken.«

Er nahm ihre Hand und küßte sie. »Ja, das tut es, und zu jeder Zeit.«

»Das hier wäre sowieso im Schlafzimmer viel einfacher.«

»Eine ganze Menge Dinge sind im Schlafzimmer einfacher«, versetzte er. »Soll ich ein paar aufzählen?«

Sie lachte und legte ihre Arme um seine Mitte, um ihn an sich zu drücken. »Woran arbeitest du?« fragte sie. »Du warst beim Abendessen die ganze Zeit so still. Dad hat mich hinterher gefragt, ob du seine Ente *à l'orange* plötzlich nicht mehr magst. Ich hab' ihm gesagt, solange er seine Ente *à l'orange* nur weiterhin mit Huhn macht, wird es nie Probleme geben. Du weißt ja, Enten und Kaninchen, habe ich ihm gesagt. Ente, Kaninchen oder Reh würde Simon niemals essen. Dad versteht es nicht recht. Aber er hat ja auch Donald, Klopfer und Bambi nie so geliebt wie du.«

»Zuviel Walt Disney als Kind.«

»Hmm. Ja. Ich habe selbst immer noch Mühe, mich mit dem Tod von Bambis Mutter abzufinden.«

Er lachte. »Erinnere mich nicht daran. Ich mußte dich aus dem Kino tragen, weil du so geschluchzt hast. Nicht einmal ein Eis hat geholfen. Wärst du bis zum Ende des Films geblieben, hättest du gesehen, daß er ein Happy-End hat.«

»Aber damals hat's mich eben sehr persönlich betroffen, mein Lieber.«

»Natürlich, das wurde mir später klar. Nicht einmal ein Jahr nach dem Tod deiner Mutter ... Was wohl mit meinem Verstand los war? Aber damals dachte ich nur, ich lade die kleine Deborah zum Geburtstag in diesen niedlichen Film ein. Ich hatte ihn selbst gesehen, als ich in dem Alter war, und fand ihn herrlich. Ich dachte, dein Vater würde mir den Kragen umdrehen, als ich ihm erklärte, warum du völlig aufgelöst warst.«

»Aber er hat dir inzwischen verziehen. Und ich auch. Obwohl du dir zur Feier meiner Geburtstage wirklich immer die merkwürdigsten Dinge ausdenkst. Mumien anschauen. Das *Chamber of Horrors* bei Madame Tussaud. Der Tod von Bambis Mutter.«

»Tja, im Umgang mit Kindern bin ich eben besonders talentiert«, sagte er. »Ist vielleicht ganz gut, daß wir keine –« Er brach ab. Er nahm ihre Hände und hielt sie fest, ehe sie sich ihm entziehen konnte. »Entschuldige«, sagte er. Als sie nicht gleich reagierte, drehte er sich auf seinem Hocker herum und sah sie an. Sie sah aus, als drehte und wendete sie seine Worte im Geiste, damit ihr auch keine Bedeutungsnuance entging. »Entschuldige«, sagte er noch einmal.

»War das dein Ernst?«

»Nein. Ich hab nur drauflos geredet. Ohne nachzudenken. Ich war unvorsichtig.«

»Ich will nicht, daß du meinst, mir gegenüber vorsichtig sein zu müssen.« Sie trat einen Schritt von ihm weg. Ihre Hände, die ihn eben noch gewärmt hatten, zerrten am Gürtel ihres Morgenrocks. »Ich möchte, daß du dich so gibst, wie du bist. Ich möchte, daß du sagst, was du denkst. Warum glaubst du immer, daß du mich davor beschützen mußt?«

Er dachte über ihre Frage nach. Warum verbarg man seine Gedanken vor anderen? Warum verschleierte man seine Sprache? Was fürchtete man? Den Verlust natürlich. Das, was jeder fürchtete, obwohl man den Verlust meistens überlebte, wenn er eintrat. Das wußte Deborah besser als jeder andere.

Er streckte die Arme nach ihr aus, spürte ihren Widerstand. »Deborah, bitte«, sagte er, und sie kam zu ihm. »Ich möchte das, was du möchtest. Aber im Gegensatz zu dir wünsche ich es mir nicht mehr als alles andere auf der Welt. Das Wichtigste auf der Welt bist *du* für mich. Jedesmal, wenn du ein Kind verloren hast, habe ich einen Teil von dir verloren. Ich wollte nicht, daß es so weitergeht, weil ich wußte, wo es enden würde. Und wenn ich es auch ertragen konnte, einen Teil von dir zu verlieren, so könnte ich doch niemals ertragen, dich ganz zu verlieren. Und das, Liebes, ist die unverhüllte Wahrheit. Du wünschst dir Kinder um jeden Preis. Ich nicht. Manche Preise sind mir zu hoch.«

Sie begann zu weinen, und er dachte verzweifelt, nun würden sie wieder in den Sog einer jener schmerzhaften Diskussionen hineingezogen werden, die bis zum Morgen dauern konnte, ohne eine Lösung oder einem von ihnen Frieden zu bringen, und Deborah wieder in eine tiefe Depression stürzen würde. Aber sie überraschte ihn, wie so oft.

»Danke dir«, sagte sie leise und wischte sich mit dem Ärmel ihres Morgenrocks die Augen. »Du bist ein wunderbarer Mann.«

»Na, so wunderbar fühle ich mich aber nicht.«

»Nein, das merke ich. Dich beschäftigt irgendwas, seit du nach Hause gekommen bist, nicht? Was ist es?«

»Zunehmendes Unbehagen.«

»Wegen Charlotte Bowen?«

Er berichtete ihr von seinem Gespräch mit der Mutter des Kindes. Er erzählte ihr von der Drohung des Entführers, Charlotte umzubringen, und sah ihr Entsetzen.

»Jetzt liegt alles an mir«, erklärte er. »Ich muß das Kind finden.«

»Kannst du nicht Tommy anrufen?«

»Das ist sinnlos. Von ihrer Position im Innenministerium aus kann Eve Bowen eine polizeiliche Ermittlung bis in alle Ewigkeit blockieren. Und sie ließ keinen Zweifel daran, daß sie das tun würde.«

»Aber was können wir dann tun?«

»Weitermachen. Hoffen, daß die Bowen recht hat.«

»Aber du glaubst es nicht?«

»Ich weiß nicht, was ich glauben soll.«

Sie senkte den Kopf. »Ach, Simon«, sagte sie unglücklich. »O Gott, das habe ich dir eingebrockt, nicht wahr?«

Er konnte nicht bestreiten, daß er die Sache auf ihre Bitte hin übernommen hatte, aber er wußte, daß jetzt mit Vorwürfen, sei es gegen Deborah oder sich selbst, nichts zu gewinnen, aber einiges zu verlieren war. Darum sagte er: »Rein verstandesmäßig sehe ich, daß wir gewisse Fortschritte gemacht haben. Wir wissen, welchen Weg Charlotte von der Schule und von der Musikstunde nach Hause genommen hat. Wir wissen, in welchen Läden sie regelmäßig aufgetaucht ist. Wir haben eine ihrer Freundinnen gefunden und haben gute Anhaltspunkte, um auch die andere zu finden. Und trotzdem fühle ich mich bei dieser Sache überhaupt nicht wohl. Ich frage mich, wohin wir eigentlich steuern.«

»Hast du dir darum die Briefe noch einmal angesehen?«

»Ich habe mir die Briefe noch einmal vorgenommen, weil ich im Moment nicht weiß, was ich sonst tun kann. Und das gefällt mir noch weniger als das Unbehagen, das mich befällt, wenn ich mich frage, was ich bis jetzt eigentlich erreicht habe.« Er griff an ihr vorbei und knipste die beiden starken Lampen aus, deren grelles Licht auf den Arbeitstisch fiel. Nur der sanftere Schein der Deckenbeleuchtung erhellte jetzt noch den Raum.

»So fühlt sich Tommy vermutlich ständig, wenn er mitten in einer Untersuchung steckt«, meinte Deborah.

»Kann sein, aber er ist Polizeibeamter. Er hat die erforderliche Geduld, um die Fakten zu sammeln, sie zu sichten und zu ordnen, bis sich eins ans andere fügt. Ich besitze diese Geduld nicht. Und ich bezweifle, daß ich sie zu so später Stunde noch lernen werde.« St. James nahm die Plastikhüllen mit den Briefen und der Schriftprobe und legte sie auf einen Aktenschrank neben der Tür. »Und wenn es sich hier um eine echte Entführung handelt und nicht, wie Eve Bowen hartnäckig behauptet, um eine Gemeinheit, die Dennis Luxford eingefädelt hat, um der Regierung zu schaden und die Auflage seiner Zeitung zu erhöhen, dann besteht höchste Dringlichkeit, der Sache auf den Grund zu gehen. Aber das scheint außer mir keiner so zu sehen.«

»Doch, Dennis Luxford.«

»Ja, aber er lehnt es genauso kategorisch ab wie Eve Bowen, die Polizei einzuschalten.« Er kam zu ihr zum Arbeitstisch zurück. »Und genau das beunruhigt mich bei dieser ganzen verfahrenen Angelegenheit. Und das gefällt mir nicht. Es lenkt mich ab. Es macht alles noch undurchsichtiger. Und das gefällt mir auch nicht, weil bei mir im allgemeinen alles absolut glasklar ist.«

»Ja, weil Pistolenkugeln und Haare und Fingerabdrücke dir nicht widersprechen können«, meinte sie. »Sie haben keinen Standpunkt zu vertreten.«

»Ich bin es eben gewohnt, mit Dingen umzugehen, nicht mit Menschen. Die Dinge bleiben nett und freundlich unter dem Mikroskop oder im Chromatographen liegen und damit basta. Menschen tun das nicht.«

»Aber im Moment ist der Kurs doch klar.«

»Der Kurs?«

»Wie wir weitermachen müssen. Wir müssen uns bei der Shenkling-Schule nach dieser Breta erkundigen. Und wir müssen uns die leerstehenden Häuser in der George Street ansehen.«

»Welche leerstehenden Häuser?«

»Helen und ich haben dir doch heute nachmittag von ihnen erzählt, Simon. Im Pub. Weißt du nicht mehr?«

Doch, jetzt erinnerte er sich. Eine Zeile verlassener Häuser unweit der St.-Bernadette-Schule und des Hauses von Damien Chambers. Helen und Deborah hatten ihm beim Tee mit Feuereifer von ihnen berichtet. Sie waren in der Nähe des möglichen Entführungsorts, lagen günstig zum Zuhause des Kindes und waren gleichzeitig zu heruntergekommen und abschreckend, um einen Passanten zu einer neugierigen Besichtigungstour zu verlocken. Doch für jemanden, der ein Versteck suchte, waren sie ideal. Sie konnten bei Charlottes Verschwinden gut eine Rolle spielen. An diesem Tag hatten sie nicht in den Zeitplan gepaßt, aber Helen und Deborah hatten vor, sie morgen in angemessener Ausrüstung – Jeans, Tennisschuhe, Sweatshirts und Taschenlampen – zu erkunden. St. James seufzte, gereizt über seine Vergeßlichkeit. »Noch ein Grund, weshalb ich als Privatdetektiv wahrscheinlich verhungern würde«, sagte er.

»Wir wissen auf jeden Fall, was wir als nächstes zu tun haben.«

»Wohler fühle ich mich deshalb aber auch nicht.«

Sie ergriff seine Hand. »Ich habe Vertrauen in dich.«

Doch ihre Stimme verriet die Angst um das Kind, dessen Leben auf dem Spiel stand.

Charlotte trieb aus den Tiefen des Schlafs empor, wie sie sich beim Tauchen in der Fermain-Bucht emportreiben ließ, wenn sie auf Guernsey Ferien machten. Aber sie erwartete kein strahlender Sommertag, sondern undurchdringliche Dunkelheit.

Ihre Zunge fühlte sich an wie das Fell einer Katze. Ihre Augen kamen ihr wie verklebt vor. Ihr Kopf schien ihr schwerer als Mrs. Maguires Mehlsack, wenn sie *Scones* buk, und ihre Hände waren so matt, daß sie kaum die muffig riechende Decke fassen konnte, um sie fester um ihren fröstelnden Körper zu ziehen. Richtig zermatscht, dachte sie und konnte beinahe ihre Großmutter hören, wie sie zu Großvater sagte: »Peter, sieh dir doch mal das Kind an. Ich glaube, sie brütet was aus.«

Zuerst war ihr schwindlig geworden. Dann hatten ihre Beine zu zittern angefangen. Sie hatte sich nicht auf den Ziegelboden setzen wollen und versucht, zu den Kisten zurückzufinden, um sich auf einer von ihnen niederzulassen. Aber irgendwie hatte sie sich gedreht und war über die Decke gestolpert, die sie auf dem Boden hatte liegenlassen. Sie hatte die Decke ganz vergessen. Am Rand war sie von dem Wasser durchnäßt, das sie aus dem Eimer geschüttet hatte, als sie beschlossen hatte, ihn als Toilette zu benützen.

Bei dem Gedanken an Wasser versuchte Lottie zu schlucken. Wenn sie es nicht ausgegossen hätte, hätte sie jetzt etwas zu trinken gehabt. So aber hatte sie keine Ahnung, wann sie Wasser oder Apfelsaft oder auch Suppe bekommen würde, um das Katzenfell in ihrem Mund wegzuspülen.

Es war Bretas Schuld. Lottie klammerte sich an diesen Gedanken, um nicht wieder in der Schwärze zu versinken. Alles war Bretas Schuld. Das Wasser einfach auszuschütten, das war typisch Breta. Frech und unüberlegt.

Breta bildete sich immer ein, sie wüßte alles. Sie sagte immer:

»Du möchtest doch, daß ich deine beste Freundin bin, oder?« Und deshalb gehorchte Lottie, wenn sie sagte: »Tu das, Lottie Bowen« oder »Tu das auf der Stelle«. Denn es war ja etwas Besonderes, jemandes beste Freundin zu sein. Das hieß, daß man zum Geburtstag eingeladen wurde, immer jemanden zum Spielen hatte, jemanden, bei dem man ab und zu übernachten durfte, mit dem man unter der Bettdecke kichern konnte, von dem man in den Ferien Ansichtskarten bekam, mit dem man alle Geheimnisse teilte. Lottie wünschte sich eine beste Freundin mehr als alles andere auf der Welt. Darum tat sie immer, was nötig war, um eine zu gewinnen.

Aber vielleicht hätte Breta das Wasser gar nicht ausgeschüttet. Vielleicht hätte sie sich einfach mitten vor ihn hingehockt und in dieses Tintenfischmaul gepinkelt, das er auf den Boden gestellt hatte, und ihm dabei ins Gesicht gelacht. Oder vielleicht hätte sie, sobald er weg war, gründlich nach irgendwas gesucht, was sie benützen konnte. Vielleicht hätte sie sich auch gar nicht die Mühe gemacht, etwas zu suchen. Vielleicht hätte sie sich einfach bei den Holzkisten hingehockt und gemacht. Wenn Lottie es so gemacht hätte, dann hätte sie jetzt Wasser zu trinken gehabt. Es wäre ihr gleich gewesen, ob es schmutzig oder brackig gewesen wäre, Hauptsache, sie wäre das pelzige Gefühl in ihrem Mund losgeworden.

»Kalt«, murmelte sie. »Durst.«

Breta würde fragen, warum sie denn auf dem Boden liegenblieb, wenn sie fror und durstig war. Breta würde sagen, hey, wir sind doch nicht beim Campen, Lottie. Was stellst du dich so an? Was spielst du das brave kleine Mädchen, hm?

Lottie wußte, was Breta tun würde. Sie würde aufspringen und alles auskundschaften. Sie würde die Tür finden, durch die er reingekommen und wieder rausgegangen war. Sie würde rufen. Sie würde schreien. Sie würde an die Tür trommeln. Sie würde dafür sorgen, daß jemand aufmerksam wurde.

Lottie merkte, wie ihr die Augen zufielen. Sie waren zu müde, um gegen die allgegenwärtige Finsternis zu kämpfen.

Es war ja sowieso nichts zu sehen. Sie hatte gehört, wie er sie eingesperrt hatte. Es gab keinen Ausweg.

Aber das würde Breta natürlich niemals glauben. Was, würde sie sagen, kein Ausweg? Bist du blöd? Er ist reingekommen, und er ist rausgegangen. Such die Tür und schlag sie ein. Hör auf, hier rumzuliegen und zu jammern, Lottie.

Ich jammere ja gar nicht, dachte Lottie.

Eben schon, würde Breta sagen. Eben schon. Eben schon. Du bist ein richtiges Baby.

Lottie zog die Decke noch fester um sich. Die feuchten Stellen drückten sich kalt an ihre Beine. Sie zog die Beine hoch, rollte sich zusammen. Sie ballte ihre Hände zu Fäusten und schob die Fäuste unter ihr Kinn. Sie preßte die Fäuste an ihren Hals, um nicht zu spüren, wie durstig sie war.

Baby, hörte sie Breta spotten.

»Ich bin kein Baby.«

Nein? Dann beweis es doch. Beweis es, Lottie Bowen.

Beweis es. Damit erreichte Breta immer, was sie wollte. Beweis doch, daß du kein Baby bist, beweis doch, daß du meine Freundin sein willst, beweis doch, daß du mich am liebsten magst, beweis, daß du ein Geheimnis für dich behalten kannst. Beweis es, beweis es. Gieß das ganze Schaumbad in die Wanne und laß es überlaufen, damit es wie Schnee aussieht. Klau deiner Mutter den Lippenstift, und mal dich in der Schule damit an. Spül deine Unterhosen im Klo runter und geh ohne. Laß die Schoko da für mich mitgehen – nein, nimm gleich zwei. Weil nämlich beste Freundinnen alles füreinander tun. Sonst sind sie nicht beste Freundinnen. Möchtest du nicht die beste Freundin von jemandem sein?

Aber natürlich wollte Lottie das. Und wie! Breta hatte Freundinnen. Sie hatte massenhaft Freundinnen. Wenn Lottie also auch Freundinnen haben wollte, mußte sie mehr wie Breta sein. Das hatte Breta ihr von Anfang an klargemacht.

Lottie stemmte ihre Hände gegen die Ziegelsteine und richtete sich auf. Schwindel brach über sie herein wie eine hohe Welle im Meer. Sie zog die Knie hoch, so daß sie nur noch mit den Füßen und dem Gesäß den Boden berührte. Als der Schwindel vorüberging, stand sie auf. Sie schwankte, aber sie fiel nicht hin.

Doch nun wußte sie nicht, was sie tun sollte. Zögernd wagte sie einen Schritt in die Dunkelheit, ihre Finger wie Fühler ausgestreckt. Sie zitterte vor Kälte. Sie zählte ihre Schritte, während sie sich vorantastete.

Was ist das für ein Raum? dachte sie. Eine Höhle war es nicht. Es war so dunkel wie in einer Höhle, aber eine Höhle hatte keinen Boden aus Ziegelsteinen und auch keine Tür. Wo war sie also?

Die Hände vor sich ausgestreckt, gelangte sie zu einer Mauer. Die Formen und die Oberfläche, die sie ertasteten, kamen ihr bekannt vor. So etwas hatte sie schon berührt. Ziegelsteine. Wie ein Maulwurf schob sie sich an der Wand entlang. Ihre Hände glitten über das Mauerwerk, erst aufwärts, dann abwärts. Sie suchte nach einem Fenster – meistens hatten Mauern doch Fenster, oder? –, einem vernagelten Fenster mit einer Ritze, durch die sie würde hinaussehen können.

Da gibt's kein Fenster, Lottie, hätte Breta gesagt, während Lottie die Wände abklopfte und absuchte. Du würdest nämlich Licht durch die Ritzen zwischen den Brettern sehen, und hier ist nirgends Licht. Also gibt's auch kein Fenster, du Doofe.

Breta hatte recht. Aber Lottie fand die Tür. Das Holz war rauh und roch modrig. Sie tastete auf ihm umher, bis sie den Türknauf fand. Sie versuchte, ihn zu drehen, aber es ging nicht. Dann begann sie auf das Holz zu trommeln. Und zu schreien. »Laßt mich hier raus! Mama! Mama!«

Nichts rührte sich. Sie drückte ihr Ohr an das Holz, aber sie hörte gar nichts. Wieder schlug sie gegen die Tür. Am dumpfen Geräusch der Schläge hörte sie, daß das Holz sehr dick sein mußte, wie bei einer Kirchentür.

Bei einer Kirchentür? War sie vielleicht tief unten in einer Kirche? Wo sie die Toten hinbrachten? Breta hätte gelacht. Sie hätte Gespenstergeräusche gemacht und wäre mit einem Leintuch auf dem Kopf durch den Raum gehüpft.

Lottie bekam es mit der Angst bei dem Gedanken an Tote und Gespenster. Sie ging von der Tür weg und tastete sich weiter durch die Dunkelheit. Raus, dachte sie, ich muß hier raus. Und sie kroch an der Mauer entlang, bis sie sich ihr aufgeschlagenes Knie anstieß.

Sie zuckte zusammen, aber sie gab keinen Laut von sich. Sie streckte die Arme aus, um festzustellen, woran sie gestoßen war. Wieder Holz, aber nicht rauh wie das der Kisten. Ihre Finger glitten hastig darüber. Es war so was wie ein Brett. Es war zwei Hände breit. Und darüber war wieder so ein Brett, ganz genau so breit. Drunter war noch eins. Ein viertes schien schräg an der Mauer hinaufzusteigen. Es war an den Ziegeln befestigt...

Eine Treppe, dachte sie.

Sie zog sich hinauf. Die Treppe war schrecklich steil, fast wie eine Leiter. Sie mußte mit Händen und Füßen klettern, und dabei erinnerte sie sich an einen Ausflug nach Greenwich, auf die *Cutty Sark*, wo sie über eine Treppe wie diese in den Bauch des Schiffes hineingestiegen war. Aber dies war doch sicher kein Schiff. Ein Schiff aus Ziegelsteinen? Das würde doch sofort sinken. Keinen Moment würde es schwimmen. Außerdem würde sie doch gewiß das Meer unter sich fühlen, wenn dies ein Schiff wäre. Würde der Boden nicht schwanken? Würde sie nicht das Ächzen der hölzernen Masten hören und die salzige Luft riechen? Würde sie nicht –

Sie stieß mit dem Kopf an die Decke, schrie erschrocken auf, duckte sich. Sie dachte über Treppen nach, die zu Zimmerdekken hinaufführten und nicht zu einem Treppenabsatz, wo eine Tür war, an der man rütteln konnte, und wußte, daß Treppen nicht ohne Grund zu einer Zimmerdecke hinaufführten. Es mußte eine Tür dasein, eine Falltür vielleicht wie in Großpapas Scheune, wo man eine Leiter hinaufklettern mußte, um den Heuboden zu erreichen.

Blind streckte sie die Hand zur Decke hinauf und kletterte vorsichtig weiter. Sie tastete die Decke von der Mauer weg ab. Sie fand etwas, was sich anfühlte wie die Ecke einer Falltür, eine Furche im Holz. Dann noch eine Ecke. Sie schob ihre Hände von den Ecken nach innen, um die Mitte zu finden. Dann stieß sie zu. Nicht übermäßig kräftig, weil es in ihren Armen so komisch prickelte. Aber es war dennoch ein Stoß.

Sie spürte, wie die Falltür nachgab. Sie machte eine Pause, dann stieß sie noch einmal zu. Die Tür war schwer, als wäre sie mit einem Gewicht beschwert, damit sie nicht hinauskonnte, damit sie blieb, wo sie hingehörte, und niemanden störte. Wie immer. Bei dem Gedanken wurde sie wütend. »Mama!« rief sie. »Mama, bist du da? Mama! Mama!«

Keine Antwort. Sie stieß noch einmal gegen die Tür. Dann kroch sie hinauf und drückte mit Rücken und Schultern. Sie drückte einmal mit aller Kraft, die sie aufbringen konnte, dann noch zweimal. Dabei stöhnte sie, wie Mrs. Maguire immer stöhnte, wenn sie den Kühlschrank wegschob, um hinter ihm sauberzumachen. Mit einem Quietschen öffnete sich die Falltür.

Schwindelgefühl und Schwäche waren augenblicklich wie weggeblasen. Sie hatte es geschafft, sie hatte es geschafft, ganz allein. Ohne daß Breta ihr hatte sagen müssen, wie man es macht.

Sie kletterte in den Raum darüber. Er war dunkel wie der unten, aber nicht pechschwarz. Ungefähr einen Meter entfernt konnte sie ein etwas helleres Rechteck erkennen, das von einem schimmernden grauen Rand umgeben zu sein schien. Sie näherte sich dem Rechteck vorsichtig und erkannte, daß es ein tief in die Mauer eingelassenes Fenster war, das man mit Brettern vernagelt hatte, aber nicht so dicht, daß nicht an den Rändern Licht durchschimmern konnte. Das war das lichte Grau, das sie sah: die nächtliche Dunkelheit draußen, die von Mond und den Sternen erhellt wurde und sich von der absoluten Dunkelheit im Inneren abhob.

Dank dem schimmernden grauen Licht konnte Lottie selbst ohne ihre Brille schattenhafte Formen im Raum erkennen. In der Mitte stand ein hoher Mast. Er erinnerte sie an einen Maibaum, den sie einmal auf dem Gemeindeanger im Dorf in der Nähe des Hofes ihres Großvaters gesehen hatte, nur war er viel, viel dicker. Über ihm streckte sich ein dicker Balken quer durch den Raum und über diesem Balken, kaum sichtbar in der Düsternis, hing etwas, was aussah wie ein großes Rad, eine fliegende Untertasse, die auf die Seite gekippt war. Der Maibaum führte zu diesem Rad hinauf und über es hinaus, um oben in der Dunkelheit zu verschwinden.

Vorsichtig näherte sich Lottie dem Mast und berührte ihn. Er war kalt. Kein Holz. Metall. Rauhes Metall, als wäre es alt und rostig. Unten, am Fuß, war irgendwelches klebriges Zeug. Mit zusammengekniffenen Augen spähte sie nach oben, um das Rad besser erkennen zu können. Große Zähne schienen in es hineingeschnitten zu sein. Ein Mast und ein Zahnrad, dachte sie. Sie legte ihren Arm um den Mast und überlegte, was sie da entdeckt hatte.

Sie hatte einmal das Innere der Uhr gesehen, die bei Großmama im Wohnzimmer auf dem Kaminsims stand. Sie hatte die Form einer Welle. Onkel Jonathan hatte sie Großmama zum Geburtstag geschenkt, aber sie war nicht richtig gegangen, weil sie eine Antiquität war. Darum hatte Großpapa sie auf dem Küchentisch zerlegt. Innen waren kleine Räder, die in andere Räder paßten, und diese Räder und die anderen Räder ließen die Uhr ticken. Und die kleinen Räder hatten genauso ausgesehen wie das große da oben, mit Zähnen.

Eine Uhr, sagte sie sich. Eine riesige Uhr. Sie horchte und hörte nichts. Kein Tick, kein Tack, gar nichts. Kaputt, dachte sie. Genau wie die alte Uhr auf Großmamas Kaminsims. Doch das hier war eine Riesenuhr. Vielleicht eine Kirchenuhr. Eine Turmuhr, die stolz in der Mitte eines Marktplatzes stand. Oder eine Uhr in einem Schloß.

Der Gedanke an ein Schloß ließ sie abschweifen. Zu Kerkern und Verliesen. Zu finsteren Räumen mit flackernden Feuern, in denen Ketten und Fußeisen und Spieße und Zahnräder waren. Zu schreienden Gefangenen und Folterknechten mit Ledermasken.

Folter, dachte Lottie. Der dicke Mast, den sie umschlungen

hielt, das riesige Rad über ihr bekamen ein neues Gesicht. Sie zog ihren Arm weg und wich zurück. Ihre Beine waren wie Gummi. Vielleicht wäre es besser gewesen, nichts zu wissen.

Plötzlich schoß ein kalter Luftzug von unten herauf und wirbelte um ihre Beine. Dann dröhnte ein lauter Schlag, der von den Mauern des Raumes unter ihr zurückgeworfen wurde. Stille folgte, dann ein metallisches Scharren.

Lottie sah, daß durch das Rechteck im Boden, durch das sie geklettert war, Licht heraufleuchtete. Es raschelte. Jemand in dicken Kleidern bewegte sich unten. Dann sagte ein Mann: »Wo, zum...«, und die Holzkisten auf dem Boden wurden krachend herumgeschoben.

Er glaubte, sie wäre geflohen! Das bedeutete, daß es doch einen Fluchtweg gab. Wenn sie verhindern konnte, daß er merkte, daß sie die Treppe und die Falltür gefunden hatte, konnte sie, sobald er sich nach ihr auf die Suche machte, diesen Fluchtweg finden und wirklich fliehen.

Sie huschte lautlos zur Falltür und senkte leise die Klappe. Sie setzte sich darauf und hoffte, ihr Gewicht würde sie unten halten, wenn er versuchen sollte, sie aufzudrücken.

Durch die Ritzen im Holz konnte sie erkennen, daß das Licht heller wurde. Sie konnte seinen schweren Tritt auf der Treppe hören. Sie hielt den Atem an. Die Falltür hob sich einen Fingerbreit, senkte sich, hob sich wieder einen Spalt. »Scheiße«, sagte er. »Scheiße!« Die Tür senkte sich wieder. Charlotte hörte ihn die Treppe hinuntersteigen.

Das Licht verschwand. Die Tür unten wurde geöffnet und zugeschlagen. Dann war alles still.

Lottie hätte am liebsten in die Hände geklatscht. Sie hätte am liebsten laut geschrien. Sie vergaß das pelzige Gefühl im Mund und hob die Falltür an. Breta hätte es nicht besser machen können. Breta hätte ihn nicht so gut zum Narren halten können. Breta hätte ihm wahrscheinlich den Eimer ins Gesicht geschleudert und wäre um ihr Leben gelaufen, aber Breta hätte niemals daran gedacht, ihn zu überlisten, ihn glauben zu machen, sie sei schon auf der Flucht.

Es war dunkel unten, aber die Dunkelheit machte Lottie jetzt keine Angst mehr, weil sie wußte, daß es bald vorbei sein würde. Sie tastete sich die Treppe hinunter und schlich zu den Kisten. *Dort* war natürlich der Weg ins Freie. Die Kisten verbargen eine Öffnung, die genau Lotties Größe hatte.

Sie drückte mit der Schulter gegen die erste von ihnen. Ha, Breta würde Augen machen, wenn sie von diesem Abenteuer hörte. Und Cito würde staunen, daß seine Charlie so tapfer war. Und Mama würde stolz sein, wenn sie hörte, daß ihre Tochter –

Plötzlich ein metallisches Klirren.

Das Licht traf sie wie ein Faustschlag.

Lottie fuhr herum, die Hände auf den Mund gedrückt.

»Dein Daddy wird dich hier rausholen, Lottie«, sagte er. »Allein schaffst du das nicht.«

Sie starrte ihn mit zusammengekniffenen Augen an. Er war ganz schwarz. Sie konnte ihn nicht sehen, nur einen Schatten hinter dem Licht. Sie senkte die Hände.

»Doch, ich schaff' es«, sagte sie. »Sie werden schon sehen. Und wenn ich's geschafft hab', dann werden Sie von meiner Mama was erleben. Sie ist bei der Regierung. Sie steckt Leute ins Gefängnis. Sie sperrt sie ein und wirft den Schlüssel weg. So geht's Ihnen dann auch. Warten Sie nur ab.«

»Nein, Lottie, ich glaub' nicht, daß es so kommt. Jedenfalls nicht, wenn dein Dad endlich die Wahrheit sagt. Dein Dad ist ein echter Knüller, aber bis jetzt weiß das kein Mensch. Jetzt kann er der ganzen Welt zeigen, was für ein toller Typ er ist. Er kann die wahre Geschichte erzählen und seine kleine Maus retten.«

»Was für eine Geschichte?« fragte Charlotte. »Cito erzählt nie Geschichten. Die Geschichten erzählt mir immer Mrs. Maguire. Sie denkt sie sich aus.«

»Na, dann hilfst du deinem Daddy eben, sich eine auszudenken. Komm her, Lottie.«

»Nein«, sagte Lottie. »Ich hab' Durst, und ich komm' nicht. Geben Sie mir was zu trinken.«

Er stellte etwas auf den Boden und schob es mit der Zehe ins Licht. Die hohe rote Thermosflasche. Begierig trat Lottie einen Schritt näher. »Genau«, sagte er. »Aber erst hinterher. Erst wenn du deinem Dad bei seiner Geschichte geholfen hast.«

»Ihnen helf' ich überhaupt nicht. Nie!«

»Nein?« Er knisterte mit einer Papiertüte, die irgendwo jenseits des Lichtes war. »Fleischpastete«, sagte er. »Kalter Apfelsaft und warme Fleischpastete.«

Plötzlich war das pelzige Gefühl in ihrem Mund wieder da. Es reichte bis in die Kehle, und ihr Magen war leer. Sie hatte es vorher gar nicht gemerkt. Aber als er die Fleischpastete erwähnte, bekam sie ein ganz hohles Gefühl im Magen.

Lottie wußte, sie hätte ihm den Rücken kehren und ihn wegschicken sollen, und wenn sie nicht so durstig gewesen wäre, wenn ihr Magen nicht zu knurren begonnen hätte, wenn sie nicht die Pastete gerochen hätte, dann hätte sie das bestimmt getan. Sie hätte ihm ins Gesicht gelacht. Sie hätte mit dem Fuß aufgestampft. Sie hätte geschrien und gebrüllt. Aber der Apfelsaft. Kühl und süß, und danach die Pastete ...

Sie ging auf ihn zu, trat ins Licht. Na schön. Sie würde es ihm zeigen. Sie hatte keine Angst. »Was soll ich tun?« fragte sie.

Er lachte leise. »Ist das nicht nett?« sagte er.

8

Es war nach zehn Uhr morgens, als Alexander Stone sich zur Kante des breiten französischen Bettes wälzte und auf seinen Wecker sah. Ungläubig starrte er die roten Ziffern an und sagte laut: »Verdammt«, als ihm dämmerte, wie spät es war. Er war nicht aufgewacht, als Eves Wecker auf dem Nachttisch an der anderen Seite wie immer um fünf Uhr geläutet hatte. Daran war der Wodka schuld, fast zwei Drittel der Flasche, den er am vergangenen Abend zwischen neun und halb zwölf hinuntergekippt hatte.

Er hatte sich in die Küche gesetzt, um zu trinken, an den kleinen quadratischen Tisch in der Eßnische mit Blick in den Garten. Den ersten Schuß Wodka hatte er mit Orangensaft gemischt, aber danach hatte er den Alkohol pur getrunken. Seit vierundzwanzig Stunden wußte er »endlich die Wahrheit«, wie er es formulierte, und seit vierundzwanzig Stunden fragte er sich, ob die Wahrheit mit Charlies Verschwinden zu tun hatte, wie Eve so fest glaubte, und versuchte krampfhaft, nicht darüber nachzudenken, was das Handeln und die Reaktionen seiner Frau über diese Wahrheit aussagten. Er fühlte sich wie gelähmt. Er wollte etwas tun, aber er hatte keine Ahnung, was jetzt zu tun war. Zu viele Fragen quälten ihn. Es war niemand im Haus, der sie hätte beantworten können. Eve würde bis nach Mitternacht bei der Debatte im Unterhaus festgehalten werden. Er beschloß zu trinken. Sich zu betrinken. Es schien ihm in diesem Moment das einzige Mittel, um das Wissen auszulöschen, auf das er für den Rest seines Lebens gut hätte verzichten können.

Luxford, dachte er. Scheiß Dennis Luxford. Vor Mittwoch abend hatte er nicht einmal gewußt, wer der Kerl eigentlich war, aber seitdem beherrschten Luxford und sein Eindringen in ihr Leben seine Gedanken.

Er setzte sich vorsichtig auf. Sein Magen rebellierte bei dem

Lagewechsel. Die Möbel im Schlafzimmer schienen in leichten Wellenbewegungen zu schwanken, zum Teil lag das an den Nachwirkungen des Rausches, zum Teil daran, daß er seine Kontaktlinsen noch nicht eingesetzt hatte.

Er griff nach seinem Morgenrock und stand auf. Er schluckte die aufsteigende Übelkeit hinunter und ging ins Badezimmer, wo er die Wasserhähne aufdrehte. Er sah sich im Spiegel an. Ohne Linsen sah er das Bild nur verschwommen, aber die hervorstechenden Einzelheiten waren deutlich genug: die blutunterlaufenen Augen, das graue Gesicht, die Haut, die sich dem Ruf der Schwerkraft ergeben zu haben schien, hervorgerufen durch zehn Stunden trunkener Bewußtlosigkeit. Ich seh' aus wie ein Haufen getrocknete Scheiße, dachte er.

Mit beiden Händen schüttete er sich kaltes Wasser ins Gesicht. Immer wieder. Er trocknete sich ab. Er setzte seine Linsen ein und griff nach seinem Rasierzeug. Er versuchte, die Übelkeit und die Kopfschmerzen zu ignorieren, indem er sich auf das Einseifen seines Gesichts konzentrierte.

Von unten drang ein undeutliches Geräusch herauf. Es klang ein wenig wie liturgischer Gesang, aber sehr gedämpft. Eve hatte Mrs. Maguire sicherlich angewiesen, den täglichen Geräuschpegel auf ein Minimum zu reduzieren. »Mr. Stone hat sich gestern abend nicht wohl gefühlt«, würde sie wohl gesagt haben, ehe sie das Haus wie üblich vor Morgengrauen verlassen hatte. »Er braucht seinen Schlaf. Er soll nicht gestört werden.« Und Mrs. Maguire hatte gehorcht. Jeder gehorchte, wenn Eve Bowen eine ihrer unmißverständlichen Anweisungen gab.

»Es hat überhaupt keinen Sinn, daß du jetzt auf Dennis losgehst«, hatte sie zu ihm gesagt. »Diese Geschichte muß ich allein erledigen.«

»Ich bin immerhin seit sechs Jahren Charlies Vater. Ich denke, da habe ich diesem Mistkerl einiges zu sagen.«

»Es hilft gar nichts, wenn du jetzt die Vergangenheit wieder aufrührst, Alex.«

Auch das war ein unmißverständlicher Befehl gewesen. Halte dich von Luxford fern. Halte dich aus diesem Teil meines Lebens heraus.

Alex war kein Mensch, der sich aus irgend etwas herauszuhalten pflegte. Er hatte seinen Erfolg als Geschäftsmann nicht dadurch erreicht, daß er sich heraushielt und andere die Strategien planen und die Kämpfe ausfechten ließ. Nachdem er fast die ganze Nacht nach Charlies Verschwinden wachgelegen und einen Plan nach dem anderen entworfen hatte, der ihre gesunde Heimkehr garantieren würde, war er um des lieben Friedens willen, um den Schein der Alltäglichkeit aufrechtzuerhalten, an dem ihr so viel zu liegen schien, bereitwillig zur Arbeit gegangen. Aber abends um neun hatte er restlos genug gehabt und beschlossen, nicht noch einen weiteren Tag zu vertun, ohne wenigstens einen seiner Pläne in die Tat umzusetzen. Er hatte bei Eve im Büro angerufen und ihr über diesen pomadigen Kerl, ihren Assistenten, im Unterhaus ausrichten lassen, sie solle ihn zurückrufen. »Und tun Sie's gleich«, hatte er zu Woodward gesagt, als dieser ihm mit Ausflüchten kommen wollte, um ihn abzuwimmeln. »Pronto. Das ist ein Notfall, verstanden?« Sie hatte schließlich um halb elf zurückgerufen, und er hörte an ihrer Stimme, daß sie glaubte, Luxford habe klein beigegeben und Charlie sei wieder zu Hause.

»Nichts Neues«, hatte er auf ihr gespanntes »Alex, was gibt es?« geantwortet.

In ganz anderem Ton sagte sie: »Warum rufst du mich dann an?«

Das, zusammen mit dem Alkohol, hatte ihm den Rest gegeben.

»Weil unsere Tochter verschwunden ist«, sagte er mit betonter Höflichkeit. »Weil dieser ganze Tag eine einzige widerliche Farce war. Weil ich seit heute morgen nicht mit dir gesprochen habe und gern wissen würde, was zum Teufel eigentlich los ist. Oder paßt dir das nicht, Eve?«

Er konnte sich vorstellen, wie sie besorgt einen Blick über ihre Schulter warf, denn ihre an sich schon leise Stimme wurde noch leiser. »Alex, ich rufe dich vom Unterhaus aus an. Du weißt wohl, was das heißt?«

»Heb dir deine Herablassung für deine Kollegen auf.«

»Hör mal, das ist weder die Zeit noch der Ort –«

»Du hättest mich ja auch von dir aus anrufen können. Jederzeit, den ganzen gottverdammten Tag lang. Dann stündest du jetzt nicht vor diesem heiklen Problem, mich vom Scheiß-Unterhaus aus anrufen zu müssen. Wo man ja nie weiß, wer einem zuhört. Das ist es doch, was dir Sorgen macht, nicht, Eve?«

»Hast du getrunken?«

»Wo ist meine Tochter?«

»Ich kann darüber jetzt nicht mit dir sprechen.«

»Soll ich hinkommen? Du kannst mir ja die letzten Neuigkeiten über das Verschwinden meiner Tochter im Beisein von ein paar Journalisten geben. Das gäbe bestimmt gute Publicity. Ach nein, das hatte ich vergessen, Publicity ist ja genau das, was du nicht willst. Richtig?«

»Alex, ich bitte dich, laß das. Ich weiß, daß du erregt bist, und du hast guten Grund dazu –«

»Besten Dank.«

»– aber du mußt doch einsehen, daß wir in dieser Sache nur einen Weg beschreiten können, und zwar –«

»Eve Bowens Weg, ja, ich weiß. Dann sag mir doch bitte mal, wie weit du dich von Luxford eigentlich noch treiben lassen willst?«

»Ich habe mich mit ihm getroffen. Er kennt meine Position.«

Alex krampfte seine Hand um das Telefonkabel. Wäre es doch nur Dennis Luxfords Hals. »Du hast dich mit ihm getroffen? Wann denn?«

»Heute nachmittag.«

»Und?«

»Er will sie nicht freigeben. Jedenfalls im Moment nicht. Aber er wird sie freigeben müssen, denn ich habe ihm klar und deutlich gesagt, daß ich sein Spiel nicht mitspiele. Reicht dir das, Alex?«

Sie wollte vom Telefon weg. Es war deutlich zu merken, daß sie in den Saal zurückwollte. Zu einer Debatte, einer Abstimmung, einer weiteren Gelegenheit zu beweisen, mit welcher Souveränität sie einen Gegner niedermachen konnte.

»Ich möchte mit diesem Schwein reden.«

»Das hat keinen Sinn. Halt dich da raus, Alex. Versprich mir, daß du nichts unternimmst. Bitte!«

»Noch einen Tag wie den heutigen tue ich mir nicht an. Rumlaufen, als wär nichts geschehen, während Charlie irgendwo ... nein, das tu ich nicht mehr.«

»Gut. Dann tu's nicht. Aber laß die Finger von Luxford.«

»Warum?« Er konnte die Frage nicht unterdrücken. Sie lag schließlich allem zugrunde. »Möchtest du ihn für dich haben? Ganz für dich allein? Wie in Blackpool, Eve?«

»Das ist eine gemeine Bemerkung. Ich mache jetzt Schluß. Wir können uns weiterunterhalten, wenn du wieder nüchtern bist. Morgen früh.«

Damit hatte sie aufgelegt. Und er hatte Wodka getrunken. Er hatte getrunken, bis der Küchenboden zu schwanken begann. Dann war er nach oben gestolpert und hatte sich mit allen seinen Kleidern quer über das Bett fallen lassen. Irgendwann in der Nacht mußte sie ihm Hose, Hemd und Schuhe ausgezogen haben, denn er trug nur seine Unterhose und seine Socken, als er aus dem Bett kroch.

Er schluckte sechs Aspirin und ging wieder ins Schlafzimmer. Langsam zog er sich an und wartete darauf, daß die Tabletten wirken und das Hämmern in seinem Schädel nachlassen würde. Er hatte das Gespräch mit Eve an diesem Morgen verschlafen, aber das war vielleicht ganz gut so. In seinem gegenwärtigen Zustand wäre er ihr nicht gewachsen gewesen. Wirklich, ungewöhnlich barmherzig von ihr, ihn schlafen zu lassen, anstatt ihn zu wecken und zu dem Gespräch zu zwingen, das er doch unbedingt mit ihr hatte führen wollen. Sie hätte ihn mit drei, vier Sätzen fertiggemacht, ohne auch nur ein Viertel ihrer intellektuellen Power einzusetzen. Er fragte sich, was es über Eve aussagte – und über den Zustand ihrer

Ehe –, daß sie sich dazu entschlossen hatte, ohne eine Demonstration ihrer Überlegenheit zu geben. Und dann fragte er sich, wieso er sich über den Zustand ihrer Ehe Gedanken machte, wo er das doch vorher nie getan hatte. Aber auf diese Frage wußte er die Antwort, auch wenn er sich bemühte, sie zu verdrängen, und als er in die Küche hinunterging, starrte sie ihm vom Küchentisch entgegen.

Mrs. Maguire war nirgends zu sehen, aber ihre Zeitung, die *Source*, lag auf dem Tisch.

Wirklich verrückt, dachte Alex. Mrs. Maguire hatte dieses Schundblatt, solange er sie kannte, tagtäglich ins Haus gebracht. Aber bis zum Mittwoch abend, als Eve ihn auf die Zeitungen aufmerksam gemacht hatte, hatte er nie eine von ihnen zur Hand genommen. Gewiß, er hatte ab und zu einen Blick auf einen der Berichte geworfen, wenn er Kaffeesatz in Zeitungspapier gewickelt hatte, und spöttisch gedacht, wie viele ihrer Gehirnzellen Mrs. Maguire wohl mit dieser täglichen Lektüre lahmlegte. Aber das war auch alles.

Jetzt fühlte er sich beinahe magnetisch angezogen von dem Blatt. Obwohl ihn dringend nach heißem Kaffee verlangte, ging er zuerst vom Tisch und starrte auf die Zeitung hinunter.

Man kann davon leben, oder? lautete die Schlagzeile auf der Titelseite, und daneben zeigte ein Foto einen halbwüchsigen Jungen in schreiend violetter Lederkluft, der gerade aus einem Reihenhaus trat. Er grinste in die Kamera, als hätte er im voraus gewußt, wie die Schlagzeile zu seinem Bild lauten würde. Sein Name war Wolfie Dukane, und die Zeitung bezeichnete ihn als den Strichjungen, den man mit Sinclair Larnsey, dem Abgeordneten von East Norfolk, in einem Auto ertappt hatte. Die Bildunterschrift ließ durchblicken, daß Wolfie Dukanes Lebensumstände – keine abgeschlossene Ausbildung, chronisch arbeitslos, der Statistik zufolge einer der nicht Vermittelbaren – ihn gezwungen hatten, sich, um sich über Wasser halten zu können, zu verkaufen. Der Leser, der bereit war, bis zur Seite vier vorzudringen, würde dort einen Kommentar zur sträflichen Nachlässigkeit der Regierung finden, die Scharen von sechzehnjährigen Jungen in diese Lage gebracht hatte. *So weit ist es gekommen* lautete die Überschrift des Kommentars. Aber als Alex sah, daß er von jemandem namens Rodney Aronson geschrieben war und nicht von Dennis Luxford, überblätterte er ihn. Dennis Luxford war der Mann, der ihn interessierte. Aus Gründen, die mit seinen politischen Ansichten nur am Rande zu tun hatten.

Wie hatte sie gesagt: Sie hatten jede Nacht miteinander geschlafen und auch jeden Morgen. Und nicht, weil der Kerl sie verführt hatte, sondern weil sie es gewollt hatte, weil er sie gereizt hatte. Sie hatten es miteinander getrieben wie die Karnickel, und wer Luxford war und wo er stand, war ihr völlig gleichgültig gewesen.

Alex blätterte suchend die Zeitung durch. Er gestand sich nicht ein, wonach er suchte, aber er suchte dennoch. Er ging das ganze Blatt durch, von Anfang bis Ende, und als er alles gesehen hatte, kramte er eilig den Zeitungsständer durch und holte jede *Source* heraus, die Mrs. Maguire dort gelassen hatte.

Er konnte das Hotelzimmer vor sich sehen, die orangefarbenen Vorhänge und die tristen Möbel aus dunkler Pseudo-Eiche. Er konnte das wilde Durcheinander sehen, das Eve zu hinterlassen pflegte, wo sie ging und stand: Aktentasche, Papiere, Zeitschriften, Kosmetika, Schuhe auf dem Boden, Fön auf der Kommode, Häufchen feuchter Handtücher. Er konnte einen Servierwagen mit den Resten einer Mahlzeit darauf sehen. Im Strahl des Lichtes, das aus dem Badezimmer fiel, konnte er das Bett und die zerwühlten Laken sehen. Sogar sie konnte er sehen, weil er wußte – aus den Jahren des Zusammenlebens mit ihr wußte –, daß sie die Knie hochgezogen haben würde, die Beine um seinen Torso geschlungen, die Hände in seinem Haar oder auf seinem Rücken; wie immer hätte sie den Höhepunkt ihrer Lust erstaunlich schnell erreicht und mit einem Aufschrei der Wonne gesagt: »Liebling, nein, hör auf, es ist zuviel...«, und das war alles, was er sehen konnte.

Angewidert fegte er den Stapel Zeitungen zu Boden. Hier

geht's um Charlie, sagte er sich, versuchte, es sich einzuhämmern. Hier geht es nicht um Eve. Hier geht es nicht um eine Zeit vor fast elf Jahren, als ich sie nicht kannte, nicht einmal von ihrer Existenz wußte, als ihre Handlungen und ihre Beziehungen mich nicht betrafen, als die Frage, wer sie ist... Und dennoch ging es ebendarum. Wer seine Frau einmal gewesen war und wer sie jetzt war.

Alex goß sich Kaffee ein. An der Spüle stehend trank er ihn, schwarz und bitter. Es war eine, wenn auch nur vorübergehende Ablenkung von den quälenden Gedanken. Doch als er ihn getrunken und sich dabei Gaumen und Kehle verbrannt hatte, war er in Gedanken wieder bei Eve.

Kannte er sie denn überhaupt? War es überhaupt möglich, sie zu kennen? Sie war Politikerin, geübt in der Kunst der Verstellung, die ihr Beruf und ihre Karriere erforderten.

Er dachte über diese Karriere und das, was sie über Eve sagte, nach. Sie war der Konservativen Partei in Marylebone beigetreten. Dort hatten sie sich kennengelernt. Sie hatte Seite an Seite mit ihm für die Partei gearbeitet. Sie hatte sich so gründlich und so häufig bewährt, daß der Wahlausschuß, mit langer Tradition brechend, *sie* aufgefordert hatte, ihren Namen auf die Liste der Kandidaten zu setzen. Sie hatte es nicht von sich aus angeboten. Er hatte dem Gespräch vor ihrer Aufstellung als Wahlkandidatin beigewohnt. Er war Zeuge ihres leidenschaftlichen Eintretens für die Ideale der Partei geworden. Er teilte ihre entschiedenen Ansichten über den Wert der Familie, die unermeßliche Bedeutung kleiner Geschäftsunternehmen, die nachteiligen Aspekte staatlicher Hilfeleistungen, aber niemals hätte er seine Ansichten so ausdrücken können wie sie. Sie schien schon zu wissen, was der Ausschuß sie fragen würde, ehe die Leute selbst es wußten. Sie sprach von der Notwendigkeit, die nächtlichen Straßen wieder sicher zu machen. Sie skizzierte ihre Pläne, die der Partei in Marylebone zu einer größeren Mehrheit verhelfen sollten. Sie zeigte auf, was alles sie ihrer Überzeugung nach zur Unterstützung des Premierministers beitragen konnte. Sie hatte Provokatives über die Betreuung geschlagener Frauen, den Aufklärungsunterricht in der Schule, den Schwangerschaftsabbruch, den Strafvollzug, die Betreuung der Alten und Pflegebedürftigen, über Steuern und Ausgaben und neue Arten des Wahlkampfs zu sagen. Sie war klug und schlagfertig und beeindruckte den Ausschuß damit, daß sie alle Fakten zur Hand hatte. Alex wußte, daß das für sie keine Schwierigkeit gewesen war, und darum fragte er sich jetzt: Hat sie gemeint, was sie sagte? War es echt?

Er wußte nicht, was ihm mehr zu schaffen machte: daß Eve vielleicht nicht die war, die sie zu sein vorgab, oder daß sie die, die sie war, verleugnet hatte, um mit einem Mann ins Bett zu gehen, der alles verkörperte, was ihr zuwider war.

Denn so war das doch mit Luxford. Er wäre nicht Chefredakteur dieses Blattes, wenn er für etwas anderes stehen würde. Sein politischer Standpunkt war eine bekannte Größe. Zu entdecken blieb die physische Natur des Mannes. Wenn man sie entdeckte, würde man bestimmt verstehen. Und das wiederum war entscheidend, wenn sie je auf den Grund dieser ganzen –

Na klar. Alex lächelte mit grimmigem Spott und beglückwünschte sich zu seinem Niedergang. In weniger als sechsunddreißig Stunden hatte er es geschafft, sich von einem vernünftigen Menschen in einen hirnlosen Idioten zu verwandeln. Was zunächst verzweifelter Wille gewesen war, seine Tochter zu finden und sie zu retten, komme, was da wolle, war zu dem primitiven Drang verkommen, das andere Männchen zu finden und zu vernichten. Keine Lügen mehr. Er wollte Luxford nicht kennenlernen, um zu verstehen. Er wollte ihn sehen, um ihn niederzuschlagen. Und das nicht Charlies wegen. Nicht für das, was er Charlie antat. Sondern einzig Eves wegen.

Alex erkannte, daß er seine Frau niemals nach Charlies Vater gefragt hatte, weil er nie hatte wissen wollen, wer er war. Wissen verlangte Reaktion. Und einer Reaktion auf dieses spezielle Wissen hatte er ausweichen wollen.

»Scheiße«, flüsterte er. Die Hände auf die Ablagen zu beiden

Seiten gestützt, beugte er sich über das Spülbecken. Vielleicht hätte er wie Eve zur Arbeit gehen sollen. Da war man wenigstens gezwungen zu funktionieren. Hier war er seinen Gedanken ausgeliefert. Und sie machten ihn wahnsinnig.

Er mußte raus. Er mußte etwas tun.

Er goß sich noch eine Tasse Kaffee ein und trank sie gierig aus. Er merkte, daß die Kopfschmerzen nachgelassen hatten und die Übelkeit abgeflaut war. Er wurde auf den liturgischen Gesang aufmerksam, den er beim Erwachen gehört hatte, und ging dem Geräusch nach ins Wohnzimmer.

Mrs. Maguire lag vor dem Couchtisch, auf dem sie zwischen zwei kleinen Statuen und zwei brennenden Kerzen ein Kreuz aufgestellt hatte, auf den Knien. Ihre Augen waren geschlossen. Ihre Lippen bewegten sich lautlos. Genau alle zehn Sekunden schob sie eine neue Perle ihres Rosenkranzes durch ihre Finger, und dabei quollen Tränen unter ihren dunklen Wimpern hervor. Sie tropften von ihren Pausbacken auf ihren Pullover. Zwei feuchte Stellen auf ihrem üppigen Busen zeigten ihm, wie lange sie schon weinte.

Der Gesang ertönte aus einem Kassettenrecorder, feierliche Männerstimmen, die immer wieder die Worte *miserere nobis* intonierten. Alex konnte kein Latein, er konnte sie also nicht übersetzen. Doch sie klangen angemessen. Sie brachten ihn wieder zu sich.

Er konnte nicht untätig bleiben. Er konnte handeln, und er würde es tun. Es ging hier nicht um Eve. Es ging nicht um Luxford. Es ging nicht darum, was zwischen diesen beiden vorgefallen war und warum. Es ging einzig um Charlie, die den Kampf, der zwischen ihren Eltern tobte, nicht im mindesten würde begreifen können. Und für Charlie konnte er etwas tun.

Dennis Luxford wartete einen Moment, bevor er hupte, als sein Sohn aus der Zahnarztpraxis trat. Leo blieb im hellen Licht der spätmorgendlichen Sonne stehen. Ein leichter Luftzug spielte in seinem weißblonden Haar. Er sah nach rechts und nach links und krauste verwundert die Stirn. Er hatte erwartet, den Mercedes seiner Mutter zu sehen, die ihn vor einer Stunde beim Zahnarzt abgesetzt hatte. Er hatte keine Ahnung, daß sein Vater beschlossen hatte, beim Mittagessen ein Gespräch von Mann zu Mann mit ihm zu führen, ehe er Leo zur Schule in Highgate zurückbrachte.

»Das mache ich«, hatte Luxford zu Fiona gesagt, als sie losfahren wollte, um Leo abzuholen und zur Schule zurückzufahren. Auf ihren zweifelnden Blick hin fügte er hinzu: »Du hast doch gesagt, daß er mit mir reden will, Liebling. Wegen Baverstock. Weißt du noch?«

»Das war gestern morgen«, antwortete sie. Es lag kein Vorwurf in ihrer Stimme. Sie war nicht verärgert darüber, daß er nicht rechtzeitig aufgestanden war, um beim Frühstück mit Leo zu sprechen. Sie war auch nicht verärgert darüber, daß er erst weit nach Mitternacht nach Hause gekommen war. Sie hatte keine Ahnung, daß er bis nach elf vergeblich auf eine Nachricht von Eve Bowen gewartet hatte, auf ihre Genehmigung, die Wahrheit über Charlotte auf der Titelseite seiner Zeitung zu veröffentlichen. Für sie war seine späte Heimkehr bloß eins der notwendigen Übel, die seine Arbeit mit sich brachte. Sie war an die unregelmäßigen Arbeitszeiten gewöhnt, die seine Karriere ihm abverlangte, und sie berichtete ihm nur die Tatsachen, wie sie das immer tat: Leo hatte vor zwei Tagen gesagt, er wolle mit seinem Vater reden; er hatte vorgehabt, das Gespräch beim Frühstück zu führen; sie war nicht sicher, daß er auch jetzt noch mit seinem Vater sprechen wollte. Sie hatte gute Gründe für ihre Zweifel. Leo war so unberechenbar wie das englische Wetter.

Luxford hupte. Leo drehte sich um. Sein Haar flog – die Sonne ließ es wie ein Heiligenschein glänzen – und sein Gesicht hellte sich auf. Er lächelte. Es war ein bezauberndes Lächeln, dem seiner Mutter sehr ähnlich, und immer wenn Luxford es sah, ging ihm das Herz auf, während gleichzeitig eine Stimme in ihm verlangte, Leo müsse härter werden, frecher, rebellischer, mehr wie ein kleiner Halbstarker. Natürlich wollte Luxford keinen Halbstarken aus seinem Sohn machen, aber wenn er ihn nur dazu bringen könnte, sich wenigstens etwas in diese Richtung zu orientieren! Dann brauchte ihn seine Art, dem Leben gegenüberzutreten, nicht so stark beunruhigen.

Leo winkte. Er schwang seinen Rucksack über seine Schulter, machte einen fröhlichen kleinen Sprung und rannte zum Auto seines Vaters. Sein weißes Hemd hing ihm aus der Hose und sah auf einer Seite unter seinem marineblauen Schulpulli hervor. Luxford gefiel das. Mangelndes Interesse an Ordnung und Sauberkeit war für Leo nicht typisch, aber entschieden typisch für einen normalen Jungen seines Alters.

Leo kletterte in den Porsche. »Hallo, Daddy«, sagte er und verbesserte sich hastig: »Hallo, Dad. Ich hab' Mama erwartet. Sie hat gesagt, sie würde mit mir in die Bäckerei gehen. Da drüben.« Er zeigte mit dem Finger.

Luxford warf einen Blick auf Leos Hände. Sie waren makellos sauber, die Nägel ordentlich geschnitten, keine Schmutzränder. Luxford fügte diese Information all dem anderen hinzu, was ihn an seinem Sohn irritierte. Er war plötzlich gereizt. Wo war der Dreck? Wo waren die Schrammen? Die abgebrochenen Nägel? Die Pflaster? Das waren Fionas Hände, die er da vor sich hatte, mit langen schlanken Fingern und ovalen Nägeln mit vollendet geformten Halbmonden. Hatte Leo denn überhaupt etwas von ihm mitbekommen? Warum mußte äußere Ähnlichkeit zugleich charakterliche Ähnlichkeit bedeuten? Auch Fionas hochgewachsene, schlanke Gestalt würde Leo einmal bekommen, nicht Luxfords kräftigeren Wuchs, und Luxford hatte manche Stunde mit Gedanken darüber zugebracht, wie Leo seinen Körper eines Tages vielleicht einsetzen würde. Er hätte seinen Sohn gern als Langläufer gesehen, als Hürdenläufer, Hochspringer, Weitspringer, Stabhochspringer. Keinesfalls wollte er Leo so sehen, wie dieser sich selbst sah: als Tänzer.

»Tommy Tune ist doch auch ziemlich groß«, hatte Fiona gesagt, als Luxford es strikt abgelehnt hatte, Leo ein Paar Stepschuhe zum Geburtstag zu schenken. »Und Fred Astaire. War der nicht ganz schön groß?«

»Darum geht es nicht«, hatte Luxford zähneknirschend entgegnet. »Herrgott noch mal, Leo wird kein Tänzer, und er bekommt auch keine Stepschuhe.«

Daraufhin hatte Leo die Sache selbst in die Hand genommen. Er pflasterte mit Hilfe von Sekundenkleber die Sohlen seiner besten Schuhe vorn und hinten mit Pennys und legte auf dem Fliesenboden in der Küche begeisterte Stepübungen hin. Fiona fand das kreativ. Luxford nannte es destruktiv und ungezogen und verpaßte Leo zur Strafe zwei Wochen Hausarrest. Aber das machte Leo nichts aus. Glücklich und zufrieden saß er in seinem Zimmer, las seine Kunstbücher, kümmerte sich um seine Finken und ordnete seine Fotografien von Tänzern, die seine Vorbilder waren.

»Wenigstens ist es moderner Tanz«, sagte Fiona. »Zum Ballett will er ja gar nicht.«

»Es kommt nicht in Frage, und das ist mein letztes Wort«, erklärte Luxford und vergewisserte sich, daß das Knabeninternat Baverstock nicht etwa seit neuestem auch Tanzunterricht anbot, ganz gleich, in welcher Sparte.

»Wir wollten zusammen Kuchen essen«, bemerkte Leo. »Mama und ich. Nach dem Zahnarzt. Aber mein Mund ist ganz pelzig, da hätte es mir wahrscheinlich sowieso nicht viel Spaß gemacht. Sieht mein Mund komisch aus, Dad?«

»Er sieht gut aus«, sagte Luxford. »Ich habe mir gedacht, wir könnten zusammen zu Mittag essen. Wenn du es dir erlauben kannst, noch eine Stunde von der Schule wegzubleiben und es mit deinem Mund geht.«

Leo lachte. »Juhu!« Er griff nach einem Sicherheitsgurt. »Mr. Potter hat gesagt, ich soll bei der Schulfeier ein Solo singen«, berichtete er. »Er hat's mir gestern gesagt. Hat Mama es dir erzählt? Ein Halleluja.« Er steckte den Sicherheitsgurt ein. »Ein richtiges Solo ist es eigentlich nicht, weil ja der ganze Chor mitsingt, aber an einer Stelle muß ich fast eine Minute lang allein singen. Das ist doch ein Solo, oder?«

Luxford hätte am liebsten gefragt, ob sein Sohn zur Schulfeier denn nicht etwas anderes beitragen könnte, ob er sich nicht an einem wissenschaftlichen Projekt beteiligen oder eine zündende Rede halten könnte, die einen Schüleraufstand auslösen würde. Aber er verkniff sich die Frage, ließ den Wagen an und steuerte ihn auf die Straße hinaus.

»Ich freu' mich darauf, dich zu hören«, sagte er und flunkerte: »Ich wollte in Baverstock immer in den Chor. Sie haben einen sehr guten Chor dort, aber ich konnte keine Melodie richtig singen. Wenn ich gesungen habe, hat das immer geklungen, als klapperten Steine in einem Blecheimer.«

»Wirklich?« Mit einer Hellhörigkeit, die er ebenfalls von seiner Mutter geerbt hatte, griff Leo die Lüge sofort auf. »Komisch! Ich hätte nie gedacht, daß du mal im Chor singen wolltest, Dad.«

»Warum nicht?« Luxford warf seinem Sohn einen Blick zu.

Leo drückte vorsichtig die Fingerspitzen an seine Lippen und prüfte neugierig den Zustand seines Mundes.

»Nach dem Zahnarzt könnte einem wahrscheinlich einer die Lippen zu Matsch schlagen, und man würde es nicht spüren«, sagte der Junge nachdenklich. »Man könnte sie wahrscheinlich sogar wegbeißen, ohne daß man es merkt. Toll eigentlich, nicht?« Und dann, wieder wie bei seiner Mutter, der plötzliche Themawechsel, der den anderen überraschte. »Ich hätte gedacht, du würdest es für Weiberkram halten, im Chor zu singen. Hab' ich recht, Dad?«

Luxford war nicht bereit, sich von dem Thema, das ihm am Herzen lag, ablenken zu lassen. Und schon gar nicht wollte er sich von seinem Sohn analysieren lassen. Das tat Fiona schon oft genug. »Hab' ich dir eigentlich erzählt, daß es in Baverstock einen Kanuklub gibt? Das gab's damals, als ich dort war, noch nicht. Sie üben im Swimmingpool – es sind Ein-Mann-Kanus –, und einmal im Jahr machen sie einen Ausflug an die Loire.« War da nicht ein Funke von Interesse in Leos Blick? Ermutigt fuhr Luxford fort: »Sie bauen ihre Kanus selbst. Und in den Osterferien veranstalten sie immer ein Abenteuerlager. Eine Woche lang. Da lernen die Jungen klettern, fallschirmspringen, schießen, Erste Hilfe und dergleichen, du weißt schon.«

Leo senkte den Kopf. Der Sicherheitsgurt hatte seinen Pullover hochgeschoben bis über die Schließe seines Gürtels. An der fingerte er jetzt herum.

»Es wird dir bestimmt noch besser gefallen, als du erwartest«, sagte Luxford, ganz als rechnete er mit Leos vollem Einverständnis. Er bog zum Highgate Hill ab und hielt auf die Hauptstraße zu. »Wo wollen wir essen?«

Leo zuckte die Achseln. Luxford sah aus dem Augenwinkel, daß er auf seiner Unterlippe kaute. »Laß das, Leo«, sagte er. »Jedenfalls solange deine Lippe noch taub ist.« Und Leo schien tiefer in den Sitz zu sinken.

Da der Junge keinen Vorschlag machte, steuerte Luxford den Porsche in die nächste freie Parklücke. Sie war am Pond Square, in der Nähe eines schick aussehenden Cafés. Er führte Leo hinein, ohne darauf zu achten, daß der Junge, der eben noch so vergnügt gewesen war, mit hängendem Kopf neben ihm hertrottete. Er schob ihn zu einem Tisch, drückte ihm eine glänzende cremefarbene Speisekarte in die Hand und las ihm von der Tafel die Tagesspezialitäten vor.

»Und was möchtest du?« fragte er.

Wieder zuckte Leo die Achseln. Er legte die Speisekarte nieder, stützte sein Kinn in seine offene Hand und klopfte mit dem Absatz seines Schuhs gegen das Stuhlbein. Mit der anderen Hand drehte er die Vase in der Mitte des Tischs und begann die weißen Blumen und das Grün darin ansehnlicher zu ordnen. Er schien das völlig unbewußt zu tun, wie etwas, was ihm einfach im Blut lag. Seinen Vater reizte es so, daß er die Geduld verlor.

»Leo!« Keine Spur von väterlichem Wohlwollen war mehr in Luxfords Stimme.

Leo zog hastig seine Hand von der Vase. Er ergriff die Speisekarte und tat so, als studierte er sie aufmerksam. »Ich hab' nur gerade überlegt«, sagte er leise und zog das Kinn ein, um anzudeuten, daß diese Überlegungen ganz persönlicher Natur waren.

»Was hast du überlegt?«

»Ach, nichts.« Er begann wieder mit dem Fuß ans Stuhlbein zu schlagen.

»Es interessiert mich aber. Was war's?«

Leo wies mit dem Kopf auf die Blumen. »Ich hab' überlegt, warum Mamas Lunaria kleinere Blüten hat als die hier.«

Betont langsam und ordentlich legte Luxford seine Speisekarte nieder. Er blickte von den Blumen – deren Namen er nicht einmal hätte nennen können, wenn sein Leben davon abgehangen hätte – zu seinem strapaziösen Sohn. Da mußte wirklich das Knabeninternat Baverstock her. Und je eher, desto besser. Sonst würden Leo seine Schrullen bald nicht mehr auszutreiben sein. Woher hatte er überhaupt dieses ganze unkindliche Wissen? Natürlich sprach Fiona über solche Dinge, aber Luxford wußte genau, daß es seiner Frau nicht eingefallen wäre, sich mit Leo hinzusetzen und ihm Vorträge über die Wunder der Natur zu halten oder ihn zur Lektüre von Kunstbüchern und zur Verehrung von Fred Astaire anzuhalten. »Dennis, er braucht nichts von mir«, hatte sie mehr als einmal spätabends, wenn Leo längst im Bett war, zu ihm gesagt. »Er ist ein völlig eigenständiger kleiner Mensch, ein wunderbarer kleiner Mensch. Warum willst du ihn unbedingt zu deinem Ebenbild machen?«

Aber Luxford wollte seinen Sohn gar nicht zu einer Miniaturausgabe seiner selbst machen. Er wollte ihn lediglich zu einer Miniaturausgabe Leos, des zukünftigen Erwachsenen, machen. Er wollte nicht glauben, daß dieser jetzige Leo eine Art Vorform des künftigen Leo war. Der Junge brauchte nur Führung, eine feste Hand und ein paar Jungs in einem guten Internat.

Als die Kellnerin kam, um ihre Bestellung aufzunehmen, entschied Luxford sich für das Kalbsfrikassee. Leo sagte schaudernd: »Das ist ein Kuhbaby, Dad« und bestellte Hüttenkäse mit Ananas auf Toast. »Und Pommes frites dazu«, sagte er und erklärte seinem Vater ehrlich, wie er war: »Die gehen aber extra.«

»Schon in Ordnung«, sagte Luxford. Nachdem sie sich noch

etwas zu trinken bestellt hatten und die Kellnerin gegangen war, starrten sie beide schweigend auf die Blumen, die Leo neu geordnet hatte.

Es war noch früh, kurz vor Mittag, und das Restaurant war fast leer. Nur zwei Tische außer ihrem waren besetzt, und die befanden sich am anderen Ende des Raumes hinter hohen Topfpflanzen. Es gab keine Ablenkung. Gut so, dachte Luxford, es ist Zeit zu reden.

Er eröffnete das Gespräch. »Leo, ich weiß, du freust dich nicht besonders auf Baverstock. Das hat mir deine Mutter gesagt. Aber du weißt doch sicher, daß ich eine solche Entscheidung niemals treffen würde, wenn ich nicht überzeugt wäre, daß sie zu deinem Besten ist. Es ist die Schule, die ich auch besucht habe, das weißt du ja. Und bei mir hat sie Wunder gewirkt. Sie hat mich geformt, mir das nötige Rückgrat und Selbstvertrauen für das Leben gegeben. Bei dir wird das genauso sein.«

Leo argumentierte so, wie Fiona es vorausgesagt hatte. Mit dem Fuß schlug er rhythmisch ans Stuhlbein, während er sprach. »Großvater war doch auch nicht dort. Und Onkel Jack auch nicht.«

»Richtig. Das ist wahr. Aber ich möchte, daß du mehr erreichst als die beiden.«

»Wieso? Was ist denn an einem Laden nicht in Ordnung? Was hast du gegen den Flughafen?«

Es war eine unschuldige Frage, in ruhigem, unschuldigem Ton vorgebracht. Aber Luxford fiel es nicht ein, sich jetzt auf eine Diskussion über das Elektrogeschäft seines Vaters oder die Stellung seines Bruders beim Sicherheitsdienst in Heathrow einzulassen. Das hätte Leo so gepaßt! Sich hinter einem Themawechsel zu verstecken. Aber Leo hatte im Moment nichts zu bestimmen.

»Es ist ein Privileg, eine Schule wie Baverstock besuchen zu dürfen.«

»Aber du sagst doch immer, Privilegien sind Quatsch«, entgegnete Leo.

»Ich meine nicht Privileg in diesem Sinn. Ich meine, die Möglichkeit, auf eine Schule wie Baverstock zu gehen, sollte man nicht leichtfertig vergeben. Jeder vernünftige Junge würde mit Freuden deinen Platz einnehmen.« Luxford beobachtete einen Moment schweigend seinen Sohn, der mit dem Besteck spielte und versuchte, die Messerklinge zwischen den Zacken der Gabel auszubalancieren. Er schien völlig unbeeindruckt von dem Privileg, das sein Vater ihm bot. »Der Unterricht ist erstklassig«, fuhr Luxford fort. »Und modern. Ihr arbeitet dort mit Computern, ihr betreibt wissenschaftliche Forschung. Sie haben eine große technische Werkstatt, wo man alles bauen kann, was man will – sogar ein Hovercraft, wenn man den technischen Verstand dazu hat.«

»Ich will aber nicht da hin.«

»Paß mal auf, du findest bestimmt eine Menge Freunde, und in spätestens einem Jahr gefällt es dir so gut, daß du nicht mal mehr in den Ferien nach Hause möchtest.«

»Ich bin noch zu klein«, sagte Leo.

»Na, hör mal! Du bist viel größer als die anderen Jungen in deinem Alter, und wenn du im Herbst anfängst, bist du bestimmt der längste von allen. Wovor hast du denn Angst, Leo? Daß dich die anderen verprügeln oder so was?«

»Ich bin noch zu klein«, sagte Leo wieder. Zusammengesunken hockte er auf seinem Stuhl und starrte das Gebilde an, das er aus Messer und Gabel gebaut hatte.

»Leo, ich habe dir doch eben gesagt, daß du mit deiner Größe –«

»Ich bin erst acht«, sagte Leo und sah seinen Vater an. Seine tiefblauen Augen – sogar Fionas Augen hatte er, verdammt noch mal! – schwammen in Tränen.

»Fang bloß nicht an zu heulen«, sagte Luxford, worauf sich die Schleusen natürlich erst recht öffneten. »Leo!« fuhr Luxford seinen Sohn mit mühsam beherrschter Stimme an. »Herrgott noch mal, Leo!«

Der Junge ließ den Kopf auf den Tisch sinken. Seine Schultern zuckten.

»Hör auf!« zischte Luxford. »Setz dich gerade! Sofort!«

Leo versuchte, sich zusammenzunehmen, konnte aber nicht aufhören zu schluchzen. »Ich – ich – kann nicht, D-daddy.«

Genau in diesem Moment kam die Kellnerin mit dem Essen. Sie sagte: »Soll ich ... möchten Sie ... ist er ...« und blieb mit einem Teller in jeder Hand drei Schritte vom Tisch entfernt stehen. »Ach, der arme Kleine«, gurrte sie, als wollte sie einen Vogel anlocken. »Kann ich ihm irgend etwas Besonderes bringen?«

Was der Junge braucht, ist Rückgrat, dachte Luxford, aber das habt ihr bestimmt nicht da. »Es ist nichts«, sagte er. »Leo, dein Essen ist da. Komm, setz dich gerade hin.«

Leo hob den Kopf. Sein Gesicht war fleckig, und ihm lief die Nase. Er holte krampfhaft Atem. Luxford zog sein Taschentuch heraus und reichte es ihm. »Schneuz dich«, sagte er. »Und dann iß.«

»Wie wär's mit was Süßem?« meinte die Kellnerin. »Soll ich dir was bringen, hm?« Und zu Luxford mit gesenkter Stimme: »So ein schönes kleines Gesicht! Er sieht aus wie ein Engel.«

»Danke«, sagte Luxford, »aber im Moment hat er alles, was er braucht.«

Er nahm Messer und Gabel und begann zu essen. Leo ließ mit kummervoller Miene Ketchup über seine Pommes frites rinnen. Er stellte die Flasche nieder und starrte mit bebenden Lippen auf seinen Teller hinunter. Gleich würde es wieder Tränen geben.

Den Mund voll Kalbsfrikassee, das zu seiner Überraschung ausgezeichnet schmeckte, ob es nun von einem unschuldigen Kuhbaby stammte oder nicht, sagte Luxford: »Iß jetzt, Leo.«

»Ich hab' keinen Hunger. Mein Mund fühlt sich komisch an.«

»Leo! Ich habe gesagt, du sollst essen.«

Leo schniefte und nahm eine von den Pommes frites, biß ein winziges Stück davon ab und kaute es mit den Schneidezähnen. Luxford aß sein Frikassee und beobachtete seinen Sohn. Leo nahm einen zweiten winzigen Bissen von der Kartoffel und dann einen dritten, noch kleineren. Er hatte sich immer schon auf passiven Widerstand verstanden. Luxford wußte, daß er ihn mit Strenge dazu bringen konnte, ordentlich zu essen, aber er wollte nicht noch einen öffentlichen Tränenausbruch.

»Leo«, sagte er.

»Ich esse ja.« Leo nahm die Hälfte seines Toasts und hielt sie so, daß die Ananasscheibe herausrutschte und auf den Tisch fiel. »Igitt!« sagte er.

»Du benimmst dich wie ein ...« Luxford suchte nach einem anderen Wort, als er die Stimme seiner Frau hörte, die Stimme der Vernunft: Er benimmt sich wie ein Kind, weil er noch ein Kind ist, Dennis. Warum erwartest du Dinge von ihm, die er nicht leisten kann, weil er eben erst acht Jahre alt ist? *Er* hat keinerlei überzogene Erwartungen an dich.

Mit den Fingern nahm Leo die mit Hüttenkäse verschmierte Ananasscheibe und ließ sie auf das Häufchen Pommes frites fallen. Er gab noch einmal Ketchup dazu und rührte alles um. Mit dem Zeigefinger. Er wollte seinen Vater provozieren, Luxford wußte das. Dazu brauchte er keins von Fionas psychologischen Büchern. Aber er würde sich nicht provozieren lassen.

»Ich weiß, du hast Angst davor, von zu Hause wegzugehen«, sagte er, und als Leos Lippen wieder zu zittern begannen, fuhr er hastig fort: »Das ist ganz normal, Leo. Aber Baverstock ist ja nicht aus der Welt. Es ist nur achtzig Meilen von zu Hause.« Doch er konnte dem Jungen ansehen, daß für ihn »nur achtzig Meilen« so weit waren, als würde man ihn auf einen anderen Stern verbannen, zu dem seine Mutter ihm nicht folgen konnte. Nun, Leo würde sich daran gewöhnen müssen, ohne seine Mutter auszukommen, darum sagte Luxford jetzt in abschließendem Ton: »Du mußt mir vertrauen, mein Junge. Es ist zu deinem Besten, glaub mir. Und jetzt iß.«

Er widmete sich demonstrativ wieder seinem Frikassee, um anzudeuten, daß die Diskussion beendet war. Aber sie war nicht so verlaufen, wie er es sich gewünscht hatte, und Leos

Haltung sagte ihm deutlich, daß er die Sache verbockt hatte. Fiona würde es ihm heute abend bestätigen.

Er seufzte. Seine Schultern schmerzten, körperlicher Ausdruck der seelischen Belastungen, die ihn niederdrückten. Es war einfach zuviel. Er konnte nicht mit allem gleichzeitig fertigwerden: mit Leo, Fiona, Sinclair Larnseys Eskapaden, Eve, Rod Aronsons Intrigen, anonymen Briefen, Drohanrufen und vor allem mit dem, was Charlotte zugestoßen war.

Er bemühte sich im Grunde ständig, nicht an das kleine Mädchen zu denken, und den Morgen über war ihm das auch ganz gut gelungen, indem er sich gesagt hatte, auf Eve werde die Schuld der Tatenlosigkeit lasten, wenn Charlotte etwas geschehen sollte. Er hatte keinen Anteil an ihrem Leben – gemäß dem Wunsch ihrer Mutter –, und durch nichts, was er tun konnte, würde er jetzt Anteil an ihm gewinnen. Er war nicht verantwortlich für das, was mit dem Kind geschah. Aber er war es doch. Im tiefsten Sinn war er für Charlotte verantwortlich, voll verantwortlich, und das wußte er auch.

Am gestrigen Abend hatte er an seinem Schreibtisch gesessen und unentwegt das Telefon fixiert. »Komm schon, Evelyn. Ruf an. Komm schon«, hatte er immer wieder gemurmelt, bis er die Drucklegung nicht länger hinausschieben konnte. Er hatte die Geschichte fertig daliegen. Mit Namen, Daten und Ortsangaben. Es bedurfte nur eines Anrufs von ihr, und die Story würde auf der Titelseite erscheinen, dort, wo der Entführer sie sehen wollte. Dann würde Charlotte freigelassen werden und nach Hause zurückkehren können. Aber Eve hatte nicht angerufen. Die Zeitung war mit der Strichjungen-Story auf der ersten Seite gedruckt worden. Und jetzt wartete Luxford auf die Katastrophe, wie immer sie auch aussehen mochte.

Er wollte sich einreden, daß der Kidnapper sich einfach an eine andere Zeitung wenden würde, am ehesten wohl an den *Globe*. Aber immer wenn er sich beinahe davon überzeugt hatte, daß es dem Entführer einzig um Publicity ging, ganz gleich, wo sie zu holen war, hörte er wieder die Stimme am

Telefon. »Ich leg' sie um, wenn Sie die Story nicht bringen.« Er wußte nicht, was dem Entführer am wichtigsten war: die Todesdrohung, die Forderung, daß die Story veröffentlicht wurde, oder die Forderung, daß sie in *seiner* Zeitung erschien.

Indem er die Story nicht veröffentlichte, ließ er sich auf ein Spiel ein, ohne zu wissen, ob es überhaupt ein Spiel war. Die Tatsache, daß Evelyn das gleiche tat, konnte ihn nicht beruhigen. Sie hatte ihm bei Harrod's klar und deutlich zu verstehen gegeben, daß sie glaubte, Charlottes Verschwinden sei sein Werk, und daß sie aufgrund dieser Überzeugung niemals nachgeben würde, da sie sich sicher sein konnte, daß er seinem eigenen Kind nichts antun würde.

Es gab, soweit er sehen konnte, nur eine Lösung. Er mußte Evelyns Überzeugung erschüttern. Er mußte ihr Denken ändern. Er mußte ihr klarmachen, daß er nicht der Mann war, für den sie ihn hielt.

Er hatte nicht die blasseste Ahnung, wie er das anfangen sollte.

9

Volltreffer, dachte Helen Clyde triumphierend nach ihrem Gespräch mit dem Hausbewohner von Cross Keys Close Nummer vier.

Sie hatten um halb zehn Uhr an diesem Morgen im Haus der St. James' eine Lagebesprechung abgehalten und Arbeitsteilung beschlossen. St. James würde, weiter auf Bretas Spur, die Geoffrey-Shenkling-Schule aufsuchen. Deborah würde eine Schriftprobe von Dennis Luxford besorgen, damit sie ihn als Verfasser der Entführerschreiben ausschließen konnten. Helen würde die Bewohner vom Cross Keys Close befragen, um herauszufinden, ob dort in den Tagen vor Charlottes Verschwinden eine verdächtige Person herumgelungert hatte.

»Die Schriftprobe von Luxford ist wahrscheinlich überflüssig«, hatte St. James gesagt. »Ich kann mir nicht vorstellen, daß er den Brief mit eigener Hand geschrieben hätte, wenn er die Kleine wirklich entführt hätte. Aber wir müssen es überprüfen. Wenn du also direkt zur *Source* gehen würdest, Liebes ...«

Deborah wurde blutrot. »Simon! Für so was bin ich völlig unbegabt. Das weißt du doch. Was soll ich denn zu ihm *sagen*?«

»Einfach die Wahrheit«, erwiderte St. James.

Deborah wirkte nicht überzeugt. Ihre Erfahrung auf diesem besonderen Arbeitsgebiet beschränkte sich auf eine einzige Episode heimlichen Eindringens in eine fremde Wohnung, und das war vor vier Jahren und unter Helens Führung gewesen. Sie war einfach hinterhergetappt.

»Denk einfach an Miß Marple, Deb«, riet ihr Helen. »Oder an Tuppence. Denk an Tuppence. Oder Harriet Vane.«

Deborah hatte sich schließlich einverstanden erklärt. Sie würde ihre Kameraausrüstung mitnehmen, gewissermaßen als Schirm und Schutz gegen das Unbekannte. »Es ist ja schließlich eine Zeitung«, erklärte sie besorgt, um zu verhindern, daß St. James und Helen sie ungewappnet aus dem Haus jagten. »Wenn ich meine Ausrüstung dabeihabe, komme ich mir wenigstens nicht ganz so komisch vor. Die haben da doch auch Fotografen, oder? Ja, ganz sicher. Natürlich arbeiten bei einer Zeitung auch Fotografen.«

»Inkognito!« rief Helen. »He, das ist brillant. Keiner, der dich sieht, wird sich wundern, warum du da bist, und Mr. Luxford wird dir für deine Rücksichtnahme so dankbar sein, daß er dir mit Freuden die Schriftprobe geben wird. Deborah, du bist ein Genie.«

Deborah hatte gelacht. Man konnte stets auf ihre Bereitschaft zählen, sich mit einem gutmütigen Scherz aus ihrer schüchternen Zurückhaltung herauslocken zu lassen. Sie hatte ihre Ausrüstung geholt und sich auf den Weg gemacht. Und St. James war mit Helen ebenfalls losgefahren.

Er hatte sie an der Ecke Marylebone High Street und Marylebone Lane abgesetzt und war selbst in westlicher Richtung zur Edgware Road weitergefahren. Seitdem war Helen mit ihren Fragen von Haus zu Haus gegangen. In den Geschäften in der Marylebone Lane hatte sie angefangen, immer wieder dieselben Fragen gestellt, immer wieder Charlottes Foto gezeigt, dabei gewissenhaft darauf bedacht, ja nicht den Namen des Kindes zu nennen, nach dem sie suchte. Am meisten hatte sie sich vom Eigentümer des *Golden Hind Fish & Chip Shop* erhofft. Da Charlotte dort jeden Mittwoch vor ihrer Musikstunde einzukehren pflegte, gab es für einen heimlichen Beobachter wohl kaum einen besseren Posten als einen der fünf wackligen Tische im *Golden Hind.* Einer davon eignete sich besonders als Ausguck; er stand versteckt in einer Ecke hinter einem Spielautomaten, jedoch mit unverstelltem Blick auf jeden, der die Marylebone Lane herunterkam.

Doch trotz Helens beschwörender Ermutigung »Es kann ein Mann gewesen sein oder auch eine Frau, es kann jemand gewesen sein, den Sie vorher noch nie hier gesehen haben«, schüttelte der Ladeninhaber nur den Kopf, ohne die Kanne, aus der er Öl in eine seiner riesigen Fritteusen goß, abzusetzen. Gut möglich, meinte er, daß sich jemand hier herumgetrieben habe, aber woher sollte er das wissen? Er habe dauernd die Bude voll – und dafür müsse man in diesen Zeiten wirklich dankbar sein –, und wenn da ein neues Gesicht auftauchte, würde er wahrscheinlich höchstens denken, es sei jemand aus den Büros drüben am Bulstrode Place. *Da* solle sie mal nachfragen. Die Häuser hätten alle große Fenster zur Straße, und er habe mehr als einmal gesehen, wie so eine Sekretärin oder ein Computerfritze aus dem Fenster gaffte, anstatt seine Arbeit zu tun. »Und ich sag's Ihnen, Miß, genau das ist der Grund, warum das ganze Land in die Binsen geht. Keine Arbeitsmoral. Nichts als Feiertage. Jeder hält nur die Hand auf und wartet darauf, daß der Staat ihm was gibt.« Als er Atem holte, um sich ausführlicher zu diesem Thema zu äußern, dankte Helen ihm hastig und ließ ihm St. James' Karte da. Falls ihm doch noch etwas einfallen sollte ...

Die Firmen am Bulstrode Place kosteten sie mehrere Stunden. Sie mußte ihr eigenes Talent zu kunstvoller Verflechtung von Beredsamkeit und Flunkerei aufbieten, um sich an Empfangsdamen und Sicherheitsleuten vorbei zu den Leuten durchzuschlängeln, die einen Arbeitsplatz mit Blick zum Bulstrode Place und zur Marylebone Lane hatten. Aber auch hier brachten ihre Bemühungen nichts außer einem fragwürdigen Arbeitsangebot von einem lüstern glotzenden Abteilungsleiter.

Nicht viel besser erging es ihr im *Prince Albert Pub*, wo der Wirt ihre Frage mit einem ungläubigen Lachen aufnahm. »Ob sich hier jemand rumgetrieben habe, der irgendwie nicht ins Bild gepaßt hat?« dröhnte er. »Mädchen, wir sind hier in London. Rumtreiber sind mein Geschäft, und wer paßt heutzutage schon nicht ins Bild, hm? Wenn nicht gerade einer bluttriefend wie ein Vampir reinkäme, würd' ich nicht mal hinschauen. Und selbst der würde mir in diesen Zeiten wohl gar nicht mehr auffallen. Mich interessiert nur, ob die Leute ihr Bier bezahlen können.«

Danach trat sie die Streife durch den Cross Keys Close an. Sie war nie zuvor in einer Gegend Londons gewesen, die so sehr an das finstere Viertel erinnerte, in dem Jack the Ripper sein Unwesen getrieben hatte. Selbst am hellichten Tag war ihr hier unheimlich. Hohe Häuser bedrängten schmale Gassen, in die nur hier und dort durch einen Spalt zwischen den Mauern ein vereinzelter Sonnenstrahl fiel und vielleicht auf einer Vortreppe eine kleine Lichtpfütze bildete. Es war praktisch kein Mensch auf der Straße – was zu der Hoffnung berechtigte, daß die Anwesenheit eines Fremden hier auffallen würde –, aber es war auch in kaum einem der schmalbrüstigen düsteren Häuser jemand daheim.

Damien Chambers' Haus, durch dessen geschlossene Tür die Klänge eines elektrischen Keyboards zu hören waren, mied sie und konzentrierte sich statt dessen auf die Nachbarn des Musiklehrers. Ihre einzigen Begleiter auf dem Weg von Haus zu Haus waren zwei Katzen, die eine rote, die andere getigert, beide mit spitz heraussstehenden Hüftknochen, und ein pelziges Geschöpf mit spitzer Schnauze, das auf kurzen dünnen Beinchen an einer Mauer entlanghuschte. Seine Anwesenheit bestärkte sie in ihrer Überzeugung, daß hier nicht gut sein war.

Sie zeigte Charlottes Foto. Sie berichtete von ihrem Verschwinden. Sie wich natürlichen Fragen wie »Wer ist die Kleine?« und »Halten Sie ein Verbrechen für möglich?« geschickt aus und kam nach Klärung der Präliminarien direkt zur Sache: Es spreche einiges dafür, daß das kleine Mädchen entführt worden sei. Ob man in der unmittelbaren Nachbarschaft jemanden bemerkt habe? Der einem verdächtig erschienen sei, der sich auffallend lange in der Straße aufgehalten habe?

Von Nummer drei und Nummer sieben, zwei Frauen, deren Fernsehgeräte das gleiche Hausfrauenprogramm herausplärrten, hörte sie, was sie und Simon am Mittwochabend bereits von Damien Chambers gehört hatten. Der Milchmann, der Briefträger, dieser oder jener Lieferant. Das waren die einzigen Leute, die man hier gesehen hatte. Von Nummer sechs und Nummer neun erntete sie verständnislose Blicke aus stumpfen Gesichtern. Bei einem halben Dutzend anderer erntete sie gar nichts, da niemand zu Hause war. Bei Haus Nummer fünf hatte sie Glück.

Schon als sie an die Tür klopfte, hatte sie das Gefühl, es hier getroffen zu haben. Als sie nämlich am Haus hinaufblickte – geradeso, wie sie sich auf ihrem Weg durch das Wirrwarr von Gassen immer wieder voll Unbehagen umgeblickt hatte –, sah sie an dem einzigen Fenster im ersten Stock durch einen Spalt in den Vorhängen ein zerknittertes altes Gesicht. Sie hob grüßend die Hand und bemühte sich, so freundlich-harmlos wie möglich dreinzuschauen. »Kann ich Sie einen Moment sprechen?« rief sie hinauf und sah, wie sich die Augen in dem alten Gesicht verengten. Sie lächelte aufmunternd. Das Gesicht verschwand. Sie klopfte noch einmal. Fast eine Minute verstrich, dann wurde die Tür an vorgelegter Kette einen Spalt geöffnet.

»Vielen Dank«, sagte Helen. »Ich werde Sie nicht lange aufhalten.« Sie holte Charlottes Foto aus ihrer Umhängetasche.

Das zerknitterte Gesicht beobachtete sie argwöhnisch. Helen konnte noch nicht erkennen, ob es einer Frau oder einem Mann gehörte. Die Person, die ihr gegenüberstand, hatte einen grünen Jogginganzug und Tennisschuhe an, die nichts über ihr Geschlecht aussagten.

»Was wollnse?« fragte das Knittergesicht.

Helen zeigte das Foto und berichtete von Charlottes Verschwinden. Eine Hand voller Altersflecken ergriff das Bild und hielt es mit Fingern, deren Nägel rot lackiert waren. Damit war wenigstens die Frage nach dem Geschlecht geklärt, es sei denn, die arme Person war ein alter Transvestit.

»Dieses kleine Mädchen ist verschwunden«, erklärte Helen. »Möglicherweise hier im Cross Keys Close. Wir versuchen festzustellen, ob sich hier in der letzten Woche jemand herumgetrieben hat.«

»Pewman hat die Polizei angerufen«, sagte die Frau und drückte Helen das Foto wieder in die Hand. Sie wischte sich mit dem Handrücken die Nase und wies mit dem Kopf zu

Haus Nummer vier gegenüber. »Pewman«, sagte sie wieder. »Ich war's nicht.«

»Die Polizei? Wann denn?«

Sie zuckte die Achseln. »Anfang der Woche hat hier ein Penner rumgelungert. Sie wissen schon, so einer, der die Mülltonnen durchwühlt. Pewman mag das nicht. Wir mögen's alle nicht. Aber Pewman hat dann die Polizei angerufen.«

Hastig, weil sie fürchtete, die Frau könnte von dem Gespräch genug haben und ihr die Tür vor der Nase zuschlagen, sagte Helen: »Es war also ein Penner in der Nachbarschaft, Mrs. ...« Sie wartete hoffnungsvoll auf die Nennung eines Namens, ein Zeichen wachsenden Vertrauens, doch der Alten kam nichts dergleichen in den Sinn. Sie schnalzte mit der Zunge und musterte Helen mit einem Blick, der alles andere als liebenswürdig war. »Und dieser Penner«, fuhr Helen fort, »war mehrere Tage hier? Bis Pewman – Mr. Pewman? – die Polizei angerufen hat?«

»Der Constable hat ihn weggejagt.« Sie grinste. Beim Anblick ihrer Zähne nahm Helen sich vor, in Zukunft regelmäßig zum Zahnarzt zu gehen. »Das hab' ich gesehen. Der Penner ist in die Mülltonne gefallen und hat geschimpft. Über die Brutalität der Polizei. Aber angerufen hat Pewman. Fragen Sie ihn ruhig.«

»Können Sie mir beschreiben, wie er –«

»Hm, ja, das kann ich. Gutaussehender Bursche. Kräftig, einer, der sich nichts gefallen läßt. Dunkles Haar wie 'ne Kappe. Schön. Und sauber. Auf der Oberlippe hatte er so 'n kleines Bärtchen. Man hat gleich gemerkt, daß er zur Obrigkeit gehört.«

»Ach, das war ein Mißverständnis, tut mir leid«, sagte Helen und zwang sich, geduldig und freundlich zu bleiben. »Ich meinte den Penner, nicht den Polizeibeamten.«

»Ach so, den!« Die Frau fuhr sich wieder mit dem Handrükken über die Nase. »Der war braun angezogen, so 'n Militärzeug.«

»Khaki?«

»Genau. So verkrumpelt, als hätt' er drin geschlafen. Riesenstiefel. Ohne Schnürsenkel. Und ein Rucksack – so 'n großes Ding.«

»Ein Seesack?«

»Genau. Richtig.«

Die Beschreibung paßte wahrscheinlich auf zehntausend Männer, die zur Zeit in London herumstreunten. Helen hakte nach. »Ist Ihnen sonst noch etwas an ihm aufgefallen? Ein besonderes Merkmal? An seinem Haar zum Beispiel. Oder an seinem Gesicht oder Körper.«

Falsche Frage. Die Frau lachte. »Ich hab' mich mehr für den Bullen interessiert. Strammen kleinen Hintern hatte der. Ich mag Männer mit 'nem strammen kleinen Hintern. Sie auch?«

»O ja. Ich weiß nichts Schöneres«, antwortete Helen. »Aber der andere – der Penner ...«

Sie konnte nur zu seinem Haar noch etwas sagen. »Grau war's hauptsächlich. Er hatte so 'ne enge Strickmütze auf, und da hat's rausgehangen. Die Mütze ...« Sie schob ihren Fingernagel zwischen ihren beiden Vorderzähnen hinauf und hinunter, während sie überlegte. »Die Mütze war dunkelblau. Pewman hat die Polizei angerufen, wie er in seiner Mülltonne rumgewühlt hat. Pewman weiß bestimmt besser als ich, wie er ausgeschaut hat.«

Pewman, Gott segne ihn, wußte es tatsächlich besser. Zum Glück war er zu Hause. Er schreibe Fernsehstücke, erklärte er, und Helen habe ihn mitten im Satz unterbrochen, wenn sie also so freundlich sein wolle ...

Helen fragte ohne irgendeine Erklärung sofort nach dem Stadtstreicher.

»Ach ja, an den erinnere ich mich«, sagte Pewman und lieferte Helen eine Beschreibung, die ihr staunende Bewunderung für seine Beobachtungsgabe abnötigte.

Der Mann war zwischen fünfzig und fünfundsechzig, vielleicht einen Meter fünfundsiebig groß, hatte ein dunkles, wettergegerbtes Gesicht, als wäre er zuviel in der Sonne gewesen. Seine Lippen waren so trocken gewesen, daß man weiße Hautfetzchen auf ihnen hatte sehen können, seine Hände voller kaum verheilter Schrammen. Die Hose war mit einer braunen Krawatte, die durch die Gürtelschlaufen gezogen war, zusammengehalten worden. »Und«, schloß Pewman, »einer seiner Stiefel war aufgebaut.«

»Aufgebaut?«

»Sie wissen schon, die eine Sohle war ungefähr zwei bis drei Zentimeter dicker als die andere. Vielleicht hatte er als Kind mal Kinderlähmung.« Er lachte über Helens Staunen. »Ich bin Schriftsteller«, sagte er zur Erklärung.

»Bitte?«

»Er war ein guter Typ, darum hab' ich gleich eine Beschreibung von ihm angefertigt, als ich ihn im Müll herumkramen sah. Man weiß nie, wann man so was mal gebrauchen kann.«

»Sie haben die Polizei gerufen, wie mir Ihre Nachbarin sagte.« Helen wies zur anderen Straßenseite hinüber, von wo aus, wie sie bemerkte, ihr Gespräch durch eine Ritze zwischen den Vorhängen beobachtet wurde.

»Ich?« Er schüttelte den Kopf. »Nein. So einem armen Kerl würde ich nicht die Polizei auf den Hals hetzen. In meinem Müll gab's nicht viel zu holen, und was da war, konnte er gern haben. Es war wahrscheinlich einer der anderen Nachbarn. Vermutlich Miß Schickel von Nummer zehn.« Er verdrehte die Augen und wies mit dem Kopf die Gasse hinunter. »Sie gehört zu denen, die glauben, jeder sei an seinem Unglück selber schuld. Ich hab' den großen Luftangriff durchgemacht und so weiter und so fort. Sie wissen, welchen Typ ich meine? Diese Leute haben keinen Funken Mitgefühl mit den vom Leben Gebeutelten. Sie hat dem Mann wahrscheinlich gedroht, und als er nicht verschwand, wird sie die Polizei angerufen haben. So lange, bis sie jemanden vorbeigeschickt haben, der ihn verscheucht hat.«

»Haben Sie beobachtet, wie er verscheucht wurde?«

Nein, das hatte er nicht gesehen. Er konnte auch nicht genau sagen, wie lange der Mann sich in der Nachbarschaft aufgehalten hatte, aber er wußte, daß es länger als ein Tag gewesen war.

Trotz mangelnder Nachsicht mit ihren weniger glücklichen Mitmenschen hätte Miß Schickel die Polizei sicher nicht geholt, wenn der Mann nur einmal an ihren Müll gegangen wäre.

Ob er sagen könne, an welchem Tag der Penner endlich vertrieben worden war?

Er überlegte einen Moment und meinte dann, das müsse vor etwa zwei Tagen gewesen sein. Am Mittwoch vielleicht. Ja, ganz sicher am Mittwoch, weil ihn mittwochs immer seine Mutter anrufe, und er habe während des Gesprächs mit ihr zum Fenster hinausgesehen und den Penner beobachtet. Seitdem habe er ihn nicht mehr gesehen.

Volltreffer, dachte Helen triumphierend. Endlich eine konkrete Spur.

Die Entdeckung dieser konkreten Spur tröstete St. James etwas über seine eigene Enttäuschung hinweg. Mit dem Segen der Rektorin der Geoffrey-Shenkling-Schule hatte er mit sämtlichen kleinen Mädchen gesprochen, deren Namen auch nur im entferntesten dem Spitznamen Breta ähnelten. Er hatte Albertas, Bridgets, Elizabeths, Berthes, Babettes, Ritas und Britannys jeder Rasse, Konfession und Veranlagung befragt. Manche waren schüchtern. Manche hatten Angst. Manche waren offen und direkt. Manche waren glücklich, für eine Weile dem Unterricht entronnen zu sein. Aber keine von ihnen kannte Charlotte Bowen, weder als Charlotte noch als Lottie, noch als Charlie. Und keine von ihnen war je mit ihren Eltern oder einem anderen Erwachsenen in Eve Bowens Nachmittagssprechstunde gewesen. Mit einer Liste der Schülerinnen, die an diesem Tag fehlten, hatte er die Schule wieder verlassen. Aber er hatte das Gefühl, daß weitere Nachforschungen an der Geoffrey-Shenkling-Schule zu nichts führen würden.

»Und wenn das richtig ist, bleibt uns nichts anderes übrig, als sämtliche anderen Grundschulen in Marylebone zu überprüfen«, sagte er, »während uns die Zeit davonläuft. Dem Entführer kann das nur recht sein. Weißt du, Helen, wenn mir nicht zwei andere Leute bestätigt hätten, daß Breta tatsächlich eine Freundin Charlottes ist, würde ich wetten, daß Damien Chambers sie sich am Mittwochabend spontan ausgedacht hat, um uns abzuschütteln.«

»Ja, damit hat er uns sofort in eine andere Richtung gewiesen, nicht?« meinte Helen nachdenklich. Sie hatten sich im *Rising Sun Pub* in der High Street getroffen, wo St. James jetzt mißmutig über einem Glas Guinness saß, während Helen sich mit Weißwein stärkte. Es war die ruhige Zeit zwischen dem Mittag- und dem Abendessen, und abgesehen vom Inhaber, der Gläser polierte und wegräumte, hatten sie den ganzen Tresen für sich.

»Aber ich kann mir nicht vorstellen, daß er sowohl Mrs. Maguire als auch Brigitta Walters dazu überredet haben soll, seine Geschichte zu bestätigen. Warum hätten sie darauf eingehen sollen?«

»Mrs. Maguire ist Irin, richtig? Und Damien Chambers? Sein Akzent ist doch eindeutig irisch.«

»Belfast«, sagte St. James.

»Also haben sie vielleicht ein gemeinsames Interesse.«

St. James dachte wieder an Eve Bowens Position im Innenministerium und rief sich ins Gedächtnis, was Mrs. Maguire über das besondere Interesse der Staatssekretärin angedeutet hatte: der IRA die Daumenschrauben anzulegen. Doch dann schüttelte er den Kopf. »Das ist keine Erklärung für Brigitta Walters' Aussage. Weshalb sollte sie über Breta dasselbe erzählen, wenn es nicht wahr ist?«

»Vielleicht begrenzen wir uns bei unserer Suche nach Breta zu sehr«, meinte Helen. »Wir halten sie für eine Freundin aus der Schule oder aus der Nachbarschaft. Aber Charlotte könnte das Mädchen auch von woanders kennen. Aus einer Kirchengruppe zum Beispiel. Aus dem Chor?«

»Von so etwas war nie die Rede.«

»Von den Pfadfinderinnen?«

»Darauf hätte man uns doch hingewiesen.«

»Wie steht's mit ihrer Tanzstunde? Um die haben wir uns

noch gar nicht gekümmert, obwohl sie mehr als einmal erwähnt wurde.«

Das war richtig. Und es war eine Möglichkeit. Ebenso die Therapie. Beiden Möglichkeiten mußte man nachgehen, um vielleicht den Weg zu Breta zu finden. Warum, fragte sich St. James, verspürte er dann einen solchen Widerwillen, es anzupacken? Aber er wußte die Antwort. Er ballte die Hände zu Fäusten, bis ihm die Fingernägel in die Handflächen schnitten.

»Ich möchte raus aus dieser Geschichte, Helen. Ich möchte, daß die Polizei das übernimmt.«

»Die Sache macht uns beiden das Leben nicht gerade leichter.«

Er warf ihr einen raschen Blick zu. »Du hast es ihm gesagt?«

»Tommy? Nein.« Helen seufzte. »Er hat mich natürlich gefragt. Er hat gemerkt, daß mich etwas beschäftigt. Aber bis jetzt ist es mir gelungen, ihn zu überzeugen, daß es sich um voreheliche Panikanfälle handelt.«

»Er wird es dir übelnehmen, daß du ihn belogen hast.«

»Ich habe ja nicht richtig gelogen. Ich habe wirklich voreheliche Panikanfälle. Ich bin mir immer noch nicht sicher.«

»Ob Tommy der Richtige ist?«

»Ob ich Tommy heiraten soll. Ob ich überhaupt jemanden heiraten soll. Dieses ganze ›Bis daß der Tod euch scheidet‹ macht mir angst und bange. Wie kann ich einem Mann ewige Liebe geloben, wenn mir schon ein lumpiges Paar Ohrringe nach einem Monat zuwider ist?« Sie schob ihr Weinglas von sich. »Aber ich habe etwas entdeckt, was uns aufheitern wird.«

Sie erklärte es ihm, und ihre Erklärung befreite St. James endlich von seinem Mißmut. Die Anwesenheit des Stadtstreichers im Cross Keys Close war das erste Informationsteilchen, das zu einem anderen, das sie bereits besaßen, paßte.

»Die leeren Häuser in der George Street«, sagte St. James nachdenklich, nachdem er Helens Bericht überdacht hatte. »Deborah hat mich gestern abend an sie erinnert.«

»Natürlich«, stimmte Helen zu. »Sie wären eine ideale Unterkunft für einen Penner.«

»Sie wären für manches ideal«, sagte St. James. Er trank sein Bier aus. »Komm, dann laß uns mal weitermachen.«

Deborah wurde allmählich ungeduldig. Seit zwei Stunden saß sie nun schon im Foyer der *Source* und wartete auf Dennis Luxford. Sie hatte versucht, sich die Zeit damit zu vertreiben, daß sie das Kommen und Gehen der Presseleute beobachtete.

Alle halben Stunden fragte sie am Empfang von neuem nach Luxford und erhielt stets die gleiche Antwort: Mr. Luxford sei noch nicht im Haus. Nein, es sei höchst unwahrscheinlich, daß er das Haus durch einen Hintereingang betreten hätte. Als sie die Rezeptionistin, eine junge Frau namens Charity, wie das Schildchen an ihrer Bluse besagte, drängte, in Luxfords Büro anzurufen, um festzustellen, ob er nicht doch vielleicht inzwischen angekommen sei, tat diese das mit jugendlichem Mißmut. Und ohne Erfolg.

Eine Stunde nach Mittag ging sie, um irgendwo etwas zu essen. Sie setzte sich in ein kleines italienisches Restaurant in der Bride Street und führte sich einen Teller *penne all'arrabbiata*, Knoblauchbrot und ein Glas Rotwein zu Gemüte, was zwar ihrem Atem nicht gut bekam, dafür aber ihrer Stimmung. Dann schleppte sie sich und ihre Ausrüstung in die Farrington Street zurück.

Inzwischen wartete noch jemand auf Dennis Luxford, wie sie von Charity hörte, die sie mit den Worten empfing: »Ach, Sie sind wieder da? So leicht geben Sie nicht auf, wie? Tja, dann setzen Sie sich doch gleich zu dem Herrn da, der wartet auch auf Mr. Luxford.«

Der Mann saß ganz vorn auf der Kante eines der Sofas im Foyer. Jedesmal, wenn jemand durch die Drehtür kam, machte er Anstalten aufzuspringen.

Deborah nickte ihm freundlich zu. Er runzelte die Stirn, schob ruckartig seine Manschette hoch, um auf seine Uhr zu sehen, und ging dann mit energischem Schritt zum Empfang, wo er einige scharfe Worte mit Charity wechselte. Die sagte gerade ziemlich erbost: »He, was soll das? Warum sollte ich Sie denn anlügen?«, als endlich Dennis Luxford zur Tür hereinkam.

Deborah stand auf. Charity sagte: »Da sehen Sie!« und rief laut: »Mr. Luxford!« Der Mann, der ebenfalls auf den Chefredakteur wartete, fuhr herum.

»Luxford?« sagte er.

Bei seinem Ton wurde Luxford augenblicklich mißtrauisch. Man hörte es dem anderen an, daß er nicht gekommen war, um Luxford einen Freundschaftsbesuch abzustatten. Er warf dem Sicherheitsposten an der Tür einen Blick zu, und der setzte sich sofort in Bewegung.

»Ich bin Alexander Stone«, fuhr der Mann fort. »Eve Bowens Mann.«

Luxford musterte ihn einen Moment und bedeutete dem Posten mit einem kaum wahrnehmbaren Kopfschütteln, sich zurückzuziehen. »Kommen Sie bitte«, sagte er und wandte sich zu den Aufzügen. Und da gewahrte er Deborah.

Deborah wäre am liebsten auf der Stelle davongelaufen. Du lieber Schreck, das war Eve Bowens Mann, der – wie man ihnen gesagt hatte – keine Ahnung davon hatte, daß Luxford Charlottes Vater war. Und da stand er nun. Seine Miene drückte eiserne Selbstbeherrschung aus, und Deborah war sofort klar, daß er inzwischen die Wahrheit erfahren und sich von diesem Schlag noch nicht erholt hatte. Der Mann war in diesem Moment zu allem fähig, vielleicht sogar zu Gewalt, und ein boshaftes Schicksal – ganz zu schweigen von den Anweisungen ihres Mannes – hatte ausgerechnet *sie* hierhergeführt, wo sie sich mit ihm auseinandersetzen mußte. Sie wäre am liebsten nicht nur im Erdboden versunken, sondern gleich auf der anderen Seite des Globus herausgekommen. Wo wäre sie dann? In China? Im Himalaya? Bangladesh?

Luxford warf einen neugierigen Blick auf ihre Kameratasche und fragte: »Was ist das? Haben Sie Neuigkeiten?«

Stone sagte: »Luxford, ich möchte mit Ihnen reden.«

»Gleich«, gab Luxford zurück und bat Deborah, ihm in sein Büro zu folgen.

Stone war nicht bereit, sich auf diese Weise abspeisen zu lassen. Als die Aufzugtür sich öffnete, folgte er den beiden anderen in die Kabine. Der Sicherheitsposten machte eine Bewegung, als wollte er eingreifen, aber Luxford hob die Hand und sagte: »Schon in Ordnung, Jerry.« Er drückte den Knopf zum elften Stock.

»Nun?« wandte sich Luxford an Deborah, sobald der Aufzug sich in Bewegung setzte. Sie waren allein.

Was würde geschehen, wenn sie einfach sagte: Ich brauche eine Schriftprobe von Ihnen, damit mein Mann sich vergewissern kann, daß Sie nicht der Entführer sind? Vermutlich würde Alexander Stone dem anderen gleich an die Gurgel gehen. Er strahlte so viel Feindseligkeit aus, daß Diskretion geraten war.

»Mein Mann hat mich gebeten, Sie aufzusuchen«, sagte sie. »Es geht um ein kleines Detail, das er auf jeden Fall ausschließen möchte.«

Stone schien zu erraten, daß ihre Anwesenheit etwas mit dem Verschwinden seiner Stieftochter zu tun hatte. Er sagte brüsk: »Was wissen Sie? Was haben Sie entdeckt? Warum zum Teufel haben wir von Ihnen nicht gehört, was eigentlich vorgeht?«

Deborah antwortete nervös: »Mein Mann hat gestern nachmittag mit Ihrer Frau gesprochen. Hat sie es Ihnen nicht...?« Nein, sie hat es ihm offensichtlich nicht erzählt, du Gans, schalt Deborah sich und fügte hastig hinzu: »Er hat ihr genau berichtet, wie die Dinge stehen. In ihrem Büro. Ich meine, er war bei ihr im Büro, nicht, daß er über ihr Büro berichtet hat.« Na toll, dachte sie. Echt professionell. Sie biß sich auf die Lippen, um zu verhindern, daß sie zitterten.

Der Aufzug hielt im fünften Stock, und zwei Männer und eine Frau stiegen zu, so daß Deborah weiteres Herumgestotter erspart blieb. Die drei Neuen sprachen über Politik, und die Frau sagte leise: »Einer zuverlässigen Quelle zufolge«, worauf die Männer ironisch lachten. »Nein, wirklich«, beharrte die Frau, »er war bei einem Abendessen in der Downing Street.

Und der Premierminister hat beim Aperitif tatsächlich zu irgend jemandem gesagt, der Öffentlichkeit sei es piepegal, wer mit wem bumst. Hauptsache, die Steuern gehen nicht rauf. Er hat das zwar nur halblaut gesagt, aber wenn Mitch dafür eine Bestätigung kriegen kann, können wir –«

»Pam«, sagte Luxford. Die Frau sah ihn an. »Später.«

Sie blickte von Luxford auf seine Begleiter und entschuldigte sich mit einem kleinen Achselzucken für ihre Indiskretion. Als sich die Aufzugtür in der elften Etage öffnete, verschwand sie im Nachrichtenraum.

Luxford führte Deborah und Alexander Stone links der Aufzüge am Nachrichtenraum vorbei in sein Büro. Eine Gruppe von Leuten mit Schreibblöcken und Zeitungen in den Händen wartete vor dem Schreibtisch seiner Sekretärin, und als er sich näherte, trat ein dicklicher Mann in einer Safarijacke vor. »Den?« sagte er. »Was ist ...« Er warf einen Blick auf Deborah und Stone und musterte Deborahs Kameratasche, die er aus irgendeinem Grund bemerkenswert zu finden schien. »Ich wollte die Besprechung schon ohne Sie abhalten.«

»Verschieben Sie sie eine Stunde«, versetzte Luxford.

»Halten Sie das für ratsam, Den? Können wir uns eine neue Verzögerung leisten? Die gestern abend war schon schlimm genug –«

Luxford wies Deborah und Stone in sein Büro und drehte sich an der Tür noch einmal um. »Ich habe etwas zu erledigen, Rodney«, erklärte er kurz. »Wir halten die Besprechung in einer Stunde ab. Wenn wir etwas später in Druck gehen, geht die Welt auch nicht unter. Klar?«

»Das bedeutet, daß schon wieder Überstunden bezahlt werden müssen«, merkte Rodney an.

»Ja, schon wieder«, sagte Luxford und schloß die Tür. Er wandte sich Deborah zu. »Also?«

Sofort fuhr Stone dazwischen. »Erst hören Sie mir mal zu, Sie Schwein!« zischte er drohend und trat Luxford, der zu seinem Schreibtisch gehen wollte, in den Weg. Er war, wie Deborah sah, ungefähr zehn Zentimeter größer als Luxford, doch beide Männer wirkten gleichermaßen fit. Und Luxford schien nicht der Typ zu sein, der sich leicht einschüchtern ließ.

»Mr. Luxford«, sagte sie mutig. »Im Grunde ist es nur eine Formalität. Ich brauche –«

»Was haben Sie mit ihr gemacht?« fragte Stone. »Was haben Sie mit Charlie gemacht?«

Luxford zuckte nicht einmal mit der Wimper. »Evelyns Vermutung ist falsch. Leider ist es mir offensichtlich nicht gelungen, sie davon zu überzeugen. Aber vielleicht kann ich Sie überzeugen. Setzen Sie sich.«

»Sagen Sie mir nicht –«

»Gut, dann bleiben Sie stehen. Aber gehen Sie mir aus dem Weg. Ich bin es nicht gewohnt, meinem Gegenüber beim Gespräch in die Nasenlöcher zu sehen, und es fällt mir nicht ein, jetzt damit anzufangen.«

Stone wich und wankte nicht. Die beiden Männer standen einander wie Kampfhähne gegenüber. An Stones Unterkiefer zuckte ein Muskel. Luxford versteifte sich, doch sein Ton blieb ruhig.

»Mr. Stone, hören Sie mir zu. Ich habe Charlotte nicht.«

»Versuchen Sie bloß nicht, mir weiszumachen, daß einer wie Sie vor Kindesentführung zurückschrecken würde.«

»Das will ich gar nicht«, erwiderte er. »Aber eins möchte ich Ihnen doch sagen: Sie haben nicht die geringste Ahnung, wie ›einer wie ich‹ ist, und leider habe ich im Moment nicht die Zeit, Sie darüber aufzuklären.«

Mit einer wütenden Geste deutete Stone zur Wand neben dem Konferenztisch. Dort hing eine Reihe gerahmter Titelseiten – besonders beeindruckende Beispiele für die Sensationsberichte der *Source*, die vom Bericht über eine *ménage à trois* dreier angeblich bürgerlich biederer Stars einer Nachkriegs-TV-Serie mit dem passenden Titel *Zu Hause ist's am schönsten* bis hin zur entzückten Enthüllung heimlicher Telefonate der Prinzessin von Wales mit einem Mann, dessen Name nicht genannt wurde, alles umspannten.

»Mehr Aufklärung brauche ich gar nicht«, entgegnete Stone. »Ihr erbärmlicher Pseudo-Journalismus ist Aufklärung genug.«

»Gut.« Luxford sah auf seine Uhr. »Das dürfte zur schnelleren Abwicklung unseres Gesprächs beitragen. Was also führt Sie her? Können wir zur Sache kommen? Ich habe nämlich noch zu arbeiten, und Mrs. St. James wartet auf mich.«

Deborah, die ihre Kameratasche auf einem beigefarbenen Sofa an der Wand gegenüber von Luxfords Schreibtisch abgelegt hatte, ergriff die Gelegenheit, die Luxford ihr bot. »Ja«, sagte sie. »Ich wollte Sie bitten –«

»Typen wie Sie verstecken sich doch immer.« Stone trat noch einen drohenden Schritt näher an Luxford heran. »Hinter ihrer Arbeit, hinter ihren Sekretärinnen, hinter ihrem Nobel-Internat-Akzent. Aber jetzt ist es vorbei mit dem Versteckspiel. Dafür werde ich sorgen. Ist das klar?«

»Ich habe Evelyn bereits gesagt, daß ich bereit bin, an die Öffentlichkeit zu gehen. Wenn sie es nicht für nötig gehalten hat, Ihnen das zu berichten, ist das nicht meine Schuld.«

»Halten Sie Eve da raus!«

Luxford zog kurz eine Augenbraue hoch und sagte: »Entschuldigen Sie, Mr. Stone«, ehe er um sein Gegenüber herumging, um zu seinem Schreibtisch zu gelangen.

Deborah sagte hoffnungsvoll: »Mr. Luxford, vielleicht könnten Sie –«

Stone packte Luxford beim Arm. »Wo ist Charlie?« rief er scharf.

Luxford fixierte Stones starres Gesicht. Er sagte kalt: »Bleiben Sie mir vom Leib. Ich rate Ihnen, sich nicht zu etwas hinreißen zu lassen, was Sie bedauern könnten. Ich habe Charlotte nicht entführt, und ich habe keine Ahnung, wo sie ist. Wie ich Evelyn bereits gestern nachmittag erklärte, habe ich keinerlei Grund, unsere gemeinsame Vergangenheit vor der Öffentlichkeit auszubreiten. Ich habe eine Frau und einen Sohn, die von Charlottes Existenz nichts wissen, und ich möchte gern, daß es so bleibt, egal, was Sie und Ihre Frau denken. Wenn Sie und Evelyn regelmäßiger miteinander sprächen, wüßten Sie vielleicht –«

Stone packte noch fester zu und riß Luxford herum. Deborah sah, wie sich Luxfords Augen verengten. »Es geht hier nicht um Eve. Ziehen Sie Eve da nicht mit hinein.«

»Sie steckt doch schon mittendrin«, entgegnete Luxford. »Wir sprechen schließlich von ihrer Tochter.«

»Und Ihrer.« Die Worte klangen wie eine Verwünschung. Stone ließ Luxfords Arm los, und der Redakteur ging um ihn herum zu seinem Schreibtisch. »Was ist das für ein Mensch, der ein Kind zeugt und sich dann einfach aus dem Staub macht, hm, Luxford? Was ist das für ein Mensch, der nicht bereit ist, die Verantwortung für seine Vergangenheit zu übernehmen?«

Luxford drückte auf einen Knopf an seinem Computerbildschirm und nahm ein Bündel Papiere zur Hand. Nachdem er sie durchgesehen hatte, legte er sie zur Seite und nahm sich die Korrespondenz vor. Er ergriff einen gefütterten braunen Umschlag, der unter den Briefen lag, und sah dann auf. »Ihnen geht es um die Vergangenheit, nicht wahr?« fragte er Stone. »Und überhaupt nicht um die Gegenwart.«

»Sie dreckiger Hurenbock –«

»Genau«, sagte Luxford. »Das ist der springende Punkt. Sagen Sie mir, Mr. Stone, worum geht es Ihnen in diesem Moment? Um Charlottes Verschwinden oder um die Tatsache, daß ich mit ihrer Mutter geschlafen habe?«

Stone stürzte vor. Deborah ebenfalls, selbst verblüfft über ihre blitzschnelle Reaktion. Stone erreichte den Schreibtisch und warf sich vorwärts, um Luxford zu packen. Deborah hängte sich an seinen linken Arm und riß ihn zurück.

Stone, der offensichtlich ihre Anwesenheit ganz vergessen hatte, wirbelte herum. Seine Faust war geballt. Sein Arm war angewinkelt. Er holte aus. Deborah wollte wegspringen, doch sie war nicht flink genug. Der Schlag traf sie seitlich am Kopf, und sie ging zu Boden.

Durch das Dröhnen in ihren Ohren hörte sie Fluchen. Dann Luxfords scharfe Stimme: »Schicken Sie sofort einen der Sicherheitsleute herauf. Sofort. Auf der Stelle.«

Sie sah Füße und Hosenbeine und hörte Stone sagen: »Um Gottes willen. Scheiße. Scheiße.«

Sie spürte eine Hand an ihrem Rücken und eine an ihrem Arm. Sie sagte: »Nein, nein, es ist schon gut. Wirklich. Ich bin... es ist nichts...«

Die Tür flog auf. »Den?« rief ein Mann. »Den? Lieber Himmel, kann ich was –«

»Verschwinden Sie!«

Die Tür flog wieder zu.

Deborah richtete sich auf. Sie sah, daß es Stone war, der ihr half. Sein Gesicht war aschfahl. Er sagte: »Mein Gott, das tut mir leid. Das wollte ich nicht. Das wollte ich wirklich nicht... Um Himmels willen, was ist denn los?«

»Gehen Sie weg«, herrschte Luxford ihn an. »Verdammt noch mal, ich hab' gesagt, Sie sollen weggehen.« Er half Deborah auf die Füße, führte sie zum Sofa und kauerte vor ihr nieder, um sich ihr Gesicht anzusehen. »So was nennt man tätlichen Angriff«, sagte er zu Stone gewandt.

Deborah hob eine Hand, um die Worte abzuwehren. »Nein, nein. Bitte. Ich war... ich bin dazwischengeraten. Er wußte offensichtlich nicht...«

»Er weiß offensichtlich überhaupt nichts«, blaffte Luxford. »Kommen Sie, lassen Sie sich ansehen. Haben Sie sich den Kopf angeschlagen?« Er schob seine Finger in ihre Haare und tastete behutsam ihren Kopf ab. »Tut es irgendwo weh?«

Sie schüttelte den Kopf. Sie war vor allem erschrocken, auch wenn sie wahrscheinlich später Schmerzen bekommen würde. Und das Aufhebens um sie war ihr peinlich. Sie haßte es, im Mittelpunkt zu stehen – mit dem Hintergrund zu verschmelzen lag eher auf ihrer Linie –, und ihre unüberlegte Reaktion auf Stones plötzlichen Angriff hatte sie genau dahin geführt, wo sie nicht sein wollte. Sie nutzte den Moment, um zu sagen, was sie zu sagen hatte, da sie nicht glaubte, daß Alexander

Stone innerhalb von fünf Minuten zweimal durchdrehen würde. »Ich bin eigentlich nur gekommen, weil ich eine Schriftprobe von Ihnen haben wollte«, erklärte sie Luxford. »Eine Probe Ihrer Druckschrift. Es ist eine reine Formalität, aber mein Mann möchte ... er möchte sie sich nur einmal ansehen.«

Luxford nickte kurz. Er schien nicht im geringsten pikiert. »Natürlich«, sagte er. »Ich hätte ihm schon neulich abend eine Probe geben sollen. Und Sie sind sicher, daß Ihnen nichts fehlt?«

Sie nickte mit einem, wie sie hoffte, überzeugenden Lächeln. Luxford stand auf. Stone hatte sich zu dem Konferenztisch auf der anderen Seite des Raums zurückgezogen. Den Kopf in die Hände gestützt, saß er in einem Sessel.

Luxford nahm ein Blatt Papier und begann zu schreiben. Die Bürotür wurde geöffnet. Der uniformierte Wächter sagte: »Mr. Luxford? Gibt's ein Problem?«

Luxford blickte auf. Er nahm sich einen Moment Zeit, um Stone zu mustern, ehe er antwortete: »Bleiben Sie in der Nähe, Jerry. Ich rufe, wenn ich Sie brauche.« Der Mann verschwand wieder. Luxford wandte sich an Stone. »Ich wollte Sie hinauswerfen lassen. Und das werde ich auch tun, das können Sie mir glauben, wenn Sie mir jetzt nicht endlich zuhören wollen.«

Stone sagte mit gesenktem Kopf: »Ich höre.«

»Gut. Charlotte ist entführt worden. Der Entführer bedroht ihr Leben. Er möchte die Wahrheit über Evelyn und mich in der Zeitung sehen. Ich weiß nicht, wer der Entführer ist und warum er bis jetzt damit gewartet hat, uns die Daumenschrauben anzulegen. Aber so ist es nun mal. Wir können entweder tun, was er verlangt, die Polizei einschalten oder das Ganze als gemeinen Bluff behandeln und ihn auflaufen lassen. Aber ich glaube nicht, daß es ein Bluff ist. Sie haben daher, so wie ich das sehe, zwei Möglichkeiten, Stone. Sie können nach Hause fahren und Ihre Frau davon überzeugen, daß die Situation todernst ist, oder Sie können ihr Spiel mitspielen und die Konsequenzen tragen. Ich habe getan, was ich kann.«

Stone sagte dumpf: »Direkt in Ihre Hände.« Er ließ ein gedämpftes, sardonisches Lachen hören.

»Was?«

»Ich habe Ihnen direkt in die Hände gespielt.« Er hob den Kopf. »Ist das nicht richtig?«

Luxford starrte ihn ungläubig an.

»Mr. Stone«, rief Deborah, »Sie müssen doch sehen, daß –«

»Machen Sie sich keine Mühe«, unterbrach Luxford. »Er hat seinen Sündenbock gefunden. Genau wie seine Frau. Sparen Sie sich die Worte.«

Er wandte seine Aufmerksamkeit dem gepolsterten Umschlag zu, den er immer noch in der Hand hielt, und riß ihn auf. »Wir haben einander nichts mehr zu sagen, Mr. Stone«, bemerkte er kurz. »Finden Sie selbst hinaus oder legen Sie auf meine Begleitung Wert?« Ohne auf eine Antwort zu warten, leerte er den Umschlag aus und erstarrte. Deborah sah, wie er schluckte.

Ziemlich unsicher stand sie auf. »Mr. Luxford?« sagte sie. Und dann, als sie sah, was der Umschlag enthalten hatte: »Nein, rühren Sie das nicht an.«

Es war ein kleiner Kassettenrecorder.

10

Rodney Aronson beobachtete mit einem Auge seinen Computerbildschirm und mit dem anderen Luxfords Bürotür, was nicht ganz einfach war, da sein eigenes Büro sich auf der anderen Seite des Nachrichtenraums befand und jede Menge Schreibtische, Aktenschränke, Computer und umhereilende Journalisten ihm die Sicht verstellten. Die Leute, die sich zur Besprechung versammelt hatten, waren wieder an ihre Arbeit zurückgekehrt, nachdem Luxford die Konferenz um eine Stunde verlegt hatte. Wenn sie die Anordnung des Chefredakteurs merkwürdig fanden, so äußerten sie das nicht. Rodney jedoch war geblieben. Er hatte das Gesicht des Mannes in Luxfords Begleitung gesehen, und diese Miene mühsam beherrschter Wut hatte ihn veranlaßt, der braven Miß Wallace in ihrem fast zwanghaft ordentlichen Büro noch ein Weilchen Gesellschaft zu leisten. Es konnte ja sein, daß etwas Interessantes geschehen würde.

Und es war tatsächlich etwas geschehen, aber das letzte, was Rodney erwartet hatte, als er, von lauten Stimmen und dem Krachen eines Sturzes aufgeschreckt, zur Demonstration seiner tiefen und dauerhaften Sorge um Luxfords Sicherheit die Tür zu dessen Büro aufgerissen hatte, war, die rothaarige Frau auf dem Boden niedergestreckt zu sehen. Der feindselige Kerl beugte sich über sie, was vermuten ließ, daß er derjenige war, der sie zu Boden geschickt hatte. Was zum Teufel ging hier vor?

Nachdem Luxford – wie immer die Dankbarkeit in Person – ihn hinausgeworfen hatte, erwog Rodney die Möglichkeiten. Die Rothaarige war eine Fotoreporterin, soviel war sicher. Eine andere Erklärung für die Kameratasche, die sie mithatte, gab es nicht. Sie war wahrscheinlich hergekommen, um der Zeitung irgendwelche Aufnahmen zu verkaufen. Die *Source* kaufte regelmäßig Bilder von selbständigen Fotografen, es war daher nichts Ungewöhnliches, wenn jemand mit einer Serie aufsehenerregender und potentiell peinlicher Schnappschüsse dieser oder jener öffentlichen Person – etwa von einem Mitglied der königlichen Familie in einer unköniglichen Pose oder von einem Politiker, der irgendeinen würdelosen Rabatz veranstaltete – hier erschien. Aber Leute, die ihre Bilder an den Mann bringen wollten, verhandelten gewöhnlich nicht mit dem Chefredakteur der Zeitung. Sie bekamen ihn meist gar nicht zu Gesicht und verhökerten ihr Zeug an den Bildredakteur oder einen seiner Assistenten.

Was bedeutete es also, daß Luxford die Rothaarige höchstpersönlich in sein Büro geführt hatte? Nein, er hatte sie nicht hinein*geführt*, er hatte sie praktisch hinein*gestoßen* und dafür gesorgt, daß niemand eine Chance hatte, mit ihr zu reden. Und genauso war er mit dem feindseligen Kerl verfahren. Wer war der nun wieder?

Da er es gewesen war, der die Rothaarige mit einem sauberen Schlag auf die Matte geschickt hatte, konnte Rodney nur vermuten, daß er mit allen Mitteln eine Veröffentlichung ihrer Fotos verhindern wollte. Was wiederum nahelegte, daß er eine bekannte Persönlichkeit war. Aber wer? Er sah gar nicht danach aus. Er sah eher wie ein rechter Niemand aus. Das konnte eigentlich nur heißen, daß er auf den Fotos mit einem Jemand abgebildet war, dessen Ruf und Ehre er schützen wollte.

Ein erquicklicher Gedanke, das. Vielleicht waren die Zeiten der Ritterlichkeit doch noch nicht vorbei. Dann mußte man sich allerdings fragen, wie der feindselige Kerl dazu kam, eine Frau niederzuschlagen. Von Rechts wegen hätte er Luxford niederschlagen müssen.

Rodney hatte den guten Den seit seinem heimlichen Stelldichein bei Harrod's im Auge behalten. Er war am vergangenen Abend in der Redaktion geblieben und hatte Luxfords Nerven damit strapaziert, daß er ungefähr jede Stunde bei ihm ins Büro geschaut und sich besorgt erkundigt hatte, wann denn die morgige Ausgabe in Druck gehen würde. Zweimal sagte ihm Luxford, er solle nach Hause gehen, aber Rodney blieb, alle Antennen ausgefahren, um dahinterzukommen, warum Luxford die Drucklegung bis zur letzten Minute hinausschob. Es war schließlich seine Pflicht, sich um die Dinge zu kümmern. Wenn Luxford langsam, aber sicher durchdrehte – und es hatte ganz den Anschein –, mußte doch jemand dasein, der die Scherben zusammenfegte, wenn alles in die Brüche ging.

Rodney sagte sich, der Aufschub könne nur mit dem Rendezvous bei Harrod's zu tun haben. Er mußte es zunächst völlig falsch verstanden haben. Seine ursprüngliche Vermutung, daß Luxford mit dieser Frau herumbumste, hatte er fallenlassen, als Luxford unmittelbar nach dem Stelldichein angeordnet hatte, mit dem Druck noch zu warten.

Das Treffen konnte nur mit einer Story zu tun haben. Das ergab – mal abgesehen von dem Moment flüchtiger körperlicher Berührung im Restaurant – auch viel mehr Sinn als eine außereheliche Affäre. Luxford konnte schließlich jederzeit – morgens, mittags, abends – mit der fabelhaften Fiona seine Lust ausleben. Die Frau in Harrod's war nicht übel gewesen, aber im Vergleich zu der Glamour-Gattin war sie eine Maus.

Außerdem gehörte sie der Regierung an; das machte es noch wahrscheinlicher, daß sie eine Geschichte zu erzählen hatte. Wenn das zutraf, mußte es eine echte Bombe sein, irgendwas über die obersten Chargen, den Schatzkanzler, den Innenminister, vielleicht sogar den Premierminister persönlich. Und die größte Sprengkraft hatten im allgemeinen die Storys, bei denen es um den Beischlaf hoher Staatsbeamter mit Damen des niederen Volkes ging, vor allem, wenn geheime Informationen über die nationale Sicherheit Teil des Vor- oder Nachspiels waren. Ganz logisch eigentlich, daß eine weibliche Angehörige der Regierung, deren feministisches Blut über die kaltblütige Ausbeutung ihrer Schwestern in Wallung geraten war, beschlossen hatte, Alarm zu schlagen. Wenn sie im Begriff war, eine wichtige Persönlichkeit bloßzustellen, wenn sie ihre Sicherheit und Anonymität gewahrt wissen wollte und noch dazu die Möglichkeit hatte, den Leiter einer Zeitung anzusprechen, warum die Story dann nicht direkt in seine Hände legen?

Klar. Klar. Hatte nicht Luxford wie ein Wilder auf der Tastatur seines Computers herumgehackt, als Rodney gestern von Harrod's zurückgekommen war? Und weshalb hätte er die Drucklegung der Zeitung hinausschieben sollen, wenn nicht, um auf eine Bestätigung seiner Story zu warten? Luxford war kein Dummkopf. Niemals würde er brisante Enthüllungen eines Informanten veröffentlichen, ohne sich zuvor von unabhängiger Seite eine Bestätigung der Story zu holen. In diesem Fall stammte die Information von einer Frau; wie leicht konnte es sich um eine verschmähte Geliebte handeln. Luxford war ein viel zu gewiefter Zeitungsmann, um sich als Instrument der Rache mißbrauchen zu lassen. Darum hatte er gewartet und die Drucklegung der Zeitung aufgeschoben, und als sie ihm niemanden präsentiert hatte, der ihre Beschuldigungen bestätigen konnte, hatte er seiner eigenen Story den Garaus gemacht.

Womit noch immer nicht die Frage beantwortet war, wer zum Teufel die Frau war.

Seit seiner Rückkehr von Harrod's hatte Rodney jede freie Minute genutzt, um mit akribischer Genauigkeit die alten Ausgaben der *Source* durchzusehen, in der Hoffnung, einen Hinweis auf die Identität der Frau zu finden. Wenn sie der Regierung angehörte, hatten sie gewiß irgendwann einmal einen Artikel gebracht, in dem sie eine Rolle gespielt hatte. Kurz vor Mitternacht hatte er aufgegeben, aber gleich am Morgen hatte er weitergesucht, wann immer seine Zeit es ihm erlaubte. Gegen Mittag, als er gerade Mitch Corsicos Bericht über die neuesten Entwicklungen in der Strichjungen-Sause durchgesehen hatte (Larnsey hatte ein langes Gespräch mit dem Premierminister geführt; er hatte danach keinen Kommentar abgegeben; Wolfie Dukane hatte sich einen Agenten genommen, der bereit war, die Bedingungen für ein Exklusiv-Interview auszuhandeln, es würde allerdings teuer werden), hatte Rodney eine Bemerkung Corsicos aufgeschnappt, daß er »sich eine Weile in die Bibliothek setzen« würde, und über sich selbst den Kopf geschüttelt. Was zum Teufel schmökerte er hier die alten

Ausgaben der Zeitung durch, wenn er, um die Identität der Frau festzustellen, nur drei Stockwerke tiefer in die Bibliothek zu gehen und den *Times Guide to the House of Commons* durchzublättern brauchte, um zu sehen, ob Luxfords Informantin tatsächlich eine Parlamentsabgeordnete war und nicht irgendeine Beamtin, die Zugang zu einem Dienstwagen hatte?

Und da war sie schon. Von Seite 357 lächelte sie ihm mit ihrer überdimensionalen Brille und ihrem überlangen Pony entgegen. Eve Bowen, Abgeordnete von Marylebone und Staatssekretärin im Innenministerium. Rodney pfiff befriedigt vor sich hin. Sie war in der Tat nicht gerade eine verführerische Schönheit, aber die Theorie, Luxford könnte sich wegen ihrer weiblichen Reize mit ihr getroffen haben, fiel jetzt sowieso flach.

Als Staatssekretärin rangierte Eve Bowen an dritter bis fünfter Stelle in der Hierarchie des Innenministeriums. Sie pflegte also regelmäßigen Umgang mit den Leuten, die an den Schalthebeln der Macht saßen. Was sie Luxford zu bieten hatte, mußte reinstes Gold sein. Aber wie zum Teufel sollte er dahinterkommen, was es war, um seine Information dann unter vier Augen an den großen Vorsitzenden weitergeben und sich als skrupelloser Nachrichtenjäger, umsichtiger Redakteur und Vertrauter der Großen und Mächtigen profilieren zu können? Er hätte schon Gedankenleser sein müssen, um das Codewort herauszubekommen, das ihm Zugang zu Luxfords Computer verschafft hätte, wo er mit etwas Glück vielleicht die Story finden würde, die der Chefredakteur am vergangenen Abend eingetippt hatte. Nein, Rodney hatte keine Ahnung, wie er an die Information herankommen sollte. Immerhin, mit der Identifizierung Eve Bowens hatte er einen ersten Schritt in die richtige Richtung getan, und das war Grund genug zu feiern.

Es gab unter den ständigen Berichterstattern beim Parlament einige, die ihm Gefälligkeiten schuldeten. Er konnte sich an die Strippe hängen und sehen, was bei denen zu holen war. Natürlich würde er vorsichtig zu Werke gehen müssen. Keinesfalls wollte er die Konkurrenz hellhörig machen. Aber wenn er mit Finesse vorging ... vielleicht seine Neugier mit den aktuellen Ereignissen begründete ... vorschob, die Zeitung beabsichtige, die Rolle der Frauen im Parlament zu untersuchen ... vielleicht sogar so weit ging zu behaupten, ihn interessiere die Reaktion der Frauen auf die jüngste Welle sexueller Experimentierfreudigkeit unter ihren männlichen Kollegen ... Dann mußte es ihm doch gelingen, irgendein Detail auszugraben, das einem politischen Berichterstatter nichts sagte, ihm dafür aber um so mehr, weil er, der von Bowens heimlichem Treffen mit Luxford wußte, irgendeine Abweichung in ihrem Benehmen, die anderen nicht weiter auffiel, zu interpretieren verstehen würde.

Ja, ja. Das war die Lösung. Er griff nach seinem Terminkalender. In diesem Moment kam Sarah Happleshort herein.

»Ihr Auftritt, bitte«, sagte sie und schob sich einen Kaugummi in den Mund.

Er starrte sie verständnislos an, in Gedanken noch bei der Frage, welcher der Berichterstatter beim Parlament am ehesten auf seine Geschichte hereinfallen würde.

»Sie sind am Drücker, Rodney.« Sarah wies mit dem Daumen in Richtung von Luxfords Büro. »Dennis mußte weg. Ein Notfall. Sie sollen ihn vertreten. Sollen wir die Besprechung hier bei Ihnen machen? Oder wollen Sie sein Büro benutzen?«

Rodney blinzelte. Dann begriff er. Der Mantel der Macht senkte sich auf seine Schultern, und er nahm sich einen Moment Zeit, um seine Wärme zu genießen. Dann gab er sich alle Mühe, ein angemessen bestürztes Gesicht zu machen, und fragte: »Ein Notfall? Es ist doch nicht etwas mit der Familie? Seiner Frau oder seinem Sohn?«

»Keine Ahnung. Er ist mit dem Mann und der Frau gegangen, mit denen er gekommen ist. Wissen Sie, wer die beiden sind? – Nein? Hm.« Sie warf einen Blick in den Nachrichtenraum hinüber. Ihr Ton klang nachdenklich, als sie sagte: »Da ist doch was im Busch. Was meinen Sie?«

Happleshorts ewig witternde Spürnase konnte er jetzt zuallerletzt gebrauchen. »Ich meine, wir sollten uns an die Arbeit machen. Wir treffen uns in Dens Büro. Sagen Sie den anderen Bescheid. In zehn Minuten.«

Als sie gegangen war, um seinem Befehl Folge zu leisten – wie sehr er es genoß, in solchen Kategorien zu denken! –, nahm Rodney sich wieder seinen Terminkalender vor. Er blätterte ihn schnell durch. Zehn Minuten, meinte er, seien mehr als genug für den Anruf, der seine Zukunft sichern sollte.

Die leerstehenden Häuser, von denen Deborah und Helen St. James erzählt hatten, gehörten zu einer Zeile heruntergekommener Gebäude in der George Street, nicht weit von einem auf schick getrimmten japanischen Restaurant, das sogar den Luxus eines eigenen Parkplatzes zu bieten hatte. Dort ließen St. James und Helen den MG stehen.

Die George Street war typisch für das moderne London, eine Straße, in der alles zu finden war, von der würdigen United Bank of Kuwait bis zu verlassenen Mietshäusern, die darauf warteten, daß jemand in ihre Zukunft investierte. Im Erdgeschoß der Häuser, auf die er und Helen jetzt zugingen, waren früher Ladengeschäfte gewesen, und in den darüberliegenden Stockwerken Wohnungen. Die Glasscheiben der Schaufenster und der Ladentüren waren durch Metallplatten ersetzt worden, über die man kreuzweise Bretter genagelt hatte. Doch die Fenster in den Stockwerken darüber waren nicht vernagelt, ihre Scheiben waren intakt. Die Wohnungen waren also bestens dazu geeignet, von Obdachlosen besetzt zu werden.

Während St. James die Häuser musterte, sagte Helen: »Also von vorn kommt da keiner rein.«

»Nein, bei diesen Bretterbarrikaden sicher nicht. Aber das würde sowieso keiner riskieren. Auf der Straße ist zuviel los. Da könnte viel zu leicht jemand etwas beobachten und die Polizei anrufen.«

»Simon«, sagte Helen aufgeregt, »du glaubst doch nicht, daß Charlotte hier ist? In einem dieser Häuser?«

Er war immer noch in die stirnrunzelnde Betrachtung der Gebäude vertieft. Erst als sie noch einmal seinen Namen sagte und die Frage wiederholte, reagierte er. Doch er sagte nur: »Wir müssen mit ihm sprechen, Helen. Wenn es ihn gibt.«

»Den Stadtstreicher? Zwei Personen im Cross Keys Close haben ihn gesehen, Simon. Wie soll es ihn da nicht geben?«

»Sicher, sie haben jemanden gesehen«, meinte St. James. »Aber ist dir an Mr. Pewmans Beschreibung des Mannes nichts aufgefallen?«

»Nur, daß er ihn so genau beschreiben konnte.«

»Ja, das auch. Aber findest du die Beschreibung nicht auffallend typenspezifisch? Ich meine, sie entspricht doch genau dem Bild, das jeder von einem Stadtstreicher hat. Der Seesack, die alten Khakiklamotten, die Strickmütze, das Haar, das verwitterte Gesicht. Besonders das Gesicht. Dieses eindrucksvolle Gesicht.«

Helen sah ihn verblüfft an. »Willst du damit sagen, der Mann war verkleidet?«

»Etwas Besseres kann man sich doch kaum einfallen lassen, wenn man ein paar Tage lang unauffällig ein bestimmtes Viertel überwachen möchte.«

»Aber natürlich. *Natürlich*. Während er in den Mülltonnen gekramt hat, konnte er Charlotte genau beobachten. Aber entführen hätte er sie in diesem Aufzug nicht können. Da hätte sie sofort Angst bekommen und eine solche Szene gemacht, daß sich irgend jemand daran erinnert hätte. Folglich hat er die Verkleidung weggelassen, als er genug über sie wußte, und sie dann entführt. Richtig?«

»Aber er hätte einen Platz zum Umziehen gebraucht, wo ihn keiner beobachten konnte. Ein Versteck, wo er sich in den Stadtstreicher verwandeln und später in den zurückverwandeln konnte, der er wirklich ist.«

»Die leeren Häuser«, sagte sie.

»Vielleicht. Komm, wir schauen uns mal um.«

Obwohl die sogenannten *squatter*, Leute, die ohne Rechtstitel ein Haus oder Grundstück in Besitz nehmen, vom Gesetz geschützt waren, mußten sie gewisse Regeln beachten, um nicht wegen Einbruchs oder unbefugten Eindringens belangt zu werden. Ein *squatter* mußte neue Schlösser an den Türen anbringen und ein Schild aufstellen, das seine Absicht, ein leerstehendes Haus zu besetzen, kundtat. Aber jemand, der keine Aufmerksamkeit erregen wollte, schon gar nicht das Interesse der zuständigen Polizei auf sich ziehen wollte, würde sich an diese Regeln nicht halten. Er würde vielmehr in aller Heimlichkeit und auf weniger konventionellem Weg in einem leerstehenden Haus Einzug halten.

»Gehen wir nach hinten«, schlug St. James vor.

Die Häuserzeile wurde zu beiden Seiten von je einer Gasse begrenzt. St. James und Helen wählten die näher liegende und folgten ihr zu einem kleinen viereckigen Platz. Eine Seite des Platzes wurde von einem vielstöckigen Parkhaus eingenommen, an zwei anderen Seiten erhoben sich die Rückfronten von Häusern anderer Straßen, und die vierte Seite stieß an die kleinen Gärten der Mietshäuser in der George Street. Mauern umgaben diese Gärten, mindestens drei Meter hoher rußgeschwärzter Backstein, von wildem Grünzeug überwuchert. Ein zukünftiger Hausbesetzer hätte schon eine Bergsteigerausrüstung gebraucht, um sie zu überwinden. Doch am Ende der Gasse, unmittelbar bevor sie in den Platz mündete, schien es einen Eingang zu geben.

Hier gelangte man durch ein unverschlossenes, zweiflügeliges Tor aus verwittertem Holz in einen kleinen, eingefriedeten Innenhof, dessen eine Seite die hohe Mauer eines der Hintergärten bildete. Überall lag das ausrangierte Gerümpel früherer Bewohner des Hauses herum: Matratzen, Sprungrahmen, Mülltonnen, ein Wasserschlauch, ein alter Kinderwagen, eine Leiter, an der einige Sprossen fehlten.

Die Leiter sah vielversprechend aus. St. James zog sie hinter einer der Matratzen hervor. Doch ihr Holz war morsch, und die Sprossen, die noch vorhanden waren, machten nicht den Eindruck, als würden sie das Gewicht eines Erwachsenen tragen. St. James legte sie deshalb wieder nieder und richtete sein Augenmerk auf einen leeren Müllcontainer, der hinter einem der Torflügel stand.

»Er läuft auf Rollen«, bemerkte Helen. »Wollen wir's versuchen?«

»Ich denke, ja«, antwortete St. James.

Der Müllcontainer war verrostet, und es sah nicht so aus, als würden die Rollen sich drehen. Doch als St. James und Helen sich rechts und links von ihm aufstellten und ihn mit kräftigem Ruck in Bewegung zu setzen versuchten, stellten sie fest, daß er so leicht vorwärts rollte, als wären die Räder frisch geölt.

Sie schoben ihn direkt an die hohe Mauer. St. James sah, daß sie mit seiner Hilfe leicht zu überwinden wäre. Er prüfte die Stärke des Metalls seiner Wände und des Deckels. Es schien stabil zu sein. Dann bemerkte er, daß Helen ihn mit gerunzelter Stirn und offensichtlichem Unbehagen beobachtete. Er wußte, was sie dachte: Nicht unbedingt die richtige Gymnastik für einen Mann mit einem kranken Bein, Simon. Sie sagte es natürlich nicht. Sie wollte es nicht riskieren, ihn mit einer Erinnerung an seine Behinderung zu verletzen.

»Es ist die einzige Möglichkeit«, sagte er auf ihre unausgesprochene Besorgnis hin. »Ich schaff' das schon, Helen.«

»Aber wie kommst du von der anderen Seite wieder über die Mauer?«

»Ach, in dem Haus finde ich sicher etwas, das ich benutzen kann. Wenn nicht, mußt du eben Hilfe holen.« Sie schien ihre Zweifel an dem Plan zu haben. »Es ist die einzige Möglichkeit«, sagte er wieder.

Sie überlegte einen Moment und gab schließlich nach. »Dann laß dir aber wenigstens von mir helfen. Okay?«

Er taxierte die Höhe der Mauer und die Höhe des Containers und stimmte ihrem Vorschlag mit einem Nicken zu. Schwerfällig zog er sich auf den Container hinauf. Die kräftige Muskulatur seines Oberkörpers, die sich in den Jahren seiner Behinderung entwickelt hatte, half ihm dabei. Sobald er oben auf dem Deckel stand, neigte er sich zu Helen hinunter und zog sie zu sich herauf. Jetzt konnten sie zur Mauer hinaufreichen, aber nicht über sie hinwegsehen. Helen hatte recht, sagte sich St. James. Er würde ihre Hilfe brauchen.

Er schob seine Hände ineinander, so daß sie ihren Fuß hineinstellen konnte. »Du zuerst«, sagte er. »Du mußt mir dann hinaufhelfen.« Er hievte sie in die Höhe. Sie umklammerte mit beiden Händen den oberen Rand der Mauer, zog sich ächzend hoch und schwang sich rittlings hinauf. Sobald sie sicher saß, drehte sie den Kopf, um die Rückfront des Hauses und seinen Garten zu mustern.

»Hier sind wir richtig«, sagte sie.

»Was meinst du?«

»Hier war jemand.« Ihre Stimme klang erregt. »Unten an der Mauer steht eine alte Kommode. Die hat bestimmt jemand hingeschoben, um leicht hinaus- und hineingelangen zu können. Komm ...« – sie bot ihm die Hand –, »schau's dir selbst an. Ein Stuhl ist auch da. Zum Abstieg von der Kommode. Und das Unkraut ist niedergetreten. Da führt ein Weg direkt zum Haus. Er schaut frisch aus.«

Mit der rechten Hand die Mauerkante umklammernd, mit der linken Helens Hand umfassend, zog St. James sich hinauf. Einfach war das nicht mit einem unbrauchbaren Bein in einer Schiene. Sein Gesicht war schweißnaß, als er den anstrengenden Klimmzug schließlich vollendet hatte.

Auf einen Blick sah er ihre Aussage bestätigt. Die Kommode, die so mitgenommen aussah, als hätte sie schon jahrelang im Garten gestanden, war offenbar vom Haus her zur Mauer geschoben worden und hatte den Pfad mitgeschaffen, den Helen erwähnt hatte. Er schien wirklich ganz frisch zu sein. Dort, wo er zwischen Sträuchern hindurchführte, waren die abgebrochenen Zweige noch nicht braun geworden.

»Volltreffer«, murmelte Helen.

»Was?«

Sie lächelte. »Ach, nichts. Wir können hier leicht wieder rausklettern, wenn wir die Kommode benutzen. Soll ich mitkommen?«

Er nickte, froh, sie an seiner Seite zu haben. Sie ließ sich zu der Kommode hinunter und von dort auf den Stuhl, der neben ihr stand. St. James folgte ihr.

Der Garten war nicht groß, ein Fleckchen von vielleicht fünfzig Quadratmetern, dicht überwachsen von Unkräutern, Efeu und Ginster, der sich im Wildwuchs prächtig entwickelt hatte: Ein Meer gelber Blüten leuchtete an den Mauern und neben der Hintertür des Hauses.

Es war, wie sie feststellten, eine Art Brandtür, eine Stahlplatte, die genau auf den Rahmen zugeschnitten und direkt im Holz verankert war. Es gab weder einen Türknauf, den man hätte drehen, noch Türangeln, die man hätte entfernen können. Man hätte nur hindurchgelangen können, wenn man das ganze Ding aus seiner Verankerung gerissen hätte.

Doch die Erdgeschoßfenster waren auf dieser Seite nicht so gut gesichert. Sie waren zwar von innen mit Brettern vernagelt, doch ihre Glasscheiben waren zerbrochen, und bei genauerer Untersuchung stellte St. James fest, daß eins der Bretter gelockert worden war, so daß man ohne allzuviel Mühe durch das betreffende Fenster ins Haus und wieder hinaus klettern konnte. Helen holte den Stuhl, während er das Brett entfernte.

»Eigentlich komisch«, bemerkte sie, »daß die Eigentümer die Fenster nicht besser verrammelt haben, wo sie sich doch mit der Tür solche Mühe gemacht haben.«

St. James stieg auf den Stuhl. »Vielleicht dachten sie, die Tür würde reichen, um Hausbesetzer abzuhalten. Ich kann mir nicht vorstellen, daß jemand auf Dauer diesen Weg würde benutzen wollen.«

»Aber vorübergehend...«, meinte Helen nachdenklich. »Ideal, oder nicht?«

»Richtig«, sagte St. James.

Durch das Fenster gelangte man in einen Raum, der dem Laden im Erdgeschoß offenbar als Lager gedient hatte. Er war mit Schränken, Regalen und einem staubigen Linoleumboden ausgestattet, auf dem St. James trotz der schlechten Beleuchtung Fußabdrücke erkennen konnte.

Er ließ sich vom Fenster zum Boden hinunter, wartete, bis Helen ihm nachgekommen war, und zog eine Taschenlampe heraus. Er richtete ihren Strahl auf die Fußabdrücke im Staub, die zum vorderen Teil des Hauses führten.

In dem Lagerraum roch es nach Schimmel und verfaultem Holz. Während sie sich vorsichtig ihren Weg durch den Korridor nach vorn suchten, nahmen sie neue Gerüche wahr: den übelkeitserregenden Geruch von Kot und Urin aus einem Badezimmer, in dem eine Toilette stand, die seit Ewigkeiten nicht mehr gespült worden war; den beißenden Geruch von Mörtel und Gips aus Löchern, die in die Wände des Korridors geschlagen worden waren; den widerlich süßlichen Geruch verwesenden Fleisches. Er schien von einer teilweise angefressenen Ratte auszugehen, die am Fuß der Treppe zwischen dem Lagerraum und dem Laden vorn lag.

Die Fußabdrücke führten nicht in den Laden, in dem es, dank den mit Metallplatten verschlossenen Fenstern und der ebenso gesicherten Tür, stockdunkel war, sondern die Treppe hinauf. Ehe sie ihrerseits die Treppe hinaufstiegen, leuchtete St. James mit der Taschenlampe den ehemaligen Ladenraum aus. Abgesehen von einem umgestürzten Zeitungsständer, einer uralten Kühltruhe, der der Deckel fehlte, einem Sortiment vergilbter Zeitungen und ein paar zerdrückten Kartons gab es hier nichts zu sehen.

St. James und Helen wandten sich der Treppe zu, um den Fußabdrücken zu folgen. Helen ging mit einem Schaudern um die tote Ratte herum und faßte St. James impulsiv am Arm.

»Sind das etwa Mäuse, was da herumraschelt?« flüsterte sie.

»Wahrscheinlich eher Ratten.«

»Schwer vorzustellen, daß sich hier überhaupt jemand aufhalten will!«

»Ja, das Savoy ist es nicht«, meinte St. James und ging weiter, in den ersten Stock hinauf, wo durch die unversperrten Fenster Sonnenlicht fiel und die Räume erhellte.

Es schien jeweils eine Wohnung in den oberen Stockwerken zu sein. Die Fußabdrücke, die kamen und gingen und sich auf der Treppe überschnitten, führten sie an der Wohnung im ersten Stock vorbei. Ein Blick durch die halb ausgehängte Tür zeigte ihnen nicht viel mehr als ein Zimmer mit besprühten Wänden – »Killt alle Bullen« in riesigen blauen Lettern, umgeben von Hieroglyphen, die wohl nur gleichgesinnte Graffiti-Künstler verstanden – und einen orangefarbenen Spannteppich, der teilweise herausgerissen war. Sonst gab es, abgesehen von einer unglaublichen Menge Zigarettenkippen, zerknüllten Zigarettenschachteln, leeren Flaschen, Bierdosen, Pappbechern und Papiertüten nichts zu sehen außer einem klaffenden Loch in der Decke, das ihnen verriet, daß die Deckenbeleuchtung geklaut worden war.

Im nächsten Stockwerk sah es nicht viel anders aus, auch wenn die Graffitikünstler hier eine andere Farbe gewählt hatten. Von dem knalligen Rot hatten sie sich anscheinend inspirieren lassen, ihre Hieroglyphen mit blutrünstigen Bildern zu verzieren. Die Parole »Killt alle Bullen« war umgeben von Darstellungen niedergemähter Polizisten. Auch hier war der Teppichboden in Fetzen und mit Abfällen übersät. Ein Sofa und ein Sessel, die neben der Tür zur Küche standen, waren von Brandlöchern durchsetzt. Eins war so groß, daß es auf eine regelrechte Feuersbrunst schließen ließ.

Die Fußabdrücke führten sie weiter ins oberste Stockwerk des Hauses, in die letzte Wohnung, und verloren sich dort auf dem Teppichboden. Er war, wie in den beiden anderen Wohnungen, orangefarben, schien jedoch, obwohl zunächst herausgerissen, vor kurzem wieder ausgebreitet und geglättet worden zu sein. Er war zwar nicht wie unten in Fetzen, aber von einer Vielfalt von Flecken übersät, deren Farben so ziemlich alles von Rotwein bis zu Hundepisse vermuten ließen.

Die Tür zu dieser Wohnung stand ebenfalls offen, aber sie hing noch in ihren drei Angeln. Außerdem war an der Außenseite der Tür ein Überwurfschloß angebracht. Das Scharnier war am Türrahmen befestigt, die Krampe an der Tür. St. James sah sich das Scharnier nachdenklich an, während Helen an ihm vorbei in die Wohnung ging. Es war offensichtlich neu: Es war sauber und ohne Kratzer.

St. James folgte Helen in die Wohnung. Das Scharnier und

die Krampe legten die Vermutung nahe, daß hier irgendwo ein Vorhängeschloß herumliegen mußte, und danach sah er sich um. Ihm fiel auf, daß hier im Gegensatz zu den beiden anderen Wohnungen, die sie bereits gesehen hatten, keinerlei Abfälle herumlagen, wenn auch die Wände ebenso besprüht waren wie unten. Als er weder auf dem Boden noch auf einem der Borde des Metallregals, das an eine Wand gedübelt war, ein Schloß entdeckte, ging er weiter in die Küche, um sich dort umzuschauen.

Er sah Schränke und Schubladen durch und fand nichts als einen Blechbecher, eine verbogene Gabel, ein paar Nägel und zwei schmutzige Gläser. Der Hahn an der Spüle tropfte. Er drehte ihn auf. Hell und klar floß das Wasser heraus, nicht trüb und braun wie Wasser, das seit Monaten oder Jahren in rostigen Rohren stand.

Er trat gerade wieder ins Wohnzimmer, als Helen aus dem Schlafzimmer kam. Offensichtlich hatte sie etwas entdeckt.

»Simon«, sagte sie aufgeregt, »hast du gesehen –«

»Ja. Hier war jemand. Und er hat sich länger hier aufgehalten.«

»Du hattest also recht. Mit dem Stadtstreicher.«

»Es kann auch Zufall sein.«

»Das glaube ich nicht.« Sie wies nach hinten. »Ich war eben im Bad. Der Spiegel dort ist sauber, jedenfalls zum Teil, so daß man sich gut darin betrachten kann.« Sie schien auf eine Reaktion zu warten, und als St. James nichts sagte, fügte sie ungeduldig hinzu: »Er hat doch bestimmt einen Spiegel gebraucht, um sich als Penner herzurichten.«

Es war eine Möglichkeit, doch St. James war nicht bereit, aus einem so geringfügigen Indiz den Schluß zu ziehen, sie hätten das Versteck des Stadtstreichers gleich auf Anhieb gefunden. Er ging zum Fenster des Wohnraums. Es war völlig verschmutzt bis auf ein Fleckchen auf einer der vier Scheiben, das sorgsam blank gerieben war.

St. James blickte durch das Glas. Er bedachte die Unterschiede zwischen dieser Wohnung und den anderen, bedachte die Fußabdrücke, das offensichtlich neu angebrachte Überwurfschloß und seine Bedeutung. Es war klar, daß sich hier niemand auf Dauer niedergelassen hatte – die Abwesenheit von Möbeln, Kochgeschirr, Kleidung und Nahrungsmitteln war dafür Beweis genug. Daß sich hier aber erst vor kurzem jemand länger aufgehalten hatte, dieser Schlußfolgerung konnte er sich nicht entziehen. Der ausgebreitete Teppich, das Wasser in den Rohren, das Fehlen jeglicher Abfälle bezeugten es.

»Ich bin wie du der Meinung, daß jemand hiergewesen ist«, sagte er zu Helen, noch immer durch das blankgeriebene Fleckchen im Fenster blickend. Es ging auf die George Street hinaus. Schräg gegenüber war der Parkplatz hinter dem japanischen Restaurant zu sehen, auf dem er seinen MG abgestellt hatte. Er neigte sich etwas zur Seite, um besser hinübersehen zu können. »Aber ob es sich tatsächlich um unseren Stadtstreicher handelt, Helen, läßt sich –« Er brach ab. Er kniff die Augen zusammen und starrte über den Parkplatz hinweg zu der Straße dahinter. Unmöglich, dachte er. Ausgeschlossen.

»Was ist?« fragte Helen.

Ohne den Blick abzuwenden, streckte er den Arm nach ihr aus und zog sie zum Fenster. Er stellte sie vor sich hin, drehte ihren Kopf in Richtung des japanischen Restaurants und legte seine Hände auf ihre Schultern.

»Siehst du das Restaurant? Und den Parkplatz dahinter?«

»Ja. Warum?«

»Sieh über den Parkplatz hinaus. Siehst du die andere Straße?«

»Natürlich. Meine Augen sind nicht schlechter als deine.«

»Und auf der anderen Straßenseite? Das Gebäude? Siehst du es?«

»Welches – oh, den Backsteinbau? Mit der Vortreppe? Ich kann das Portal sehen und ein paar Fenster.« Sie drehte sich zu ihm um. »Warum? Was ist das?«

»Das ist die Blandford Street, Helen. Und von hier aus – durch dieses Fenster, das einzige halbwegs saubere Fenster in der ganzen Wohnung! – sieht man klar und deutlich einen Teil der St.-Bernadette-Grundschule.«

Sie bekam große Augen. Mit einem Ruck drehte sie sich wieder zum Fenster.

»Simon!« sagte sie.

Nachdem St. James Helen am Onslow Square abgesetzt hatte, fand er am Lordship Place einen Parkplatz für seinen MG und trat durch das verwitterte Tor in den Garten seines Hauses in der Cheyne Row. Cotter war, wie er sah, in der Küche beschäftigt. Er stand am Spültisch und schrubbte neue Kartoffeln, und zu seinen Füßen saß Peach und wartete darauf, daß etwas für ihn abfallen würde. Als St. James hereinkam, sah der Hund zwar zu ihm hinüber und wedelte freundlich mit dem Schwanz, gab jedoch seinen Platz zu Cotters Füßen nicht auf. Dort waren die Chancen auf einen Happen Eßbares größer. Die Katze der Familie – ein mächtiges graues Tier namens Alaska, etwa doppelt so groß wie der kleine Dackel – hockte auf der Fensterbank über der Spüle und quittierte St. James' Ankunft mit typisch kätzischer Blasiertheit: Sie zuckte einmal kurz mit dem Schwanz, dann döste sie faul weiter, wie es ihrer Art entsprach.

»Na endlich«, sagte Cotter zu St. James und nahm ein Kartoffelauge in Angriff.

St. James warf einen Blick zu der Uhr über dem Herd. Es war noch nicht Essenszeit. »Gibt's ein Problem?« fragte er.

Cotter räusperte sich geräuschvoll. Mit dem Kartoffelschäler wies er zur Treppe. »Deb hat zwei Männer mitgebracht. Sie sind seit über einer Stunde hier. Bald zwei. Sie haben Tee getrunken. Sie haben Sherry getrunken. Sie haben noch mal Tee getrunken und dann wieder Sherry. Der eine wollte gehen, aber Deb hat's ihm nicht erlaubt. Sie warten auf Sie.«

»Was sind das für Leute?« St. James trat zu Cotter an den Spültisch, nahm sich eine geschälte Karotte und biß ab.

»Die sind fürs Abendessen«, mahnte Cotter ihn, ließ eine Kartoffel ins Wasser fallen und griff nach der nächsten. »Der eine ist der von neulich abend. Den David mitgebracht hat.«

»Dennis Luxford.«

»Den andern kenn' ich nicht. Aber er schaut aus, als würde er gleich explodieren. Ich hab' das Gefühl, die beiden können sich gegenseitig nicht riechen und würden sofort aufeinander losgehen, wenn Deb sie allein ließe. Aber da sie nicht aus dem Zimmer geht, sind sie zähneknirschend höflich.«

St. James schob den Rest der Karotte in den Mund und ging verwundert nach oben. Hatte er Deborah mit seiner Bitte, ihm eine Schriftprobe von Luxford zu besorgen, etwa in Schwierigkeiten gebracht? Das war doch eigentlich ein ganz simpler Auftrag gewesen. Was konnte da geschehen sein?

Das erfuhr er, als er ins Arbeitszimmer trat, wo er Deborah und die beiden Männer mit den Überresten von Tee und Sherry vorfand. Luxford telefonierte am Schreibtisch mit irgend jemandem, Deborah massierte sich nervös die Fingerknöchel, und der andere Mann – Alexander Stone, wie sich zeigte – stand am Bücherregal und beobachtete Luxford mit so viel unverhülltem Haß, daß St. James sich fragte, wie es Deborah gelungen war, ihn zu bändigen.

»Simon!« rief sie, als er hereinkam, und sprang auf. »Gott sei Dank, daß du da bist.« Ihr Ton verriet ihm, wie verwirrt und hilflos sie sich fühlte.

Luxford sagte gerade scharf: »Nein, ich gebe meine Genehmigung nicht. Halten Sie alles zurück, bis Sie von mir hören ... Das ist keine willkürliche Entscheidung, Rod. Ist das klar, oder muß ich Sie erst darauf hinweisen, was für Konsequenzen es haben wird, wenn Sie eigenmächtig handeln?«

Alexander Stone sagte, anscheinend zu Deborah: »Endlich. Jetzt spielen Sie ihm das Ding vor, damit endlich Schluß ist mit Luxfords Heuchelei.«

Deborah setzte St. James hastig ins Bild. Als sie zum Schreibtisch eilte, machte Luxford seinem Gespräch gerade ein Ende, indem er den Hörer aufknallte. Deborah ergriff einen gepolsterten Umschlag und reichte ihn St. James.

»Das hat Mr. Luxford heute nachmittag erhalten.«

»Ich darf Sie bitten, mit den Fakten präzise umzugehen«,

mischte sich Stone ein. »Das lag heute nachmittag auf Luxfords Schreibtisch. Es kann jederzeit dort hingelegt worden sein. Von jeder beliebigen Person.«

»Jetzt fangen Sie doch nicht wieder damit an«, sagte Luxford scharf. »Meine Sekretärin hat Ihnen genau Auskunft gegeben, Mr. Stone. Das Päckchen wurde um ein Uhr von einem Boten gebracht.«

»Den Sie selbst beauftragt haben können.«

»Du meine Güte!« sagte Luxford müde.

»Wir haben den Kassettenrecorder nicht angerührt«, bemerkte Deborah, als St. James den Umschlag öffnete und hineinsah. »Aber wir haben ihn abgespielt. Ich habe den Startknopf mit einem ungespitzten Bleistift runtergedrückt. Mit dem hölzernen Ende, nicht mit dem Radiergummi. War das richtig?« fügte sie errötend hinzu. »Ich war mir nicht sicher, aber ich fand, wir müßten wenigstens wissen, ob die Aufnahme etwas mit Charlottes Entführung zu tun hat.«

»Gut gemacht«, sagte St. James und kramte in seiner Tasche nach seinen Latexhandschuhen. Er zog sie über, nahm den Kassettenrecorder aus dem Umschlag und spielte die Kassette ab.

Eine durchdringende Kinderstimme sprach. »Cito –«

»O Gott!« Stone drehte sich am Bücherregal um und nahm wortlos ein Buch heraus.

»– der Mann hier sagt, du kannst mich hier rausholen. Er sagt, du mußt der ganzen Welt eine Geschichte erzählen. Aber du mußt die Wahrheit sagen. Er sagt, du bist ein echt toller Typ, und niemand weiß was, und du mußt die Wahrheit sagen, damit sie alle erfahren. Wenn du die richtige Geschichte erzählst, dann kannst du mich retten, Cito. Das hat er gesagt.«

Stone hob eine Hand zu seinen Augen und senkte den Kopf.

Das Tonband knackte einmal leise, dann war wieder die Kinderstimme zu hören. »Cito, ich muß das alles auf Band sprechen, damit er mir was zu trinken gibt, und ich hab' doch solchen Durst.« Wieder ein leises Knacken. »Weißt du, welche Geschichte du erzählen sollst? Ich hab' ihm gesagt, daß du nie

Geschichten erzählst. Ich hab' gesagt, daß Mrs. Maguire immer die Geschichten erzählt. Aber er hat gesagt, du weißt schon, welche Geschichte du erzählen mußt.« Wieder ein Knacken. »Ich hab' nur eine Decke, und es gibt kein Klo. Aber hier sind Ziegelsteine.« Knacken. »Ein Maibaum.« Knacken. Danach Stille.

»Ist das Charlottes Stimme?« fragte St. James.

Statt einer Antwort sagte Stone: »Sie dreckiges Schwein, Luxford. Ich bring' Sie um.«

St. James hob die Hand, um Luxford von einer Entgegnung zurückzuhalten. Er spielte die Kassette ein zweites Mal ab. »Man kann hören, daß das Band geschnitten ist«, bemerkte er. »Aber ziemlich ungeschickt.«

»Na und?« rief Stone wütend. »Wir wissen doch, wer es aufgenommen hat.«

St. James fuhr fort: »Es gibt zwei Möglichkeiten: Entweder besitzt der Entführer nicht die richtigen Instrumente zum Schneiden oder es ist ihm gleichgültig, daß wir wissen, daß das Band geschnitten ist.«

»Und die Ziegelsteine und der Maibaum?« fragte Deborah.

»Das hat er gelassen, um uns zu verwirren, vermute ich. Charlotte glaubt, ihrem Stiefvater einen Anhaltspunkt über ihren Aufenthaltsort zu geben. Aber der Entführer weiß, daß das keine Hilfe ist. Weil sie nicht dort ist, wo sie zu sein glaubt.« Er richtete das Wort an Stone. »Damien Chambers hat mir erzählt, daß Charlotte Sie Cito nennt.«

Stone nickte, das Gesicht immer noch dem Regal zugewandt.

»Da sie sich auf dem Band an Sie wendet, hat ihr der Entführer offensichtlich noch nicht gesagt, wer wirklich ihr Vater ist. Wir können annehmen, daß er ihr einfach kurz erklärt hat, was sie sagen soll, daß nämlich ihr Vater die Wahrheit aufdecken muß, wenn er sie zurückhaben will. Und Charlotte glaubt, *Sie* sollen die Wahrheit sagen, nicht Mr. Luxford.«

Stone stopfte das Buch, das er herausgezogen hatte, wieder ins Regal und drehte sich um. »Sagen Sie mir bloß nicht, daß Sie auf diesen Mist reinfallen«, rief er ungläubig.

»Ich nehme für den Moment einmal an, daß das Band echt ist«, erklärte St. James. »Es ist doch Charlottes Stimme?«

»Natürlich ist es ihre Stimme. Er hält sie irgendwo versteckt. Er hat sie zu der Aufnahme gezwungen. Und jetzt sollen wir zusammenklappen und schön nach seiner Pfeife tanzen. Herrgott noch mal. Schauen Sie sich doch nur den Umschlag an, wenn Sie mir nicht glauben. Sein Name. Der Name der Zeitung. Die Straße. Und sonst nichts. Kein Stempel. Keine Briefmarken. Nichts.«

»Die wären auch nicht unbedingt darauf, wenn ein Bote das Päckchen abgeliefert hat.«

»Oder wenn er selbst es ›geliefert‹ hat. Oder von jemandem liefern ließ, der mit ihm gemeinsame Sache macht.« Stone kam zum Sofa und blieb dahinter stehen, die Hände auf der Rükkenlehne. »Schauen Sie sich den Kerl doch an!« sagte er. »Schauen Sie ihn sich an, verdammt noch mal. Sie wissen, wer er ist. Sie wissen, was er will.«

»Ich will Charlottes Sicherheit«, sagte Luxford.

»Sie wollen Ihre Scheißstory. Ihre Story. Und Eves.«

St. James mischte sich ein. »Kommen Sie bitte mit nach oben. Ins Labor.« Zu seiner Frau gewandt, fügte er leise hinzu: »Du hast dich wirklich tapfer geschlagen, Liebes. Vielen Dank.« Sie lächelte erleichtert und eilte aus dem Zimmer, unverkennbar froh, entkommen zu können.

St. James nahm den Kassettenrecorder, den Umschlag und Luxfords Schriftprobe mit nach oben. Die beiden Männer folgten ihm. Die Spannung zwischen ihnen war fast greifbar. St. James fühlte sie so deutlich wie dicken Nebel und wunderte sich, wie Deborah so lange mit diesen Männern zurechtgekommen war, die sich offensichtlich zu Brei schlagen wollten.

»Was soll das alles?« fragte Stone scharf.

»Ich möchte ein paar Möglichkeiten ausschließen«, antwortete St. James. Er knipste die Deckenbeleuchtung im Labor an und ging zu einem der grauen Stahlschränke, dem er ein Stempelkissen und ein halbes Dutzend weißer Karten entnahm. Die legte er auf einen der Arbeitstische, fügte noch ein

Glas Puder, einen großen weichen Pinsel und die kleine Taschenlampe dazu, die er an diesem Tag mit sich getragen hatte.

»Sie zuerst bitte«, sagte er zu Dennis Luxford, der am Türrahmen lehnte, während Alexander Stone zwischen den Arbeitstischen umherging und sich stirnrunzelnd St. James' Gerätschaften ansah. »Dann Mr. Stone.«

»Was?« fragte Stone.

»Fingerabdrücke. Eine reine Formalität, aber ich möchte sie gern erledigt wissen. Mr. Luxford?«

Luxford warf Stone einen langen Blick zu, ehe er zum Arbeitstisch ging, um sich von St. James die Fingerabdrücke abnehmen zu lassen. Es war ein Blick, der besagte, daß er weiterhin zu uneingeschränkter Kooperation bereit sei und außerdem nichts zu verbergen habe.

»Mr. Stone?« sagte St. James.

»Was, zum Teufel –«

»Wie er schon gesagt hat«, bemerkte Luxford, während er sich die Farbe von den Fingern wischte, »er möchte ein paar Möglichkeiten ausschließen.«

»Quatsch«, zischte Stone unterdrückt, aber er trat an den Tisch und ließ sich ebenfalls die Fingerabdrücke abnehmen.

Als das erledigt war, wandte sich St. James dem Kassettenrecorder zu. Zuerst inspizierte er ihn im Licht der Taschenlampe, suchte nach Abdrücken, die sichtbar werden würden, wenn der Recorder im richtigen Winkel gehalten wurde. Er nahm die Kassette aus dem Recorder und untersuchte sie auf die gleiche Weise. Aber nichts zeigte sich im Licht.

Während die beiden Männer ihm vom gegenüberliegenden Ende des Arbeitstisches aus zusahen, tauchte er den Pinsel in das Puder – er hatte die Farbe Rot gewählt, die sich am besten vom Schwarz des Recorders abhob – und bestäubte das Gerät leicht von allen Seiten.

»Er ist abgewischt worden«, bemerkte er, als unter dem Puder keine Abdrücke sichtbar wurden.

Die winzige Kassette unterzog er der gleichen Prozedur. Auch hier kam nichts zum Vorschein.

»Und was für Möglichkeiten schließen wir jetzt aus, verdammt noch mal?« fragte Stone höhnisch. »Er ist doch kein Idiot. Er hinterläßt bestimmt nirgends seine Abdrücke.«

St. James machte ein zustimmendes Geräusch. »Nun, etwas haben wir doch schon, richtig? Er ist kein Idiot.« Er drehte den Recorder um, schob den Deckel des Batteriefachs zurück, nahm ihn ab und legte ihn auf den Tisch. Mit einem Skalpell, das er aus einer Schublade holte, entfernte er vorsichtig die Batterien aus dem Fach und legte sie auf ein weißes Blatt Papier. Dann ergriff er die Taschenlampe und richtete den Lichtstrahl auf die Innenseite des Deckels und die zwei Batterien. Er lächelte. »Jedenfalls kein kompletter Idiot«, sagte er. »Aber man kann eben nicht an alles denken.«

»Abdrücke?« fragte Luxford.

»Ein sehr schöner klarer Abdruck auf dem Deckel. Einige Teilabdrücke auf den Batterien.« Er begann wieder mit dem Puder zu arbeiten. Die beiden Männer sahen ihm schweigend zu, wie er vorsichtig in Richtung des Papillarenverlaufs pinselte und überflüssigen Puder mit einem Hauch wegblies. Er hielt seinen Blick auf die Abdrücke gerichtet – bewundernd und aufmerksam –, als er nach dem Tesafilm griff. Mit dem Deckel würde sich gut arbeiten lassen, das wußte er. Bei den Batterien würde es schwieriger werden.

Vorsichtig drückte er den Tesafilm auf die Abdrücke und achtete darauf, daß keine Luftbläschen entstanden. Dann drückte er fester, wobei er beim Deckel des Batteriefachs den Daumen benutzte, bei den Batterien den Radierer am hinteren Ende eines Bleistifts. Mit einer schnellen Bewegung hob er den Tesafilm dann ab und übertrug die Abdrücke auf die Karten, die er aus dem Schrank geholt hatte. Rasch etikettierte er sie.

Er deutete auf den Abdruck vom Deckel des Batteriefachs. Er machte die beiden Zuschauer auf den Verlauf der Tastlinien aufmerksam, die einen Wirbel bildeten. »Ein Daumenabdruck der rechten Hand«, sagte er. »Bei den anderen – die auf den Batterien waren – ist es schwieriger, weil es nur Teilabdrücke sind. Ich würde vermuten, Zeigefinger und Daumen.«

St. James verglich die Abdrücke zuerst mit denen Stones. Er nahm ein Vergrößerungsglas dazu, vor allem um des Effekts willen, denn er sah gleich, daß der Abdruck nicht von Stone stammte. Danach nahm er sich Luxfords Abdrücke vor – mit dem gleichen Resultat. Der Verlauf der Papillarlinien war auf allen drei Daumenabdrücken völlig unterschiedlich.

Stone schien St. James seine Schlußfolgerung vom Gesicht abzulesen. »Das kann Sie doch nicht überraschen«, sagte er. »Er arbeitet nicht allein. Das ist doch klar.«

St. James antwortete nicht gleich. Vielmehr nahm er die Schriftprobe, die Luxford ihnen gegeben hatte, und verglich sie mit den beiden Entführerschreiben. Er nahm sich viel Zeit, um die Buchstaben, die Abstände zwischen den einzelnen Wörtern, die kleinen Eigenheiten zu studieren. Wieder konnte er keine Ähnlichkeiten entdecken.

Er hob den Kopf. »Mr. Stone«, sagte er, »ich hoffe von Herzen, Sie werden auf die Stimme der Vernunft hören, denn nur Sie können Ihre Frau vielleicht überzeugen. Es ist Zeit für die Polizei. Jetzt gleich. Heute abend noch. Sie haben die Wahl. Wenn die Bandaufnahme Sie noch nicht davon überzeugt hat, wie dringend –«

»Das gibt's doch nicht!« unterbrach Stone mehr ungläubig als empört. »Sie haben sich von ihm einwickeln lassen! Aber das ist kein Wunder. Er hat Sie ja engagiert. Was kann man da anderes erwarten, als daß Sie seine Behauptung, mit der Entführung Charlottes nichts zu tun zu haben, stützen.«

»Mein Gott, Stone! Nehmen Sie doch Vernunft an«, sagte Luxford.

»Ich bin völlig vernünftig«, gab Stone zurück. »Sie haben es darauf abgesehen, meine Frau fertigzumachen, und haben das Mittel dazu gefunden. Und die Leute, die Ihnen dabei helfen. Das hier . . .« – er umschrieb mit einer heftigen Geste das Labor – »gehört alles zum Theater.«

»Wenn Sie das glauben, dann gehen Sie zur Polizei«, sagte St. James.

»Natürlich.« Stone lächelte eisig. »Sie haben uns in eine Ecke gedrängt, wo das unser einziger Ausweg ist. Und wir wissen ja alle, wohin es führt, wenn die Polizei eingeschaltet wird. Direkt zu den Zeitungen. Dahin, wo Luxford uns haben will. Das alles hier – die Briefe, die Bandaufnahme, die Fingerabdrücke – ist nichts weiter als Teil einer Spur, der wir folgen sollen und die uns dazu bringen soll, Luxfords Spiel mitzumachen. Aber das werden Eve und ich nicht tun.«

»Obwohl Charlottes Leben auf dem Spiel steht?« fragte Luxford. »Herrgott noch mal, Mann, Sie müssen doch kapieren, daß Sie es nicht riskieren können, daß irgend so ein Wahnsinniger das Kind umbringt.«

Stone wirbelte zu ihm herum, und Luxford ging sofort in Abwehrstellung.

»Mr. Stone«, sagte St. James ruhig, »bitte hören Sie mir zu. Wenn Mr. Luxford uns auf eine falsche Fährte locken wollte, hätte er nicht dafür gesorgt, daß jemand nur einen einzigen Abdruck im Inneren des Kassettenrecorders hinterläßt. Er hätte dafür gesorgt, daß das ganze Gerät von Abdrücken übersät gewesen wäre. Dieser eine Abdruck auf dem Deckel des Batteriefachs – und die Teilabdrücke auf den Batterien – verrät uns, daß der Entführer einen Fehler gemacht hat. Er kaufte keine neuen Batterien, als er Charlottes Botschaft aufnehmen wollte. Er prüfte lediglich die, die schon drinnen waren, und vergaß, daß er beim Einlegen der Batterien – weiß der Himmel, wie lang das her ist – wahrscheinlich Fingerabdrücke auf ihnen und auf der Innenseite des Deckels hinterlassen hat. So und nicht anders war es. Bei der Aufnahme hat er mit Handschuhen gearbeitet. Er hat die Kassette und den Recorder abgewischt. Und ich wette, wenn wir die Entführerschreiben auf Fingerabdrücke untersuchen – das läßt sich machen, nur wird es mehr Zeit beanspruchen, als wir meiner Meinung nach haben –, werden wir nur meine und Mr. Luxfords auf seinem Brief finden und nur die Ihrer Frau auf dem Schreiben, das sie bekommen hat. Was uns nicht weiterhelfen, sondern nur weitere Verzögerungen verursachen wird. Und dies wiederum wird das Leben Ihrer Stieftochter nur noch mehr gefährden, ob Sie das nun hören wollen oder nicht. Ich schlage Ihnen ja nicht vor, Ihre Frau zu drängen, Mr. Luxford seine Geschichte veröffentlichen zu lassen. Ich schlage vor, Sie raten Ihrer Frau dringendst, die Polizei einzuschalten.«

»Das ist doch das gleiche«, entgegnete Stone.

Luxford riß die Geduld. Er schlug mit der Faust auf den Arbeitstisch. »Ich habe zehn Jahre Zeit gehabt, Ihre Frau fertigzumachen, wie Sie es sagen«, rief er. »Zehn verdammte Jahre, in denen ich ihr Gesicht jederzeit auf die Titelseiten von zwei verschiedenen Zeitungen hätte klatschen und sie bis aufs Blut hätte demütigen können. Aber ich habe es nicht getan. Haben Sie sich schon mal überlegt, warum nicht?«

»Es war eben nicht der richtige Moment.«

»Jetzt passen Sie mal auf. Sie haben heute nachmittag gesagt, Sie wüßten, was ich für einer bin. Gut. Sie wissen, was ich für ein Mensch bin. Ich bin ein Mensch ohne jeden Skrupel. Ich brauche keinen ›richtigen Moment‹. Wenn ich die Geschichte über meine Beziehung zu Evelyn hätte bringen wollen, hätte ich sie gebracht, ohne einen Gedanken an sie zu verschwenden. Ich habe keine Achtung vor ihr. Ihre politische Einstellung ist mir ein Greuel. Ich weiß, was sie für ein Mensch ist, und Sie können mir glauben, es wäre mir ein Vergnügen, sie vor aller Welt bloßzustellen. Aber ich habe es nicht getan. Obwohl es Zeiten gab, wo ich es gern getan hätte. Also – überlegen Sie, Mann. Fragen Sie sich, warum nicht.«

»Weshalb sollten Sie sich selbst in den Dreck ziehen, wenn Sie es vermeiden können?«

»Es geht um mehr als nur um mich.«

»Ach wirklich? Worum geht es denn?«

»Um meine Tochter, verdammt noch mal! Denn sie *ist* meine Tochter!«

Luxford machte eine Pause, als wollte er Stone Zeit geben, das zu verdauen. In dem Moment, der verstrich, bevor Luxford wieder zu sprechen anfing, gewahrte St. James die feine Veränderung, die mit Stone vorging: das kaum merkliche Erschlaffen seiner Schultern, das Krümmen seiner Finger, als wollte er etwas fassen, was nicht da war. Ruhiger sagte Luxford: »Jeder Schlag gegen Evelyn hätte Charlotte getroffen. Weshalb hätte ich meinem eigenen Kind so etwas antun sollen? Ich lebe in der Welt, die ich mitgeschaffen habe, Mr. Stone. Sie können mir glauben, ich weiß genau, daß der ganze Dreck von Evelyn abprallen und das Kind treffen würde.«

Mit tonloser Stimme sagte Stone: »Das waren auch Eves Worte. Sie ist nicht bereit, etwas zu unternehmen, weil sie Charlie schützen will.«

Luxford machte ein Gesicht, als wollte er widersprechen, dann sagte er aber nur: »Dann müssen Sie sie dazu bringen, etwas zu unternehmen. Ganz gleich, was. Es ist die einzige Möglichkeit.«

Stone strich mit den Händen über die Tischplatte und folgte ihrer Bewegung mit seinem Blick. »Ich wünschte, es gäbe einen Gott, der mir raten könnte, was ich tun soll«, sagte er leise und mit gesenktem Blick.

Luxford und St. James schwiegen. Irgendwo unten auf der Straße rief ein Kind zornig: »Du Lügner! Du gemeiner Kerl! Du hast gesagt, du tust es, aber du hast's nicht getan. Das sag' ich. Warte nur, das sag' ich.«

Stone holte tief Atem. Dann hob er den Kopf. »Kann ich bei Ihnen mal telefonieren?« sagte er zu St. James.

11

Als Mr. Czvanek sich von Eve Bowen verabschiedete, schien er zufrieden. Die Abgeordnete seines Bezirks hatte sich seine Beschwerde angehört, ihre Teilnahme ausgedrückt, gelobt, etwas zu unternehmen. Es handelte sich um die kürzliche Eröffnung eines Video-Centers direkt unter seiner Wohnung in der Praed Street. Es war dort sowieso schon sehr laut durch den Verkehr, die Nähe zum Bahnhof Paddington und der nächtlichen Umtriebe der Strichjungen und Prostituierten, gegen die die Polizei trotz seiner regelmäßigen Anrufe beim Revier nichts unternahm. Mr. Czvanek, der mit seiner alten Mutter, seiner Frau und sechs Kindern in einer Dreizimmerwohnung hauste, die eigentlich nur das Sprungbrett in ein besseres Leben sein sollte, verlor allmählich seine Träume, von seiner Geduld ganz zu schweigen.

In gebrochenem Englisch hatte er gesagt: »Ich komme zu Ihnen als letzte Hoffnung von meiner Familie, Mrs. Parliament. Meine Nachbarn mir sagen, sprechen mit Abgeordnete, sie helfen. Die Straße, der viele Verkehr machen uns nichts aus. Aber für meine Kinder nicht gut, überall Sünde sehen. Diese Menschen, die sich auf Straße verkaufen. Diese jungen Menschen mit ihren Zigaretten und Drogen im Video-Center. Das nicht gut für meine Kinder. Meine Nachbarn mir sagen, Sie können ändern. Sie können ...« Er suchte nach einem Wort und zwirbelte dabei den Hosenaufschlag an seinem linken Knöchel, der auf seinem rechten Knie ruhte. Er hatte das fast das ganze Gespräch hindurch getan, und der Stoff war reichlich zerknittert, als er zum Schluß seiner Ausführungen kam. »Sie können schlechte Menschen fortjagen. Damit meine Kinder gut aufwachsen und ordentliche Menschen werden. Ist Wichtigstes für Vater, wie Kinder groß werden. Sie haben Kinder, Mrs. Parliament?« Er hatte das politisch korrekte Familienfoto ergriffen, das Eve, Alex und Charlotte in inniger

Gemeinschaft zeigte, und einen dicken Daumenabdruck auf dem silbernen Rahmen hinterlassen. »Ist Ihre Familie? Ihr Kind? Dann verstehen Sie, ja?«

Eve hatte die angemessenen Bemerkungen und die angemessenen Notizen gemacht. Sie hatte erklärt, daß es einen Ausschuß gab, der sich gegenwärtig mit der Frage befaßte, ob in dem Viertel mehr Polizei eingesetzt werden sollte. Sie hatte ihm klargemacht, daß man zwar gegen die Prostitution in der Praed Street etwas unternehmen könne und auch mit aller Strenge durchgreifen werde, daß es jedoch leider gegen die Geschäftsbetriebe in dem Viertel keine Handhabe gebe, da es von der Stadt als Gewerbe- und Wohngebiet ausgewiesen sei. Das Video-Center würde also bleiben, wenn es nicht aufgrund mangelnden Umsatzes gezwungen war, seine Türen zu schließen. Sie könne ihm jedoch versprechen, daß die zuständige Polizei dem Umfeld regelmäßige Besuche abstatten würde, um Drogen- und Alkoholmißbrauch zu verhindern und Minderjährige, die sich dort herumtreiben sollten, nach Hause zu schicken. Sie sagte, wenn man in einer Großstadt lebe, müsse man stets Kompromisse schließen, und Mr. Czvanek werde zumindest vorläufig mit dem Video-Center leben müssen.

Er schien zufrieden. Lächelnd war er aufgestanden und hatte überschwenglich gesagt: »Hier großartiges Land. Mann wie ich sprechen mit Mrs. Parliament persönlich. Wirklich großartig.«

Eve hatte dem Mann die Hand geschüttelt, wie sie jedem ihrer Wähler, der sie in ihrer Sprechstunde aufsuchte, die Hand zu schütteln pflegte, und als sich die Tür hinter ihm geschlossen hatte, rief sie ihre Sekretärin an: »Ich brauche fünf Minuten Pause, Nuala. Wie viele sind es noch?«

»Sechs«, antwortete Nuala mit gesenkter Stimme aus dem Vorzimmer. »Und Mr. Woodward hat wieder angerufen. Er sagt, es sei sehr dringend. Sie möchten ihn zurückrufen, sobald Sie eine freie Minute haben.«

»Worum geht es denn?«

»Ich habe ihn nicht gefragt, Mrs. Bowen.« Nualas Ton verriet, wie unsympathisch ihr Joel Woodwards Art war, stets den großen Schweiger zu spielen und so zu tun, als handelte es sich bei jeder Nachricht, die er zu übermitteln hatte, um ein Staatsgeheimnis. »Soll ich ihn zurückrufen?«

»Gleich. Ich möchte erst noch mit den anderen Leuten sprechen, die draußen warten.«

Eve nahm die Brille ab und legte sie auf den Schreibtisch. Sie war seit drei Uhr im Bezirksbüro. Es war ihre gewohnte Freitagssprechstunde, aber nichts außer dem Andrang von Frage- und Bittstellern und der Besprechung mit dem Vorsitzenden der Bezirksgruppe war diesmal wie gewohnt gewesen. Statt jedes Gespräch wie sonst mit gesammelter Aufmerksamkeit zu führen und auf jede Frage und jede Bitte eine Antwort parat zu haben, war sie mit ihren Gedanken ganz woanders gewesen. Mehr als einmal hatte sie, unter dem Vorwand, sich Notizen zu machen, um Wiederholung und nähere Erklärung von Fragen und Argumenten bitten müssen. Das mochte bei anderen Abgeordneten, die ihren Wählern in der Sprechstunde Rede und Antwort standen, normal sein, für Eve Bowen war es das keineswegs. Sie war stolz auf ihr hervorragendes Gedächtnis und ihre unglaublich schnelle Auffassungsgabe. Daß sie jetzt Schwierigkeiten hatte, mit ihren Wählern umzugehen, deren Fragen sie eigentlich mit links hätte kontern, einordnen und beantworten müssen, zeigte ihr, wie leicht man ihr die innere Zerrüttung anmerken könnte, die sie doch unbedingt verbergen wollte.

Weiterzumachen wie bisher war die richtige Reaktion auf Charlottes Verschwinden gewesen. Bisher war es ihr gelungen, aber unter der Belastung begann sie brüchig zu werden. Und das erschütterte sie mehr als Charlottes Verschwinden. Erst achtundvierzig Stunden waren seit der Entführung ihrer Tochter vergangen, und Eve wußte, wenn sie diese Schlacht mit Dennis Luxford gewinnen wollte, dann mußte sie auf eine lange Belagerung gefaßt sein. Um ihr standzuhalten, gab es nur eins: sich ganz auf die jeweiligen Tagesgeschäfte zu konzentrieren.

Aus diesem Grund hatte sie Joel Woodwards Anrufe nicht erwidert. Sie konnte es nicht riskieren, sich von ihrem Assistenten noch mehr aus dem Tritt bringen zu lassen.

Durch eine Seitentür ihres Büros stahl sie sich in den Korridor hinaus, der zum rückwärtigen Teil des Hauses führte. Dort sperrte sie sich in der Toilette ein und wusch sich Mr. Czvaneks fettigen Händedruck ab. Sie legte unter ihren Augen eine dünne Schicht Make-up auf und zog ihre Lippen nach. Sie wischte sich ein Haar von ihrer Kostümjacke. Sie richtete den Kragen ihrer Bluse. Dann trat sie vom Spiegel zurück und musterte kritisch ihr Aussehen. Normal, dachte sie. Bis auf die Nerven, die überreizt waren, seit sie ihr Büro am Parliament Square verlassen hatte.

Die Begegnung mit der Journalistin hatte nichts zu bedeuten. Überhaupt nichts. Jeden Tag stürzten sich Journalisten auf Abgeordnete und Mitglieder der Regierung. Sie wollten schnelle Antworten auf ihre Fragen, wollten Interviews oder Hintergrundinformationen, wollten sich irgendeine Story bestätigen lassen. Sie versprachen Anonymität, sie garantierten genaue Wiedergabe, sie schworen, als Quelle würde eine andere Person genannt werden. Aber sie waren immer da, im Vorraum des Unterhauses, im Innenministerium, in Whitehall, am Parliament Square, immer auf der Jagd. Es war daher überhaupt nichts Ungewöhnliches daran gewesen, daß sie, als sie mit bereits einer Stunde Verspätung zu ihrer Sprechstunde in Marylebone eilte, auf dem Weg zu ihrem Wagen von einer Journalistin angesprochen wurde. Ungewöhnlich war jedoch alles gewesen, was darauf gefolgt war.

Sie hieß Tarp. Diana Tarp, sagte sie, obwohl Eve das auf dem Presseausweis, den sie an einer Kette um den Hals trug, klar und deutlich lesen konnte. Sie vertrat den *Globe* und wollte mit der Staatssekretärin gern einen Termin für ein Interview vereinbaren. So bald wie möglich, wenn es Mrs. Bowen recht sei.

Eve war von diesem Frontalangriff so überrascht gewesen, daß sie auf dem Weg zur Tür, durch die sie ihren Rover und den wartenden Fahrer sehen konnte, unwillkürlich stehengeblieben war. »Wie bitte?« hatte sie gesagt, und ehe Diana Tarp etwas erwidern konnte, hatte sie hinzugefügt: »Wenn Sie ein Interview möchten, würde ich vorschlagen, Sie rufen mein Büro an und sprechen mich nicht auf der Straße an wie ein Strichmädchen, das einen Freier sucht. Und jetzt entschuldigen Sie mich bitte.«

Als sie an der Journalistin vorübergehen wollte, hatte diese leise gesagt: »Ich dachte, es wäre Ihnen angenehmer, wenn ich Sie persönlich anspreche und das nicht über Ihr Büropersonal laufen lasse.«

Eve, die sich schon wieder in Bewegung gesetzt hatte, machte noch zwei langsame Schritte, dann blieb sie stehen. »Was?«

Die Journalistin sah ihr ruhig in die Augen. »Sie wissen doch, wie das in den Büros abläuft, Mrs. Bowen. Ein Journalist ruft an, möchte aber keine präzise Nachricht hinterlassen. Fünf Minuten später weiß die Hälfte des Personals Bescheid. Und noch einmal fünf Minuten später stellt das gesamte Personal Spekulationen über die Gründe an. Ich dachte, das würden Sie gern vermeiden. Daß die anderen etwas erfahren und herumspekulieren, meine ich.«

Eve war eiskalt geworden bei ihren Worten. Gleich darauf jedoch erfaßte sie ein solcher Zorn, daß sie fürchtete, die Beherrschung zu verlieren, wenn sie jetzt sprach. Sie hatte ihren Aktenkoffer von der einen Hand in die andere genommen und auf ihre Uhr gesehen, um ihre Fassung wiederzugewinnen.

Schließlich sagte sie: »Ich habe leider im Moment nicht die Zeit, mich mit Ihnen zu unterhalten, Mrs. –« und warf einen Blick auf den Presseausweis der Journalistin.

»Tarp«, sagte diese. »Diana Tarp.« Ihr Ton verriet Eve, daß sie von ihrer Vorstellung weder überzeugt noch beeindruckt war.

»Natürlich. Ja. Also, wenn Sie den Termin nicht über mein Büro vereinbaren möchten, Mrs. Tarp, dann geben Sie mir Ihre Karte, und ich melde mich, sobald ich kann. Mehr kann ich im Moment nicht tun. Ich bin schon jetzt zu spät dran für meine Sprechstunde.«

Nach einer kleinen Pause, in der sie einander wie zwei potentielle Gegnerinnen gemustert hatten, reichte Diana Tarp Eve ihre Karte. Aber sie wandte nicht einen Moment den Blick von Eves Gesicht, als sie die Karte aus ihrer Jackentasche zog.

»Ich hoffe sehr, von Ihnen zu hören«, sagte sie.

Im Fond des Rover, der sie durch die Stadt nach Marylebone trug, sah Eve sich die Karte an. Sie verzeichnete den Namen der Frau, ihre Privatadresse, ihre dienstliche Adresse, mehrere Telefon- und Faxnummern. Kein Zweifel, wenn es irgendwo eine Story zu holen gab, war Diana Tarp jederzeit bereit.

Langsam riß Eve die Karte in der Mitte durch. Sie zerriß sie in Viertel und dann in Achtel. Als sie sie auf die Größe von Konfetti reduziert hatte, behielt sie die Schnipsel in der Hand und warf sie, sobald der Wagen vor dem Bezirksausschußgebäude hielt, in den Rinnstein, wo ein Bächlein braunen Wassers zum nächsten Abfluß rann. Damit wäre das erledigt, dachte Eve.

Völlig bedeutungslos, sagte sie sich jetzt. Der Ansatz der Journalistin war ungewöhnlich gewesen, aber das war vielleicht einfach ihr Stil. Vielleicht arbeitete sie an einer Story über die wachsende Zahl von Frauen im Parlament, über die Notwendigkeit, mehr Frauen in die Regierung zu holen. Sie konnte über einen von einem ganzen Dutzend Bereichen recherchieren, die in die Verantwortung des Innenministeriums fielen. Vielleicht wollte sie sich über Änderungen in der Einwanderungspolitik oder über die Zentralisierung der Polizei oder über die Reform des Strafvollzugs informieren. Vielleicht wollte sie die Position der Regierung zur Asylfrage oder zur Frage eines dauernden Waffenstillstands mit der IRA diskutieren. Vielleicht war sie auch einer potentiell unerquicklichen Story über die Spionageabwehr auf der Spur. Es konnte alles mögliche sein. Und es konnte gar nichts sein. Es war lediglich der Zeitpunkt ihres Auftauchens, der Eve beunruhigt hatte.

Eve setzte ihre Brille wieder auf und zupfte ihren Pony zurecht, so daß er die Narbe an der Augenbraue bedeckte. Sie sagte: »Parlamentsabgeordnete, Staatssekretärin« zu ihrem Spiegelbild, und als diese öffentliche Person wieder mit ihr eins geworden war, kehrte sie in ihr Büro zurück und ließ den nächsten Wartenden eintreten.

Diese Sitzung – ein weitschweifiges Gespräch mit einer ledigen Mutter von drei Kindern, die schon wieder Nachwuchs erwartete und gekommen war, um gegen ihren gegenwärtigen Platz auf der Warteliste für eine Sozialwohnung zu protestieren – wurde von Nuala unterbrochen. Sie klopfte diskret und öffnete die Tür, gerade als Miß Peggy Hornfisher empört fragte: »Isses vielleicht *meine* Schuld, daß sie alle denselben Vater haben? Wieso werd' ich deswegen schlechter behandelt? Wenn ich dauernd mit andern schlafen würde und am laufenden Band Kinder produzieren würde, ohne mich drum zu kümmern, wer der Vater ist, wär' ich ganz oben auf dieser Liste, das wissen wir doch beide. Und sagen Sie jetzt bloß nicht, ich soll mit dem Wohnungsamt reden. Den Mund hab' ich mir fußlig geredet. *Sie* sollen mit denen reden. Dafür hab' ich Sie schließlich gewählt.«

Nualas »Entschuldigen Sie, Mrs. Bowen« ersparte es Eve, Miß Hornfisher die Feinheiten des Auswahlverfahrens bei der Verteilung von Sozialwohnungen zu erläutern. Die Tatsache, daß Nuala persönlich unterbrochen hatte, konnte nur bedeuten, daß etwas vorlag, was sofortige Bearbeitung verlangte.

Eve stand auf und ging mit Nuala ins Vorzimmer hinaus. Die Sekretärin sagte: »Ihr Mann hat gerade angerufen.«

»Warum haben Sie ihn nicht durchgestellt?«

»Das wollte er nicht. Er hat nur gesagt, Sie möchten sofort nach Hause kommen. Er ist schon unterwegs und erwartet Sie dort. Das war alles.« Nuala trat unbehaglich von einem Fuß auf den anderen. Sie hatte Alex schon öfter am Telefon gehabt und mußte wissen, wie ungewöhnlich es für ihn war, seiner Frau über Dritte Anweisungen zu geben. »Mehr hat er nicht gesagt«, fügte sie hinzu.

Eve verspürte einen Anflug von Panik, doch sie griff auf Alex' ersten Gedanken am Mittwochabend zurück und sagte mit äußerlicher Gelassenheit: »Seinem Vater geht es nicht gut« und kehrte in ihr Büro zurück. Sie entschuldigte sich bei Miß Hornfisher, versprach ihr, sich um die Angelegenheit zu kümmern, und begann ihre Sachen zu packen, während Miß Hornfischer verdrossen hinausschlurfte. Sie bemühte sich, ihre Fassung zu bewahren, obwohl ihre Gedanken rasten. Es ging um Charlotte. Alex hatte bestimmt Charlottes wegen angerufen. Sonst hätte er ihr nicht ausrichten lassen, sie solle nach Hause kommen. Sie hatten also von ihr gehört. Es gab etwas Neues. Luxford hatte klein beigegeben. Eve war standhaft geblieben, hatte sich nicht ins Bockshorn jagen lassen, hatte sich von Luxfords Theater nicht beeindrucken lassen, hatte ihre Kaltblütigkeit bewahrt und ihm gezeigt, wer hier wahren Mumm hatte, wer –

Das Telefon läutete. Sie hob hastig ab. »Was ist denn?« fragte sie ungeduldig.

»Es ist schon wieder Joel Woodward«, antwortete Nuala.

»Ich kann jetzt nicht mit ihm sprechen.«

»Aber er sagt, es sei dringend, Mrs. Bowen.«

»Ach, verdammt, dann stellen Sie ihn eben durch«, sagte sie und hörte einen Moment später die Stimme Joels, der mit ganz uncharakteristischer Respektlosigkeit sagte: »Scheiße! Warum haben Sie mich nicht zurückgerufen?«

»Was glauben Sie eigentlich, mit wem Sie sprechen, Joel?«

»Ich weiß, mit wem ich spreche. Und ich weiß noch was anderes. Hier ist was im Busch, und ich dachte mir, es würde Sie interessieren.«

Der Freitagabendverkehr war chaotisch. Der Monat Mai, der beginnende Ansturm der Touristen und das abendliche Gedränge ins Theater sorgten dafür, daß die Straßen völlig verstopft waren. Luxford, der mit St. James im Wagen Alexander Stone folgte, rief seine Frau an, um ihr zu sagen, daß er später nach Hause kommen würde. Den Grund nannte er ihr nicht.

Zu St. James sagte er: »Fiona weiß nichts von dieser Geschichte. Ich habe keine Ahnung, wie ich es ihr beibringen soll. Mein Gott, ist das ein Schlamassel.« Er hielt die Augen auf den Wagen vor ihnen gerichtet. »Glauben Sie auch, daß ich was mit der Sache zu tun habe? Mit Charlottes Entführung?«

»Was ich glaube, ist nicht wichtig, Mr. Luxford.«

»Es tut Ihnen leid, daß Sie sich da haben hineinziehen lassen.«

»Ja, das stimmt.«

»Warum haben Sie es übernommen?«

St. James sah zum Fenster hinaus. Sie fuhren am Hyde-Park vorbei. Durch Lücken zwischen den mächtigen Platanen konnte er sehen, daß im schwindenden Abendlicht immer noch Leute auf den Wegen spazierengingen. Mit Hunden. In kleinen Gruppen oder zu zweit Arm in Arm. Mit kleinen Kindern im Sportwagen. Sein Blick blieb an einer jungen Frau hängen, die ihren kleinen Jungen hoch in die Luft schwang.

»Es ist zu schwierig, das zu erklären«, sagte er und war Luxford dankbar, daß er schwieg.

Als sie in Marylebone ankamen, war Mrs. Maguire gerade im Aufbruch begriffen. Mit einem gelben Poncho über der Schulter und einer Plastiktüte am Arm kam sie aus dem Haus. Sie sprach mit Alexander Stone, während Luxford seinen Wagen in eine Parklücke etwas weiter die Straße hinunter manövrierte. Als sie zum Haus kamen, war sie gegangen.

»Eve ist schon da«, sagte Stone. »Lassen Sie mich zuerst hineingehen.«

Sie warteten draußen. Ab und zu fuhr ein Auto vorbei. Vom *Devonshire Arms* an der Ecke wehte gedämpftes Stimmengewirr herüber. Sonst war es still in der schmalen Straße.

Mehrere Minuten verstrichen, ehe die Tür geöffnet wurde. »Kommen Sie herein«, sagte Stone.

Eve Bowen erwartete sie im Wohnzimmer. Sie stand neben der Skulptur, unter der sie vor zwei Tagen den Entführerbrief hervorgeholt hatte. Sie wirkte gefaßt wie ein Krieger vor dem Kampf Mann gegen Mann. Sie trug die Art Gleichmut zur Schau, die einschüchtern soll.

»Spielen Sie mir das Band vor«, sagte sie.

St. James kam ihrer Aufforderung nach. Eves Miene blieb unbewegt, während Charlotte zu ihnen sprach. Einmal allerdings glaubte St. James so etwas wie Erschütterung zu bemerken, als Charlotte sagte: »Cito, ich muß das alles auf Band sprechen, damit er mir was zu trinken gibt, und ich hab' doch solchen Durst.«

Als das Band abgelaufen war, sagte Eve zu Luxford: »Danke für die Information. Du kannst jetzt gehen.«

Luxford streckte den Arm aus, als wollte er sie berühren, aber sie standen auf entgegengesetzten Seiten des Raums. »Evelyn –«

»Geh jetzt.«

»Eve«, sagte Stone, »wir rufen jetzt die Polizei an. Wir brauchen sein Spiel nicht mitzumachen. Er braucht die Story nicht zu bringen.«

»Nein«, entgegnete sie. Ihr Gesicht war so hart wie ihre Stimme. St. James fiel auf, daß sie nicht einen Moment den Blick von Luxford gewendet hatte, seit sie ins Zimmer gekommen waren. Sie standen wie Schauspieler auf einer Bühne. Jeder hatte seine Position eingenommen, von der er sich nicht wegbewegt hatte: Luxford am offenen Kamin, Eve ihm gegenüber, Stone am Durchgang zum Speisezimmer, St. James beim Sofa. Er stand ihr am nächsten und versuchte, das unbewegte Gesicht zu deuten, aber sie war auf der Hut wie eine mißtrauische Katze.

»Mrs. Bowen«, begann er und sprach bewußt leise, als gälte es, um jeden Preis Ruhe zu bewahren, »wir haben heute Fortschritte gemacht.«

»Welcher Art?« Immer noch war ihr Blick auf Luxford gerichtet, und der hielt ihm stand wie einer Herausforderung.

St. James berichtete ihr von dem Stadtstreicher, den zwei Anwohner im Cross Keys Close gesehen hatten. Er berichtete ihr von dem Polizeibeamten, der den Mann vertrieben hatte, und sagte: »Einer der Constables im zuständigen Revier wird sich an diesen Mann und die Beschreibung erinnern. Wenn Sie die Polizei hinzuziehen, braucht sie nicht mit nichts anzufangen. Sie hat einen Ansatzpunkt für ihre Ermittlungen.«

»Nein«, sagte sie. »Du kannst versuchen, was du willst, Dennis. Du wirst nicht erreichen, was du willst.« Sie teilte Luxford mit ihren Worten etwas mit, das über ihre bloße Weigerung, etwas zu unternehmen, hinausging. St. James hatte keine Ahnung, was es war, aber er sah, daß Luxford verstand. Der öffnete den Mund, als wollte er etwas erwidern, sagte jedoch nichts.

»Wir haben doch keine Wahl, Eve«, mischte sich Stone ein. »Ich möchte dir das weiß Gott ersparen, aber Luxford glaubt –«

Ein Blick von ihr brachte ihn zum Schweigen. Verrat, sagte der Blick. Verrat. »Du also auch«, stellte sie fest.

»Nein. Niemals. Ich stehe auf deiner Seite, Eve.«

Sie lächelte dünn. »Dann hör mir zu.« Ihr Blick kehrte zu Luxford zurück. »Heute nachmittag wollte eine Journalistin ein Interview mit mir haben. Am liebsten auf der Stelle. Ist das nicht angesichts der Umstände ein merkwürdiges Zusammentreffen?«

»Das hat doch überhaupt nichts zu sagen«, versetzte Luxford. »Lieber Himmel, Eve, du bist Staatssekretärin! Die Journalisten wollen doch bestimmt dauernd was von dir.«

»So bald wie möglich, hat sie gesagt«, fuhr Eve fort, als hätte Luxford gar nicht gesprochen. »Wir könnten einen Termin ja ganz privat vereinbaren, denn es wäre mir doch sicher lieber, wenn meine Mitarbeiter nicht erführen, daß sie mit mir gesprochen habe.«

»War sie von meiner Zeitung?« fragte Luxford.

»Na, so dumm wärst du bestimmt nicht. Aber von deiner früheren Zeitung. Und das finde ich sehr interessant.«

»Es ist reiner Zufall! Das mußt du doch einsehen!«

»Vielleicht würde ich das, wenn es ein Einzelfall geblieben wäre.«

»Wieso?« fragte Stone. »Eve, was ist los?«

»Seit heute nachmittag um halb vier haben fünf Journalisten angerufen. Joel hat die Gespräche entgegengenommen. Er sagte, sie witterten irgendwas. Alle hätten sie mich sprechen wollen. Nun wollte er wissen, ob ich eine Ahnung hätte, was denen in die Nase gestiegen sei, und wie sollte er mit diesem plötzlichen Interesse an... Ja, woran sind sie denn eigentlich plötzlich so interessiert, Mrs. Bowen?«

Luxford sagte beschwörend: »Nein, Evelyn. Ich habe keiner Menschenseele etwas gesagt. Das hat nichts mit –«

»Verschwinde aus meinem Haus, du Schwein«, entgegnete sie leise. »Ich würde lieber sterben, als dir noch in die Hände zu spielen.«

St. James ging mit Luxford hinaus, um noch einen Moment mit ihm zu sprechen, ehe er in seinen Wagen stieg. Er hätte nie geglaubt, daß ihm der Chefredakteur der *Source* einmal leid tun würde, aber jetzt verspürte er Mitleid mit ihm. Der Mann sah müde und abgekämpft aus. Auf seinem eleganten blauen Hemd waren riesige Schweißflecken zu sehen. Sein ganzer Körper roch nach Schweiß.

»Und jetzt?« fragte er wie betäubt.

»Ich werde noch einmal mit ihr sprechen.«

»Wir haben keine Zeit.«

»Ich spreche jetzt gleich mit ihr.«

»Sie gibt bestimmt nicht nach.« Sein Blick flog zum Haus, das ihnen beiden nichts weiter sagte, als daß nun außer im Wohnzimmer in einem der oberen Räume Licht gemacht worden war. »Sie hätte damals abtreiben sollen«, sagte er. »Ich weiß nicht, warum sie es nicht getan hat. Ich habe immer vermutet, weil sie einen konkreten Grund brauchte, mich zu hassen.«

»Wofür?«

»Daß ich sie verführt habe. Oder daß ich in ihr den Wunsch geweckt habe, sich verführen zu lassen. Das letztere, vermute ich. Das eigene Begehren hat für viele Menschen etwas Beängstigendes.«

»Das ist wahr.« St. James schlug leicht auf das Verdeck von Luxfords Wagen. »Fahren Sie nach Hause. Ich will sehen, was ich tun kann.«

»Nichts«, prophezeite Luxford.

»Trotzdem – lassen Sie mich sehen.«

Er wartete, bis Luxford abgefahren war, ehe er zum Haus zurückging. Stone öffnete ihm auf sein Läuten.

»Ich glaube, es ist höchste Zeit, daß Sie verschwinden«, sagte er. »Sie hat genug mitgemacht. Herrgott! Wenn ich mir vorstelle, daß ich beinahe selbst auf sein Theater reingefallen wäre! Unglaublich!«

»Ich stehe auf niemandes Seite, Mr. Stone«, erklärte St. James. »Lassen Sie mich mit Ihrer Frau sprechen. Ich habe ihr noch nicht alles gesagt, was sie über die Nachforschungen des heutigen Tages wissen sollte. Sie hat ein Recht auf diese Informationen. Da werden Sie mir doch zustimmen.«

Mit zusammengekniffenen Augen ließ sich Stone St. James' Worte durch den Kopf gehen. Er sah so abgekämpft aus wie Luxford. Eve Bowen hingegen hatte überhaupt nicht so ausgesehen. Sie hatte den Eindruck gemacht, als wäre sie bereit, weitere fünfzehn Runden zu kämpfen und den Ring als Siegerin zu verlassen.

Schließlich nickte Stone und trat von der Tür zurück. Mit schwerem Schritt stieg er die Treppe ins obere Stockwerk hinauf, während St. James ins Wohnzimmer ging und überlegte, was er sagen, was er tun sollte, wie er die Frau dazu bringen sollte, etwas zu unternehmen, ehe es zu spät wäre.

Auf dem Couchtisch, auf dem Mrs. Maguire bei seinem letzten Besuch ihren Altar aufgebaut hatte, stand jetzt ein Schachspiel von unkonventioneller Art. St. James nahm die beiden gegnerischen Könige zur Hand. Der eine war Harold Wilson, der andere Margaret Thatcher.

»Er hat es geschafft, Sie glauben zu machen, daß ihm an Charlotte etwas liegt, nicht wahr?«

St. James drehte sich um. An der Tür stand Eve Bowen, hinter ihr ihr Mann, eine Hand an ihrem Ellbogen.

»Aber dem ist nicht so. Er hat sie nie gesehen. Man sollte meinen, daß er in den zehn Jahren ihres Lebens einmal versucht hätte, Verbindung aufzunehmen. Er hat es nie getan. Ich hätte es allerdings auch nie zugelassen.«

»Vielleicht wußte er das.«

»Vielleicht.« Sie trat ins Zimmer. Sie setzte sich in denselben Sessel, den sie am Mittwochabend gewählt hatte. Im Licht der Stehlampe wirkte ihr Gesicht so ruhig und gefaßt wie an jenem Abend. »Er ist ein glänzender Schauspieler, Mr. St. James. Ich weiß das besser als jeder andere. Er wird Ihnen einreden wollen, ich sei verbittert über unsere damalige Affäre und wie sich die Sache entwickelt hat. Er wird Ihnen vormachen wollen, mein Verhalten sei eine Reaktion auf meine eigene Schwäche, die mich damals zum Opfer seines unwiderstehlichen Charmes gemacht hat. Und während Ihre Aufmerksamkeit auf mich und meine Weigerung, Dennis Luxford auch nur einen Funken menschliche Anständigkeit zuzubilligen, gerichtet ist, zieht er im Hintergrund geschickt die Fäden und spielt mit unseren Ängsten.« Sie legte ihren Kopf an die Sessellehne und schloß die Augen. »Die Sache mit dem Tonband war ein cleverer Schachzug. Ich hätte ihm vielleicht selbst geglaubt, wüßte ich nicht, daß ihm jedes Mittel recht ist.«

»Es war die Stimme Ihrer Tochter.«

»O ja. Es war Charlotte.«

St. James ging zum Sofa. Sein krankes Bein hing wie ein Bleigewicht an ihm, sein Rücken schmerzte von der nachmittäglichen Kletterpartie. Jetzt fehlte nur noch eine Migräne. Es mußte eine Entscheidung getroffen werden, und gerade das Widerstreben, das er bei jeder körperlichen Bewegung verspürte, sagte ihm, wie dringend notwendig es war, sie zu treffen.

Er sagte: »Ich werde Ihnen berichten, was ich bis jetzt weiß.«

»Und danach überlassen Sie alles weitere uns«, gab sie zurück.

»Ja. Ich kann diese Untersuchung nicht mit gutem Gewissen weiterführen.«

»Sie glauben ihm also.«

»Ja, Mrs. Bowen. Er ist mir nicht besonders sympathisch. Mir gefällt nicht, wofür er steht. Ich finde, seine Zeitung sollte vom Erdboden verschwinden. Aber ich glaube ihm.«

»Warum?«

»Weil er, wie er sagte, seine Geschichte schon vor zehn Jahren hätte erzählen können. Er hätte damit herausrücken können, als Sie das erstemal fürs Parlament kandidierten. Er hat keinen Grund, die Geschichte gerade jetzt an die Öffentlichkeit zu bringen. Außer um Ihre Tochter zu retten. Seine Tochter.«

»Das Kind, das er gezeugt hat, Mr. St. James. Nicht seine Tochter. Charlotte ist Alex' Tochter.« Sie öffnete die Augen und drehte den Kopf, ohne ihn von der Lehne zu heben. »Sie haben nicht viel Ahnung von Politik, nicht wahr?«

»Auf Ihrer Ebene? Nein, wahrscheinlich nicht.«

»Nun, hier geht es um Politik, Mr. St. James. Wie ich von Anfang an gesagt habe, es geht hier einzig und allein um Politik.«

»Das glaube ich nicht.«

»Ich weiß. Darum stecken wir ja fest.« Sie machte eine müde Handbewegung. »Gut, sagen Sie uns, was es noch zu sagen gibt. Und dann gehen Sie. Wir werden entscheiden, was zu tun ist, und Sie haben Ihre Hände in Unschuld gewaschen.«

Alex Stone setzte sich in den Sessel beim Kamin, seiner Frau gegenüber. Er kauerte auf seiner Kante, die Ellbogen auf die Knie gestützt, den Kopf gesenkt, den Blick niedergeschlagen.

Aus der Verantwortung entlassen, die er von Anfang an nicht hatte übernehmen wollen, fühlte sich St. James durchaus nicht befreit. Im Gegenteil, die Last, die er trug, wog noch schwerer. Er versuchte, sich nicht davon beeindrucken zu lassen. Er habe hier keine Verpflichtungen, sagte er sich, und dennoch litt er an der Anstrengung, sie abzuschütteln.

»Ich war in der Shenkling-Schule, wie wir besprochen hatten«, begann er. »Ich habe mit einer Reihe von Mädchen zwischen acht und zehn Jahren gesprochen. Die Kleine, die wir suchen, war nicht unter ihnen. Ich habe eine Liste der Kinder, die heute gefehlt haben, falls Sie sie anrufen möchten.«

»Worum geht es hier eigentlich?« fragte Stone.

»Um eine Freundin von Charlotte«, erklärte seine Frau, als St. James ihr die Liste reichte.

»Charlottes Musiklehrer«, erklärte St. James.

»Chambers«, sagte Stone.

»Ja, Damien Chambers. Er erzählte uns, daß Charlotte im allgemeinen in Begleitung eines anderen kleinen Mädchens zu ihrer Musikstunde am Mittwoch kommt. Dieses Mädchen war offenbar auch am letzten Mittwoch dabei. Wir haben versucht, sie ausfindig zu machen, weil wir hofften, sie würde uns etwas darüber sagen können, was an dem Nachmittag geschehen ist. Bisher ist es uns leider nicht gelungen, sie zu finden.«

»Aber die Beschreibung des Stadtstreichers«, sagte Eve Bowen. »Das ist doch ein Hinweis.«

»Ja. Und wenn Sie das kleine Mädchen ausfindig machen können und sie die Beschreibung bestätigt, vielleicht auch noch bestätigt, daß der Mann zu der Zeit, als Charlotte zur Musikstunde ging, in der Gegend war, dann hätten Sie etwas Brauchbares für die Polizei.«

»Woher kann Charlotte sie kennen?« fragte Eve Bowen. »Wenn nicht aus der Schule?«

»Nun, es gibt ja außer der St. Bernadette und der Shenkling noch andere Schulen in Marylebone. Aber sie könnte sie auch in der Tanzstunde kennengelernt haben. Es kann ein Kind aus der Nachbarschaft sein. Ein Kind, das zur selben Psychotherapeutin geht. Irgendwo muß die Kleine ja sein.«

Eve Bowen nickte. Nachdenklich legte sie die Finger an die Schläfen. »Ich habe vorher nicht darüber nachgedacht, aber der Name... Sind Sie sicher, daß es sich um ein Mädchen handelt?«

»Der Name ist ungewöhnlich, ja, aber jeder, mit dem ich gesprochen habe, sagte mir, es sei ein kleines Mädchen.«

Alexander Stone hob den Kopf. »Ein ungewöhnlicher Name. Wer ist das? Wieso wissen wir nichts von dem Kind?«

»Mrs. Maguire kennt die Kleine. Oder weiß jedenfalls von ihr. Genau wie Chambers und mindestens eine von Charlottes Schulkameradinnen. Sie trifft sie scheinbar so oft, wie es nur irgend geht.«

»Wer ist sie?«

»Sie heißt Breta«, sagte Eve Bowen zu ihrem Mann. »Kennst du sie, Alex?«

»Breta?« Alexander Stone stand plötzlich auf. Er ging zum Kamin und nahm vom Sims eine Fotografie, die ein kleines Kind auf einer Schaukel zeigte. Er selbst stand hinter der Schaukel und lachte in die Kamera. »Mein Gott«, sagte er.

»Was?« fragte Eve Bowen.

»Und Sie haben die letzten zwei Tage damit zugebracht, nach Breta zu suchen?« fragte er St. James müde.

»Zum großen Teil, ja. Bis wir von dem Stadtstreicher hörten, war das unsere einzige Spur.«

»Dann kann ich nur hoffen, daß Ihre Informationen über den Penner stichhaltiger sind als die über Breta.« Stone stieß ein Lachen aus, das verzweifelt klang. Er legte die Fotografie mit dem Bild nach unten auf den Kaminsims. »Glänzend.« Er warf einen Blick auf seine Frau und sah wieder weg. »Wo warst du eigentlich die ganze Zeit, Eve? Wo zum Teufel bist du gewesen? Lebst du in diesem Haus, oder bist du hier nur zu Gast?«

»Was redest du da?«

»Ich rede von Charlie. Ich rede von Breta. Ich rede davon, daß deine Tochter – meine Tochter, unsere Tochter, Eve – nicht eine einzige Freundin hat und du das nicht einmal weißt.«

St. James wurde eiskalt bei Stones Worten und dem, was sie bedeuten mußten. Eve Bowens Maske kühler Gelassenheit hatte, wie er bemerkte, endlich einen kleinen Riß bekommen.

»Was sagst du da?« fragte sie scharf.

»Die Wahrheit«, erwiderte Stone. Er lachte wieder, aber diesmal wurde das Lachen schrill und bekam einen hysterischen Klang. »Breta ist niemand, Eve. Sie ist niemand. *Nie-*

mand. Breta gibt es nicht. Du hast deinen Privatdetektiv die letzten zwei Tage auf der Suche nach Charlies imaginärer Freundin durch Marylebone jagen lassen.«

12

»Breta«, flüsterte Charlotte. »Meine beste Freundin. Breta.« Aber ihre Lippen waren wie verklebt, und ihr Mund fühlte sich an, als wäre er voller trockener Brotbrösel. Sie wußte, daß Breta sie nicht hören und ihr nicht antworten konnte.

Alles tat ihr weh. Ihr ganzer Körper, an jeder Stelle. Sie hatte keine Ahnung, wieviel Zeit vergangen war, seit sie das Band für Cito aufgenommen hatte, aber es schien ihr Tage und Monate und Jahre her zu sein. Ewig.

Sie war hungrig und durstig. Sie hatte ein Gefühl, als stünde hinter ihren Augen eine dicke Wolke, die gegen ihre Lider drückte und ihren ganzen Kopf ausfüllte. Sie konnte sich nicht erinnern, je so müde gewesen zu sein, und wenn sie nicht so schlapp gewesen wäre, wenn ihr Arme und Beine nicht so schwer gewesen wären, hätte sie vielleicht die Energie gehabt, darüber wütend zu sein, daß ihr der Bauch weh tat, weil es so lange her war, daß sie die Fleischpastete und den Apfelsaft bekommen hatte. Aber sie konnte beides noch schmecken, wenn sie mit der Zunge über ihren Gaumen streifte.

Ein krampfartiger Schmerz durchzuckte ihren Magen. Auf der feuchten Decke liegend, zog sie ihre Knie hoch und schlang ihre Arme um ihre Mitte. Dabei rutschte die Decke ein wenig weg, und die klamme Luft ihres lichtlosen Gefängnisses traf ihren Körper.

»Kalt«, flüsterte sie mit ihren verklebten Lippen und nahm ihre Hände von ihrem Magen, um ihre Strickjacke fester um sich zu ziehen. Eine Hand schob sie zwischen ihre Beine, um sie warmzuhalten. Die andere stopfte sie in die Tasche der Strickjacke.

Und da fand sie ihn, in dieser Tasche. Sie öffnete die Augen in der Finsternis, die sie umschloß, und fragte sich, wie sie den kleinen Widgie hatte vergessen können. Eine schöne Freundin bin ich, denke dauernd nur an mich und wünsche mir, ich könnte mit Breta reden, und vergesse ganz den armen kleinen Widgie, der bestimmt genauso friert und genausoviel Angst und Hunger und Durst hat wie ich.

»'tschuldige, Widgie«, murmelte sie und schloß ihre Finger um die kleine Tonfigur, die – wie Cito ihr gewissenhaft erklärt hatte – vor langer Zeit gebrannt und glasiert und in ein Weihnachtsknallbonbon für ein Kind gepackt worden war, das viele Jahre vor Charlottes Geburt gelebt hatte. Sie fuhr die Rillen auf Widgies Rücken nach und die Spitze an einem Ende, die seine Schnauze war. Sie und Cito hatten ihn eines Tages unter ähnlichen winzigen Figürchen in einem Laden in der Camden Passage gesehen, wo sie ein Geschenk für Mama zum Muttertag gesucht hatten. »Ein Igel, ein Igel«, hatte Lottie aufgeregt gerufen und auf das kleine Tontier gedeutet. »Cito, er sieht genauso aus wie Mrs. Tiggy-Winkle.«

»Na, nicht ganz genauso, Charlie«, hatte Cito gesagt.

Und er hatte recht. Im Gegensatz zu Mrs. Tiggy-Winkle trug dieser kleine Igel keinen gestreiften Petticoat und keine Haube und kein Kleid. Er hatte gar nichts an, er hatte nur seine Stacheln und sein niedliches kleines Igelgesicht. Auch wenn er keine Kleider trug, so war er immerhin ein Igel, und Igel waren Lotties ganz besondere Lieblingstiere. Cito hatte ihn ihr gekauft und feierlich überreicht, und seitdem hockte er wie ein Glücksbringer in ihrer Jackentasche und begleitete sie überallhin. Wie hatte sie Widgie nur vergessen können, wo er doch die ganze Zeit bei ihr gewesen war?

Sie holte ihn aus der Tasche und drückte ihn an ihre Wange. Bei der Berührung wurde sie ganz niedergeschlagen. Er war so kalt wie Eis. Sie hätte ihn wärmer halten müssen. Sie hätte besser auf ihn aufpassen müssen. Er war auf sie angewiesen, und sie hatte ihn im Stich gelassen.

Sie tastete in der Dunkelheit nach einem Zipfel der Decke, auf der sie lag, und wickelte den Igel darin ein. Mit steifen Lippen sagte sie leise: »So ist es gemütlich, Widgie. Keine Angst. Wir kommen bald wieder nach Hause.«

Ganz bestimmt würden sie bald nach Hause kommen. Sie

wußte, daß Cito die Geschichte erzählen würde, wie der Mann es wollte, und dann würde das alles hier vorbei sein. Keine Dunkelheit mehr. Keine Kälte mehr. Keine Ziegelsteine mehr als Bett, kein Eimer mehr als Klo. Sie hoffte nur, Cito würde Mrs. Maguire bei seiner Geschichte um Hilfe bitten, ehe er sie erzählte. Er war kein besonders guter Geschichtenerzähler, und seine Geschichten fingen immer gleich an. »Es war einmal ein häßlicher und böser Zauberer und eine wunder-wunderschöne kleine Prinzessin mit kurzem, braunem Haar und einer Brille ...« Wenn der fremde Mann eine andere Geschichte haben wollte, würde Cito auf jeden Fall Mrs. Maguires Hilfe brauchen.

Lottie versuchte zu schätzen, wie lange es her war, seit sie das Tonband für Cito aufgenommen hatte. Sie versuchte zu schätzen, wie lange Cito brauchen würde, um sich seine Geschichte auszudenken, nachdem er das Band abgehört hatte. Sie überlegte, was für eine Geschichte dem fremden Mann am besten gefallen und wie Cito sie ihm zukommen lassen würde. Würde er sie auf Band sprechen wie sie die Nachricht für ihn? Oder würde er sie am Telefon erzählen?

Sie war zu müde, um sich Antworten auf ihre Fragen auszudenken. Sie war sogar zu müde, um Vermutungen anzustellen. Eine Hand tief in der Jackentasche, die andere zwischen den Beinen und die Knie hochgezogen, damit ihr der Bauch nicht weh tat, schloß sie die Augen und dachte an Schlaf. Weil sie so müde war. Sie war so schrecklich müde ...

Licht und lautes Getöse weckten sie. Wie bei einem Gewitter, nur umgekehrt. Erst ein Knarren und ein lauter Knall, und danach das Licht, das rotglühend ihre Augenlider durchdrang. Lottie öffnete die Augen.

Sie stieß einen unterdrückten Schrei aus, weil die plötzliche Helligkeit so weh tat. Diesmal war es nicht der gedämpfte Schein einer Laterne, sondern richtiges Licht, Sonnenlicht. Es fiel grell durch eine Tür in der Mauer, und eine Sekunde lang war sonst nichts zu sehen. Nur das Licht, so hell, daß man die Augen abwenden mußte. Sie fühlte sich wie ein Maulwurf, als sie blinzelnd zurückschreckte und sich mit einem Aufschrei noch kleiner zusammenrollte.

Dann sah sie ihn durch die Schlitze zwischen ihren Lidern. Er trat an die offene Tür und blieb dort stehen, umrahmt von dem Licht hinter ihm. Im Dreieck seiner Beine konnte sie die Farbe Blau und Grün sehen, und sie dachte an hellen Tag und Himmel und Bäume, aber sie konnte nichts erkennen, weil sie ihre Brille nicht hatte.

»Ich brauch' meine Brille«, murmelte sie.

»Nein«, sagte er. »Die brauchst du nicht. Du brauchst deine Brille nicht.«

»Aber ich –«

»Halt die Klappe!«

Lottie kroch tiefer in ihre Decke. Sie konnte seine Gestalt erkennen, aber im Gegenlicht, das so hell war, so grell, als wollte es sie verschlingen, konnte sie sonst nichts erkennen. Außer seinen Händen. Er hatte Handschuhe an. In der einen Hand hielt er die rote Thermosflasche. In der anderen hielt er etwas, was wie eine Röhre aussah. Lottie fixierte die Thermosflasche durstig. Saft, dachte sie. Kalt und süß und naß. Doch anstatt die Thermosflasche aufzuschrauben und ihr etwas einzugießen, warf er die Röhre auf die Ziegelsteine neben ihrem Kopf. Sie starrte sie mit zusammengekniffenen Augen an und sah, daß es eine Zeitung war.

»Dein Papa hat nicht die Wahrheit gesagt«, sagte er. »Dein Papa hat kein einziges Wort gesagt. Ist das nicht echt Pech, Lottie, hm?«

Er hatte so etwas in der Stimme ... Lotties Augen begannen zu brennen, und ihre Kehle zog sich zusammen. Sie murmelte: »Ich hab's Ihnen doch gesagt. Ich hab's Ihnen extra gesagt. Cito kann keine richtigen Geschichten erzählen.«

»Ja, das ist ein Problem, was? Aber das macht nichts, er braucht nur einen kleinen Tritt. Und den geben wir beide ihm, du und ich. Also, machst du mit?«

»Ich wollt's ihm doch sagen ...« Lottie versuchte zu schlukken. Sie streckte einen Arm nach der Thermosflasche aus. »Ich hab' Durst«, sagte sie. Sie wollte ihren Kopf von den Ziegelsteinen heben, sie wollte in das Licht hinter ihm laufen, aber sie schaffte es nicht. Sie schaffte überhaupt nichts. Sie fühlte die Tränen, die ihr aus den Augenwinkeln rannen.

Wie ein kleines Baby, hätte Breta gesagt.

Mit dem Fuß stieß er die Tür zu. Sie schloß sich nicht ganz. Ein schmaler Lichtstrahl blieb, der Lottie verriet, wo sie war. Ein Lichtstrahl, der ihr sagte, in welche Richtung sie laufen mußte.

Aber ihre Glieder taten ihr so weh. Ihre Glieder waren so schwer, daß sie sich nicht bewegen konnte. Und sie hatte so großen Hunger und so schrecklichen Durst. Und sie war so müde. Außerdem war er nur drei Schritte von ihr entfernt, und in weniger als einer Sekunde hatte er diese drei Schritte getan, und sie hatte seine Schuhe und die Enden seiner Hosenbeine vor sich.

Er kniete nieder, und sie schreckte zurück. Sie spürte etwas Hartes unter ihrem Kopf und wußte, daß sie versehentlich auf Widgie gerollt war. Armer Widgie, dachte sie. Ich bin ihm wirklich keine gute Freundin. Sie zog ihren Kopf weg.

»Das ist schon besser«, sagte er zu ihr. »Es ist viel besser, wenn du keinen Zirkus machst.«

Verschwommen sah sie, wie er die Thermosflasche aufschraubte, und sie sagte: »Meine Brille. Kann ich meine Brille haben?«

»Für das hier brauchst du keine Brille«, versetzte er. Dann schob er seine linke Hand unter ihren Nacken und hob ihren Kopf an.

»Dein Papa hätte die Geschichte bringen sollen«, sagte er. Seine Finger packten fester zu. Sie rissen an ihrem Haar. »Dein Papa hätte sich an die Regeln halten sollen.«

»Bitte!« Lottie spürte, wie alles in ihr zu zittern begann. Sie strampelte mit den Beinen und krallte die Finger in den Boden. »Das tut weh«, sagte sie. »Nicht... meine Mama...«

»Nein«, sagte er. »Es wird nicht weh tun. Überhaupt nicht. Du wirst schon sehen. Also, willst du was trinken?«

Er hielt sie immer noch fest gepackt, aber sie faßte wieder Mut. Er wollte ihr doch nicht weh tun.

Aber anstatt den Saft aus der Thermosflasche in den Becher zu gießen, anstatt den Becher an ihren Mund zu führen, umfaßte er ihren Nacken noch fester, riß ihren Kopf nach hinten und hielt ihr die Thermosflasche an den Mund. Er kippte die Flasche.

»Schluck«, murmelte er. »Du hast doch Durst. Also schluck. Ist schon in Ordnung.«

Sie hustete. Sie prustete. Sie schluckte die Flüssigkeit hinunter. Sie war kalt und naß, aber es war kein Saft. Sie sagte: »Das ist kein –«

»Saft?« sagte er. »Nein, diesmal nicht. Aber es ist schön naß, nicht? Und schnell geht's auch. Komm schon. Trink.«

Sie versuchte, sich zu wehren, aber sobald sie ihn wegstoßen wollte, packte er sie fester. Der einzige Ausweg war zu tun, was er sagte. Sie trank und verschluckte sich immer wieder. Und er setzte die Flasche nicht ab.

Ehe sie wußte, wie ihr geschah, wurde ihr ganz leicht, so als schwebte sie. Sie sah Schwester Agnetis. Sie sah Mrs. Maguire. Sie sah Mama und Cito und Fermaine Bay. Und dann kehrte die Dunkelheit zurück.

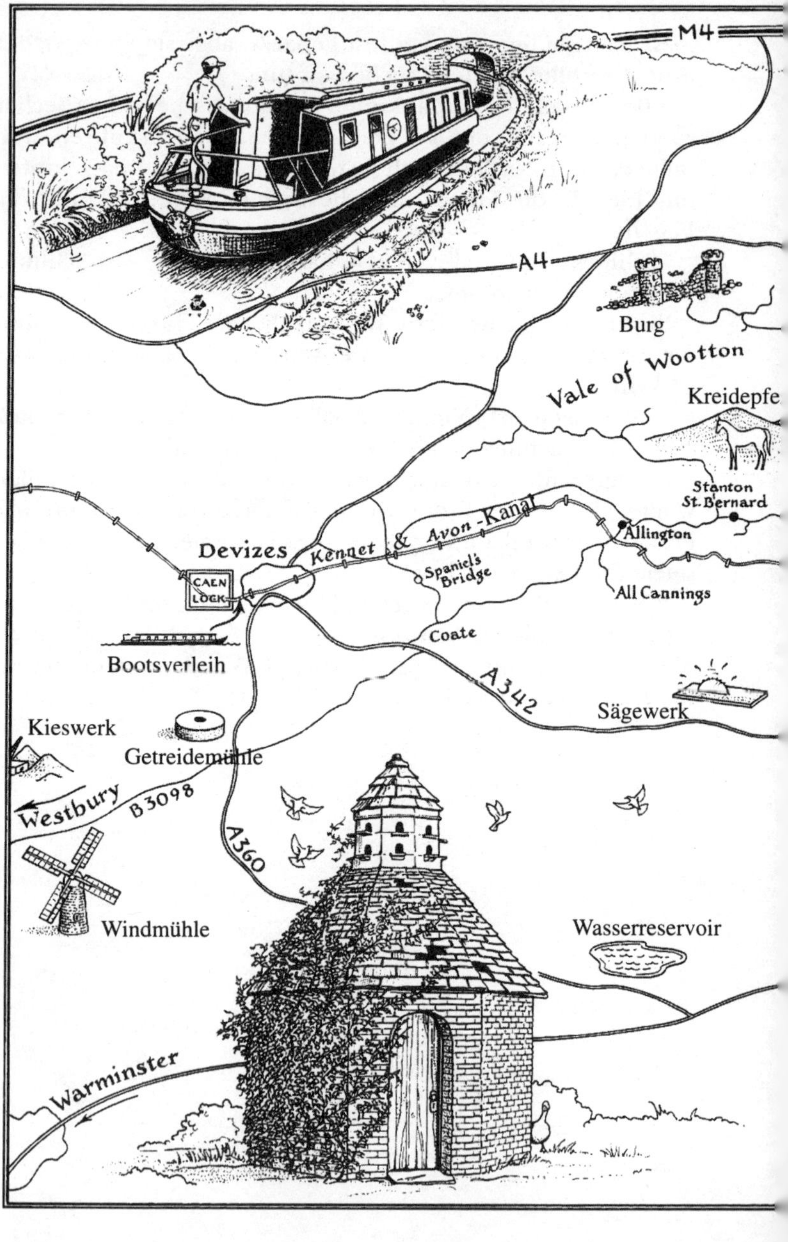
M4
A4
Burg
Vale of Wootton
Kreidepfe
Stanton
St. Bernard
Allington
Devizes
Kennet & Avon-Kanal
CAEN
LOCK
Spaniel's Bridge
All Cannings
Coate
Bootsverleih
A342
Sägewerk
Kieswerk
Getreidemühle
Westbury
B3098
A360
Windmühle
Wasserreservoir
Warminster

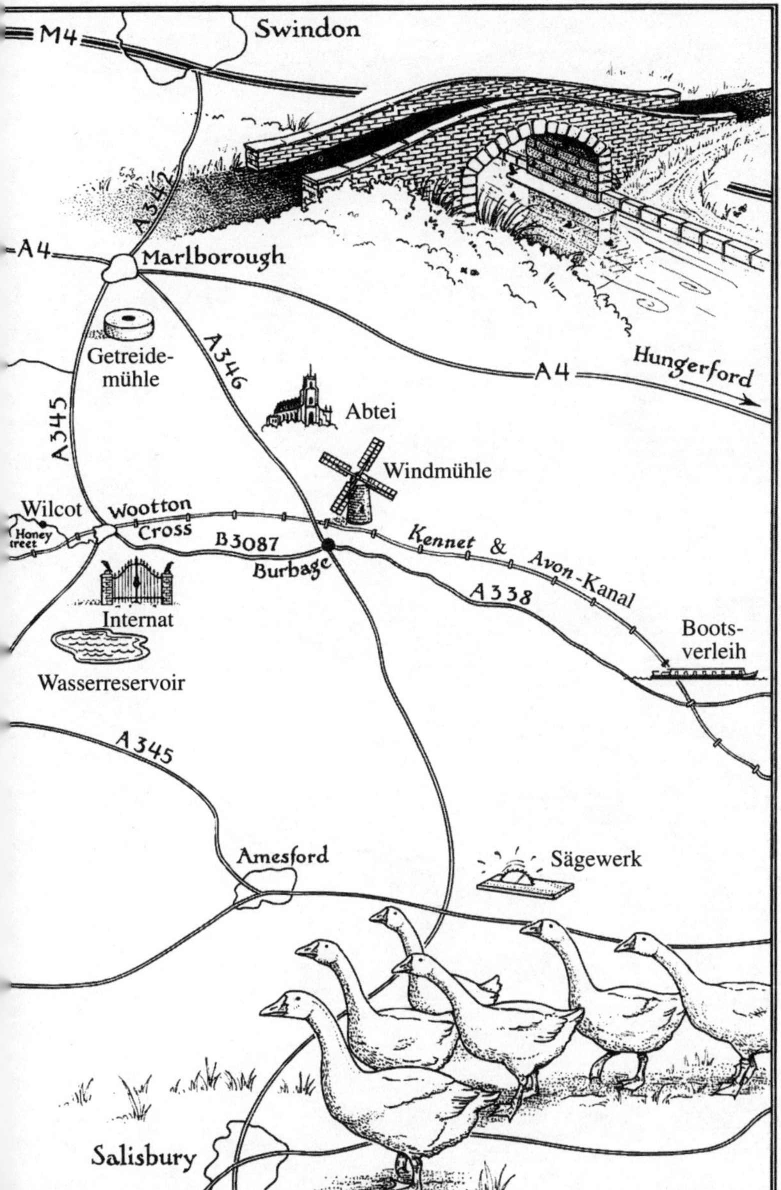

M4
Swindon
A342
A4
Marlborough
Getreide-
mühle
A346
A4
Hungerford
Abtei
A345
Windmühle
Wilcot
Wootton
Cross
Honey
Street
B3087
Burbage
Kennet & Avon-Kanal
A338
Internat
Boots-
verleih
Wasserreservoir
A345
Amesford
Sägewerk
Salisbury

Zweiter Teil

13

Es war fünf vor sechs Uhr abends, als Detective Constable Robin Payne den Anruf erhielt, auf den er gewartet hatte, drei Wochen nach Abschluß seiner Fortbildung, zwei Wochen nach seiner amtlichen Ernennung zum Detective Constable und weniger als vierundzwanzig Stunden nachdem er beschlossen hatte, daß er seine ängstliche Ungeduld – Lampenfieber, nannte er sie – nur in den Griff bekommen konnte, wenn er seinen neuen Sergeant zu Hause anrief und ihn bat, ihn am nächsten Fall, der auf den Tisch kam, mitarbeiten zu lassen.

»Aha, wir wollen uns wohl gleich die ersten Sporen verdienen, was?« hatte Sergeant Stanley leicht ironisch gefragt. »Sie haben's wohl darauf abgesehen, unser Polizeipräsident zu werden, noch ehe Sie dreißig sind?«

»Ich möchte nur anwenden, was ich gelernt habe, Sergeant.«

»So, so.« Der Sergeant hatte gelacht. »Glauben Sie mir, Freundchen, dazu werden Sie noch Gelegenheit genug bekommen. Sie werden den Tag noch verfluchen, an dem Sie sich zur Kriminalpolizei gemeldet haben.«

Das bezweifelte Robin, doch er griff auf seine Vergangenheit zurück, um dem Sergeant eine Erklärung zu bieten, die dieser vielleicht verstehen und akzeptieren würde. »Meine Mutter hat mich dazu erzogen, mich zu bewähren.«

»Dazu haben Sie noch Jahre Zeit.«

»Ich weiß. Aber würden Sie mich trotzdem berücksichtigen, Sir?«

»Wie meinen Sie das, junger Mann?«

»Ich meine, würden Sie mich trotzdem beim nächsten Fall mitarbeiten lassen?«

»Hm, ja. Vielleicht. Mal sehen«, meinte der Sergeant. Und als er anrief, um Robin mitzuteilen, daß sein Wunsch erfüllt werden sollte, hatte er abschließend gesagt: »So, nun haben Sie Gelegenheit, Ihre erste Bewährungsprobe abzulegen, Detective Constable.«

Als Robin die schmale Hauptstraße von Wootton Cross hinter sich ließ, mußte er sich eingestehen, daß sein Wunsch, gleich für den nächsten Fall eingeteilt zu werden, vielleicht doch nicht so vernünftig gewesen war. Sein Magen krampfte sich um sechs strohtrockene Sandwiches zusammen, die er bei der Verlobungsfeier seiner Mutter verdrückt hatte – zum Glück hatte ihn Sergeant Stanleys Anruf vor dem unappetitlich anzusehenden Geturtel seiner Mutter und ihres korpulenten, glatzköpfigen Zukünftigen gerettet –, und machte Anstalten, die ganze Bescherung herauszuwürgen. Was, um Gottes willen, würde der Sergeant von seinem neuen Mitarbeiter denken, wenn der beim Anblick einer Leiche gleich loskotzte?

Denn es war eine *Leiche*, zu deren Besichtigung er jetzt unterwegs war, die Leiche eines Kindes, wie Stanley berichtet hatte, die an der Uferböschung des Kennet & Avon-Kanals gefunden worden war.

»Gleich hinter Allington«, hatte Stanley erklärt. »Da ist eine kleine Landstraße, die an der Manor Farm vorbeiführt. Sie geht mitten durch die Felder und macht dann eine Biegung nach Südwesten zu einer Brücke. Da liegt die Leiche.«

»Ich kenn' die Stelle.« Robin hatte die neunundzwanzig Jahre seines Lebens nicht umsonst hier in dieser ländlichen Gegend verbracht. Er kannte sie wie seine Westentasche. Jahrelang waren ausgedehnte Wanderungen für ihn das einzige Mittel gewesen, seiner Mutter und ihren Asthmaanfällen zu entkommen. Er brauchte nur einen Ortsnamen aus der Umgebung zu hören – Kitchen Barrow Hill, Witch Plantation, Stone Pit, Furze Knoll –, und schon hatte er das entsprechende Bild vor sich. Als das absolute geographische Gefühl hatte es einer seiner Lehrer bezeichnet, als er noch zur Schule gegangen war. Deine Zukunft liegt in der Topographie, Kartographie, Geographie oder Geologie, mein Junge. Wofür entscheidest du dich? Doch das alles hatte ihn überhaupt nicht interessiert. Er wollte immer schon zur Polizei. Er wollte Unrecht wiedergutmachen. Es war ihm ein leidenschaftliches Anliegen.

»Ich kann in zwanzig Minuten da sein«, hatte er dem Sergeant versprochen und besorgt hinzugefügt: »Es passiert doch nichts, bevor ich da bin, oder? Ich meine, Sie werden doch noch keine Schlußfolgerungen ziehen oder so?«

Sergeant Stanley hatte spöttisch gelacht. »Wenn ich den Fall geklärt haben sollte, bis Sie kommen, werd' ich's für mich behalten. Zwanzig Minuten, sagen Sie?«

»Ich schaff's auch schneller.«

»Lassen Sie sich Zeit, Junge. Es ist eine Leiche, kein Brand.«

Dennoch brauchte Robin nur eine Viertelstunde für die Fahrt. Zuerst hielt er sich nördlich, in Richtung Marlborough, dann schwenkte er gleich hinter dem Dorfpostamt nach Nordwesten ab und brauste die Landstraße entlang, die üppiges Acker- und Weideland durchschnitt, eine hügelige Landschaft voller zahlloser Tumuli, Ganggräber und anderer prähistorischer Denkmäler, die zum Vale of Wootton gehörte. Er hatte diese Landschaft immer besonders beruhigend gefunden, wenn er sich Kümmernisse und Ärger, die manchmal mit dem Zusammenleben mit einer kranken Mutter einhergingen, von der Seele marschieren wollte. Und so war es auch heute, an diesem Spätnachmittag im Mai, da ein leichter Wind die Felder kräuselte und die Sorge für seine kranke Mutter in andere Hände übergehen sollte. Sam Corey war nicht der Richtige für sie – zwanzig Jahre zu alt für sie, ständig mit Klapsen auf den Hintern und Schmatzen auf den Hals zur Hand, mit verschwörerischem Zwinkern und anzüglichen Bemerkungen wie »Na warte, wenn ich dich erst mal allein für mich hab', mein Äpfelchen«. Robin war schleierhaft, was sie mit diesem Typen wollte. Aber er hatte brav gelächelt, wie es von ihm erwartet wurde, und sein Glas mit lauwarmem Champagner zum Toast auf das glückliche Paar erhoben. Und nach Stanleys Anruf war er geflohen und hatte versucht, nicht daran zu denken, was die beiden tun würden, sobald die Haustür hinter ihm zugefallen war. Es war irgendwie unangenehm, sich vorzustellen, wie die eigene Mutter sich mit einem Liebhaber im Bett wälzte, und erst recht mit so einem Liebhaber. Es war widerwärtig.

Der Weiler Allington lag in einer Straßenschleife wie in einer Ellbogenbeuge. Er bestand aus zwei Höfen, deren Wohnhäuser, Stallungen und sonstige Nebengebäude die auffallendsten Bauten in der Gegend waren. Eine Koppel, auf der eine Herde Kühe mit milchgeschwollenen Eutern graste, bildete die Grenze des Weilers. Robin fuhr an der Koppel entlang und dann durch das Gebiet der Manor Farm, wo eine Frau, die aussah, als wäre sie mit ihren Nerven am Ende, drei Kinder am Straßenrand entlang zu einem strohgedeckten Haus scheuchte.

Die kleine Landstraße, von der Sergeant Stanley gesprochen hatte, war in Wirklichkeit nur ein Fahrweg, der an zwei Häusern mit rotgedeckten Dächern vorbeiführte und eine saubere Schneise in die Felder schlug. Die Räder schwerer landwirtschaftlicher Fahrzeuge hatten zwei tiefe Furchen in die braune Erde gegraben und sie in der Mitte zu einer grasbewachsenen Kuppe aufgeschoben. Stacheldraht zu beiden Seiten des Wegs, der etwa Traktorbreite hatte, grenzte die Felder ab, die alle bebaut waren und im sanften Grün jungen Weizens schimmerten.

Der Wagen rumpelte schwankend über die holprigen Furchen. Bis zur Brücke waren es mehr als anderthalb Kilometer. Robin fuhr vorsichtig und hoffte, die Federung würde keinen dauerhaften Schaden davontragen.

Weiter vorn sah er schon die leichte Steigung, die zur Allington-Brücke hinaufführte. Zu beiden Seiten der Brücke standen Fahrzeuge am Wegrand, der von weißen Taubnesseln überwachsen war. Drei der Fahrzeuge waren Streifenwagen. Eins war ein Lieferwagen. Das letzte war ein schweres blaues Motorrad, Sergeant Stanleys bevorzugtes Transportmittel.

Robin hielt hinter einem Streifenwagen an. Westlich der Brücke schritten uniformierte Beamte – zu denen er selbst bis vor kurzem noch gehört hatte – langsam die beiden Seiten des Kanals ab. Die eine Gruppe hielt ihr Augenmerk auf den

Fußweg am Südufer gerichtet, die andere durchstreifte suchend die Vegetation auf der anderen Seite. Ein Fotograf beendete eben seine Arbeit hinter dicht gewachsenem Schilf. In der Nähe wartete der Polizeiarzt, der weiße Handschuhe trug, mit einer schwarzen Ledertasche zu seinen Füßen. Abgesehen vom Quaken der Enten, die auf dem Kanal dahinpaddelten, war es totenstill. Robin fragte sich, ob das allgemeine Schweigen Ehrfurcht vor dem Tod ausdrückte oder lediglich die Konzentration von Profis, die ihre Arbeit taten. Er wischte sich die schweißfeuchten Hände an der Hose ab, schluckte, befahl seinem Magen, Ruhe zu bewahren, und stieg aus dem Auto, um sich seinem ersten Mord zu stellen. Bis jetzt allerdings hatte noch niemand von Mord gesprochen, wie er sich ins Gedächtnis rief. Sergeant Stanley hatte nur gesagt: »Wir haben die Leiche eines Kindes.« Ob dieser Tod als Mord klassifiziert werden würde oder nicht, hing vom Befund der Ärzte ab.

Detective Sergeant Stanley stand oben auf der Brücke. Er sprach mit einem Pärchen, zwei jungen Leuten, die sich aneinanderschmiegten, als suchten sie Wärme. Kein Wunder. Beide waren mehr als dürftig bekleidet. Die Frau trug nichts außer einem schwarzen Bikini, der aus drei handgroßen Stoffdreiekken bestand. Der Mann hatte nur weiße Shorts an. Das Pärchen gehörte offenbar zu einem schmalen Boot, das östlich des Schilfs im Kanal vertäut war. Die Worte *Just Married*, die mit Rasierseife auf die Fenster des Bootes gespritzt waren, verrieten, was sie hierhergeführt hatte. Gemächlich den Kanal hinunterzugondeln war im Frühjahr und Sommer ein beliebtes Freizeitvergnügen, ebenso wie Wanderungen auf dem alten Treidelpfad, Besichtigungen der Schleusen und Campingausflüge von Reading bis Bath.

Detective Sergeant Stanley blickte auf, als Robin sich näherte. Er klappte sein Notizbuch zu, sagte zu dem jungen Paar: »Warten Sie bitte hier« und schob das Notizbuch in die Hüfttasche seiner Jeans. Einen Moment kramte er in seiner ledernen Motorradjacke, zog eine Packung Embassy heraus und hielt sie Robin hin.

»Da drüben«, sagte er, nachdem sie sich beide eine Zigarette angezündet hatten. Er wies Robin zu der Böschung, die zum Treidelpfad hinunterführte. Seine Zigarette zwischen Daumen und Zeigefinger haltend, sprach er, wie das seine Gewohnheit war, aus dem Mundwinkel, als berge jedes seiner Worte ein Geheimnis, das zwischen ihm und seinem Gesprächspartner bleiben müsse. »Hochzeitsreisende.« Er lachte kurz und deutete mit der Zigarette auf das schmale Boot. »Das Ding haben sie gemietet. Und da es ja noch ein bißchen früh ist, um für den Abend festzumachen, und die Landschaft rundherum auch nicht gerade sehenswert ist, kann man sich leicht vorstellen, was die beiden im Sinn hatten, als sie hier angehalten haben, hm?« Den Blick auf den Kahn gerichtet, fügte er hinzu: »Man braucht sich die Kleine ja nur anzusehen. Na los, Junge, schauen Sie sie sich an.«

Robin tat wie geheißen. Das Bikinihöschen der jungen Frau hatte hinten nur einen unanständig schmalen Stoffstreifen, der zwischen ihren straffen, sonnengebräunten Gesäßbacken verschwand. Auf einer dieser Gesäßbacken ruhte besitzergreifend die linke Hand des jungen Mannes. Robin hörte, wie Detective Sergeant Stanley leise durch die Zähne pfiff.

»Der hatte wahrscheinlich Lust, seine ehelichen Rechte auszuüben. Und ich muß sagen, ich hätt' selbst nichts dagegen, die Puppe zu vernaschen. Mann, hat die einen Arsch. Na, Junge?«

»Was?«

»Wenn die Sie ranlassen würde.«

Robin wußte, daß er bis an die Haarwurzeln rot wurde, und senkte hastig den Kopf, um es zu verbergen. Er stieß seine Schuhspitze in die Erde und schnippte Zigarettenasche weg, anstatt eine Antwort zu geben.

»Also, folgendes ist passiert«, fuhr Sergeant Stanley fort, immer noch aus dem Mundwinkel sprechend. »Sie fahren rüber an den Rand, um sich ein bißchen miteinander zu vergnügen. Bestimmt zum fünftenmal heute, aber was soll's, sie sind schließlich frisch verheiratet. Er klettert raus, um das Boot festzumachen – seine Hände zittern, und sein Schwanz steht raus wie ein Periskop auf der Suche nach dem Feind. Er sucht eine Stelle, wo er den Pfahl reinrammen kann, um das Boot zu vertäuen – Sie können ihn sehen, da am Ende des Stricks –, und wie er damit fertig ist, findet er die Leiche des Kindes. Er und der Nacktarsch rennen wie die Teufel rüber zur Manor Farm und rufen von dort aus an. Und jetzt haben sie's eilig, hier wegzukommen. Warum, ist ja wohl klar, was?«

»Sie glauben doch nicht, daß sie was mit –«

»Daß sie mit der Sache was zu tun haben?« Der Sergeant schüttelte den Kopf. »Nein, die wollen nur schnellstens was miteinander zu tun haben. So 'ne Leiche am Weg kann bei denen die Leidenschaft nicht dämpfen, verstehen Sie?« Er schnippte seine Zigarette in den Kanal. Sie tauchte zischend ins Wasser. Eine der Enten schnappte nach ihr. Stanley grinste. »Wie die Aasgeier. – Na, dann kommen Sie mal«, wandte er sich Robin zu. »Schauen Sie sich Ihre erste Leiche an. Sie sind ein bißchen grün im Gesicht, Freundchen. Sie werden mir doch hier nicht die Fische füttern, hm?«

Bestimmt nicht, beteuerte Robin. Ihm werde nicht übel werden. Er sei nur etwas nervös, weiter nichts. Sich vor seinem Vorgesetzten eine Blöße zu geben war das letzte, was er wollte, und die Angst, daß ihm ebendas passieren könnte, machte ihn jetzt so nervös. Er hätte das dem Sergeant gern erklärt, hätte ihm auch gern dafür gedankt, daß er ihm seine Bitte erfüllt und ihn zu diesem Fall herangezogen hatte, aber er verkniff sich beides. Es wäre dumm gewesen, in diesem Moment Zweifel an sich aufkommen zu lassen, und unter diesen Umständen von Dank zu sprechen, hätte gewiß einen merkwürdigen Eindruck gemacht.

»He, Sie beide da«, rief Stanley dem Pärchen zu, das die Leiche entdeckt hatte. »Bleiben Sie, wo Sie sind. Ich bin noch nicht fertig mit Ihnen.« Er führte Robin zum Treidelpfad hinunter. »Also, schauen wir mal, was Sie im Oberstübchen haben«, sagte er. Mit einer Handbewegung wies er auf die Beamten zu beiden Seiten des Kanals. »Das ist wahrscheinlich vergebliche Liebesmüh. Warum?«

Robin beobachtete die Beamten einen Moment. Sie sahen ordentlich aus, sie quasselten nicht, sie hielten miteinander Schritt. Sie konzentrierten sich auf ihre Arbeit und ließen sich nicht ablenken. »Vergebliche Liebesmüh?« wiederholte er. Um Zeit zu gewinnen, blieb er stehen und drückte seine Zigarette an seiner Schuhsohle aus. Er schob den Stummel in die Tasche. »Na ja, Fußabdrücke werden sie da nicht finden, wenn sie die suchen sollten. Das Gras auf dem Treidelpfad ist zu dicht, und an der Böschung ist alles voll Blumen und Unkraut. Aber . . .« Er zögerte und überlegte, ob es klug war, den Eindruck zu erwecken, als wollte er die anscheinend voreilige Schlußfolgerung seines Sergeants korrigieren. Dann beschloß er, es zu riskieren. »Aber außer Fußabdrücken könnten sie vielleicht andere Spuren finden. Wenn wir's hier mit einem Mord zu tun haben. Ist es einer, Sir?«

Stanley beantwortete die Frage nicht. Mit zusammengekniffenen Augen und einer frischen Zigarette zwischen den Lippen fragte er: »Zum Beispiel?«

»Wenn es ein Mord war? Alles mögliche. Fasern, Zigarettenstummel, eine Waffe, ein Etikett, ein Büschel Haare, den Pfropf von einer Schrotpatrone. Weiß der Himmel.«

Stanley zündete seine Zigarette mit einem Kunststoffeuerzeug an. Es hatte die Form einer vorübergebeugten Frau, die ihre Fesseln umfaßte. Die Flamme schoß aus dem Hinterteil. »Nicht schlecht«, sagte Stanley. Robin wußte nicht, ob er seine Antwort oder sein Feuerzeug meinte.

Stanley stapfte auf dem Treidelpfad voraus. Robin folgte. Sie steuerten auf das Schilf zu. Dort kletterte gerade der Pathologe in Gummistiefeln, an denen Schlamm und Algen klebten, durch einen goldenen Streifen gelben Steinbrechs und gelber Dotterblumen die Böschung hinauf. Oberhalb von ihm warteten zwei Gerichtsbiologen mit offenen Sammelkästen. Neben ihnen auf dem Treidelpfad lag ausgebreitet ein Leichensack.

»Und?« sagte Stanley zu dem Pathologen, der offenbar direkt vom Tennisplatz zum Tatort geeilt war. Er hatte ein

Schweißband um die Stirn und trug zum weißen Polohemd weiße Shorts, unter denen sich die kniehohen schwarzen Stiefel recht seltsam ausnahmen.

»Ziemlich starke Runzeln an Händen und Fußsohlen«, sagte er. »Die Leiche hat achtzehn Stunden im Wasser gelegen. Höchstens vierundzwanzig.«

Stanley nickte. Er rollte seine Zigarette zwischen den Fingern hin und her. »Schauen Sie sich um, Junge«, sagte er zu Robin und fügte mit einem Lächeln für den Pathologen hinzu: »Unser Robbie hier ist nämlich noch Jungfrau, Bill. Fünf Pfund, daß er uns einen Regenbogen in Technicolor hinlegt?«

Ein Ausdruck des Widerwillens glitt über das Gesicht des Pathologen. Er kam zu ihnen auf den Treidelpfad und sagte leise zu Robin: »Ich glaube nicht, daß Ihnen übel werden wird. Die Augen sind offen, das erschreckt einen immer, aber es sind noch keine Anzeichen von Verfall zu sehen.«

Robin nickte. Er holte tief Atem und straffte die Schultern. Sie beobachteten ihn – der Sergeant und der Pathologe, ganz zu schweigen von den anderen Beamten, dem Fotografen und den Biologen –, aber er war entschlossen, ihnen nichts zu zeigen als professionelle Sachlichkeit.

Durch Gras und Blumen stieg er die Uferböschung hinunter. Die Stille um ihn herum schien sich noch zu verstärken, so daß ihm die Geräusche seines eigenen Körpers um so lauter erschienen: das Pfeifen seines Atems, das Hämmern seines Herzens, den dumpfen Aufschlag seiner Füße, die Gräser und Blumen niedertrampelten. Schlamm sog schmatzend an den Sohlen seiner Schuhe, als er zum Schilf kam. Er ging um es herum.

Die Leiche lag gleich dahinter. Als erstes sah Robin einen Fuß, der aus dem Wasser ragte und im Schilf eingebettet war, als wäre das Kind aus irgendeinem Grund dort verankert worden; dann den anderen Fuß, der im Wasser lag, die Sohle runzlig, wie der Pathologe gesagt hatte. Robins Blick glitt an den Beinen hinauf zum Gesäß und weiter zum Kopf des Kindes. Er war zur Seite gedreht, die Augen waren teilweise geöffnet und stark blutunterlaufen. Kurzes braunes Haar lag, um den Kopf ausgebreitet, sachte schwankend auf dem Wasser, und während Robin das tote Kind anstarrte und fieberhaft nach der richtigen Frage suchte, die er jetzt stellen mußte – die Frage, von der er wußte, daß er sie wußte, daß sie irgendwo in seinem Hirn eingebrannt war, ihm im Blut lag, praktisch im voraus geplant, die Frage, die beweisen würde, daß er der coole Profi war –, sah er es am halb geöffneten Mund des Kindes silbern aufblitzen, als ein Fisch emporschoß und nach totem Fleisch schnappte.

Ihm grauste. Seine Hände wurden feucht. Doch wie durch ein Wunder wurde sein Kopf tatsächlich klar. Er wandte den Blick von der Leiche, fand die richtige Frage und fragte mit einer Stimme, die nicht zitterte: »Junge oder Mädchen?«

Statt einer Antwort sagte der Pathologe: »Bringen Sie den Sack« und kam zu Robin hinunter. Einer der Constables zog den Reißverschluß des Sackes auf. Zwei andere, in Gummistiefeln, wateten ins Wasser. Auf ein Nicken des Pathologen hin drehten sie die Leiche um. »Ein Mädchen«, sagte der Pathologe, als die kindliche unbehaarte Pubes sichtbar wurde. Die Beamten hoben den kleinen Körper aus dem Kanal in den Sack, doch ehe sie den Reißverschluß hochzogen, ließ sich der Pathologe neben dem Kind aufs Knie hinunter. Er drückte seine Hand fest auf ihre Brust. Ein feiner Schaum weißer Bläschen – nicht viel anders als Seifenschaum – quoll aus einem der Nasenlöcher.

»Ertrunken«, konstatierte er.

Robin sagte zu Sergeant Stanley: »Also kein Mord?«

Stanley antwortete achselzuckend: »Das sollen Sie mir sagen, Junge. Wie schaut's aus?«

Während der kleine Leichnam fortgebracht wurde und die Biologen mit ihren Flaschen und Beuteln den Hang heruntersteigen, bedachte Robin die Frage und plausible Antworten. Sein Blick fiel auf das Boot des jungen Pärchens, und er sagte: »Vielleicht war sie in den Ferien hier und ist aus dem Boot gefallen?«

Stanley nickte, als ließe er sich diese Möglichkeit durch den Kopf gehen. »Aber es liegt keine Vermißtenmeldung für ein Kind vor.«

»Dann ist sie vielleicht rausgestoßen worden. Ein schneller Stoß würde am Körper keine Spuren hinterlassen.«

»Das wäre eine Möglichkeit«, stimmte Stanley zu. »Dann wär's Mord. Was noch?«

»Ein Kind hier aus der Umgebung? Aus Allington vielleicht? Oder All Cannings? Man kann von All Cannings leicht durch die Felder hierherlaufen.«

»Da haben wir dasselbe Problem wie vorhin.«

»Keine Vermißtenmeldung?«

»Richtig. Was noch?« Stanley wartete. Er schien nicht im geringsten ungeduldig.

Robin faßte die letzte Möglichkeit in Worte, die in Widerspruch zu seiner früheren Schlußfolgerung stand. »Ein Verbrechen? Ist sie ...« Er trat von einem Fuß auf den anderen, während er nach einer beschönigenden Wendung suchte. »Ist sie ... ich meine, liegt ein Mißbrauch vor, Sir?«

Stanley zog interessiert eine Augenbraue hoch.

»Das wäre doch möglich«, fuhr Robin hastig fort. »Aber es waren ... ich meine, auf den ersten Blick hatte sie keine ... oberflächlich gesehen ...« Reiß dich zusammen, sagte er sich und räusperte sich. »Es könnte eine Vergewaltigung sein«, sagte er klar, »aber auf den ersten Blick waren keine Spuren von Gewaltanwendung am Körper zu sehen.«

»Eine Schramme am Knie«, bemerkte der Pathologe, der immer noch unten auf dem Treidelpfad stand. »Ein paar Blutergüsse um den Mund und am Hals. Zwei Verbrennungen an den Wangen und am Kinn. Kaum verheilt. Ersten Grades.«

»Trotzdem«, begann Robin.

»Es gibt viele Arten der Vergewaltigung«, sagte Stanley.

»Ja, sicher ...« Er überlegte, welche Richtung er einschlagen sollte, und begnügte sich dann mit der Feststellung: »Wir haben nicht allzu viele Anhaltspunkte, wie?«

»Und was ist, wenn wir nicht allzu viele Anhaltspunkte haben?«

Die Antwort war klar. »Dann warten wir auf die Obduktion.«

Stanley tippte sich mit einem Finger an die Augenbraue wie zum Zeichen der Hochachtung. Zum Pathologen gewandt fragte er: »Wann?«

»Einen ersten Befund werde ich morgen haben. Mitte des Vormittags. Vorausgesetzt, es kommt nicht was Neues dazwischen.« Er nickte Robin und Sergeant Stanley zu und sagte zu den Constables: »Bringen wir sie in den Wagen.« Dann ging er mit den Beamten die Böschung hinauf.

Robins Blick folgte ihnen. Auf der Brücke wartete immer noch das Pärchen. Als der kleine Leichnam an ihnen vorübergetragen wurde, drückte die junge Frau ihr Gesicht an die Brust ihres Mannes. Er zog sie fester an sich, eine Hand in ihrem Haar, die andere auf ihrem Gesäß. Robin sah weg.

»Und was kommt jetzt?« fragte Sergeant Stanley.

Robin überlegte. »Wir müssen rauskriegen, wer sie ist.«

»Vorher.«

»Vorher? Wir nehmen die Aussagen von den beiden jungen Leuten auf, und dann schauen wir in den Computer. Wenn hier in der Umgebung kein Kind vermißt wird, ist sie vielleicht woanders gemeldet worden und schon im Computer.«

Stanley zog den Reißverschluß seiner Lederjacke zu und klopfte auf die Taschen seiner Jeans. Er zog einen Schlüsselbund heraus und schwenkte ihn klimpernd in der Hand. »Und davor?« fragte er.

Robin war ratlos. Er blickte zum Kanal hinunter, als hoffte er, dort Erleuchtung zu finden. Vielleicht sollte er vorschlagen, ihn abzusuchen, aber wonach?

Stanley hatte Erbarmen mit ihm. »Vor der amtlichen Aussage und vor dem Computer befassen wir uns mit der Bande da.« Er wies mit dem Daumen aufwärts in Richtung der Brücke.

Dort hatte soeben ein staubbedeckter Wagen angehalten,

aus dem eine Frau mit einem Schreibblock und ein Mann mit einem Fotoapparat stiegen. Robin sah, wie sie zu dem Pärchen rannten. Sie wechselten ein paar Worte, die die Frau mitschrieb. Der Fotograf begann zu knipsen.

»Die Presse?« fragte Robin. »Wie zum Teufel haben die das so schnell spitzgekriegt?«

»Wenigstens ist es nicht das Fernsehen«, versetzte Stanley. »Jedenfalls noch nicht.« Und er marschierte strammen Schritts davon, um sich »mit der Bande zu befassen«.

Dennis Luxford berührte Leos heiße Wange. Sie war tränennaß. Er zog die Decke zu den Schultern seines Sohnes hinauf, halb reuig, halb gereizt. Warum nur mußte der Junge einem immer alles so verdammt schwermachen?

Leise sprach er seinen Namen. Er setzte sich auf die Bettkante und strich dem Jungen über das helle Haar. Leo rührte sich nicht. Entweder er schlief tief, oder er konnte sich besser verstellen, als Luxford ihm zugetraut hätte. Wie dem auch sein mochte, jetzt war nicht mehr mit ihm zu sprechen. Und das war wahrscheinlich gut so, wenn man bedachte, wie jede Diskussion zwischen ihnen endete.

Luxford seufzte. Sohn, dachte er und vergegenwärtigte sich alles, was dieses eine kurze Wort an Verantwortung, Vorbildaufgaben, blinder Liebe und Hoffnung implizierte. Er fragte sich, wieso er je geglaubt hatte, er werde ein guter Vater sein, wieso er Vaterschaft je als lohnende Aufgabe gesehen hatte. Vielmehr schien sie eine einzige endlose Verpflichtung zu sein. Eine lebenslange Pflicht, die von ihm ein schier unerschöpfliches Maß an Einsicht verlangte, da sie ständig mit seinen persönlichen Wünschen im Widerstreit lag und seine Geduld bis zum äußersten strapazierte. Es war einfach zuviel für einen allein. Wie, fragte sich Luxford, schafften andere Männer das nur?

Er wußte zumindest einen Teil der Antwort. Andere Männer hatten andere Söhne. Ein Blick durch Leos Zimmer und ein Rückblick in die Vergangenheit, in das Zimmer seiner eigenen Kindheit, sagte ihm das deutlich. Schwarzweißfotos alter Filme an den Wänden: von Fred und Ginger in großer Ausstattung bis zu Gene, Debbie und Donald beim munteren Steptanz im Regen. Ein Stapel Kunstbücher auf dem einfachen Kiefernholzschreibtisch, daneben ein Skizzenblock mit der Zeichnung eines knienden Engels, dessen runder, den Kopf ganz umschließender Heiligenschein und zurückhaltend gefaltete Flügel ihn als Abbild eines Freskos des vierzehnten Jahrhunderts kennzeichneten. Ein Käfig mit Finken: frisches Wasser, frische Körner, frisches Papier auf dem Boden. Ein Regal voller Bücher von Dahl bis Dickens, nach Autoren geordnet. Und in einer Ecke eine Truhe mit schwarzen schmiedeeisernen Beschlägen, in der, wie Luxford wußte, völlig unbeachtet ein Cricketschläger, ein Tennisracket, ein Fußball, Rollerblades, ein Chemiebaukasten, eine Sammlung Spielzeugsoldaten und ein Judoanzug lagen.

»Leo«, sagte er leise, »was sollen wir nur mit dir anfangen?«

Nichts, hätte Fiona ihm entschieden geantwortet. Gar nichts. Er ist völlig in Ordnung. Das Ganze ist dein Problem.

Luxford wollte nicht über Fionas Urteil nachdenken. Er beugte sich zu seinem Sohn hinunter, gab ihm einen leichten Kuß auf die Wange und knipste die Lampe auf dem Nachttisch aus. Er blieb auf dem Bett sitzen, bis die plötzliche totale Finsternis im Zimmer von dem Licht durchdrungen wurde, das durch die geschlossenen Vorhänge sickerte. Als er die Umrisse der Möbelstücke und die scharfen Linien der Bilderrahmen an den Wänden erkennen konnte, ging er aus dem Zimmer.

Fiona war in der Küche, als er hinunterkam. Sie stand an der Arbeitsplatte und schüttete Espressobohnen in die Kaffeemühle. In dem Moment, als sein Schritt auf den Küchenfliesen zu hören war, stellte sie die elektrische Mühle an.

Er wartete. Sie goß Wasser in die Espressomaschine. Sie steckte das Kabel ein. Sie drückte den frisch gemahlenen Kaffee in den Filter und schaltete die Maschine ein. Ein gelbes Licht glühte auf. Die Maschine begann zu summen. Mit dem

Rücken zu ihm blieb sie vor ihr stehen, als wartete sie auf ihren Espresso.

Er kannte die Anzeichen. Er wußte, was eine Frau ausdrükken wollte, wenn sie einem Mann statt ihres Gesichts den Rücken zuwandte. Dennoch ging er zu ihr. Er legte seine Hände auf ihre Schultern. Er schob ihr Haar zur Seite. Er küßte ihren Hals. Vielleicht, dachte er, konnten sie einfach so tun, als wäre nichts gewesen. »Der wird dich wach halten«, murmelte er.

»Das soll mir nur recht sein. Ich will gar nicht schlafen.«

Sie brauchte nicht zu sagen: jedenfalls nicht mit dir. Luxford wußte genau, in was für einer Stimmung sie war. Er spürte es am Widerstand ihrer Muskeln unter seinen Fingern. Er senkte die Hände.

Sie nahm eine Tasse und stellte sie unter einen der beiden Hähne der Espressomaschine. Ein dünner Strahl schwarzen Kaffees begann aus dem Filter zu rinnen.

»Fiona.« Er wartete darauf, daß sie ihn ansehen würde. Sie tat es nicht. Ihre ganze Konzentration galt dem Kaffee. »Es tut mir leid. Ich wollte ihn nicht so außer Fassung bringen. Soweit wollte ich es nicht kommen lassen.«

»Was wolltest du dann?«

»Ich wollte mit ihm reden. Ich habe es am Freitag beim Mittagessen versucht, aber es hat zu nichts geführt. Ich dachte, wenn ich es noch mal versuche, mit uns drei zusammen, könnten wir die Sache klären, ohne daß Leo einen Aufstand macht.«

»Weil du das nicht aushalten kannst, nicht?« Sie ging zum Kühlschrank und holte einen Karton Milch heraus. Sie goß eine genau bemessene kleine Menge davon in ein Kännchen aus rostfreiem Edelstahl, kehrte zur Espressomaschine zurück und stellte das Kännchen auf die Arbeitsplatte. »Wie kann sich ein achtjähriger Junge unterstehen, einen Aufstand zu machen! Richtig, Dennis?« Sie stellte an der Maschine etwas ein und begann, die Milch zu erhitzen. Zornig schwenkte sie das Kännchen. Dampf zischte. Die Milch begann zu schäumen.

»Das ist nicht fair von dir. Es ist nicht einfach, mit einem

Kind zu reden, das jeden Versuch einer Diskussion als Aufforderung zu einem hysterischen Anfall auffaßt.«

»Er war nicht hysterisch!« Sie knallte das Milchkännchen auf die Arbeitsplatte.

»Fiona!«

»Nein, war er *nicht*!«

Luxford fragte sich, wie sonst sie es nennen wollte: Seine wenigen wohlbedachten Bemerkungen über die Freuden und Herrlichkeiten des Knabeninternats Baverstock hatten genügt, daß Leo sich in Tränen auflöste. Auf die Tränen war Schluchzen gefolgt. Auf das Schluchzen lautes Geheul. Und am Ende war Leo nur noch ein strampelndes Bündel, das mit Fäusten auf die Sofakissen einschlug. Wenn diese für Leo so typische Reaktion auf jede kleine Widrigkeit des Lebens nicht Hysterie war, was dann?

Aber in Baverstock würde man ihm das austreiben; vor allem deshalb war Luxford entschlossen, Leo aus diesem behüteten Dasein unter Fionas Fittichen herauszureißen und in eine härtere Welt hineinzustoßen. Eines Tages würde er mit dieser Welt zurechtkommen müssen. Was half es dem Jungen, wenn man ihm gestattete, ständig zu vermeiden, womit er sich dringend auseinandersetzen mußte?

Luxford hatte den idealen Zeitpunkt für das Gespräch gewählt. Sie saßen alle drei glücklich vereint im Speisezimmer beim Abendessen. Es gab Leos Lieblingsgericht, Curryhuhn, und der Junge hatte mit herzhaftem Appetit zugelangt und dabei von einer BBC-Sendung über Haselmäuse erzählt, zu der er sich offenbar ausführliche Notizen gemacht hatte. Er hatte gesagt: »Meinst du, wir könnten ihnen im Garten ein Plätzchen machen, Mama? Eigentlich hausen sie am liebsten in alten Gebäuden, weißt du, in Dachböden und Mauerritzen. Aber sie sind so süß, und wenn wir ihnen eine richtige Behausung machen, dann sind sie vielleicht in ein, zwei Jahren –«

An dieser Stelle fand Luxford es an der Zeit, ein für allemal klarzustellen, wo Leo in den ein, zwei Jahren, von denen er sprach, zu Hause sein würde.

»Ich hatte keine Ahnung, daß du dich für die Naturwissenschaften interessierst, Leo«, warf er wohlwollend ein. »Hast du schon mal an Tiermedizin gedacht?«

Leos Mund formte lautlos das Wort *Tiermedizin*. Fiona sah ihren Mann an. Luxford beschloß, die Drohung in ihrem Blick zu ignorieren, und plauderte munter weiter.

»Tierarzt ist ein schöner Beruf. Aber er setzt natürlich eine gewisse Erfahrung im Umgang mit Tieren voraus. Und die wirst du reichlich haben – ach was, du wirst allen anderen Bewerbern weit überlegen sein –, wenn du erst mit dem Studium anfängst. In Baverstock gibt es nämlich einen sogenannten Modellbauernhof. Der wird dir gefallen. Habe ich dir schon davon erzählt?« Er ließ Leo keine Chance, ihm zu antworten. »Paß mal auf.« Und ohne Pause begann er seinen Monolog, ein Loblied auf die Freuden bäuerlichen Lebens. Tatsächlich wußte er kaum etwas über den Modellbauernhof der Schule, aber was er nicht wußte, erfand er schamlos: sonnige Nachmittage in grüner Hügellandschaft, übermütig tollende Lämmchen, weidende Kuhherden, die Aufzucht von Rindern und Pferden, das Verschneiden von Hengsten. Tiere in Mengen. Natürlich keine Mäuse, zumindest keine offiziellen. Aber in den Stallungen und Scheunen, vielleicht sogar in den Mansarden der Wohnheime würde man sicher hier und dort auf ein Mäuschen stoßen.

Er schloß seinen Vortrag mit den Worten: »Der Bauernhof gehört nicht zum Unterricht, sondern zum Freizeitprogramm der Schule. Aber durch die Betätigung dort wirst du sehr viel mit Tieren zu tun haben, und vielleicht wird dir das den Weg zu deinem zukünftigen Beruf zeigen.«

Während dieser Rede hatte Leo seinen Blick vom Gesicht seines Vaters zu seinem Milchglas gesenkt. Er fixierte das Glas und saß völlig reglos. Nur mit einem Fuß konnte Luxford ihn regelmäßig ans Stuhlbein schlagen hören. *Plonk, plonk.* Lauter und lauter. Leos starrer Blick, die rhythmischen Schläge mit dem Fuß und das beharrliche Schweigen waren Warnsignale. Und seinem Vater waren sie ein Quell des Zorns und der

Erbitterung. Verdammt noch mal, dachte er. Andere Jungen gingen ohne einen Muckser aufs Internat. Sie packten ihre Siebensachen, steckten ein Freßpacket ein, nahmen sich ein Andenken an zu Hause mit und zogen los. Vielleicht mit Schmetterlingen im Bauch, aber nach außen hin forsch und mutig. Überzeugt, daß ihre Eltern am besten wußten, was gut für sie war, und vor allem ohne jedes Theater. Das, wie Luxford wußte, diese Warnsignale so klar ankündigten wie der Sonnenuntergang die Nacht.

Er versuchte es mit der Kraft des positiven Denkens. »Überleg doch mal, wie viele neue Freunde du finden wirst, Leo«, sagte er.

»Ich hab' Freunde«, sagte Leo in sein Milchglas.

»Dann denk an die Verbindungen, die du knüpfen wirst. Sie halten ein Leben lang. Weißt du, wie viele alte Schulkameraden ich heute noch regelmäßig sehe? Hast du eine Ahnung, wie sehr sie sich gegenseitig in Beruf und Karriere helfen?«

»Mama war auch nicht auf dem Internat. Mama ist zu Hause geblieben und dort in die Schule gegangen. Und Mama hat auch Karriere gemacht.«

»Ja, natürlich. Eine große Karriere. Aber...« Lieber Gott, der Junge dachte doch nicht etwa daran, Mannequin zu werden wie seine Mutter? Eine Karriere als Tänzer war schon schlimm genug, aber als Model? Wollte er vielleicht mit vorgeschobenem Becken und Hüftgewackel und offenem Hemd einen Laufsteg entlangstolzieren und seinen Körper wie eine Ware feilbieten? Undenkbar, diese Vorstellung! Für ein solches Leben war Leo ungefähr genauso geeignet wie für einen Flug zum Mond. Aber wenn er hartnäckig blieb... Mühsam bändigte Luxford seine wilden Phantasien.

»Bei Frauen ist das anders, Leo«, sagte er väterlich gütig. »In ihrem Leben zählen andere Dinge, darum ist auch ihre Erziehung und Ausbildung anders. Du brauchst die Ausbildung eines Mannes, nicht die einer Frau. Denn du wirst in einer Männerwelt leben und nicht in einer Frauenwelt. Richtig?« Keine Antwort. »Richtig, Leo?«

Luxford spürte Fionas Blick auf sich. Dies war gefährlicher Boden – ein wahrer Morast –, und wenn er sich auf ihn hinauswagte, mußte er fürchten, in Schlimmeres hineingezogen zu werden als lediglich in eine von Leos Szenen.

Er riskierte es dennoch. Diese Sache würde geklärt werden, und zwar noch heute abend. »In einer Männerwelt werden Charaktereigenschaften verlangt, die sich am besten in einem Internat entwickeln, Leo. Rückgrat, Eigenständigkeit, eine rasche Auffassungsgabe, Führungswillen, Entscheidungsfreudigkeit, Selbsterkenntnis, Geschichtsbewußtsein. Das alles sollst du erwerben, und, glaub mir, wenn du deine Ausbildung in Baverstock abgeschlossen hast, wirst du mir für meinen Weitblick danken. Du wirst sagen, Dad, ich kann nicht glauben, daß es einmal eine Zeit gab, wo ich nicht nach Baverstock wollte. Ich danke dir, daß du damals darauf bestanden hast, als ich noch nicht wußte –«

»Nein, das werde ich nicht«, fiel Leo ihm ins Wort.

Luxford hielt es für das beste, den offenen Widerstand zu ignorieren. Offener Widerstand entsprach nicht Leos Art, und es war wahrscheinlich nicht seine Absicht gewesen, sich rebellisch zu zeigen. »Wir fahren vor Schulanfang im Herbst mal hin«, sagte er, »und schauen uns gründlich um. Dann bist du den anderen Jungen, wenn sie kommen, schon eine Nasenlänge voraus und kannst sie selbst einführen. Wäre das nicht gut?«

»Ich will aber nicht. Ich will nicht.«

Beim zweiten *Ich will nicht* wurde Leos Stimme schriller, sein Ton eigensinniger. Es war das Fanal vor dem eigentlichen Bombardement, ein Warnschuß in die Luft.

Luxford bemühte sich, ruhig zu bleiben. »Du wirst gehen, Leo«, sagte er. »Diese Entscheidung ist bereits gefallen, fürchte ich. Es wird daher keine weitere Diskussion geben. Es ist ganz normal, daß dir das hart ankommt – daß dir sogar bange ist. Wie ich schon gesagt habe, die meisten Menschen haben Angst vor Veränderungen. Aber wenn du dich erst einmal eingelebt hast –«

»Nein«, rief Leo. »Nein, nein, nein!«

»Leo!«

»Ich geh' nicht.« Er stieß seinen Stuhl zurück und sprang auf. Gleich würde er wutentbrannt hinausstürzen.

»Setz dich hin.«

»Ich bin fertig.«

»Aber ich nicht. Und solange man dir nicht erlaubt hat aufzustehen –«

»Mama!«

Bei diesem Appell an Fiona – und allem, was er über die Natur der Beziehung zwischen Mutter und Sohn aussagte – schoß wie eine rote Stichflamme blinder Zorn in Luxford hoch. Er packte seinen Sohn am Arm und riß ihn zum Tisch zurück. »Du bleibst sitzen, bis du die Erlaubnis bekommst aufzustehen«, fuhr er ihn an. »Ist das klar?«

Leo schrie auf. Fiona sagte: »Dennis!«

»Und du...« – zu Fiona gewandt – »halt dich da raus!«

»Mama!«

»Dennis! Laß ihn los. Du tust ihm weh.« Fionas Worte wirkten wie eine Aufforderung. Leo begann zu weinen. Dann zu wimmern. Dann zu schluchzen. Und aus dem Gespräch, das so friedlich begonnen hatte, wurde im Nu ein Familienkrach, der damit endete, daß der brüllende und strampelnde Leo in sein Zimmer getragen werden mußte, wo er – aus Rücksicht auf seine geliebten Besitztümer – mit einiger Wahrscheinlichkeit nicht mehr tun würde, als mit den Fäusten auf sein Kopfkissen zu trommeln. Was er offenbar auch bis zur Erschöpfung getan hatte.

Luxford und Fiona hatten ihr Abendessen schweigend beendet. Sie hatten die Küche saubergemacht. Luxford hatte die *Sunday Times* gelesen, während Fiona das letzte Licht genutzt hatte, um im Garten am Teich zu arbeiten. Sie war erst um halb zehn wieder ins Haus gekommen. Als er das Rauschen der Dusche gehört hatte, war er hinaufgegangen, um nach Leo zu sehen, den er tief schlafend vorgefunden hatte, und hatte sich zum hunderttausendstenmal gefragt, wie er den Streit in der

Familie aus der Welt schaffen sollte, ohne auf seine Position als Familienoberhaupt zu pochen und sich wie der Typ von Patriarch zu benehmen, den er zutiefst verabscheute.

Fiona goß schäumende Milch in ihre Tasse. Sie ärgerte sich jedesmal über den unverschämten Preis, den man für einen Cappucchino bezahlen mußte, der aus einem Drittel Espresso und zwei Dritteln Schaum bestand, deshalb machte sie sich statt dessen einen Milchkaffee. Sie krönte ihn mit drei Eßlöffeln Schaum und streute Zimt darüber. Dann nahm sie gewissenhaft den Filter aus der Maschine und stellte ihn ebenso gewissenhaft ins Spülbecken.

Alles an ihr sagte, daß sie nicht darüber sprechen wollte.

Ein Narr hätte versucht, den Stier bei den Hörnern zu pakken. Ein Weiser hätte den Wink beachtet. Luxford entschied sich, den Narren zu spielen.

»Leo braucht eine Veränderung, Fiona«, sagte er. »Er braucht eine Umgebung, die ihn mehr fordert. Er braucht eine Atmosphäre, die Rückgrat von ihm verlangt. Er braucht den Umgang mit gleichaltrigen Jungen aus guten Familien. Baverstock kann ihm nur guttun. Das mußt du doch einsehen.«

Sie führte ihre Tasse zum Mund und trank. Sie tupfte sich den Schaum mit einer kleinen Serviette von der Oberlippe. Sie stand an die Arbeitsplatte gelehnt und machte keine Anstalten, einen gastlicheren Ort im Haus aufzusuchen, wie er das gern getan hätte, um dieses Gespräch zu führen. Und das wußte sie auch.

Sie hielt ihre Tasse in Brusthöhe und betrachtete die mit Zimt gesprenkelte Schaumhaube. Dann sagte sie, ohne den Kopf zu heben: »Du bist wirklich ein unglaublicher Heuchler. Du bist doch immer für Gleichheit eingetreten, oder nicht? Du bist sogar so weit gegangen, diese Überzeugung dadurch zu untermauern, daß du in eine miese kleine Familie –«

»Hör auf!«

»– aus Südlondon eingeheiratet hast. Man stelle sich das vor! Ein Mädchen von der anderen Seite des Flusses. Die Tochter eines Installateurs und einer Hotelbedienung. Wie konntest du dich zu einem derartigen Abstieg überhaupt durchringen? Wo du doch offensichtlich der Meinung warst, du brauchtest den Umgang mit Leuten aus guten Familien? Oder hast du es einfach als Herausforderung gesehen?«

»Fiona, meine Entscheidung in bezug auf Leo hat mit Klassenbewußtsein überhaupt nichts zu tun.«

»Eure piekfeinen Schulen haben nur mit Klassenbewußtsein zu tun, mein Lieber. Da geht es doch einzig darum, mit den richtigen Leuten zu verkehren, die richtigen Verbindungen zu knüpfen, den richtigen Akzent zu lernen und dafür zu sorgen, daß man an Kleidung, Haltung, Hobbys, Berufswahl und Einstellung von jedem sofort als Mitglied der *upper-class* erkannt wird. Und gnade Gott demjenigen, der versucht, im Leben mit nichts als seiner Begabung und den Zeugnissen seines menschlichen Wertes voranzukommen.«

Sie verstand es, ihre Waffen zu gebrauchen. Gerade weil sie sie so selten einsetzte, verwundeten sie um so wirksamer. Alle Grabenkämpfer waren so, das wußte Luxford. Sie warteten ab, zogen unter Beschuß die Köpfe ein und lullten den Gegner ein, so daß er glaubte, ihre Waffen wären nichts wert.

Er sagte mit einer gewissen steifen Förmlichkeit: »Ich möchte das Beste für Leo. Er braucht Führung. Die bekommt er in Baverstock. Es tut mir leid, daß du es nicht so sehen kannst.«

Sie blickte von ihrem Kaffee auf und sah ihm direkt in die Augen. »Was du für Leo möchtest, ist eine Veränderung. Du machst dir Sorgen, weil er dir ... nun, exzentrisch zu sein scheint. Das ist doch das Wort, das du wählen würdest, nicht wahr, Dennis? Anstelle des Worts, das du wirklich im Kopf hast.«

»Er braucht Orientierung. Die bekommt er hier nicht.«

»Er hat Orientierung genug. Dir paßt nur die Richtung nicht. Es würde mich doch interessieren, warum nicht.« Sie nippte an ihrem Kaffee.

Er hörte die warnenden Stimmen in sich. Doch auf sie zu hören hätte geheißen, dem Feigling das Feld zu überlassen. Er sagte: »Spiel hier nicht die Amateur-Psychologin. Wenn du den Mist lesen mußt, dann tu's. Ich habe nichts dagegen, und dir scheint es Spaß zu machen. Aber ich wäre dir dankbar, wenn du deine Diagnosen nicht über unsere Beziehung stülpen würdest.«

»Du hast Todesangst, stimmt's?« sagte sie trotz seiner Worte. »Er tanzt gern, er mag Vögel und kleine Tiere, er singt mit Freuden im Schulchor, er mag mittelalterliche Kunst. Wie sollst du nur solche gräßlichen Vorlieben bei deinem Sohn interpretieren? Sollte in deinem Stammhalter womöglich ein Schwuler stecken? Und wenn ja, ist dann so eine Jungenschule nicht das übelste Milieu, in das du ihn überhaupt hineinstoßen kannst? Oder meinst du, ganz im Gegenteil, daß Leo in dem Moment, wo ein älterer Junge ihm zeigt, was Sache ist, wenn Männer nackt beisammen sind, entsetzt zurückweichen und der Schreck ihm auf wunderbare Weise alle anomalen Neigunge austreiben wird?«

Er beobachtete sie. Sie beobachtete ihn. Er hätte gern gewußt, was sie ihm vom Gesicht ablesen konnte und ob sie ihm ansehen konnte, wie angespannt er war, wie alles Blut in seinem Körper plötzlich in seine Extremitäten schoß. Ihrem Gesicht konnte er nur ihr Bemühen entnehmen, ihn einzuschätzen.

»Ich würde meinen, du weißt aus deiner Lektüre, daß gewisse Dinge sich nicht unterdrücken lassen«, sagte er.

»Sexuelle Neigungen, meinst du? Natürlich nicht. Oder wenn sie sich unterdrücken lassen, dann höchstens auf unbestimmte Zeit. Aber das andere, das kann für immer zerstört werden.«

»Welches andere?«

»Der Künstler. Die Seele des Künstlers. Du tust dein Bestes, sie in Leo zu zerstören. Ich frage mich langsam, wann du deine verloren hast.«

Sie ging aus der Küche. Er hörte das Geräusch ihrer Ledersandalen, die leise auf den Holzboden tappten. Sie ging ins Wohnzimmer. Vom Küchenfenster aus konnte er sehen, wie drüben, im anderen Flügel des Hauses, das Licht anging. Noch während er hinsah, trat Fiona ans Fenster und zog die Vorhänge zu.

Er wandte sich ab und fand sich plötzlich im Angesicht seiner verstoßenen Träume. Ein Leben für die Literatur, so hatte er es vorgehabt. Ein Schriftsteller von Rang hatte er werden wollen, ein Pepys des zwanzigsten Jahrhunderts. Die Sprache hatte er zur Verfügung gehabt. Die Ideen waren ihm zugeflogen. Nacht für Nacht war er in ihrer Umarmung eingeschlafen. Dennis schreibt, und er schreibt verdammt gut, so hatte David St. James ihn letzte Woche vorgestellt. Und was war daraus geworden? Wohin hatte es ihn gebracht?

Es hatte ihn dazu gebracht, realistisch zu werden, für das tägliche Brot zu sorgen, sich ein Zuhause zu schaffen.

Es hatte ihn auch an die Macht gebracht, die süß schmeckte, doch das war von zweitrangiger Bedeutung. Vor allem hatte es ihn dazu gebracht, erwachsen zu werden. Wie jeder erwachsen wurde und erwachsen werden mußte, auch Leo.

Nein, das Gespräch mit Fiona war noch nicht beendet. Wenn sie unbedingt auf psychologische Analyse aus war, dann würde sie gegen eine nähere Betrachtung ihrer eigenen Motive in bezug auf ihren Sohn sicher nichts einzuwenden haben. Ihre Einstellung zu Leo konnte eine gründliche Untersuchung gebrauchen. Und ebenso die Tatsache, daß sie sich vor Leo und seine Wünsche und gegen die Lebenserfahrung ihres Mannes stellte.

Er beschloß, zu ihr zu gehen, und wappnete sich für ein weiteres Wortgefecht. Aus dem Wohnzimmer hörte er die Geräusche des Fernsehapparats. Er sah den flackernden Widerschein der wechselnden Bilder an der Wand. Er wurde langsamer. Seine Entschlossenheit, den Streit mit Fiona auszutragen, geriet ins Wanken. Sie mußte aufgewühlter sein, als er vermutet hatte. Fiona schaltete den Fernseher nur ein, wenn sie erregt war und sich beruhigen wollte.

Er ging zur Tür. Sie hockte mit angezogenen Knien in der Sofaecke, ein Kissen wie zum Trost auf ihren Bauch gedrückt. Sein Wunsch, es mit ihr auszufechten, flaute ab und verging ganz, als sie, ohne den Kopf zu wenden, sagte: »Ich möchte nicht, daß er ins Internat geht. Tu ihm das nicht an, Liebling. Es ist nicht recht.«

Auf dem Bildschirm sah er, daß gerade die Nachrichten liefen. Das Gesicht des Sprechers wich einer Luftaufnahme irgendeiner ländlichen Gegend. Der Bildschirm zeigte die Windungen eines Flusses, der von Brücken überspannt war, Felder, Autos, die auf einem Feldweg dahinrumpelten.

Luxford sagte: »Junge Menschen sind anpassungsfähig.« Er ging zum Sofa und blieb hinter ihm stehen. Er berührte Fionas Schulter. »Es ist ganz natürlich, daß du ihn bei dir behalten möchtest, Fi. Aber es ist nicht richtig, diesem Impuls nachzugeben, wenn es zu seinem Besten ist, neue Erfahrungen zu machen.«

»Er ist noch zu jung für neue Erfahrungen.«

»Ach, er kommt bestimmt gut zurecht.«

»Und wenn nicht?«

»Warum nehmen wir's nicht einfach, wie's kommt?«

»Ich habe Angst um ihn.«

»Du bist ja auch seine Mutter.« Luxford ging um das Sofa herum und setzte sich zu ihr. Er schob das Kissen weg und zog sie in seine Arme. Er küßte ihren Mund, der nach Zimt schmeckte. »Können wir ihm nicht in dieser Sache Einigkeit zeigen? Wenigstens bis wir sehen, wie sich alles entwickelt?«

»Manchmal habe ich den Eindruck, du willst unbedingt alles in ihm zerstören, was besonders ist.«

»Wenn es etwas Besonderes ist und echt, kann es nicht zerstört werden.«

Sie drehte den Kopf und sah zu ihm auf. »Glaubst du das?«

»Alles, was ich immer war, lebt in mir«, sagte er ohne Rücksicht darauf, ob er die Wahrheit sprach oder log, einzig darauf bedacht, die Harmonie zwischen ihnen wiederherzustellen. »Alles, was an Leo besonders ist, wird in ihm lebendig bleiben. Wenn es stark und echt ist.«

»Aber man sollte einen achtjährigen Jungen keiner Feuerprobe unterziehen.«

»Nein, aber man kann ihm Gelegenheit geben, sich selbst zu prüfen. Was in ihm stark ist, wird bestehen.«

»Und darum, findest du, soll er diese neuen Erfahrungen machen?« fragte sie. »Um seinen Willen zu prüfen, der zu sein, der er ist?«

Er sah ihr direkt in die Augen und log ohne die geringsten Gewissensbisse. »Ja, genau darum.«

Er drückte sie an sich und wandte seine Aufmerksamkeit dem Bildschirm zu. Vor dem Hintergrund eines ruhigen Wasserlaufs, den er zunächst für einen Fluß gehalten hatte, stand eine Reporterin mit Mikrofon und sagte gerade: »... am Kennet & Avon-Kanal, wo heute am späten Nachmittag Mr. und Mrs. Esteban Marquedas – ein junges Paar auf Hochzeitsreise, auf einer Bootsfahrt von Reading nach Bath –, die Leiche eines unbekannten kleinen Mädchens zwischen sechs und zehn Jahren entdeckten. Obwohl die Polizei die Untersuchungen sofort aufgenommen hat, steht noch nicht fest, ob der Todesfall als Mord, Selbstmord oder Unfall einzuordnen ist. Aus Polizeikreisen verlautete, daß die zuständige Kriminalpolizei am Tatort war und gegenwärtig über den Polizeicomputer versucht, die Identität des Kindes festzustellen. Wer im Besitz von Informationen ist, die der Polizei bei ihren Ermittlungen weiterhelfen können, wird gebeten, sich mit der Polizeidienststelle Amesford in Verbindung zu setzen.« Sie gab die Telefonnummer an, die gleichzeitig am unteren Bildrand erschien. Dann nannte sie ihren Namen und ihren Sender und richtete zum Schluß ihren Blick mit einem Ausdruck feierlichen Ernstes, den sie zweifellos für dem Anlaß angemessen hielt, auf das stille Wasser des Kanals.

Fiona sagte irgend etwas, aber Luxford nahm ihre Worte nicht auf. Statt dessen hörte er die Stimme eines Mannes, der sagte: »Ich leg sie um, Luxford, wenn Sie die Story nicht bringen«, und überblendet die Stimme Eves, die sagte: »Ich würde lieber sterben, als dir noch in die Hände zu spielen.«

Abrupt stand er auf. »Dennis«, sagte Fiona. Er schüttelte den Kopf und suchte krampfhaft nach einer Erklärung. Ihm fiel nichts Besseres ein als: »Ach, verdammt! Ich hab' vergessen, Rodney wegen der morgigen Besprechung Bescheid zu sagen.«

Er eilte hinaus, auf der Suche nach einem Telefon, das so weit wie irgend möglich vom Wohnzimmer weg war.

14

Detective Inspector Thomas Lynley hörte am folgenden Nachmittag um fünf von der Leiche im Kanal. Er war soeben von einem weiteren Gespräch mit der Staatsanwaltschaft nach New Scotland Yard zurückgekommen. Er hatte nie Wert darauf gelegt, in Mordfällen zu ermitteln, die großes öffentliches Aufsehen erregten, und der Fall, den die Staatsanwaltschaft derzeit zum Prozeß vorbereitete – es ging dabei um den Erstikkungstod eines Spielers der Cricket-Nationalmannschaft –, hatte ihn stärker ins Rampenlicht gerückt, als ihm lieb war. Doch das Interesse der Medien war jetzt, da der Fall auf dem Schreibtisch der Staatsanwaltschaft gelandet war, im Abflauen begriffen. Es würde vor Prozeßbeginn sicher nicht wieder aufflammen, und er fühlte sich wie von einem schweren Klotz befreit, den er wochenlang am Bein gehabt hatte.

Er war mit der Absicht, endlich etwas Ordnung zu machen, in sein Büro zurückgekehrt. Im Lauf der letzten Untersuchung hatte das Chaos dort gigantische Dimensionen angenommen. Neben den Berichten, Aufzeichnungen, Protokollen, Tatortdokumentationen und den Bündeln von Zeitungsausschnitten, die sich im Verlauf dieser speziellen Ermittlung angesammelt hatten, galt es auch noch, die Unmengen von Schaubildern, Karten, Zeitplänen, Computerausdrucken, Akten und anderen Unterlagen zu ordnen, die man ihm zur Sichtung, Ablage und Weiterleitung übergeben hatte, nachdem, der Festnahme der Täterin folgend, der Ereignisraum aufgelöst worden war. Er hatte den größten Teil des Vormittags über den Papieren gesessen und war dann gegangen, um seinen Termin bei der Staatsanwaltschaft wahrzunehmen. Er war eisern entschlossen, sich bis auf den Grund der Papierberge durchzuarbeiten, bevor er für den Tag Schluß machte und nach Hause ging.

Aber als er in sein Büro kam, sah er, daß sich jemand bereit gefunden hatte, ihm bei der Säuberung dieses Augias-Stalls zu helfen. Seine Mitarbeiterin, Detective Sergeant Barbara Havers, hockte im Schneidersitz inmitten eines Stapels von Akten und studierte, die Augen gegen den Rauch zusammengekniffen, der von ihrer Zigarette aufstieg, einen Bericht auf ihrem Schoß. Ohne aufzublicken, sagte sie: »Wie wollten Sie das ordnen, Sir? Ich ackere hier jetzt seit einer Stunde, aber Ihr System ist mir immer noch schleierhaft. Das ist übrigens meine erste Zigarette. Irgendwas mußte ich zur Beruhigung meiner Nerven tun. Also, geben Sie mir einen Tip. Nach welcher Methode gehen Sie vor? Gibt's da verschiedene Stapel? Solche, die aufgehoben werden, solche, die weitergegeben und solche, die weggeschmissen werden?«

»Bis jetzt gibt's nur Stapel«, antwortete Lynley. Er zog sein Jackett aus und hängte es über eine Stuhllehne. »Ich dachte, Sie wollten nach Hause. Ist heute nicht Greenford-Abend?«

»Ja, aber die Zeit spielt keine Rolle. Wenn ich da bin, bin ich da. Sie wissen ja.«

Barbara Havers' Mutter war in Greenford im Privathaus einer Frau untergebracht, die sich um die Alten, Gebrechlichen und – wie im Fall von Doris Havers – um die geistig Verwirrten kümmerte. Havers besuchte sie sooft es ihre unregelmäßigen Arbeitszeiten erlaubten, aber nach dem, was Lynley den lakonischen Bemerkungen seiner Mitarbeiterin im Lauf der vergangenen sechs Monate hatte entnehmen können, war stets ungewiß, ob ihre Mutter sie überhaupt erkennen würde.

Sie nahm noch einen tiefen Zug von ihrer Zigarette, ehe sie sie, seinem unausgesprochenen Wunsch folgend, an der Innenwand des Metallpapierkorbs ausdrückte und im Wust weggeworfener Papiere verschwinden ließ. Sie kroch über diverse Akten hinweg und griff nach ihrer formlosen Leinentasche. Nachdem sie eine Weile darin herumgekramt hatte, zog sie ein zerdrücktes Päckchen Juicy-Fruit-Kaugummi heraus, schälte zwei Stäbchen aus der Silberfolie und schob sie in den Mund.

»Wie haben Sie's eigentlich soweit kommen lassen?« Sie deutete mit großer Geste auf das ganze Büro. Den Rücken an die Wand gelehnt, die linke Ferse auf den Zehen ihres rechten Fußes balancierend, bewunderte sie ihre Schuhe, knallrote Basketballstiefel, die zur dunkelblauen Hose ausgesprochen pfiffig aussahen.

»Bare Anarchie bricht aus über die Welt«, gab Lynley zur Antwort.

»Besser gesagt, über dieses Büro«, versetzte sie.

»Ja, es geht ein bißchen drunter und drüber«, sagte er und fügte mit einem Lächeln hinzu, »aber wenigstens fällt nicht alles auseinander. Es ist also zu hoffen, daß die Mitte hält.«

Mit absurd verzogenem Gesicht – die Augenbrauen gerunzelt, die Unterlippe hochgeschoben, so daß sich das Kinn der Nase entgegenhob – suchte sie nach der Bedeutung hinter seinen Worten. »Was, wo, wie, Sir?« fragte sie.

»Ein Gedicht«, erklärte er kurz und ging zu seinem Schreibtisch, wo er mit düsterer Miene auf die Berge von Heftern, Büchern, Karten und Dokumenten starrte. »Alles fällt auseinander; die Mitte hält nicht mehr; bare Anarchie bricht aus über die Welt«, sagte er. »Das gehört zu einem Gedicht.«

»Ach so! Ein Gedicht. Reizend. Hab' ich Ihnen eigentlich schon mal gesagt, wie sehr ich Ihre Bemühungen um eine Verbesserung meines Bildungsniveaus schätze? Shakespeare, nehme ich an?«

»Yeats.«

»Noch besser. Obskure Zitate waren mir immer schon am liebsten. Aber um wieder zur Sache zu kommen – was sollen wir mit dem ganzen Krempel hier anfangen?«

»Auf ein Feuer hoffen«, antwortete er.

Diskretes Räuspern schreckte sie auf, und sie sahen beide zur Tür. Dort stand im pinkfarbenen Schneiderkostüm mit üppig fallendem cremeweißen Seidenjabot, das eine antike Kamee zierte, Dorothea Harriman, die Sekretärin ihres Superintendent. Nur ein breitkrempiger eleganter Hut fehlte zur Vollendung ihres Ensembles, und sie hätte sich beim jährlichen Rennen in Ascot unter die Royals mischen können.

»Das ist ja erschütternd, wie es hier aussieht, Inspector Lynley.« Dorothea Harriman schüttelte beim Anblick des Büros bekümmert den Kopf. »Sie haben es wohl auf eine Beförderung abgesehen? Nur Superintendent Webberly kann gräßlicher wüten. Allerdings mit weit weniger Material.«

»Haben Sie Lust, uns zu helfen, Dee?« fragte Barbara, die immer noch auf dem Boden hockte.

Harriman hob abwehrend ihre wohlmaniküirte Hand. »Tut mir leid. Mich rufen andere Pflichten. Sie übrigens auch. Sir David möchte Sie sprechen. Beide.«

Barbara schlug mit dem Kopf gegen die Wand. »Dann erschießen Sie uns doch am besten gleich«, stöhnte sie.

»Sie haben schon schlechtere Ideen gehabt«, meinte Lynley.

Sir David Hillier war vor kurzem zum Assistant Commissioner befördert worden. Lynleys beide letzten Rencontres mit ihm hatten sich auf einem schmalen Grat zwischen Gehorsamsverweigerung und totalem Krieg bewegt. Was immer Hillier jetzt von ihnen wollte, etwas Erfreuliches war es bestimmt nicht.

»Superintendent Webberly ist bei ihm«, bemerkte Harriman, vielleicht zu ihrer Ermutigung. »Und ich weiß aus erster Quelle, daß die beiden eine geschlagene Stunde lang mit dem Ober-VIP in Klausur waren: Sir Richard Hepton. Er ist zu Fuß gekommen und zu Fuß wieder gegangen. Was sagen Sie dazu?«

»Da das Innenministerium keine fünf Minuten von hier ist, wundert mich das nicht weiter«, entgegnete Lynley. »Oder sollte es mich wundern?«

»Der Innenminister höchstpersönlich! Kommt hierher und tuschelt eine Stunde lang mit Sir David hinter verschlossenen Türen!«

»Er muß ein Masochist sein«, konstatierte Barbara Havers.

»Mittendrin ließen sie Superintendent Webberly holen und quasselten noch mal eine halbe Stunde. Dann ist Sir Richard gegangen. Danach wollten Sir David und der Superintendent mit Ihnen beiden sprechen. Sie warten jetzt auf Sie. Oben.«

Oben bedeutete im neuen Büro, in das Sir David mit Lichtgeschwindigkeit umgezogen war, sobald seine Beförderung amtlich geworden war. Es hatte einen uninteressanten Blick auf die Victoria Street, und seine Wände waren noch kahl. Doch Hilliers überreicher Schatz an Fotografien, die seinen beruflichen Aufstieg dokumentierten, war auf dem Boden ausgelegt, als hätte jemand die vorteilhafteste Anordnung der Bilder bereits genau geplant. In der Mitte prangte eine Aufnahme Sir Davids beim Empfang des Ritterschlags. Er kniete mit gefalteten Händen und gesenktem Kopf. Kein Mensch hatte ihn je so demutsvoll gesehen.

An diesem Nachmittag trug er Grau, einen maßgeschneiderten Anzug, dessen Farbe genau auf die seiner üppigen Haarpracht abgestimmt zu sein schien. Er saß hinter seinem Schreibtisch, der etwa die Größe eines Fußballfelds hatte, und hielt die Hände auf der lederbezogenen Schreibunterlage so gefaltet, daß sein Siegelring das Licht der Deckenbeleuchtung einfing. In genau abgezirkeltem rechtem Winkel zur Schreibunterlage lag ein gelber Block, dessen oberstes Blatt mit Hilliers schwungvollen, selbstbewußten Schriftzügen bedeckt war.

Superintendent Webberly, Lynleys unmittelbarer Vorgesetzter, ein Bär von einem Mann, hockte im abgetragenen Tweedanzug recht unbequem auf der Kante eines Sessels ultramodernen Designs, wie Hillier es liebte. Nachdenklich drehte er eine Zigarre, die noch im Zellophan war, zwischen Daumen und Zeigefinger hin und her.

Hillier kam ohne Umschweife zur Sache. »Gestern gegen Abend wurde in Wiltshire die Leiche eines Kindes gefunden«, sagte er zu Lynley. »Eines zehnjährigen Mädchens. Sie ist die Tochter der Staatssekretärin im Innenministerium. Der Premierminister möchte, daß das Yard die Ermittlungen leitet. Der Innenminister wünscht das ebenfalls. Ich habe Sie vorgeschlagen.«

Augenblicklich wurde Lynleys Argwohn wach. Hillier schlug ihn niemals für einen Fall vor, wenn er nicht etwas

Unerfreuliches in petto hatte. Barbara Havers hatte, wie er sah, ähnlich böse Ahnungen. Mit einem raschen Blick, als wollte sie seine Reaktion abschätzen, sah sie ihn an. Hillier bemerkte ihre Skepsis offenbar, denn er fügte schroff hinzu: »Ich weiß, daß es in den letzten anderthalb Jahren zwischen uns böses Blut gegeben hat, Inspector. Aber daran tragen wir beide Schuld.«

Lynley blickte auf, nicht bereit, Hilliers letzte Bemerkung widerspruchslos hinzunehmen. Hillier schien das zu erkennen, denn er sagte sofort: »Ich trage vielleicht mehr Schuld daran. Wir alle folgen Befehlen, wenn wir müssen. In dieser Hinsicht bin ich nicht anders als Sie. Ich möchte Vergangenes gern vergessen sein lassen. Könnten auch Sie sich dazu bereit finden?«

»Wenn Sie mir einen Fall übertragen, werde ich selbstverständlich kooperieren«, antwortete Lynley und fügte hinzu: »Sir.«

»Sie werden mehr tun müssen, als zu kooperieren, Inspector. Sie werden sich mit mir zusammensetzen müssen, wann immer Sie dazu aufgefordert werden, damit ich dem Premierminister und dem Innenminister jeweils umfassend Bericht erstatten kann. Mit anderen Worten, Sie werden nicht, wie Sie das in der Vergangenheit so gern getan haben, mit Ihren Informationen hinterm Berg halten können.«

»David«, sagte Webberly mahnend. Nicht in diesem Ton, schien er damit sagen zu wollen.

»Ich denke doch, daß ich mit den Fakten, soweit sie mir bekannt waren, immer offen war«, erwiderte Lynley ruhig.

»Sie waren offen, wenn ich Sie ausgequetscht habe«, entgegnete Hillier barsch. »Aber diesmal möchte ich Sie nicht ausquetschen müssen. Die Untersuchung wird von allen Seiten genauestens verfolgt werden, vom Premierminister genauso wie vom letzten konservativen Hinterbänkler. Wir müssen als Team zusammenarbeiten. Wenn wir es nicht tun, rollen Köpfe.«

»Ich weiß, was auf dem Spiel steht, Sir«, sagte Lynley. Es

stand praktisch alles auf dem Spiel, da ja das Innenministerium selbst für die Arbeit und das Funktionieren von New Scotland Yard verantwortlich war.

»Gut. Da bin ich froh. Also dann: Vor knapp einer Stunde hat mich der Innenminister angewiesen, meine besten Leute auf diesen Fall anzusetzen. Ich habe Sie gewählt.« So nahe war Hillier einem Kompliment für Lynley noch nie gekommen. Und für den Fall, daß Lynley das versteckte Lob, das der Assistant Commissioner seinem Untergebenen da zollte, nicht verstehen sollte, fügte er hinzu: »Habe ich mich klar genug ausgedrückt?«

»Absolut«, sagte Lynley.

Hillier nickte und kam zu den Einzelheiten: Am vergangenen Mittwoch war die Tochter Eve Bowens, der Staatssekretärin im Innenministerium, entführt worden, vermutlich auf dem Weg von ihrer Musikstunde zu ihrem Zuhause im Marylebone. Innerhalb von Stunden waren Entführerbriefe eingegangen. Forderungen waren gestellt worden. Eine Kassette mit der Stimme des Kindes war überbracht worden.

»Lösegeld?« fragte Lynley mit Bezug auf die Forderungen.

Hillier schüttelte den Kopf. Der Entführer, berichtete er, habe vom leiblichen Vater des Kindes verlangt, daß dieser sich in der Presse zu seiner Vaterschaft bekenne. Der Vater des Kindes habe das nicht getan, weil die Mutter es nicht gewollt habe. Vier Tage nach dem ersten Schreiben war das Kind ertrunken aufgefunden worden.

»Ermordet?«

»Dafür gibt es noch keine konkreten Beweise«, sagte Webberly. »Aber es ist wahrscheinlich.«

Hillier öffnete eine Schublade seines Schreibtisches und entnahm ihr eine Akte, die er Lynley übergab. Sie enthielt den Polizeibericht und die Aufnahmen des Polizeifotografen von dem toten Kind. Lynley sah sie langsam durch, vermerkte den Namen des Kindes, Charlotte Bowen, und ein Aktenzeichen, das auf der Rückseite jedes Fotos erschien. Am Körper des Kindes waren keine wesentlichen Spuren von Gewalteinwirkung zu erkennen. Auf den ersten Blick entsprach sein Aussehen dem Bild eines Unfalltods durch Ertrinken. Bis auf eine Kleinigkeit. »Kein Schaum aus der Nase«, sagte er und gab die Aufnahme an Barbara Havers weiter.

»Der zuständigen Kriminalpolizei zufolge hat der Pathologe den Schaum aus der Lunge geholt. Aber erst durch Druck auf die Brust«, sagte Webberly.

»Das ist ja interessant.«

»Ja, nicht wahr?«

»Wir wollen folgendes«, schaltete sich Hillier ungeduldig ein. Es war für die anderen kein Geheimnis, daß sein Interesse nie der Spurensicherung, den Zeugenaussagen, der Prüfung von Alibis, dem Sammeln und Aneinanderfügen von Fakten gegolten hatte. Was ihn faszinierte, war die politische Seite der Polizeiarbeit, und dieser besondere Fall verhieß Gelegenheit zum politischen Drähteziehen in ungeahntem Maß. »Wir wollen folgendes«, wiederholte er. »Auf jeder Ebene der Untersuchung, an jedem Ort und an jeder Verbindungsstelle wird jemand vom Yard tätig sein.«

»Na, das wird ein Knaller«, bemerkte Barbara Havers.

»Es ist dem Innenminister egal, wem in welchem Polizeibezirk auf die Hühneraugen getreten wird, Sergeant. Er möchte, daß wir in jedem Bereich der Ermittlungen beteiligt sind, und deshalb wird es auch so sein. Einer wird in Wiltshire die Leitung übernehmen, einer in London, und ein Dritter wird die Verbindung zum Innenministerium und zur Downing Street übernehmen. Wenn irgendwo ein Beamter mit diesem Arrangement Probleme hat, kann er durch einen anderen ersetzt werden, der diese Probleme nicht hat.«

»Was haben wir bis jetzt von der Polizei in Marylebone?« fragte Lynley und reichte die Fotografien an Havers weiter.

»Nichts.«

Lynley blickte von Hillier zu Webberly und bemerkte, daß dieser plötzlich aufmerksam den Fußboden studierte. »Nichts?« wiederholte er. »Aber wer ist unser Verbindungsmann bei der zuständigen Dienststelle?«

»Es gibt keinen. Die Polizei von Marylebone ist nicht zugezogen worden.«

»Aber Sie sagten doch, daß das Mädchen am vergangenen Mittwoch verschwunden ist.«

»Das ist richtig. Die Familie hat die Polizei nicht benachrichtigt.«

Lynley bemühte sich, das in seinen Kopf zu bekommen. Fünf Tage waren seit dem Verschwinden des kleinen Mädchens vergangen. Hillier und Webberly zufolge hatten die Eltern Briefe, Anrufe und eine Kassette erhalten. Der Entführer hatte Forderungen gestellt. Das Kind war erst zehn Jahre alt. Und jetzt war es tot. »Sind Sie verrückt?« fragte er. »Was sind denn das für Leute? Ihr Kind verschwindet, und sie unternehmen nichts, um – «

»Ganz so ist es nicht, Tommy.« Webberly hob den Kopf. »Sie haben versucht, sich Hilfe zu holen. Sie haben sofort jemanden eingeschaltet. Gleich am Mittwochabend. Es war nur nicht die Polizei.«

Webberlys Gesichtsausdruck machte Lynley stutzig. Er hatte den starken Verdacht, daß er erst jetzt wirklich erfahren würde, warum man, abgesehen von Hilliers Anerkennung seines Sachverstandes, ausgerechnet ihn für diesen Fall auserkoren hatte.

»Wer war es dann?« fragte er.

Webberly seufzte tief und schob seine Zigarre in die Brusttasche seines Jacketts. »Tja, das ist leider der heikle Punkt«, sagte er.

Lynley raste mit dem Bentley zur Themse hinunter. Er lenkte den Wagen mit harter Hand. Er wußte nicht, was er von dem halten sollte, was er soeben gehört hatte, und bemühte sich wie besessen, jede Reaktion zurückzuhalten. Fahr erst mal hin, redete er sich gut zu. Komm heil an und stell deine Fragen, damit du verstehen kannst.

Barbara Havers war ihm gefolgt, als er mit großen Schritten durch die Tiefgarage gelaufen war. »Sir, hören Sie mir doch mal einen Moment zu«, hatte sie gesagt und sich einfach an seinen Arm gehängt, als er ohne Antwort, tief in Gedanken weitergeeilt war. Doch es war ihr nicht gelungen, ihn aufzuhalten, und am Ende hatte sie sich ihm, klein und stämmig wie sie war, einfach in den Weg gestellt. »Jetzt hören Sie mir doch mal zu«, hatte sie gesagt. »Es ist besser, Sie fahren da jetzt nicht gleich hin. Regen Sie sich erst mal ab. Reden Sie mit Eve Bowen. Lassen Sie sich die Geschichte von ihr erzählen.«

Verblüfft über ihr Verhalten, hatte er sie einen Moment sprachlos angestarrt. Dann hatte er gesagt: »Ich bin völlig ruhig, Havers. Fahren Sie nach Wiltshire. Tun Sie Ihre Arbeit. Lassen Sie mich meine tun.«

»Völlig ruhig?« rief sie. »Na, wenn das kein Quatsch ist! Kurz vorm Ausrasten sind Sie, und das wissen Sie auch ganz genau. Wenn die Bowen ihm den Auftrag gegeben hat, ihre Tochter zu suchen – und Webberly hat uns das ja eben gesagt –, dann hat Simon von dem Moment an absolut professionell gehandelt.«

»Stimmt. Und darum möchte ich die Fakten gern von ihm hören. Es ist der logische Ausgangspunkt.«

»Hören Sie auf, sich selbst was vorzumachen. Ihnen geht's überhaupt nicht um Fakten. Ihnen geht's um Rache. Ein Blinder würde Ihnen das ansehen.«

Die Frau konnte nur verrückt sein. »Seien Sie nicht absurd«, sagte er. »Rache wofür?«

»Das wissen Sie genau. Sie hätten Ihr Gesicht sehen sollen, als Webberly erzählt hat, was sie alles seit Mittwoch getan haben. Kreidebleich sind Sie geworden, und Sie haben sich immer noch nicht erholt.«

»Unsinn.«

»Ach ja? Schauen Sie, ich kenne Simon. Und Sie kennen ihn auch. Was glauben Sie also, das er getan hat? Denken Sie vielleicht, er hat Däumchen gedreht und nur darauf gewartet, daß das Kind irgendwo im Grünen tot aufgefunden wird? Glauben Sie im Ernst, daß es so war?«

»Ganz gleich, wie es war«, entgegnete er ruhig, »Tatsache ist, daß das Kind tot ist. Und ich denke, Sie werden mir zustimmen, wenn ich sage, daß dieser Tod vielleicht hätte verhindert werden können, wenn Simon, ganz zu schweigen von Helen, vernünftig genug gewesen wäre, die Polizei von Anfang an einzuschalten.«

Barbara Havers stemmte die Hände in die Hüften. Ihr Gesichtsausdruck sagte: Ha! Jetzt hab' ich dich. Laut sagte sie: »Und genau darum geht's, stimmt's? Das ist es, was Ihnen stinkt.«

»Was mir stinkt?«

»Helen ist es. Nicht Simon. Nicht einmal der Tod dieses Kindes. Helen hat bis über ihre schicken goldenen Ohrringe in der Sache dringesteckt, und Sie haben's nicht gewußt. Richtig? Na los. Hab' ich recht, Inspector? Und einzig darum wollen Sie jetzt zu Simon.«

»Havers«, sagte Lynley, »ich habe zu tun. Bitte gehen Sie mir aus dem Weg. Wenn Sie mich nämlich nicht augenblicklich vorbeilassen, werden Sie feststellen, daß man Sie für einen anderen Fall eingeteilt hat.«

»Na schön«, gab sie zurück, »lügen Sie sich was vor. Und wenn Sie schon mal dabei sind, können Sie gleich noch den Vorgesetzten rauskehren und der Sache ein Ende machen.«

»Das habe ich, glaube ich, soeben getan. Und da Sie mit diesem Fall zum erstenmal die Chance erhalten, zumindest eine Teiluntersuchung zu leiten, würde ich vorschlagen, Sie überlegen sich genau, was Sie tun, ehe Sie mich zwingen durchzugreifen.«

Er sah, wie sie sich auf die Lippen biß. Dann schüttelte sie den Kopf. »Mann-o-Mann«, sagte sie, »Sie können vielleicht ein arroganter Pinsel sein.« Sie machte auf dem Absatz ihres roten Basketballstiefels kehrt, zog mit einem Ruck den Schulterriemen ihrer Leinentasche hoch und ging zu ihrem Wagen.

Lynley setzte sich in den Bentley und startete ihn mit gewaltigem Motorgeheul, das völlig unnötig, dafür aber um so befriedigender war. Eine Minute später war er aus der Tiefgarage heraus und brauste in Richtung Victoria Street davon. Er versuchte, sich auf die technischen Maßnahmen zu konzentrieren, die die Untersuchung erforderte. Aber seine Gedanken ließen sich nicht bändigen. Sie waren, wie Havers so scharfsinnig erkannt hatte – verflucht sei ihr feines Gespür! – auf Helen fixiert. Helen hatte ihn am vergangenen Mittwochabend bewußt belogen. Ihr ganzes Geplapper über ihre Nervosität, die Heirat und ihre gemeinsame Zukunft war nichts als ein Ablenkungsmanöver gewesen, das dazu herhalten sollte, ihre Unternehmungen mit Simon vor ihm zu verschleiern. Und das Resultat dieser Lüge und dieser Unternehmungen war der Tod eines kleinen Mädchens.

Er trat hart aufs Gaspedal. Er steckte schon mitten im Getümmel von Touristenbussen, die alle gleichzeitig aus der unmittelbaren Umgebung der Westminster-Abtei zu entkommen suchten, als ihm einfiel, daß er um diese Zeit einen anderen Weg zur Themse hätte wählen sollen. So aber hatte er nun reichlich Zeit, sich über das unbegreifliche Verhalten seiner Freunde Gedanken zu machen, reichlich Zeit, sich vor Augen zu halten, wohin dieses Verhalten geführt hatte, bis er endlich den um diese Zeit üblichen Stau rund um den Parliament Square hinter sich gebracht hatte und südwärts nach Chelsea weiterfahren konnte.

Es war dichter Verkehr. Er kämpfte mit Taxis und Bussen. Als die aufsteigenden Stahlkabel und die schlanken Türme der Albert-Brücke auftauchten, bog er in den schmalen gekrümmten Cheyne Walk ab und von da in die Cheyne Row. Er manövrierte den Bentley in eine Lücke fast am Ende des engen Sträßchens, stellte den Motor ab und nahm die Akte über Charlotte Bowen an sich. Er ging durch die Straße zurück, in Richtung zum Fluß, bis zu dem hohen, umbrabraunen Backsteinhaus an der Ecke Cheyne Row und Lordship Place. Es war völlig still in der Gegend, und er empfand diese Stille wie einen beruhigenden Balsam. Er holte tief Atem. Also gut, dachte er, behalt die Kontrolle. Du bist hier, um dir die Fakten geben zu lassen, und das ist alles. Hier ist der logische Ausgangspunkt, und nichts, was du tust, könnte irgendwie als blindwütige

Unüberlegtheit aufgefaßt werden. Barbara Havers' Empfehlung, er solle zuerst mit Eve Bowen sprechen, zeugte lediglich von ihrer Unerfahrenheit. Es wäre sinnlos gewesen, zuerst mit Eve Bowen zu sprechen, wenn alle Informationen, die er benötigte, um die Ermittlungen einzuleiten, in diesem Haus zu holen waren. So lagen die Dinge. Jede Behauptung, er mache sich etwas vor und wolle nur Rache, ging völlig am wahren Sachverhalt vorbei. Richtig? Richtig.

Er griff zum Türklopfer. Und drückte auch gleich noch auf die Klingel. Er hörte den Hund bellen, gleichzeitig das Telefon läuten. Er hörte Deborah, die sagte: »Herrgott, immer alles zur gleichen Zeit«, und jemand rief: »Ich bin schon an der Tür. Kannst du ans Telefon gehen?«

Ein Riegel wurde zurückgeschoben, dann stand sie vor ihm, barfuß, in abgeschnittenen Jeans, mit Mehl an den Händen und auf ihrem schwarzen T-Shirt. Ihr Gesicht leuchtete auf, als sie ihn sah. »Tommy!« rief sie. »Na, so was! Eben haben wir von dir gesprochen.«

»Ich muß mit Helen und Simon sprechen«, sagte er.

Ihr Lächeln wurde unsicher. Sie kannte ihn gut genug. Sie konnte trotz seines Bemühens um ruhige Sachlichkeit an seinem Ton hören, daß etwas nicht stimmte.

»In der Küche. Im Labor. Ich meine, Helen ist in der Küche und Simon im Labor. Dad und ich zeigen ihr gerade ... Tommy, ist was passiert?«

»Würdest du Simon holen?«

Während sie in den oberen Stock des Hauses hinauflief, ging er nach hinten, wo die Treppe zur Küche im Souterrain führte. Von unten konnte er Helens Lachen und Joseph Cotters Stimme hören.

»Das Geheimnis ist das Eiweiß«, sagte Cotter gerade. »Dadurch werden sie außen schön braun und kriegen Glanz. Aber zuerst müssen Sie die Eier trennen. Sie schlagen sie auf – so, schauen Sie – und dann kippen Sie das Eigelb so lange von einer Schalenhälfte in die andere, bis das ganze Eiweiß abgelaufen ist.«

»Und das ist wirklich alles?« fragte Helen erstaunt. »Mensch, das ist ja kinderleicht. Sogar ein Idiot würde das fertigbringen. Sogar ich.«

»Ja, ganz einfach«, sagte er. »Versuchen Sie's mal.«

Lynley stieg die Treppe hinunter. Cotter und Helen standen sich am Arbeitstisch in der Mitte der Küche gegenüber, Helen in einer riesigen weißen Schürze, Cotter mit aufgekrempelten Hemdsärmeln. Auf dem Tisch zwischen ihnen befand sich ein Sammelsurium von Rührschüsseln, Backblechen, Schachteln mit Rosinen, Mehltüten und anderen Zutaten. Helen war eben dabei, über einer der kleineren Schüsseln ein Ei zu trennen. Auf den Backblechen prangten die Früchte der gemeinsamen Arbeit: kleine, mit Rosinen gesprenkelte Teighäufchen vom Umfang einer Teetasse.

Peach, der Dackel, entdeckte Lynley zuerst. Er leckte gerade mit Wonne den Mehlstaub vom Küchenboden rund um Helen, als er ihn witterte. Er hob den Kopf, sah ihn und bellte einmal laut.

Helen sah auf, in jeder Hand die Hälfte einer Eierschale. Wie vorher Deborah lächelte sie strahlend. »Tommy, hallo!« rief sie. »Stell dir vor, ich habe das Unmögliche geschafft. Ich habe *scones* gebacken.«

»Wir müssen miteinander reden.«

»Ich kann jetzt aber nicht. Cotter muß mir erst noch zeigen, wie ich meinen Meisterwerken den letzten Schliff gebe, sobald ich das Ei hier getrennt habe. Was ich übrigens, finde ich, sehr gut mache, wie Cotter sicher bestätigen wird.«

Doch Cotter hatte Lynleys Ton und Haltung offenbar genauer interpretiert. Er sagte: »Ich kann hier allein fertigmachen. Kein Problem. Gehen Sie ruhig mit Lord Asherton.«

»Quatsch«, entgegnete sie.

»Helen«, sagte Lynley.

»Ich kann doch diese Prachtstücke nicht im entscheidenden Moment einfach im Stich lassen. Jetzt bin ich schon so weit gekommen, da möchte ich das Werk auch vollenden. Tommy wartet schon auf mich. Nicht wahr, Liebling?«

Das Kosewort zerrte an seinen Nerven. Er sagte: »Charlotte Bowen ist tot.«

Helen, die immer noch die Eierschalen über die Schüssel hielt, senkte die Hände. »O Gott«, sagte sie.

Cotter, der die Stimmung zwischen ihnen spürte, hob den kleinen Dackel vom Boden auf, nahm die Leine von dem Haken neben der Hintertür und ging ohne ein Wort. Einen Augenblick später wurde das Gartentor zum Lordship Place quietschend geöffnet und wieder geschlossen.

»Was habt ihr euch eigentlich dabei gedacht?« fragte Lynley. »Würdest du mir das bitte mal sagen, Helen.«

»Was ist passiert?«

»Ich habe dir eben gesagt, was passiert ist. Das Kind ist tot.«

»Wie? Wann?«

»Das spielt keine Rolle. Entscheidend ist, daß die Kleine hätte gerettet werden können. Es hätte nie soweit zu kommen brauchen. Sie wäre vielleicht in diesem Augenblick wieder bei ihren Eltern, wenn ihr so vernünftig gewesen wärt, die Polizei zu informieren.«

Sie wich ein wenig zurück. Ihre Stimme war schwach, als sie sagte: »Das ist nicht fair. Sie haben uns um Hilfe gebeten. Sie wollten die Polizei nicht einschalten.«

»Helen, es ist mir gleich, worum man euch gebeten hat. Es ist mir gleich, wer euch gebeten hat. Es ging um das Leben eines Kindes, und dieses Kind ist jetzt tot. Sein Leben ist vorbei. Aus und vorbei. Sie kommt nie mehr zurück. Sie ist im Kennet & Avon-Kanal ertrunken, und ihr Leichnam wurde einfach im Schilf liegengelassen. Was also …«

»Tommy!« St. James stand oben an der Treppe. Deborah war hinter ihm. »Wir haben verstanden«, sagte er scharf.

»Hast du eine Ahnung, was geschehen ist?« fragte Lynley.

»Barbara Havers hat mich eben angerufen.« Unbeholfen stieg er die Treppe hinunter zur Küche. Deborah folgte ihm. Ihr Gesicht war so weiß wie das Mehl auf ihrem T-Shirt. Sie und St. James stellten sich zu Helen an den Arbeitstisch, Lynley gegenüber.

»Es tut mir leid«, sagte St. James leise. »Ich hätte gern verhindert, daß es so endet. Ich denke, das weißt du.«

»Warum hast du dann nichts getan, um es zu verhindern?«

»Ich habe es versucht.«

»Was denn?«

»Ich habe versucht, mit den beiden zu sprechen, mit der Mutter und dem Vater. Sie zur Vernunft zu bringen. Ich habe versucht, sie dazu zu bewegen, die Polizei einzuschalten.«

»Aber du hast sie nicht zurückgewiesen. Du hast nicht versucht, sie in Zugzwang zu bringen.«

»Zuerst nicht, nein. Das gebe ich zu. Keiner von uns hat zunächst abgelehnt.«

»Keiner von euch?« Lynley sah zu Deborah. Sie knüllte den Saum ihres T-Shirts in beiden Händen zusammen. Sie sah tiefunglücklich aus. Er begriff, was St. James' Worte zu bedeuten hatten. Es verschlimmerte ihre Sünde tausendfach. »Deborah?« sagte er. »Deborah ist auch an dieser Schweinerei beteiligt? Mein Gott, habt ihr denn alle den Verstand verloren? Mit einiger Mühe kann ich Helens Beteiligung verstehen, sie hat immerhin durch die Arbeit mit dir ein Quentchen Erfahrung. Aber Deborah? Sie hat bei der Untersuchung einer Kindesentführung etwa so viel verloren wie euer Hund.«

»Tommy!« sagte Helen.

»Wer noch?« fragte Lynley. »Wer hat noch mitgemacht? Cotter vielleicht? Oder wart es nur ihr drei Vollidioten, die Charlotte Bowen um ihr Leben gebracht haben?«

»Tommy, das reicht«, sagte St. James.

»Nein. Ich bin noch nicht fertig. Und ich werde wahrscheinlich nie damit fertigwerden. Ihr drei tragt die Verantwortung, und ihr sollt genau sehen, wofür. Er schlug den Hefter auf, den er aus dem Wagen mitgenommen hatte.

»Nicht hier«, sagte St. James.

»Nein? Möchtest du nicht sehen, wie es war?« Lynley warf eine Fotografie auf den Tisch. Sie landete direkt vor Deborah. »Sieh es dir an«, sagte er. »Vielleicht willst du es dir einprägen für den Fall, daß du noch mehr Kinder umbringen willst.«

Deborah drückte ihre Faust auf den Mund, aber das reichte nicht, um ihren Aufschrei abzuwürgen. Zornig riß St. James sie vom Tisch weg. »Verschwinde hier, Tommy«, sagte er zu Lynley.

»So leicht kommt ihr nicht davon.«

»Tommy!« Helen streckte einen Arm nach ihm aus.

»Ich möchte wissen, was du weißt«, sagte er zu St. James. »Ich will von dir jede kleinste Information, die du hast. Ich will jedes Detail, und gnade dir Gott, Simon, wenn du auch nur eine einzige Tatsache vergißt.«

St. James hatte Deborah in die Arme genommen. Er sagte langsam: »Nicht jetzt. Ich meine es ernst. Geh jetzt.«

»Ich gehe erst, wenn ich habe, was ich will.«

»Ich denke, das hast du eben bekommen«, versetzte St. James.

»Sprich mit ihm«, sagte Deborah, den Kopf an der Schulter ihres Mannes. »Bitte, Simon. Erzähl ihm alles. Bitte.«

Lynley sah, wie St. James sorgfältig die Alternativen abwägte und sich schließlich Helen zuwandte: »Geh mit Deborah nach oben.«

»Sie bleibt hier«, sagte Lynley.

»Helen«, sagte St. James.

Ein Moment verstrich, ehe Helen sich entschied. »Komm, Deborah«, sagte sie, und zu Lynley: »Oder möchtest du uns vielleicht aufhalten? Stark genug bist du ja, und ich frage mich, ehrlich gesagt, ob du noch davor zurückschrecken würdest, Frauen anzugreifen. Da du ja offensichtlich sonst vor nichts zurückschreckst.«

Den Arm um Deborahs Schultern, ging sie an ihm vorbei. Sie stiegen die Treppe hinauf und schlossen die Tür hinter sich.

St. James sah sich die Fotografie an. Um seinen Mund zuckte es. In der Ferne konnte Lynley den Hund bellen hören. Er hörte Cotters lauten Ruf. Dann endlich blickte St. James auf.

»Das war absolut unverzeihlich«, sagte er.

Lynley, der genau wußte, wovon St. James sprach, mißverstand absichtlich. »Stimmt«, sagte er ruhig. »Es war unverzeihlich. Jetzt sag mir, was du weißt.«

Über den Arbeitstisch hinweg sahen sie einander in die Augen. In der Stille fragte sich Lynley, ob der Freund ihm mit Informationen entgegenkommen oder ihn mit Schweigen strafen würde. Fast dreißig Sekunden vergingen, ehe er die Antwort bekam. St. James begann zu berichten.

Er erzählte seine Geschichte, ohne aufzusehen. Er führte Lynley durch jeden einzelnen Tag, der seit Charlotte Bowens Verschwinden vergangen war. Er schilderte die Tatsachen. Er zählte seine Indizien auf, erklärte die Schritte, die er unternommen hatte und warum er sie unternommen hatte. Als er fertig war, sagte er, den Blick noch immer fest auf die Fotografie gerichtet: »Das ist alles. Laß uns jetzt allein, Tommy.«

Lynley wußte, daß es Zeit war nachzugeben. »Simon«, sagte er.

Doch St. James ließ ihn nicht ausreden. »Geh jetzt.«

Lynley tat es.

Die Tür zum Arbeitszimmer war geschlossen. Sie war offen gewesen, als Deborah ihn ins Haus gelassen hatte, daher wußte er, daß sie mit Helen dorthin gegangen war. Ohne anzuklopfen, drehte er den Knauf.

Deborah hockte mit gekrümmten Schultern, die Arme um sich geschlungen, auf dem Sitzkissen. Helen saß ihr gegenüber auf dem Sofa. Sie hielt ein Glas in der Hand. »Trink noch einen Schluck, Deborah«, drängte sie gerade, und Deborah antwortete: »Ich kann nicht.«

»Helen«, sagte Lynley. Sofort wandte sich Deborah von der Tür ab. Helen stellte das Glas auf den Beistelltisch neben dem Sofa, berührte flüchtig Deborahs Knie und ging zu Lynley. Sie trat in den Korridor hinaus und schloß die Tür hinter sich.

»Ich habe mich falsch benommen«, sagte Lynley. »Es tut mir leid.«

Sie antwortete mit einem kühlen Lächeln. »Nein, es tut dir

nicht leid. Aber ich hoffe, du bist vollauf zufrieden. Ich hoffe, es ist dir gelungen, deine Wut abzureagieren.«

»Helen, verdammt noch mal. Hör mir doch zu.«

»Sag mir nur eins. Gibt es sonst noch etwas, weswegen du uns anprangern möchtest, ehe du gehst? Es wäre doch schade, wenn du abziehen müßtest, ohne deinen offensichtlich heftigen Wunsch, mit uns ins Gericht zu gehen und den Unfehlbaren zu spielen, ausgelebt zu haben.«

»Du hast überhaupt kein Recht, empört zu sein, Helen.«

»Wie du kein Recht hattest zu verurteilen.«

»Ein Kind ist tot.«

»Das ist nicht unsere Schuld. Und ich weigere mich, Tommy, ich weigere mich, vor dir auf die Knie zu sinken und dich in deiner Selbstherrlichkeit um Vergebung zu bitten. Ich habe in dieser Situation nichts Unrechtes getan. Simon und Deborah ebensowenig.«

»Abgesehen von deinen Lügen.«

»Lügen?«

»Du hättest mir am Mittwochabend die Wahrheit sagen können. Ich habe dich gefragt. Du hast gelogen.«

Sie griff sich an den Hals. Im dämmrigen Licht des Korridors schienen ihre dunklen Augen noch dunkler zu werden. »Mein Gott«, sagte sie. »So ist das also. Du gemeiner Pharisäer. Ich kann es nicht glauben!« Ihre Hand ballte sich zur Faust. »Es geht hier gar nicht um Charlotte Bowen, stimmt's? Das hier hat überhaupt nichts mit Charlotte Bowen zu tun. Einzig meinetwegen bist du hergekommen und hast Gift und Galle gespuckt. Weil ich es gewagt habe, etwas in meinem Leben für mich zu behalten. Weil ich dir etwas verschwiegen habe, das zu erfahren du gar kein Recht hattest.«

»Bist du wahnsinnig? Ein Kind ist tot! Tot, Helen, und ich darf wohl annehmen, du weißt, was das bedeutet. Was redest du da also von Rechten? Keiner außer dem Menschen, der in Gefahr ist, hat irgendein Recht, wenn ein Leben auf dem Spiel steht.«

»Außer dir«, entgegnete sie heftig. »Außer Thomas Lynley.

Außer Lord Asherton von Gottes Gnaden. Darum geht's dir doch: um deine gottgegebenen Rechte, und in diesem besonderen Fall um das Recht auf Wissen. Aber nicht um das Recht, von Charlotte Bowen zu wissen. Das ist nur das Symptom. Nicht die Krankheit.«

»Verdreh das doch jetzt nicht zu einer Diagnose über unsere Beziehung.«

»Ich brauche nichts zu verdrehen. Ich sehe es ganz klar.«

»Ach ja?« fragte er. »Dann sieh dir auch den Rest an. Hättest du mit mir gesprochen, so wäre sie vielleicht noch am Leben. Sie wäre vielleicht zu Hause. Sie wäre ihrem Entführer entkommen und hätte nicht in einem Kanal ertrinken müssen.«

»Nur weil ich dir nichts gesagt habe?«

»Es wäre jedenfalls ein guter Anfang gewesen, wenn du mir etwas gesagt hättest.«

»Die Möglichkeit gab es nicht.«

»Es war die einzige Möglichkeit, um ihr Leben zu retten.«

»Wirklich?« Sie wich zurück, mit einem Blick, den er nur als mitleidig interpretieren konnte. »Es wird dich überraschen, Tommy«, sagte sie, »und es tut mir beinahe leid, daß ich diejenige bin, die es dir sagen muß, da es sicher ein schwerer Schlag für dich sein wird: Du bist nicht allmächtig, und trotz deiner Neigung, so zu tun, bist du auch nicht Gott. Wenn du mich jetzt entschuldigen würdest, ich möchte gern nach Deborah sehen.« Sie griff zum Türknauf.

»Wir sind noch nicht fertig«, sagte er.

»Du vielleicht nicht«, entgegnete sie. »Ich schon.«

Sie ging und schlug ihm die Tür vor der Nase zu. Er starrte auf das dunkle Holz und bezwang mit einer Kraftanstrengung den überwältigenden Impuls, es einzutreten. Er merkte, daß er irgendwann im Lauf ihres Gesprächs die Hände geballt hatte, weil er am liebsten zugeschlagen hätte. Und jetzt überkam es ihn wieder, dieses Bedürfnis, seine Faust durch eine Wand oder eine Fensterscheibe zu donnern, sowohl um Schmerz zu verursachen als auch, um ihn zu spüren.

Er zwang sich, von der Tür wegzugehen. Er zwang sich, den

Weg zur Haustür einzuschlagen. Draußen zwang er sich, tief durchzuatmen.

Er konnte Barbara Havers' Urteil über dieses Gespräch mit seinen Freunden beinahe hören: Erstklassige Arbeit, Inspector. Ich hab' sogar mitgeschrieben. Anklagen, Beleidigungen, allgemeines Vor-den-Kopf-Stoßen. Eine brillante Art, sich ihrer Mitarbeit zu versichern.

Aber was hätte er sonst tun sollen? Hätte er ihnen vielleicht zu ihrer stümperhaften Einmischung gratulieren sollen? Hätte er sie höflich vom Ableben des Kindes in Kenntnis setzen sollen? Hätte er dieses alberne, schönfärberische Wort – Ableben – gebrauchen sollen, um ihnen zu ersparen, daß sie sich so fühlten, wie sie sich zum Teufel noch mal in diesem Moment fühlen sollten: schuldig?

Die drei haben ihr Bestes getan, hätte Havers eingewandt. Sie haben doch Simons Bericht gehört, Inspector. Sie sind jeder Spur nachgegangen. Sie haben den Tagesablauf des kleinen Mädchens am Mittwoch bis ins Detail verfolgt. Sie haben ihr Bild in Marylebone herumgezeigt. Sie haben mit den Menschen gesprochen, die die Kleine zuletzt gesehen haben. Was hätten Sie denn noch getan, Inspector?

Personenüberprüfungen vorgenommen. Telefonleitungen angezapft. Ein Dutzend Beamte nach Marylebone geschickt. Das Foto des kleinen Mädchens an sämtliche Fernsehsender verteilt und die Öffentlichkeit um Mitarbeit gebeten. Ihren Namen und ihre Personenbeschreibung in den Polizeicomputer eingegeben. Und das wäre nur der Anfang gewesen.

Und wenn die Eltern diesen Anfang nun nicht wollten? hätte Havers gefragt. Was dann, Inspector? Was hätten Sie getan, wenn sie Ihnen die Hände gebunden hätten, wie sie das bei Simon getan haben?

Aber sie hätten Lynley die Hände nicht binden können. Man konnte nicht die Polizei anrufen, ein Verbrechen melden und darüber bestimmen, wie die Polizei ihre Ermittlungen führte. Das mußte zumindest St. James – wenn schon nicht Helen und Deborah – genau wissen. Es hatte in ihrer Macht gelegen, von

Anfang an für eine ganz andere Art Untersuchung zu sorgen als die, die sie selbst geführt hatten. Und das wußten sie alle drei.

Aber sie hatten ihr Wort gegeben...

Lynley konnte Barbara Havers' Einwände hören, aber sie wurden schwächer. Und ihr letztes Argument war am leichtesten zu entkräften. Ein Versprechen hatte kein Gewicht, wenn es gegen das Leben eines Kindes abgewogen wurde.

Lynley stieg die Vortreppe zum Bürgersteig hinunter. Er spürte die befreiende Erleichterung, die dem Wissen entsprang, daß er im Recht war. Er ging zurück zu seinem Wagen und wollte ihn gerade aufsperren, als er jemanden seinen Namen rufen hörte.

St. James kam ihm nach. Sein Gesicht war verschlossen, und als er den Wagen erreicht hatte, hielt er Lynley nur einen braunen Umschlag hin und sagte: »Die wirst du haben wollen, denke ich.«

»Was ist das?«

»Eine Fotografie von Charlotte. Die Entführerschreiben. Die Fingerabdrücke vom Kassettenrecorder. Die Fingerabdrücke, die ich Luxford und Stone abgenommen habe.«

Lynley nickte. Er nahm die Unterlagen entgegen, und als er das tat, wurde ihm bewußt, daß er trotz seiner Überzeugung, mit seiner scharfen Kritik an seinen Freunden und der Frau, die er liebte, absolut im Recht zu sein, ein tiefes Unbehagen verspürte angesichts von St. James' bewußt höflicher Art und allem, was sie bedeutete. Dieses Unbehagen irritierte ihn; es erinnerte ihn daran, daß es in seinem Leben Verpflichtungen gab, die oft kompliziert waren und über die engen Grenzen seiner Arbeit hinausgingen.

Er wandte sich ab und blickte die Straße hinauf zu der Stelle, wo sie einen Knick machte. Dort stand ein sehr altes Backsteinhaus, das dringend der Renovierung bedurfte. Es hätte ein Vermögen wert sein können, wenn jemand sich die Mühe gemacht hätte, sich um seine Wiederherstellung zu kümmern. So aber war es völlig unbewohnbar.

Seufzend sagte er: »Ach, verdammt, Simon. Was hast du denn von mir erwartet?«

»Etwas Vertrauen, denke ich.«

Lynley wandte sich ihm wieder zu. Doch ehe er etwas auf die Bemerkung erwidern konnte, fuhr St. James zu sprechen fort. Er schlug dabei wieder jenen Ton an, der nichts anderes vermittelte als gewissenhafte Berücksichtigung von Lynleys Forderung nach umfassender Information. »Eins habe ich vergessen. Webberly täuscht sich. Die zuständige Polizeidienststelle in Marylebone hat mit dem Fall zu tun gehabt, wenn auch nur am Rande. Ein Constable hat an dem Tag, an dem Charlotte Bowen entführt wurde, einen Stadtstreicher aus dem Cross Keys Close verscheucht.«

»Einen Stadtstreicher?«

»Es ist möglich, daß er in einem der leerstehenden Häuser in der George Street untergekrochen war. Ich denke, du solltest ihn überprüfen.«

»Gut. Ist das alles?«

»Nein. Helen und ich sind der Meinung, daß es vielleicht gar kein Stadtstreicher war.«

»Was dann?«

»Jemand, der möglicherweise erkannt worden wäre und sich deshalb verkleidet hatte.«

15

Rodney Aronson schob den Kit-Kat-Riegel aus seiner Verpackung. Er brach ein Stück ab und stopfte es sich in den Mund. Lustvoll führte er seine Zunge über die köstliche wellige Schokoladenlandschaft, die durch die geniale Verbindung von Kakao und Waffel geschaffen worden war. Der Genuß an dieser nachmittäglichen Leckerei, die er sich aufgespart hatte, bis die Gier nach Schokolade sich nicht länger unterdrücken ließ, reichte beinahe, ihn Dennis Luxford vergessen zu machen. Aber nicht ganz.

Luxford, der am Konferenztisch in seinem Büro saß, war gerade dabei, zwei verschiedene Entwürfe für die Titelseite der morgigen Ausgabe zu begutachten, die Rodney ihm auf seine Aufforderung hin gebracht hatte. Mit dem rechten Daumen rieb er sich dabei über die gekrümmte Narbe an seinem Kinn, während er mit dem linken Daumen über seinen Bizeps unter dem weißen Hemd strich. Er bot ein Bild konzentrierten Nachdenkens, doch eingedenk der Informationen, die er in den letzten Tagen hatte zusammentragen können, fragte Rodney Aronson sich, inwieweit Luxfords Pose Theater war, das er um Rodneys willen inszenierte.

Es war natürlich richtig, daß Luxford keine Ahnung davon hatte, daß Rodney ihm nachgeschnüffelt hatte; die nachdenkliche Betrachtung der beiden Entwürfe konnte daher durchaus echt sein. Jedoch die Tatsache an sich, daß zwei Entwürfe vorlagen, berechtigte zu Fragen über Luxfords Motive. Er konnte nicht länger behaupten, daß die Strichjungen-Story um Larnsey heiß genug sei, die Titelseite zu besetzen. Ganz sicher nicht in Anbetracht der Nachricht vom Tod der kleinen Bowen, die heute nachmittag, als das Innenministerium die offizielle Bekanntmachtung herausgegeben hatte, wie eine Bombe in der Fleet Street eingeschlagen hatte.

Rodney konnte noch jetzt die hochgezogenen Brauen und

offenen Münder seiner Kollegen während der Redaktionskonferenz vor sich sehen, als Luxford verkündet hatte, was er trotz der sich überschlagenden Meldungen über den Todesfall Bowen haben wollte: einen Titelseitenentwurf mit einem alten Foto Wolfie Dukanes beim Tête-à-tête mit dem Abgeordneten Larnsey, das einer der Fotografen nach längeren archäologischen Grabungen im Fotoarchiv der Zeitung zum Vorschein gebracht hatte. Vielleicht war es eine Reaktion auf das Protestgeheul seiner Mitarbeiter, als Luxford gleich darauf einen zweiten Entwurf verlangt hatte, auf dem er ein Foto der Staatssekretärin im Innenministerium sehen wollte, aber nur einen echten Schnappschuß, der Eve Bowen auf dem Weg von einem Ort zu einem anderen zeigte. Keinesfalls wolle er, hatte Luxford erklärt, eine Porträt- oder Publicityaufnahme. Es falle ihm nicht ein, so etwas in Verbindung mit Charlotte Bowens Tod auf der Titelseite seiner Zeitung zu bringen. Er wolle ein neues Bild, ein Bild von heute. Und wenn man ihm ein solches Bild bis zum Drucktermin nicht liefern könne, würden sie eben Sinclair Larnsey und Wolfie Dukane auf die erste Seite der morgigen Ausgabe setzen und die Bowen-Story irgendwo innen abdrucken.

»Aber das ist doch unser Aufmacher«, hatte Sarah Happleshort protestiert. »Larnsey ist Schnee von gestern. Was spielt es schon für eine Rolle, woher die Bowen-Fotos kommen? Von der Kleinen müssen wir auch ein Schulfoto verwenden, das nicht aus jüngster Zeit stammt. Wen zum Teufel interessiert es schon, wie alt das Bild ihrer Mutter ist?«

»Mich«, antwortete Luxford. »Unsere Leser. Den Aufsichtsratvorsitzenden. Wenn Sie also die Story bringen wollen, dann besorgen Sie das entsprechende Bild.«

Luxford versuchte, sie lahmzulegen, argwöhnte Rodney. Er setzte darauf, daß es keinem gelingen würde, rechtzeitig ein aktuelles Foto herbeizuzaubern.

Aber er hatte sich geirrt. Punkt halb sechs an diesem Abend war Eve Bowen durch eine Seitentür des Innenministeriums hinausgeschlüpft, und der *Source*, die an jedem möglichen Ort, an dem die Staatssekretärin sich vielleicht zeigen würde – von der Dowing Street bis zu ihrem Fitneß-Club – ihre festangestellten und freiberuflichen Fotografen postiert hatte, war es gelungen, sie abzulichten, wie sie, fürsorglich vom Innenminister persönlich geleitet, zu einem wartenden Wagen gegangen war.

Es war eine saubere und klare Aufnahme. Die Bowen sah zwar nicht gerade wie die gramgebeugte Mutter aus – kein weißes Tüchlein an die Augen gedrückt, keine dunkle Brille, um vom Weinen geschwollene Lider zu verbergen –, aber niemand konnte behaupten, daß sie nicht die Frau der Stunde sei. Nach Dennis Luxfords Miene zu urteilen sah es allerdings ganz so aus, als wollte er genau das versuchen.

»Haben Sie dazu noch konkretes Material zu bieten?« fragte Luxford, nachdem er die vier kurzen Absätze gelesen hatte, die neben der Schlagzeile noch Platz hatten. *Tochter eines hohen Regierungsmitglieds tot aufgefunden!* stand da in schreiender Farbkombination, die den schnellen Absatz des Blattes garantieren würde. Das *Larnsey und Wolfie in glücklicheren Zeiten* auf dem anderen Entwurf konnte da überhaupt nicht mithalten.

Rodney zog den Rest des Manuskripts zu der Story aus einem Bündel Papiere, das er mitgebracht hatte. Es war ein Konzept, das er sich von Sarah Happleshort in Erwartung ebendieser Frage von seiten des Chefredakteurs hatte ausdrucken lassen. Luxford las es sich durch.

»Absolut solide«, sagte Rodney. »Wir haben mit der amtlichen Erklärung angefangen und von da weitergemacht. Alles bestätigt. Weitere Informationen folgen.«

Luxford hob den Kopf. »Was für Informationen?«

Rodney sah, daß Luxfords Augen blutunterlaufen waren. Die Haut unter ihnen hatte einen bläulichen Schimmer. Ganz gespannte Aufmerksamkeit, um jede kleinste Regung im Gesicht Luxfords wahrnehmen zu können, sagte er mit scheinbar unbekümmertem Achselzucken: »Alles, was die Bullen und Eve Bowen zurückhalten.«

Luxford legte das Manuskript neben den Entwurf der Titelseite. Rodney versuchte, die Präzision seiner Bewegungen zu interpretieren. Wollte er Zeit gewinnen? Dachte er sich gerade eine Strategie aus? Bedachte er eine Entscheidung? Was? Er wartete darauf, daß Luxford die naheliegende Frage stellen würde: Wie kommen Sie darauf, daß Informationen zurückgehalten werden? Aber die Frage wurde nicht gestellt.

»Schauen Sie sich die Fakten an, Den«, sagte Rodney. »Die Kleine hat in London gelebt, aber gefunden wurde sie in Wiltshire. Das ist alles, was uns in der Presseerklärung des Innenministeriums mitgeteilt wurde. Abgesehen von ein paar Worten über ›mysteriöse Umstände‹ und darüber, daß man den Obduktionsbefund abwarten will. Ich weiß nicht, wie Sie diesen Quatsch interpretieren, aber für mich stinkt das wie ein toter Fisch.«

»Und was wollen Sie tun?«

»Corsico darauf ansetzen. Was ich mir bereits zu tun erlaubt habe«, fügte Rodney hastig hinzu. »Er ist draußen. Er kam gerade zurück, als ich Ihnen die Entwürfe hereinbrachte. Soll ich . . .?« Rodney drehte sich halb herum, um seine Bereitschaft zu zeigen, Mitch Corsico hereinzuholen. »In der Larnsey-Sache hat er nun wirklich alles abgegrast«, erklärte Rodney. »Es wäre mir wie eine Verschwendung vorgekommen, ihn nicht für dieses Ding einzusetzen, das ganz klar eine Riesenstory wird. Einverstanden?« Er legte soviel Wohlwollen, soviel Eifer in seinen Ton. Was blieb Luxford da anderes übrig, als zuzustimmen?

»Bringen Sie ihn rein«, sagte Luxford. Er ließ sich in seinen Sessel zurücksinken und drückte seine Finger an die Schläfen.

»In Ordnung.« Rodney schob ein Stück Kit-Kat in den Mund und beförderte es mit der Zunge in die Backentasche, um die Schokolade dort schmelzen und langsam wie eine Droge wirken zu lassen. Er ging zur Bürotür, zog sie auf und sagte jovial: »Mitch, alter Junge. Kommen Sie rein. Erzählen Sie Papa, was Sie wissen.«

Mitch Corsico, der im Vorzimmer gewartet hatte, zog seine Jeans hoch, die er stets ohne Gürtel trug, und warf den Rest eines Apfels in den Papierkorb neben Miss Wallaces Schreibtisch. Er packte seine Jeansjacke, zog ein abgegriffenes Notizheft aus iher Tasche und stampfte in seinen Cowboystiefeln durch Miß Wallaces Büro. »Ich glaube, wir haben was echt Heißes für morgen. Und ich kann garantieren, daß wir bis jetzt die einzigen sind, die da dran sind. Können wir den Drucktermin aufschieben?«

»Für Sie, mein Junge, alles«, antwortete Rodney. »Geht's um die Bowen-Geschichte?«

»Genau.«

Rodney schloß die Tür hinter dem jungen Reporter. Corsico trat zu Luxford an den Tisch. Er zeigte auf die Entwürfe und das Manuskript für den Bowen-Artikel und sagte: »Das stinkt zum Himmel. Eine einzige beschissene Tatsache haben sie uns gegeben – eine Leiche in Wiltshire –, und als wir mehr wissen wollten, haben sie uns mit dem üblichen Gewäsch ›Haben-Sie-denn-gar-keinen-Anstand!‹ abgespeist. Für jede weitere Information mußten wir uns die Hacken ablaufen, obwohl denen bestimmt kein Zacken aus der Krone gefallen wäre, wenn sie uns ein bißchen mehr gesagt hätten. Das Alter des Kindes, welche Schule die Kleine besucht hat, in welchem Zustand die Leiche war, wo genau sie gefunden wurde. Aber jedem Pieps mußten wir hinterherhecheln. Hat Sarah es Ihnen erzählt?«

»Sie hat gerade die fertige Story vorgelegt. Ein sauberes Stück Arbeit, das muß ich sagen.« Rodney ging zu Luxfords Schreibtisch und drapierte lässig seinen Oberschenkel über eine Ecke. Es war schon seltsam, wie geheimes Wissen einen mit Energie auflud. Er hatte heute bereits zehn Stunden gearbeitet, aber er fühlte sich, als könnte er noch einmal zehn dranhängen.

»Also, informieren Sie uns«, sagte er und fügte zu Luxford gewandt hinzu: »Mitch sagt mir eben, er hat da eine heiße Sache, die wir todsicher morgen zusammen mit dem hier bringen wollen.« Siegesgewiß wies er auf die geplante Bowen-Schlagzeile, ganz, als wüßte er genau, für welchen der beiden Entwürfe der Chefredaktuer sich entscheiden würde.

Luxford hatte in dieser Angelegenheit letztlich keine Wahl, wie Rodney wohl wußte. Er hatte zwar vorher bei der Redaktionskonferenz etwas Zeit gewonnen, indem er zwei Vorlagen verlangt hatte und ein aktuelles Foto von Eve Bowen, von dem er glaubte, daß es nicht zu bekommen wäre, aber jetzt gab es kein Lavieren mehr. Er war der Chefredakteur der Zeitung, aber er unterstand dem Vorsitzenden des Aufsichtsrats, und der würde erwarten, daß die *Source* die Bowen-Story auf der ersten Seite brachte. Es würde ein Höllenspektakel geben, wenn morgen früh Sinclair Larnseys Visage die Titelseite zierte und nicht Eve Bowen, und Luxford würde dafür bezahlen müssen.

Rodney fand es hochinteressant, Spekulationen darüber anzustellen, warum Luxford die Entscheidung über die Titelseite so beharrlich vor sich herschob. Besonders faszinierend waren solche Spekulationen im Licht der Tatsache, daß Luxford sich mit einer der Hauptakteurinnen der Geschichte heimlich bei Harrod's getroffen hatte. Konnte es wirklich Zufall sein, daß dieses Rendezvous mit Eve Bowen an verschwiegenem Ort genau drei Tage vor der Entdeckung der Leiche ihrer Tochter stattgefunden hatte? Und was hatte diese Zusammenkunft mit dem zu tun, was darauf gefolgt war? Nämlich: Luxfords Entschlossenheit, die Drucklegung der Zeitung unter den erbärmlichsten Vorwänden bis zum letzten Moment aufzuschieben, der Besuch der rothaarigen Fotografin und des Fremden, der sie niedergeschlagen hatte, Luxfords fluchtartiges Verschwinden aus der Redaktion keine zehn Minuten nach diesem K.-o.-Schlag und jetzt der Tod dieses Kindes...

Rodney hatte einen großen Teil seines Wochenendes damit zugebracht, sich den Kopf über die Frage zu zerbrechen, was Luxford im Schilde führte, und als die Bowen-Story bekannt wurde, hatte er augenblicklich Mitch Corsico auf sie angesetzt, da er wußte, wenn es da irgendwo schmutzige Wäsche zu waschen gab, dann würde Mitch sie aufstöbern.

Jetzt sah er Corsico lächelnd an. »Also, tischen Sie auf, mein Junge.«

Corsico nahm den Stetson ab, der sein Markenzeichen war. Dann sah er Luxford an, als erwartete er eine amtlichere Aufforderung.

Luxford nickte verdrossen.

»Okay. Zunächst einmal – bei der Pressestelle der Polizei in Wiltshire sagen sie keinen Piep«, begann Corsico. »Im Moment rücken sie mit nichts als den grundlegenden Fakten heraus: wer die Leiche gefunden hat, um welche Zeit, wo, in welchem Zustand sie war et cetera. Die Bowen und ihr Mann haben das Kind gegen Mitternacht in Amesford identifiziert. Und an der Stelle fängt's an, interessant zu werden.« Er verlagerte sein Gewicht von einer Gesäßbacke auf die andere, als wollte er es sich zu einem gemütlichen Plausch bequem machen. Luxford fixierte den Reporter unverwandt.

Corsico fuhr fort. »Ich hab' bei der Pressestelle nach den üblichen Erstangaben gefragt – Name des ermittelnden Beamten, Zeit der Obduktion, Name des Patholgen, geschätzte Todeszeit. Auf alles bekam ich dieselbe Antwort – kein Kommentar. Sie haben eine regelrechte Nachrichtensperre aufgezogen.«

»Na, das ist wohl kaum so sensationell, daß wir dafür die Druckerpressen anhalten müßten«, meinte Luxford.

»Stimmt. Ich weiß. Die machen immer gern ihre kleinen Spielchen mit uns. Das ist der ganz normale Kampf um die Vorherrschaft. Aber ich hab' bei der Polizeidienststelle in Whitechapel eine zuverlässige Freundin, und die –«

»Was hat Whitechapel damit zu tun?« Um seiner Ungeduld Nachdruck zu verleihen, sah Luxford demonstrativ auf seine Uhr.

»Direkt gar nichts. Aber warten Sie einen Moment. Ich hab' sie angerufen und gebeten, doch mal einen Blick in den Polizeicomputer zu werfen, weil ich hoffte, auf die Weise selbst noch an ein paar Daten über das Kind zu kommen. Aber – und jetzt fängt die Sache echt zu stinken an – es war überhaupt keine Meldung im Computer.«

»Was für eine Meldung?«

»Keine Meldung von dem Leichenfund.«

»Und das halten Sie für so weltbewegend? Dafür soll ich unseren ganzen Zeitplan über den Haufen werfen? Vielleicht sind die bei der Polizei einfach mit dem Papierkram nicht nachgekommen.«

»Ja, das ist eine Möglichkeit. Aber es gab auch keine Meldung über das Verschwinden des Kindes. Obwohl die Leiche achtzehn Stunden im Wasser gelegen hatte. Meine Freundin in Whitechapel mußte ein paar Beziehungen spielen lassen, um mir diese Info zu besorgen.«

»Hey«, warf Rodney ein, »das ist tatsächlich spannend.« Mit einem taxierenden Blick auf Luxford fügte er hinzu: »Würde mich interessieren, was das zu bedeuten hat. Was meinen Sie, Den?«

Luxford ignorierte die Frage. Er hob die Hände und stützte sein Kinn. Rodney versuchte zu ergründen, was in ihm vorging. Sein Gesicht war gelangweilt, aber sein Blick hatte etwas Vorsichtiges, als wäre er auf der Hut. Oder nicht? Rodney nickte Corsico zu, damit er fortfahre.

Der begann sich jetzt ins Zeug zu legen. »Anfangs fand ich es auch nicht weiter aufregend, daß niemand das Kind als vermißt gemeldet hatte. Schließlich war ja Wochenende. Ich dachte mir, da hätte es vielleicht ein Mißverständnis gegeben – daß die Eltern glaubten, die Kleine sei bei den Großeltern, und die wiederum glaubten, sie sei bei einer Tante oder einem Onkel. Oder daß das Kind eigentlich übers Wochenende bei einer Freundin sein sollte. So was in der Richtung. Aber überprüfen wollte ich's trotzdem. Und es hat sich gelohnt.«

Corsico schlug sein Notizheft auf. Mehrere Blätter fielen heraus und flatterten zu Boden. Er hob sie auf und stopfte sie in eine Tasche seiner Jeans. »Die Bowen hat eine Haushälterin«, sagte er. »Eine Irin. So eine Dicke in ausgebeulten Leggings. Sie heißt Patty Maguire. Mit der hab' ich ungefähr eine Viertelstunde, nachdem das Innenministerium die Sache mit dem Kind bekanntgegeben hatte, einen kleinen Schwatz gehalten.«

»Im Haus der Staatssekretärin?«

»Ich war der erste am Ort.«

»Bravo«, murmelte Rodney.

Corsico senkte bescheiden den Blick auf sein Heft und legte eine kleine Pause ein, ehe er fortfuhr. »Ich habe Blumen geliefert«, erklärte er.

Rodney lachte. »Genial.«

»Und?« sagte Luxford.

»Die Frau hatte im Wohnzimmer auf den Knien gelegen und sich den Mund fußlig gebetet. Als ich ihr erklärte, ich würde gern mitbeten – gute fünfundvierzig Minuten hab' ich mich da echt reingehängt, sag' ich euch –, hat sie mir in der Küche eine Tasse Tee angeboten und losgelegt.« Er drehte seinen Sessel, so daß er nun nicht mehr den Tisch vor sich hatte, sondern Luxford ins Gesicht sehen konnte. »Das Kind ist letzten Mittwoch verschwunden, Mr. Luxford«, sagte er. »Angeblich wurde sie von der Straße weg entführt, wahrscheinlich von irgendeinem Perversen. Aber die Staatssekretärin und ihr Mann haben sich nicht an die Polizei gewandt. Was halten Sie davon?«

Rodney pfiff leise durch die Zähne. So etwas hatte selbst er nicht erwartet. Er ging zur Tür und riß sie auf, um Sarah Happleshort hereinzurufen und ihr Anweisung zu geben, die erste Seite neu aufzumachen.

»Was tun Sie da, Rodney?« fragte Luxford scharf.

»Ich hol' Sarah rein. Wir müssen sofort –«

»Machen Sie die Tür zu.«

»Aber Den –«

»Ich sagte, machen Sie die Tür zu. Setzen Sie sich.«

Rodney sah rot. Es war dieser Ton, der ihm unter die Haut ging, diese gottverdammte Sicherheit, mit der Luxford annahm, daß jeder seine Befehle widerspruchslos ausgeführt werden würde.

»Wir haben eine erstklassige Story«, sagte er, sich zusammenreißend. »Gibt es irgendeinen Grund, sie nicht zu bringen?«

Luxford sagte zu Corsico: »Ist das alles bestätigt?«

»Bestätigt?« rief Rodney. »Den, das war die Haushälterin, mit der er gesprochen hat! Wer sollte denn besser wissen als sie, daß das Kind entführt worden ist und niemand die Polizei alarmiert hat?«

Luxford wiederholte: »Ist es bestätigt?«

»Den!« sagte Rodney noch einmal beschwörend und wußte schon, daß Luxford die Story abwürgen würde, wenn Corsico nicht clever genug gewesen war, sich nach allen Seiten hin abzusichern.

Und Corsico enttäuschte ihn nicht. Er sagte: »Ich habe auf allen drei Revieren, die zum Bezirk Marylebone gehören, mit jemandem gesprochen – in der Albany Street, der Greenberry Street und der Wigmore Street. Nirgends liegt eine Vermißtenmeldung für das Kind vor.«

»Das ist Dynamit«, hauchte Rodney. Am liebsten wäre er in Triumphgeheul ausgebrochen, aber er beherrschte sich.

Corsico fuhr fort: »Mir war das total unverständlich. Wo gibt's denn Eltern, die nicht sofort zur Polizei laufen, wenn ihr Kind plötzlich verschwunden ist?« Er kippte seinen Stuhl zurück und beantwortete seine Frage selbst. »Und dann hab' ich mir gedacht, daß Eltern höchstens dann so reagieren, wenn sie ihr Kind loshaben wollen.«

Luxfords Gesicht blieb völlig ausdruckslos. Rodney pfiff wieder leise durch die Zähne.

»Als ich so weit war«, fuhr Corsico fort, »hab' ich mir gesagt, daß es sich vielleicht lohnt, wenn ich weiterstochere. Und das hab' ich getan.«

»Und?« fragte Rodney, der die Story schon Form annehmen sah.

»Und ich habe herausgefunden, daß der Ehemann der Bowen – ein gewisser Stone, Alexander Stone – überhaupt nicht der Vater des Kindes ist.«

»Na, das ist nun wirklich keine Neuigkeit«, bemerkte Luxford. »Jeder, der sich für Politik interessiert, hätte Ihnen das sagen können, Mitchell.«

»Ach ja? Also, mir war's neu. Mich hat das überrascht. Und wenn ich auf eine überraschende Wendung stoße, hake ich gern nach. Ich bin sofort zum St. Caterine's House gefahren und hab' die Geburtsurkunde rausgesucht, um festzustellen, wer der richtige Vater ist. Weil ich dachte, daß wir ihn früher oder später interviewen wollen, oder? Der trauernde Vater und so?«

Er hob seine Jeansjacke hoch und schob seine Hand erst in die eine, dann in die andere Tasche. Schließlich brachte er ein gefaltetes Blatt Papier zum Vorschein, das er ausbreitete und auf der Tischplatte glättete, ehe er es Luxford übergab.

Rodney wartete mit angehaltenem Atem. Luxford überflog den Text auf dem Papier, hob den Kopf und sagte: »Und?«

»Und was?« fragte Rodney.

»Sie hat den Namen des Kindsvaters nicht angegeben«, erklärte Corsico.

»Das sehe ich selbst«, versetzte Luxford. »Aber da sie ihn auch niemals öffentlich genannt hat, ist das nicht gerade eine überwältigende Überraschung.«

»Okay, eine Überraschung vielleicht nicht. Aber ein möglicher Ansatzpunkt und, was wichtiger ist, ganz bestimmt eine Sache, aus der sich was machen läßt.«

Luxford reichte Corsico die Kopie der Geburtsurkunde zurück. Dabei betrachtete er den jungen Reporter, als hätte er eine unbekannte Lebensform vor sich. »Worauf genau wollen Sie hinaus?«

»Kein Name in der Geburtsurkunde. Keine Meldung bei der Polizei über das Verschwinden des Kindes. Das paßt zusammen. Da werden Informationen zurückgehalten, Mr. Luxford. Das ist das beherrschende Thema, das Leitmotiv bei der Geburt dieses armen Kindes, das Leitmotiv bei seinem schrecklichen Tod. Darum herum können wir zunächst die Story aufbauen. Wenn das geschehen ist – und dazu würde sich vielleicht ein Leitartikel über die teuflische Natur von Familiengeheimnissen nicht schlecht machen –, dann, das können Sie mir glauben, könnte hinterher sogar ein Vollidiot die finsteren Geheimnisse der Abgeordneten Eve Bowen für die *Source* ausgraben. Wenn nämlich Larnsey und der Strichjunge ein Maßstab dafür sind, was wir von der Öffentlichkeit erwarten können, werden sich, sobald wir diese Geschichte über Bowens Vorliebe, wichtige Informationen zurückzuhalten, veröffentlichen, sämtliche Feinde, die sie sich je gemacht hat, bei uns melden, um uns die Tips zu geben, die uns genau zu dem führen, was wir suchen.«

»Und was suchen wir?« fragte Luxford.

»Den Schuldigen. Ich wette, das ist die entscheidende Information, die sie zurückhält.« Corsico fuhr sich mit der Hand glättend durch sein Haar. Aber es sah danach gleich wieder so zottig aus wie vorher. »Schauen Sie, das einzige, was einen Sinn ergibt, ist, daß sie weiß, wer das Kind entführt hat. Entweder das, oder aber sie hat das Kind selbst entführen lassen. Das sind die beiden einzigen möglichen Erklärungen dafür, daß sie nicht auf der Stelle die Polizei eingeschaltet hat. Und auch die einzigen logischen Erklärungen. Wenn wir das nun mit der Tatsache in Verbindung bringen, daß sie die Identität des Kindsvaters von Anfang an verschwiegen hat... also, ich denke, Sie verstehen, worauf ich hinauswill, oder nicht?«

»Ehrlich gesagt, nein.«

Rodney wurde augenblicklich hellhörig. Diesen Ton von Luxford kannte er. Tödlich ruhig, ausgesprochen höflich. Luxford war dabei, den Strick abzuspulen. Er wartete nur darauf, daß Corsico ihn aufnehmen, um seinen Hals schlingen und sich daran aufhängen würde. Und die Story gleich mit dazu.

Er funkte dazwischen, indem er in, wie er hoffte, entschiedenem Ton sagte: »Das ist soweit ein sauber recherchiertes Stück Arbeit. Mitch wird natürlich Schritt für Schritt vorgehen und dafür sorgen, daß alle seine Fakten gut untermauert sind. Richtig?«

Aber Corsico verstand den Wink nicht. Er sagte: »Hey, ich hab' fünfundzwanzig Pfund gewettet, daß zwischen dem Verschwinden der Kleinen und dem Vater ein Zusammenhang besteht. Und wenn wir erst mal anfangen, der Bowen auf den Zahn zu fühlen, wette ich noch mal fünfundzwanzig, daß wir ihn finden werden.«

Halt endlich die Klappe, Mitch, dachte Rodney. Er versuchte, Corsico ein Zeichen zu geben, indem er sich auf den Mund kopfte, aber der junge Reporter war viel zu begierig, seine Argumente darzulegen. Schließlich war Luxford ja sonst immer ganz begeistert von seinen Ausführungen. Aus welchem Grund hätte er vermuten sollen, daß es jetzt nicht so war? Es ging doch auch diesmal darum, den verhaßten Konservativen ein Bein zu stellen. Und hatten Corsicos Bemühungen, die Tories zu Fall zu bringen, bisher nicht stets Luxfords rückhaltlosen Beifall gefunden?

»Wie schwierig kann es schon sein, die Verbindung zu finden?« fuhr Corsico fort. »Wir haben die Geburtsurkunde des Kindes. Wir zählen vom Geburtsdatum neun Monate zurück und kümmern uns mal drum, was Eve Bowen um diese Zeit getrieben hat. Ich hab' sogar schon damit angefangen.« Er blätterte in seinem Heft, las einen Moment lautlos und sagte dann: »Genau. Hier. Sie war damals politische Berichterstatterin beim *Daily Telegraph*. Das ist unser Ausgangspunkt.«

»Und wie soll es weitergehen?«

»Das weiß ich noch nicht. Aber ich sag' Ihnen gern, was ich vermute.«

»Bitte, tun Sie das.«

»Ich würde sagen, sie hat mit einem hohen Tier von den Konservativen ein Verhältnis gehabt, um sich übers Bett einen Platz auf irgendeiner Kandidatenliste zu ergattern. Da kämen diverse Leute in Frage. Der Schatzkanzler, der Innenminister, der Außenminister. Irgendeiner in der Größenordnung. Als Abfindung hat sie einen Sitz im Parlament bekommen. Wir brauchen also nur rauszukriegen, mit wem sie's getrieben hat. Wenn wir das erst mal haben, brauchen wir dem Kerl nur noch so lang die Hölle heiß zu machen, bis er auspackt, und schon haben wir unsere Story. Dann haben wir nämlich die Verbindung zwischen dem hier« – er schwenkte die Geburtsurkunde – »und dem Tod der Kleinen.«

»Charlotte«, sagte Luxford.

»Was?«

»Das Kind hieß Charlotte.«

»Ach so. Richtig. Ja, Charlotte.« Corsico kritzelte in sein Heft.

Luxford legte seine Fingerspitzen auf den Entwurf der ersten Seite und schob ihn leicht herum, so daß er ganz gerade auf seinem Schreibtisch zu liegen kam. In der Stille waren die Geräusche aus dem Nachrichtenraum plötzlich überlaut zu hören. Telefonläuten, Gelächter, ein einzelner Ruf: »Mensch! Hat niemand 'ne Kippe für mich? Sonst fall' ich auf der Stelle tot um.«

Ja, tot, dachte Rodney. Er wußte genau, was jetzt kommen würde. So genau, wie er wußte, daß er sich sofort nach dieser Besprechung das nächste Kit-Kat reinziehen würde. Er wußte nur noch nicht, wie Luxford es anstellen würde. Dann klärte dieser ihn auf.

Er richtete das Wort an Corsico. »Ich hätte Besseres von Ihnen erwartet«, sagte er.

Corsico hörte auf zu schreiben, behielt jedoch den Stift in der Hand. »Bitte?«

»Bessere Arbeit.«

»Wieso? Was zum –«

»Etwas Besseres als dieses an den Haaren herbeigezogene Märchen, das Sie mir da aufgetischt haben, Mitchell.«

»Augenblick mal, Den«, mischte sich Rodney ein.

»Nichts da«, entgegnete Luxford scharf. »Sie warten gefälligst. Alle beide. Wir haben es hier nicht mit einer braven kleinen Bürgerin zu tun, die sich an jede Vorschrift hält und jedes Gesetz beachtet. Wir haben es mit einer Parlamentsabgeordneten zu tun. Und nicht mit irgendeiner, sondern mit einer Staatssekretärin in der Regierung. Erwarten Sie im Ernst von mir, auch nur einen Moment lang anzunehmen, einer Angehörigen dieser Regierung – einer gottverdammten Staatssekretärin! – würde es einfallen, ihr zuständiges Polizeirevier anzurufen, um das Verschwinden ihrer Tochter anzuzeigen, wenn sie nur über den Korridor zu gehen und den Innenminister zu veranlassen braucht, sich persönlich mit ihrem Problem zu befassen? Wenn sie jederzeit und überall Diskretion verlangen kann? Wenn sie sich auf absolute Geheimhaltung verlassen kann? Da sie ja einer Regierung angehört, deren *Parole* Geheimhaltung ist? Sie könnte diesen Fall Scotland Yard übergeben und verlangen, daß er mit höchster Priorität behandelt wird, und nicht eine einzige Polizeidienststelle in ganz England würde davon erfahren. Wie zum Teufel kommen Sie also auf die Idee, daß irgendein obskures Revier in Marylebone davon Meldung haben sollte? Wollen Sie mir allen Ernstes weismachen, wir hätten eine Story für die Titelseite, mit der wir dieser Bowen den Hals brechen können, nur weil sie nicht ihren netten Schutzmann von nebenan angerufen hat?« Er stieß seinen Sessel zurück und stand auf. »Was für eine Art von Journalismus ist das? Verschwinden Sie, Corsico, und lassen Sie sich hier nicht wieder blicken, solange Sie keine Story vorweisen können, die Hand und Fuß hat.«

Corsico griff nach der Kopie der Geburtsurkunde. »Aber was ist –«

»Was soll damit sein?« fuhr Luxford ihn an. »Es ist eine Geburtsurkunde ohne den Namen des Vaters. Davon gibt's wahrscheinlich zweihunderttausend, und nachrichtenwürdig ist keine. Wenn Sie vom Innenminister oder vom *Leiter von Scotland Yard* die amtliche Bestätigung haben, daß sie vor dem Tod des Kindes nichts von seinem Verschwinden wußten, dann können wir loslegen. Aber bis dahin unterlassen Sie es bitte, meine Zeit zu verschwenden.«

Corsico wollte etwas sagen. Rodney hob die Hand, um ihn daran zu hindern. Er konnte nicht glauben, daß Luxford so weit gehen würde, diesen Vorwand zu benutzen, um die ganze Story abzuwürgen, ganz gleich, wie sehr er das offensichtlich wünschte. Aber er mußte sich Gewißheit verschaffen. »Okay, Mitchell«, sagte er, »wir fangen noch mal von vorn an. Wir überprüfen alles doppelt und dreifach. Bestätigung von drei Seiten.« Und schnell, ehe Corsico widersprechen konnte, fuhr er fort: »Was wird morgen der Aufmacher, Dennis?«

»Wir nehmen die Bowen-Story so, wie sie steht. Keine Änderungen. Und kein Wort darüber, daß bei der Polizei keine Meldung eingegangen sein soll.«

»Scheiße«, sagte Corsico leise. »Meine Story *hat* Hand und Fuß. Ich weiß es.«

»Ihre Story ist Mist«, entgegnete Luxford.

»Das ist –«

»Wir nehmen uns das alles noch mal vor, Den.« Rodney packte Corsico beim Arm und manövrierte ihn eilig aus dem Zimmer. Er schloß die Tür hinter sich.

»Zum Teufel!« zischte Corsico wütend. »Das ist eine heiße Sache. Das wissen Sie doch so gut wie ich. Dieses ganze Gequatsche von – Wenn wir das nicht bringen, tun's andere. Mann, Rodney, verdammt noch mal. Ich sollte mit dieser Story einfach zum *Globe* rübergehen. Die würden sie mir mit Handkuß abkaufen. Das ist alles Sensation. Und keiner außer uns hat die Story. O Mist! Gottverdammter *Mist*! Ich sollte wirklich –«

»Bleiben Sie dran«, sagte Rodney leise, mit einem nachdenklichen Blick zur Tür von Luxfords Büro.

»Was denn? Ich soll den Leiter von Scotland Yard dazu kriegen, sich mit mir über eine Parlamentsabgeordnete zu unterhalten? Da kann man doch nur lachen.«

»Nein. Vergessen Sie das. Verfolgen Sie weiter Ihre Spur.«

»Meine Spur?«

»Sie glauben doch, daß es eine Verbindung gibt, nicht wahr? Das Kind, die Geburtsurkunde und so weiter.«

Corsico straffte die Schultern und richtete sich gerade auf. Hätte er eine Krawatte getragen, so hätte er wahrscheinlich ihren Knoten gerichtet. »Ja«, sagte er. »Die Verbindung gibt's bestimmt.«

»Also! Dann spüren Sie sie auf. Kommen Sie damit zu mir.«

»Und dann? Luxford –«

»Vergessen Sie Luxford. Bleiben Sie an der Sache dran. Den Rest erledige ich.«

Corsico warf einen Blick auf die Tür zum Büro des Chefredakteurs. »Es ist eine verdammt gute Story«, sagte er, aber zum erstenmal schwang Unbehagen in seiner Stimme mit.

Rodney nahm ihn bei der Schulter und schüttelte ihn. »Genau«, sagte er. »Gehen Sie ihr nach. Schreiben Sie sie. Geben Sie sie mir.«

»Und dann?«

»Ich weiß schon, was wir mit ihr tun werden, Mitch.«

Dennis Luxford schaltete den Monitor seines Computers ein. Er ließ sich in seinen Sessel fallen. Die Zeichen auf dem Monitor leuchteten auf, aber sein Blick glitt darüber hinweg. Er hatte das Gerät nur eingeschaltet, um Beschäftigung vorzutäuschen. Er konnte sich ihm zuwenden und begieriges Interesse an dem Buchstabensalat heucheln, falls plötzlich jemand ins Büro kommen sollte, der erwartete, daß der Chefredakteur der *Source* die Entwicklung einer Story überwachte, der in diesem Augenblick zweifellos jeder Reporter in London nachlief. Mitch Corsico war nur einer von ihnen.

Luxford wußte genau, wie unwahrscheinlich es war, daß sich Mitch Corsico und Rodney Aronson von seiner Demonstration journalistischer Empörung hatten überzeugen lassen. In all den Jahren, in denen er nun als Chefredakteur tätig war, sei es bei der *Source* oder beim *Globe*, hatte er nicht einmal eine Story blockiert, die so viel schmutzigen Staub aufzuwirbeln versprach wie diese Geschichte über die Abgeordnete Eve Bowen, die es unterlassen hatte, der zuständigen Polizeidienststelle die Entführung ihrer Tochter zu melden. Und dabei war es auch noch eine Geschichte, die den Tories schaden würde! Er hätte begeistert sein müssen über die Vielfalt erfreulicher Möglichkeiten, die sie bot. Er hätte ganz wild darauf sein müssen, die Enthüllung, daß Evelyn es versäumt hatte, die Polizei zu alarmieren, zu einer scharfen und wortgewaltigen Anklage gegen die ganze Konservative Partei auszuschlachten. Da stehen sie und schwingen große Reden über die Rückbesinnung auf britische Grundwerte, zu denen doch, so sollte man meinen, auch die gute britische Familie gehört. Und wenn dann die Familie auf gemeinste Art, nämlich durch die Entführung eines Kindes, bedroht wird, rührt eine bekannte konservative Abgeordnete und Angehörige der Regierung, wie wir aus zuverlässiger Quelle erfahren, keinen Finger, um wenigstens die zuständigen Behören einzuschalten und nach diesem Kind fahnden zu lassen. Hier war eine Gelegenheit, magere Fakten zu einer Story aufzubauschen, die die hohen Prinzipien der Tories erneut als den faulen Zauber entlarven würde, die sie in Wirklichkeit waren. Und er hatte diese Gelegenheit nicht nur nicht beim Schopf gepackt. Er hatte sein Bestes getan, sie zunichte zu machen.

Und er hatte damit höchstens etwas Zeit gewonnen, das war ihm bewußt. Die Tatsache, daß Corsico so schnell auf die Idee gekommen war, sich die Geburtsurkunde zu beschaffen – daß er einen wohlüberlegten Plan hatte, um Evelyns Vergangenheit ans Licht zu bringen –, sagte Luxford klar und deutlich, daß es unvernünftig war, jetzt, nach Charlottes Tod, noch zu erwarten, daß das Geheimnis ihrer Geburt gewahrt bleiben würde. Mitchell Corsico besaß den Unternehmungsgeist, an dem er – Luxford – einmal seine größte Freude gehabt hätte. Der Instinkt des Jungen, der Wahrheit auf die Schliche zu kommen, war erstaunlich, und sein Talent, die Leute dazu zu bringen, mit dieser Wahrheit herauszurücken, war meisterlich. Luxford konnte ihm Steine in den Weg legen, indem er ihm Beschränkungen aufzwang, mit rein hypothetischen Vermutungen über den Innenminister und Scotland Yard argumentierte und von dem Jungen verlangte, jede einzelne zu überprüfen. Aber er konnte ihn nicht ewig auf seinem Weg aufhalten, es sei denn, er setzte ihn an die Luft. Was Corsico lediglich dazu veranlassen würde, seine Aufzeichnungen und seinen Riecher der Konkurrenz zur Verfügung zu stellen, höchstwahrscheinlich dem *Globe*. Und beim *Globe* würde man nicht Luxfords Gründe haben, eine Story abzuwürgen, die die schmutzige Wahrheit zu enthüllen versprach.

Charlotte. Mein Gott, dachte Luxford, ich habe sie nie gesehen. Er hatte die Propagandafotos gesehen, als Evelyn sich um einen Sitz im Parlament beworben hatte, die Kandidatin zu Hause im Kreis ihrer hingebungsvoll lächelnden Familie. Aber das war alles gewesen. Und selbst diesen Bildern hatte er nicht mehr als den kurzen, verächtlichen Blick gegönnt, mit dem er das eitle Posieren der Parteikandidaten vor Parlamentswahlen abzutun pflegte. Er hatte sich das Kind nicht richtig angesehen. Er hatte sich nicht die Mühe gemacht, es eingehend zu betrachten. Charlotte war seine Tochter, und er wußte nicht mehr von ihr als ihren Namen. Und jetzt – daß sie tot war.

Er hatte Evelyn am Sonntagabend angerufen. Als sie sich meldete, hatte er nur gesagt: »Die Fernsehnachrichten. Evelyn, man hat ein totes Kind gefunden.«

»Mein Gott!« hatte sie gerufen. »Du Ungeheuer. Dir ist wirklich jedes Mittel recht, um mich kleinzukriegen, oder?«

»Nein! Hör mir doch mal zu. Es ist in Wiltshire. Ein kleines Mädchen. Sie ist tot. Man weiß nicht, wer sie ist. Die Polizei bittet um Auskünfte. Evelyn. *Evelyn!*« Sie hatte aufgelegt. Seitdem hatte er sie nicht mehr gesprochen.

Ein Teil von ihm sagte, sie verdiene es, vernichtet zu werden. Sie verdiene es, öffentlich an den Pranger gestellt zu werden. Sie verdiene es zu erleben, daß jede Einzelheit über Charlottes Zeugung, ihr Leben, ihr Verschwinden und ihren Tod vor der Öffentlichkeit ausgebreitet wurde, damit ihre Landsleute über sie zu Gericht sitzen konnten. Und sie verdiente es, deswegen zu stürzen und ihre Machtposition zu verlieren. Aber ein anderer Teil von ihm wollte keinen Anteil haben an ihrem Sturz. Weil er glauben wollte, daß sie für ihre Sünden, welcher Art auch immer sie sein mochten, mit dem Tod ihres Kindes bezahlt hatte.

Er hatte sie in diesen wenigen Tagen in Blackpool nicht geliebt, so wenig, wie sie ihn geliebt hatte. Ihre gemeinsame Erfahrung war nicht mehr gewesen als die Begegnung zweier

Körper, deren sinnliche Begierde aufgepeitscht worden war von der Gegensätzlichkeit ihrer Charaktere. Sie hatten nichts gemeinsam außer der Fähigkeit, ihren persönlichen Standpunkt kämpferisch zu vertreten, und dem Streben, aus jedem Wortgefecht als Sieger hervorzugehen. Sie war schlagfertig und selbstbewußt. Er hatte sie mit all seiner Wortgewalt nicht im geringsten einschüchtern können. Ihre Dispute endeten im allgemeinen unentschieden, aber er war es gewohnt, jeden Gegner niederzuringen, und als es ihm nicht gelungen war, sie mit Worten zu besiegen, hatte er nach anderen Mitteln gesucht. Er war jung und dumm genug gewesen, noch zu glauben, die Unterwerfung einer Frau im Bett sei ein Beweis männlicher Überlegenheit. Als er mit ihr fertig war, heiß vor Stolz darüber, wie er es ihr gezeigt hatte, erwartete er von ihr glänzende Augen, ein träumerisches Lächeln und danach den weiblich-bescheidenen Rückzug in den Hintergrund, um ihm unter den gemeinsamen Kollegen das Feld zu überlassen.

Aber es war ihr nicht eingefallen, sich nach der Verführung in den Hintergrund zurückzuziehen; sie hatte getan, als wäre nichts zwischen ihnen geschehen, und ihr Verstand war schärfer denn je gewesen. Das hatte ihn zunächst wütend gemacht, und dann hatte es seine Begierde noch mehr angeheizt. Wenigstens im Bett, hatte er geglaubt, würde es zwischen ihnen weder Symmetrie noch Gleichheit geben. Wenigstens im Bett, hatte er geglaubt, würde immer er der Eroberer sein. Männer herrschten, Frauen unterwarfen sich, das hatte er geglaubt.

Aber nicht Evelyn. Nichts, was er tat, und nichts, was sie, wie er hätte schwören können, fühlte, konnte ihr die Herrschaft über sich selbst rauben. Auch das Bett war für beide nur ein Kampfplatz gewesen, auf dem statt Worte die Lust ihre Waffe war. Das Schlimmste war, daß sie die ganze Zeit wußte, was er ihr anzutun versuchte. Und beim letztenmal, an jenem letzten Morgen, ehe sie beide zu ihren Zügen und zu neuen Terminen eilten, hatte sie sein Gesicht zu ihrem angehoben und gesagt: »Ich bin nicht geschwächt, Dennis. In keiner Weise. Auch nicht durch das hier.«

Das Wissen, daß aus dieser Kopulation ohne Liebe ein unschuldiges Leben hervorgegangen war, beschämte ihn zutiefst. So gleichgültig waren ihm die möglichen Folgen seines Bestrebens, sie auf die einzige ihm zur Verfügung stehende Weise in die Knie zu zwingen, gewesen, daß er überhaupt nicht daran gedacht hatte, irgendeine Vorsichtsmaßnahme zu treffen, und es hatte ihn auch nicht gekümmert, ob sie etwas zur Verhütung tat. Er hatte nicht einmal an die Möglichkeit gedacht, daß durch das, was sie taten, ein neues Leben entstehen könnte. Er hatte es nur als Wettkampf gesehen, eine Notwendigkeit, um ihr – und vor allem sich selbst – zu beweisen, daß er der Überlegene war.

Er hatte sie nicht geliebt. Er hatte das Kind nicht geliebt. Er hatte sie beide nicht haben wollen. Die wenigen Anwandlungen von Schuldgefühl, die er verspürte, hatte er gestillt, indem er »die Sache« auf eine Weise »geregelt« hatte, die garantierte, daß er mit keiner von beiden je in Berührung kommen würde. Eigentlich hätte er jetzt also nichts empfinden dürfen als Erbitterung und Entsetzen darüber, daß Evelyns blinde Sturheit ein Menschenleben gekostet hatte.

Tatsächlich jedoch ging das, was er fühlte, weit über Erbitterung und Entsetzen hinaus. Er war voller Schuldgefühle, Zorn, Schmerz und Bedauern. Er war verantwortlich für das Leben eines Kindes, das er nie auch nur zu sehen versucht hatte, und er war, dessen war er sich vollauf bewußt, ebenso verantwortlich für den Tod dieses Kindes, das er nun niemals kennenlernen würde. Daran konnte nichts mehr etwas ändern. Wie betäubt zog er die Tastatur des Computers zu sich heran. Er rief die Story auf, die Charlottes Leben gerettet hätte. Er las die erste Zeile: »Als ich sechsunddreißig Jahre alt war, habe ich eine Frau geschwängert.« In die Stille hinein – eine Stille, die von den Geräuschen aus dem Nachrichtenraum der Zeitung, zu deren Wiederaufbau man ihn eingestellt hatte, untermalt wurde – sprach er das Schlußwort der schrecklichen Geschichte: »Als ich siebenundvierzig war, habe ich das Kind getötet.«

16

Als Lynley zur Devonshire Place Mews kam, sah er, daß Hillier sich bereits heftig betätigt hatte, um die Forderungen des Innenministers nach effizientem und zügigem Handeln zu erfüllen. An der Einmündung zur Straße hatte man Sägeböcke aufgestellt, die von einem Constable bewacht wurden. Ein zweiter Constable war vor der Tür von Eve Bowens Haus postiert.

Es dämmerte. Hinter den Böcken drängten sich in einer Traube, die bis auf die Marylebone High Street hinausquoll, die Medienleute: mehrere Fernsehteams, die gerade dabei waren, Scheinwerfer aufzustellen, um ihre Berichterstatter zu filmen, Zeitungsreporter, die den Beamten, der ihnen am nächsten war, mit Fragen bombardierten, und Fotografen, die ungeduldig auf eine Gelegenheit warteten, jeden, der irgendwie mit dem Fall zu tun hatte, aufs Korn zu nehmen.

Als Lynley den Bentley vor dem Bock anhielt, um dem Posten seinen Dienstausweis zu zeigen, umstellten die Journalisten den Wagen und fielen mit ihren Fragen über Lynley her. Ob es sich bei dem Tod des Kindes um Mord handle. Wenn ja, ob es bereits Verdächtige gebe. Ob etwas Wahres an dem Gerücht sei, daß es eine Gewohnheit der kleinen Bowen gewesen sei, immer gleich von zu Hause durchzubrennen, wenn ihr eine Laus über die Leber gelaufen sei. Ob Scotland Yard mit der zuständigen Polizei zusammenarbeiten werde. Ob es zutreffe, daß heute abend wichtiges Beweismaterial im Haus der Abgeordneten sichergestellt werden sollte. Ob Detective Inspector Lynley sich in Zusammenhang mit dem Fall zu Spekulationen über Kindesmißbrauch, Mädchenhandel, Teufelsanbetung, Pornografie und Ritualmord äußern wollte. Ob die Polizei vermute, die IRA sei in die Sache verwickelt. Ob das Kind vor seinem Tod sexuell belästigt worden sei.

Lynley sagte nur: »Kein Kommentar« und bat den Constable, ihm den Weg frei zu machen. Er lenkte den Bentley in die Devonshire Place Mews.

Als er aus dem Wagen stieg, hörte er von hinten schnelle Schritte und drehte sich um. Detective Constable Winston Nkata kam ihm vom anderen Ende der Straße entgegen.

»Nun?« fragte Lynley, als Nkata ihn erreicht hatte.

»Nichts zu holen.« Nkata blickte die Straße hinauf und hinunter. »Ich habe zwar außer in zwei Häusern überall jemanden angetroffen, aber kein Mensch hat was gesehen. Sie haben die Kleine alle gekannt – sie scheint ein kontaktfreudiges kleines Ding gewesen zu sein und hat mit jedem geschwatzt, der bereit war, ihr zuzuhören –, aber am letzten Mittwoch hat sie niemand gesehen.«

Nkata schob ein kleines, in Leder gebundenes Notizbuch in die Innentasche seines Jacketts und ließ ihm einen Druckbleistift folgen, bei dem er zuvor sorgsam die Miene eingeschoben hatte. »Ich hab' mich ziemlich lang mit einem älteren Mann unterhalten«, berichtete er weiter. »Er wohnt in Nummer einundzwanzig im ersten Stock und ist bettlägrig. Hat ein hohes Krankenhausbett da oben stehen und vertreibt sich die Zeit damit, auf die Straße rauszuschauen. Er sagt, letzte Woche sei nichts Ungewöhnliches vorgefallen, soweit er wisse. Nur die üblichen Leute auf der Straße. Briefträger, Milchmann, Anwohner und dergleichen. Und bei der Bowen, sagt er, läuft alles so regelmäßig ab, daß man die Uhr danach stellen könnte. Es wäre ihm bestimmt aufgefallen, wenn da was los gewesen wäre, meint er.«

»Haben Sie was von Stadtstreichern oder Pennern in der Gegend gehört?« Lynley berichtete Nkata, was er von St. James erfahren hatte.

Nkata schüttelte den Kopf. »Keinen Ton. Und dieser Alte, von dem ich eben erzählt hab', der hätte sich bestimmt erinnert. Der weiß über alles Bescheid, was hier in der Nachbarschaft abläuft. Er hat mir sogar erzählt, welche Dame sich gern mal einen flotten jungen Typen ins Haus holt, wenn der Ehemann unterwegs ist. Das kommt mindestens drei-, viermal die Woche vor, hat er mir versichert.«

»Das haben Sie sich wohl genau aufgeschrieben, wie?«

Nkata lachte und hob abwehrend die Hand. »Ich führe dieser Tage ein absolut sauberes Leben. Schon seit sechs Monaten. An meiner Mutter Lieblingssohn bleibt nichts hängen, wenn er das nicht will. Sie können's mir glauben.«

»Freut mich, das zu hören.« Lynley wies mit dem Kopf zu Eve Bowens Haus. »War da was los?«

»Der Innenminister war ungefähr eine Stunde da. Danach so ein langer, magerer Bursche mit seriösem Haarschnitt. Der war eine Viertelstunde da, vielleicht ein bißchen länger. Er hatte einen Stoß Bücher und Akten mit und ist dann mit einer älteren Frau, so einer Dicken mit Einkaufstasche, wieder gegangen. Hat sie in den Wagen bugsiert und ist abgedampft. Die Haushälterin, würde ich ihrem Aussehen nach mal sagen. Sie hat sich den Arm vors Gesicht gehalten. Entweder weil sie geweint hat, oder weil sie sich nicht fotografieren lassen wollte.«

»Und das ist alles?«

»Das ist alles, ja. Außer es ist jemand hinten im Garten mit dem Fallschirm gelandet. Was ich dieser Bande, ehrlich gesagt, jederzeit zutrauen würde. Wie sind die überhaupt so schnell hierhergekommen?« Nkata deutete auf die Reporter.

»Mit Hilfe Merkurs oder von der Enterprise heruntergebeamt. Suchen Sie sich's aus.«

»So ein Glück sollte ich mal haben! Ich hab' stundenlang im Stau vor dem Buckingham-Kasten gesteckt. Warum versetzen sie das verdammte Ding nicht in einen anderen Teil der Stadt? Thront mitten in einem Kreisverkehr und behindert alles.«

»Einige Abgeordnete würden das bestimmt für eine sehr passende Metapher halten, Winston«, meinte Lynley. »Aber Mrs. Bowen vermutlich nicht. Kommen Sie, sprechen wir mal mit ihr.«

Der Constable an der Tür sah sich Lynleys Ausweis an, ehe er sie einließ. Drinnen saß eine Beamtin in einem Korbsessel am Fuß der Treppe. Sie zerbrach sich gerade über dem Kreuzworträtsel der *Times* den Kopf und sprang mit einem Synonymlexikon in der Hand auf, als Lynley und Nkata hereinkamen. Sie führte sie in das Wohnzimmer, an das sich mit offenem Durchgang ein Speisezimmer anschloß. Auf dem Tisch stand eine Mahlzeit bereit: Lammkoteletts in langsam gerinnendem Bratensaft, Minzgelee, Erbsen und Kartoffeln. Es war für zwei gedeckt. Eine geöffnete Flasche Wein stand zwischen den Gedecken. Aber es war nichts angerührt.

Auf der anderen Seite des Eßtischs führte eine Fenstertür in den Garten. Er war nach Art eines Innenhofs angelegt, mit Terrakottafliesen auf dem Boden, die von breiten, gepflegten Blumenbeeten umrahmt waren. In der Mitte plätscherte ein kleiner Springbrunnen. An einem grünen schmiedeeisernen Tisch links von der Terrassentür saß Eve Bowen in den dichter werdenden Schatten, vor sich ein aufgeschlagenes Ringbuch, daneben ein Glas, das zur Hälfte mit Rotwein gefüllt war. Auf einem Stuhl neben ihr stapelten sich fünf weitere Ringbücher.

Die Beamtin sagte: »Mrs. Bowen? New Scotland Yard.« Damit war die Bekanntmachung für sie erledigt. Als Eve Bowen aufblickte, trat sie zurück und ging wieder ins Haus.

»Ich habe mit Mr. St. James gesprochen«, erklärte Lynley, nachdem er sich und Detective Constable Nkata vorgestellt hatte. »Wir müssen in aller Offenheit mit Ihnen sprechen. Es wird vielleicht schmerzhaft werden, aber anders geht es nicht.«

»Er hat Ihnen also alles erzählt.« Eve Bowen sah weder Lynley noch Nkata an, der sein ledergebundenes Büchlein aus der Tasche zog und die Miene seines Druckbleistifts ausfuhr. Sie hielt den Blick auf die Papiere gerichtet, die vor ihr lagen, mehrere Blätter, die sie aus dem Ringbuch herausgenommen hatte. Es wurde jetzt so rasch dunkel, daß sie nicht mehr lesen konnte, und sie täuschte auch gar nicht vor, es zu tun. Sie strich nur mit einem Finger über den Rand eines der Blätter und hielt den Blick gesenkt, während sie auf Lynleys Antwort wartete.

»Ja«, sagte Lynley nur.

»Und was davon haben Sie bis jetzt an die Presse weitergegeben?«

»Es ist nicht meine Gewohnheit, mich mit den Medien zu unterhalten, falls es das ist, was Ihnen Sorgen macht.«

»Nicht einmal, wenn die Medien Anonymität garantieren?«

»Mrs. Bowen, ich bin nicht daran interessiert, Ihre Geheimnisse vor der Presse auszuplaudern. Unter keinen Umständen. Ich bin überhaupt nicht an Ihren Geheimnissen interessiert.«

»Auch nicht gegen Geld, Inspector?«

»Auch nicht gegen Geld.«

»Auch nicht, wenn man Ihnen mehr bietet, als Sie verdienen? Wäre nicht eine nette runde Summe – sagen wir, das Drei- oder Vierfache Ihres Monatsgehalts – ein verlockender Umstand, der in Ihnen ein unersättliches Interesse an meinen Geheimnissen wecken könnte?«

Lynley spürte, wie Nkata ihn ansah. Er wußte, worauf der Constable wartete: auf Inspector Lynleys scharf geäußerte Entrüstung über diese Zweifel an seiner Integrität, ganz zu schweigen von Lord Ashertons Entrüstung über die Zweifel an seinem Bankkonto. »Mich interessiert«, sagte er, »was Ihrer Tochter zugestoßen ist. Wenn Ihre Vergangenheit damit zu tun hat, wird das früher oder später publik werden. Sie sollten sich darauf vielleicht jetzt schon vorbereiten. Aber ich denke, es wird nicht so schmerzhaft werden wie das, was bereits geschehen ist. Können wir darüber sprechen?«

Sie hob den Blick von ihren Papieren und sah ihn an. Es war ein taxierender Blick, der nichts von ihr selbst preisgab. Keine Regung war in ihrem Gesicht zu erkennen, keine Emotion in den Augen hinter den Brillengläsern. Doch offenbar hatte sie eine Entscheidung getroffen. Sie senkte leicht das Kinn, was man beinahe als ein Nicken interpretieren konnte, und sagte: »Ich habe die Polizei in Wiltshire angerufen. Wir sind gestern nacht sofort hingefahren und haben sie identifiziert.«

»Wir?«

»Mein Mann und ich.«

»Wo ist Mr. Stone?«

Sie senkte die Lider. Sie griff nach ihrem Weinglas, aber sie trank nicht daraus. »Mein Mann ist oben«, antwortete sie. »Er hat ein Beruhigungsmittel genommen. Der Anblick Charlottes gestern nacht... Ich glaube, er hat die ganze Fahrt nach Wiltshire gehofft, es würde nicht Charlotte sein. Ich glaube, er hatte es sogar geschafft, sich das einzureden. Als er dann ihren Leichnam sah, hat er es natürlich sehr schlecht aufgenommen.« Sie zog das Weinglas über die Glasplatte des Tisches näher zu sich heran. »Ich denke, unsere Gesellschaft erwartet von Männern zuviel und von Frauen nicht genug.«

»Keiner von uns weiß, wie er auf einen Todesfall reagieren wird«, sagte Lynley. »Bis es soweit ist.«

»Ja, das ist vermutlich wahr.« Sie gab dem Glas eine Vierteldrehung und beobachtete, wie die Bewegung sich auf seinen Inhalt auswirkte. »Sie wußten, daß sie ertrunken ist«, sagte sie. »Die Polizei in Wiltshire, meine ich. Aber sonst wollten sie uns nichts sagen. Nicht wo, nicht wann, nicht wie. Besonders zu der letzten Frage haben sie sich ausgeschwiegen. Ich finde das ziemlich merkwürdig.«

»Sie müssen auf den Obduktionsbefund warten«, erklärte Lynley.

»Dennis hat als erster hier angerufen. Er behauptete, er habe in den Nachrichten davon gehört.«

»Luxford?«

»Dennis Luxford, ja.«

»Mr. St. James sagte mir, daß Sie ihn in Verdacht hatten, an der Entführung beteiligt zu sein.«

»In Verdacht *habe*«, korrigierte sie. Sie nahm die Hand vom Weinglas und begann, die Papiere auf dem Tisch zu glätten. Ihre Bewegungen erinnerten an die einer Schlafwandlerin. Lynley fragte sich, ob auch sie ein Beruhigungsmittel genommen hatte, so langsam strichen ihre Hände über die Papiere. »Soweit ich unterrichtet bin, Inspector«, sagte sie, »liegt derzeit noch kein Hinweis darauf vor, daß Charlotte ermordet wurde. Ist das richtig?«

Lynley wollte den Verdacht, der sich trotz der Fotografien,

die er gesehen hatte, in ihm gebildet hatte, nicht gern äußern. Er antwortete deshalb nur: »Nur die Obduktion wird uns genau sagen, was geschehen ist.«

»Ja. Natürlich. Das ist die amtliche Linie. Ich verstehe schon. Aber ich habe den Leichnam gesehen. Ich –« Sie drückte die Fingerspitzen so fest auf die Tischplatte, daß sie ganz weiß wurden. Es dauerte einen Moment, ehe sie zu sprechen fortfuhr, und in dieser Pause konnten sie alle deutlich, wenn auch gedämpft, die Stimmen der Reporter draußen auf der Straße hören. »Ich hab ihren ganzen Körper gesehen, nicht nur das Gesicht. Es war nichts an ihm zu sehen. Keine Verletzung. Nirgends. Jedenfalls nichts Wesentliches. Sie war nicht gefesselt worden. Man hatte den Körper nicht irgendwie beschwert. Sie hatte sich nicht gegen irgend jemand zur Wehr gesetzt, der sie unter Wasser drückte. Was schließen Sie daraus, Inspector? Ich schließe daraus, daß es ein Unfall war.«

Lynley widersprach ihr nicht. Er war mehr daran interessiert zu erfahren, worauf sie mit ihren Argumenten hinauswollte, als ihre falschen Vorstellungen von einem Unfalltod durch Ertrinken zu korrigieren.

»Ich glaube, irgend etwas an seinem Plan ist mißglückt«, fuhr sie fort. »Er wollte sie festhalten, bis ich seinen Forderungen nach einem öffentlichen Bekenntnis nachgegeben hätte. Danach hätte er sie heil und gesund freigelassen.«

»Mr. Luxford?«

»Er hätte sie nicht getötet oder töten lassen. Er brauchte sie lebend, um mich erpressen zu können. Aber irgend etwas ist wohl schiefgegangen. Und sie ist gestorben. Sie hatte wohl keine Ahnung, was los war. Vielleicht hatte sie Angst. Vielleicht ist sie geflohen. Das hätte Charlotte ähnlich gesehen – zu fliehen. Vielleicht ist ist einfach losgerannt. Es war dunkel. Sie war auf dem Land. Sie hat die Gegend nicht gekannt. Sie konnte nicht wissen, daß es da einen Kanal gab, weil sie noch nie in Wiltshire war.«

»Konnte sie schwimmen?«

»Ja. Aber wenn sie gerannt ist... Wenn sie gerannt ist und

stürzte, sich den Kopf angeschlagen hat... Es ist doch klar, was passiert sein könnte.«

»Wir lassen nichts außer acht, Mrs. Bowen.«

»Also auch Dennis Luxford nicht?«

»So wenig wie alle anderen.«

Sie richtete ihren Blick wieder auf die Papiere und begann von neuem, glättend über sie hinwegzustreichen. »Es gibt niemand anderen.«

»Das können wir nicht sagen«, entgegnete Lynley, »solange wir die Tatsachen nicht gründlich untersucht haben.« Er zog einen der drei freien Stühle heraus, die um den Tisch standen, und setzte sich. Mit einem Nicken bedeutete er Nkata, das gleiche zu tun. »Ich sehe, Sie haben sich Arbeit mit nach Hause genommen«, bemerkte er dann.

»Ist das die erste Tatsache, die gründlich untersucht werden muß? Wie schafft es die Staatssekretärin, seelenruhig bei der Arbeit im Garten zu sitzen, während ihr Mann – der nicht einmal der Vater ihres Kindes ist – von Schmerz überwältigt oben im Bett liegt?«

»Ich nehme an, Sie tragen sehr große Verantwortung.«

»Nein. Sie nehmen an, daß ich eine herzlose Person bin. Das ist doch die logischste Schlußfolgerung für Sie, nicht wahr? Sie müssen mein Verhalten beobachten. Das gehört zu Ihrer Arbeit. Sie müssen sich fragen, was für eine Mutter ich bin. Sie suchen die Person, die meine Tochter entführt hat, und nach allem, was Sie wissen, könnte ich selbst die Person sein, die das Ganze arrangiert hat. Wie sonst könnte ich hier sitzen und Papiere durchsehen, als wäre nichts geschehen? Ich mache nicht den Eindruck, als würde ich am liebsten stumm vor mich hin starren oder mir vor Kummer die Haare ausraufen, oder?«

Lynley neigte sich zu ihr. Er legte seine Hand in die Nähe der ihren, auf einen der Papierstapel.

»Lassen Sie mich eins klarstellen, Mrs. Bowen«, sagte er. »Nicht jede Bemerkung, die ich Ihnen gegenüber mache, ist gleich ein Urteil.«

Er hörte, wie sie schluckte. »In meiner Welt schon.«

»Und eben über Ihre Welt müssen wir sprechen.«

Ihre Finger auf den Papieren krümmten sich, als wollte sie die Dokumente zusammenknüllen. Es schien sie große Anstrengung zu kosten, sie wieder zu entspannen. »Ich habe nicht geweint«, sagte sie. »Sie war meine Tochter. Und ich habe nicht geweint. Er sieht mich an. Er wartet auf die Tränen, weil er mich trösten kann, wenn ich weine, und solange ich es nicht tue, ist er ganz verloren. Er hat nichts, worauf er sich konzentrieren kann. Er findet keinen Halt. Weil ich nicht weinen kann.«

»Sie stehen noch unter Schock.«

»Nein. Das ist das allerschlimmste. Nicht unter Schock zu stehen, wenn alle es erwarten. Ärzte, Verwandte, Kollegen. Alle warten sie darauf, daß ich endlich ein akzeptables und angemessenes Zeichen mütterlichen Schmerzes erkennen lasse, damit sie wissen, was sie als nächstes tun sollen.«

Lynley wußte, daß es wenig Sinn hatte, der Frau von den zahllosen unterschiedlichen Reaktionen auf einen plötzlichen Tod zu erzählen, die er im Lauf der Jahre miterlebt hatte. Gewiß, ihre Reaktion auf den Tod ihrer Tochter entsprach nicht dem, was er von einer Mutter, deren zehnjähriges Kind entführt, festgehalten und dann tot aufgefunden worden war, erwartet hätte, aber er wußte, daß ihr Mangel an äußerer Bewegung ihre Reaktion nicht weniger echt machte. Und er wußte auch, daß Nkata dies alles vermerkte; er hatte zu schreiben angefangen, sobald Eve Bowen zu sprechen begonnen hatte.

»Wir werden Mr. Luxford überprüfen«, sagte er zu ihr. »Aber wir werden uns nicht auf ihn allein beschränken. Wenn die Entführung Ihrer Tochter der erste Schritt war, um Ihnen Ihre politische Macht zu nehmen –«

»– dann müssen wir überlegen, wer außer Dennis daran ein Interesse haben könnte«, vollendete sie für ihn. »Habe ich das richtig verstanden?«

»Ja. Das müssen wir bedenken. Und ebenso die Gefühle, die jemanden dazu treiben könnten, Ihren Sturz zu wünschen:

Eifersucht, Neid, Machtgier, politischer Ehrgeiz, Rache. Haben Sie sich jemanden von der Opposition zum Feind gemacht?«

Ihre Lippen verzogen sich zu einem flüchtigen, ironischen Lächeln. »Die Feinde sitzen einem im Parlament nicht gegenüber, Inspector. Sie sitzen hinter einem, mit dem Rest der eigenen Partei.«

»Um besser zustechen zu können«, warf Nkata ein.

»Richtig.«

»Sie sind relativ schnell zu Macht gekommen, nicht wahr?« fragte Lynley.

»In sechs Jahren.«

»Seit Ihrer ersten Wahl?« Als sie nickte, sagte er: »Das ist eine kurze Lehrzeit. Andere sitzen jahrelang auf den Hinterbänken, nicht wahr? Und unter ihnen vielleicht solche, die versucht haben, sich vor Ihnen einen Posten in der Regierung zu erobern.«

»Ich bin nicht die erste jüngere Abgeordnete, die an dienstälteren Kollegen vorbeigezogen ist. Es ist nicht nur eine Frage des Ehrgeizes, sondern auch der Begabung.«

»Akzeptiert«, meinte Lynley. »Aber es könnte ja sein, daß jemand, der genauso ehrgeizig ist und sich ebenso begabt findet wie Sie, es sehr krummgenommen hat, als Sie an ihm vorbeigezogen sind und diesen Posten in der Regierung bekommen haben. Und aus der Wut könnte sich der Wunsch entwickelt haben, Sie zu Fall zu bringen. Mit Hilfe von Enthüllungen über Charlottes leiblichen Vater. Wenn das zutreffen sollte, müssen wir nach einer Person suchen, die zu der Zeit, als Ihre Tochter gezeugt wurde, ebenfalls in Blackpool beim Parteitag war.«

Eve Bowen neigte ihren Kopf leicht zur Seite und betrachtete ihn aufmerksam. Etwas überrascht sagte sie: »Er hat Ihnen wirklich alles erzählt, nicht? Mr. St. James, meine ich.«

»Ich sagte ja, daß ich mit ihm gesprochen habe.«

»Aus irgendeinem Grund dachte ich, er hätte Ihnen die weniger erquicklichen Einzelheiten erspart.«

»Ohne zu wissen, daß Sie und Mr. Luxford in Blackpool eine Liebesbeziehung hatten, hätte ich nicht hoffen können, mit meinen Ermittlungen vorwärtszukommen.«

Sie hob einen Finger. »Keine Liebesbeziehung, Inspector. Das war eine rein sexuelle Angelegenheit.«

»Na schön, nennen Sie es, wie Sie wollen. Fest steht, daß jemand weiß, was zwischen Ihnen vorgefallen ist. Er hat nachgerechnet –«

»Oder sie«, warf Nkata ein.

»Oder sie«, stimmte Lynley zu, »und weiß, daß Charlotte aus dieser Beziehung hervorgegangen ist. Wer auch immer diese Person sein mag, es ist jemand, der damals in Blackpool war, der Ihnen etwas übelnimmt und der sehr wahrscheinlich Ihren Platz einnehmen möchte.«

Sie schien sich in sich selbst zurückzuziehen, während sie seine Beschreibung des möglichen Entführers überdachte. »Da kommt mir als erstes Joel in den Sinn«, sagte sie. »Er würde bestimmt liebend gern meinen Platz einnehmen. Er erledigt sowieso schon einen großen Teil meiner Geschäfte. Aber ich halte es für unwahrscheinlich, daß er –«

»Joel?« fragte Nkata mit gezücktem Bleistift. »Sein Nachname, Mrs. Bowen?«

»Woodward. Aber er ist zu jung. Er ist erst neunundzwanzig. Er war sicher nicht auf dem Parteitag in Blackpool. Es sei denn, sein Vater war dort. Vielleicht hat er ihn mitgenommen.«

»Wer ist der Vater?«

»Julian. Colonel Woodward. Er ist der Vorsitzende meiner Bezirksgruppe. Er arbeitet seit Jahren für die Partei. Ich weiß nicht, ob er damals in Blackpool war, aber möglich ist es. Das gilt auch für Joel.« Sie hob ihr Weinglas, aber sie trank nicht. Statt dessen hielt sie es mit beiden Händen vor sich und betrachtete es, während sie sprach. »Joel ist mein Assistent. Er hat politische Ambitionen. Es kommt vor, daß wir kräftig zusammenstoßen. Trotzdem ...« Sie schüttelte den Kopf. »Ich glaube nicht, daß Joel derjenige ist. Er kennt meinen Tagesablauf besser als jeder andere. Und auch den von Alex und

Charlotte. Er muß Bescheid wissen. Das gehört zu seinen Aufgaben. Aber um das zu tun.. Wie hätte er es überhaupt anstellen sollen? Er war die ganze Zeit in London. Im Büro. Die ganze Zeit.«

»Auch über das Wochenende?« fragte Lynley.

»Wie meinen Sie das?«

»Ihre Tochter wurde in Wiltshire gefunden, aber das heißt nicht, daß sie schon von Mittwoch an in Wiltshire festgehalten wurde. Sie kann praktisch überall gewesen sein, auch hier, in London. Sie kann irgendwann am Wochenende nach Wiltshire gebracht worden sein.«

»Sie meinen, nach ihrem Tod«, sagte Eve Bowen.

»Nicht unbedingt. Es kann sein, daß sie zunächst in London festgehalten wurde. Als hier aus irgendeinem Grund der Boden zu heiß wurde, hat man sie woandershin gebracht.«

»Dann muß der Betreffende Wiltshire aber kennen. Wenn sie dort versteckt wurde, ehe – bevor sie tot war.«

»Richtig. Auch das können wir der Gleichung anfügen. Jemand, der in Blackpool war. Jemand, der Ihnen Ihre Position mißgönnt. Jemand, der etwas gegen Sie hat. Jemand, der Wiltshire kennt. Wie steht es mit Joel Woodward? Kennt er die Gegend? Kennt sein Vater sie?«

Sie starrte auf ihre Papiere und meinte plötzlich wie zu sich selbst: »Joel sagte.. am Donnerstagabend sagte er zu mir..«

»Dieser Woodward hat eine Verbindung zu Wiltshire?« fragte Nkata, bereit, sich eine entsprechende Notiz zu machen.

»Nein. Es geht nicht um Joel.« Sie sah eilig ihre Papiere durch, schob sie zusammen und legte sie in das Ringbuch. Sie nahm ein zweites Buch von dem Stapel auf dem Stuhl neben dem ihren. »Es geht um ein Gefängnis«, erklärte sie. »Er will es nicht haben. Er hat deswegen mehrmals um ein Gespräch mit mir gebeten, aber ich habe ihn hingehalten, weil... *Blackpool*. Natürlich, er war in Blackpool.«

»Wer?« fragte Lynley.

»Alistair Harvie. Ja, er war damals auch in Blackpool. Ich habe ihn für den *Telegraph* interviewt. Ich bat ihn um das

Interview ... er war damals gerade frisch ins Parlament gewählt worden, frech, einer, der kein Blatt vor den Mund nahm. Sehr redegewandt. Intelligent. Gutaussehend. Der Goldjunge der Partei. Es gab Spekulationen darüber, daß er schon bald parlamentarischer Staatssekretär im Außenministerium werden würde und spätestens in fünfzehn Jahren Premierminister. Deshalb wollte ich eine Kurzbiographie von ihm bringen. Er war damit einverstanden, und wir machten einen Termin aus. In seinem Hotelzimmer. Ich dachte mir nichts dabei, bis er loslegte. So, sagte er, nun haben Sie mich kennengelernt. Da finde ich es nur fair, daß Sie mir jetzt Gelegenheit geben, *Sie* kennenzulernen, Sie richtig gut kennenzulernen. Ich glaube, ich habe ihn ausgelacht. Bestimmt habe ich mir nicht die Mühe gemacht, so zu tun, als hätte ich ihn mißverstanden, damit er das Gesicht wahren kann. Diese dreiste Art der Anmache hab' ich immer schon gehaßt.«

In dem zweiten Buch, das sie aus dem Stapel zog, fand sie, was sie gesucht hatte: »Ja, es geht um ein Gefängnis«, sagte sie. »Die Planung läuft schon seit zwei Jahren. Ein teures Projekt, nach modernsten Erkenntnissen entworfen. Es bietet Platz für dreitausend Insassen. Und wenn Alistair Harvie es nicht irgendwie verhindern kann, wird es in seinem Wahlbezirk erbaut werden.«

»Und der wäre?« fragte Lynley.

»In Wiltshire.«

Nkata verstaute seine langen Glieder auf dem Beifahrersitz des Bentley, ließ einen Fuß draußen auf dem Bürgersteig stehen und schrieb weiter, das Notizbuch auf seinem Knie.

»Machen Sie daraus etwas halbwegs Lesbares für Hillier«, sagte Lynley, »und sehen Sie zu, daß er es morgen vormittag bekommt. Gehen Sie ihm möglichst aus dem Weg. Er wird uns auf Schritt und Tritt hinterher sein, aber wir können wenigstens versuchen, ihn auf Distanz zu halten.«

»In Ordnung«, meinte Nkata. Er hob den Kopf und betrachtete Eve Bowens Haus. »Was meinen Sie?«

»Zuerst Wiltshire.«

»Dieser Harvie?«

»Es ist ein Anfang. Ich lass' das Havers drüben an ihrem Ende machen.«

»Und was tun wir hier, an diesem Ende?«

»Wir suchen.« Lynley ließ sich alles, was St. James ihm berichtet hatte, noch einmal durch den Kopf gehen. »Versuchen Sie erst einmal festzustellen, wie es mit Doppelverbindungen aussieht, Winston. Wir müssen wissen, wer eine Verbindung zu Bowen und zu Wiltshire hat. Harvie haben wir schon, aber das erscheint mir irgendwie zu glatt, um wahr zu sein. Nehmen Sie sich also Luxford vor und die Woodwards. Nehmen Sie sich Charlottes Musiklehrer Chambers vor. Er ist immerhin der letzte, der sie lebend gesehen hat. Und schauen Sie sich Maguire an, die Haushälterin. Und den Stiefvater, Alexander Stone.«

»Sie glauben wohl nicht, daß er so niedergeschmettert war, wie Mrs. Bowen uns weismachen wollte?« fragte Nkata.

»Alles ist möglich.«

»Auch, daß die Bowen selbst mitgemischt hat?«

»Überprüfen Sie sie auf jeden Fall. Wenn das Innenministerium in Wiltshire nach einem Standort für ein neues Gefängnis gesucht hat, dann hat man bestimmt eine Abordnung losgeschickt, um Ortsbesichtigungen durchzuführen. Und wenn sie zu dieser Abordnung gehört hat, wird sie die Gegend ganz gut kennengelernt haben. Kann gut sein, daß sie ein Versteck wußte und ihre Tochter dort festhalten ließ, wenn sie tatsächlich selbst hinter der Entführung steckt.«

»Da gibt's aber ein dickes Warum, Sir. Angenommen, sie hat die Entführung selbst inszeniert, was hatte sie dabei zu gewinnen?«

»Sie ist durch und durch Politikerin«, antwortete Lynley. »Jede Antwort auf diese Frage könnte meiner Ansicht nach nur mit Politik zu tun haben. Was sie verlieren würde, ist ja leicht genug zu sehen.«

»Wenn Luxford die Story bringen würde, wäre sie erledigt.«

»Das jedenfalls sollen wir glauben. Von Anfang an richtete sich die gesammelte Aufmerksamkeit auf das, was Eve Bowen zu verlieren hat, und wie St. James mir sagte, hat jeder der Beteiligten – mit Ausnahme des Musiklehrers – sofort darauf hingewiesen. Wir werden es also im Kopf behalten. Aber oft lohnt es sich auch, einen Weg einzuschlagen, der nicht so überdeutlich ausgeschildert wurde. Versuchen wir also herauszubekommen, ob die Bowen nicht doch auch etwas zu gewinnen hatte.«

Nkata schloß seine Aufzeichnungen mit einem präzise gesetzten Punkt. Er legte das Lesebändchen ein, steckte Buch und Stift in seine Jackentasche und stieg aus dem Wagen. Wieder wanderte sein Blick über die Fassade des Hauses der Staatssekretärin, vor dem mit verschränkten Armen der einsame Wachposten stand.

Er beugte sich zum Auto hinunter und sagte durch das geöffnete Fenster: »Das kann ganz schön heikel werden, wie, Inspector?«

»Es ist schon heikel«, antwortete Lynley.

Dank eines Abstechers von ihrem Häuschen in Chalk Farm nach Greenford, das im Westen lag, gelangte Barbara Havers erst lange nach Abflauen des abendlichen Berufsverkehrs auf den M4. Es half ihr allerdings nicht viel, wie sie bald entdeckte. Kurz vor Reading hatte sich infolge eines Zusammenstoßes zwischen einem Range Rover und einem Lkw, der Tomaten transportierte, ein langer Stau gebildet, und nun krochen die Fahrzeuge im Schneckentempo durch den roten Matsch. Als sie die endlose Kette roter Bremslichter sah, die bis zum Horizont leuchtete, schaltete sie herunter und fummelte am Radio des Minis herum, bis sie einen Sender gefunden hatte, der ihr sagen konnte, was da vor ihr los war, und machte sich auf eine längere Wartezeit gefaßt. Ehe sie von zu Hause weggefahren war, hatte sie einen Blick auf die Straßenkarte geworfen und wußte, daß sie, wenn nötig, vom *motorway* abfahren und ihr Glück auf der A4 versuchen konnte. Doch dazu brauchte man erst mal eine Ausfahrt, und Ausfahrten waren erfahrungsgemäß immer dann dünn gesät, wenn man sie am dringendsten brauchte.

»So ein Mist!« schimpfte sie. Sie würde Ewigkeiten brauchen, um aus diesem Schlamassel herauszukommen. Und dabei hatte sie einen Bärenhunger.

Sie wußte, sie hätte sich vor der Fahrt noch schnell eine Mahlzeit zurechtmachen sollen. Aber es war ihr in dem Moment längst nicht so wichtig erschienen, irgend etwas hinunterzuschlingen, wie ein paar Klamotten und ihre Zahnbürste in ihre Reisetasche zu stopfen und vor ihrem Ausflug nach Wiltshire noch nach Greenford hinauszufahren, um ihrer Mutter die große Neuigkeit zu verkünden. Ich leite einen Teilbereich der Untersuchung, Mama. Na, was sagst du, ist das nicht ein großer beruflicher Fortschritt? Mit einer Aufgabe betraut zu werden, die doch um einiges wichtiger war, als Lynley Sandwiches aus der Kantine zu holen, stellte in Barbaras Leben eine bedeutende Entwicklung dar. Und sie hatte es nicht erwarten können, ihre Aufregung darüber mit einem anderen Menschen zu teilen.

Zuerst hatte sie es bei ihren Nachbarn versucht. Auf dem Weg zu ihrem winzigen Häuschen am Ende des Gartens in Eton Villas hatte sie an der Erdgeschoßwohnung des ehrwürdigen edwardianischen Hauses geläutet, um ihre Neuigkeiten an den Mann zu bringen. Aber weder Khalidah Hadiyyah – die, acht Jahre alt, Barbara häufig Gesellschaft beim Grillen im Garten, bei Ausflügen in den Zoo und Bootsfahrten nach Greenwich leistete – noch ihr Vater, Taymulla Azhar, waren zu Hause gewesen, um mit angemessenem Beifall auf die große Veränderung in ihrem Berufsleben zu reagieren. Daraufhin hatte sie Hosen, Pullover, Unterwäsche und ihre Zahnbürste eingepackt und war nach Greenford gefahren, um es ihrer Mutter zu erzählen.

Sie fand sie, zusammen mit den anderen Frauen, die in Hawthorne Lodge ein Heim gefunden hatten, in dem Alkoven, der als Speisezimmer diente. Dort saßen sie alle gemeinsam um den Tisch, wo Florence Magentry – ihre Betreuerin, Pflegerin, Vertraute, Animateurin und sanfte Aufseherin – ihnen beim Zusammensetzen eines dreidimensionalen Puzzles half. Der Abbildung auf dem Deckel der Schachtel konnte Barbara entnehmen, daß es ein viktorianisches Herrenhaus werden sollte. Im Augenblick sah es eher aus wie ein Trümmerhaufen nach dem großen Luftangriff auf London.

»Es ist eine gute Übung für uns«, erklärte Mrs. Flo und strich sich dabei sorgsam über das perfekte frisierte graue Haar. »Wir tasten die einzelnen Teile mit den Fingern ab, und unser Gehirn knüpft die Verbindungen zwischen den Formen, die wir sehen, den Formen, die wir ertasten, und den Formen, die wir brauchen, um das Puzzle aufzubauen. Und wenn es fertig ist, haben wir ein wunderschönes Haus, das wir uns ansehen können, nicht wahr, meine Lieben?«

Die drei anderen Frauen am Tisch murmelten zustimmend, sogar Mrs. Pendlebury, die völlig erblindet war und deren Beitrag zu der Unterhaltung offenbar darin bestand, daß sie sich in ihrem Sessel hin und her wiegte und Tammy Wynette, deren Stimme aus Mrs. Magentrys alter Stereoanlage erklang, leise summend begleitete. Sie hielt ein Stück des Puzzles in ihrer Hand, aber anstatt mit den Fingern seiner Form nachzuspüren, drückte sie es an ihre Wange und sang wehmütig: »Ach, manchmal ist's schwer, eine Frau zu sein . . .»

Das kann man wohl sagen, dachte Barbara. Sie setzte sich auf den Stuhl neben ihrer Mutter, den Mrs. Flo für sie frei gemacht hatte.

Doris Havers widmete sich mit Enthusiasmus dem Spiel. Eifrig bemühte sie sich, eine der Mauern des Herrenhauses zusammenzufügen, und erzählte dabei Mrs. Salkild und Mrs. Pendlebury, daß das Haus, das sie da gerade bauten, genauso aussehen, wie das, in dem sie auf ihrer Reise nach San Francisco im letzten Herbst als Gast gewohnt hatte. »Ach, das ist eine wunderbare Stadt«, erklärte sie schwärmerisch. »Hügel, die rauf und runter gehen, dazu die Seilbahnen, die da mühsam raufkeuchen, und die Möwen über der Bucht. Ach, und die Golden-Gate-Brücke. In Nebelschwaden eingehüllt wie mit weißer Zuckerwatte... Das ist ein Anblick, den ich nie vergessen werde.«

Sie war nie in San Francisco gewesen. Doch im Geist hatte sie die ganze Welt bereist und hatte ein halbes Dutzend Alben voll gewissenhaft aus Reiseprospekten ausgeschnittener Bilder, um es zu beweisen.

»Mama?« sagte Barbara zu ihr. »Mama, ich wollte dich nur auf einen Sprung besuchen. Ich bin unterwegs nach Wiltshire. Ich muß da einen Fall übernehmen.«

»Salisbury ist in Wiltshire«, verkündete Doris Havers. »Da gibt es eine Kathedrale. Dort habe ich meinen Jimmy geheiratet, denkt mal. Hab' ich das schon mal erzählt? Die Kathedrale ist natürlich nicht viktorianisch wie dieses wunderschöne Haus hier...« Sie griff, vor Barbara zurückschreckend, hastig nach einem weiteren Stück des Puzzles.

»Mama«, sagte Barbara. »Ich wollte dir das erzählen, weil es das erstemal ist, daß ich ganz allein verantwortlich bin. Für einen Fall. Inspector Lynley leitet die Ermittlungen hier am Ort, und ich leite sie drüben in Wiltshire. Ich ganz allein.«

»Die Kathedrale von Salisbury hat einen anmutigen Turm«, fuhr Doris Havers in drängendem Ton fort. »Er ist einhundertzwanzig Meter hoch. Denkt mal, der höchste Turm in England. Die Kathedrale ist einzigartig in ihrer Art. Sie wurde als Gesamtbauwerk geplant und in vierzig Jahren erbaut. Aber der größte Schatz der Kathedrale –«

Barbara ergriff die Hand ihrer Mutter. Doris Havers verstummte, verwirrt und erschrocken über die unerwartete Geste. »Mama«, sagte Barbara. »Hast du gehört, was ich dir eben erzählt habe? Ich habe meinen eigenen Fall. Ich muß heute abend noch wegfahren und werde dann ein paar Tage nicht hier sein.«

»Der größte Schatz der Kathedrale«, fuhr Doris Havers hastig fort, »ist eine der drei Originalkopien der Magna Charta. Denkt nur mal! Als Jimmy und ich das letztemal dort waren – wir haben dieses Jahr unseren sechsunddreißigsten Hochzeitstag gefeiert –, sind wir lange rund um die Kathedrale in den Grünanlagen spazierengegangen und haben dann in einer ganz entzückenden kleinen Teestube in der Exeter Street Tee getrunken. Die Teestube war nicht viktorianisch, sie hatte keine Ähnlichkeit mit dem Puzzle, das wir hier machen. Dieses Puzzle hier wird ein Herrenhaus in San Francisco. Es sieht genauso aus wie das, in dem ich letzten Herbst gewohnt habe. Ach, San Francisco ist eine wunderbare Stadt. Hügel, die rauf und runter gehen, dazu die Seilbahnen, die da mühsam raufkeuchen, und die Möwen über der Bucht. Ach, und die Golden-Gate-Brücke. In Nebelschwaden eingehüllt wie mit weißer Zuckerwatte...« Sie entriß Barbara ihre Hand und fügte mit ungeschickter Bewegung ein Stück des Puzzles ein.

Barbara beobachtete sie. Sie wußte, daß ihre Mutter sie verstohlen musterte und in der Wirrnis ihres Geistes nach einem Namen oder Etikett für diese etwas stämmige und recht unordentlich aussehende Frau, die sich zu ihr an den Tisch gesetzt hatte, suchte. Manchmal verwechselte sie Barbara mit Pearl, ihrer Schwester, die im Zweiten Weltkrieg umgekommen war. Manchmal erkannte sie sie als ihre Tochter. Dann wieder, wie eben jetzt, schien sie zu glauben, wenn sie nur immerzu redete, könnte sie irgendwie das Eingeständnis vermeiden, daß sie keine Ahnung hatte, wer Barbara war.

»Ich komme einfach nicht häufig genug, nicht wahr?« sagte Barbara zu Mrs. Flo. »Früher hat sie mich erkannt. Als wir noch zusammengelebt haben, hat sie mich immer gekannt.«

Mrs. Flo schnalzte teilnehmend mit der Zunge. »Unser Gehirn ist ein geheimnisvolles Ding, Barbie. Sie sollten sich nicht Vorwürfe wegen etwas machen, was außerhalb Ihrer Macht liegt.«

»Aber wenn ich häufiger käme... *Sie* kennt sie doch auch immer, nicht wahr? Und Mrs. Salkild und Mrs. Pendlebury. Weil sie sie jeden Tag sieht.«

»Aber es ist Ihnen nicht möglich, sie jeden Tag zu besuchen«, entgegnete Mrs. Flo. »Und das ist nicht Ihre Schuld. Niemand hat schuld daran. So ist das Leben eben. Lieber Gott, als Sie sich dafür entschieden haben, zur Polizei zu gehen, wußten Sie doch nicht, daß Ihre Mutter einmal so werden würde. Sie haben es nicht getan, um von ihr loszukommen. Sie sind einfach Ihren Weg gegangen.«

Aber, das gestand Barbara sich offen ein, sie war froh, daß ihr die Belastung, die ihre Mutter für sie darstellte, abgenommen war. Und diese Erleichterung bereitete ihr Schuldgefühle. Fast so starke Schuldgefühle wie die Tatsache, daß zwischen den Besuchen, die sie in Greenford machen konnte, stets so große Abstände lagen.

»Sie tun Ihr Bestes«, sagte Mrs. Flo.

Aber Barbara wußte, daß es nicht so war.

Jetzt, auf dem *motorway* eingekeilt zwischen einem Wohnwagen und einem Diesel-Lkw, dachte sie über ihre Mutter und ihre eigenen, unerfüllt gebliebenen Erwartungen nach. Was hatte sie denn erwartet, das ihre Mutter tun würde, wenn sie von Barbaras Neuigkeiten hörte? Ich leite einen Teilbereich der Untersuchungen, Mama. Das ist ja wunderbar, Kind. Her mit dem Champagner.

Was für eine Idee! Blind, die Augen auf die Fahrzeugschlange vor sich gerichtet, kramte sie in ihrer Tasche nach ihren Zigaretten. Sie zündete sich eine an, nahm einen kräftigen Zug und feierte einsam und allein die befriedigende Tatsache, daß sie praktisch eigenverantwortlich eine polizeiliche Untersuchung leiten würde. Natürlich würde sie mit der zuständigen Kriminalpolizei zusammenarbeiten, aber sie würde niemand außer Lynley verantwortlich sein. Und da der weit vom Schuß in London saß und dort seine Duelle mit Hillier ausfocht, gehörte das saftigste Stück des Falles ihr allein: der Tatort, die Bewertung des Beweismaterials, der Obduktionsbefund, die Fahndung nach dem Versteck, in dem das Kind festgehalten worden war, das Durchkämmen der gesamten Umgebung nach möglichen Indizien. Und nach Hinweisen auf die Identität des Täters. Sie war fest entschlossen, den Täter noch vor Lynley zu entlarven. Sie war in der besseren Position dazu, und wenn sie es schaffte, würde das der große

Coup ihrer Karriere sein. Da steht eine Beförderung an, hätte Nkata gesagt. Nur recht und billig, dachte sie. Sie war längst überfällig.

Kurz vor Reading konnte sie endlich vom M4 abfahren, direkt auf die A4, die in gerader Linie nach Marlborough führte. Südlich davon lag Wootton Cross, wo sie sich auf der Polizeidienststelle mit den für den Fall zuständigen Kollegen von der Kriminalpolizei Amesford treffen sollte. Sie war mittlerweile natürlich viel zu spät dran, und als sie endlich auf dem kleinen Parkplatz hinter dem Backsteinkasten anhielt, in dem die Polizeidienststelle Wootton Cross ihren Sitz hatte, fragte sie sich, ob man sie bereits aufgegeben hatte. Das Gebäude war dunkel und schien leer zu sein – nach Sonnenuntergang nichts Ungewöhnliches in so einem kleinen Dorf. Der einzige Wagen, der dort stand, war ein betagter Escort, der etwa im selben heruntergekommenen Zustand wie ihr Mini war.

Sie stellte ihren Wagen neben dem Escort ab und drückte mit einem kräftigen Stoß ihrer Schulter die Tür auf. Sie nahm sich einen Moment Zeit, um ihre steifen Glieder zu strecken, und dachte, daß es doch seine Vorteile hatte, mit Lynley zusammenzuarbeiten. Seine Luxuskarosse war jedenfalls nicht zu verachten. Als die schlimmsten Knoten in ihren Muskeln sich gelöst hatten, ging sie zu dem dunklen Gebäude und spähte mit zusammengekniffenen Augen durch das staubige Glas der abgeschlossenen Hintertür.

Sie konnte einen Korridor erkennen, der in den vorderen Teil des Hauses führte. Zu beiden Seiten waren offene Türen, aus denen jedoch kein Lichtstrahl fiel.

Aber sie hätten mir doch bestimmt eine Nachricht hinterlassen, sagte sich Barbara und sah sich rund um den rechteckigen Betonklotz um, der als Vortreppe diente, um sich zu vergewissern, daß der Zettel nicht vielleicht weggeblasen worden war. Nachdem sie nichts weiter entdeckt hatte als eine zerdrückte Coladose und drei gebrauchte Kondome – *safer sex* gut und schön, aber sie konnte einfach nicht verstehen, warum die

Leute niemals den Sprung von der Schwangerschaftsverhütung zum Umweltschutz schafften –, ging sie um das Gebäude herum nach vorn. Es stand an einer Kreuzung dreier Straßen, die nach Wootton Cross hineinführten und auf dem Dorfplatz zusammentrafen. Dort erhob sich das Standbild irgendeines obskuren Königs, der höchst verdrossen darüber zu sein schien, daß man ihm ausgerechnet in diesem noch obskureren Nest mitten auf dem Land ein Denkmal gesetzt hatte. Mit düsterer Miene blickte er auf die Polizeidienststelle, in der einen Hand sein Schwert, in der anderen den Schild, Krone und Schultern üppig mit Taubendreck gesprenkelt. Hinter ihm, auf der anderen Straßenseite, war das *King Alfred Arms Pub*, das es denjenigen, die zwei und zwei zusammenzählen konnten, ermöglichte, dem Standbild einen Namen zu geben. Nach der donnernden Musik, die aus den Fenstern dröhnte, und dem wilden Gewoge von Körpern hinter den Scheiben zu urteilen, florierte das Geschäft. Barbara nahm sich vor, dort als nächstes nach den Kollegen zu suchen, falls sich an der Vorderseite der Polizeidienststelle nichts ergeben würde.

Was beinahe der Fall war. Ein in sauberer Druckschrift geschriebenes Schild an der Tür riet denen, die nach Dienstschluß polizeiliche Hilfe suchten, sich telefonisch an die Dienststelle in Amesford zu wenden. Barbara klopfte trotzdem einmal mehr oder weniger zaghaft an die Tür, nur für den Fall, daß das Team, das sie angeblich erwartete, in einen Dornröschenschlaf gefallen sein sollte. Als sich drinnen nichts rührte, kein Licht anging, wußte sie, daß ihr nichts anderes übrigbleiben würde, als den angeheiterten Gästen und der Musik – die sich ganz entfernt nach *In the Mood* anhörte, das enthusiastisch, wenn auch nicht ganz richtig von einer Band alter Herren mit eingeschränkter Lungenkapazität gespielt wurde – zu trotzen und sich ins *King Alfred Arms* zu wagen.

Sie haßte es, allein in ein Pub zu gehen. Sie haßte den Moment, wenn alle die Köpfe drehten, um den neuen Gast kritisch zu mustern. Aber an kritische Musterung würde sie sich gewöhnen müssen, wenn sie hier in Wiltshire die Ermittlungen leiten wollte. Warum dann nicht gleich im *King Alfred Arms* die erste Probe bestehen.

Sie war schon auf dem Weg über die Straße, als sie automatisch nach hinten zu ihrer Umhängetasche griff, um sich zur moralischen Unterstützung eine Zigarette herauszuholen. Sie fand nichts. Erschrocken blieb sie stehen. Ihre Tasche...

Sie hatte sie im Wagen gelassen, fiel ihr ein, und sie klopfte sich im Geist spöttisch auf die Schulter, als sie sich rückblickend erinnerte, daß sie vor lauter ungeduldigem Eifer, ihren ersten großen Auftritt als Ermittlungsleiterin zu machen und ihren neuen Mitarbeitern zu zeigen, wer hier das Sagen hatte, die Autotür offengelassen, ihre Handtasche im Wagen liegen- und den Zündschlüssel steckengelassen hatte.

»Wie kann man nur so blöd sein«, schimpfte sie vor sich hin. Hastig drehte sie sich um und lief den Weg zurück, den sie gekommen war. Sie rannte um das Polizeigebäude herum, wich einem Müllcontainer aus und lief auf den kleinen Parkplatz. Und das war der Moment, als sie Gott und den Herstellern für die Schleichersohlen unter ihren roten Basketballstiefeln dankte.

An ihrem Mini stand nämlich, halb ins Wageninnere gebeugt, ein dunkel gekleideter Mann, der, soweit sie erkennen konnte, gerade dabei war, ihre Handtasche zu durchwühlen.

17

Barbara stürzte sich auf ihn. Er war groß und kräftig, aber ihr halfen ihr Zorn und das Überraschungsmoment. Mit einem Kampfschrei, der jedes Karateexperten würdig gewesen wäre, packte sie den Taschendieb um die Taille, riß ihn aus ihrem Wagen und rammte ihn gegen die Karosserie.

»Polizei, Meister!« schnauzte sie ihn an. »Und wagen Sie ja nicht, auch nur mit der Wimper zu zucken.«

Er war aus dem Gleichgewicht. Deshalb tat er mehr, als nur mit der Wimper zu zucken. Er stürzte bäuchlings zu Boden. Einen Moment krümmte er sich, als wäre er auf einem Stein gelandet, und schien in seine rechte Hosentasche greifen zu wollen. Barbara trat ihm auf die Hand.

»Keine Bewegung, hab' ich gesagt!«

»Mein Ausweis«, stammelte er. »In der Tasche.«

»Na klar«, sagte sie sarkastisch. »Als was weist der Sie denn aus? Taschendieb? Handtaschenräuber? Autodieb?«

»Polizist«, antwortete er.

»Polizist?«

»Ja. Kann ich jetzt aufstehen? Oder mich wenigstens umdrehen?«

Heiliger Strohsack, dachte sie. Das ist ja ein schöner Anfang. Dann fragte sie mißtrauisch: »Wie kommen Sie dazu, meine Sachen zu durchwühlen?«

»Ich wollte nur sehen, wem der Wagen gehört. Kann ich jetzt aufstehen?«

»Bleiben Sie, wo Sie sind. Drehen Sie sich um, aber bleiben Sie unten.«

»In Ordnung.« Er rührte sich nicht.

»Haben Sie gehört, was ich gesagt habe?«

»Sie stehen noch auf meiner Hand.«

Hastig zog sie ihren Basketballstiefel von seiner Handfläche. »Keine plötzlichen Bewegungen«, sagte sie.

»Okay.« Stöhnend wälzte er sich auf die Seite und dann auf den Rücken. Vom Boden aus sah er sie an.

»Ich bin Detective Constable Robin Payne«, sagte er. »Und wenn ich nicht irre, sind Sie von Scotland Yard.«

Er sah aus wie ein junger Errol Flynn, nur das Oberlippenbärtchen war etwas üppiger. Und er war nicht in Schwarz, wie Barbara zuerst geglaubt hatte. Vielmehr hatte er eine anthrazitgraue Hose und einen dunkelblauen Pulli mit V-Ausschnitt an, unter dem ein weißes Hemd hervorsah. Der Kragen des Hemdes war genau wie der Pulli und die Hose voller Schmutzflecken von dem Sturz. Und seine linke Wange blutete, was möglicherweise erklärte, warum er sich gekrümmt hatte, als er aufgeschlagen war.

»Das ist nur ein Kratzer«, sagte er, als Barbara bedauernd das Gesicht verzog. »Ich hätte genauso gehandelt.«

Sie waren in der Dienststelle. Constable Payne hatte die Hintertür aufgesperrt und war in einen Raum gegangen, der früher anscheinend einmal eine Waschküche gewesen war. Er drehte die Hähne auf und ließ Wasser in ein fleckiges Betonbecken laufen. Ein verdrecktes grünes Stück Seife lag in einer rostigen Metallschale neben den Wasserhähnen, und ehe er sich damit einseifte, nahm er ein Taschenmesser heraus und kratzte damit die Schmutzkruste ab. Während das Wasser warm wurde, zog er seinen Pulli aus und reichte ihn Barbara. »Würden Sie den einen Moment halten«, sagte er und begann, sich das Gesicht zu waschen.

Barbara sah sich nach einem Handtuch um. Es war nichts anderes da als ein fadenscheiniger Frotteelappen, der an einem Haken hinter der Tür hing. Aber er war völlig verdreckt und roch unangenehm muffig. Unmöglich konnte man das Ding jemandem anbieten und erwarten, daß er es benützen würde.

Ach verdammt, dachte sie. Sie war nicht der Typ Frau, der duftende Leinentaschentüchlein für tränenreiche Gelegenheiten mit sich herumschleppte, und den Klumpen zusammengeknüllter Papiertücher, der in ihrer Jackentasche steckte, konnte sie ihm zur Vollendung seiner Waschungen bestimmt nicht zumuten. Sie überlegte gerade, ob das Schreibmaschinenpapier, das in halb aufgerissener Verpackung an der Tür lag, um zu verhindern, daß sie zufiel, genug Saugkraft besaß, als er den Kopf vom Becken hob, sich mit nassen Händen durch das Haar fuhr und das Problem für sie löste. Er zog sein Hemd aus der Hose und trocknete sich das Gesicht mit den Zipfeln.

»Tut mir leid«, sagte Barbara. Sie bekam flüchtig seine Brust zu sehen. Nicht übel, dachte sie, leicht behaart, aber nicht so, daß man gleich an äffische Vorfahren dachte. »Ich hab' Sie an meinem Wagen gesehen und völlig automatisch reagiert.«

»Das zeugt von einer guten Ausbildung«, meinte er, während er sein Hemd rundherum wieder in die Hose stopfte. »Und von Ihrer Erfahrung.« Er lächelte schief. »Und zeigt, wo's mir fehlt. Aber darum sind Sie ja auch von Scotland Yard, und ich nicht. Wie alt sind Sie überhaupt? Ich hab' jemanden so um die Fünfzig erwartet, im gleichen Alter wie mein Sergeant.«

»Dreiunddreißig.«

»Mann! Sie müssen schwer auf Draht sein.«

Eingedenk ihrer Stolperkarriere bei New Scotland Yard hätte Barbara die Wendung »schwer auf Draht« nicht benutzt, um sich zu beschreiben. Erst in den vergangenen zweieinhalb Jahren, seit sie mit Lynley zusammenarbeitete, hatte sie angefangen, sich wenigstens nicht ganz als Versagerin zu betrachten.

Payne nahm ihr seinen Pulli ab und schüttelte ihn ein paarmal kräftig, um ihn vom Schmutz des Parkplatzes zu befreien. Er zog ihn über den Kopf, fuhr sich noch einmal mit den Händen durch das Haar und sagte: »So, und jetzt den Erste-Hilfe-Kasten, der hier irgendwo sein muß...« Er kramte auf dem vollgestellten Sims unter dem einzigen Fenster des Raumes herum. Eine Zahnbürste, der die Hälfte der Borsten fehlte, fiel zu Boden. Payne sagte: »Ah, hier« und präsentierte einen staubbedeckten blauen Metallkasten. Er nahm ein Pflaster heraus und klebte es über die Schramme in seinem Gesicht. Dann sah er Barbara lächelnd an.

»Wie lange sind Sie schon dabei?« fragte er.

»Wo dabei?«

»Bei New Scotland Yard.«

»Sechs Jahre.«

Er pfiff lautlos. »Toll. Und Sie sind dreiunddreißig, haben Sie gesagt?«

»Richtig.«

»Wann sind Sie zur Kriminalpolizei gekommen?«

»Mit vierundzwanzig.«

Er zog die Augenbrauen hoch, während er den Staub von seiner Hose klopfte. »Ich hab's gerade erst vor drei Wochen geschafft. Da hab' ich den Lehrgang abgeschlossen. Aber das sieht man mir wahrscheinlich auch an, was? Daß ich total grün bin, mein' ich. Das konnte man schon daran merken, wie ich mich da draußen an Ihrem Wagen benommen hab'.« Er zog den Pulli über seinen Schultern gerade. Die waren auch nicht schlecht, wie Barbara feststellte. »Vierundzwanzig«, sagte er bewundernd und fügte dann hinzu: »Ich bin neunundzwanzig. Glauben Sie, daß das zu spät ist?«

»Wofür?«

»Um das noch zu schaffen, was Sie geschafft haben. New Scotland Yard. Das ist nämlich mein Ziel, wissen Sie.« Wie ein kleiner Junge stieß er mit der Schuhspitze gegen ein loses Stück Linoleum. »Ich meine, da möchte ich hin, wenn ich mal gut genug bin, was ich ja im Augenblick offensichtlich noch nicht bin.«

Barbara wußte nicht recht, was sie ihm über die tägliche Plackerei, die mit herzlich wenig Ruhm und Abenteuer verbunden war, sagen sollte. Deshalb wich sie aus.

»Sie sind erst seit drei Wochen bei der Kriminalpolizei?« sagte sie. »Ist das hier Ihr erster Fall?« Er bohrte seine Schuhspitze noch ein wenig tiefer unter das Linoleum, und das reichte ihr als Antwort.

»Sergeant Stanley ist ein bißchen sauer, daß man jemanden aus London geschickt hat, um die Arbeit hier zu leiten«, sagte er. »Er hat bis halb neun hier mit mir gewartet, dann ist er gegangen. Ich soll Ihnen ausrichten, daß er zu Hause zu erreichen ist, falls Sie ihn heute abend noch brauchen sollten.«

»Ich hab' im Stau gesteckt«, erklärte Barbara.

»Bis Viertel nach neun hab' ich gewartet, dann dachte ich mir, Sie wären vielleicht direkt nach Amesford gefahren, wo unsere Kriminalpolizei sitzt. Ich wollte gerade selber rüberfahren, als Sie kamen. Ich hab' Sie ums Haus rumschleichen sehen und gedacht, Sie wollten einbrechen.«

»Sie haben mich gesehen? Von drinnen?«

Er rieb sich den Nacken und lachte verlegen. »Um ganz ehrlich zu sein«, bekannte er mit schamhaft gesenktem Kopf, »ich war beim Pinkeln. Draußen hinter dem Schuppen auf der anderen Seite vom Parkplatz. Ich war schon auf dem Weg zum Auto und fand's einfacher, mich in die Büsche zu schlagen, anstatt erst wieder alles auf- und zuzusperren. Ich hab' nicht mal Ihr Auto gehört. Ein klasse Polizist bin ich, was? Kommen Sie. Hier lang.«

Er führte sie nach vorn in ein spärlich eingerichtetes Büro mit einem Schreibtisch, mehreren Aktenschränken und Übersichtskarten an den Wänden. Ein Philodendron mit staubigen Blättern stand traurig in einer Ecke. An seinem Topf klebte ein handbeschriftetes Schild: Abladen von Kaffeeresten und Zigarettenkippen verboten. Ich bin echt.

Zweifellos, dachte Barbara sarkastisch. Die Pflanze hatte eine bedauerliche Ähnlichkeit mit den Objekten ihrer eigenen gärtnerischen Ambitionen.

»Wieso haben wir uns eigentlich hier getroffen und nicht in Amesford?« fragte sie.

»Sergeant Stanley hielt das für besser«, erklärte Payne. »Er hat gemeint, Sie würden vielleicht zuerst den Tatort besichtigen wollen. Morgen, meine ich. Damit Sie sich orientieren können. Mit dem Auto ist es von hier nur eine Viertelstunde. Amesford liegt noch mal fünfundzwanzig Kilometer weiter südlich.«

Barbara wußte, was fünfundzwanzig Kilometer auf einer Landstraße bedeuteten: mindestens noch mal eine halbe

Stunde Fahrt. Sie hätte Sergeant Stanleys Rücksicht begrüßt, hätte sie nicht gewisse Zweifel an seinen Motiven gehabt. Mit einer Entschiedenheit, die großenteils vorgetäuscht war, da sie dem Ereignis absolut nichts Positives abgewinnen konnte, sagte sie: »Ich möchte auch bei der Obduktion dabeisein. Für wann ist sie angesetzt?«

»Morgen vormittag.« Payne zog einen kleinen Stapel brauner Aktendeckel, die er vom Auto mit hereingebracht hatte, unter seinem Arm hervor. »Das heißt, wir müssen mit den Hühnern aufstehen, wenn wir vorher an den Tatort wollen. Wir haben hier übrigens ein paar erste Informationen.« Er reichte ihr die Aktendeckel.

Barbara sah das Material durch. Es bestand aus einer zweiten Serie von Fotografien des Tatorts, einer Kopie der Aussage der beiden jungen Leute, die die Leiche entdeckt hatten, detaillierten Aufnahmen des Leichnams, die im Leichenhaus gemacht worden waren, einer genauen Beschreibung des toten Kindes – Größe, Gewicht, natürliche Kennzeichen, Narben usw. – und einer Serie Röntgenaufnahmen. Aus dem Bericht ging ferner hervor, daß dem Leichnam Blut zur Untersuchung durch den Toxikologen abgenommen worden war.

»Unser Arzt hätte die Obduktion gleich gemacht«, bemerkte Payne, »aber er hat vom Innenministerium Anweisung bekommen, damit zu warten, bis Sie hier sind.«

»Keine Kleidung?« fragte Barbara. »Ich nehme an, Sie und Ihre Kollegen haben die Umgebung gründlich abgesucht.«

»Nichts«, erklärte er. »Sonntag nacht hat uns die Mutter eine ziemlich genaue Beschreibung der Sachen gegeben, die die Kleine anhatte, als sie das letztemal gesehen wurde. Wir haben die Beschreibung weitergegeben, aber bis jetzt ist nichts aufgetaucht. Die Mutter hat gesagt –« Er trat neben sie, hockte sich halb auf die Schreibtischkante und blätterte in dem Bericht. »Die Mutter hat gesagt, sie müßte bei ihrer Entführung eine Brille getragen und Schulbücher mit dem Stempel ihrer Schule – St. Bernadette – bei sich gehabt haben. Ach ja, und eine Flöte. Diese Informationen haben wir ebenfalls an die anderen Dienststellen weitergegeben. Inzwischen haben wir das hier herausgefunden.« Er blätterte noch ein paar Seiten weiter, um zu finden, was er suchte. »Wir wissen, daß der Leichnam zwölf Stunden im Wasser gelegen hat. Und wir wissen, daß die Kleine vor ihrem Tod irgendwo in der Nähe von schweren Maschinen war.«

»Woher wissen Sie denn das?«

Payne erklärte. Zu der ersten Schlußfolgerung hatte ein lebloser Floh verholfen, der sich im Haar des Kindes verfangen hatte: Nachdem man ihn herausgekämmt und unter ein Uhrglas gelegt hatte, hatte er eineinviertel Stunden gebraucht, um sich von dem Bad im Kennet & Avon-Kanal zu erholen. Das entsprach ziemlich genau der Zeit, die so ein Insekt brauchte, um nach zwölf Stunden in einem unwirtlichen und wäßrigen Milieu wieder lebendig zu werden. Zu der zweiten Schlußfolgerung hatte die Anwesenheit einer fremden Substanz unter den Fingernägeln des Kindes geführt.

»Was war es?« fragte Barbara.

»Es handelt sich um eine auf Petroleum basierende Verbindung: ein Naphthendestillat, das neben diversen anderen zungenbrecherischen Zutaten Stearinsäure und Lithiumhydroxid enthielt. »Das ist das Zeug, mit dem schwere Maschinen geschmiert werden«, erklärte Payne.

»Und das hat man unter Charlotte Bowens Fingernägeln gefunden?«

»Richtig«, sagte er. Es werde für Traktoren, Mähdrescher und ähnliche landwirtschaftliche Maschinen gebraucht, fügte er hinzu und wies auf die Übersichtskarten an der Wand. »Bei uns im Landkreis gibt es Hunderte von Bauernhöfen – Dutzende in der unmittelbaren Umgebung von hier, aber wir haben das ganze Gebiet in Quadrate eingeteilt, und mit Hilfe der Kollegen von Salisbury, Marlborough und Swindon kämmen wir sie jetzt alle durch. Vielleicht finden wir einen Hinweis darauf, wo das Kind festgehalten wurde. Sergeant Stanley hat das auf die Beine gestellt. Die Teams haben schon gestern mit der Arbeit begonnen, und wenn sie Glück haben ... Tja, wer weiß, was sie finden werden. Nur wird's wahrscheinlich ewig dauern.«

Barbara glaubte, in seinem Ton gewisse Zweifel an der Methode des Sergeants zu hören, und fragte: »Finden Sie diesen Plan nicht gut?«

»Es ist ein Haufen Arbeit, aber sie muß eben getan werden. Trotzdem ...« Er ging zu der Karte an der Wand.

»Was denn?«

»Ich weiß auch nicht. Nur so Gedanken.«

»Wollen Sie nicht mit mir darüber sprechen?«

Er sah sie an, unverkennbar unschlüssig. Sie ahnte, was er dachte: Er hatte sich an diesem Abend schon einmal lächerlich gemacht; er war sich nicht sicher, ob er es ein zweites Mal riskieren wollte.

»Vergessen Sie die Sache auf dem Parkplatz, Constable«, sagte sie. »Wir waren beide durcheinander. Also, was geht Ihnen durch den Kopf?«

»Okay«, sagte er. »Aber es ist wirklich nur ein Gedanke.« Er wies auf verschiedene Orte auf der Karte, während er sprach. »Wir haben die Kläranlage in Coate. Wir haben neunundzwanzig Schleusen, wo der Kanal hinauf zum Caen Hill führt. Das ist in der Nähe von Devizes. Wir haben Wasserpumpen – es sind Windräder – hier bei Oare und da bei Wootton Rivers.«

»Ja, das sehe ich auf der Karte. Worauf wollen Sie hinaus?« fragte Barbara.

Er hielt eine Hand hoch und lenkte ihre Aufmerksamkeit wieder auf die Karte. »Wir haben Wohnwagenplätze. Wir haben Getreidemühlen – Windmühlen – in Provender, Wilton, Blackland und Wootton. Wir haben ein Sägewerk in Honeystreet. Und wir haben einen Haufen Anlegestellen, wo die Leute, die auf dem Kanal rumgondeln wollen, die Boote mieten.« Er wandte sich ihr wieder zu.

»Wollen Sie damit sagen, daß die Schmiere unter den Fingernägeln des Kindes von jedem dieser Orte stammen kann? Daß es an jedem dieser Orte festgehalten worden sein kann? Nicht nur auf einem Bauernhof?«

Er sah sie mit einer Miene des Bedauerns an. »Ja, Sir«, sagte er, brach ab, schnitt eine Grimasse und sagte: »Entschuldigen Sie, Madam ... äh ... Sergeant ... Chef.«

Es war ein seltsames Gefühl, plötzlich als Vorgesetzte angesehen zu werden. Die respektvolle Höflichkeit war zur Abwechslung einmal ganz angenehm, aber die Distanz, die dadurch geschaffen wurde, behagte ihr gar nicht. »Barbara tut's auch«, sagte sie und überging die Verlegenheit des Constables, indem sie ihre Aufmerksamkeit auf die Karte konzentrierte.

»Überall an diesen Orten gibt es schwere Maschinen«, sagte Payne.

»Aber Sergeant Stanley hat seine Leute nicht angewiesen, diese Orte in ihre Nachforschungen mit einzubeziehen?«

»Sergeant Stanley ...« Payne zögerte. Er schlug seine Zähne aufeinander, als hätte er Angst, offen zu sprechen.

»Was ist mit Sergeant Stanley?«

»Na ja, es ist die alte Geschichte von den Bäumen und dem Wald. Er hat nur Achsenschmiere gehört, und Achsen gehören zu Rädern und Räder zu Fahrzeugen und Fahrzeuge zu Bauernhöfen. Für ihn jedenfalls.« Payne glättete eine geknickte Ecke der Karte und pinnte sie mit einem Reißnagel wieder fest. Die Hingabe, mit der er sich dieser kleinen Reparatur widmete, verriet Barbara genug darüber, wie unbehaglich ihm bei diesem Gespräch war. »Ach was«, sagte er plötzlich, »er hat wahrscheinlich recht. Er hat jahrelange Erfahrungen, und ich bin ein krasser Neuling. Wie Sie bestimmt schon bemerkt haben. Trotzdem macht man sich so seine Gedanken ...« Spielend schaffte er den fließenden Übergang vom Glätten der Karte zum Studium seiner Schuhspitzen.

»Es war gut, daß Sie es erwähnt haben, Robin. Diese Orte müssen alle überprüft werden. Und es ist besser, wenn ich das dem Sergeant sage, als wenn Sie es ihm sagen. Sie müssen später weiter mit ihm arbeiten.«

Er hob den Kopf. Er sah gleichzeitig dankbar und erleichtert aus. Barbara konnte sich nicht erinnern, wie es war, so ein Neuling zu sein und so begierig auf Erfolg. Der Constable gefiel ihr, sie empfand so etwas wie schwesterliche Sympathie für ihn. Er schien aufgeweckt und freundlich zu sein. Wenn es ihm erst einmal gelang, seinen Hang zur Verlegenheit in den Griff zu bekommen, würde er vielleicht tatsächlich einen guten Kriminalbeamten abgeben.

»Sonst noch etwas?« fragte sie. »Wenn nicht, möchte ich jetzt gern in meine Unterkunft. Ich muß noch London anrufen und mir erzählen lassen, wie sich die Dinge dort entwickeln.«

»Ach ja, Ihre Unterkunft«, sagte er. »Hm, ja...«

Sie wartete darauf, daß er ihr sagen würde, wo man sie untergebracht hatte, aber es schien ihm schwerzufallen, ihr das mitzuteilen. Er trat von einem Fuß auf den anderen, zog dann seinen Schlüsselbund aus der Hosentasche und spielte mit ihm herum.

»Das ist jetzt ziemlich blöd«, sagte er.

»Gibt es keine Unterkunft?«

»Doch, doch. Es ist nur ... na ja, wir dachten, Sie wären älter, wissen Sie.«

»Aha. Haben Sie mich vielleicht in ein Altersheim gesteckt?«

»Nein«, antwortete er. »Sie wohnen bei mir.«

»Bei Ihnen?«

Hastig erklärte er ihr, daß er mit seiner Mutter zusammenlebe, daß sie regelmäßig Zimmer an Feriengäste vermiete, daß ihr Haus im Führer des Automobilklubs eingetragen sei, daß Barbara ihr eigenes Badezimmer haben würde – na ja, es sei eigentlich nur eine Dusche, wenn sie dagegen nichts einzuwenden hätte –, daß es in Wootton Cross kein richtiges Hotel gäbe, daß sie im *King Alfred* vier Zimmer im ersten Stock hätten, wenn ihr das lieber sei ... wenn sie fände, es mache sich nicht gut ... sie und er unter einem Dach, wo sie doch erst dreiunddreißig sei und er neunundzwanzig ...

Die Musik dröhnte, *Yellow Submarine* mit einem interessanten Echo-Effekt, der durch die engstehenden Mauern der Dorfstraße hervorgerufen wurde. Es gab keinerlei Anzeichen dafür, daß die Band ihre Instrumente in nächster Zukunft zusammenpacken würde.

»Wo wohnen Sie?« fragte Barbara Robin Payne. »Vom Pub aus gesehen, meine ich.«

»Am anderen Ende.«

»Einverstanden«, sagte sie.

Eve Bowen machte kein Licht, als sie in Charlottes Zimmer trat. Das war die Macht der Gewohnheit. Wenn sie – gewöhnlich weit nach Mitternacht – aus dem Unterhaus heimkehrte, sah sie stets nach ihrer Tochter. Das war die Macht der Pflicht. Mütter sahen nach ihren Kindern, wenn sie, lang nachdem die Kinder zu Bett gegangen waren, nach Hause zurückkehrten. Eve gehörte zur Spezies der Mütter, Charlotte zur Spezies der Kinder. Folglich sah Eve nach Charlotte. Sie pflegte die Zimmertür leise zu öffnen. Sie zog die Bettdecke hoch, wenn Hochziehen nötig war. Sie hob die Plüschigelin, Mrs. Tiggy-Winkle, vom Boden auf und legte sie zu den anderen Igeln, die zu Charlottes Sammlung gehörten. Sie vergewisserte sich, daß Charlottes Wecker gestellt war. Dann ging sie wieder hinaus.

Niemals blieb sie stehen, um auf ihre Tochter hinunterzublicken und an frühere Zeiten zu denken, als sie noch ein Säugling gewesen war, als sie in den Kindergarten gekommen war, als sie mit der Schule begonnen hatte. Sie dachte nicht an das junge Mädchen, das Charlotte bald sein würde, nicht an die Frau, die sie einmal werden würde. Sie staunte nicht über die Veränderungen, die die Zeit bei ihrem Kind bewirkte. Sie dachte nicht über ihre gemeinsame Vergangenheit nach. Sie wob keine Phantasien über die Zukunft. Über ihre persönliche Zukunft, ja. Da tat sie weit mehr, als reine Luftschlösser zu bauen. Sie arbeitete daran, machte Pläne und Entwürfe, produzierte, manipulierte, konfrontierte, kämpfte, trat für das eine ein und verdammte das andere. Aber Charlottes Zukunft... Sie sagte sich, Charlottes Zukunft läge in Charlottes Hand.

In der Dunkelheit ging sie durch das Zimmer. Am Kopfende des schmalen leeren Bettes lag Mrs. Tiggy-Winkle in einem Berg buntkarierter Kissen. Eve nahm das Plüschtier gedankenverloren zur Hand und strich mit den Fingern über das dichte, rauhe Fell. Sie setzte sich auf das Bett. Dann legte sie sich, mit Mrs. Tiggy-Winkle im Arm, in die Kissen. Sie dachte nach.

Sie hätte das Kind nie bekommen sollen. Sie hatte es in dem Moment gewußt, als der Arzt sagte: »Ach, ein entzückendes kleines Mädchen« und ihr das blutverschmierte, warme, zukkende kleine Ding auf den Bauch legte. »Ich weiß genau, was Sie in diesem Moment empfinden, Eve«, hatte er gefühlvoll geflüstert. »Ich habe selbst drei Kinder.« Alle im Zimmer – und es war ihr vorgekommen, als wären es Dutzende von Menschen – hatten Angemessenes über die Schönheit des Augenblicks gemurmelt, das Wunder der Geburt, das große Glück, ein gesundes, wohlgestaltetes, herzhaft schreiendes Kind zur Welt gebracht zu haben. Wunderbar, bewegend, ehrfurchtgebietend, erstaunlich, unglaublich, beglückend, außergewöhnlich. Noch nie hatte Eve innerhalb von fünf Minuten so viele Adjektive zur Beschreibung eines Vorganges gehört, der ihren Körper achtundzwanzig qualvolle Stunden lang gemartert hatte und der in ihr nichts hinterlassen hatte als den Wunsch nach Frieden, Stille und Alleinsein.

Am liebsten hätte sie gesagt, nehmt sie von mir herunter, bringt sie weg. Sie spürte den drohenden Kontrollverlust, der sie diese Worte aussprechen lassen würde. Seine Vorboten krochen ihr von den Fingerspitzen zu den Lippen hinauf. Aber sie war eine Frau, die selbst *in extremis* niemals vergaß, wie wichtig das Image war. Darum hatte sie ihre Finger leicht auf den ungewaschenen Kopf und dann auf die Schultern des schreienden Säuglings gelegt und hatte für alle Anwesenden ein strahlendes Lächeln hervorgebracht. Damit keiner von ihnen, wenn es soweit war und die gesamte Sensationspresse in ihrer Vergangenheit nach schmutzigen kleinen Begebenheiten graben würde, um ihren Aufstieg zur Macht zu verhindern, etwas Negatives über sie würde berichten können.

Als sie festgestellt hatte, daß sie schwanger war, hatte sie mit dem Gedanken an einen Abbruch gespielt. In das Gedränge der Fahrgäste in der U-Bahn eingekeilt, hatte sie eines Tages ein schmales Poster über einem der Fenster gelesen – *Frauengesundheitszentrum Lambeth: Sie haben eine Wahl* – und sich über die Möglichkeit Gedanken gemacht, einen schnellen Ausflug nach Südlondon zu unternehmen und all den Schwierigkeiten, die ihr eine Schwangerschaft einbringen würde, ein Ende zu bereiten. Sie hatte daran gedacht, unter falschem Namen einen Termin zu vereinbaren. Sie hatte sich überlegt, daß sie ihr Aussehen verändern und sich einen Akzent zulegen könnte. Aber dann hatte sie das alles als hysterische Hirngespinste einer Frau verworfen, deren Hormone durch die Schwangerschaft in Aufruhr geraten waren. Triff auf keinen Fall irgendwelche unüberlegten Entscheidungen, hatte sie sich gesagt. Spiel jede Möglichkeit genau durch und versuche vorauszusehen, wohin jeder einzelne Weg führen wird.

Als sie jede Möglichkeit überdacht hatte, war ihr klar, daß der einzig sichere Kurs der war, das Kind zu bekommen und zu behalten. Eine Abtreibung konnte später, wenn sie sich als lebenslange Kämpferin für den Erhalt und den Schutz der Familie präsentierte, nur allzuleicht gegen sie verwendet werden. Das Kind zur Adoption freizugeben, wäre eine Möglichkeit gewesen, aber nicht, wenn sie sich in künftigen, von ihr bereits fest eingeplanten Wahlkämpfen als arbeitende Mutter »wie so viele von ihnen« darstellen wollte. Sie konnte auf eine Fehlgeburt hoffen, aber sie war kerngesund, und alle ihre Organe arbeiteten prächtig. Außerdem konnte eine Fehlgeburt in der Vergangenheit leicht zu Getuschel und Zweifeln in der Zukunft Anlaß geben: Hatte sie – eine ledige Mutter – vielleicht etwas unternommen, um eine Fehlgeburt herbeizuführen? Hatte sie ihrem Körper irgendwie Gewalt angetan? Gab es vielleicht eine Vorgeschichte von Alkohol- oder Drogenmißbrauch, die näher beleuchtet werden sollte? Und Zweifel waren in der Politik tödlich.

Ursprünglich war es ihre Absicht gewesen, die Identität des Vaters vor jedermann geheimzuhalten, auch vor dem Vater selbst. Doch ein unerwartetes Zusammentreffen mit Dennis

Luxford fünf Monate nach Blackpool hatte diesen Plan zunichte gemacht. Er war kein Narr. Als sie ihn auf der anderen Seite des Hauptfoyers im Parlament sah und bemerkte, wie er sie von oben bis unten musterte, um ihr dann direkt in die Augen zu sehen, wußte sie, zu welcher Schlußfolgerung er gelangt war. Sie hatte sich bei dem Abgeordneten entschuldigt, dessen Meinung sie gerade für den *Telegraph* eingeholt hatte, und war in den Vorraum für die Abgeordneten gegangen. Dort hatte sie gerade eine Nachricht für einen anderen Abgeordneten geschrieben, um sie ihm in sein Fach zu stecken, als Luxford neben ihr erschien. »Wir müssen einen Kaffee zusammen trinken«, hatte er gesagt.

»Das glaube ich nicht«, hatte sie erwidert. Daraufhin hatte er sie am Arm genommen. Sie hatte kühl gesagt: »Warum druckst du nicht gleich Anzeigen, Dennis?« Ohne einen Blick auf die Menschen rundum – von Touristen bis Taktikern – hatte er seine Hand weggezogen. »Tut mir leid«, hatte er gesagt. »Daran zweifle ich nicht«, hatte sie erwidert.

Sie hatte ihm klargemacht, daß ihr seine Anteilnahme am Leben ihres Kindes niemals willkommen sein würde. Abgesehen von einem einzigen Anruf einen Monat nach der Geburt, bei dem er erfolglos versucht hatte, »eine finanzielle Regelung« mit ihr zu besprechen, hatte er nicht gewagt, sich in ihr Leben zu drängen. Mehrmals hatte sie geglaubt, er würde es vielleicht tun. Das erstemal, als sie sich zur Parlamentswahl gestellt hatte. Dann, als sie, wenig später, geheiratet hatte. Als er es nicht getan hatte und die Jahre vergangen waren, hatte sie geglaubt, frei zu sein.

Aber unsere Vergangenheit werden wir niemals los, sagte sie sich jetzt in Charlottes dunklem Zimmer. Und noch einmal bekannte sie sich im stillen zur Wahrheit: Sie hätte dieses Kind nie bekommen sollen.

Sie drehte sich auf die Seite. Sie schob Mrs. Tiggy-Winkle unter ihr Kinn. Sie zog die Beine hoch und holte einmal tief Atem. Das Plüschtier roch leicht nach Erdnußbutter. Die in ihrem Zimmer zu essen sie Charlotte hunderttausendmal *ver-*

boten hatte. Hatte Charlotte es tatsächlich gewagt, ihr wieder nicht zu gehorchen? Hatte sie das Spielzeug – eine teure Errungenschaft von *Selfridge's* – den Wünschen ihrer Mutter zum Trotz schmutzig gemacht? Eve senkte den Kopf und drückte ihr Gesicht in das steife Fell. Sie sog mehrmals schnell und argwöhnisch den Atem ein. Es roch tatsächlich wie –

»Eve!« Er kam mit raschen Schritten durch das Zimmer. Eve spürte seine Hand an ihrer Schulter. »Nicht!« sagte er. »Nicht so. Nicht allein.« Dann wollte ihr Mann sie auf dem Bett herumdrehen. Als sie erstarrte, sagte er: »Laß dir doch von mir helfen, Eve.«

Sie war froh, daß es dunkel war und sie den Plüschigel hatte, in dessen Fell sie ihr Gesicht verbergen konnte. »Ich dachte, du schläfst«, sagte sie.

Sie spürte, wie das Bett nachgab, als er sich auf die Kante setzte. Er legte sich neben sie, glich seine Körperhaltung den Konturen ihres Körpers an. Sein Arm umschlang sie.

»Es tut mir leid.« Seine Stimme war leise, und sie fühlte seinen Arm in ihrem Nacken.

»Was denn?«

»Daß ich zusammengeklappt bin.« Sie hörte den mühsam beherrschten Ton. Vergebens suchte sie nach einer Möglichkeit, ihm zu sagen, er brauche sie nicht zu trösten, vor allem nicht, wenn der Trost ihn so viel Selbstverleugnung kostete. »Ich war nicht darauf vorbereitet«, fuhr er fort. »Ich habe nicht geglaubt, daß es so enden würde. Mit Charlie.« Er umfaßte ihre Hand, die den Igel hielt. »Mein Gott, Eve. Ich kann nicht einmal ihren Namen aussprechen, ohne das Gefühl zu haben, in einen bodenlosen Schacht zu stürzen.«

»Du hast sie geliebt«, flüsterte Eve.

»Ich weiß nicht, was ich tun soll, um dir zu helfen.«

Sie sagte ihm die Wahrheit. »Niemand kann etwas tun, um mir zu helfen, Alex.«

Er preßte seine Lippen auf ihren Hinterkopf. Mit seiner Hand drückte er die ihre so fest zusammen, daß sie in den Igel biß, um nicht vor Schmerz aufzuschreien. »Du mußt damit aufhören«, sagte er. »Du gibst dir die Schuld. Tu das nicht. Du hast getan, was du für das Beste gehalten hast. Du hast nicht gewußt, was geschehen würde. Du konntest es nicht wissen. Und ich war mit allem einverstanden. Keine Polizei. Wenn also jemandem Vorwürfe zu machen sind, dann uns beiden. Ich lasse nicht zu, daß du diese Last allein trägst. Gottverdammt!« Seine Stimme zitterte bei dem Wort »verdammt«.

Und als sie dieses Zittern hörte, fragte sie sich, wie er die kommenden Tage durchstehen würde. Ihr war klar, daß er keinesfalls einer Konfrontation mit Presse und Fernsehen ausgesetzt werden durfte. Diese Leute würden früher oder später entdecken, daß sie die Polizei nicht von Charlottes Verschwinden informiert hatte, und wenn sie erst einmal diesen Knochen zwischen den Zähnen hatten, würden sie unaufhörlich daran herumnagen, um ans Mark zu gelangen, den Grund, warum sie die Polizei nicht eingeschaltet hatte. Wenn sie sie mit Fragen bedrängten, war das eine Sache. Sie war es gewohnt, ihre Attacken zu parieren, und selbst wenn sie nicht das Geschick besessen hätte, überzeugend an der Wahrheit vorbeizureden, war sie doch die Mutter des Opfers, und wenn sie sich weigerte, Fragen zu beantworten, die ihr die Journalisten über die Straße zuriefen, würde kein Mensch argwöhnen, daß sie ihnen nur ausweichen wollte. Bei Alex hingegen war das eine ganz andere Sache.

Sie konnte ihn vor sich sehen, in ein wütendes Wortgefecht mit einem Dutzend Reporter verwickelt, die ihm Fragen entgegenschleuderten, von denen eine provokativer als die andere war. Sie konnte sich lebhaft vorstellen, wie er in Rage geriet, alle Selbstbeherrschung verlor und ihnen genau die Story lieferte, die sie haben wollten. »Ich werde Ihnen sagen, warum wir die gottverdammte Polizei nicht eingeschaltet haben«, würde er wütend rufen. Und anstatt nach Ausflüchten zu suchen, würde er auf die Wahrheit zurückgreifen. Sicher nicht mit Absicht. Er würde etwa so anfangen: »Wir haben die Polizei nicht eingeschaltet, weil wir Leute wie Sie gefürchtet haben, wenn Sie's genau wissen wollen.« Worauf sie fragen würden, was er damit meinte. »Na, Ihre bedingungslose Jagd nach einer gottverdammten Story. Gott beschütze uns alle, wenn Sie hinter einer Story her sind.« Heißt das, Sie wollten Mrs. Bowen vor einer Story schützen? Warum? Vor was für einer Story? Hat sie denn etwas zu verbergen? »Unsinn! Nein!« Und so würde es weitergehen. Mit jeder Frage würde sich die Schlinge enger zuziehen, würden sie der Wahrheit näher kommen. Er würde ihnen nicht alles sagen. Aber er würde ihnen genug sagen. Und deshalb war es lebenswichtig, dafür zu sorgen, daß er nicht mit der Presse sprach.

Er brauchte noch eine Tablette, sagte sich Eve. Wahrscheinlich sogar zwei, damit er die Nacht durchschlafen konnte. Schlaf war so wichtig wie Schweigen. Ohne Schlaf riskierte man, die Kontrolle zu verlieren. Sie machte Anstalten aufzustehen, stemmte sich auf dem Ellbogen in die Höhe. Sie nahm seine Hand, drückte sie kurz an ihre Wange und schob sie aufs Bett hinunter.

»Wohin –«

»Ich hole die Tabletten, die der Arzt uns gegeben hat.«

»Noch nicht«, sagte er.

»Erschöpfung hilft uns nicht weiter.«

»Aber die Tabletten bringen nur Aufschub. Das weißt du doch.«

Sie war augenblicklich argwöhnisch. Sie versuchte, in seinem Gesicht zu lesen, doch die Dunkelheit, die sie geschützt hatte, tat nun das gleiche für ihn.

Er setzte sich auf. Einen Moment lang sah er auf seine langen Beine hinunter, einen Moment, den er zu nutzen schien, um sich zu sammeln. Dann zog er sie zu sich hoch. Er legte seinen Arm um sie und sprach mit dem Mund dicht an ihrem Kopf.

»Eve, hör mir zu. Du bist hier sicher. In Ordnung? Hier bei mir bist du absolut sicher.«

Sicher, dachte sie.

»Hier, in diesem Zimmer, kannst du loslassen. Ich fühle nicht, was du fühlst – das kann ich nicht, ich bin nicht ihre Mutter, ich will mir nicht anmaßen, verstehen zu wollen, was eine Mutter in einer solchen Zeit fühlt – aber ich habe sie geliebt, Eve, ich –« Er brach ab. Sie konnte hören, wie er schluckte in dem Bemühen, seinen Schmerz zu beherrschen. »Wenn du die Tabletten weiter nimmst, verschiebst du nur den Schmerz und die Trauer, die du durchmachen mußt. Das hast du bis jetzt getan, nicht wahr? Und du hast es getan, weil ich völlig zusammengeklappt bin. Wegen meiner Bemerkung neulich abend, daß du im Grunde gar nicht hier lebst und Charlie im Grunde überhaupt nicht kennst. Das tut mir so leid. Ich habe einfach einen Moment die Fassung verloren. Aber du sollst wissen, daß ich jetzt für dich da bin. Hier bei mir kannst du dich gehenlassen.«

Und dann wartete er. Sie wußte genau, was sie jetzt hätte tun sollen: sich ihm zuwenden, um Trost bitten, eine glaubhafte Äußerung von Schmerz produzieren. Kurzum, sie sollte aufhören, sich zu verstecken, und ihren Schmerz wenigstens in Gesten ausdrücken, wenn sie schon keine Worte fand.

»Laß deinen Gefühlen freien Lauf«, murmelte er. »Ich bin ja bei dir.«

Sie suchte fieberhaft nach einem Ausweg. Als sie ihn gefunden hatte, senkte sie den Kopf und zwang die Spannung aus ihrem Körper. »Ich kann nicht –« Sie holte hörbar Atem. »In mir tobt es, Alex.«

»Das ist kein Wunder. Laß es einfach Stück für Stück heraus, ganz langsam. Wir haben ja die ganze Nacht.«

»Nimmst du mich in die Arme?«

Er zog sie an sich. Sie legte ihre Arme um ihn und sagte, den Kopf an seiner Schulter: »Dauernd denke ich, daß ich es hätte sein müssen. Nicht Charlotte. Ich.«

»Das ist normal. Du bist ihre Mutter.«

Er wiegte sie. Sie wandte sich ihm zu. Sie sagte: »Ich bin innerlich wie tot. Genausogut könnte ich ganz tot sein.«

»Ich weiß, wie das ist. Ich verstehe das.«

Er strich ihr über das Haar. Er legte seine Hand in ihren Nacken. Sie hob den Kopf. »Alex, halt mich fest. Halt mich ganz fest, sonst verliere ich allen Halt.«

»Aber ja.«

»Bleib bei mir.«

»Immer. Das weißt du doch.«

»Bitte.«

»Ja.«

»Bleib bei mir.«

»Ja.«

Als er sie küßte, schien es die logische Beschließung ihres Gesprächs. Und der Rest war einfach.

»Sie haben den ganzen Bezirk in Quadrate aufgeteilt«, berichtete Barbara Havers am Telefon. »Der Detective Sergeant hier unten – ein Mann namens Stanley – läßt seine Leute jeden einzelnen Bauernhof überprüfen. Aber Payne meint –«

»Payne?« fragte Lynley.

»Detective Constable Payne von der hiesigen Kripo. Er hat mich in der Dienststelle von Wootton Cross erwartet.«

»Aha. Payne.«

»Er meint, sich nur auf landwirtschaftliche Maschinen zu konzentrieren, würde die Grenzen zu eng stecken. Er sagt, die Wagenschmiere unter den Fingernägeln könnte auch von woanders herstammen. Am Kanal gibt es Schleusen, es gibt ein Sägewerk, Getreidemühlen, Wohnwagenplätze, Bootsverleihe. Da wird das Zeug auch verwendet. Ich finde seine Überlegung sehr vernünftig.«

Lynley ergriff nachdenklich den Kassettenrecorder, der auf seinem Schreibtisch lag, zwischen drei weiteren Fotografien von Charlotte Bowen, die ihre Mutter ihnen zur Verfügung gestellt hatte, den Unterlagen aus dem Umschlag, den St. James ihm übergeben hatte, den Fotografien und Berichten, die Hillier gesammelt hatte, und seiner eigenen hastig hingeworfenen Zusammenfassung all dessen, was St. James ihm berichtet hatte. Es war zehn Uhr siebenundvierzig, und er hatte gerade eine Tasse Kaffee getrunken, als Havers von ihrer Unterkunft in Wiltshire aus angerufen hatte. »Ich bin hier am Ort in einer Privatpension einquartiert. *Lark's Haven*,

Sir«, hatte sie kurz gesagt und ihm die Telefonnummer gegeben, ehe sie auf die Fakten zu sprechen kam, die sie bisher zusammengetragen hatte. Er hatte sich dazu Notizen gemacht. Er vermerkte die Wagenschmiere, die Geschichte mit dem Floh, wie lange die Leiche schätzungsweise im Wasser gelegen hatte, und war noch dabei, sich Ortsnamen von Wootton Cross bis Devizes aufzuschreiben, als ihr skeptischer Vorbehalt gegen Sergeant Stanleys Art der Ermittlungen ihn an etwas erinnerte, was er an diesem Abend gehört hatte.

»Bleiben Sie einen Moment dran, Sergeant«, sagte er und schaltete den Kassettenrecorder ein, um sich noch einmal Charlotte Bowens Stimme anzuhören.

»Cito«, sagte das Kind. »Der Mann hier sagt, du kannst mich hier rausholen. Er sagt, du mußt der ganzen Welt eine Geschichte erzählen. Aber du –«

»Ist das die Kleine?« fragte Barbara Havers am anderen Ende der Leitung.

»Warten Sie«, versetzte Lynley. Er spulte vorwärts. Einen Moment lang hörte sich die Stimme wie hohes Geschnatter an. Er schaltete wieder auf Normalgeschwindigkeit. »Und es gibt kein Klo«, fuhr die Stimme fort. »Aber hier sind Ziegelsteine. Und ein Maibaum.«

Lynley drückte auf »stop«. »Haben Sie es gehört?« fragte er. »Sie versucht offenbar den Ort zu beschreiben, wo sie festgehalten wurde.«

»Sie hat Ziegelsteine und ein Maibaum gesagt? Ja. Ich hab's aufgeschrieben. Was immer es heißen mag.«

Im Hintergrund war die Stimme eines Mannes zu hören. Dann legte Barbara Havers offenbar die Hand über die Sprechmuschel. Einen Augenblick später meldete sie sich wieder. In verändertem Ton sagte sie: »Sir? Robin meint, die Ziegelsteine und der Maibaum könnten ein Hinweis sein.«

»Robin?«

»Robin Payne. Der Constable hier. Ich wohne nämlich im Haus seiner Mutter. *Lark's Haven*, wie ich schon gesagt habe.«

»Ach ja.«

»Im Dorf gibt's kein Hotel. Amesford ist fünfundzwanzig Kilometer weit weg, und der Fundort der Leiche ist gleich hier in der Nähe, da hab' ich mir gedacht –«

»Sergeant, Ihre Logik ist absolut stichhaltig.«

»Okay. Ja. Gut«, sagte sie und teilte ihm dann ihre Pläne für den folgenden Tag mit. Zuerst der Fundort, dann die Obduktion und schließlich eine Besprechung mit Sergeant Stanley.

»Sehen Sie sich auch mal in der Gegend um Salisbury um«, sagte Lynley und erzählte ihr von Alistair Harvie, seiner feindseligen Einstellung zu Eve Bowen, seiner Anwesenheit in Blackpool vor elf Jahren und seiner Opposition gegen die geplante Errichtung eines Gefängnisses in seinem Wahlkreis. »Harvie ist unsere erste direkte Verbindung zwischen dem Parteitag der Tories und Wiltshire«, schloß er. »Das Ganze ist für mein Gefühl ein wenig zu offenkundig, aber wir müssen ihn auf jeden Fall überprüfen.«

»In Ordnung«, sagte Havers. Sie murmelte: »Harvie ... Salisbury ...«, und Lynley konnte sie vor sich sehen, wie sie in ihr Heft kritzelte. Im Gegensatz zu Nkatas vornehmem Notizbuch war es ein Heft mit Pappumschlag und angeschmutzten Eselsohren. Manchmal hatte er das Gefühl, die Frau lebte in einem anderen Jahrhundert.

»Ihr Mobiltelefon haben Sie aber dabei, Sergeant?« vergewisserte er sich freundlich.

»Zum Teufel mit den Dingern«, gab sie in demselben umgänglichen Ton zurück. »Ich kann die Dinger nicht ausstehen. Wie ist es mit Simon gelaufen?«

Lynley wich der Frage aus, indem er ihr sämtliche Fakten aus der Zusammenfassung seines Gespräches mit St. James zitierte. »Er hat auf dem Kassettenrecorder einen Fingerabdruck entdeckt«, sagte er zum Schluß. »Im Batteriefach, deswegen hält er ihn für echt und nicht für manipuliert. Er wird jetzt beim SO4 behandelt, aber wenn die da wirklich auf einen Namen stoßen und wir feststellen, daß irgendein alter Bekannter bei der Entführung die Hand im Spiel hatte, dann ist er bestimmt für den Job angeheuert worden.«

»Was uns vielleicht wieder zu Harvie führen wird.«

»Oder zu jeder Menge anderer Leute. Zu dem Musiklehrer zum Beispiel. Oder den Woodwards. Stone. Luxford. Zur Bowen selbst. Nkata überprüft sie alle.«

»Um noch mal auf Simon zurückzukommen«, sagte Barbara. »Ist da alles in Ordnung, Inspector?«

»Alles in Ordnung«, versicherte Lynley. »Bestens.«

Mit dieser Lüge legte er auf. Er trank den mittlerweile lauwarmen Kaffee aus und warf den leeren Becher in den Papierkorb. Zehn Minuten lang bemühte er sich nach Kräften, nicht an die Begegnung mit St. James, Helen und Deborah zu denken. In dieser Zeit las er noch einmal den Bericht der Polizei von Wiltshire durch. Danach fügte er seinen Notizen einige Zeilen an. Dann verteilte er das Fallmaterial systematisch auf verschiedene Aktendeckel. Als er damit fertig war, konnte er den Gedanken an das, was zwischen ihm und seinen Freunden in Chelsea vorgefallen war, nicht länger ausweichen.

Also machte er Schluß mit der Arbeit und ging. Er hatte genug für heute, sagte er sich. Er war müde. Er brauchte Ruhe, um wieder einen freien Kopf zu bekommen. Er wollte einen Whisky. Er hatte eine neue CD von der Deutschen Grammophon, die er noch nicht gehört hatte, und einen Stoß Geschäftspost von seinem Familiensitz in Cornwall, der noch nicht geöffnet war. Er mußte dringend nach Hause.

Aber je näher er Eaton Terrace kam, desto klarer wurde ihm bewußt, daß er eigentlich zum Onslow Square fahren sollte. Er widerstand dem Sog, indem er sich noch einmal sagte, daß er von Anfang an im Recht gewesen sei. Aber es war, als besäße der Wagen einen eigenen Willen. Trotz Lynleys Entschlossenheit, nach Hause zu fahren, einen Whisky zu kippen und seine aufgewühlten Gefühle durch ein paar Takte Mussorgsky zu beruhigen, war er plötzlich in South Kensington statt in Belgravia und schon dabei, den Wagen ein paar Meter von Helens Haus entfernt einzuparken.

Sie war im Schlafzimmer. Aber sie war trotz der späten

Stunde noch nicht im Bett. Die Türen ihres Schrankes standen offen, die Schubladen der Kommode waren herausgezogen. Entweder veranstaltete sie hier einen verspäteten Frühjahrsputz oder große Garderobeninspektion. Zwischen der Kommode und dem Schrank stand ein großer offener Karton, in den sie eben ein sorgsam gefaltetes Rechteck pflaumenfarbener Seide legte. Es war, wie er erkannte, eins ihrer Nachthemden. Der Karton enthielt bereits einen ganzen Stapel solcher sorgfältig zusammengelegter Kleidungsstücke.

Er sagte ihren Namen. Sie blickte nicht auf. Hinter ihr auf dem Bett sah er eine aufgeschlagene Zeitung liegen, und als sie sprach, bezog sie sich offenbar auf etwas, was sie dort gelesen hatte.

»Ruanda«, sagte sie. »Der Sudan, Äthiopien. Ich verplempere meine Zeit in London – führe mit der freundlichen finanziellen Unterstützung meines Vaters ein leichtes Leben –, während alle diese Menschen verhungern oder an der Ruhr oder der Cholera sterben.« Sie sah ihn an. Ihre Augen glänzten, aber nicht vor Glück. »Das Schicksal ist gemein, nicht? Ich bin hier und lebe im Überfluß. Sie sind dort und haben nichts. Ich finde keine Rechtfertigung dafür. Wie soll ich da einen Ausgleich finden?« Sie ging zum Schrank und nahm den pflaumenfarbenen Morgenrock heraus, der zum Nachthemd gehörte. Sie legte ihn sorgsam aufs Bett, band den Gürtel zu einer Schleife und begann, ihn zusammenzulegen.

»Was tust du da, Helen?« fragte er. »Du hast doch nicht etwa vor...«

Als sie aufblickte und er ihr unglückliches Gesicht sah, hielt er inne.

»Nach Afrika zu gehen?« sagte sie. »Meine Hilfe anzubieten? Ich? Helen Clyde? Das ist wirklich absurd!«

»Ich wollte nicht –«

»Du meine Güte, wenn ich das täte, würde ich mir womöglich die Nägel ruinieren.« Sie legte den Morgenrock zu den anderen Sachen, kehrte zum Schrank zurück, schob schnell ein paar Bügel weiter und zog ein korallenrotes Sommerkleid heraus. »Außerdem«, fuhr sie fort, »wäre das doch völlig untypisch für mich. Ich meine, daß ich mich auf Kosten meiner Fingernägel nützlich mache.«

Sie faltete das Sommerkleid. Die schweigende Konzentration, mit der sie jedes einzelne Kleidungsstück zusammenlegte, zeigte ihm, wieviel Unausgesprochenes zwischen ihnen lag. Er wollte etwas sagen, doch sie schnitt ihm das Wort ab.

»Da habe ich mir gedacht«, sagte sie, »ich könnte ihnen wenigstens ein paar Anziehsachen schicken. Und bitte sag mir jetzt nicht, wie albern das ist.«

»Daran hatte ich überhaupt nicht gedacht.«

»Ich weiß nämlich selbst, wie es aussieht: Marie Antoinette, die den verarmten Bauern Kuchen anbietet. Was soll eine Afrikanerin, die nichts zu beißen hat, mit einem seidenen Morgenrock anfangen, wenn sie in Wirklichkeit Essen, Medikamente und ein Dach über dem Kopf braucht, ganz zu schweigen von Hoffnung?«

Sie legte das Sommerkleid in den Karton. Dann ging sie wieder zum Schrank und schob weitere Bügel zur Seite. Als nächstes wählte sie ein Wollkostüm. Sie trug es zum Bett. Sie säuberte es mit einer Kleiderbürste, prüfte die Knöpfe, fand einen, der lose war, und ging zur Kommode. Aus einer der Schubladen, die auf dem Boden lagen, nahm sie einen kleinen Bastkorb. Sie suchte Nadel und Faden heraus und versuchte zweimal vergeblich einzufädeln.

Lynley ging zu ihr. Er nahm ihr die Nadel aus der Hand. »Geh nicht meinetwegen so mit dir um«, sagte er. »Du hattest recht. Ich war nicht über den Tod des Kindes außer mir. Ich war wütend, weil du mich belogen hattest. Und jetzt tut mir das alles entsetzlich leid.«

Sie senkte den Kopf. Das Licht der Lampe, die auf der Kommode stand, fing sich in ihrem Haar. Wenn sie den Kopf bewegte, schimmerte es cognacfarben.

»Ich hoffe von Herzen«, fuhr er fort, »daß du mich an jenem Abend von meiner schlimmsten Seite erlebt hast. Wenn es um dich geht, ergreift irgend etwas Primitives von mir Besitz und untergräbt meine ganze Erziehung. Das Resultat hast du gesehen. Ich bin gewiß nicht stolz darauf. Verzeih mir. Bitte.«

Sie antwortete nicht. Lynley wünschte, er könnte sie in die Arme nehmen. Aber er versuchte nicht einmal, sie zu berühren, weil er plötzlich Angst hatte, zum erstenmal Angst davor hatte, was es bedeuten könnte, wenn sie ihn jetzt zurückwies. Darum wartete er klopfenden Herzens auf ihre Reaktion.

Ihre Stimme war leise, als sie zu sprechen begann. Sie hielt den Kopf gesenkt und den Blick auf den Karton mit den Kleidern gerichtet. »Zuerst habe ich mich in Empörung gerettet«, sagte sie. »Wie kann er es wagen, dachte ich. Was bildet er sich ein, wer er ist?«

»Du hattest recht«, sagte Lynley. »Helen, du hattest völlig recht.«

»Aber dann hat Deborah mir den Boden unter den Füßen weggezogen.« Sie schloß die Augen, als wollte sie ein Bild verdrängen, und räusperte sich, als wollte sie ein aufsteigendes, heftiges Gefühl loswerden. »Simon wollte von Anfang an nichts mit der Sache zu tun haben. Aber Deborah hat ihn überredet, doch etwas zu tun. Und jetzt fühlt sie sich für Charlottes Tod verantwortlich. Sie hat Simon nicht einmal erlaubt, dieses Foto wegzuwerfen. Sie hat es mit nach oben genommen, als ich ging.«

Lynley hätte sich nicht vorstellen können, daß er sich nach dem, was zwischen ihm und seinen Freunden vorgefallen war, noch schlechter fühlen könnte, aber es war möglich. »Ich werde das alles wieder einrenken«, sagte er. »Mit ihnen. Und zwischen uns.«

»Du hast Deborah irgendwie einen tödlichen Schlag versetzt, Tommy. Ich weiß nicht, was es ist, aber Simon weiß es.«

»Ich spreche mit ihm. Ich werde mit beiden sprechen. Zusammen. Getrennt. Ich werde alles tun, was notwendig ist.«

»Ja, das wirst du auch müssen. Aber ich denke, Simon wird dich erst mal eine Weile nicht sehen wollen.«

»Gut, dann lasse ich eben ein paar Tage vergehen.«

Er wartete auf ein Zeichen von ihr, obwohl er wußte, wie

feige das von ihm war. Als sie nichts dergleichen tat, wurde ihm klar, daß er den nächsten Schritt tun mußte, so schwer es ihm auch fallen würde. Er hob seine Hand zur zarten verletzlichen Rundung ihrer Schulter.

Sie sagte leise: »Ich möchte heute nacht gern allein sein, Tommy.«

»Natürlich. Ist gut«, sagte er, obwohl es nicht gut war und niemals gut sein würde. Dann ging er in die Nacht hinaus.

18

Als am nächsten Morgen um halb fünf der Wecker läutete, fuhr Barbara Havers so schreckhaft wie jeden Morgen aus dem Schlaf: Mit einem Aufschrei schnellte sie in die Höhe, als wäre die Glasglocke ihrer Träume von einem Hammer statt vom Weckerrasseln zertrümmert worden. Blind tastete sie nach dem Wecker und stellte ihn ab, ehe sie in die Dunkelheit blinzelte. Ein schmaler Streifen trüben Lichts fiel durch eine Ritze zwischen den Vorhängen. Sie starrte ihn stirnrunzelnd an. In ihrem Häuschen in Chalk Farm war sie nicht, das wußte sie, aber wo zum Teufel war sie dann? Sie versuchte, sich zu erinnern. London fiel ihr ein, Hillier, New Scotland Yard, die Fahrt auf dem *motorway*. Dann sah sie vor sich einen wahren Dschungel von Chintz, Spitzenkissen, schweren Polstermöbeln, mit sinnigen Sprüchen bestickten Deckchen und geblümten Tapeten. Meterweise geblümte Tapeten. Ach was, meilenweise geblümte Tapeten. *Lark's Haven*. Jetzt wußte sie, wo sie war. In Wiltshire.

Sie schwang die Beine aus dem Bett und blieb auf der Kante sitzen, um zur Nachttischlampe zu greifen. In der plötzlichen Helligkeit kniff sie die Augen zusammen und suchte am Fuß des Bettes nach dem schwarzen Plastikregenmantel, der ihr auf Reisen stets als Morgenrock diente. Sie schlüpfte hinein und tappte durch das Zimmer zum Waschbecken, wo sie das Wasser aufdrehte und, sobald sie den nötigen Mut beisammenhatte, den Kopf zum Spiegel hob.

Sie hätte nicht sagen können, was schlimmer war: der Anblick ihres vom Schlaf verquollenen Gesichts, das auf einer Wange noch den Abdruck der Kissenfalten trug, oder der Blick auf noch mehr Blümchentapete, die sie im Spiegel sehen konnte. In diesem Fall waren es gelbe Chrysanthemen, mauvefarbene Rosen, blaue Bänder und – aller botanischen Vernunft zum Trotz – blaue und grüne Blätter. Dieses hinreißende Design wiederholte sich auf Bettüberwurf und Vorhängen. Barbara konnte förmlich hören, wie all die ausländischen Urlaubsgäste, die so sehr direkten Kontakt mit den Einheimischen wünschten, in Begeisterungsrufe über dieses typisch englische Haus ausbrachen. Ach, Frank, sieh doch, ist es nicht genau so, wie wir uns ein richtiges englisches *cottage* immer vorgestellt haben? Wie entzückend. Wie süß. Einfach zum Anbeißen.

Einfach zum Kotzen, dachte Barbara. Und außerdem war es überhaupt kein *cottage*. Es war ein solides Backsteinhaus am Dorfrand an der Landstraße nach Burbage. Aber die Geschmäcker waren eben verschieden, und Robin Paynes Mutter schien sich hier echt wohl zu fühlen.

»Meine Mutter hat letztes Jahr alles selbst renoviert«, hatte Robin ihr auf dem Weg zu ihrem Zimmer erzählt. Ein kleines Keramikschild an der Gott sei Dank nicht tapezierten Tür wies es als »Heimchens Zuflucht« aus. »Natürlich unter Sams liebevoller Führung«, hatte Robin hinzugefügt und dabei die Augen verdreht.

Barbara hatte das glückliche Paar unten in der guten Stube angetroffen: Corrine Payne und ihren »Zukünftigen«, wie sie Sam Corey nannte. Die beiden gurrten und schnäbelten wie zwei Turteltauben ersten Ranges, was irgendwie zur allgemeinen Atmosphäre in diesem Haus paßte. Als Robin Barbara von ihrem Wagen in die Küche und von dort ins Wohnzimmer führte, gaben sie gleich eine Demonstration ihrer Verliebtheit. Corrine war Sams »kleines Äpfelchen«. Sam war Corrines »Bübel«. Und bis zu dem Moment, als Corrine das Pflaster im Gesicht ihres Sohnes bemerkte, hatten die beiden nur Augen füreinander.

Das Pflaster lenkte einen Moment ab vom Patschen und Tatschen und Turteln und Schäkern. Als Corrine es sah, sprang sie vom Sofa auf und rief: »Robbie, was hast du mit deinem schönen Gesicht gemacht?« Sie befahl ihrem »Bübel«, Jod und Alkohol und Watte zu holen, damit Mama sich um ihren Goldjungen kümmern konnte, doch noch ehe Sam Corey ihrem Befehl nachkommen konnte, lösten Schrecken und Aufregung bei Corrine einen Asthmaanfall aus, und ihr Zukünftiger holte statt Jod, Alkohol und Watte den Inhalator für sein »kleines Äpfelchen«. Während Corrine sich dankbar das Gerät vors Gesicht hielt, zog Robin, die Gelegenheit nutzend, Barbara mit sich aus dem Zimmer.

»Tut mir leid«, sagte er leise, als sie den oberen Flur erreicht hatten. »Sie sind nicht immer so schlimm. Aber sie haben sich gerade verlobt. Da sind sie vor lauter Glück ein bißchen außer sich.«

»Ein bißchen« fand Barbara stark untertrieben.

Als sie nicht antwortete, sagte Robin recht betreten: »Wir hätten Ihnen doch ein Zimmer im *King Alfred* mieten sollen, nicht? Oder in einem Hotel in Amesford. Oder in einer anderen Privatpension. Das Haus kann einem schon auf die Nerven gehen. Und die beiden auch. Aber er ist nicht immer hier, und ich hab' gedacht –«

»Robin, es ist völlig in Ordnung. Machen Sie sich keine Gedanken«, unterbrach Barbara verständnisvoll. »Sie sind eben ...« Einfach ekelhaft, hätte sie am liebsten gesagt. Statt dessen sagte sie: »Sie sind eben verliebt.« Und sie fügte hinzu: »Sie wissen doch, wie das ist, wenn man verliebt ist«, als wüßte sie selbst es genau.

Robin blieb stehen, ehe er ihr die Tür öffnete. Zum erstenmal schien er sie als Frau wahrzunehmen. Sie fand das beunruhigend, ohne recht zu wissen, warum. »Sie sind nett«, sagte er, und als hätte er Angst, seine Bemerkung könnte falsch aufgefaßt werden, fuhr er hastig fort: »Schauen Sie. Ihr Badezimmer ist nebenan. Ich hoffe ... ja. Also dann, schlafen Sie gut.« Er öffnete die Tür und eilte mit rotem Kopf hinaus, stolpernd in seiner Hast, sie allein zu lassen, damit sie sich »eingewöhnen« konnte.

Nun, sie hatte sich hier so gut eingewöhnt, wie das in einem Zimmer mit dem Namen »Heimchens Zuflucht« möglich war.

Unterwäsche und Strümpfe waren ausgepackt. Ihr Sweatshirt hing an einem Haken an der Tür. Blusen und Hosen hingen im Schrank. Ihre Zahnbürste stand in einem Glas über dem Waschbecken.

Sie hatte gerade begonnen, sich mit gewohnter frühmorgendlicher Energie die Zähne zu putzen, als es klopfte und Corrine Payne mit atemloser Stimme rief: »Barbara? Ich bringe Ihnen Ihren Morgentee.«

Mit Schaum vor dem Mund öffnete Barbara die Tür. Draußen stand Corrine Payne mit einem Tablett in beiden Händen. Sie war trotz der unchristlichen Zeit voll angekleidet, sorgfältig geschminkt und tadellos frisiert. Hätte sie nicht andere Sachen angehabt als am vergangenen Abend, wäre das nußbraune Haar nicht zu einer anderen Frisur gelegt gewesen, so hätte Barbara vermutet, sie sei überhaupt nicht zu Bett gegangen.

Sie keuchte ein wenig, doch sie lächelte, als sie eintrat und dann die Tür mit einem Hüftschwung hinter sich schloß. Sie stellte das Tablett auf die Kommode und sagte: »Puh! Jetzt muß ich erst einmal Luft schnappen.« An die Kommode gelehnt, atmete sie mehrmals tief durch. »Im Frühling und im Sommer«, sagte sie. »Da ist es immer am schlimmsten wegen der vielen Pollen.« Mit einer Handbewegung wies sie auf das Tablett. »Langen Sie zu. Ich bin gleich wieder fit.«

Barbara behielt die Frau mißtrauisch im Auge, während sie sich den Mund spülte. Corrines Atem hörte sich an wie das Zischen eines Ballons, dem aus zusammengedrücktem Hals Luft entweicht. Das fehlte gerade noch, daß »Äpfelchen« hier zusammenklappte, während sie mit Genuß ihren Formosa Oolong schlürfte.

Doch nach einer kleinen Weile, während der Barbara draußen auf dem Korridor tappende Schritte hörte, sagte Corrine: »So, jetzt ist's besser. Viel besser.« Und tatsächlich schien sie leichter zu atmen. Sie fuhr fort: »Robbie ist schon auf. Normalerweise bringt er den Gästen den Tee herauf.« Sie schenkte Barbara eine Tasse davon ein. Er war stark, dunkel wie gebrannter Zimt. »Aber bei jungen Damen ziehe ich die Grenze. Es gibt nichts Schlimmeres, als wenn ein Mann eine

Frau am frühen Morgen sieht, wenn sie noch nicht zurechtgemacht ist. Habe ich recht?«

Ihre einzige Erfahrung mit einem Mann, die an die zehn Jahre zurücklag, hatte sich nicht bis in den frühen Morgen erstreckt, darum sagte Barbara nur: »Morgen, Abend. Für mich ist das alles das gleiche« und gab einen Schuß Milch in ihre Tasse.

»Ja, weil Sie noch jung sind und Ihre Haut noch zart wie ein Pfirsich ist. Und ... wie alt sind Sie eigentlich? Ich hoffe, es stört Sie nicht, wenn ich das frage, Barbara.«

Barbara dachte flüchtig daran, nur zum Jux ein paar Jährchen zu unterschlagen, aber da sie Robin ihr Alter bereits verraten hatte, hatte es wenig Sinn, seine Mutter anzuschwindeln.

»Ach, herrlich«, sagte Corrine. »Ich weiß noch genau, wie es ist, wenn man dreiunddreißig ist.«

Was ihr nicht schwerfallen dürfte, dachte Barbara. Corrine war ja selbst noch lang keine fünfzig, wie Barbara überrascht festgestellt hatte, als sie die Frau am vergangenen Abend kennengelernt hatte. Ihre eigene Mutter war vierundsechzig Jahre alt. Da Robin Payne beinahe so alt war wie sie selbst, hatte sie nicht erwartet, daß seine Mutter noch so jung sein würde. Sie mußte noch ein Teenager gewesen sein, als sie ihren Sohn geboren hatte. Mit einem ungewöhnlichen Anflug von Bitterkeit fragte sie sich, wie es sein mochte, eine Mutter zu haben, die noch mitten im Leben stand, anstatt sich seinem Ende zu nähern, die noch im Vollbesitz ihrer geistigen Kräfte war und nicht einen aussichtslosen Kampf gegen den Altersschwachsinn führte.

»Sam ist wesentlich älter als ich«, sagte Corrine gerade. »Das ist Ihnen sicher aufgefallen, nicht wahr? Komisch, wie das Leben manchmal spielt. Ich habe immer gedacht, ich könnte mich niemals in einen Mann verlieben, dem langsam die Haare ausfallen. Robbies Vater hatte eine Menge Haare. Ja, dichtes Haar. Überall.« Sie strich glättend über den Spitzenläufer auf der Kommode. »Aber Sam ist so gut zu mir. Er hat eine unglaubliche Geduld damit.« Sie klopfte sich mit drei Fingern leicht auf das Grübchen an ihrem Halsansatz. »Als er mir schließlich einen Antrag gemacht hat, konnte ich gar nicht anders, als ja sagen. Und es ist ja auch wirklich das beste. Robin wird dadurch frei. Jetzt kann er endlich seine Celia heiraten. Sie ist ein hübsches Ding, die kleine Celia. Wirklich hübsch. Und so lieb. Sie ist Robbies Zukünftige, wissen Sie.«

Die Sanftmut in ihrer Stimme konnte nicht täuschen. Barbara brauchte Corrine nur in die Augen zu sehen, um klar und deutlich zu erkennen, was hinter den Worten stand. Sie hätte gern gesagt: »Machen Sie sich keine Sorgen, Mrs. Payne. Ich habe es nicht auf Ihren Sohn abgesehen, und selbst wenn es so wäre, würde er meinen zweifelhaften Reizen wohl kaum erliegen.« Statt dessen trank sie noch einen Schluck Tee und sagte: »Ich zieh' mir nur rasch was über und bin in zwei Minuten unten.«

Corrine lächelte. »In Ordnung. Robbie macht Ihnen das Frühstück. Sie mögen doch Schinkenspeck?« Und ohne auf eine Antwort zu warten, ging sie hinaus.

Robin kam gerade aus der Küche, als Barbara ins Eßzimmer trat. In einer Hand hielt er eine Pfanne, aus der er zwei Spiegeleier auf ihren Teller gleiten ließ. Mit einem Blick aus dem Fenster in die, wie Barbara fand, noch stockfinstere Nacht bemerkte er: »Es wird bald hell werden. Wir müssen uns beeilen, wenn Sie um fünf den Kanal besichtigen wollen.«

Als sie am vergangenen Abend von ihren Autos zum Haus gegangen waren, hatte sie ihm mitgeteilt, daß sie den Fundort der Leiche zur selben Tageszeit besichtigen wolle, zu der das Kind ins Wasser geworfen worden war. Robin hatte eine Grimasse geschnitten. »Das heißt, daß wir hier spätestens um Viertel vor fünf losfahren müssen.« Doch als sie darauf nur gesagt hatte: »In Ordnung. Dann stellen Sie Ihren Wecker«, hatte er keinen weiteren Protest erhoben.

Und jetzt schien er so munter zu sein, als stünde er jeden Tag zu nachtschlafender Zeit auf. Allerdings unterdrückte er ein Gähnen, als er ihr guten Appetit wünschte, ehe er sich wieder in die Küche zurückzog.

Barbara machte sich über die Eier her. Sie schlang sie mit Riesenbissen hinunter, und da niemand da war, der sich über ihre Tischmanieren hätte aufregen können, wischte sie das Eigelb mit dem Toast auf. Sie stopfte sich den knusprigen Schinkenspeck in den Mund, spülte mit Orangensaft nach und war fertig. Neugierig warf sie einen Blick auf ihre Uhr. Drei Minuten Frühstück. Entschieden ein neuer Rekord.

Robins Stimmung war gedämpft auf der Fahrt zum Fundort. Mit großer Erleichterung stellte Barbara fest, daß er rauchte wie sie, und sie steckten sich beide eine Zigarette an und bliesen den Escort genüßlich mit Karzinogenen voll. Nach einigen Minuten schweigenden Nikotinkonsums bog Robin von der Landstraße nach Marlborough ab und lenkte den Wagen auf eine schmalere Straße, die hinter dem Dorfpostamt vorbei ins offene Land führte.

»Ich hab' früher mal hier gearbeitet«, sagte er unvermittelt mit einer kurzen Kopfbewegung in Richtung Postamt. »Damals hatte ich Angst, ich würde da auf ewig festsitzen. Deshalb hab' ich auch mit meiner Ausbildung für die Kriminalpolizei so spät angefangen.« Er warf ihr einen Blick zu. Offenbar ängstlich darauf bedacht, seine Worte näher zu erklären und eventuelle Zweifel, die sie bei ihr hervorgerufen hatten, zu beschwichtigen, fügte er hastig hinzu: »Aber ich hab' ein paar zusätzliche Kurse gemacht, um schneller vorwärtszukommen.«

»Die erste Untersuchung ist immer die härteste«, sagte Barbara. »Jedenfalls war's bei mir so. Sie machen bestimmt alles prima, Robin.«

»Eigentlich wollte ich studieren«, erklärte er ernsthaft.

»Und warum haben Sie's nicht getan?«

Er öffnete sein Fenster einen kleinen Spalt und schnippte die Asche seiner Zigarette hinaus. »Wegen meiner Mutter«, antwortete er. »Das Asthma, wissen Sie. Sie hat im Laufe der Jahre ein paar schlimme Anfälle gehabt. Ich wollte sie nicht allein lassen.« Wieder sah er zu ihr hinüber. »Das klingt wahrscheinlich, als hinge ich an ihrem Schürzenzipfel.«

Kaum, dachte Barbara. Sie dachte an ihre eigene Mutter – an ihre beiden Eltern – und die langen Jahre ihres Erwachsenenlebens, die sie vor und nach dem Tod ihres Vaters im Elternhaus in Acton verbracht hatte, Gefangene der Krankheit des einen und des geistigen Verfalls der anderen. Keiner konnte besser als Barbara verstehen, was es hieß, das eigene Leben völlig zurückzustellen. Doch sie sagte nichts von alledem, sondern meinte nur: »Aber jetzt hat sie ja Sam. Da winkt Ihnen die Freiheit.«

»Sie meinen, ›Bübel‹?« fragte er mit grimmigem Spott. »O ja. Natürlich. Wenn aus der Heirat was wird, bin ich frei. *Wenn* was daraus wird.«

Er klang wie ein Mann, der der Freiheit schon mehr als einmal nahe gewesen war, nur um seine Hoffnungen und Pläne vereitelt zu sehen. Celia, dachte Barbara, mußte eine unerschütterliche Optimistin sein.

Die kleine Straße führte über den Buckel einer Brücke, die den Kennet & Avon-Kanal überspannte. »Wilcot«, bemerkte Robin mit einem Blick auf die wenigen strohgedeckten Häuser, die an den Ufern des Kanals aufgefädelt waren wie mißgestaltete Perlen. Bis zu ihrem Bestimmungsort sei es jetzt nicht mehr weit, fügte er hinzu, und Barbara warf im Licht der Armaturenbeleuchtung einen Blick auf ihre Uhr, um zu sehen, wie sie in der Zeit lagen. Es war vier Uhr zweiundfünfzig. Ganz nach Plan, dachte sie.

Sie fuhren tiefer ins freie Land hinein, und die Straße krümmte sich nach Westen. Im Süden dehnten sich Kornfelder bläulichgrün unter dem dunklen Himmel, im Norden erhoben sich wellige Hügel, über deren Flanken sich in erstarrtem Galopp eins der weißen Kreidepferde Wiltshires streckte, eine geisterhafte Erscheinung in der morgendlichen Düsternis.

Als sie den Weiler Allington erreichten, ging das Schwarz des Himmels langsam in ein Grau über, das Barbara an die Tauben auf dem Trafalgar Square erinnerte. »Jetzt sind wir gleich da«, sagte Robin, doch anstatt auf direktem Weg zu ihrem Ziel zu fahren, umrundete er zuerst den ganzen Weiler, um ihr die beiden Zufahrten zu zeigen, die es von der Hauptstraße gab. Die eine befand sich weiter nördlich und führte an der Park Farm und ein paar rauh verputzten Häusern mit roten Schindeldächern vorbei. Die andere war näher bei Wilcot und der Straße, auf der sie gekommen waren, und durchschnitt die Manor Farm, deren Häuser und Nebengebäude hinter grün überwachsenen Backsteinmauern zusammengedrängt waren.

Beide Zufahrten trafen sich in einem holprigen Fahrweg, der, wie Robin ihr erklärte, während sie auf ihm dahinrumpelten, direkt zu ihrem Ziel am Kanal führte.

Barbara nickte zerstreut, ganz darauf konzentriert, sich die Gegend genau anzusehen. Selbst um fünf Uhr morgens hatte in drei der Häuser Licht gebrannt. Es war zwar kein Mensch unterwegs, aber wenn früher in der Woche hier um diese Zeit ein Auto vorbeigefahren war, hatte es vielleicht jemand gehört oder sogar gesehen. Es bedurfte vielleicht nur der richtigen Frage, um eine Erinnerung zu wecken.

»Sie haben mit den Leuten in jedem dieser Häuser gesprochen?« fragte sie.

»Das war das erste, was wir getan haben.« Robin schaltete in den ersten Gang hinunter. Der Wagen machte einen Satz.

Barbara hielt sich am Armaturenbrett fest. »Wir sollten sie uns vielleicht alle noch einmal vornehmen.«

»Können wir machen.«

»Vielleicht haben sie es ja vergessen. Es muß doch jemand aufgewesen sein. Jetzt sind die Leute ja auch auf. Wenn ein Auto vorbeigekommen –«

Robin pfiff leise durch die Zähne. Es war ein Ausdruck des Zweifels, den er nicht in Worte fassen wollte.

»Was denn?« fragte sie.

»Sie vergessen«, sagte er, »daß die Leiche am Sonntagmorgen hierhergebracht worden ist.«

»Na und?«

Er bremste vor einem tiefen Schlagloch ab. »Man merkt, daß

Sie aus der Stadt kommen. Der Sonntag ist auf dem Land der Ruhetag, Barbara. Die Leute auf den Höfen hier draußen stehen sechs Tage in der Woche vor Morgengrauen auf. Am siebten tun sie das, was Gott befohlen hat, und schlafen sich aus. Um halb sieben sind sie dann wahrscheinlich auf den Beinen. Aber um fünf? An einem Sonntag bestimmt nicht.«

»Mist«, brummte sie.

»Nein, das macht die Sache nicht einfacher«, stimmte er ihr zu.

Als der Weg vor einer Brücke anzusteigen begann, zog er den Wagen so weit wie möglich nach links und schaltete den Motor aus. Der hustete noch ein paarmal, ehe er verstummte. Sie stiegen aus dem Wagen in die kühle Morgenluft. »Da entlang«, sagte Robin und ging voraus zur anderen Seite der Brücke, wo ein dicht mit Gras bewachsener Hang zu einem Treidelpfad abfiel, der sich am Kanal entlangzog.

Hier wuchsen Schilf und eine Fülle von Blumen, die die dunkelgrünen Böschungen wie rosafarbene, weiße und gelbe Sterne sprenkelten. Im Schilf nisteten Wasservögel. Ihre Schreie, als sie erschrocken aufflogen, schienen meilenweit das einzige Geräusch zu sein. Westlich und östlich der Brücke waren zwei schmale Boote an den Kanalufern vertäut, und als Barbara Robin nach ihnen fragte, erklärte er ihr, daß es sich um Ausflügler handelte, nicht um ständige Anlieger. Sie waren an dem Tag, an dem der Leichnam gefunden worden war, nicht hier gewesen. Sie würden auch morgen nicht mehr hier sein.

»Sie wollen wahrscheinlich rauf nach Bradford-on-Avon«, sagte er. »Oder nach Bath oder Bristol. Von Mai bis September ist hier auf dem Kanal immer Betrieb. Nur über Nacht legen die Leute irgendwo an. Die meisten kommen aus der Stadt.« Er lächelte. »Wie Sie.«

»Und wo bekommen sie die Boote?«

Er zog seine Zigaretten heraus und bot ihr eine an. Mit einem Streichholz gab er ihr Feuer und schützte das Flämmchen vor dem leichten Morgenwind, indem er seine Hand um die ihre krümmte. Seine Haut war glatt und kühl.

»Sie mieten sie«, beantwortete er ihre Frage. »Praktisch in jedem Ort, der in der Nähe des Kanals liegt, gibt es einen Bootsverleih.«

»Zum Beispiel?«

Er rollte seine Zigarette zwischen Daumen und Zeigefinger hin und her, während er überlegte. »In Hungerford zum Beispiel. In Kintbury. Newbury. Devizes. Bradford-on-Avon. Sogar in Wootton Cross gibt's einen Bootsverleih.«

»In Wootton Cross auch?«

»Ja. Ein Stück weiter die Straße nach Marlborough rauf ist eine Anlegestelle. Da fließt der Kanal durch den Ort. Und da werden Boote ausgeliehen.«

Barbara sah die ganze Komplexität dieses Falles. Durch den Rauch ihrer Zigarette blinzelnd, blickte sie nachdenklich zu dem Weg, auf dem sie hergekommen waren. »Wohin führt der, wenn man einfach weiterfährt?«

Mit der Hand, die die Zigarette hielt, wies er nach Südosten. »Er schlängelt sich weiter durch die Felder und endet dann ungefähr einen Kilometer von hier in einem Platanenwäldchen.«

»Ist dort etwas?«

»Nur Bäume. Und Zäune, wo die Felder aneinanderstoßen. Sonst nichts. Wir haben das Gebiet am Sonntagnachmittag durchgekämmt. Wir können uns dort aber gern noch mal umschauen, wenn Sie wollen. Sobald wir ein bißchen mehr Licht haben.«

Sie sah zum östlichen Himmel, wo perlgraue Lichtstrahlen fächerartig, wie sich langsam ausstreckende Finger, in die taubengraue Dunkelheit hineinstießen, und überdachte den Vorschlag. Sie wußte, wie sehr sie bei dieser Untersuchung im Nachteil waren. Fünf Tage waren seit Charlotte Bowens Verschwinden verstrichen, sechs, wenn man den heutigen Tag mitzählen wollte. Sechsunddreißig Stunden waren seit der Entdeckung der Leiche vergangen, und Gott allein wußte, wie viele Stunden seit Charlottes Tod. Mit jeder Handvoll Sand, die durch das Stundenglas rann, wurde die Fährte kälter, wurden die Erinnerungen der Leute blasser und die Aussichten, den Fall aufzuklären, trüber. Das alles wußte Barbara. Dennoch verspürte sie einen starken Drang, all das noch einmal gründlich zu überprüfen, was doch bereits überprüft worden war. Warum? fragte sie sich. Aber sie wußte die Antwort. Hier war ihre Chance, sich zu beweisen – geradeso, wie es Constable Paynes Chance war –, und sie war entschlossen, das Beste daraus zu machen.

Doch dieser Drang, alles noch einmal nachzuprüfen, diente weder Charlotte Bowens Eltern noch der Gerechtigkeit. Darum sagte sie: »Wenn Sie hier nichts gefunden haben...«

»Überhaupt nichts«, sagte er.

»Dann halten wir uns an das, was wir haben.« Sie waren ein paar Meter am Kanal entlanggegangen bis zu der Stelle, wo das tote Kind dicht am Schilf im Wasser gelegen hatte. Jetzt ging Barbara Robin Payne voraus zur Brücke zurück, einem aus Ziegel gemauerten Bogen, unter dem ein Stück Beton einen schmalen Sims über dem Wasser bildete. Sie schnippte ihre Zigarette in den Kanal und sagte, als sie sah, wie Robin zusammenzuckte: »Tut mir leid, aber es ist immer noch nicht hell genug, und ich muß sehen...« Das Wasser floß in westlicher Richtung. »Zwei Möglichkeiten«, sagte sie und schlug mit der Hand an den Brückenbogen, der sich über ihren Köpfen wölbte. »Er parkt oben, rennt mit der Leiche den Weg runter unter die Brücke. Da wäre er innerhalb von – na, sagen wir, zehn Sekunden außer Sicht gewesen. Er wirft die Leiche hier ins Wasser, und die Strömung treibt sie rüber zum Schilf.«

Sie kehrte zum Treidelweg zurück. Robin folgte ihr. Im Gegensatz zu ihr drückte er seine Zigarette am Absatz seines Schuhs aus und steckte den Stummel ein.

Angesichts eines derart ausgeprägten Umweltbewußtseins bekam Barbara arge Gewissensbisse und das Gefühl, sie müßte sofort ins Wasser springen und ihren Stummel herausholen. Aber das verkniff sie sich und sagte statt dessen: »Oder er hat sie in einem Boot hierhergebracht. Er hat sie hinten – wie nennt man das, den Bug? das Heck?«

»Das Heck.«

»Gut. Er hat sie am Heck ins Wasser runtergelassen und ist weitergeschippert wie ein ganz gewöhnlicher Urlauber.«

»Das heißt dann, daß wir auch sämtliche Bootsverleihe überprüfen müssen.«

»Ja, so sieht's aus. Hat Sergeant Stanley dafür ein Team eingesetzt?«

Er biß die Zähne mit einem Klappern zusammen, wie er das am Abend zuvor getan hatte, als sie über Sergeant Stanleys Art, die Ermittlungen zu leiten, gesprochen hatten.

»Heißt das nein?«

»Heißt was –?« Er sah sie verdutzt an.

»Das, was Sie da mit Ihren Zähnen tun.«

Er fuhr sich mit der Zunge über die Zähne und lachte kurz auf. »Ihnen entgeht aber auch gar nichts. Da muß ich in Zukunft vorsichtig sein.«

»So ist es. Aber kommen wir auf den Sergeant zurück... Na los, Robin. Das hier ist keine Loyalitätsprüfung. Ich muß über den Stand der Dinge Bescheid wissen.«

Seine ausweichende Antwort lieferte ihr die Informationen, die sie haben wollte. »Wenn's Ihnen recht ist, würde ich mich heute gern ein bißchen umschauen. Sie haben doch mit der Obduktion zu tun, stimmt's? Und danach will Sergeant Stanley bestimmt mit Ihnen sprechen. Sie müssen im Auftrag des Yard Fragen klären. Sie müssen telefonieren und mit Leuten reden. Sie müssen Berichte schreiben. Ich seh' das so: Ich könnte Sie natürlich rumfahren – ich tue das gern, glauben Sie mir – und Ihre rechte Hand sein, oder ich könnte selbst was unternehmen und Augen und Ohren offenhalten. Da draußen.« Er hob sein Kinn und wies in Richtung des Weges, des Autos, der weiteren Umgebung.

Sie mußte sein diplomatisches Geschick bewundern. Wenn sie wieder in London war, würde er weiter mit Sergeant Stanley zusammenarbeiten müssen. Sie wußten beide, daß die Pflege dieser Beziehung für ihn erste Priorität haben mußte, wenn er bei der Kriminalpolizei vorwärtskommen wollte.

»In Ordnung«, sagte sie. »Das ist mir recht.« Sie kletterte die Böschung hinauf zum Weg. Hinter sich hörte sie seine schweren Schritte. Oben blieb sie stehen und drehte sich zu ihm um. »Robin«, sagte sie, »ich bin sicher, Sie werden Ihre Sache großartig machen.«

Seine Zähne blitzten auf, als er lächelte. Dann senkte er hastig den Kopf. Barbara war überzeugt, sie hätte ihn erröten sehen, wenn das Licht besser gewesen wäre.

»Ich schwöre Ihnen, ich war's nicht«, beteuerte Mitchell Corsico hitzig. »Was glauben Sie denn? Daß ich verrückt bin? Ich säg' doch nicht selber den Ast ab, auf dem ich sitze!« Aufgeregt zog er seine Jeans hoch, während er in Rodney Aronsons kleinem Büro herumtigerte. Rodney, der hinter seinem Schreibtisch saß, beobachtete den jungen Reporter schweigend und lauschte dem Knarren seiner Cowboystiefel. Er streifte das Papier von einer Tafel Luftschokolade – wobei er dieser delikaten Angelegenheit die gebührende Aufmerksamkeit widmete – und schob sich einen Riegel in den Mund.

»Ich kann's nicht ändern, Mitch, ich muß immer an Ihre gestrigen Drohungen denken«, sagte er, den Schokoladenriegel in der Backentasche. »Sie werden unsere Besorgnis zweifellos verstehen.«

Das Wort »unsere« entging Corsico nicht. »Sie haben Luxford doch nicht etwa gesagt, was ich ... Gott, Rodney, Luxford glaubt doch nicht etwa, daß ich die Seiten gewechselt habe? Sie wissen, daß ich nur Dampf abgelassen habe.«

»Hm«, meinte Rodney. »Aber das ändert nichts an der Tatsache ...«

Statt den Satz zu vollenden, hob er die Morgenausgabe des schärfsten Konkurrenzblatts der *Source* in die Höhe. Auf der Titelseite des *Globe* prangte neben einem Telefoto, das die Abgeordnete Eve Bowen beim Verlassen ihres Wagens vor ihrem Haus in Marylebone zeigte, die riesige schwarze Schlagzeile: Abgeordnetentochter entführt – Keine Meldung bei der Polizei! Das Blatt hatte eben die Story, die Mitchell Corsico am vergangenen Nachmittag präsentiert hatte – und die Luxford kategorisch abgelehnt hatte – ganz groß herausgebracht.

»Jeder hätte sich die Information beschaffen können«, argumentierte Corsico. »Ich war vielleicht der erste am Ort –«

»Vielleicht?«

»Okay, verdammt noch mal. Ich war als erster dort. Aber das heißt noch lange nicht, daß ich der einzige bin, mit dem die Haushälterin gequatscht hat. Die war so niedergeschmettert, als würd sich's um ihr eigenes Kind handeln. Die hätte jedem ihr Herz ausgeschüttet, der sich ein bißchen teilnehmend zeigte.«

»Hm«, sagte Rodney wieder. Er hatte schon vor langer Zeit die Erfahrung gemacht, daß ein in nachdenkliche Falten gelegtes Gesicht denselben Effekt wie echte Nachdenklichkeit hatte. Nachdem er also das tiefer Nachdenklichkeit entsprechende Geräusch von sich gegeben hatte, legte er Daumen und Zeigefinger seiner beiden Hände zu einer Raute zusammen und stützte sein Kinn auf die Spitze dieses Gebildes. »Was kann man da tun?« murmelte er.

»Wie meinen Sie das?« fragte Corsico scharf. »Hat Luxford das gesehen?«

Statt einer Antwort zog Rodney eine Schulter hoch.

»Ich werde mit ihm reden. Er hat gemerkt, daß ich stocksauer war, aber er weiß auch, daß ich niemals eine Story an die Konkurrenz weitergeben würde.«

»Der Bericht hat keine Verfasserangabe, Mitch. Ihnen muß doch klar sein, wie das aussieht.«

Corsico packte die Zeitung, die auf Rodneys Schreibtisch lag, und überflog die erste Seite. Unter der Schlagzeile, wo man einen *Exklusivbericht von Joe Reporter* erwartet hätte, war nichts. Er schmiß das Blatt wieder hin. »Wollen Sie vielleicht behaupten, ich hätte die Story dem *Globe* gegeben, darum gebeten, daß sie sie bringen, ohne meinen Namen zu nennen, und angekündigt, daß ich bei ihnen anfangen würde, sobald ich Luxford gekündigt habe? Also wirklich, Rodney. Überlegen Sie doch mal. Wenn ich das wollte, hätte ich den ganzen Krempel schon gestern abend hingeschmissen, und Sie säßen jetzt hier und könnten meinen Namen auf der Titelseite dieses Käseblatts lesen.«

Er begann wieder herumzutigern. Draußen im Nachrichtenraum ging alles seinen gewohnten Gang, doch die Blicke, die immer wieder zur Glaswand seines Büros flogen, verrieten Rodney, daß außer ihm noch andere vom Coup des *Globe* wußten. Die Leute senkten hastig die Köpfe, wenn er zu ihnen hinsah. Sie empfanden alle dasselbe, sie waren wütend und kamen sich vor wie die letzten Idioten. Von der Konkurrenz durch eine Erstmeldung ausgestochen zu werden war so schlimm, wie ungewollt eine Ente zu produzieren. Schlimmer noch. Zeitungen ließen sich trotz Enten verkaufen.

Rodney schälte das nächste Stück Schokolade aus der Verpackung. Er steckte es in den Mund und schob es mit der Zunge an seinen Platz. Sein Zahnarzt hatte ihm gesagt, wenn er nicht aufhöre, sich die Backentaschen ständig mit Schokolade zu füllen, werde er mit sechzig keine Zähne mehr im Mund haben. Na, und wennschon, dachte er. Es gab Schlimmeres im Leben als ein künstliches Gebiß.

»Sieht schlecht aus«, sagte er. »Ihre Aktien stehen hier im Moment nicht gut.«

»Na großartig«, murmelte Corsico.

»Das beste wär's, Sie besorgen uns schnell eine Story. Für die morgige Ausgabe.«

»Ach ja? Und was ist mit Luxford? Er wollte das Zeug hier...« – er tippte mit dem Zeigefinger auf den *Globe* – »doch gestern nicht ohne eine Bestätigung von Scotland Yard haben, daß die Bowen eben nicht nur ihre zuständige Polizeidienststelle übergangen und sich direkt ans Yard gewendet hat. Wie kommen Sie darauf, daß sich daran heute was geändert hat? Und sagen Sie mir jetzt nicht, daß tatsächlich jemand vom Yard die Story hier bestätigt hat. Das kaufe ich Ihnen nicht ab.«

»Aber es ist möglich«, entgegnete Rodney. »Informanten gibt's überall, Mitch«, fuhr er in vielsagendem Ton fort. »Wie Sie doch sicher wissen, hm?«

Corsicos Antwort war zu entnehmen, daß er Rodney genau verstanden hatte. »Okay, okay«, sagte er. »Ich geb's ja zu, ich war stocksauer, als ich gestern hier weg bin. Ich hab' mich ins nächste Pub gesetzt und mich vollaufen lassen.«

»Anstatt sich auf die Socken zu machen und zu schauen, daß Sie eine Bestätigung Ihrer Story herkriegen. Wie man Ihnen, wenn ich nicht irre, aufgetragen hatte.« Rodney schnalzte tadelnd mit der Zunge. »Wir möchten nicht, daß so etwas noch einmal vorkommt. Ich will es nicht. Mr. Luxford will es nicht. Der Aufsichtsratsvorsitzende will es nicht. Habe ich mich klar genug ausgedrückt?«

Corsico schob seine linke Hand in die Hüfttasche seiner Jeans und zog sein Notizbuch heraus. »Ja, in Ordnung. Aber so schlimm, wie's aussieht, ist es auch wieder nicht. Wir bekommen schon die ersten Hinweise, genau wie ich gesagt habe.«

Rodney wußte, daß jetzt Milde angesagt war. Er meinte wohlwollend: »Das ist ausgezeichnet. Ich kann – und werde – diese erfreuliche Nachricht nach oben weitergeben. Das wird sicher Anklang finden. Also, was haben Sie?«

»Ein Teil Binsenwahrheiten, ein Teil Quatsch, ein Teil Möglichkeiten.« Corsico leckte sich zuerst die Lippen, dann die Finger und blätterte in seinem Buch. »Zuerst die Binsenwahrheiten: Ob wir wissen, daß das Kind unehelich ist; ob wir wissen, daß die Bowen den Vater nie genannt hat; ob wir wissen, daß das Kind auf eine Klosterschule gegangen ist. Dann der Quatsch: Es handelt sich hier um eine religiöse Verschwörung, und das nächste Kind wird innerhalb von vierundzwanzig Stunden entführt werden; um einen Satanskult, der Kinder entführt, um sie zu opfern; um Mädchenhandel; um Kinderpornographie. Dazu kommen noch die Anrufe von den üblichen Irren, die behaupten, den Kidnapper gesehen zu haben, oder die sich zur Tat oder zur Vaterschaft bekennen.«

»Sind die Menschen nicht furchtbar«, murmelte Rodney.

»Wie recht Sie doch haben.« Corsico hielt den Blick auf seine Aufzeichnungen gerichtet. Mit dem Nagel seines Zeigefingers flippte er eine Seite des Notizbuchs hin und her. Rodney entging diese Nervosität nicht.

»Und die Möglichkeiten, Mitch?« fragte er. »Wir brauchen immer noch unsere Story.«

»Das ist noch im Anfangsstadium. Keinesfalls druckreif.«

»Verstanden. Schießen Sie los.«

»Gut. Ich war heute schon in aller Frühe hier, darum hab' ich das da gar nicht gesehen.« Er wies mit dem Kopf auf den *Globe*. »Sie erinnern sich – ich hatte doch die Geburtsurkunde des Kindes?«

»Das würde ich wohl kaum vergessen. Und – haben Sie was rausgefunden?«

Corsico nahm einen Bleistift aus seiner Hemdtasche. Er schrieb etwas in sein Notizbuch, dann schob er den Stift unter seinen Stetson und hob den Hut leicht an. »Ich hab' gerechnet.«

»Gerechnet?«

»Die Schwangerschaft nachgerechnet. Von der Bowen. Wenn es keine Frühgeburt war, dann war neun Monate zuvor der dreizehnte Oktober. Daraufhin hab' ich mir zum Spaß die Mikrofilme angeschaut. Ich wollte sehen, was um die Zeit los war. Ich hab den Zeitraum auf zwei Wochen vorher und zwei Wochen nachher ausgedehnt.« Er las aus seinem Notizbuch vor. »Ein Schneesturm in Lancashire. Eine Bombenexplosion in einem Pub in St. Albans. Ein Serienmörder. Genetische Fingerabdrücke unter der Lupe. Retortenbabys in –«

»Mitchell, ich habe die Handschuhe ausgezogen, falls Sie das noch nicht bemerkt haben sollten«, unterbrach Rodney. »Es besteht keine Notwendigkeit, mich mit den Details Ihrer Recherchen zu amüsieren. Wollen Sie auf etwas Bestimmtes hinaus?«

Corsico hob den Kopf. »Den Parteitag der Tories.«

»Was ist damit?«

»Der Tory-Parteitag im Oktober in Blackpool. Genau neun Monate vor der Geburt von Eve Bowens Kind. Wir wissen bereits, daß die Bowen damals politische Berichterstatterin für den *Telegraph* war. Sie hat bestimmt über den Parteitag berichtet. Ich weiß sogar genau, daß sie darüber berichtet hat. Ich hab's vor einer Viertelstunde vom Archiv des *Telegraph* erfahren.« Corsico klappte sein Notizbuch zu. »Also, da war ich doch gestern gar nicht so weit von der Wahrheit entfernt, oder? Jeder, der in der Partei was zu sagen hatte, war auf dem Parteitag in Blackpool, da wette ich was. Und mit einem der Herren ist sie ins Bett gehüpft.«

Rodney konnte nicht umhin, die Beharrlichkeit des jungen Mannes zu bewundern. Tja, das waren eben Energie, Entschlossenheit und Widerstandsfähigkeit der Jugend! Er speicherte die Information über den Parteitag für zukünftigen Gebrauch in seinem Gedächtnis und sagte: »Aber was wollen Sie damit anfangen, Mitch? Es ist ja gut und schön, über die Identität des Vaters Spekulationen anzustellen, aber wo wollen Sie Gewißheit herbekommen? Wie viele Tories waren damals in Blackpool? Zweitausend Parteimitglieder und zweihundert Abgeordnete? Wo wollen Sie mit Ihren Recherchen anfangen?«

»Ich möchte mir zunächst einmal ansehen, was für Berichte die Bowen vom Parteitag eingereicht hat. Ich werde überprüfen, ob sie sich auf die Arbeit eines bestimmten Ausschusses konzentriert hat. Vielleicht hat sie jemanden interviewt und hat da das Verhältnis angefangen. Ich werde mich mit den anderen Korrespondenten unterhalten und sehen, ob die vielleicht was haben.«

»Hm, das ist ein Anfang«, meinte Rodney zustimmend. »Aber die Story für die morgige Ausgabe –«

»Klar. Klar. Mit dem Zeug können wir nichts machen. Jedenfalls vorläufig noch nicht. Aber ich telefoniere jetzt gleich mal mit meinen Informanten. Mal sehen, was die mir liefern können.«

Rodney nickte. Er hob die Hand wie zum Segen. Corsico verstand, daß das Gespräch beendet war.

An der Tür drehte sich der junge Reporter noch einmal um. »Rod«, sagte er, »Sie glauben doch nicht im Ernst, daß ich diese Story dem *Globe* gegeben habe, nicht wahr?«

Rodney setzte eine Miene ernsthafter Aufrichtigkeit auf. »Mitchell«, erwiderte er, »glauben Sie mir, ich weiß, daß Sie diese Story dem *Globe* nicht gegeben haben.«

Er wartete, bis sich die Tür hinter Corsico geschlossen hatte. Dann entfernte er den Rest der Verpackung von seiner Tafel Schokolade. Auf die Rückseite des Einschlagpapiers schrieb er »Blackpool« und »13. Oktober«, faltete es zu einem kleinen Quadrat und steckte es ein. Er schob das letzte Stück Schokolade in den Mund. Leise lachend griff er nach seinem Adreßbuch und dem Telefon.

Es war nicht schwierig gewesen, die Bilder aufzutreiben. Evelyn stand schließlich an exponierter Stelle. Als Abgeordnete, die im Begriff war, sich eine glänzende Karriere aufzubauen, hatte sie in den vergangenen sechs Stunden zu mehr als einem Zeitungsartikel den Stoff geliefert. Und da sie wußte, wie wichtig das Image in der Politik war, hatte sie sich meist mit ihrer Familie ablichten lassen.

Dennis hatte drei dieser Fotografien vor sich auf dem Schreibtisch liegen. Während draußen der Mitarbeiterstab der *Source* den täglichen Geschäften nachging, betrachtete er die Fotos seiner Tochter.

Auf einem kauerte sie auf einem Sitzkissen vor Evelyn und ihrem Mann, die nebeneinander auf einem Sofa saßen. Auf dem zweiten war sie zu Pferd, beide Hände in die Mähne des Tiers vergraben, das Evelyn in Reithosen in einen Ring führte. Auf dem dritten saß sie mit einem Bleistift in der Hand an einem Tisch, scheinbar in ihre Schularbeiten vertieft. Über sie gebeugt stand ihre Mutter und wies auf etwas hin, was sie gerade geschrieben hatte.

Luxford zog eine Schublade eines Schreibtischs auf und suchte das Vergrößerungsglas heraus, das er zu benützen pflegte, um Kleingedrucktes zu lesen. Er hielt das Glas über das Bild und studierte Charlottes Gesicht in jeder Einzelheit.

Jetzt, da er sie zum erstenmal richtig betrachtete – anstatt nur einen flüchtigen Blick auf das Foto zu werfen und es sofort als bloße politische Propaganda für die Massen abzutun –, sah er, daß sie die Züge seiner Familie trug. Sie hatte das Haar und die Augen ihrer Mutter, doch alles andere kennzeichnete sie unabänderlich als eine Luxford. Sie hatte das gleiche Kinn wie seine Schwester, die gleiche hohe Stirn wie er selbst, die gleiche Nase und den gleichen Mund wie Leo. Sie war so unverkennbar seine Tochter, als trüge sie seinen Namen, der ihr verwehrt worden war.

Und er wußte nichts von ihr. Er wußte nicht, was ihre Lieblingsfarbe gewesen war, welche Schuhgröße sie gehabt hatte, welche Geschichten sie abends im Bett am liebsten gelesen hatte. Er hatte keine Ahnung, was für Wünsche und Hoffnungen sie gehegt hatte, was für Phasen sie durchgemacht hatte, was für Träume sie geträumt hatte. Solches Wissen war der Lohn der Verantwortung. Indem er die eine abgegeben hatte, hatte er das andere verwirkt. Oh, gewiß, er hatte seiner Vaterschaft mit einem monatlichen Besuch bei Barclay's Bank Rechnung getragen, hatte eine Viertelstunde lang, während er zum Zweck der eigenen Entlastung Überweisungen geschrieben hatte, offizielle Vaterpflichten erfüllt. Aber weiter war seine Anteilnahme am Leben seiner Tochter nicht gegangen, eine Anteilnahme, die in Wirklichkeit gar keine war, da sie, wenn auch scheinbar von der Sorge bestimmt, Charlottes Zukunft über seinen Tod hinaus zu sichern, doch nur den einen Sinn gehabt hatte, sein Gewissen zu beruhigen, solange er am Leben war.

Es war ihm völlig richtig erschienen. Evelyn hatte an ihren Wünschen keinen Zweifel gelassen. Da er in einer, wie er gern glauben wollte, für ihn untypischen Entfaltung männlicher Egozentrik *sie* zur Geschädigten bestimmt hatte, sei es, sagte er sich, nur anständig, ihren Wünschen nachzukommen. Und es war so leicht, ihnen nachzukommen. Sie hatte sie ihm in sieben simplen Worten klargemacht. »Halt dich aus unserem Leben heraus, Dennis.« Er hatte es gern getan.

Luxford legte die Bilder nebeneinander auf seinem Schreibtisch aus. Mit dem Vergrößerungsglas betrachtete er jedes von ihnen ein zweites, ein drittes und dann ein viertes Mal. Und er fragte sich dabei, ob dieses Kind, das er durch das Glas studierte, Musik geliebt hatte, ob es Brokkoli gemocht hatte, sich geweigert hatte, Pilze zu essen, über den Onkel gegangen war, die Narnia-Bücher gelesen hatte, Fahrrad gefahren war, sich irgendwann einmal etwas gebrochen hatte. Ihre Gesichtszüge kennzeichneten sie als sein Kind, aber seine Unwissenheit über sie zwang ihn zu bekennen, daß sie niemals sein Kind gewesen war. Das war heute so klar wie vier Monate vor ihrer Geburt.

Halt dich aus unserem Leben heraus, Dennis.

Na gut, hatte er gedacht.

Und jetzt war seine Tochter tot. Eben weil er sich aus ihrem Leben herausgehalten hatte, wie Evelyn es gewünscht hatte. Hätte er es abgelehnt, auf diesen Wunsch einzugehen, wäre Charlotte niemals entführt worden. Es hätte keine Forderungen an ihn gegeben, seine Vaterschaft anzuerkennen, weil sie aller Welt bekannt gewesen wäre, auch Charlotte.

Luxford berührte ihren Kopf auf der Fotografie und versuchte sich vorzustellen, wie ihr Haar sich angefühlt haben mochte. Er konnte es nicht. Er konnte sich überhaupt keine Vorstellung von ihr machen.

Seine Unwissenheit quälte ihn tief. Ebenso wie das, was diese Unwissenheit über seinen menschlichen Wert aussagte.

Luxford legte das Vergrößerungsglas auf einem der Bilder ab. Er drückte Daumen und Zeigefinger gegen seinen Nasenrücken und schloß die Augen. Sein Leben lang war er der Macht nachgelaufen. Jetzt suchte er das Gebet. Irgendwo mußte es Worte geben, die lindern konnten...

»Ich hätte Sie gern einen Moment gesprochen, Dennis.«

Er hob ruckartig den Kopf. In einem Reflex senkte er seinen Arm auf den Schreibtisch und bedeckte mit ihm die Bilder. An der Tür zu seinem Büro stand der einzige Mensch, der es wagte, bei ihm einzudringen, ohne vorher anzuklopfen oder Miß Wallace zu bitten, ihn beim Chefredakteur anzumelden: der Aufsichtsratsvorsitzende der *Source*, Peter Ogilvie. »Darf ich«, sagte er, und der Blick seiner seelenlosen grauen Augen flog zum Konferenztisch. Die Frage war reine Formsache. Ogilvie war offensichtlich entschlossen hereinzukommen, ob er nun dazu aufgefordert wurde oder nicht.

Luxford stand hinter seinem Schreibtisch auf. Ogilvie trat ins Zimmer, voran die buschigen Augenbrauen, so lange ungestutzt, daß die einzelnen Härchen sich bis zur Stirn hinauf drehten. Die beiden Männer trafen in der Mitte des Raums zusammen. Luxford bot dem andern die Hand. Ogilvie klatschte eine gefaltete Zeitung hinein.

»Zweihundertzwanzigtausend Exemplare«, sagte er. »Damit meine ich natürlich, zweihundertzwanzigtausend über ihrer täglichen Auflage, Dennis. Aber das ist es nur zum Teil, was mich hierherführt.«

Ogilvie hatte sich nie in das tägliche Geschäft der Zeitung eingemischt. Er hatte Wichtigeres zu tun, als sich um den Alltag der *Source* zu kümmern, und äußerte Kritik oder Wünsche im allgemeinen von seinem feudalen Büro in seinem Haus in Hertfordshire aus. Ihn interessierte einzig und allein, was unter dem Strich herauskam, wenn Gewinn und Verlust abgerechnet waren.

Außer der Nachricht, die Gewinne der Zeitung seien drastisch abgesunken, gab es nur einen Grund, der Ogilvie veranlassen konnte, die Londoner Redaktion der *Source* persönlich aufzusuchen. Von der Konkurrenz mit einer Erstmeldung ausgestochen zu werden gehörte im Zeitungsgeschäft zum Alltag, und Ogilvie, der, wie es manchmal schien, seit Charles Dickens' Zeiten im Geschäft war, wäre der erste gewesen, das zuzugeben. Aber bei einer Story das Nachsehen zu haben, die dazu geeignet war, die Tories anzuschwärzen, war absolut inakzeptabel.

Luxford wußte natürlich sofort, was Ogilvie ihm da in die Hand gedrückt hatte. Es war die Morgenausgabe seiner früheren Zeitung, des *Globe*, mit ihrer Schlagzeile über das Versäumnis Eve Bowens, sich nach der Entführung ihrer Tochter mit der Polizei in Verbindung zu setzen.

»Letzte Woche waren wir mit der Geschichte über Larnsey

und seinen Strichjungen sämtlichen Blättern im Land voraus«, sagte Ogilvie. »Fallen wir diese Woche etwa zurück?«

»Nein. Wir hatten die Story. Ich habe sie abgesetzt.«

Ogilvies Reaktion beschränkte sich auf ein flüchtiges Zusammenkneifen der Augen, das wie ein Muskelzucken wirkte.

»Geht es hier um Loyalität, Dennis? Sind Sie dem *Globe* aus irgendeinem Grund noch immer verbunden?«

»Möchten Sie einen Kaffee?« fragte Luxford.

»Eine einleuchtende Erklärung reicht mir, danke.«

Luxford ging zum Konferenztisch und setzte sich. Er bedeutete Ogilvie mit einem Nicken, das gleiche zu tun. Er hatte den Posten bei der *Source* nicht übernommen, ohne zu wissen, daß jedes Anzeichen von Schwäche im Beisein des Aufsichtsratsvorsitzenden tödlich sein konnte.

Ogilvie trat an den Tisch und setzte sich.

»Ich höre«, sagte er.

Luxford berichtete. Er gab sein Gespräch mit Mitch Corsico wieder und nannte seine Gründe dafür, daß er die Story abgesetzt hatte. Als er zum Ende gekommen war, griff Ogilvie sofort den entscheidenden Punkt auf.

»Sie haben früher auch schon Berichte gebracht, ohne sich vorher nach allen Seiten hin abzusichern. Was hat Sie diesmal davon abgehalten?«

»Bowens Position im Innenministerium. Meiner Ansicht nach war mit Recht zu vermuten, daß sie ihre zuständige Polizeidienststelle übergangen und sich direkt an New Scotland Yard gewendet hatte. Ich wollte sie auf keinen Fall öffentlich der Tatenlosigkeit anklagen, um dann wie ein begossener Pudel dazustehen, wenn irgendeine Leuchte vom Yard für sie in die Bresche gesprungen wäre, uns seinen Terminkalender unter die Nase gehalten und behauptet hätte, sie hätte sich binnen zehn Minuten, nachdem sie von der Entführung des Kindes erfahren hatte, bei ihm gemeldet.«

»Aber das ist nach Veröffentlichung der Story im *Globe* nicht passiert«, entgegnete Ogilvie.

»Ich kann nur vermuten, daß die Leute vom *Globe* von irgend jemandem im Yard Bestätigung erhalten haben. Ich habe Corsico Anweisung gegeben, sich eine solche Bestätigung zu besorgen. Hätte er sie mir gestern abend vor zehn vorgelegt, hätte ich den Bericht gebracht. Er hat es nicht getan, also habe ich es gelassen. Mehr gibt es dazu nicht zu sagen.«

»Doch, eins noch«, widersprach Ogilvie.

Luxford war sofort mißtrauisch. Aber er zeigte es nicht, sondern lehnte sich scheinbar kühl und gelassen in seinem Sessel zurück und faltete die Hände über seinem Bauch. Er bat Ogilvie nicht, ihm eine nähere Erklärung zu geben. Er wartete schweigend, bis der andere fortfuhr.

»Wir haben bei Larnsey erstklassige Arbeit geleistet«, sagte Ogilvie. »Und das, ohne erst lange nach einer Bestätigung der Geschichte zu fragen. Habe ich recht?«

Es hatte keinen Sinn zu lügen, da ein Gespräch mit Sarah Happleshort oder Rodney Aronson ausreichen würde, um die Wahrheit aufzudecken. »Ja, da haben Sie recht.«

»Dann versprechen Sie mir eins. Beruhigen Sie meine Zweifel. Versprechen Sie mir, daß Sie das nächstemal, wenn wir diese Brüder, die Konservativen, am Schlafittchen haben, auch zupacken werden, daß Sie es nicht dem *Mirror*, dem *Globe*, der *Sun* oder der *Mail* überlassen werden, Druck zu machen, und daß Sie keinen Rückzieher machen, nur weil Sie nicht von drei, dreizehn oder drei Dutzend gottverdammten Seiten Bestätigung erhalten haben.«

Bei den letzten Worten war Ogilvies Stimme zornig angeschwollen. »Peter«, konterte Luxford, »Sie wissen so gut wie ich, daß die Situation bei Larnsey völlig anders lag als bei der Bowen. In seinem Fall war Bestätigung nicht nötig. Es gab da überhaupt keine Zweifel. Er wurde mit offenem Reißverschluß in einem Auto erwischt, während ein sechzehnjähriger Junge seinen Schwanz im Mund hatte. Im Fall Bowen hingegen haben wir nichts weiter in der Hand als eine offizielle Erklärung des Innenministeriums. Alles andere liegt irgendwo in einem Bereich von Andeutung, Klatsch und Erfindung. Wenn ich Fakten habe, von denen ich sicher sein kann, daß es Fakten sind, dann werden sie auf unserer Titelseite erscheinen, darauf können Sie sich verlassen. Bis dahin allerdings ...« Er setzte sich aufrecht und sah dem Aufsichtsratsvorsitzenden kühl ins Auge. »Wenn Sie mit meiner Art, die Zeitung zu leiten, ein Problem haben, dann sollten Sie vielleicht daran denken, sich einen anderen Chefredakteur zu suchen.«

»Den? Oh! Entschuldigung! Ich wußte nicht ... Mr. Ogilvie! Hallo!«

Rodney Aronson hatte den Moment perfekt gewählt. Er stand, eine Hand auf der Klinke, an der Tür zu Luxfords Büro – die Ogilvie angelehnt gelassen hatte, damit seine erhobene Stimme draußen im Nachrichtenraum besser vernommen werden konnte und die Truppe aufrütteln würde – und streckte den Kopf durch die schmale Öffnung.

»Was gibt es, Rodney?« fragte Luxford.

»Tut mir leid. Ich wollte nicht stören. Die Tür war offen, und ich wußte nicht ... Miß Wallace ist nicht an ihrem Platz.«

»Wie interessant. Danke für die Information.«

Rodney verzog den Mund zu einem Lächeln, das im Widerspruch zu seinen plötzlich zornig geblähten Nasenflügeln stand. Luxford war klar, daß er es sich nicht gefallen lassen würde, vor dem Aufsichtsratsvorsitzenden lächerlich gemacht zu werden, ohne eine Retourkutsche loszuwerden. »Natürlich«, sagte Rodney katzenfreundlich. »Tut mir leid. War unüberlegt.« Und dann zog er seine Waffe. »Ich dachte nur, es würde Sie interessieren, wie weit wir inzwischen mit der Bowen-Sache gediehen sind.«

Er setzte voraus, daß diese Bemerkung ihm das Recht gebe, Luxfords Büro zu betreten, und suchte sich den Platz direkt gegenüber von Ogilvie aus.

»Sie hatten recht«, sagte er zu Luxford. »Der Innenminister hat sich wegen der Bowen tatsächlich direkt an New Scotland Yard gewendet. Er hat den Leuten höchstpersönlich einen Besuch abgestattet. Ein Informant hat uns das bestätigt.« Er machte eine Pause wie aus Achtung vor Luxfords weiser Entscheidung, die Story zurückzuhalten, die nun der *Globe* gebracht hatte. Aber Luxford wußte, daß Aronson sich hüten würde, ein Sinken seiner Aktien bei Ogilvie zu riskieren, indem er Luxford Schützenhilfe gab. Er wappnete sich deshalb für das, was gleich kommen würde, und machte sich innerlich zum Kampf bereit. »Aber das Interessante ist, daß der Innenminister das Yard erst gestern nachmittag aufgesucht hat. Vorher hatte man dort kein Wort von der Entführung des Kindes gehört. Corsicos Story war also reines Gold.«

»Rodney, es ist nicht unsere Sache, unsere Zeit damit zu verschwenden, die Storys anderer Zeitungen zu bestätigen«, sagte Ogilvie. Er wandte sich an Luxford. »Ich würde allerdings gern wissen, wieso es Ihnen gestern nicht möglich war, eine Bestätigung zu bekommen, wenn Sie es heute geschafft haben.«

Rodney mischte sich ein. »Corsico hat von gestern nachmittag bis weit in die Nacht hinein alle seine Beziehungen spielen lassen. Aber seine Quellen haben nichts hergegeben.«

»Dann braucht er neue Quellen.«

»Ich bin ganz Ihrer Meinung. Und er hat sich auch gleich an die Arbeit gemacht, nachdem er heute morgen die Titelseite des *Globe* gesehen hatte. Mit Hilfe eines kleinen Tritts von mir.«

»Darf ich Ihrem Lächeln entnehmen, daß Sie noch etwas auf Lager haben?« fragte Ogilvie.

Luxford vermerkte, daß Aronson es sich nicht verkneifen konnte, einen triumphierenden Blick in seine Richtung zu werfen, den er allerdings mit vorgetäuschter Zurückhaltung kaschierte. Es war wie ein heimlicher Dolch zwischen die Rippen. »Bitte verstehen Sie mich richtig, Mr. Ogilvie«, sagte er. »Es kann sein, daß Den nicht bereit sein wird, das neue Material zu bringen, und ich werde seiner Entscheidung in einem solchen Fall selbstverständlich nicht widersprechen. Wir haben unsere Informationen gerade erst von unserem Mann beim Yard bekommen, und es kann sein, daß er als einziger bereit ist zu reden.«

»Worum geht es?«

Rodney fuhr sich mit der Zunge hastig über die Lippen. »Es hat offenbar Entführerbriefe gegeben. Zwei Stück. Sie gingen an dem Tag ein, an dem das Kind entführt wurde. Die Bowen wußte also ganz genau, daß ihre Tochter gekidnappt worden war, und hat trotzdem nichts unternommen, um die Polizei zu alarmieren.«

Luxford hörte, wie Ogilvie die Luft einsog. Ehe der Aufsichtsratsvorsitzende etwas sagen konnte, bemerkte er in ruhigem Ton: »Vielleicht hat sie sich an eine andere Stelle gewendet, Rod. Haben Sie und Mitchell diese Möglichkeit schon in Erwägung gezogen?«

Ogilvie hinderte Rodney an einer Erwiderung, indem er seine große, knochige Hand hob. Schweigend ließ er sich das Gehörte durch den Kopf gehen. Sein Blick hob sich – nicht himmelwärts, um Rat beim Allmächtigen zu suchen –, sondern zur Wand, wo in Chromrahmen die besten Titelseiten der *Source* hingen.

»Wenn Mrs. Bowen sich an eine andere Stelle gewendet hat«, meinte er nachdenklich, »dann würde ich vorschlagen, wir lassen uns das von ihr selbst erzählen. Und wenn sie zu unserer Story keinen Kommentar abgeben möchte, dann kann diese Tatsache – zusammen mit den anderen – der Öffentlichkeit unterbreitet werden.« Er richtete seinen Blick auf Rodney. »Und der Inhalt?« fragte er freundlich.

Rodney machte ein verständnisloses Gesicht. Er strich sich über seinen Bart, um Zeit zu gewinnen und seine Verwirrung zu vertuschen.

»Mr. Ogilvie fragt nach dem Inhalt der Entführerbriefe«, erläuterte Luxford mit kühler Höflichkeit.

Er sah Rodney an, daß sein Ton seine Wirkung nicht verfehlt hatte. »Den kennen wir nicht«, antwortete Rodney hastig. »Wir wissen lediglich, daß es zwei Briefe waren.«

»Aha.« Ogilvie versank wieder in Nachdenklichkeit. Dann verkündete er seine Entscheidung. »Das reicht, um darauf eine Story aufzubauen. Ist Ihr Mann an der Sache dran?«

»O ja«, versicherte Rodney.

»Prächtig.« Ogilvie stand auf. Er wandte sich Luxford zu und bot ihm die Hand. »Die Sache scheint also ins Rollen zu kommen. Ich kann mich hoffentlich darauf verlassen, daß ich nicht noch einmal in die Stadt kommen muß.«

»Wenn die Story eine solide Grundlage hat«, antwortete Luxford, »dann bringen wir sie auch.«

Ogilvie nickte. »Gute Arbeit, Rodney«, sagte er kurz, ehe er hinausging.

Luxford kehrte an seinen Schreibtisch zurück. Er schob die Aufnahmen von Charlotte in einen braunen Umschlag und legte das Vergrößerungsglas wieder in die Schublade. Er schaltete den Computer ein und ließ sich in seinen Sessel sinken.

Rodney trat an den Schreibtisch heran. »Den«, sagte er in beiläufig aufforderndem Ton.

Luxford warf einen Blick in seinen Terminkalender und machte sich eine überflüssige Notiz. Rodney Aronson, sagte er sich nicht zum erstenmal, brauchte dringend eine Lektion, die ihn in seine Schranken verwies. Aber er konnte nicht darüber nachdenken, wie diese Lektion aussehen sollte, solange er ganz damit beschäftigt war, sich zu überlegen, wie Evelyn es vermeiden könnte, zur Zielscheibe der gesamten Presse zu werden. Gleichzeitig fragte er sich, weshalb er sich überhaupt so um sie sorgte. Schließlich hatte sie sich ja ihr eigenes Grab geschaufelt... Bei dem Bild wurde ihm eiskalt. Es war nicht Evelyns Grab, das geschaufelt worden war. Und sie war nicht die einzige, die sich am Schaufeln beteiligt hatte.

»... und aus diesem Grund war ich, wie Sie sicherlich verstehen werden, Ogilvie gegenüber eben nicht ganz offen«, sagte Rodney gerade.

Luxford hob den Kopf. »Was?«

Rodney legte seinen feisten Oberschenkel lässig über eine Ecke von Luxfords Schreibtisch. »Wir haben noch nicht alle Fakten beisammen. Aber Mitch ist ihnen auf der Spur. Ich wette, innerhalb eines Tages wissen wir die Wahrheit. Wissen Sie, Den, manchmal liebe ich diesen Burschen wie meinen eigenen Sohn.«

»Was reden Sie da, Rodney?«

Rodney neigte den Kopf zur Seite. Nicht zugehört, Den? schien er zu fragen. Bedrückt Sie irgendwas? »Ich rede vom Tory-Parteitag in Blackpool«, sagte er freundlich. »Einer von den Kerlen dort hat die ehrenwerte Mrs. Bowen geschwängert. Wie ich eben sagte, sie war dort und berichtete für den *Telegraph*. Und der Parteitag begann neun Monate vor der Geburt ihres Kindes. Mitch geht der Sache jetzt nach.«

»Welcher Sache?«

»Na, hören Sie mal!« spottete Rodney scheinbar gutmütig. »Er sucht den Papa.« Mit Bewunderung sah er zu den gerahmten Titelseiten auf. »Stellen Sie sich doch nur mal vor, wie das einschlagen wird, wenn wir dazu einen Exklusivbericht bringen, Den: Eve Bowens bis dato unbekannter Ex-Geliebter spricht mit der *Source*. Ich wollte Ogilvie von der Möglichkeit einer Story über den Vater noch nichts sagen. Es ist ja nicht nötig, daß er uns tagelang die Hölle heiß macht, wenn wir am Ende vielleicht doch mit leeren Händen dastehen. Aber so, wie ich es sehe...« Er endete mit einem unternehmungslustigen Seufzer, der wohl die Entschlossenheit der *Source* kundtun sollte, wie ein Trüffelschwein das Vorleben der prominentesten Persönlichkeiten des Landes zu durchwühlen, bis ein saftiger Happen gefunden war, der die Auflage der Zeitung in ungeahnte Höhen steigen lassen würde.

»Wie eine Atombombe wird das einschlagen, wenn wir es bringen«, sagte er. »Und wir werden es doch bringen, nicht wahr, Den?«

Luxford wich Rodney Aronsons Blick nicht aus. »Sie haben gehört, was ich Ogilvie gesagt habe. Wir bringen alles, was fundiert ist.«

»Gut«, meinte Rodney. »Denn diese Sache... Den, ich weiß nicht, was es ist, aber ich hab' so ein Gefühl, daß wir einem Riesending auf der Spur sind.«

»Gut«, sagte Luxford.

»Ja. Das ist es wirklich.« Rodney zog seinen Oberschenkel vom Schreibtisch. Er nahm Kurs zur Tür. Aber dort blieb er stehen. Er zupfte an seinem Bart. »Den«, sagte er. »Verdammt noch mal. Mir ist da eben was eingefallen. Ich weiß gar nicht, warum ich nicht früher daran gedacht habe. Sie sind genau der Mann, den wir suchen.«

Luxford hatte das Gefühl, von einer eisigen Welle überspült zu werden. Er sagte kein Wort.

»Sie können uns weiterhelfen, oder genauer gesagt, Sie können Mitch weiterhelfen.«

»Ich? Wie denn?«

»Na, mit dem Parteitag in Blackpool«, antwortete Rodney. »Ich hab' ganz vergessen, es zu erwähnen. Nachdem ich mit Mitch gesprochen hatte, hab' ich einen Kollegen beim *Globe* mobilisiert, der mir noch eine Gefälligkeit schuldig war, und habe mir drüben die Mikrofilme angesehen.«

»Ja und?«

»Nun kommen Sie schon, Den. Stellen Sie Ihr Licht nicht unter den Scheffel. Es geht um den Tory-Parteitag in Blackpool. Sagt Ihnen das nichts?«

»Sollte es denn?«

»Na, das hoffe ich doch.« Seine Zähne blitzten wie die eines Hais. »Erinnern Sie sich denn nicht? Sie waren doch selbst dort. Für den *Globe*.«

»War ich«, sagte Luxford. Keine Frage, sondern eine Feststellung.

»Aber ja. Mitch wird sicher mit Ihnen reden wollen. Vielleicht sollten Sie inzwischen mal in Ruhe überlegen, wer von den Leuten dort mit der Bowen was gehabt haben könnte.« Mit einem freundlichen Zwinkern ging er hinaus.

19

Mit dem Saum ihres Pullis tupfte sich Barbara den kalten Schweiß von der Stirn. Dann erhob sie sich aus ihrer knienden Position, so wütend auf sich selbst, wie sie selten gewesen war. Sie betätigte die Toilettenspülung und sah zu, wie das unappetitliche Häufchen halbverdauter Speisereste, das sie von sich gegeben hatte, wirbelnd in die Tiefe gezogen wurde. Reiß dich zusammen, befahl sie sich, benimm dich gefälligst wie ein Profi und nicht wie ein schlapper Teenager.

Eine Obduktion, sagte sie sich streng. Was ist das schon? Nichts weiter als die genaue Untersuchung eines Leichnams, die vorgenommen wird, um die Todesursache festzustellen. In einem Mordfall ist sie eine notwendige Maßnahme. Sie wird von Fachleuten durchgeführt und dient dem Aufspüren verdächtiger Vorgänge, die zum unzeitgemäßen Abbruch physischer Funktionen beigetragen haben können. Kurz, es ist eine entscheidende Maßnahme bei der Suche nach einem Mörder. Ja, schon richtig, es hat starke Ähnlichkeit mit der Ausweidung eines Tieres, aber es ist auch eine Suche nach der Wahrheit.

Barbara waren all diese Tatsachen wohlbekannt. Warum also war sie nicht fähig gewesen, die Obduktion Charlotte Bowens bis zum Ende durchzustehen?

Sie war im St.-Mark's-Krankenhaus in Amesford durchgeführt worden, einem Relikt der edwardianischen Epoche, im Stil eines französischen Schlosses erbaut. Der Pathologe hatte schnell und sauber gearbeitet, aber trotz der klinisch sachlichen Atmosphäre im Raum waren Barbara schon beim ersten Einschnitt in den Körper, der von der Brust hinunter zum Unterleib führte, die Hände feucht geworden. Sie wußte sofort, daß sie in Schwierigkeiten war.

Charlotte Bowens Körper, der lang ausgestreckt auf dem Tisch aus rostfreiem Stahl lag, war, abgesehen von einigen kleinen Blutergüssen rund um den Mund, einigen rötlichen

Verbrennungsmalen auf Wangen und Kinn und einer verkrusteten Schramme an einem Knie praktisch unversehrt gewesen. Das kleine Mädchen sah nicht aus, als wäre sie tot, eher als schliefe sie. Es erschien wie eine grausame Schändung ihrer Unschuld, in die schimmernde Haut ihrer Brust zu schneiden. Der Pathologe tat es dennoch und sprach dazu in leiernder Tonlosigkeit seine Befunde in ein Mikrofon, das über seinem Kopf hing. Er knipste ihre Rippen ab wie die zarten Zweige eines jungen Bäumchens und entnahm ihre Organe zur Untersuchung. Als er die Urinblase herausgenommen und den Inhalt zur Analyse hatte wegbringen lassen, wußte Barbara schon, daß sie das, was noch folgen würde, nicht bis zum Ende durchstehen würde: den Schnitt durch die Kopfhaut des Kindes, das Abheben ihres Fleisches zur Entblößung des kleinen Schädels, das schrille Summen der Säge, die den Knochen durchtrennte, um Zugang zu ihrem Gehirn zu schaffen.

Ist das alles denn nötig? hätte sie am liebsten protestiert. Verdammt noch mal, wir wissen doch, woran sie gestorben ist.

Aber sie wußten es eben nicht. Jedenfalls nicht genau. Sie konnten aufgrund des Zustands des Leichnams und des Fundorts Mutmaßungen anstellen, aber die genauen Antworten, die sie brauchten, konnte ihnen nur diese wissenschaftliche Verstümmelung liefern.

Barbara wußte, daß Detective Sergeant Reg Stanley sie beobachtete. Von seinem Standort aus, gleich bei der Waage, auf der jedes Organ einzeln gewogen wurde, verfolgte der Mann mit Argusaugen jede Regung ihres Gesichts. Er wartete nur darauf, daß sie mit vorgehaltener Hand aus dem Raum stürzen würde. Wenn sie das tat, würde er sie mit einem verächtlichen »Typisch Frau« abtun können. Barbara wollte ihm keine Gelegenheit geben, sie vor den Männern, mit denen sie hier in Wiltshire zusammenarbeiten mußte, lächerlich zu machen, aber ihr war klar, daß es letztlich auf eine Wahl hinauslaufen würde: Sie konnte die Blamage riskieren, sich hier im Raum zu übergeben, oder sie konnte sich davonmachen und hoffen, eine Toilette zu finden, ehe sie sich draußen im Korridor übergab.

Während sie krampfhaft überlegte, was sie tun sollte, ihr Magen immer heftiger rebellierte, ihre Kehle sich immer enger zusammenzog und der Raum um sie herum zu schwanken begann, fiel ihr ein, daß es noch eine andere Möglichkeit gab.

Sie sah demonstrativ auf ihre Uhr, tat so, als hätte sie etwas Wichtiges vergessen, betonte das noch, indem sie knisternd in ihrem Heft blätterte, und teilte Stanley ihre Absicht mit, indem sie mit einer Hand am Ohr ein Telefonat mimte und lautlos sagte: »Muß London anrufen.« Der Sergeant nickte, doch sein sarkastisches Lächeln verriet ihr, daß er keineswegs überzeugt war. Ach, geh doch zum Teufel, dachte sie.

Und nun stand sie in der Damentoilette und spülte sich den Mund aus. Ihre Kehle brannte. Sie hielt beide Hände unter das laufende Wasser und trank gierig. Sie spritzte sich Wasser ins Gesicht und trocknete es an dem dünnen blauen Handtuch, das unsteril von der Rolle eines Automaten lief. Dann lehnte sie sich an die graue Wand neben dem Automaten.

Sie fühlte sich nicht viel besser. Ihr Magen war leer, aber ihr Herz war übervoll. Konzentrier dich auf die Fakten, sagte ihr Verstand. Und ihr Herz entgegnete: Sie war doch noch ein Kind!

Sie ließ sich an der Wand zum Boden hinuntergleiten und legte ihren Kopf auf ihre Knie. Sie wartete darauf, daß ihr Magen sich beruhigen und die Kälteschauer aufhören würden.

Das Kind war noch so klein gewesen. Einen Meter siebenundvierzig groß, weniger als vierzig Kilo schwer. Mit Handgelenken, die so schmal waren, daß es den Anschein hatte, ein Erwachsener könne sie mit einem Finger umspannen. Mit Gliedern, deren Konturen von vogelzarten Knochen gebildet waren, nicht von Muskulatur. Mit mageren, abfallenden Schultern und der rührenden Nacktheit einer unentwickelten Scham.

So leicht zu töten.

Aber wie? Ihr Körper trug keine Spuren eines Kampfes, keinen Hinweis auf irgendwelche Verletzungen. Er strömte keinen verräterischen Geruch nach Mandeln, Knoblauch oder Immergrün aus. Er zeigte keine Zyanose des Gesichts, der Lippen, der Ohren.

Barbara schob ihren Arm unter ihren Knien hindurch und sah auf ihre Uhr. Sie mußten jetzt fertig sein. Sie würden jetzt schon etwas wissen. Auch wenn ihr immer noch flau war, sie mußte zur Stelle sein, wenn der Pathologe seinen vorläufigen Bericht gab. Der Spott, den sie in Sergeant Stanleys Augen gesehen hatte, sagte klar, daß sie sich nicht darauf verlassen konnte, von ihm präzise ins Bild gesetzt zu werden.

Sie zwang sich aufzustehen. Sie trat zu dem Spiegel, der über dem Waschbecken hing. Sie hatte nichts da, womit sie ihre Gesichtsfarbe hätte auffrischen können, sie würde sich also auf ihr dürftiges schauspielerisches Talent verlassen müssen, um Sergeant Stanley, der zweifellos argwöhnte, daß sie sich in der Toilette übergeben hatte, den Wind aus den Segeln zu nehmen. Nun, das war nicht zu ändern.

Sie traf ihn im Korridor an, keine fünf Schritte von der Damentoilette entfernt. Er stand über einen altertümlichen Trinkbrunnen aus Porzellan gebeugt und tat so, als versuchte er, dem Ding einen kräftigen Wasserstrahl abzupressen. Als Barbara auf ihn zukam, richtete er sich auf, sagte: »Völlig unbrauchbar, das blöde Ding« und gab vor, sie erst jetzt zu bemerken. »Na, Anrufe erledigt?« fragte er mit einem Blick zur Toilettentür, der keinen Zweifel daran ließ, daß er genau wußte, wo die Britische Telekom jedes einzelne öffentliche Telefon in Wiltshire installiert hatte. Da drinnen bestimmt nicht, junge Frau, sagte seine Miene.

»Ja«, sagte Barbara und ging an ihm vorbei, um in den Autopsieraum zurückzukehren. »Bringen wir es hinter uns.«

Sie wappnete sich innerlich gegen den Anblick, der sie hinter der Tür erwarten würde, und sah dann mit tiefer Erleichterung, daß sie die Zeit richtig geschätzt hatte. Die Autopsie war abgeschlossen, der Leichnam war schon fortgebracht worden, nur der Stahltisch stand noch da. Ein Helfer war gerade dabei, ihn abzuspritzen. Rötlich gefärbtes Wasser schwemmte über den Stahl und versickerte durch Löcher und Röhren an den Seiten des Tisches.

Doch es wartete schon die nächste Leiche auf das Messer des Pathologen. Sie lag auf einer fahrbaren Trage, teilweise von einem grünen Laken bedeckt, an der rechten großen Zehe ein Namensetikett.

»Bill«, rief einer der Laboranten zu einem kleinen Büro am anderen Ende des Raumes hinüber. »Ich hab' neue Bänder in den Recorder eingelegt. Wir können also anfangen, wenn Sie soweit sind.«

Barbara hatte nicht das geringste Verlangen, sich noch eine Autopsie anzusehen, ehe sie ihre Informationen erhalten würde. Sie ging deshalb schnurstracks zu dem Büro hinüber. Der Pathologe saß drinnen und trank irgend etwas aus einem Becher, während er auf den Bildschirm eines kleinen Fernsehgeräts starrte, auf dem sich zwei schwitzende junge Männer ein verbissenes Tennismatch lieferten. Der Ton war abgedreht.

»Na also, mach schon, du Blödmann«, brummte der Pathologe. »Am Netz ist der Kerl tödlich, das weißt du doch. Du mußt angreifen, ihn in die Defensive drängen, Junge. Ja, genau!« Er prostete dem Tennisspieler mit seinem Becher zu. Dann sah er Barbara und Sergeant Stanley und lächelte. »Ich hab' fünf Pfund auf den Kerl gesetzt, Reg.«

»Sie sollten zu den Anonymen Spielern gehen.«

»Nein. Ich brauch' nur ein bißchen Glück.«

»Das sagen sie alle.«

»Weil es stimmt.« Der Pathologe schaltete den Fernsehapparat aus und nickte Barbara zu.

Barbara sah ihm an, daß er gleich fragen würde, ob sie sich wieder besser fühle. Da sie Sergeant Stanley keinesfalls zusätzliche Nahrung für seine Verdächtigungen liefern wollte, nahm sie schnell ihr Notizheft aus ihrer Umhängetasche und sagte mit einer Kopfbewegung zu der Leiche, die drüben im anderen Raum lag: »In London warten sie auf meinen Anruf, aber ich will versuchen, Sie nicht zu lange von Ihrer Arbeit abzuhalten. Was können Sie mir bis jetzt sagen?«

Der Pathologe sah Stanley an, als wollte er von ihm wissen, wer hier den Oberbefehl hatte. Barbara vermutete, daß der Sergeant, der hinter ihr stand, eine Art päpstlicher Ausnahmebewilligung erteilt hatte, denn der Pathologe begann ohne weitere Umschweife mit seinem Bericht.

»Die äußeren Anzeichen sind stimmig, obwohl keins besonders ausgeprägt ist.« Er erläuterte diese einführende Bemerkung hilfreicherweise, indem er hinzufügte: »Die Merkmale, die mit bloßem Auge erkennbar waren – wenn auch nicht so klar ausgeprägt wie üblich –, sprechen alle für ein und dieselbe Todesursache. Das Herz war entspannt. Herzvorhof und Herzkammer rechts waren prall mit Blut gefüllt. Die Luftbläschen waren emphysematös, die Lunge war hell. Die Tracheen, Bronchien und Bronchiolen waren alle mit Schaum belegt. Der Schleim war rot gefärbt, mit Blut überfüllt. Unter der Pleura waren keine Petechien festzustellen.«

»Und was heißt das alles?«

»Sie ist ertrunken.« Der Pathologe trank einen Schluck aus seinem Becher.

»Wann genau?«

»Ein ›Genau‹ gibt es bei Ertrinken nie. Aber ich würde sagen, sie ist etwa vierundzwanzig bis sechsunddreißig Stunden vor Auffindung der Leiche gestorben.«

Barbara rechnete schnell. »Aber das heißt, daß sie vielleicht schon am Samstagmorgen in den Kanal geworfen wurde«, sagte sie, »und nicht erst am Sonntag.«

Es konnte also gut sein, daß in Allington jemand das Auto bemerkt hatte, mit dem das kleine Mädchen zum Kanal gebracht worden war. Denn samstags standen die Bauern, wie Robin ihr erzählt hatte, wie gewöhnlich um fünf Uhr auf. Nur sonntags schliefen sie sich aus. Sie drehte sich zu Stanley um und sagte: »Wir müssen noch einmal sämtliche Bewohner von Allington befragen. Diesmal im Hinblick auf den Samstag und nicht auf den Sonntag. Es kann sein –«

»Das habe ich nicht gesagt, Sergeant«, unterbrach sie der Pathologe.

Barbara richtete ihre Aufmerksamkeit wieder auf ihn. »Was haben Sie nicht gesagt?«

»Ich habe nicht gesagt, daß sie vierundzwanzig bis sechsunddreißig Stunden im Kanal gelegen hat, ehe sie gefunden wurde. Ich habe gesagt, so lange war sie tot, bevor sie gefunden wurde. An meiner Schätzung hinsichtlich der Zeitspanne, die sie im Kanal gelegen hat, hat sich nichts geändert. Ich bleibe bei zwölf Stunden.«

Barbara ließ sich seine Worte stirnrunzelnd durch den Kopf gehen. »Aber Sie sagten doch, sie sei ertrunken.«

»O ja, sie ist ertrunken.«

»Wollen Sie dann behaupten, daß jemand die Leiche im Wasser gefunden hat, sie aus dem Kanal herausgeholt und später wieder hineingeworfen hat?«

»Nein. Ich behaupte lediglich, daß sie nicht im Kanal ertrunken ist.« Er kippte den Rest seines Kaffees hinunter und stellte den Becher auf das Fernsehgerät. Dann ging er zu einem Schrank und kramte aus einem Karton ein frisches Paar Handschuhe heraus. Er schlug mit den Handschuhen klatschend auf seine Handfläche. »Schauen Sie, bei typischem Ertrinken spielt sich folgendes ab«, sagte er. »Während sich das Opfer unter Wasser befindet, werden mit einem einzigen tiefen Atemzug alle möglichen Fremdpartikel in den Körper eingesogen. Unter dem Mikroskop lassen sich diese Fremdkörper in der Flüssigkeit, die man der Lunge des Opfers entnommen hat, nachweisen: Algen, Schlick, Diatomee. In unserem Fall hätten diese Algen-, Schlick- und Diatomeeteilchen mit der Probe aus dem Kanal übereinstimmen müssen.«

»Und dem ist nicht so?«

»Nein. Weil diese Teilchen überhaupt nicht vorhanden waren.«

»Aber könnte das nicht bedeuten, daß sie diesen ›einzigen tiefen Atemzug‹ unter Wasser gar nicht gemacht hat?«

Er schüttelte den Kopf. »Das ist eine automatische Atemfunktion, Sergeant, die beim Erstickungstod stets eintritt. Außerdem war ja Wasser in ihrer Lunge. Wir wissen also mit Sicherheit, daß sie unter Wasser eingeatmet hat. Aber die Analyse hat gezeigt, daß das Wasser in ihrer Lunge nicht aus dem Kanal kam.«

»Ich vermute, damit wollen Sie sagen, daß sie woanders ertrunken ist.«

»Richtig.«

»Können wir mit Hilfe des Wassers in ihrer Lunge sagen, wo sie gestorben ist?«

»Unter gewissen Umständen wäre das möglich, ja. Unter diesen Umständen nicht.«

»Warum nicht?«

»Weil die Flüssigkeit in ihrer Lunge Leitungswasser war. Sie kann also praktisch überall gestorben sein. Vielleicht hat man ihr den Kopf in eine Badewanne oder eine Toilette gedrückt. Vielleicht hat man sie, mit dem Kopf in einer gefüllten Wanne, an den Füßen aufgehängt. Sie kann auch in einem Schwimmbecken ertrunken sein. Chlor löst sich rasch auf, und wir haben bei ihr keine Spuren davon gefunden.«

»Aber wenn es so war«, wandte Barbara ein, »wenn sie wirklich unter Wasser gehalten worden ist, müßten dann nicht irgendwelche Spuren vorhanden sein? Blutergüsse an Hals und Schultern? Male an den Hand- oder Fußgelenken, wo man sie gefesselt hatte?«

Der Pathologe schob seine rechte Hand in einen der Latexhandschuhe. »Es war nicht nötig, sie unter Wasser zu halten«, sagte er.

»Wieso nicht?«

»Sie wurde betäubt, ehe sie ertränkt wurde. Das ist auch der Grund, weshalb die typischen Merkmale des Ertrinkens bei ihr weniger ausgeprägt waren als sonst, wie ich ja schon gesagt habe.«

»Bewußtlos? Aber Sie haben nichts von einem Schlag auf den Kopf oder –«

»Sie wurde nicht durch einen Schlag betäubt, Sergeant. Sie

wurde weder vor noch nach ihrem Tod in irgendeiner Weise mißhandelt. Aber der toxikologische Befund zeigt, daß sie mit einem Benzodiazepinderivat vollgepumpt war. Eine hochgiftige Dosis in Anbetracht ihres Körpergewichts.«

»Aber keine tödliche Dosis«, sagte Barbara.

»Nein.«

»Und wie sagten Sie? Ein Benzo – was?«

»Ein Benzodiazepinderivat. Das ist ein Beruhigungsmittel. In diesem Fall handelt es sich um Diazepam, das Sie wahrscheinlich unter seinem Handelsnamen kennen.«

»Und der ist?«

»Valium. Aufgrund der in ihrem Blut enthaltenen Menge – und der kaum ausgeprägten Anzeichen des Ertrinkens – können wir sagen, daß sie bewußtlos war, als sie ins Wasser gelegt wurde.«

»Und tot, als sie in den Kanal geworfen wurde?«

»O ja. Sie war tot, als sie in den Kanal kam. An die vierundzwanzig Stunden, würde ich sagen.«

Der Pathologe zog sich den zweiten Handschuh über und suchte in seinem Schrank nach einer Gazemaske. Mit einer Kopfbewegung zum Nebenraum bemerkte er: »Die nächste wird leider ziemlich übelriechend sein.«

»Wir wollten sowieso gerade gehen«, sagte Barbara.

Auf dem Rückweg zum Parkplatz versuchte sie sich darüber klarzuwerden, was der pathologische Befund für die Ermittlungen zu bedeuten hatte. Sie hatte geglaubt, sie machten allmählich, wenn auch langsam, Fortschritte; nun sah es ganz so aus, als stünden sie wieder am Anfang. Leitungswasser in Charlotte Bowens Lunge. Das hieß, sie konnte vor ihrem Tod praktisch überall festgehalten worden sein; sie konnte ebensogut in London wie in Wiltshire ertränkt worden sein. Und wenn das zutraf, wenn das kleine Mädchen in London ermordet worden war, dann konnte sie auch in London festgehalten worden sein. Der Entführer hätte reichlich Zeit gehabt, sie in London zu töten und den Leichnam zum Kennet & Avon-

Kanal hinauszufahren. Auch das Valium – ein Beruhigungsmittel, das man sich verschreiben ließ, um mit dem Streß des Großstadtlebens fertig zu werden – sprach für London. Charlotte Bowen konnte also durchaus von einem Londoner entführt und getötet worden sein; er oder sie brauchte nur ausreichend mit Wiltshire vertraut zu sein.

Es war daher gut möglich, daß Sergeant Stanleys Bemühungen, ein Suchnetz über die ganze Umgebung zu werfen, umsonst waren, daß er umsonst ein Heer von Leuten losgeschickt hatte, um nach dem Versteck fahnden zu lassen, in dem Charlotte Bowen festgehalten worden war. Und es war ebenso wahrscheinlich, daß sie selbst den guten Robin Payne auf einen Metzgergang geschickt hatte, bei dem er einen wertvollen Tag damit vergeuden würde, von einem Bootsverleih zum anderen zu tuckern, ganz zu schweigen von Sägewerken, Kanalschleusen, Windmühlen und Wasserreservoirs.

So eine gottverdammte Verschwendung von Arbeitskraft, dachte sie. Sie suchten nach einer Nadel, die wahrscheinlich gar nicht existierte. In einem Heuhaufen, der die Größe der Isle of Wight hatte.

Wir brauchen einen Anhaltspunkt, sagte sie sich. Irgend etwas, was uns weiterhilft. Jemanden, der die Entführung beobachtet hat. Ein Kleidungsstück Charlottes. Eins ihrer Schulbücher. Mehr als nur eine Leiche mit Wagenschmiere unter den Fingernägeln. Etwas, was uns Auskunft darüber gibt, wo das Kind gefangengehalten wurde.

Was könnte das sein? Und wie um alles in der Welt sollten sie es hier in dieser weiten Landschaft finden – wenn es überhaupt hier war und nicht in London?

Sergeant Stanley war auf der Treppe stehengeblieben. Mit gesenktem Kopf zündete er sich eine Zigarette an. Er bot ihr die Packung an. Sie faßte es als stillschweigendes Waffenstillstandsangebot auf. Bis sie das Feuerzeug sah. Es war eine nackte Frau. Von der Taille aus vornüber gebeugt. Und die Flamme schoß aus ihrem Hintern.

Gottverdammich, dachte Barbara. Ihr war immer noch übel,

sie hatte Kopfschmerzen, und sie versuchte verzweifelt, etwas mit den Informationen anzufangen, die der Pathologe ihnen gegeben hatte. Und da mußte sie sich auch noch mit diesem Weiberfeind in der Verkleidung eines Polizisten herumschlagen. Er wartete darauf, daß sie rot anlaufen und irgendeine ultrafeministische Bemerkung machen würde, die er später bei seinen Kumpeln zur allgemeinen Erheiterung würde zum besten geben können.

Ganz wie du willst, dachte sie. Es wird mir ein Vergnügen sein, dir entgegenzukommen, du Schwein. Sie nahm das Feuerzeug. Sie drehte es herum. Sie blies die Flamme aus. Sie zündete sie an. Sie blies sie wieder aus. »Wirklich umwerfend«, sagte sie. »Absolut unglaublich. Ist es Ihnen auch schon aufgefallen?«

Er biß an. »Was denn?«

»Wenn Sie Ihre Hose runterlassen und Ihren Hintern in die Luft strecken, könnten Sie das sein, Sergeant Stanley.« Sie knallte ihm das Feuerzeug in die Hand. »Danke für die Zigarette.« Sie ging zu ihrem Wagen.

In den leerstehenden Häusern in der George Street wimmelte es von Beamten der Spurensicherung. Mit ihren Taschen, Beuteln, Flaschen und anderen Gerätschaften eilten sie geschäftig durch das Haus, das St. James und Helen vor ein paar Tagen inspiziert hatten. Im obersten Stockwerk rollten sie den Teppich auf, um ihn zur Analyse ins Labor zu bringen, und suchten mit besonderer Aufmerksamkeit nach Fingerabdrücken.

Unter dem schwarzen Pulver, das sie auf Tür und Türknauf, Fensterbrett, Wasserhahn, Fensterscheibe und Spiegel stäubten, wurden die Abdrücke sichtbar. Es waren Hunderte. Sie sahen aus wie die abgerissenen und zerfetzten Flügel schwarzer Insekten. Jeden einzelnen sicherten und verzeichneten die Beamten, nicht nur solche, die dem Bild nach zu jenem paßten, den St. James am Batteriefach des Kassettenrecorders entdeckt hatte. Es sprach einiges dafür, daß bei Charlotte Bowens Entführung mehr als eine Person die Hand im Spiel gehabt hatte. Ein identifizierbarer Fingerabdruck konnte sie zu dieser Person führen und vielleicht den Durchbruch bringen, auf den alle warteten – immer vorausgesetzt, diese leerstehenden Häuser hatten in dem Fall tatsächlich eine Rolle gespielt.

Lynley bat sie, zwei Gegenständen besondere Aufmerksamkeit zu widmen: dem Badezimmerspiegel und den Wasserhähnen darunter sowie dem vorderen Fenster, dessen eine Scheibe jemand blankgerieben hatte, damit er oder sie durch die Lücke zwischen den Häusern auf die St.-Bernadette-Schule in der Blandford Street sehen konnte.

Lynley selbst war in der kleinen Küche, wo er Schränke und Schubladen durchsah für den Fall, daß St. James bei seiner Durchsuchung der Wohnung etwas übersehen hatte. Es war kaum etwas da, und er stellte fest, daß St. James ihm bei ihrem Gespräch am vergangenen Nachmittag alle Gegenstände ohne Ausnahme aufgezählt und mit gewohnter Genauigkeit beschrieben hatte. In einem Schrank stand der rote Blechbecher, in einer Schublade lagen die verbogene Gabel und ein paar rostige Nägel, auf der Arbeitsplatte standen zwei schmutzige Gläser. Das war alles.

Während aus dem Hahn über dem Spülbecken leise Wasser tropfte, beugte sich Lynley tiefer über die staubbedeckte Arbeitsplatte und musterte sie genau. Er ging in die Knie, bis er sie in Augenhöhe hatte, und ließ langsam seinen Blick über sie hinweggleiten. Es konnte ja sein, daß irgendeine Kleinigkeit auf dem gesprenkelten Resopal unbemerkt geblieben war. Er ließ sein Auge von der Wand zum äußeren Rand der Arbeitsplatte schweifen, vom äußeren Rand zu der Metalleinfassung, die sie mit dem Spülbecken verband. Und da sah er es. Ein kleines blaues Teilchen – nicht viel größer als ein Splitter von einem Zahn – war in einer Ritze unter dem Metallband zwischen Spülbecken und Arbeitsplatte eingeklemmt.

Mit einem feinen Messer aus einer Gerätetasche der Spurensicherung löste er das blaue Teilchen vorsichtig aus der Ritze.

Es hatte einen ganz schwachen medizinischen Geruch, und als er es auf seine Handfläche legte und mit dem Fingernagel daran kratzte, stellte er fest, daß es leicht krümelte. Ein Stück von einer Tablette? Irgendein Waschmittel? Er gab es in ein Fläschchen, das er etikettierte und einer der Beamtinnen der Spurensicherung mit der Bitte übergab, es so bald wie möglich analysieren zu lassen.

Dann trat er aus der Wohnung in das muffige Treppenhaus hinaus. In das verbarrikadierte Gebäude kam kaum frische Luft. Es roch nach Mäusen oder Ratten, verfaulenden Nahrungsmitteln und Exkrementen, und durch die Wärme des Spätfrühlingswetters staute sich der Geruch noch. Constable Winston Nkata schimpfte darüber, als er auf dem Weg nach oben Lynley traf, der eben die Treppe hinunter in den zweiten Stock ging. Ein tadellos gebügeltes weißes Taschentuch auf Mund und Nase gedrückt, knurrte der Constable: »Das ist hier ja die reinste Kloake.«

»Passen Sie auf, wohin Sie treten«, riet Lynley ihm. »Weiß der Himmel, was unter dem Müll noch auf dem Boden liegt.«

Nkata stieg vorsichtig über die Abfälle hinweg und erreichte die Tür zur Wohnung, als Lynley gerade hineinging. »Ich hoffe, die Leute hier kriegen wenigstens eine Sonderzulage.«

»Das gehört alles zu den Freuden der Polizeiarbeit. Was haben Sie denn inzwischen getrieben?«

Nkata umrundete die größeren Müllhaufen, die die Beamten der Spurensicherung gerade durchsiebten, ging zum Fenster und machte den Riegel auf, so daß ein dünnes Lüftchen eindringen konnte. Das reichte ihm offenbar, denn er senkte das Taschentuch. Eine Grimasse über den Gestank konnte er sich dennoch nicht verkneifen.

»Ich war bei den Kollegen in Marylebone«, berichtete er. »Die Beamten, die im Cross Keys Close Streife gehen, kommen vom Revier in der Wigmore Street. Es müßte also einer von denen sein, der den Stadtstreicher gesehen hat, von dem Mr. St. James Ihnen erzählt hat.«

»Und?« fragte Lynley.

»Nichts«, sagte Nkata. »Von den Regulären kann sich keiner erinnern, einen Penner aus der Gegend verscheucht zu haben. Die haben eine Menge zu tun – jetzt, wo die Touristen wieder reinbrechen und so – und schreiben sich's nicht auf, wann sie wen aus welcher Straße vertreiben. Es will zwar keiner behaupten, daß es so einen Zwischenfall nicht gegeben hätte. Aber es will sich auch keiner mit einem unserer Zeichner hinsetzen, damit der ein Bild von dem Mann machen kann.«

»Mist«, sagte Lynley. Damit waren alle Hoffnungen auf eine brauchbare Beschreibung des Stadtstreichers dahin.

»Genau das hab' ich mir auch gedacht.« Nkata lächelte und zupfte an seinem Ohrläppchen. »Und darum hab' ich mir ein paar kleine Freiheiten rausgenommen.«

Nkata und seinen kleinen Freiheiten hatten sie schon des öfteren entscheidende Fingerzeige zu verdanken gehabt. Lynley wurde deshalb sogleich hellhörig. »Und?«

Der Constable griff in seine Jackentasche. Er habe eine der Polizeizeichnerinnen zum Mittagessen ausgeführt, berichtete er Lynley strahlend. Auf dem Weg zum Restaurant hatten sie einen Abstecher zum Cross Keys Close gemacht und den Schriftsteller besucht, von dem Helen Clyde die Beschreibung des Penners bekommen hatte, der genau am Tag von Charlotte Bowens Verschwinden aus dem Gewirr düsterer kleiner Straßen vertrieben worden war. Mit Hilfe der Angaben des Schriftstellers hatte die Zeichnerin ein Bild des Penners angefertigt. Und sich noch eine kleine Freiheit erlaubend und bewundernswürdige Initiative zeigend, hatte Nkata die Zeichnerin umsichtigerweise gleich noch eine zweite Skizze des Penners anfertigen lassen, diesmal ohne das zottige Haar, den Schnauzer und die Strickmütze, die alle Teil einer Verkleidung sein konnten.

»Und das ist dabei herausgekommen.« Er reichte Lynley die beiden Zeichnungen.

Der schaute sie sich aufmerksam an, während Nkata weiterberichtete. Er habe Kopien von beiden Skizzen machen lassen, sagte er. Die hatte er unter den Beamten verteilt, die derzeit unterwegs waren, um die Stelle ausfindig zu machen, wo Charlotte Bowen verschwunden war. Weitere Kopien hatte er den Beamten gegeben, die die Obdachlosenunterkünfte in der Umgebung abklapperten, um eventuell den Namen des Stadtstreichers herauszubekommen.

»Schicken Sie jemanden mit der Zeichnung zu Mrs. Bowen«, sagte Lynley. »Und zu ihrem Mann und der Haushälterin. Außerdem zu dem alten Herrn, von dem Sie mir gestern abend erzählt haben, der von seinem Fenster aus immer beobachtet, was auf der Straße vorgeht. Vielleicht kann einer von ihnen uns mehr sagen.«

»Wird gemacht«, versprach Nkata.

Im Korridor waren zwei Beamte der Spurensicherung gerade dabei, den zusammengerollten Teppich aus dem oberen Stockwerk durch das enge Treppenhaus zu manövrieren. Er lag ihnen so schwer auf den Schultern wie eine unerfüllte Verpflichtung, und einer von ihnen rief laut: »Vorsichtig, Maxie. Ich hab' hier kaum Platz, das Ding zu drehen«, während sie in Richtung Treppe torkelten. Lynley kam ihnen zu Hilfe. Nkata ebenfalls, wenn auch etwas widerwilliger. »Das stinkt ja wie Hundepisse«, sagte er.

»Ist wahrscheinlich auch voll davon«, versetzte Maxie. »An deinem schicken Jäckchen wird sich der Geruch bestimmt gut ausnehmen, Winnie.«

Die anderen lachten. Stolpernd und ächzend arbeiteten sie sich gemeinsam durch das düstere Treppenhaus zum Erdgeschoß hinunter. Hier war es wenigstens etwas heller, die Luft war angenehmer, da die Metallplatte und die Bretter vor der Haustür entfernt worden waren, um ihnen ungehinderten Zugang zu dem Gebäude zu ermöglichen. Sie schleppten die Teppichrolle durch diese Tür hinaus und bugsierten sie in einen Lieferwagen, der auf der Straße bereitstand. Nkata nahm sich danach viel Zeit, um sein »schickes Jäckchen« zu säubern.

Wieder draußen im Freien, ließ sich Lynley durch den Kopf gehen, was der Constable ihm berichtet hatte. Es war sicher richtig, daß die örtliche Polizei bei der großen Anzahl von Touristen, die hier auf der Suche nach dem Regent's Park, dem Wachsmuseum oder dem Planetarium herumwanderten, nicht jeden Stadtstreicher im Gedächtnis behielt, den sie verscheuchte. Dennoch bestand die Möglichkeit, daß jemand den Mann mit Hilfe der Skizze würde identifizieren können. »Sie müssen sich noch mal mit den zuständigen Kollegen unterhalten, Winston«, sagte er. »Lassen Sie die Zeichnung in der Kantine herumgehen. Vielleicht fällt jemandem was ein.«

»Okay, aber es gibt da noch ein kleines Problem, das Ihnen sicher nicht gefallen wird«, erwiderte Nkata. »Sie haben zwanzig Hilfspolizisten bei der Truppe.«

Lynley fluchte leise vor sich hin. Zwanzig ehrenamtliche Hilfspolizisten – Freiwillige aus dem Bezirk, die Uniform trugen und Streife gingen wie jeder andere Polizeibeamte –, das hieß zwanzig weitere Personen, die den Stadtstreicher gesehen haben konnten. Die Komplikationen in diesem Fall schienen mit jeder Stunde, die verstrich, exponential zuzunehmen.

»Dann müssen Sie denen die Skizze auch zeigen«, sagte Lynley.

»Keine Sorge. Wird gemacht.« Nkata zog sein Jackett aus und inspizierte die Schulter, auf der er den Teppich getragen hatte. Zufrieden mit dem, was er sah, zog er es wieder über und richtete die Manschetten seines Hemdes. Mit einem nachdenklichen Blick auf das Haus, das sie soeben verlassen hatten, sagte er zu Lynley: »Meinen Sie, daß die Kleine hier festgehalten worden ist?«

»Ich habe keine Ahnung«, antwortete Lynley. »Es ist möglich, aber wie es im Moment aussieht, kann sie überall in London versteckt worden sein. Ganz zu schweigen von Wiltshire.« Automatisch griff er zur Innentasche seines Jacketts, in der er, bevor er vor sechzehn Monaten das Rauchen aufgegeben hatte, stets seine Zigaretten getragen hatte. Unglaublich, wie lange es dauerte, bis so eine Gewohnheit starb. Die Zeremonie des Zigarettenanzündens war in irgendeiner Weise mit seinem Denkprozeß verknüpft. Er mußte das eine tun, um das andere anzuregen. Jedenfalls kam ihm das in Momenten wie diesem so vor.

Nkata hatte offenbar gemerkt, was los war; er kramte in seiner Hosentasche und brachte ein Fruchtbonbon zum Vorschein. Ohne ein Wort reichte er es Lynley und holte sich selbst auch eins heraus. Schweigend packten sie die Süßigkeiten aus, während hinter ihnen in dem heruntergekommenen Haus die Spurensicherung weiterging.

»Drei mögliche Motive«, meinte Lynley. »Aber nur eins davon ergibt wirklich einen Sinn. Es ließe sich argumentieren, daß diese ganze Geschichte ein mißglückter Versuch war, die Auflage der *Source* –«

»Mißglückt wohl kaum«, widersprach Nkata.

»Mißglückt insofern, als es unmöglich Dennis Luxfords Absicht gewesen sein kann, das Kind sterben zu lassen. Aber wenn das unser Motiv ist, müssen wir immer noch nach dem dahinterliegenden Grund suchen. War Luxford in Gefahr, seine Stellung zu verlieren? Hat ein anderes Blatt der *Source* einen Teil der Werbeeinnahmen weggenommen? Was ist in seinem Leben passiert, das ihn zu einer solchen Tat getrieben haben könnte?«

»Vielleicht ist beides passiert«, meinte Nkata. »Schwierigkeiten in der Arbeit. Und Verlust von Werbeeinnahmen.«

»Oder wurden beide Verbrechen – die Entführung und der Mord – von Eve Bowen eingefädelt, die sich damit in Szene setzen und öffentliche Anteilnahme erregen wollte?«

»Also, das wär' ja wirklich eiskalt«, sagte Nkata.

»Stimmt. Aber sie ist Politikerin, Winston. Sie möchte Premierministerin werden. Sie hat einen rasanten Aufstieg gemacht, aber vielleicht ist es ihr bis ganz nach oben immer noch zu langsam gegangen. Sie hat überlegt, wie sie den Weg abkürzen könnte, und hat ihre Tochter als das geeignete Mittel dazu gesehen.«

»Da müßte sie ein echtes Ungeheuer sein. Das ist einfach unnatürlich.«

»Hat sie auf Sie natürlich gewirkt?«

Nkata lutschte gedankenvoll an seinem Fruchtbonbon. »Tja, sehen Sie, das ist so«, sagte er schließlich. »Mit weißen Frauen hab' ich nichts zu tun. Eine schwarze Frau sagt ehrlich, was sie will oder wann sie's will. Ja, und auch wie, sie sagt einem Mann auch, wie sie's will. Aber eine Weiße? Die tut das nicht. Weiße Frauen sind mir ein Rätsel. Sie wirken immer kalt auf mich.«

»Aber erschien Ihnen Eve Bowen kälter als andere?«

»Das ja. Aber so kalt? Es ist eine Sache des Maßes. Alle weißen Frauen erscheinen mir ihren Kindern gegenüber eiskalt. Wenn Sie mich fragen, sie hat sich so gegeben, wie sie ist.«

Und das, dachte Lynley, war vielleicht eine weit klarere Einschätzung der Staatssekretärin als seine eigene. »Akzeptiert«, sagte er. »Damit bleibt uns noch Motiv Nummer drei: Jemand hat es darauf abgesehen, Eve Bowen zu Fall zu bringen. Was sie, so behauptet sie zumindest, von Anfang an vermutet hat.«

»Jemand, der in Blackpool war, als sie ihr Techtelmechtel mit Luxford hatte«, meinte Nkata.

»Jemand, der davon profitiert, wenn sie stürzt«, fügte Lynley hinzu. »Haben Sie sich schon um die beiden Woodwards gekümmert?«

»Die stehen als nächstes auf meiner Liste«, antwortete Nkata.

»Dann greifen Sie an.« Lynley holte seine Wagenschlüssel heraus.

»Und Sie?«

»Ich werde jetzt Alistair Harvie einen Besuch abstatten«, sagte Lynley. »Er ist aus Wiltshire, er hat für Eve Bowen nichts übrig, und er war beim Tory-Parteitag in Blackpool.«

»Sie glauben, er ist unser Mann?«

»Er ist Politiker, Winston«, antwortete Lynley.

»Und damit hat er ein Motiv, hm?«

»Genau«, bestätigte Lynley. »Für so ziemlich alles.«

Lynley stöberte den Abgeordneten Alistair Harvie im Centaur Club auf, der vom Parliament Square aus zu Fuß bequem zu erreichen war. Der Klub war im ehemaligen Wohnhaus einer der Mätressen Edwards VII. untergebracht, einem eleganten Gebäude, das mit Gesimsen von Wyatt, Lünetten von Adam und Decken von Kauffmann aufwarten konnte. Die Architektur war ein Zeugnis vergangener Pracht – mit zahllosen dekorativen Details in Stuck und Schmiedeeisen –, die Inneneinrichtung jedoch war Gegenwart und Zukunft zugewandt. Der ehemalige große Salon in der ersten Etage, in dem früher einmal Hausbewohner und Gäste den Nachmittagstee inmitten von Hepplewhite-Möbeln eingenommen haben mochten, enthielt jetzt ein ganzes Arsenal von Fitneßgeräten, an denen sich schweißgebadete Männer in Shorts und T-Shirts stöhnend und ächzend durch allerlei muskelstählende Übungen quälten.

Alistair Harvie war unter ihnen. In Shorts und Tennisschuhen, mit einem Frotteestirnband um den Kopf, das den aus dem graugesprenkelten Haar tropfenden Schweiß auffing, und mit nacktem Oberkörper rannte der Abgeordnete auf einem Laufband. Gegenüber war eine Spiegelwand, in der die Sportler sich beobachten und über die Vollkommenheit ihres Körpers – oder dessen Unzulänglichkeit – nachsinnen konnten.

Genau das schien Harvie zu tun, als Lynley sich ihm näherte. Er lief mit angewinkelten Armen, die Ellbogen an die Seiten gedrückt, den Blick auf sein Spiegelbild fixiert. Seine Lippen waren leicht verzogen, es konnte ein Lächeln oder eine Grimasse sein, und seine Füße donnerten auf das sich rasch bewegende Laufband. Er atmete tief und regelmäßig, als bereite es ihm Genuß, seine körperliche Ausdauer zu prüfen.

Als Lynley seinen Dienstausweis herauszog und ihn Harvie unter die Nase hielt, machte dieser keine Anstalten, seine Übung abzubrechen. Er schien nicht im geringsten nervös über diesen Besuch der Polizei. »Hat man Sie unten hereingelassen?« sagte er nur. »Was zum Teufel soll das? Kann man nicht einmal mehr hier ungestört sein?« Er sprach im sonoren Tonfall des Winchester-College-Absolventen. »Ich bin hier noch nicht fertig. Sie werden sieben Minuten warten müssen. Wer hat Ihnen übrigens gesagt, wo Sie mich finden?«

Harvie machte ganz den Eindruck, als würde er die kleine Maus von einer Sekretärin, die angesichts von Lynleys Ausweis den Kopf verloren und mit der Information herausgerückt war, mit Vergnügen an die Luft setzen. Darum sagte Lynley im besten Eton-Tonfall: »Ihr Terminkalender ist kein besonders großes Geheimnis, Mr. Harvie. Ich würde Sie gern einen Moment sprechen.«

Harvie zeigte keine Reaktion darauf, daß dieser Polizeibeamte einen gleichermaßen kultivierten Privatschulton hervorbrachte. Er versetzte nur: »Wie ich schon sagte, wenn ich hier fertig bin.« Er drückte das rechte Handgelenk mit dem Schweißband an seine Oberlippe.

»Ich habe leider nicht die Zeit zu warten. Soll ich Ihnen meine Fragen hier stellen?«

»Habe ich vergessen, ein Bußgeld zu bezahlen?«

»Vielleicht. Aber das fällt nicht in die Zuständigkeit der Kriminalpolizei.«

»Ach, Kriminalpolizei?« Harvie behielt seine Geschwindigkeit auf dem Laufband bei und achtete auf seinen Arm, als er sagte: »Und worum geht es?«

»Um die Entführung und den Tod von Eve Bowens Tochter Charlotte. Sollen wir hier darüber sprechen, oder wäre es Ihnen lieber, wir führten das Gespräch an einem anderen Ort?«

Jetzt erst löste Harvie den Blick von seinem Spiegelbild und faßte Lynley ins Auge. Einen Moment lang musterte er ihn taxierend. Nebenan kletterte ein säbelbeiniger Fitneß-Freak mit extrem vorgewölbtem Bauch auf das Laufband und fummelte an den Knöpfen. Das Laufband sprang an. Der Dicke stieß einen Schrei aus und begann hastig zu laufen.

So laut, daß es zwar nicht der ganze Saal hörte, aber doch immerhin der Läufer nebenan, sagte Lynley: »Sie haben zweifellos gehört, daß das Kind am Sonntagabend tot aufgefunden wurde, Mr. Harvie. In Wiltshire. Nicht allzuweit von Ihrer

Heimatstadt Salisbury entfernt, wenn ich nicht irre.« Er klopfte auf die Taschen seines Jacketts, als suchte er nach einem Buch oder Block, um Alistair Harvies Aussage aufzuzeichnen. In unveränderter Lautstärke sagte er: »New Scotland Yard würde deshalb interessieren –«

»Schon gut«, fuhr Harvie ihn an. Er drehte an einem Knopf seines Laufgeräts. Die Geschwindigkeit nahm ab. Als das Laufband anhielt, stieg er herunter und sagte: »Sie sind ungefähr so diskret wie ein Marktschreier, Mr. Lynley.« Er griff nach einem weißen Handtuch, das über dem Geländer des Laufbandes hing. Während er sich Oberkörper und Arme abrieb, sagte er: »Ich gehe jetzt duschen und mich umziehen. Sie können mitkommen, wenn Sie mir den Rücken schrubben wollen, Sie können auch in der Bibliothek auf mich warten. Ganz wie Sie wollen.«

Hinter dem Namen Bibliothek verbarg sich die Bar, wie Lynley feststellte, wenn auch, um der Bezeichnung Rechnung zu tragen, auf einem Mahagonitisch in der Mitte des Raumes ein paar Zeitungen und Zeitschriften aufgefächert lagen und an zwei Wänden hohe Regale voller Bücher standen. Die in Leder gebundenen Schmöker sahen allerdings nicht so aus, als wären sie in diesem Jahrhundert schon einmal aufgeschlagen worden. Etwa acht Minuten später näherte sich Harvie gemächlich Lynleys Tisch. Er hielt an, um einige Worte mit einem alten Herrn zu wechseln, der verbissen und mit atemberaubendem Tempo Patience spielte, blieb dann an einem anderen Tisch stehen, an dem zwei junge Männer in Nadelstreifenanzügen über der *Financial Times* saßen und irgendwelche Daten in einen Laptop eingaben. Nachdem er diese beiden mit klugen Ratschlägen beglückt hatte, sagte er zum Barkeeper: »Ein Pellegrino mit Zitrone, George, ohne Eis, bitte« und trat endlich zu Lynley an den Tisch.

Er hatte das Fitneß-Kostüm mit dem Abgeordneten-Ensemble vertauscht, einem dunkelblauen Anzug von lässig schäbiger Noblesse, die vermuten ließ, daß er ihn zuerst von einem Familienfaktotum hatte eintragen lassen, und ein

Hemd, das in der Farbe genau auf seine scharfen blauen Augen abgestimmt war. Er zog einen Stuhl heraus. Als er saß, knöpfte er sein Jackett auf und berührte den Knoten seiner Krawatte.

»Würden Sie mir nun freundlicherweise verraten, aus welchem Grund Sie ausgerechnet mit mir über diese Geschichte sprechen wollen?« In der Mitte des Tisches stand eine Schale mit gemischten Nüssen. Er suchte sich fünf Cashews heraus und ließ sie auf geöffneter Hand liegen. »Wenn ich weiß, was Sie herführt, werde ich Ihre Fragen gern beantworten.«

Du wirst meine Fragen auf jeden Fall beantworten, mein Lieber, dachte Lynley, sagte jedoch: »Sie können jederzeit Ihren Anwalt anrufen, wenn Sie das für nötig halten.«

Harvie schob sich eine Cashewnuß in den Mund und schüttelte die anderen in seiner Hand. »Das würde einige Zeit in Anspruch nehmen«, erwiderte er, »die Sie, wenn ich Sie vorhin richtig verstanden habe, nicht zur Verfügung haben. Lassen wir doch die Spielchen, Inspector Lynley. Sie sind ein vielbeschäftigter Mann und ich ebenfalls. Ich habe in fünfundzwanzig Minuten eine Ausschußsitzung. Zehn davon kann ich Ihnen geben. Ich würde vorschlagen, Sie nutzen sie.«

Der Barkeeper brachte das bestellte Pellegrino und goß es in ein Glas. Harvie nickte dankend, befeuchtete den Rand des Glases mit dem Zitronenschnitz und warf ihn dann in das Wasser. Er schob sich die nächste Cashewnuß in den Mund und kaute bedächtig, den Blick abwartend auf Lynley gerichtet.

Es schien Lynley sinnlos, sich auf Wortgefechte einzulassen, zumal mit einem Gegner, der durch seinen Beruf darauf gedrillt war, um jeden Preis zu siegen. Darum sagte er jetzt: »Sie haben sich offen gegen ein neues Gefängnis in Wiltshire ausgesprochen.«

»Das ist richtig. Durch das Gefängnis werden in meinem Wahlkreis vielleicht ein paar hundert neue Arbeitsplätze geschaffen, dafür wird jedoch ein großes Stück der Ebene von Salisbury zerstört, und es werden Leute in den Bezirk geschleppt, die ausgesprochen unerwünscht sind. Meine Wähler stellen sich mit gutem Grund gegen die Errichtung dieses Gefängnisses. Und ich bin ihr Sprachrohr.«

»Sie liegen sich deswegen mit dem Innenministerium in den Haaren, wenn ich recht unterrichtet bin. Und insbesondere mit der Abgeordneten Bowen.«

Harvie rollte die Nüsse auf der offenen Hand hin und her. »Sie wollen doch nicht im Ernst unterstellen, ich hätte deswegen die Entführung ihrer Tochter eingefädelt? Das wäre wohl kaum eine wirksame Methode, um zu erreichen, daß das Gefängnis an einem anderen Ort errichtet wird.«

»Ich würde gern Ihre ganze Beziehung zu Mrs. Bowen etwas genauer beleuchten.«

»Ich habe keinerlei Beziehung zu ihr.«

»Ist es nicht richtig, daß Sie ihr zum erstenmal in Blackpool begegnet sind? Vor etwa elf Jahren?«

»Tatsächlich?« Harvie schien perplex. Lynley allerdings nahm ihm die Verblüffung nicht so recht ab. Er hielt sie für eine Kostprobe der schauspielerischen Begabung des Politikers.

»Dort fand damals der Parteitag der Konservativen statt. Sie arbeitete als politische Berichterstatterin für den *Telegraph*. Sie hat ein Interview mit Ihnen gemacht.«

»Ich kann mich nicht erinnern. Ich habe in den letzten zehn Jahren Hunderte von Interviews gegeben. Da kann man wohl kaum erwarten, daß mir ein bestimmtes im Gedächtnis geblieben ist.«

»Vielleicht weckt der Ausgang des Interviews eine Erinnerung. Sie wollten sie verführen.«

»Tatsächlich?« Harvie griff zu seinem Glas und trank einen Schluck Wasser. Lynleys Worte schienen ihn eher neugierig gemacht als beleidigt zu haben. Er neigte sich zum Tisch und suchte unter den Nüssen nach weiteren Cashews. »Ehrlich gesagt, das überrascht mich nicht. Sie wäre nicht die erste Reporterin, mit der ich nach Abschluß eines Interviews gern etwas intimer geworden wäre. Und hat's denn geklappt?«

»Mrs. Bowen zufolge nein. Sie hat Sie zurückgewiesen.«

»Oh? Tja, ich kann mir nicht vorstellen, daß ich mir große Mühe gegeben hätte, diese Frau zu verführen. Sie ist nicht mein Typ. Wahrscheinlich ging es mir mehr darum, mal auf den Busch zu klopfen und zu sehen, wie sie auf meinen Vorschlag reagiert.«

»Und wenn sie auf ihn eingegangen wäre?«

»Ich bin nie für Enthaltsamkeit eingetreten, Inspector.« Er blickte durch das Zimmer zu einer Fensterbank aus zerschlissenem roten Samt. Durch das Fenster dahinter war ein blühender Garten zu sehen, und an der Scheibe fielen die lichtblauen Trauben einer Glyzinie herab.

»Sagen Sie ...« – Harvie wandte den Blick von den Blumen –, »soll ich ihre Tochter etwa aus Wut über die Zurückweisung in Blackpool entführt haben? An die ich mich, wohlgemerkt, nicht erinnere, auch wenn ich zuzugeben bereit bin, daß sie Tatsache sein kann.«

»In Blackpool war sie, wie ich bereits sagte, noch Berichterstatterin einer Zeitung. Inzwischen hat sich ihre Stellung im Leben drastisch verändert. Die Ihre hingegen ist unverändert geblieben.«

»Inspector, sie ist eine Frau. Ihren politischen Aufstieg hat sie mehr dieser Tatsache zu verdanken als irgendwelchen außerordentlichen Fähigkeiten, die die meinen übertreffen. Ich bin – genau wie Sie, wenn ich das hinzufügen darf, und wie alle unsere Brüder – ein Opfer lautstarker feministischer Forderungen nach mehr öffentlicher Verantwortung für Frauen.«

»Wenn also jetzt nicht sie in dieser verantwortungsvollen Position säße, dann säße dort ein Mann.«

»Idealerweise.«

»Und möglicherweise wären Sie selbst dieser Mann.«

Harvie schob die letzte Nuß in den Mund und wischte sich die Finger an einer Cocktailserviette ab. »Was soll ich aus dieser Bemerkung schließen?«

»Wer hätte etwas davon, wenn Mrs. Bowen ihren Posten im Innenministerium aufgäbe?«

»Ach, so ist das. Sie sehen mich ungeduldig in den Kulissen stehen, die zweite Garnitur, die inbrünstig hofft, daß aus dem symbolischen ›Hals- und Beinbruch‹ für die Hauptdarstellerin Realität wird. Habe ich recht? Nein, Sie brauchen mir gar nicht zu antworten. Ich bin nicht auf den Kopf gefallen. Aber Ihre Frage zeigt, wie wenig Sie sich in der Politik auskennen.«

»Dennoch möchte ich Sie bitten, sie zu beantworten«, versetzte Lynley.

»Ich habe nichts gegen den Feminismus an sich, aber ich finde, und das gebe ich ohne weiteres zu, daß die Bewegung immer mehr außer Kontrolle gerät, besonders im Parlament. Wir haben weiß Gott Wichtigeres zu tun, als uns den Kopf darüber zu zerbrechen, ob in Westminster Tampons und Nylonstrümpfe verkauft werden sollten oder ob für weibliche Abgeordnete mit kleinen Kindern eine Krippe eingerichtet werden soll. Das Parlament ist das Zentrum unserer Regierung, Inspector. Diese Dinge gehören ins Sozialministerium.«

Einem Politiker eine klare Antwort zu entlocken, dachte Lynley, war etwa so mühsam wie der Versuch, eine eingeölte Schlange mit einem Zahnstocher aufzuspießen. »Mr. Harvie«, sagte er, »ich möchte keinesfalls, daß Sie zu spät zu Ihrer Ausschußsitzung kommen. Bitte beantworten Sie die Frage. Wer würde davon profitieren?«

»Sie hätten es wohl gern, daß ich mich selbst belaste, nicht wahr, aber ich habe gar nichts davon, wenn Eve Bowen ihren Posten zur Verfügung stellte. Sie ist eine Frau, Inspector. Wenn Sie wissen wollen, wer von ihrem Rücktritt am meisten hätte, dann müssen Sie Ihr Augenmerk auf die anderen Frauen im Parlament richten, nicht auf die Männer. Der Premierminister wird auf keinen Fall eine Angehörige seiner Regierung durch einen Mann ersetzen, ganz gleich, was für Qualifikationen er vorweisen kann. Das verbietet das gegenwärtige Klima, ablesbar am Stand seiner Popularität bei den letzten Umfragen.«

»Und wenn sie auch als Abgeordnete zurücktritt, wer hat dann etwas davon?«

»Sie besitzt in ihrer Position im Innenministerium weit mehr Macht, als sie als einfache Abgeordnete je erlangen kann. Wenn Sie feststellen wollen, wer von ihrem Rücktritt profitieren würde, dann sehen Sie sich die Leute an, über die sie dank ihrer Stellung im Innenministerium die meiste Macht hat. Ich gehöre nicht zu ihnen.«

»Wer dann?«

Er nahm sich wieder von den Nüssen, suchte sich zwei Mandeln aus der Schale, während er die Frage bedachte. »Knastbrüder«, sagte er. »Immigranten, Asylanten.« Er hob eine Mandel zum Mund, hielt jedoch plötzlich inne und senkte die Hand.

»Noch jemand?« fragte Lynley.

Harvie legte die Mandeln behutsam neben seinem Glas ab. Nachdenklich, beinahe wie zu sich selbst, sagte er: »Normalerweise ist so etwas – ich meine, was Eve Bowens Tochter zugestoßen ist – nicht ihre Art, auf ihren Standpunkt aufmerksam zu machen. Und gerade im derzeitigen Klima der Entspannung und Zusammenarbeit... Aber wenn sie wirklich zurücktreten sollte, hätten sie einen Feind weniger...«

»Wer?«

Harvie blickte auf. »Angesichts des Waffenstillstands und der fortlaufenden Verhandlungen kann ich mir wirklich nicht vorstellen, daß ihnen daran liegt, die Atmosphäre von neuem aufzuheizen. Aber trotzdem...«

»Waffenstillstand? Verhandlungen? Sprechen Sie von –«

»Ja«, antwortete Harvie ernst. »Von der IRA.«

Eve Bowen, erklärte er, gehörte seit langem zu den Leuten im Parlament, die in der IRA-Frage die härteste Linie vertraten. Die Friedensentwicklungen in Nordirland hatten ihren Argwohn über die ihrer Meinung nach wirklichen Absichten der IRA nicht zerstreuen können. In der Öffentlichkeit legte sie natürlich zu den Bemühungen des Premierministers, die irische Frage zu lösen, ein Lippenbekenntnis ab. Privat machte sie keinen Hehl aus ihrer Überzeugung, daß die INLA – die

Irish National Liberation Army, die immer schon extremer als die IRA war – sich neu organisieren und als aktive und gewalttätige Kraft gegen den Friedensprozeß in Erscheinung treten würde.

»Sie ist der Auffassung, daß die Regierung mehr tun müßte, um sich auf den Moment vorzubereiten, wo die Gespräche abbrechen oder die INLA losschlägt«, erklärte Harvie.

Ihrer Überzeugung nach müsse die Regierung bereit sein, mögliche Probleme bei der Wurzel zu packen; sie dürfe nicht riskieren, sich neuerlich einem Jahrzehnt von Bombenanschlägen im Hyde-Park und am Oxford Circus auszusetzen.

»Und wie soll die Regierung das ihrer Meinung nach bewerkstelligen?« fragte Lynley.

»Indem sie nach Mitteln und Wegen sucht, um die Macht der nordirischen Polizei zu verstärken und die Zahl der nach Ulster entsandten Truppen zu erhöhen – das alles klammheimlich, wohlgemerkt –, während sie öffentlich ihr unerschütterliches Vertrauen in den Verhandlungsprozeß bekräftigt.«

»Das wäre aber eine riskante Sache«, meinte Lynley.

»Das kann man wohl sagen.« Harvie berichtete weiter, daß Eve Bowen außerdem den erhöhten Einsatz von verdeckten Polizeiermittlern in Kilburn befürwortete. Deren Aufgabe sollte es sein, Londoner Verbindungsleute abtrünniger Einzelgänger innerhalb der IRA, die Waffen, Sprengstoff und Guerillas nach England einschmuggeln wollten für den Fall, daß bei den Friedensgesprächen nicht das für sie herausspringen sollte, was sie sich erhofften, zu identifizieren und zu überwachen.

»Das klingt ja, als glaubte sie gar nicht daran, daß sich eine Lösung finden läßt«, sagte Lynley.

»Richtig. Ihre Position läßt sich kurz folgendermaßen charakterisieren: Erstens vertritt sie, wie ich schon sagte, den Standpunkt, daß die Regierung auf den Moment vorbereitet sein muß, wo die Gespräche Schiffbruch erleiden. Und zweitens meint sie, da die sechs Countys sich in freier Abstimmung dafür entschieden haben, dem Britischen Empire anzugehören, verdienten sie den Schutz des Britischen Empire bis zum bitteren Ende. Das ist eine durchaus populäre Überzeugung bei Leuten, die gern glauben möchten, daß es tatsächlich noch ein Britisches Empire gibt.«

»Sie stimmen mit ihren Ansichten nicht überein.«

»Ich bin Realist, Inspector. In zwei Jahrzehnten hat uns die IRA recht deutlich gezeigt, daß sie nicht vom Erdboden verschwinden wird, nur weil wir ihre Leute, ohne ihnen Rechtsbeistand zu gewähren, einlochen, wann immer sich uns die Chance dazu bietet. Es sind schließlich Iren. Die vermehren sich ständig. Stecken Sie einen ins Gefängnis, und draußen betreiben zehn weitere unter dem Bildnis des Papstes die Fortpflanzung. Nein, der einzig vernünftige Weg, diesem Konflikt ein Ende zu machen, ist, auf dem Verhandlungsweg eine Regelung zu erreichen.«

»Aber das ist nicht in Eve Bowens Sinn.«

»Lieber Tod als Ehrlosigkeit. Trotz allem, was sie in der Öffentlichkeit äußert, steht Eves Überzeugung fest: Wo werden wir in zehn Jahren stehen, wenn wir jetzt mit Terroristen verhandeln?« Er sah auf seine Uhr und trank den Rest seines Mineralwassers. Dann erhob er sich. »Das ist wirklich nicht typisch für diese Leute, das Kind eines Politikers zu entführen und zu töten. Und ich glaube nicht, daß so etwas – so entsetzlich es für Eve sein muß – sie dazu bringen könnte, von ihrem Posten zurückzutreten. Es sei denn, da spielt noch etwas mit, von dem ich nichts weiß...?«

Lynley sagte nichts.

Harvie knöpfte sein Jackett zu und richtete seine Manschetten. »Aber«, sagte er, »wenn Sie jemanden suchen, der von ihrem Rücktritt profitieren würde, dann sollten Sie auf jeden Fall die IRA und ihre Splittergruppen beachten. Die können überall sein. Niemand versteht es besser, in einer feindseligen Umgebung unterzutauchen, als ein Ire, der für eine Sache kämpft.«

20

Alexander Stone bemerkte Mrs. Maguire aus dem Augenwinkel. Er stand da und starrte in den Kleiderschrank in Charlottes Zimmer, als die Haushälterin an die Tür kam. In der einen Hand trug sie einen Plastikeimer, in der anderen hielt sie mehrere schlaffe Lappen. Seit zwei Stunden putzte sie die Fenster im Haus und sprach dabei unter Tränen lautlos ein Gebet nach dem anderen.

»Wenn ich nicht störe, Mr. Stone.« Ihr Kinn zitterte, als sie sich in dem Zimmer umsah, in dem Charlottes Sachen noch so geordnet waren, wie sie sie vor fast einer Woche zurückgelassen hatte.

»Nein, Sie stören nicht, Mrs. Maguire«, sagte Alex heiser. »Machen Sie ruhig weiter. Es ist schon in Ordnung.« Er griff in den Schrank und zog ein Kleid heraus, roter Samt mit einem weißen Spitzenkragen und passenden Aufschlägen an den Ärmeln. Charlie hatte es Weihnachten getragen.

Mrs. Maguire schlurfte ins Zimmer. Das Wasser in dem Eimer blubberte wie der Magen eines Trinkers. Wie sein eigener Magen, obwohl es diesmal nicht der Alkohol war, der ihm zu schaffen machte.

Er griff nach einem karierten Faltenrock. Hinter ihm zog Mrs. Maguire die Vorhänge auf und trug Charlies Plüschtiere von der Fensterbank zum Bett. Er schloß die Augen bei dem Gedanken an das Bett, auf dem er gestern nacht mit seiner Frau gevögelt hatte, sie wie ein Besessener zum Orgasmus geritten hatte, als wäre nichts geschehen, als hätte sich ihr Leben nicht für immer verändert. Was hatte er sich nur dabei gedacht?

»Mr. Stone?« Mrs. Maguire hatte einen ihrer Lappen in den Eimer getaucht. Sie hatte ihn ausgedrückt und hielt ihn jetzt, zusammengedreht wie einen dicken Strick, in ihren roten Händen. »Ich möchte Ihnen nicht noch mehr Kummer machen. Aber ich weiß, daß die Polizei vor einer Stunde angerufen hat. Ich hab's nicht übers Herz gebracht, Mrs. Bowen in ihrem Schmerz danach zu fragen, darum wollte ich wissen, ob Sie's mir vielleicht sagen können, wenn es nicht zu schwer für Sie ist...« Ihre Augen wurden von neuem feucht.

»Was denn?« Sein Ton klang brüsk, obwohl das nicht seine Absicht gewesen war. Es war nur so, daß er das Mitleid anderer jetzt überhaupt nicht ertragen konnte.

»Können Sie mir vielleicht sagen, wie es mit Charlie war? Ich hab' nur die Zeitungen gelesen, wissen Sie, und Mrs. Bowen wollt' ich nicht danach fragen. Das ist bestimmt keine Sensationsgier, Mr. Stone. Ich kann nur mehr von Herzen für sie beten, wenn ich weiß, wie es mit ihr war.«

Wie es mit Charlie war, dachte Alex. Wie sie immer diesen flinken Hüpfer an seiner Seite gemacht hatte, um beim Spazierengehen mit ihm Schritt halten zu können; wie er ihr gezeigt hatte, wie man Hühnchen in Limettensoße kochte, das erste Gericht, das er selbst gelernt hatte, wie er mit ihr in die Igelklinik marschiert war und zugesehen hatte, wie sie entzückt – die kleinen Fäuste auf die schmale kleine Brust gedrückt – zwischen den Käfigen herumgewandert war. So war es mit Charlie, dachte er. Aber er wußte, was die Haushälterin von ihm wissen wollte. Nicht, wie das Leben mit Charlie gewesen war.

»Sie ist ertrunken.«

»Da, in dem Kanal, den sie im Fernsehen gezeigt haben?«

»Sie wissen nicht, wo. Die Kriminalpolizei von Wiltshire hat gesagt, sie sei zuerst betäubt worden. Mit einem Beruhigungsmittel. Und dann ist sie ertränkt worden.«

»O mein Gott! Heiliger Herr Jesus!« Weinend wandte sich Mrs. Maguire zu den Fenstern. Sie wischte mit dem feuchten Lappen über eine der Scheiben und sagte immer wieder: »Heilige Mutter Gottes.« Alex hörte, wie sie nach Luft schnappte. Dann nahm sie einen trockenen Lappen und rieb die nasse Scheibe ab. Mit besonderer Sorgfalt wischte sie die Ecken aus, wo der Schmutz sich zu sammeln pflegte und am leichtesten übersehen wurde. Aber sie schniefte dabei, und Alex wußte, daß sie wieder zu weinen begonnen hatte.

»Mrs. Maguire«, sagte er, »Sie brauchen nicht jeden Tag herzukommen.«

Sie fuhr herum. Mit erschrockenem Gesicht sagte sie: »Sie meinen doch nicht, daß ich überhaupt nicht mehr kommen soll?«

»Aber nein. Ich meinte nur, wenn Sie ein paar Tage freihaben wollen ...«

»Nein«, sagte sie entschieden. »Ich will keine freien Tage.« Sie wandte sich wieder den Fenstern zu, weichte ihren Lappen ein, um die zweite Scheibe zu putzen. Sie wusch sie so gründlich wie die erste ab, ehe sie zaghaft und noch leiser als zuvor sagte: »Sie ist doch nicht ... Mr. Stone, bitte verzeihen Sie, aber Charlie ist doch nicht belästigt worden, oder? Sie ist doch nicht ... Vor ihrem Tod hat er sie doch nicht mißbraucht, oder?«

»Nein«, antwortete Alex. »Dafür gibt es keinerlei Anzeichen.«

»Gott sei Dank«, sagte Mrs. Maguire.

Alex hätte gern gefragt, warum sie einem Gott dankbar war, der es zugelassen hatte, daß Charlotte das Leben genommen wurde. Was für einen Sinn hatte es, ihr den Schrecken und den Schmerz einer Vergewaltigung oder anderen Arten des Mißbrauchs zu ersparen, wenn sie doch am Ende tot, weggeworfen wie eine enttäuschte Hoffnung, im Kennet & Avon-Kanal trieb? Aber er sagte nichts, sondern wandte sich wieder Charlottes Kleiderschrank zu, um den Auftrag zu erfüllen, den Eve ihm gegeben hatte.

»Sie geben die Leiche jetzt frei«, hatte sie zu ihm gesagt. »Wir müssen etwas ins Bestattungsinstitut bringen, was man ihr anziehen kann. Würdest du das für mich erledigen, Alex? Ich glaube, ich könnte es jetzt noch nicht ertragen, ihre Sachen durchzusehen. Tust du mir den Gefallen? Bitte?«

Sie hatte mit einem Handtuch um die Schultern im Bad vor dem Waschbecken gestanden und sich die Haare gefärbt. Mit dem Stiel eines Kammes zog sie schnurgerade Scheitel durch ihr Haar und trug die Farbe aus einer Flasche auf ihre Kopfhaut auf. Sie hatte sogar ein kleines Bürstchen, mit dem sie pedantisch die Haarwurzeln behandelte.

Er hatte ihr im Spiegel zugesehen. Er hatte in der vergangenen Nacht, nachdem sie miteinander fertig gewesen waren, nicht geschlafen. Sie hatte ihn gedrängt, ein Beruhigungsmittel zu nehmen, und war zu Bett gegangen, aber er hatte von den Mitteln genug gehabt und ihr das auch gesagt. Er war die ganze Nacht durchs Haus gewandert – von ihrem gemeinsamen Schlafzimmer in Charlies Zimmer, von Charlies Zimmer ins Wohnzimmer, vom Wohnzimmer ins Speisezimmer. Dort hatte er sich niedergesetzt und bis zur Morgendämmerung in den Garten hinausgeblickt, in dem er nichts hatte sehen können als Schemen und Schatten – und am Ende stand er da, todmüde und verzweifelt, und sah ihr zu, wie sie sich das Haar färbte. »Und was für Sachen soll ich nehmen?« fragte er.

»Ach, danke dir, Liebling.« Sie trug die Farbe in einem langen Streifen von der Stirn bis zum Scheitel auf. Sie verteilte sie mit dem Bürstchen. »Wir lassen den Sarg geöffnet. Es muß also etwas sein, was sich dafür eignet.«

»Du willst den Sarg offenlassen?« Er hatte nicht gedacht –

»Ja, das möchte ich, Alex. Wenn wir es nicht tun, wird es so aussehen, als hätten wir vor der Öffentlichkeit etwas zu verbergen. Und das ist nicht der Fall. Darum muß der Sarg offenbleiben, und sie muß angemessen gekleidet sein.«

»Angemessen gekleidet.« Er kam sich vor wie ihr Echo, nicht bereit, selbst zu denken, weil er Angst davor hatte, wohin ihn diese Gedanken führen könnten. Mit einer Anstrengung fügte er hinzu: »Was schlägst du denn vor?«

»Ihr rotes Samtkleid. Das von Weihnachten. Das paßt ihr sicher noch.« Eve zog den Stiel ihres Kammes durch ihr Haar und hob die nächste Strähne hoch, die Farbe brauchte. »Such auch gleich ihre schwarzen Schuhe heraus. Söckchen sind in der Schublade. Ein Paar mit Spitze am Rand würde sich gut machen, aber sieh zu, daß du nicht welche nimmst, die Löcher haben. Unterwäsche ist wahrscheinlich nicht nötig. Ein Band für ihr Haar wäre hübsch, wenn du irgendwo eins finden kannst, das zum Kleid paßt. Sag Mrs. Maguire, sie soll dir eins aussuchen.«

Er beobachtete ihre Hände, die sich so routiniert bewegten. Ohne eine Unsicherheit, ohne ein Zittern hantierten sie mit der Flasche, dem Kamm, dem Bürstchen.

»Was ist denn?« sagte sie schließlich zu seinem Spiegelbild, als er keine Anstalten machte, sich um den Auftrag zu kümmern, den sie ihm gegeben hatte. »Warum siehst du mich so an, Alex?«

»Sie haben immer noch keine Hinweise?« Er wußte die Antwort, aber er mußte irgend etwas fragen, weil ihm schien, eine Frage zu stellen und sich die Antwort anzuhören sei der einzige Weg, wenigstens eine Ahnung davon zu bekommen, wer sie eigentlich war. »Sie haben nichts gefunden? Nur die Schmiere unter ihren Fingernägeln?«

»Ich habe dir nichts verheimlicht. Du weißt genausoviel wie ich.« Sie hielt ihren Blick auf sein Spiegelbild gerichtet und unterbrach einen Moment die Arbeit an ihrem Haar. Ihm fiel ein, wie sie stets behauptete, ihn darum zu beneiden, daß er trotz seiner neunundvierzig Jahre noch nicht ein einziges graues Haar hatte, während bei ihr die Veränderung schon begonnen hatte, als sie einunddreißig gewesen war. Und er dachte daran, wie oft er auf diesen Neid reagiert hatte, indem er sagte: »Warum färbst du dir das Haar überhaupt? Wem ist denn deine Haarfarbe wichtig? Mir jedenfalls überhaupt nicht.« Und sie sagte darauf stets: »Danke, Liebling, aber mir gefällt das Grau nicht, und solange ich etwas dagegen tun kann, was halbwegs natürlich aussieht, werde ich das tun.« Mit einem innerlichen Achselzucken hatte er sich jedesmal gesagt, es sei wohl typisch weibliche Eitelkeit, die Eve dazu veranlaßte, sich das Haar zu färben, geradeso, wie sie ihren Pony überlang trug, um die Narbe an der Augenbraue zu verdecken. Aber jetzt erkannte er, daß die Schlüsselworte, die ihm zu einem Verständnis ihres Wesens hätten verhelfen können, immer dieselben gewesen waren: »etwas, was halbwegs natürlich aussieht‹. Da sich ihm die eigentliche Bedeutung dieser Worte niemals erschlossen hatte, hatte er auch Eve nie verstehen können. Bis jetzt, so schien es. Und selbst jetzt war er nicht sicher, ob er sie kannte.

»Alex, was starrst du mich so an?« fragte sie ungeduldig.

Er nahm sich zusammen. »Habe ich dich angestarrt? Entschuldige. Ich habe nur nachgedacht.«

»Worüber?«

»Über das Haarefärben.«

Er sah das kurze Zucken ihrer Augenlider. In bewährter Manier überlegte sie rasch, welche Reaktion von ihrer Seite das Gespräch in welche Richtung lenken würde. Unzählige Male hatte er sie das im Gespräch mit Wählern, Journalisten, politischen Gegnern tun sehen.

Sie stellte die Flasche auf die Ablage und legte Kamm und Bürstchen daneben. Dann drehte sie sich um und sah ihn an. »Alex.« Ihr Gesicht war ruhig, ihre Stimme sanft. »Du weißt so gut wie ich, daß wir irgendwie weitermachen müssen.«

»Wie gestern nacht?«

»Es tut mir leid, daß du nicht schlafen konntest. Ich habe selbst nur geschlafen, weil ich eine von den Tabletten genommen hatte. Das hättest du auch tun können. Ich habe es dir geraten. Ich finde es nicht fair von dir, nur weil ich schlafen konnte und du nicht –«

»Es geht mir nicht darum, daß du schlafen konntest, Eve.«

»Worum geht es dir dann?«

»Um das, was vorher war. In Charlies Zimmer.«

Ihre Kopfbewegung wirkte, als schreckte sie vor seinen Worten zurück, aber sie entgegnete nur: »Wir haben uns in Charlottes Zimmer geliebt.«

»Auf ihrem Bett. Ja. Gehörte das auch zum ›irgendwie weitermachen‹? Oder gehörte das zu etwas anderem?«

»Worauf willst du hinaus, Alex?«

»Ich frage mich, warum du gestern abend wolltest, daß ich dich vögele.«

Sie ließ die Worte in der Luft hängen, während ihr Mund lautlos das Wort »vögeln« formte, als wollte sie es ihm nachsagen, wie er zuvor ihre Worte nachgesagt hatte. Ein Muskel zitterte unter ihrem rechten Auge.

»Ich wollte nicht, daß du mich vögelst«, sagte sie leise. »Ich wollte, daß du mich liebst. Es war –« Sie wandte sich von ihm ab. Sie ergriff den Kamm und die Flasche mit der Farbe, aber sie hob sie nicht zu ihrem Haar. Vielmehr senkte sie den Kopf, so daß er ihr Gesicht im Spiegel nicht sehen konnte, sondern nur die sauber gezogenen Farblinien auf ihrer Kopfhaut. »Ich habe dich gebraucht. Es war eine Möglichkeit – wenn auch nur für eine halbe Stunde –, es war eine Möglichkeit zu vergessen. Ich habe nicht daran gedacht, daß wir in Charlottes Zimmer waren. Du warst da und hast mich gehalten. Das war in dem Moment das einzig Wichtige. Den ganzen Tag war ich vor der Presse davongelaufen, ich hatte mit der Polizei gesprochen, ich hatte versucht zu vergessen – mein Gott, und *wie* ich es versucht habe –, wie Charlotte ausgesehen hat, als wir sie identifizieren mußten. Als du dann neben mir gelegen und mich in deine Arme genommen hast und mir gesagt hast, daß ich mich endlich gehenlassen kann – fühlen kann – Alex, ich dachte ...« Erst jetzt hob sie den Kopf. Er sah, wie ihr Mund sich verzog, als wollte sie weinen. »Es tut mir leid, wenn es unrecht war, in diesem Moment an Sex zu denken, in ihrem Zimmer. Aber ich habe dich gebraucht.«

Im Spiegel sahen sie einander an. Er merkte, wie sehr, wie dringend er glauben wollte, daß sie die Wahrheit sprach.

»Wozu?« fragte er.

»Um so sein zu können, wie mir zumute war. Um mich von dir festhalten zu lassen. Um mir von dir helfen zu lassen, einen Moment alles zu vergessen. Vergessen wollte ich auch jetzt, damit.« Sie hob die Flasche und den Kamm hoch. »Es ist die einzige Möglichkeit ...« Sie schluckte. Die Sehnen ihres Halses spannten sich. Ihre Stimme war brüchig, als sie sagte: »Alex, für mich scheint das die einzige Möglichkeit zu sein, irgendwie durchzuhalten und –«

»O Gott, Eve!« Er drehte sie zu sich herum und drückte sie an sich, ohne an die Farbe zu denken, die von ihrem Haar auf seine Hände und seine Kleidung abfärbte. »Es tut mir leid. Sei mir nicht böse. Ich bin erschöpft und kann nicht klar denken. Ich – ich kann es nicht ändern. Sie ist überall, ganz gleich, wo ich hinschaue.«

»Du mußt dir ein bißchen Ruhe gönnen«, sagte sie, den Kopf an seiner Schulter. »Versprich mir, daß du heute abend die Tabletten nimmst. Du darfst mir jetzt nicht zusammenklappen. Du mußt stark sein für mich, weil ich nicht weiß, wie lange ich selbst noch stark sein kann. Also bitte, versprich es mir. Versprich mir, daß du die Tabletten nimmst.«

Es war das Geringste, was er tun konnte. Und er brauchte ja wirklich Schlaf. Er versprach es ihr und ging dann in Charlies Zimmer. Aber seine Hände waren von der Farbe von Eves Haar befleckt, und als er sie zu den Bügeln im Kleiderschrank hob und die braunen Streifen sah, die seine Haut bedeckten, wurde ihm klar, daß weder eine Schlaftablette noch fünf die Zweifel und Befürchtungen, die ihm den Schlaf raubten, würden stillen können.

Mrs. Maguires Stimme drang plötzlich wieder in sein Bewußtsein: »... störrisch wie ein kleiner Esel, wenn's darum ging, was sie anziehen sollte, stimmt's?« sagte sie gerade.

Er öffnete die Augen und zwinkerte mehrmals, als könnte er damit den Schmerz hinter ihnen vertreiben. »Entschuldigen Sie. Ich war ganz in Gedanken.«

»Ja, Ihnen geht sicher vieles im Kopf rum, Mr. Stone«, murmelte Mrs. Maguire. »Sie brauchen sich doch bei mir nicht zu entschuldigen. Ich hab' sowieso nur vor mich hin gebabbelt. Gott verzeih mir, aber manchmal tut's einem wohler, mit einem anderen Menschen zu sprechen als mit unserem Herrn, das ist die Wahrheit.«

Sie ließ ihren Eimer, ihre Putzlappen und ihre Fenster im Stich und kam zu ihm. Sie nahm eine kleine weiße Bluse aus Charlies Schrank. Die Bluse hatte lange Ärmel und weiße Knöpfchen. Der runde Kragen war am Hals durchgescheuert.

»Charlie hat diese Schulblusen gehaßt«, sagte sie. »Die Schwestern meinten es ja sicher gut, aber manchmal fragt man sich wirklich, was sie sich eigentlich denken. Da verlangen sie von den kleinen Mädchen, daß sie die Blusen immer bis ganz oben zuknöpfen, wegen der Keuschheit. Und wenn sie's nicht tun, kriegen sie im schwarzen Buch einen dicken Strich. Unsere Charlie wollte natürlich keine Striche im schwarzen Buch, aber sie konnte es nicht ausstehen, wenn der Kragen so eng am Hals saß. Bei jeder Bluse hat sie so lange oben rumgezogen, bis der Kragen ein bißchen weiter geworden ist. Schauen Sie, wie lose der oberste Knopf ist. Und wie da oben die Fäden aufgehen. Mit allen ihren Schulblusen hat sie's so gemacht, immer die Finger zwischen den Kragen und ihren Hals geschoben. Tja, diese Blusen hat sie wirklich so gehaßt, als kämen sie vom Teufel, unsere kleine Charlie.«

Alex nahm ihr die Bluse aus der Hand. Er konnte nicht sagen, ob ihn seine überreizte Phantasie narrte oder ob tatsächlich noch ein leichter Duft in dem Stoff hing. Er roch nach Charlie. Er schien durchtränkt von ihren Klein-Mädchen-Gerüchen nach Lakritze, Radiergummi und Bleistiftspänen.

»Sie haben ihr auch gar nicht richtig gepaßt«, fuhr Mrs. Maguire fort. »Wenn sie von der Schule heimgekommen ist, hat sie fast jedesmal ihre Uniform auf den Boden geschmissen und die Bluse obendrauf. Manchmal hat sie sogar mit den Schuhen darauf rumgetrampelt. Und diese Schuhe, du meine Güte. Die hat sie auch überhaupt nicht leiden können.«

»Was konnte sie denn leiden?« Er hätte es wissen müssen. Er hatte es sicher gewußt. Aber er konnte sich nicht erinnern.

»Von ihren Kleidern, meinen Sie?« fragte Mrs. Maguire. Mit sicherer Hand griff sie an Kleidern und Röcken, an den properen Mänteln und Jacken vorbei und sagte: »Das hier.«

Alex sah auf den verwaschenen Oshkosh-Overall hinunter. Mrs. Maguires Hand fuhr raschelnd durch die Kleider und brachte ein gestreiftes T-Shirt zum Vorschein. »Und das hier«, sagte sie. »Charlie hat das immer zusammen angezogen. Und ihre Turnschuhe dazu. Die hätte sie am liebsten Tag und

Nacht angelassen. Immer ohne Schuhbänder, mit raushängenden Zungen. Wie oft hab' ich ihr gesagt, junge Damen ziehen sich nicht an wie die Penner, Miß Charlotte! Aber Charlie war's doch immer piepegal, wie junge Damen sich anziehen.«

»Der Overall«, sagte er. »Natürlich.« Hundertmal oder öfter hatte er sie darin gesehen. »In dem zeigst du dich mit uns nicht auf der Straße, Charlotte Bowen«, hatte Eve jedesmal gesagt, wenn Charlotte in ihrem Overall die Treppe heruntergesprungen und zum Auto hinausgehüpft war. »Doch, eben schon! Eben schon!« hatte sie dann gerufen. Aber Eve hatte immer gesiegt, und am Ende waren sie mit einer murrenden und ständig an sich herumzupfenden Charlie im niedlichen Kleinmädchenkleid mit Spitzenkrägelchen – ihrem Weihnachtskleid, mein Gott! – und schwarzen Lackschuhen losgefahren. »Das Zeug kratzt«, hatte Charlie geschimpft und mit brummigem Gesicht an dem Kragen gerissen. So, wie sie an ihren weißen Schulblusen gerissen haben mußte, die sie aus Gründen der Keuschheit und damit sie keinen Strich im schwarzen Buch bekam, bis zum Hals geschlossen hatte tragen müssen.

»Den nehme ich.« Alex nahm den Overall vom Bügel. Er legte ihn zusammen und das T-Shirt dazu. In der Ecke des Schrankes sah er die Turnschuhe ohne Schnürsenkel und holte sie heraus. Einmal wenigstens, vor Gott und aller Welt, würde Charlotte Bowen so gekleidet sein, wie es ihr gefiel.

Barbara Havers fand das Bezirksbüro des Abgeordneten Alistair Harvie in Salisbury ohne große Probleme. Aber als sie ihren Dienstausweis zeigte und um eine Routineauskunft über den Abgeordneten bat, bekam sie es mit dem eisernen Willen der Bezirksgruppenvorsitzenden zu tun. Mrs. Agatha Howe trug ihr Haar in einem Stil, der vor mindestens fünfzig Jahren aus der Mode gekommen war, und dazu ein Schneiderkostüm mit Schulterpolstern wie aus einem Joan-Crawford-Film. Kaum hörte sie die Worte »New Scotland Yard« in Verbindung mit dem Namen ihres hochgeschätzten Parlamentsabgeordneten, weigerte sie sich, mehr zu sagen, als daß Mr. Harvie von Donnerstag abend bis Sonntag abend – »Wie immer, er ist schließlich unser Vertreter« – in Salisbury gewesen war. Ihr Mund klappte zu, und sie ließ keinen Zweifel daran, daß weder Brecheisen noch Plastiksprengstoff, noch unverhüllte Drohungen hinsichtlich der Konsequenzen mangelnder Hilfsbereitschaft der Polizei gegenüber diese Lippen würden öffnen können; jedenfalls nicht bevor Mrs. Howe »mit unserem Mr. Harvie selbst« gesprochen hatte. Sie gehörte zu dem Typ Frau, bei dem es Barbara unweigerlich in den Fingern juckte, kurzen Prozeß zu machen; jenem Typ, der sich einbildete, als höhere Tochter dem Rest der Welt automatisch überlegen zu sein.

Während Mrs. Howe in ihrem Terminkalender blätterte, um nachzusehen, wo sie ihren Abgeordneten um diese Tageszeit in London erreichen könnte, sagte Barbara: »Na gut. Tun Sie, was Sie wollen. Aber es wird Sie vielleicht interessieren, daß es sich hier um eine Untersuchung handelt, die großes öffentliches Aufsehen erregt. Die Journalisten werden sich bestimmt nicht davon abhalten lassen, in sämtlichen Schränken zu wühlen. Sie können also jetzt mit mir reden und mich friedlich meiner Wege gehen lassen, oder Sie können ein paar Stunden damit vertun, Harvie zu suchen, und riskieren, daß die Presse inzwischen davon Wind bekommt, daß er in dem Fall möglicherweise eine Rolle spielt. Das wird morgen bestimmt prächtige Schlagzeilen abgeben. Zum Beispiel: ›Harvie im Zwielicht‹. Wie stark ist übrigens seine Mehrheit?«

Mrs. Howes Augen verengten sich zu schmalen Schlitzen. »Sie wollen mir drohen? Sie kleine –«

»Ich denke, Sie wollten *Sergeant* sagen«, unterbrach Barbara. »›Sie kleiner Sergeant‹. Richtig? Ja. Na ja, ich kann Sie gut verstehen. Ist schon hart, wenn so eine wie ich hier reinplatzt und Ihr Feingefühl verletzt. Aber Zeit ist für uns wichtig, und ich würde gern vorankommen, wenn das möglich ist.«

»Sie werden warten müssen, bis ich mit Mr. Harvie gesprochen habe«, beharrte Mrs. Howe.

»Das geht nicht. Mein Chef im Yard verlangt tägliche Berichte, und meiner ist...« – hier sah Barbara um des Effekts willen zur Wanduhr hinauf – »ungefähr jetzt fällig. Es wäre mir wirklich unangenehm, ihm sagen zu müssen, daß Mr. Harvies Mitarbeiterin leider nicht zur Kooperation bereit war. Denn das wird die Aufmerksamkeit natürlich erst recht auf Mr. Harvie lenken. Und jeder wird wissen wollen, was er zu verheimlichen hat. Und da mein Chef der Presse jeden Abend berichtet, wird sich's gar nicht vermeiden lassen, daß Mr. Harvies Name aufs Tapet kommt. Es sei denn, es gibt keinen Grund dafür.«

Mrs. Howe ging allmählich ein Licht auf, aber sie war nicht umsonst die Vorsitzende der Bezirksgruppe der Tories. Sie war es gewohnt, Geschäfte zu machen, und ohne Gegenleistung ging bei ihr gar nichts: Quid pro quo und Frage für Frage. Sie war neugierig und wollte wissen, was los war. Sie kleidete ihre Neugier in edle Besorgnis. »An erster Stelle stehen bei mir die Interessen der Wähler und unserer Partei. Ihnen zu dienen ist unser Ziel. Wenn Mr. Harvie aus irgendeinem Grund nicht in der Lage sein sollte, unsere Interessen wahrzunehmen...«

Bla, bla, bla, dachte Barbara. Sie hatte schon verstanden. Sie ging auf das Geschäft ein. Sie erzählte Mrs. Howe nicht mehr, als daß es bei der fraglichen Untersuchung um ebendas ging, was abendlich in den Nachrichten an erster Stelle kam und sämtlichen Zeitungen derzeit die Schlagzeilen lieferte – die Entführung und den nachfolgenden Tod der zehnjährigen Tochter der Staatssekretärin im Innenministerium. Sie gab Mrs. Howe nichts preis, was diese nicht selbst hätte herausfinden können, wenn sie zur Abwechslung einmal etwas anderes getan hätte, als Alistair Harvies Aktivitäten in London zu überwachen und die betagte Sekretärin des Bezirksbüros herumzukommandieren. Aber sie teilte dieses wenige in vertraulichem Ton und mit einer Miene des Ganz-unter-Uns mit, und das wirkte offenbar so überzeugend auf die gute Mrs. Howe, daß sie ihrerseits mit ein paar Häppchen aufwartete.

Mrs. Howe hatte für Mr. Harvie nicht viel übrig, wie Barbara bald merkte. Er war ihr zu selbstgefällig. Aber er verstand es mit den Wählern und hatte es geschafft, zwei ernsthafte Herausforderungen der Liberal-Demokraten abzuwehren, und dafür schuldete man ihm Loyalität.

Er war in Warminster geboren. Er hatte Winchester College, Englands älteste Privatschule, besucht und danach die Universität von Exeter. Er hatte Betriebswirtschaft studiert, erfolgreich die Anlagenabteilung der Barclay's Bank hier in Salisbury geleitet, mit großem Einsatz für die Partei gearbeitet und sich schließlich mit neunundzwanzig zur Wahl ins Parlament gestellt. Er hatte seinen Sitz seit nunmehr dreizehn Jahren inne.

Er war seit achtzehn Jahren mit derselben Frau verheiratet. Sie hatten die politisch erforderlichen zwei Kinder, einen Jungen und ein Mädchen, die, wenn sie nicht im Internat waren – wie selbstverständlich im Augenblick –, mit ihrer Mutter außerhalb von Salisbury in einem Dorf namens Ford lebten. Der Hof der Familie –

»Hof?« unterbrach Barbara. »Harvie hat einen Hof? Ich dachte, er wäre Banker.«

Den Hof hatte seine Frau von ihren Eltern geerbt. Die Harvies bewohnten das Haus, doch das Land wurde von einem Pächter bewirtschaftet. Warum Barbara das wissen wolle, fragte Mrs. Howe. Ihre Nasenflügel vibrierten. Ob der Hof denn von Bedeutung sei?

Barbara hatte auf diese Frage keine schlüssige Antwort und erhielt auch keine, als sie das Anwesen etwa eine Dreiviertelstunde später sah. Es war am Dorfrand, und als sie ihren Wagen im rautenförmig angelegten Hof anhielt, ließ sich außer sechs überaus wohlgenährten Gänsen niemand sehen, um sie zu empfangen. Das aufgeregte Geschnatter der Gänse war so laut, daß es jeden in der näheren Umgebung hätte aufmerksam machen müssen. Als weder aus dem Stall jemand mit gezückter Mistgabel stürzte, noch aus dem imposanten Wohnhaus jemand mit drohend erhobenem Nudelholz, schloß Barbara daraus, daß sie den Hof für sich hatte.

Von ihrem Auto aus, umgeben von den immer noch entrüstet schnatternden Gänsen – der Radau, den sie veranstalteten, war so laut wie Hundegebell und ebenso bedrohlich –, verschaffte sich Barbara zunächst einen Überblick. Das ganze Anwesen bestand aus dem Wohnhaus, dem Stall, einer alten Scheune und einem noch älteren Taubenhaus aus Backstein. Letzteres erregte ihre Aufmerksamkeit. Es war zylindrisch und hatte ein Schieferdach mit einer laternenförmigen, unverglasten Kuppel, durch die die Vögel ins Innere einfliegen konnten. Auf einer Seite war es mit Efeu überwachsen. An einigen Stellen, wo Schindeln entweder herausgenommen worden oder zerbrochen waren, klafften Löcher im Dach. Die in einer tiefen Nische sitzende Tür war grau, verwittert und voller Flechten; sie sah aus, als wäre sie in den letzten zwanzig Jahren überhaupt nicht mehr geöffnet worden.

Aber irgend etwas an dem Bau stieß eine Erinnerung an. Sie vermerkte bewußt seine Einzelheiten, um dahinterzukommen, was es war: das Schieferdach, die Kuppel, der Efeubewuchs, die verwitterte Tür... Irgend etwas, was Sergeant Stanley gesagt, was der Pathologe gesagt, was Robin Payne gesagt, was Lynley gesagt hatte...

Es half nichts. Es fiel ihr nicht ein. Aber es beschäftigte sie doch so sehr, daß sie es wagte, vor den schnappenden Gänseschnäbeln die Wagentür aufzustoßen.

Das Geschnatter der Gänse steigerte sich zum Crescendo. Sie waren besser als Wachhunde. Barbara öffnete das Handschuhfach und wühlte darin herum. Vielleicht ließ sich etwas Eßbares auftreiben, was die Gänseschar ablenken würde, während sie auf Inspektion ging. Sie fand einen angebrochenen Beutel Chips und bedauerte flüchtig, daß sie ihn nicht am Abend zuvor, als sie mit knurrendem Magen im Stau gesessen hatte, entdeckt hatte. Sie kostete davon. Ein bißchen alt schmeckten sie, aber egal. Sie schob ihren Arm durch das offene Fenster und verstreute die Chips zur Beschäftigung der Vogelgötter auf dem Boden. Die Gänse machten sich sofort darüber her. Dieses Problem war also zumindest fürs erste gelöst.

Der Form halber läutete Barbara zuerst an der Haustür. Dann rief sie ein freundliches »Hallo?« in den Stall. Sie ging langsam durch den Hof und schwenkte zum Taubenhaus ab, als wäre ein Blick dorthin der ganz natürliche Abschluß ihres Rundgangs.

Der Türknauf hing lose im Holz der Tür. Er war völlig verrostet und ließ sich nicht drehen, aber als Barbara ihre Schulter gegen das Holz drückte, öffnete sich die Tür knarrend etwa zwanzig Zentimeter, ehe sie, verzogen wie sie war, vor einem Buckel in dem alten Steinboden zum Stillstand kam. Flatternder Flügelschlag verriet Barbara, daß das Taubenhaus noch immer wenigstens teilweise bewohnt war. Sie zwängte sich durch den Türspalt, als gerade der letzte Vogel durch die offene Kuppel hinausschoß.

Staubiges Licht fiel aus dieser Kuppel und den Löchern im Dach herab. Es beleuchtete die an den Mauern reihenweise übereinander angeordneten Nistkästen für die Vögel, einen mit Vogelmist überkrusteten Boden und, in der Mitte, eine Leiter mit drei abgebrochenen Sprossen, die man früher, als Tauben noch als Geflügel gehalten worden waren, hinaufgestiegen war, um die Eier einzusammeln.

Barbara gab sich größte Mühe, all den kleinen Misthäufchen auszuweichen, die noch feucht schimmerten. Sie näherte sich der Leiter. Es war eine bewegliche Leiter, die mittels einer übermäßig breiten Sprosse ganz oben an einem senkrechten Mast befestigt war. Sie ließ sich im Kreis durch das Taubenhaus schieben, so daß man beim Einsammeln der Eier leicht an alle Nistkästen herankam, die in einer Höhe von ein bis drei Metern rundherum an der Mauer des Turmes hingen.

Die Leiter war, wie Barbara feststellte, trotz ihres Alters und ihres vernachlässigten Zustands, immer noch beweglich. Als sie dagegendrückte, setzte sie sich mit einem Ruck knarrend in Bewegung. Sie folgte der Krümmung der Mauern des Taubenhauses, wobei die Bewegung von dem senkrechten Mast ausging, der sich, in ein primitives Zahnrad in der Kuppe eingepaßt, um sich selbst drehte und so die Leiter mitzog.

Barbara blickte von der Leiter zu dem Mast. Dann von dem Mast zu den Nistkästen. An den Stellen, wo manche von ihnen im Lauf der Zeit heruntergefallen und nicht ersetzt worden waren, konnte sie die Backsteinmauern des Taubenhauses sehen. Sie waren unverputzt, und dort, wo sie nicht von Taubenmist gesprenkelt waren, wirkten sie im gedämpften Licht tiefer rot als draußen in der Sonne. Merkwürdig, dieses Rot. Als wäre es in Wirklichkeit gar kein Backstein. Beinahe, als wäre es –

Und plötzlich fiel es ihr ein. Doch, es war Backstein. Backstein und ein Mast. Sie hörte Charlottes Stimme auf dem Band, das Lynley ihr am Telefon vorgespielt hatte. »Aber hier sind Ziegelsteine. Und ein Maibaum«, hatte das Kind gesagt.

Barbara hatte das Gefühl, als sträubten sich ihr die Nackenhaare, während sie von der Backsteinmauer zu dem Mast in der Mitte des Gebäudes blickte. Heiliges Kanonenrohr, dachte sie, das ist es. Sie drehte sich um, um wieder hinauszugehen, und da wurde ihr plötzlich bewußt, daß die Gänse draußen ganz still geworden waren. Sie horchte mit angehaltenem Atem. Selbst ein zaghaftes kleines Schnattern hätte genügt. Aber sie hörte nichts. Sie konnten doch nicht immer noch damit beschäftigt sein, die Chips zu fressen. So viele waren es bestimmt nicht gewesen.

Dieser Gedanke legte nahe, daß irgend jemand ihnen noch einmal etwas hingeworfen hatte, nachdem Barbara im Taubenhaus verschwunden war. Und daraus folgte, daß sie nicht mehr allein auf dem Hof war. Aber wenn sie nicht allein war und der Person da draußen Stille so wichtig war wie ihr selbst, dann schlich derjenige wahrscheinlich gerade jetzt auf leisen Sohlen vom Haus zum Stall und zur Scheune. Mit einer Mistgabel in der Hand oder vielleicht einem Schlachtermesser und einem irren Leuchten in den Augen, Anthony Perkins im Begriff, Janet Leigh zu zerstückeln. Nur war Janet Leigh unter der Dusche gewesen und nicht in einem Taubenhaus. Und sie hatte sich sicher geglaubt, wogegen Barbara sehr wohl wußte, daß sie das nicht war. Schon gar nicht hier, wo der Ort, das

Bauwerk, die Backsteinmauern und der Mast ihre ganze Fähigkeit zu logischem Denken forderten, während gleichzeitig ihre Hände feucht und ihre Knie weich wurden...

Verdammt noch mal, schimpfte sie sich. Reiß dich zusammen. Stell dich nicht so an.

Sie brauchte sofort ein Spurensicherungsteam, um diesen Turm von oben bis unten nach einem Hinweis durchsuchen zu lassen, der bezeugen würde, daß Charlotte hier festgehalten worden war: etwas Wagenschmiere, ein Haar von ihrem Kopf, eine Faser ihrer Kleidung, ihre Fingerabdrücke, ein Tropfen ihres Blutes aus der Schramme an ihrem Knie. Also, schleunigst eine gründliche Durchsuchung! Aber sie zu veranlassen würde entschieden Finesse verlangen, nicht nur Sergeant Stanley gegenüber, der ihre Anweisung bestimmt nicht mit Begeisterung aufnehmen würde, sondern auch Mrs. Alistair Harvie gegenüber, die garantiert sofort zum Telefon greifen und ihren Ehemann alarmieren würde.

Zuerst würde sie sich Stanley vornehmen. Kein Grund, Mrs. Harvie nachzujagen und sie in helle Aufregung zu versetzen, bevor es nötig war.

Draußen sah sie auf den ersten Blick, was die Gänse zum Schweigen gebracht hatte. Sie hatte ihren Wagen so geparkt, daß sich die Sonne in den angerosteten Kotflügeln spiegelte. Ihr Widerschein hatte auf der Erde ein warmes Fleckchen gebildet, auf dem sich die Gänse inmitten der Chipsreste zur Ruhe niedergelassen hatten.

Auf Zehenspitzen eilte sie zu ihrem Mini und blickte dabei von den Vögeln zum Stall, vom Stall zu den Feldern dahinter, von den Feldern zum Haus. Noch immer war nirgends eine Menschenseele zu sehen. In der Ferne muhte eine Kuh, ein Flugzeug flog über den Himmel, sonst aber war alles still.

So leise wie möglich schob sie sich in ihr Auto. »Tut mir leid, Freunde«, sagte sie zu den Gänsen, als sie den Motor anließ. Die Vögel sprangen auf, schimpfend, fauchend, flügelschlagend wie die Furien. Sie rannten Barbaras Wagen bis zur Straße nach. Dort drückte sie aufs Gaspedal, brauste durch das

Dorf und nahm Kurs auf Amesford und Sergeant Stanley, der es gewiß kaum erwarten konnte, sie in die Arme zu schließen.

Der Sergeant hielt im Veranstaltungsraum Audienz und ließ sich von seinen Teams berichten, die die vergangenen zweiunddreißig Stunden unterwegs gewesen waren und die ihnen von Sergeant Stanley zugeteilten Sektionen der Region durchgekämmt hatten. Die Männer von Abschnitt 13, der sich von Devizes bis Melksham erstreckte, hatten nichts zu melden außer einem unerwarteten Rencontre mit einem Wohnwagenbesitzer, der allem Anschein nach einen blühenden Handel mit Drogen aller Art betrieb. »Hockt auf dem Parkplatz von Melksham und dealt«, sagte einer der Constables ungläubig. »Direkt hinter der Hauptstraße. Ist das zu fassen? Aber jetzt hockt er im Knast.« Das Team von Abschnitt 5, Chippenham bis Calne, hatte nicht viel mehr zu bieten. Dennoch erläuterten die Beamten Sergeant Stanley jede ihrer Unternehmungen bis ins kleinste Detail, und Barbara war drauf und dran, sie von ihren Stühlen zu reißen und mit einem Tritt wieder auf die Straße zu befördern, um endlich selbst zum Zug zu kommen und das Nötige zur Entsendung eines Spurensicherungsteams auf den Harvie-Hof veranlassen zu können, als einer der Beamten von Sektion 14 aufgeregt durch die Schwingtür in den Ereignisraum stürzte und lauthals rief: »Wir haben ihn.«

Wie auf Kommando fuhren sie alle in die Höhe, auch Barbara. Sie hatte sich bisher in Geduld geübt, hatte zunächst versucht, Robin Payne zurückzurufen – er hatte sich anscheinend von einem öffentlichen Apparat in einer Teestube in Marlborough aus gemeldet, das jedenfalls entnahm sie dem Geplapper einer geistig etwas minderbemittelten Kellnerin, die endlich abhob, nachdem sie es fünfundzwanzigmal hatte läuten lassen – und dann eine junge Beamtin gebeten, sich über Alistair Harvies Schulzeit in Winchester kundig zu machen. Aber nun sah es aus, als hätte Sergeant Stanleys Rasterfahndung den gewünschten Erfolg gebracht.

Stanley brachte alle im Zimmer mit ungeduldigen Gesten zum Schweigen. Er hatte an einem runden Tisch gesessen und beim Anhören der Berichte eine Sammlung hölzerner Zahnstocher zu einem viereckigen Turm aufgeschichtet, doch jetzt stand er auf. »Raus damit, Frank«, sagte er.

»Okay«, erwiderte Frank, und ohne sich mit einer langen Einleitung aufzuhalten, erklärte er aufgeregt: »Wir haben ihn, Sergeant. Er ist in Vernehmungsraum drei.«

Einen schrecklichen Moment lang sah Barbara Alistair Harvie vor sich, in Fußeisen, ohne in den Genuß einer Aufklärung über seine Rechte oder des Beistands eines Anwalts gekommen zu sein. »Wen haben Sie?« fragte sie scharf.

»Das Schwein, das das Kind entführt hat«, antwortete Frank mit einem geringschätzigen Blick in ihre Richtung. »Es ist ein Mechaniker aus Coate. Er arbeitet in einer Werkstatt für Traktoren in der Nähe von Spaniel's Bridge. Genau anderthalb Kilometer vom Kanal entfernt.«

Alle sprangen gleichzeitig von ihren Stühlen auf. Barbara war unter denen, die zur Generalstabskarte stürzten. Frank deutete mit einem Zeigefinger, unter dessen Nagel ein Senfrand saß, auf den genauen Ort.

»Da.« Er wies auf einen Knick in der Landstraße, die von dem Dorf Coate in nördlicher Richtung nach Bishop's Canning führte. Auf der Landstraße waren es fünfeinhalb Kilometer von Spaniel's Bridge bis zu der Stelle, wo Charlotte Bowens Leiche im Wasser gefunden worden war; knapp zweieinhalb Kilometer zur selben Stelle, wenn man Feldwege, Fahrwege und Fußpfade benutzte, anstatt sich auf die kurvenreiche Landstraße zu verlassen. »Der Kerl behauptet, er habe keine Ahnung, aber wir haben alles, was wir brauchen, in der Hand, und jetzt wird er erst mal durch die Mangel gedreht.«

»Gut.« Sergeant Stanley rieb sich die Hände. »Welcher Vernehmungsraum, haben Sie gesagt?«

»Drei.« In verächtlichem Ton fügte Frank hinzu: »Der Kerl schlottert vor Angst, Sergeant. Dem brauchen Sie nur noch einen kleinen Tritt zu geben, dann klappt er zusammen, das schwör' ich.«

Sergeant Stanley straffte die Schultern, bereit, die Aufgabe in Angriff zu nehmen. Barbara sagte: »Was haben Sie denn überhaupt gefunden?« Ihre Frage ging unter. Stanley marschierte zur Tür. In Barbara begann es zu kochen. So haben wir nicht gewettet, dachte sie. »Augenblick mal, Reg«, sagte sie scharf zu Stanley, und als der sich absichtlich langsam umdrehte, fügte sie hinzu: »Frank, Sie haben gesagt, wir hätten alles, was wir gegen den Mann brauchen ... wie heißt er eigentlich?«

»Short. Howard Short.«

»Gut. Und was haben Sie gegen Howard Short in der Hand?«

Frank sah Sergeant Stanley an und wartete auf Anweisung. Stanley antwortete mit einem kurzen, ruckartigen Anheben seines Kinns. Die Tatsache, daß der Constable es für nötig hielt, sich erst bei Stanley eine Genehmigung zu holen, machte Barbara wütend, aber sie beherrschte sich und wartete schweigend auf seine Antwort.

»Die Schuluniform«, erklärte der Constable. »Dieser Short hatte sie in seiner Werkstatt. Er habe sie nur als Lumpen benützen wollen, behauptet er. Aber innen ist ein Etikett eingenäht, auf dem dick und fett der Name der kleinen Bowen steht.«

Sergeant Stanley entsandte ein Spurensicherungsteam zu Howard Shorts Werkstatt außerhalb von Coate. Er machte sich auf den Weg zu Vernehmungszimmer drei. Barbara lief ihm hinterher und holte ihn ein. »Ich brauche ein zweites Team in Ford«, sagte sie. »Dort ist ein Taubenhaus –«

»Ein Taubenhaus?« Stanley blieb stehen. »Sagten Sie *Taubenhaus*?«

»Wir haben eine Bandaufnahme von dem Kind«, erklärte sie ihm, »die ein oder zwei Tage vor seinem Tod gemacht wurde. Darauf beschreibt es den Ort, wo es festgehalten wird. Das Taubenhaus entspricht der Beschreibung. Ich möchte, daß da ein erkennungsdienstliches Team hinfährt. Auf der Stelle.«

Stanley neigte sich zu ihr hinunter. Zum erstenmal sah sie, daß er ein wahrhaft unattraktiver Mensch war. Aus dieser Nähe konnte sie die eingewachsenen Barthaare an seinem Hals erkennen und die Aknenarben rund um seinen Mund. »Das klären Sie mal mit unserem Chef«, sagte er. »Ich schick' doch nicht unsere Spurensicherungsleute durch die Weltgeschichte, nur weil Sie's gerade juckt.«

»Sie tun, was ich Ihnen sage«, entgegnete Barbara. »Wenn nicht –«

»Was dann? Wollen Sie mir dann auf die Schuhe kotzen?«

Sie packte ihn bei der Krawatte. »Um Ihre Schuhe brauchen Sie keine Angst zu haben«, sagte sie kalt, »eher schon um Ihre Eier. Also, ist jetzt klar, wer was tut?«

Er blies ihr seinen nach kaltem Tabak riechenden Atem ins Gesicht. »Regen Sie sich ab«, sagte er leise.

»Ach, gehen Sie doch zum Teufel«, versetzte sie. Mit einem Stoß gegen seine Brust ließ sie seine Krawatte los. »Ich gebe Ihnen einen guten Rat, Reg. Lassen Sie sich nicht auf einen Kampf ein, den Sie doch nicht gewinnen können. Nehmen Sie Vernunft an und kapieren Sie das endlich, bevor ich Sie von dem Fall abziehen lasse.«

Er zündete sich mit seinem obszönen Feuerzeug eine Zigarette an. »Ich muß jetzt zu einer Vernehmung.« Er sprach mit der Selbstsicherheit eines Mannes, der in seiner Truppe zu lange das Sagen gehabt hatte. »Wollen Sie mitkommen?« Damit drehte er sich um und ging durch den Korridor weiter. »Bringen Sie uns Kaffee«, rief er einer Schreibkraft zu, die mit ihrem Block in der Hand vorbeieilte.

Barbara drängte ihren Zorn zurück. Sie wäre Stanley am liebsten in das narbenzerfressene Gesicht gesprungen, aber sie sah ein, daß es sinnlos war, sich mit ihm auf eine offene Konfrontation einzulassen. Es war klar, daß er nicht wanken und weichen würde, solange sein Gegner eine Frau war. Sie würde zu anderen Mitteln greifen müssen, um diesen eingebildeten Widerling außer Gefecht zu setzen.

Sie folgte ihm durch den Korridor und bog nach rechts in

den Vernehmungsraum ab. Dort wartete, auf der äußersten Kante eines Plastikstuhls kauernd, Howard Short, ein Junge um die Zwanzig mit großen Froschaugen. Er hatte einen ölverschmierten Overall an, wie man das von einem Mechaniker erwartet, und eine Baseballmütze mit dem Wort *Braves* über dem Schirm auf dem Kopf. Er hielt beide Hände auf seinen Magen gedrückt.

Noch ehe Stanley oder Barbara etwas sagen konnten, begann er zu sprechen. »Hier geht's um das kleine Mädchen, stimmt's?« fragte er. »Klar, ich weiß es. Ich hab's schon gewußt, als der Kerl in meinem Lumpensack rumgewühlt und es gefunden hat.«

»Was?« fragte Stanley. Er setzte sich rittlings auf einen Stuhl und bot Short eine Zigarette an.

Der schüttelte den Kopf und drückte seine Hände noch fester auf seinen Magen. »Ich hab' ein Magengeschwür.«

»Was?«

»Ein Magengeschwür.«

»Ich hab's gehört. Also, was wurde in Ihrem Lumpensack gefunden, Howard?«

Der Junge sah Barbara mit einem Blick an, als suchte er die tröstende Gewißheit, daß jemand auf seiner Seite stehen würde. Sie sagte: »Was war in dem Sack, Mr. Short?«

»Das«, antwortete er, »was sie gefunden haben. Die Uniform.« Er wiegte sich stöhnend auf seinem Stuhl. »Ich weiß nichts von der Kleinen. Ich kauf' nur –«

»Warum hast du sie entführt?« fragte Stanley scharf.

»Hab' ich doch gar nicht.«

»Wo hast du sie versteckt gehalten? In der Werkstatt?«

»Ich hab' niemanden versteckt gehalten... ich hab' die Kleine nicht entführt... Ich hab's im Fernsehen gesehen wie alle anderen auch. Ich schwör's, ich hab' das kleine Mädchen nie gesehen. Nicht ein einziges Mal.«

»Aber es hat dir Spaß gemacht, sie auszuziehen. Ist dir wohl schön einer abgegangen, als sie nackt war, was?«

»Ich – nie! Das hab ich nie getan!«

»Ach, dann bist du wohl Jungfrau, hm, Howard? Oder schwul? Magst du keine Frauen?«

»Doch, klar mag ich Frauen. Ich sag' nur –«

»Und Mädchen? Kleine Mädchen, magst du die auch?«

»Ich hab' das Kind nicht entführt.«

»Aber du weißt, daß sie entführt worden ist. Wie kommt denn das?«

»Das weiß ich aus den Nachrichten. Aus der Zeitung. Jeder weiß es. Aber ich hab' damit nichts zu tun. Ich hab' ihre Uniform nur –«

»Aha, du hast also gewußt, daß es ihre war«, unterbrach Stanley. »Gleich von Anfang an. Richtig?«

»Nein!«

»Na los schon, spuck's aus. Wenn du uns die Wahrheit sagst, wird alles gleich viel leichter.«

»Das versuch' ich ja gerade. Ich sag' Ihnen doch, daß der Lumpen –«

»Du meinst die Uniform. Die Schuluniform eines kleinen Mädchens. Die Schuluniform eines toten kleinen Mädchens, Howard. Du bist doch nur gerade mal anderthalb Kilometer vom Kanal entfernt, stimmt's?«

»Ich hab's nicht getan«, beteuerte Howard Short. Er krümmte sich über seinen Armen zusammen, um den Druck auf seinen Magen zu verstärken. »Das tut so verdammt weh«, stöhnte er.

»Hör auf mit den Spielchen«, schnauzte Stanley ihn an.

»Bitte, kann ich ein Glas Wasser für meine Tabletten haben?« Short zog vorsichtig einen Arm von seinem Magen weg, griff in die Tasche seines Overalls und holte eine Tablettendose aus Kunststoff heraus, die die Form eines Schraubenschlüssels hatte.

»Erst wird geredet, dann gibt's die Tabletten«, versetzte Stanley.

Barbara riß die Tür zum Korridor auf, um nach einem Glas Wasser zu rufen. Die Schreibkraft, die Stanley beauftragt hatte, ihnen Kaffee zu bringen, stand mit zwei Plastikbechern auf der Schwelle. Barbara lächelte, sagte aufrichtig: »Tausend Dank« und reichte ihren Becher dem Mechaniker.

»Hier«, sagte sie. »Nehmen Sie Ihre Tabletten damit, Mr. Short.« Sie holte ihren Stuhl und stellte ihn neben den zitternden jungen Mann. Dann sagte sie ruhig: »Können Sie uns jetzt einmal erzählen, woher Sie die Uniform haben?«

Howard Short schob zwei Tabletten in den Mund und spülte sie mit dem Kaffee hinunter. Um Barbara, die jetzt neben ihm saß, ansehen zu können, mußte er sich umdrehen und bot nun Stanley nur noch sein Profil. Barbara beglückwünschte sich im stillen zu ihrem geschickten Manöver, das das Kräftegleichgewicht zu ihren Gunsten verschoben hatte.

»Von der Ramschbude«, sagte Short.

»Von welcher Ramschbude?«

»Auf dem Kirchenbasar. Wir haben jedes Jahr im Frühling einen Kirchenbasar, und dieses Jahr war er am Sonntag. Ich bin mit meiner Großmutter hingefahren, weil sie eine Stunde in der Teebude arbeiten mußte. Es hätte sich nicht gelohnt, sie hinzufahren, dann heimzufahren und nach einer Stunde wieder abzuholen, drum bin ich geblieben. Und da hab' ich die Lumpen gekauft. Sie haben sie in der Ramschbude verkauft. Plastiksäcke voll Lumpen. Einen für ein Pfund fünfzig. Ich hab' gleich drei gekauft, weil ich Lumpen bei der Arbeit immer gebrauchen kann. Und es war ja für eine gute Sache«, fügte er ernsthaft hinzu. »Sie sammeln Geld, um eins von den Fenstern im Altarraum restaurieren zu lassen.«

»Wo?« fragte Barbara. »In welcher Kirche, Mr. Short?«

»In Stanton St. Bernard. Da wohnt meine Großmutter.« Er blickte von Barbara zu Sergeant Stanley. »Ich sag' die Wahrheit«, beteuerte er. »Ich hab' von der Uniform nichts gewußt. Ich hab' nicht mal gewußt, daß sie in dem Sack ist. Erst als die Polizisten ihn ausgeleert haben, hab' ich sie gesehen. Ich hatte den Sack ja noch nicht mal aufgemacht. Ich schwör's.«

»Wer hat in der Bude verkauft?« warf Stanley ein.

Short leckte sich die Lippen, warf einen Blick zu Stanley, sah wieder Barbara an. »Ein junges Mädchen. Blond.«

»Eine Freundin von dir?«

»Ich hab' sie nicht gekannt.«

»Und du hast sie nicht angequatscht? Hast sie nicht nach ihrem Namen gefragt?«

»Ich hab' ihr nur die Lumpen abgekauft.«

»Hast nicht mal dein Glück versucht? Dir vorgestellt, wie sie im Bett wäre?«

»Nein.«

»Warum denn nicht? War sie dir zu alt? Magst du sie lieber jünger?«

»Ich hab' sie nicht gekannt, okay? Ich hab' nur die Lumpen gekauft, wie ich schon gesagt hab'. Ich weiß nicht, woher sie die Lumpen haben. Ich weiß nicht, wie das Mädchen heißt, das sie mir verkauft hat. Und auch wenn ich es wüßte, hat es wahrscheinlich auch keine Ahnung, woher das ganze Zeug kommt. Es hat ja nur an der Bude gearbeitet, das Geld kassiert und die Säcke ausgegeben. Wenn Sie mehr wissen wollen, sollten Sie wahrscheinlich –«

»Ach, du verteidigst sie?« fuhr Stanley dazwischen. »Warum denn das, Howard?«

»Ich versuch' euch zu helfen, verdammt noch mal!« schrie Short.

»Ja, das glaub' ich. Wie ich auch glaube, daß du die Uniform dieses kleinen Mädchens schon gehabt hast und dann in den Lumpensack gesteckt hast, den du auf dem Kirchenbasar gekauft hast.«

»Das ist nicht wahr!«

»Wie ich auch glaube, daß du sie zuerst entführt hast, dann betäubt und dann ertränkt.«

»Nein!«

»Wie ich auch –«

Barbara stand auf. Sie berührte Shorts Schulter. »Danke für Ihre Hilfe«, sagte sie in abschließendem Ton. »Wir werden alles, was Sie uns gesagt haben, überprüfen, Mr. Short. – Sergeant Stanley?« Sie wies mit einer Kopfbewegung zur Tür und ging aus dem Vernehmungsraum.

Stanley folgte ihr in den Korridor. Sie hörte ihn sagen: »Bockmist! Wenn dieser kleine Mistkerl glaubt –«

Sie drehte sich mit einem Ruck zu ihm um. »Von wegen kleiner Mistkerl. Vielleicht fangen Sie zur Abwechslung mal an, Ihren Kopf zu gebrauchen. Wenn wir einen Zeugen so brutal unter Druck setzen, kommt dabei gar nichts raus. Wie es bei dem Jungen ja beinahe gewesen wäre.«

»Nehmen Sie dem Kerl diesen ganzen Quatsch über Teebuden und Blondinen etwa ab?« Stanley prustete verächtlich. »Der ist nicht sauber, das sag' ich Ihnen.«

»Wenn er nicht sauber ist, werden wir ihn überführen. Aber wir tun's ordnungsgemäß oder gar nicht. Kapiert?« Sie wartete nicht auf eine Antwort. »So, dann schicken Sie die Uniform jetzt mal ins Labor, Reg. Die sollen jeden Millimeter untersuchen. Ich möchte Haare, Haut, Blut, Schmutz, Wagenschmiere, Sperma. Ich möchte Hundescheiße, Kuhscheiße, Vogelscheiße, Pferdescheiße und alles, was vielleicht sonst noch dran ist. In Ordnung?«

Der Sergeant verzog geringschätzig den Mund. »Verschwenden Sie nicht die Arbeitskraft meiner Leute, Scotland Yard. Wir wissen, daß es die Uniform der Kleinen ist. Wenn wir Bestätigung brauchen, zeigen wir sie ihrer Mutter.«

Barbara pflanzte sich direkt vor ihm auf. »Richtig. Wir wissen, daß es ihre Uniform ist. Aber wir wissen nicht, wer ihr Mörder ist, stimmt's, Reg? Und darum nehmen wir jetzt diese Uniform und lassen sie auskämmen, ausbürsten, lasern und faseroptisch untersuchen und tun alles, was überhaupt möglich ist, um das rauszuholen, was uns zu ihrem Mörder führt. Ob es nun Howard Short ist oder der Prinz von Wales. Habe ich mich klar genug ausgedrückt, oder wollen Sie es lieber schriftlich von Ihrem County Constable?«

Stanley preßte die Lippen aufeinander. »Na schön«, knirschte er. »Sie können mich mal, Chef.«

»Da können Sie lange warten«, versetzte Barbara, machte kehrt und ging zurück in den Veranstaltungsraum. Wo zum Teufel, fragte sie sich, ist Stanton St. Bernard?

21

Obwohl gerade einer der Hausmeister dabei war, seine Fotosammlung aufzuhängen, war Assistant Commissioner Sir David Hillier nicht gewillt gewesen, die tägliche Berichterstattung zu verschieben. Und er hatte es abgelehnt, die Sitzung in einen anderen Raum zu verlegen, wo er die Anordnung der Bilder, die die Geschichte seiner Laufbahn dokumentierten, nicht hätte beaufsichtigen können. Lynley war daher nichts anderes übriggeblieben, als sich ans Fenster zu stellen, in stark gedämpften Tönen zu berichten und Hilliers ständige Unterbrechungen hinzunehmen. Diese Unterbrechungen dienten nicht etwa dazu, ihm Fragen zu stellen; sie wurden vielmehr durch Anweisungen an den Hausmeister verursacht, der sich bemühte, die Fotografien so zu hängen, daß kein Sonnenlicht auf sie fiel. Direktes Sonnenlicht ließ die Bilder nicht nur verblassen, es hatte außerdem einen unangenehmen Spiegeleffekt, der Besuchern den Blick auf die Bilder unmöglich machte und ihnen damit die Gelegenheit zu angemessener Bewunderung raubte. Und das ging nicht an.

Lynley schloß seinen Bericht ab und wartete auf Hilliers Kommentar. Der bewunderte gerade die Aussicht auf die Victoria Street und zupfte sich am Kinn, während er sich das Gehörte durch den Kopf gehen ließ. Als er schließlich sprach, bewegte er mit Rücksicht auf die strenge Vertraulichkeit der Angelegenheit kaum die Lippen. »Ich habe in einer halben Stunde eine Pressekonferenz«, sagte er. »Ich muß den Leuten für morgen etwas zu kauen geben.« Es hörte sich an, als überlegte er, was für einen Köder er den Haien hinwerfen könnte. »Wie steht's mit diesem Mechaniker, den Havers in Wiltshire aufgestöbert hat? Wie heißt er gleich wieder?«

»Sergeant Havers glaubt nicht, daß er mit der Sache zu tun hat. Sie läßt zur Zeit die Schuluniform der kleinen Bowen untersuchen. Vielleicht kommt etwas dabei heraus. Aber sie meint nicht, daß das Ergebnis uns eine Verbindung zwischen dem Mechaniker und Charlotte Bowen bringen wird.«

»Trotzdem...«, sagte Hillier. »Es macht sich immer gut, einen Zeugen vorzuweisen, der der Polizei bei den Ermittlungen hilft. Sie überprüft den Mann doch?«

»Wir überprüfen jeden.«

»Und?«

Lynley widerstrebte es preiszugeben, was er wußte. Hillier hatte den Hang, vor der Presse zu protzen, alles im Namen des hohen Leistungsniveaus von New Scotland Yard. Doch die Zeitungen wußten bereits zuviel, und ihnen ging es nicht darum, für Gerechtigkeit zu sorgen. Ihnen lag einzig daran, die nächste sensationelle Neuigkeit schneller auf den Markt zu werfen als die Konkurrenz.

»Wir suchen nach einer Verbindung. Blackpool-Bowen-Luxford-Wiltshire.«

»Na, mit der Suche nach Verbindungen können wir vor der Presse und der Öffentlichkeit nicht gerade glänzen, Inspector.«

»SO4 prüft die Fingerabdrücke, die wir in Marylebone gesichert haben, und wir haben eine Zeichnung eines möglichen Verdächtigen. Sagen Sie den Leuten, daß wir dabei sind, mögliches Beweismaterial zu analysieren. Dann verteilen Sie die Zeichnungen. Das sollte die Meute zufriedenstellen.«

Hillier musterte ihn nachdenklich. »Aber Sie haben mehr, richtig?«

»Nichts Konkretes«, antwortete Lynley.

»Ich dachte, ich hätte mich klar ausgedrückt, als ich Ihnen den Fall übergeben habe. Ich möchte *umfassende* Berichte.«

»Es hat doch keinen Sinn, daß ich noch mehr Verwirrung stifte«, sagte Langley und fügte »Sir« hinzu, um Hillier zu besänftigen, der wohl weniger verwirrt als empört war.

»Hmpf.« Hillier wußte, daß dieses »Sir« von Lynley nicht gerade ein Zeichen inniger Freundschaft war. Er schien zu einem scharfen Befehl anzusetzen, der zum offenen Kampf zwischen ihnen führen würde, doch ein Klopfen an der Tür hielt ihn davon ab. »Sir David?« erscholl die Stimme seiner Sekretärin durch die geschlossene Tür. »Ich sollte Ihnen doch eine halbe Stunde vor der Pressekonferenz Bescheid geben. Ich habe den Visagisten hier.«

Lynley verkniff sich ein Lächeln bei dem Gedanken an Hillier in Make-up und Lidschatten vor den Kameras der Nachrichtenmedien. »Dann halte ich Sie jetzt nicht länger auf«, sagte er und nutzte die Gelegenheit, sich davonzumachen.

In seinem eigenen Büro fand er Nkata vor, der an seinem Schreibtisch saß und telefonierte. »Detective Constable Winston Nkata«, sagte er gerade. »Nein, Nkata... Nkata, gute Frau... N-k-a-t-a. Sagen Sie ihm, wir müssen ihn sprechen. In Ordnung?« Er legte auf, sah Lynley an der Tür und wollte aufstehen.

Lynley bedeutete ihm mit einer Geste sitzenzubleiben und nahm sich den Sessel vor seinem Schreibtisch, auf dem gewöhnlich Barbara Havers saß. »Und?« fragte er.

»Ein paar Bowen-Blackpool-Verbindungen«, erklärte Nkata. »Der Vorsitzende von Bowens Bezirksgruppe war damals auf dem Tory-Parteitag. Ein gewisser Colonel Julian Woodward. Kennen Sie ihn? Ich habe einen netten kleinen Schwatz mit ihm gehalten, nachdem wir drüben in dem Haus in der George Street fertig waren.«

Colonel Woodward war, wie Nkata berichtete, ein pensionierter Armeeoffizier um die Siebzig. Ehemals Dozent der Militärgeschichte, war er mit fünfundsechzig in Pension gegangen und nach London gezogen, um in der Nähe seines Sohnes sein zu können.

»Dieser Joel ist sein Augapfel«, fügte Nkata erklärend hinzu. »Ich hatte den Eindruck, der gute Colonel würde so ziemlich alles für ihn tun. Er hat dem Jungen auch den Job bei Eve Bowen verschafft, wissen Sie. Und er hat ihn damals zum Parteitag nach Blackpool mitgenommen.«

»Ach was? Joel Woodward war dort? Wie alt war er denn damals?«

»Knapp neunzehn. Er hatte sich gerade an der Uni London

eingeschrieben, um Politologie zu studieren. Er ist immer noch dort. Arbeitet seit Jahren an seiner Dissertation. Im Moment sitzt er auch gerade an der Uni über der Arbeit, wie sie mir in Eve Bowens Büro gesagt haben. Er war eigentlich der nächste auf meiner kleinen Plauschliste, aber ich konnte ihn nicht aufstöbern. Ich versuche es seit heute mittag.«

»Gibt es da eine Verbindung nach Wiltshire? Könnte einer der beiden Woodwards ein Interesse daran haben, Eve Bowen ein Bein zu stellen?«

»An der Verbindung nach Wiltshire arbeite ich noch. Aber fest steht, daß der Colonel für seinen Joel große Pläne hat. Politische Pläne, und er macht auch gar kein Geheimnis daraus.«

»Der Junge soll wohl ins Parlament?«

»Sie sagen es. Und unsere Mrs. Bowen mag er auch nicht besonders.«

Colonel Woodward, berichtete Nkata weiter, war der festen Überzeugung, daß Frauen im Leben ihren angestammten Platz hatten. Und in der Politik war dieser Platz nicht. Der Colonel selbst war dreimal verheiratet gewesen, und nicht eine seiner Ehefrauen hatte das Bedürfnis gehabt, sich in irgendeinem anderen Bereich als dem von Heim und Familie zu beweisen. Er erkannte zwar an, daß Eve Bowen »mehr Mumm« hatte als »unser hochgeschätzter Premierminister«, bekannte aber zugleich freimütig, daß er sie nicht besonders mochte. Er war jedoch realistisch genug zu wissen, daß der Bezirk bei den Wahlen den bestmöglichen Kandidaten brauchte, wenn die Konservative Partei an der Macht bleiben wollte, und daß der bestmögliche Kandidat nicht immer jemand sein konnte, der ihm persönlich sympathisch war.

»Er hätte also nichts dagegen, sie abzusägen?« fragte Lynley.

»Er würde am liebsten seinen Herzensjungen an ihren Platz setzen«, antwortete Nkata. »Aber das kommt nicht in Frage, solange nicht was Drastisches passiert, was sie zu Fall bringt.«

Hochinteressant, dachte Lynley. Und eine Bestätigung dessen, was Eve Bowen selbst mit etwas anderen Worten gesagt hatte: In der Politik trugen die ärgsten Feinde die Maske von Freunden.

»Wie war's mit Alistair Harvie?« fragte Nkata.

»Ein aalglatter Bursche.«

»Eben ein Politiker.«

»Er scheint von der Sache zwischen Luxford und Eve Bowen in Blackpool nichts zu wissen. Er behauptete, sich nicht zu erinnern, daß die Bowen überhaupt dort war.«

»Glauben Sie ihm das?«

»Ehrlich gesagt, ja, ich hab's ihm geglaubt. Aber dann hat Havers angerufen.«

Lynley erzählte Nkata, was er von Barbara Havers erfahren hatte, und schloß mit den Worten: »Sie konnte sich außerdem einige Informationen über Harvies Schulzeit am Winchester College beschaffen. Er hat sich an genau den Schulaktivitäten beteiligt, die man von ihm erwarten würde. Und eine ist darunter, die für uns von Bedeutung sein könnte. In seinen letzten beiden Schuljahren hatte er Umweltkunde und Wandern. Und die meisten Wanderungen haben in Wiltshire stattgefunden, rund um Salisbury.«

»Das heißt, er kennt die Gegend.«

Lynley griff über den Schreibtisch nach einem Bündel Nachrichten, die man ihm neben das Telefon gelegt hatte. Er setzte seine Brille auf und fragte, während er die Zettel durchblätterte: »Was Neues über den Stadtstreicher?«

»Bis jetzt nicht. Aber es ist ja noch früh. Wir sind immer noch dabei, sämtliche Hilfspolizisten vom Revier Wigmore Street abzuklappern, um ihnen die Zeichnung zu zeigen. Und von den Männern, die die Obdachlosenheime überprüfen, hat sich noch keiner gemeldet.«

Lynley warf die Zettel wieder auf den Tisch, nahm die Brille ab und rieb sich die Augen. »Ich habe das Gefühl, wir kommen langsamer als im Schneckentempo vorwärts.«

»Hillier?« fragte Nkata verständnisvoll.

»Das Übliche. Er sähe den ganzen Fall am liebsten innerhalb von vierundzwanzig Stunden geklärt, damit das Yard wieder einmal richtig glänzt. Aber er weiß, wie die Chancen stehen und wird nicht bestreiten, daß wir uns in einer äußerst ungünstigen Situation befinden.« Lynley dachte an die Reporter, die er am vergangenen Abend vor Eve Bowens Haus gesehen hatte, an die Zeitungsstände, die er an diesem Morgen gesehen hatte, mit Aufschriften wie *Großfahndung der Polizei* und *Abgeordnete sagte: Keine Polizei!* auf den Anschlagtafeln, die den Inhalt des Leitartikels bekanntgaben. »Zum Teufel mit ihnen«, brummte er.

»Wen meinen Sie?« fragte Nkata.

»Eve Bowen und Luxford. Morgen ist eine Woche seit der Entführung vergangen. Wenn sie uns gleich nach dem Verschwinden des Kindes eingeschaltet hätten, wären wir jetzt mit dieser Geschichte fertig. So aber suchen wir nach einer Fährte, die längst kalt geworden ist, fragen sechs Tage nach vollbrachter Tat mögliche Zeugen – die kein Interesse an der Sache haben und für die nichts auf dem Spiel steht –, ob sie sich vielleicht an etwas erinnern können, was sie gesehen haben. Das ist Wahnsinn. Wir müssen uns auf unser Glück verlassen, und das gefällt mir nicht besonders.«

»Aber Glück ist doch fast immer mit im Spiel.« Nkata lehnte sich in Lynleys Sessel zurück. Er sah ganz so aus, als gehörte er an diesen Platz. Er hob die Arme und verschränkte die Hände im Nacken. Er lächelte.

Dieses Lächeln verriet ihn. »Sie haben doch noch etwas in petto«, vermutete Lynley.

»O ja. Ganz recht.«

»Und?«

»Es geht um Wiltshire.«

»In Verbindung mit wem?«

»Tja, da wird die Sache richtig interessant.«

Der Verkehr hielt sie auf, sowohl in Whitehall als auch am Strand, aber während sie abwechselnd im Schneckentempo vorwärtskrochen und dann wieder standen, hatte Lynley Gelegenheit, den Artikel aus dem Magazin der *Sunday Times* zu lesen, auf den Nkata bei seinen Hintergrundrecherchen über die Verdächtigen gestoßen war. Der Artikel war sechs Wochen alt. Er trug den Titel *Ein Blatt wird gewendet* und berichtete über Dennis Luxford und seine erfolgreiche Sanierung der *Source*.

»Sieben ganze Seiten«, bemerkte Nkata, während Lynley den Bericht überflog. »Die glückliche Familie zu Hause, bei der Arbeit, in der Freizeit. Und von jedem die ganze Vorgeschichte schwarz auf weiß. Klasse, was?«

»Das«, meinte Lynley, »könnte der Durchbruch sein, auf den wir gewartet haben.«

»Ja, das hab' ich mir auch gedacht«, stimmte Nkata zu.

Bei der *Source* machte Lynleys Dienstausweis wenig Eindruck auf die Empfangsdame. Sie warf Lynley einen Blick zu, als wollte sie sagen, Typen wie ihr sind mir nichts Neues. Dann telefonierte sie nach oben und sagte nur: »Die Bullen. Scotland Yard« in das winzige Sprechgerät ihres Kopfhörers. Nach einer kleinen Pause fügte sie lachend hinzu: »Ja, das hast du schon richtig verstanden.« Nachdem sie in kindlich runder Schrift zwei Besucherkärtchen ausgestellt und in durchsichtige Plastikhüllen geschoben hatte, sagte sie zu Lynley: »Elfte Etage. Nehmen Sie den Aufzug. Und daß Sie mir nirgends rumschnüffeln, wo Sie nicht hingehören!«

Im elften Stock wurden sie von einer grauhaarigen Frau in Empfang genommen. Ihre Schultern waren leicht nach vorn gekrümmt, als hätte sie sich zu viele Jahre über Aktenschränke, Schreibmaschinen und Computer gebeugt. Sie stellte sich als Miß Wallace vor, Privatsekretärin des Chefredakteurs, Mr. Dennis Luxford.

»Darf ich mir noch einmal Ihre Ausweise ansehen?« fragte sie, und ihre welken Wangen bebten, als wäre sie selbst erschüttert über die Unverschämtheit dieses Anliegens. »Wissen Sie, wir können hier nicht vorsichtig genug sein. Das ist der Konkurrenzkampf unter den Zeitungen. Sie wissen vielleicht, was ich meine?«

Noch einmal zeigte Lynley seinen Ausweis. Nkata ebenso. Miß Wallace studierte beide Dokumente gewissenhaft, ehe sie

»In Ordnung« sagte und sie zum Büro des Chefredakteurs führte. Die Skandalblätter des Landes führten offenbar einen Kampf bis aufs Messer um die Gunst der Leserschaft. Da war es geraten, jeden der Spitzelei zu verdächtigen, auch Leute, die behaupteten, von der Polizei zu sein.

Luxford saß an einem Konferenztisch in seinem Büro. Bei ihm waren zwei Mitarbeiter, bei denen es sich, den ausgebreiteten Tabellen, Statistiken, Schaubildern und Entwürfen nach zu urteilen, um den Vertriebsleiter und den Leiter der Werbeabteilung handelte. Als Miß Wallace die Tür öffnete und sagte: »Entschuldigen Sie vielmals, Mr. Luxford«, fuhr dieser sie scharf an: »Verdammt noch mal, Wallace, ich habe Ihnen doch gesagt, daß ich nicht gestört werden möchte.« Er klang, als wäre er fix und fertig, und Lynley, der hinter Miß Wallace stand, bemerkte, daß er auch entsprechend aussah.

»Die Herren sind von Scotland Yard, Mr. Luxford«, erklärte die Sekretärin.

Der Werbechef und der Vertriebsleiter tauschten einen Blick, augenblicklich hellhörig bei dieser unerwarteten Wendung der Dinge. »Wir machen später weiter«, sagte Luxford zu ihnen und stand von seinem Platz am Kopf des Konferenztischs erst auf, als die beiden Männer und Miß Wallace hinausgegangen waren. Und selbst dann blieb er stehen, wo er war, vor sich die Unterlagen, die seine Mitarbeiter zurückgelassen hatten. »Das wird innerhalb von fünfundvierzig Sekunden in der ganzen Redaktion die Runde machen. Hätten Sie nicht vorher anrufen können?«

»Eine Vertriebsbesprechung?« fragte Lynley. »Wie steht's denn dieser Tage um die Auflagenzahlen?«

»Sie sind doch bestimmt nicht gekommen, um sich mit mir über unsere Auflagenzahlen zu unterhalten.«

»Aber sie interessieren mich trotzdem.«

»Warum?«

»Mit der Auflage steht oder fällt eine Zeitung, nicht wahr?«

»Ja, natürlich. Die Werbeeinnahmen hängen von der Auflagenzahl ab.«

»Und die Auflagenzahl hängt von der Qualität der Berichte ab? Ihre Zuverlässigkeit, ihrem Inhalt und der gründlichen Recherche?« Ein drittes Mal zog Lynley seinen Dienstausweis heraus, und während Luxford ihn studierte, musterte er seinerseits Luxford. Der Mann war tadellos gekleidet, doch sein Gesicht wirkte gelblich, und auch seine Augen hatten einen gelblichen Schimmer. »Ich nehme an, für einen Chefredakteur gehört die Auflagenzahl seiner Zeitung mit zu den wichtigsten Dingen«, sagte Lynley. »Sie bemühen sich, wie ich eben im Magazin der *Sunday Times* gelesen habe, nach Kräften, sie bei Ihrer Zeitung zu erhöhen, und ich kann mir denken, daß Sie sie auch weiter steigern wollen.«

Luxford reichte den Ausweis zurück, und Lynley steckte ihn ein. Nkata war inzwischen zu der Wand getreten, an denen die gerahmten Titelseiten der *Source* hingen. Lynley überflog die Schlagzeilen. Eine berichtete von einem konservativen Abgeordneten, der sich das Leben mit vier Geliebten versüßt hatte, eine andere befaßte sich mit Spekulationen über das Liebesleben der Prinzessin von Wales, eine dritte mit den Fernsehstars einer biederen Familienserie, die, wie sich herausgestellt hatte, in einer *ménage à trois* zusammenlebten. Herzhafte Lektüre zum herzhaften Frühstück, dachte Lynley.

»Worauf wollen Sie eigentlich mit Ihren Bemerkungen hinaus, Inspector?« fragte Luxford. »Sie sehen, daß ich sehr beschäftigt bin. Könnten wir also zur Sache kommen?«

»Es geht um Charlotte Bowen.«

Luxfords Blick flog von Lynley zu Nkata. Er war zu klug, um irgend etwas preiszugeben, solange er nicht wußte, was sie in der Hand hatten.

»Wir wissen, daß Sie der Vater des Kindes sind«, fuhr Lynley fort. »Mrs. Bowen hat uns das gestern abend bestätigt.«

»Wie geht es ihr?« Luxford ergriff eine der Tabellen, warf aber keinen Blick darauf. Er sah Lynley an. »Ich habe sie angerufen, aber sie ruft mich nicht zurück. Ich habe seit Sonntag abend nicht mehr mit ihr gesprochen.«

»Sie muß vermutlich erst mit dem Schock fertigwerden«,

meinte Lynley. »Sie hat nicht geglaubt, daß es so weit kommen würde.«

»Ich habe die Story geschrieben«, teilte Luxford ihnen mit. »Ich hätte sie gebracht, wenn sie es zugelassen hätte.«

»Zweifellos«, sagte Lynley.

Der trockene Ton machte Luxford aufmerksam. Er sah Lynley scharf an. »Warum sind Sie hier?«

»Um uns mit Ihnen über Baverstock zu unterhalten.«

»Baverstock? Was, in Gottes Namen...?« Luxford wandte sich Nkata zu, als erwarte er von ihm eine Antwort. Doch Nkata zog sich nur einen Sessel heraus und setzte sich. Er griff in seine Tasche und nahm Notizbuch und Stift heraus, klappte das Buch auf und zückte den Stift, um Luxfords Worte mitzuschreiben.

»Sie sind mit elf Jahren nach Baverstock gekommen«, sagte Lynley. »Sie waren bis zu Ihrem siebzehnten Lebensjahr dort. Als Internatsschüler.«

»Ja und? Was hat das mit Charlotte zu tun? Sie sagten doch eben, es handle sich hier um Charlotte.«

»In dieser Zeit gehörten Sie einer Gruppe an, die sich die Becherforscher nannte, einer Vereinigung von Amateurarchäologen. Ist das richtig?«

»Mein Gott, ich hab' eben gern ein bißchen im Dreck herumgegraben. Wie die meisten Jungen. Ich verstehe nicht, inwiefern das für die Untersuchung von Bedeutung sein soll.«

»Diese Vereinigung – die Becherforscher – hat sich für alle möglichen Relikte der Vergangenheit in der ganzen Umgebung interessiert, nicht wahr? Für Hügelgräber, Erdwälle, Steinkreise und dergleichen, richtig? Und Sie lernten die Region auf diese Weise sehr genau kennen.«

»Ja und? Ich verstehe immer noch nicht, was das mit Ihren Ermittlungen zu tun hat.«

»Sie waren in Ihren letzten zwei Schuljahren der Vorsitzende der Vereinigung, nicht wahr?«

»Ich war zur gleichen Zeit Herausgeber unserer beiden Schulzeitungen, des *Bavernian Biannual* und des *Oracle*. Und um Ihr Bild über den Schüler Luxford abzurunden, Inspector, ich habe es trotz verzweifelter Versuche nie geschafft, ins erste Cricketteam zu kommen. So, und jetzt sagen Sie mir, habe ich etwas ausgelassen?«

»Nur eine Kleinigkeit«, antwortete Lynley. »Den Ort der Schule.«

Luxford zog einen Moment die Augenbrauen zusammen. Der Ausdruck seiner Augen hatte etwas Spekulatives.

»Wiltshire«, erläuterte Lynley. »Das Internat Baverstock ist in Wiltshire, Mr. Luxford.«

»In Wiltshire sind viele Dinge«, entgegnete Luxford. »Und die meisten davon sind weitaus bemerkenswerter als Baverstock.«

»Dem will ich gar nicht widersprechen. Aber sie haben nicht Baverstocks Vorteil.«

»Und welcher Vorteil wäre das?«

»Der Vorteil, keine zwölf Kilometer von der Stelle entfernt zu sein, an der Ihre Tochter gefunden wurde.«

Langsam legte Luxford die Tabelle, die er in der Hand behalten hatte, zu den anderen auf den Tisch. Er nahm Lynleys Worte schweigend auf. Von der Straße elf Stockwerke unter ihnen drang das Sirenengeheul eines Rettungswagens zu ihnen herauf.

»Ein bemerkenswertes Zusammentreffen, finden Sie nicht?« fragte Lynley schließlich.

»Das ist aber auch alles, und das wissen Sie.«

»Ich möchte mich da nicht auf Ihr Wort verlassen.«

»Sie können doch nicht im Ernst glauben, ich hätte mit Charlottes Entführung zu tun! Diese Vorstellung ist Wahnsinn.«

»Welcher Teil der Vorstellung? Daß sie an Charlottes Entführung Anteil gehabt haben sollen? Oder an ihrem Tod?«

»Die ganze Vorstellung. Wofür halten Sie mich eigentlich?«

»Für einen Mann, dem die Auflage seiner Zeitung äußerst wichtig ist. Folglich für einen Mann, der immer nach einem Knüller sucht, den sonst keiner hat.«

Trotz seiner Beteuerungen und obwohl er vielleicht Gründe hatte, etwas vor Lynley zu verbergen, sah Luxford flüchtig zu den Diagrammen und Aufstellungen hinunter, in denen die Daten zusammengefaßt waren, von deren Entwicklung seine Zeitung und seine Stellung abhingen. Dieser eine kurze Blick verriet Lynley mehr als alles, was er vielleicht gesagt hätte.

»Irgendwann«, fuhr Lynley fort, »muß Charlotte in einem Fahrzeug aus London weggebracht worden sein.«

»Ich hatte nichts damit zu tun.«

»Dennoch würde ich mir gern Ihren Wagen ansehen. Steht er in der Nähe?«

»Ich verlange einen Anwalt.«

»Aber gewiß.«

Luxford ging durch das Zimmer zu seinem Schreibtisch. Er schob ein Bündel Papiere zur Seite und zog ein in Leder gebundenes Telefonbuch heraus, das er mit einer Hand aufschlug, während er mit der anderen den Hörer seines Telefons abhob.

Lynley ließ ihn zwei Zahlen eintippen, ehe er sagte: »Constable Nkata und ich müssen natürlich auf ihn warten. Es wird wohl einige Zeit dauern, bis er kommt. Wenn Sie sich also Sorgen machen, wie man in der Redaktion über unserern Besuch denkt, sollten Sie vielleicht überlegen, was für einen Eindruck es machen wird, wenn wir vor Ihrer Bürotür auf und ab gehen, während wir auf die Ankunft Ihres Anwaltes warten.«

Luxford tippte noch einmal vier Zahlen ein. Seine Hand schwebte über dem Apparat, ehe er zur siebten kam. Lynley wartete.

Luxford knallte den Hörer auf. »Also gut«, sagte er. »Ich bringe Sie zu meinem Wagen.«

Der Wagen, ein Porsche, stand in einer nach Benzin und Urin riechenden Parkgarage, keine fünf Minuten vom Redaktionsgebäude der *Source* entfernt. Den Weg dorthin legten sie schweigend zurück. Luxford ging ein paar Schritte voran. Er hatte sich nur aufgehalten, um sein Jackett überzuziehen und

Miß Wallace zu sagen, daß er eine Viertelstunde außer Haus sein würde. Auf dem Weg zum Aufzug hatte er weder rechts noch links geschaut, und als ein bärtiger Mann in einer Safarijacke von der Tür eines Büros auf der anderen Seite des Nachrichtenraums gerufen hatte: »Den, kann ich Sie mal einen Moment sprechen?« hatte Luxford ihn ignoriert. Er hatte sie alle ignoriert.

Der Porsche stand im fünften Untergeschoß der Garage, klein und geduckt zwischen einem schmutzigen Range Rover und einem weißen Lieferwagen. Als sie sich dem Fahrzeug näherten, zog Luxford eine kleine Fernbedienung aus seiner Tasche, mit der er die Alarmanlage des Wagens ausschaltete. Der kurze Pfeifton hallte in dem Betonbau wider.

Constable Nkata wartete nicht auf eine Aufforderung. Er zog Handschuhe an, öffnete die Beifahrertür des Porsche und setzte sich in den Wagen. Er inspizierte den Inhalt des Handschuhfachs und der Konsole zwischen den Sitzen. Er hob die Bodenmatten auf der Fahrer- und Beifahrerseite in die Höhe. Er griff in die in die Türen eingelassenen Fächer. Dann stieg er wieder aus und schob die Sitze nach vorn, um hinten mehr Platz zu haben.

Luxford sah dem allen schweigend zu. Irgendwo in der Nähe knallten forsche Schritte auf den Beton, aber er drehte sich nicht um, um nachzuschauen, ob die Durchsuchung seines Wagens beobachtet wurde. Sein Gesicht war starr und ausdruckslos. Es war unmöglich zu sagen, was in seinem Inneren vorging.

Nkatas Füße scharrten auf dem Beton, als er seinen langen Körper tief in den Wagen hineinschob.

»Sie glauben doch nicht im Ernst, daß Sie in meinem Wagen etwas finden werden, was für Ihre Ermittlungen auch nur die geringste Bedeutung hätte«, sagte Luxford schließlich. »Wenn ich ein zehnjähriges Kind aus der Stadt bringen wollte, würde ich wohl kaum meinen eigenen Wagen nehmen. Oder was meinen Sie? Ich bin doch kein Idiot! Und die Vorstellung, Charlotte in einem Porsche verstecken zu wollen, ist einfach absurd. In einem Porsche, du lieber Gott! In dem Wagen ist ja nicht einmal genug Platz, um – «

»Inspector«, unterbrach Nkata. »Hier hab' ich was gefunden. Unter dem Sitz.« Er arbeitete sich rückwärts aus dem Wagen. Er hatte etwas in der Hand.

»Das kann nichts mit Charlotte zu tun haben«, behauptete Luxford.

Aber er täuschte sich. Nkata richtete sich auf und zeigte Lynley, was er gefunden hatte. Es war eine Brille mit runden Gläsern und Schildpattgestell. Sie war der Brille, die Eve Bowen trug, beinahe zum Verwechseln ähnlich. Der einzige Unterschied war, daß dies eine Kinderbrille war.

»Was ist denn . . .?« Luxford schien völlig überrascht. »Wem gehört die? Wie ist sie in meinen Wagen gekommen?«

Nkata legte die Brille auf ein Taschentuch, das Lynley ihm auf offener Hand ausgebreitet hinhielt. »Höchstwahrscheinlich werden wir feststellen, daß sie Charlotte Bowen gehört hat«, sagte Lynley. Er nickte Nkata zu und sagte: »Constable. Bitte.«

Nkata wies Luxford auf seine Rechte hin. Im Gegensatz zu Barbara Havers, die immer noch den dramatischen Effekt einer feierlichen Verlesung der Formel genoß, sagte Nkata sie mit völlig ausdrucksloser Stimme aus dem Gedächtnis auf. Dennoch veränderte sich Luxfords Miene. Sein Unterkiefer fiel herab. Seine Augen weiteten sich. Er schluckte, und als Nkata zum Ende gekommen war, explodierte er.

»Sind Sie denn völlig verrückt geworden?« rief er. »Sie wissen, daß ich mit dieser Sache nichts zu tun habe.«

»Vielleicht möchten Sie jetzt Ihren Anwalt anrufen«, erwiderte Lynley. »Er kann gleich ins Yard kommen.«

»Jemand hat mir die Brille in den Wagen gelegt«, behauptete Luxford. »Das ist doch ganz klar. Jemand wollte den Eindruck erwecken, als hätte ich – «

»Lassen Sie den Wagen beschlagnahmen«, wandte sich Lynley an Nkata. »Rufen Sie das Labor an und sagen Sie Bescheid, daß der Wagen kommt und gleich untersucht werden soll.«

»In Ordnung.« Nkata ging sofort los, um den Auftrag zu erledigen. Der Aufschlag seiner Ledersohlen schallte laut durch den leeren unterirdischen Raum, als er festen Schritts über den Beton lief.

»Sie lassen sich an der Nase herumführen«, sagte Luxford zu Lynley. »Der Kerl, der Charlotte auf dem Gewissen hat, hat ihre Brille in meinen Wagen gelegt. Er hat nur darauf gewartet, daß Sie sie finden. Er hat genau gewußt, daß Sie früher oder später auf mich stoßen würden, und so ist es ja auch. Sehen Sie das denn nicht? Sie spielen ihm noch in die Hände.«

»Der Wagen war abgesperrt«, entgegnete Lynley. »Die Alarmanlage war eingeschaltet. Sie selbst haben sie abgestellt.«

»Aber er ist nicht immer abgesperrt, Herrgott noch mal.«

Lynley trat zur Beifahrerseite und drückte sie zu.

»Der Wagen ist nicht immer abgesperrt«, wiederholte Luxford mit einiger Erregung. »Und auch die Alarmanlage ist nicht immer eingeschaltet. Die Brille kann praktisch jederzeit da hinten hineingelegt worden sein.«

»Wann zum Beispiel?«

Einen Moment war Luxford verblüfft. Er hatte offensichtlich nicht damit gerechnet, daß sein Argument so prompt akzeptiert werden würde.

»Wann ist der Wagen nicht abgesperrt und durch die Alarmanlage gesichert?« fragte Lynley. »Es kann doch nicht so schwer sein, diese Frage zu beantworten. Das ist ein teures Auto, keine alte Rostlaube, die man ruhig unverriegelt auf der Straße oder in einer Parkgarage stehenlassen kann. Oder irgendwo auf einem Parkplatz. Wann also lassen Sie den Wagen offen stehen, Mr. Luxford?«

Luxford setzte zum Sprechen an, doch er sagte kein Wort. Er hatte die Falle im letzten Moment bemerkt, wußte aber offensichtlich auch, daß es zu spät war, einen Rückzieher zu machen.

»Wo?« fragte Lynley.

»Zu Hause«, antwortete Luxford schließlich, und seine Lippen bewegten sich kaum dabei.

»Sind Sie sicher?«

Luxford nickte wie betäubt.

»Aha. Dann, denke ich, müssen wir uns mit Ihrer Frau unterhalten.«

Die Fahrt nach Highgate war endlos. Sie fuhren zwar schnurgerade durch Holborn und Bloomsbury nach Nordwesten, jedoch zugleich durch die verkehrsreichsten Gegenden der Stadt. Nördlich vom Russel Square wurden sie zu allem Überfluß auch noch durch Polizei und Feuerwehr aufgehalten, die dabei waren, ein brennendes Auto zu löschen. Während Lynley seinen Wagen durch das Gewühl manövrierte, überlegte er, wie Barbara Havers es aushielt, diese Strecke jeden Tag zweimal zu fahren, von Chalk Farm, das sie nach etwa vierzig Minuten Fahrt passierten, nach Westminster und wieder zurück.

Luxford sprach wenig. Er hatte darum gebeten, seine Frau anrufen zu dürfen, um sie vorzuwarnen, daß er in Begleitung eines Beamten von New Scotland Yard kommen würde, aber das hatte Lynley ihm abgeschlagen. Als Luxford sagte: »Aber ich muß sie doch vorbereiten. Sie weiß nichts. Weder von Eve noch von Charlotte. Ich muß sie vorbereiten«, erwiderte Lynley, seine Frau wisse vielleicht mehr, als er ahne, eben deswegen seien sie ja zu ihr unterwegs.

»Das ist doch lächerlich«, entgegnete Luxford. »Wenn Sie unterstellen wollen, daß meine Frau irgendwie in diese Sache verwickelt ist, müssen Sie wirklich verrückt sein.«

»Eins würde mich interessieren«, sagte Lynley statt einer Antwort. »Waren Sie zur Zeit des Parteitags in Blackpool bereits mit Ihrer Frau verheiratet?«

»Nein.«

»Hatten Sie eine Beziehung mit ihr?«

Luxford schwieg einen Moment. Als er antwortete, sagte er nur: »Fiona und ich waren damals nicht verheiratet.« Als hätte diese Tatsache allein ihm den Freibrief gegeben, Eve Bowen nachzustellen.

»Aber Ihre Frau wußte, daß Sie in Blackpool waren?« fragte

Lynley. Luxford sagte nichts. Lynley warf ihm einen Blick zu, sah die zusammengepreßten Lippen. »Mr. Luxford, hat Ihre Frau – «

»Ja. Schon gut. Sie wußte, daß ich in Blackpool war. Aber das ist auch alles, was sie wußte. Und mehr hat sie darüber nie erfahren. Sie interessiert sich nicht für Politik. Hat sich nie dafür interessiert.« Erregt fuhr er sich mit der Hand durch das Haar.

»Soweit Sie wissen, hat sie sich nie für Politik interessiert.«

»Sie war Mannequin! Bei ihr hat sich alles nur um ihr Gesicht und ihren Körper gedreht. Bevor ich sie kennenlernte, war sie noch nie zur Wahl gegangen.« Luxford lehnte seinen Kopf müde an die Kopfstütze. »Brillant«, sagte er. »Jetzt stelle ich sie als Idiotin hin.« Er drehte den Kopf nach links und starrte stumm zum Fenster hinaus.

Sie kamen an Camden Lock vorüber, wo ein Händler am Rand des Bürgersteigs stand und pseudo-antike Zinnteller feilbot. Sie blitzten im späten Licht des Tages.

Luxford hüllte sich bis Highgate in Schweigen. Sein Haus war in der Millfield Lane, eine Villa, die zwei der kleinen Seen, die die Ostgrenze der Hampstead Heath bildeten, direkt gegenüberlag. Als Lynley den Wagen zwischen den beiden Backsteinpfeilern hindurchlenkte, die die Einfahrt zum Haus markierten, sagte Luxford: »Lassen Sie mich wenigstens vorausgehen und kurz mit meiner Frau sprechen.«

»Das ist leider nicht möglich.«

»Haben Sie denn überhaupt kein Feingefühl?« fragte Luxford heftig. »Mein Sohn ist zu Hause. Er ist acht Jahre alt. Er ist völlig unschuldig. Sie können doch nicht verlangen, daß ich den Jungen der großen Enthüllungsszene aussetze, die Sie offenbar planen.«

»Solange er da ist, werde ich mich zurückhalten. Sie können ihn in sein Zimmer bringen.«

»Das ist meiner Ansicht nach kaum – «

»Das ist der Kompromiß, den ich Ihnen bieten kann, Mr. Luxford.«

Lynley parkte hinter einem Mercedes neueren Modells, der in einem Säulengang stand. Von hier aus hatte man Blick auf den Vorgarten der Villa, der mehr einem Naturpark ähnelte als dem landläufigen Garten mit gepflegten Rasenflächen und adretten Blumenrabatten. Als Luxford aus dem Wagen gestiegen war, ging er zum Rand des Gartens, wo ein Steinplattenweg in den Büschen verschwand. »Meistens füttern sie um diese Tageszeit die Vögel«, bemerkte er kurz. Dann rief er die Namen seiner Frau und seines Sohnes.

Als aus den Bäumen keine Antwort erscholl, machte er kehrt und ging zum Haus. Die Haustür war geschlossen, aber nicht abgesperrt. Sie führte in eine Eingangshalle mit Marmorboden und einer breiten Treppe, die sich in die erste Etage des Hauses hinaufschwang.

»Fiona?« rief Luxford. Seine Stimme wurde von dem Steinboden und den Rauhputzwänden zurückgeworfen. Wieder antwortete niemand.

Lynley schloß die Tür hinter sich. Luxford ging durch einen Torbogen zu seiner Linken in ein Wohnzimmer mit hohen Erkerfenstern, die eine gute Aussicht auf die Teiche und Seen der Heide boten. Immer wieder rief er den Namen seiner Frau.

Es war totenstill im Haus. Während Luxford von Zimmer zu Zimmer ging, wurde Lynley langsam klar, daß diese Fahrt nach Highgate umsonst gewesen war. Ob zu ihrem Glück oder nicht – Fiona Luxford war nicht hier, um seine Fragen zu beantworten. Als Dennis Luxford von oben die Treppe herunterkam, sagte Lynley: »Vielleicht möchten Sie jetzt Ihren Anwalt anrufen, Mr. Luxford. Wir können uns im Yard mit ihm treffen.«

»Ich versteh' das nicht. Sie müßten zu Hause sein.« Mit gerunzelter Stirn blickte Luxford vom Wohnzimmer, wo Lynley auf ihn gewartet hatte, zur Eingangshalle und der schweren Haustür. »Fiona würde nicht weggehen, ohne abzuschließen. Sie müßten hier sein, Inspector.«

»Vielleicht hat sie vergessen abzusperren.«

»Nein. Bestimmt nicht.« Luxford ging wieder zur Haustür und zog sie auf. Mehrmals rief er den Namen seiner Frau, schrie ihn fast. Dann rief er nach seinem Sohn. Er eilte die leicht abfallende Auffahrt hinunter zur Straße, wo unmittelbar innerhalb der Mauer, die das Anwesen umgab, ein niedriges weißes Gebäude stand, die Garage, in der drei Fahrzeuge Platz hatten. Durch eine grüngestrichene Holztür trat Luxford in die Garage. Die Tür war nicht abgeschlossen, wie Lynley vermerkte. Vielleicht war Luxfords Erklärung dafür, wie Charlotte Bowens Brille in seinen Wagen gelangt sein könnte, doch nicht ganz aus der Luft gegriffen.

Lynley blieb in dem breiten Säulengang stehen und blickte zum Garten hinaus. Er dachte gerade daran, Luxford aufzufordern, das Haus abzusperren und wieder zu ihm in den Bentley zu steigen, damit sie zum New Scotland Yard fahren konnten, als sein Blick auf den Mercedes fiel, der vor ihm stand. Um Luxfords Behauptung, er schließe seinen Wagen zu Hause nicht ab, zu überprüfen, versuchte er sein Glück bei der Fahrertür des Mercedes. Sie öffnete sich sofort. Er stieg ein.

Mit dem Knie stieß er an etwas, was neben dem Lenkrad hing. Ein dünnes Klimpern ertönte. Es waren die Wagenschlüssel, die, wie er sah, an einem Messingring vom Zündschloß herabhingen.

Auf dem Boden vor dem Beifahrersitz lag die Umhängetasche einer Frau. Lynley hob sie auf. Er öffnete sie. Unter einer Puderdose, mehreren Lippenstiften, einer Haarbürste, einer Sonnenbrille und einem Scheckbuch fand er ein ledernes Portemonnaie. Es enthielt fünfundfünfzig Pfund, eine Visa-Karte und einen Führerschein, der auf »Fiona Howard Luxford« ausgestellt war.

Unruhe bemächtigte sich seiner. Sie bedrängte ihn wie das Summen eines Mückenschwarms, der zu dicht an seinen Ohren herumschwirrte. Er stieg gerade mit der Umhängetasche in der Hand aus dem Wagen, als Luxford die Auffahrt heraufgelaufen kam.

»Manchmal fahren sie nachmittags mit den Rädern auf die

Heide«, erklärte er. »Meine Frau liebt die Fahrt zum Kenwood House, und Leo schaut sich die Bilder dort immer gern an. Ich dachte, sie hätten vielleicht eine kleine Tour gemacht, aber ihre Räder –« Er bemerkte die Tasche.

»Die Sachen waren im Wagen«, sagte Lynley. »Sehen Sie sie sich an. Sind das die Wagenschlüssel Ihrer Frau?«

Luxfords Gesicht sagte alles. Sobald er die Schlüssel sah, stützte er sich mit beiden Händen auf die Kühlerhaube des Wagens, blickte in den Garten hinaus und sagte: »Es ist etwas passiert.«

Lynley ging um den Mercedes herum zur anderen Seite. Der Vorderreifen war platt. Er ging in die Hocke, um ihn sich genauer anzusehen. Er ließ seine Finger über das Profil gleiten und folgte ihrer Bahn mit den Augen. Den ersten Nagel entdeckte er etwa auf Viertelhöhe des Reifens, dann nebeneinander zwei weitere Nägel, vielleicht fünfzehn Zentimeter über dem ersten.

»Ist Ihre Frau um diese Zeit normalerweise zu Hause?«

»Immer«, antwortete Luxford. »Sie möchte für Leo dasein, wenn er von der Schule kommt.«

»Und wann hat er gewöhnlich aus?«

Luxford hob den Kopf. Sein Gesicht war voller Angst. »Um halb vier.«

Lynley sah auf seine Taschenuhr. Es war nach sechs. Seine Unruhe wuchs, aber er sagte das Vernünftige: »Vielleicht sind sie zusammen weggegangen.«

»Aber sie hätte doch ihre Tasche nicht hiergelassen. Sie hätte die Wagenschlüssel nicht steckenlassen. Und sie hätte das Haus abgesperrt. Ganz bestimmt. Nein, es muß etwas passiert sein.«

»Es gibt sicher eine einfache Erklärung«, meinte Lynley. Was meistens der Fall war. Man machte sich Sorgen um einen Menschen, der spurlos verschwunden zu sein schien, während der irgendeiner ganz alltäglichen Tätigkeit nachging, an die man auch gedacht hätte, wenn man nicht gleich in Panik geraten wäre. Lynley überlegte, was für einer Tätigkeit Fiona Luxford vielleicht gerade nachging, und versuchte, Luxfords wachsender Angst mit kühler Vernunft zu begegnen. »Der Vorderreifen ist platt«, sagte er zu Luxford. »Sie hat irgendwo drei Nägel aufgelesen.«

»Drei gleich?«

»Vielleicht ist sie deshalb zu Fuß mit Ihrem Sohn weggegangen.«

»Da hat jemand absichtlich die Luft herausgelassen«, sagte Luxford. »Das ist kein Zufall. Glauben Sie mir doch endlich! Jemand hat absichtlich die Luft aus dem Reifen gelassen.«

»Nicht unbedingt. Wenn sie losfahren wollte, um Ihren Sohn von der Schule abzuholen, und gemerkt hat, daß der Reifen – «

»Das hat sie aber nicht getan.« Luxford drückte die Finger auf seine Augenlider. »Sie hat es nicht getan, verstehen Sie? Ich erlaube ihr nicht, Leo abzuholen.«

»Wie bitte?«

»Ich erlaube ihr nicht, ihn abzuholen. Er soll zu Fuß gehen. Das tut ihm gut. Ich habe es ihr erklärt. Das härtet ihn ab. O Gott! Wo können sie nur sein?«

»Mr. Luxford, gehen wir doch erst mal hinein und sehen nach, ob sie eine Nachricht hinterlassen hat.«

Sie kehrten ins Haus zurück. Lynley ließ sich seine eigene Besorgnis nicht anmerken, sondern bat Luxford ruhig, an jedem möglichen Ort nachzusehen, an dem seine Frau eine Nachricht hinterlassen haben könnte. Er folgte ihm vom Fitneßraum im Untergeschoß zu einem Schreibtisch in einem Mansardenzimmer im zweiten Stockwerk. Sie fanden nichts.

»Hatte Ihr Sohn heute irgendwelche Termine?« fragte Lynley, als sie wieder nach unten gingen. Auf Luxfords Gesicht war ein feiner Schweißfilm. »Oder hatte Ihre Frau vielleicht einen Termin? Beim Arzt oder Zahnarzt? Vielleicht hat sie ihn mitgenommen und sie sind mit dem Taxi oder der U-Bahn gefahren. Oder mit dem Bus.«

»Ohne ihre Handtasche? Ohne Geld? Ohne ihre Schlüssel? Mein Gott, Inspector, das glauben Sie doch selbst nicht.«

»Wir sollten jede Möglichkeit in Erwägung ziehen.«

»Ja, und während wir hier jede verdammte Möglichkeit in Erwägung ziehen, ist ihr und Leo vielleicht etwas passiert... vielleicht liegen sie irgendwo auf der Straße... Herrgott noch mal!« Luxford schlug mit der Faust auf das Treppengeländer.

»Wohnen Ihre Eltern in der Nähe? Oder die Ihrer Frau?«

»Nein. Niemand. Nichts.«

»Könnte es sein, daß sie mit Ihrem Sohn zu Freunden gegangen ist? Zu Kollegen? Wenn sie die Wahrheit über Sie und Eve Bowen entdeckt hat, kann es doch sein, daß sie mit Ihrem Sohn –«

»Sie hat die Wahrheit nicht entdeckt. Sie kann die Wahrheit nicht entdeckt haben. Sie müßte entweder hier im Haus oder draußen im Garten sein oder vielleicht mit dem Fahrrad unterwegs. Und Leo müßte bei ihr sein.«

»Hat sie ein Tagebuch, in dem wir – «

Sie fuhren beide herum, als draußen jemand gegen die Haustür stieß. Im selben Moment flog die Tür auf und prallte krachend gegen die Wand. Eine Frau stürzte herein, groß, mit langem honigblondem Haar, das ihr wirr ins Gesicht fiel. Ihre weinrote Leggings war schmutzig. Sie atmete keuchend und hielt beide Hände auf ihre Brust gedrückt, als hätte sie einen Herzanfall.

»Fiona!« schrie Luxford auf und rannte die letzten Treppenstufen hinunter. »Was um Gottes willen –?«

Mit einem Ruck hob sie den Kopf. Lynley sah, daß ihr Gesicht aschfahl war. Sie rief den Namen ihres Mannes, und Luxford riß sie in seine Arme.

»Leo«, stieß sie hervor. Ihre Stimme klang, als wäre sie völlig außer sich. »Dennis, Leo ist verschwunden. Leo – ich kann ihn nirgends finden.«

Sie hob die geballten Fäuste vor sein Gesicht und öffnete sie. Eine Schulmütze, die offensichtlich einem kleinen Jungen gehörte, fiel zu Boden.

Sie konnte ihre Geschichte nur in Bruchstücken erzählen, weil sie immer wieder absetzen mußte, um Atem zu holen. Sie hatte Leo spätestens um vier erwartet. Als er um fünf immer noch nicht da war, war sie so verärgert über seine Gedankenlosigkeit, daß sie beschloß, ihn zu suchen und ihm gründlich die Leviten zu lesen, wenn sie ihn fand. Er wußte schließlich ganz genau, daß er nach der Schule auf dem kürzesten Weg nach Hause kommen sollte. Aber als sie mit dem Wagen losfahren wollte, hatte sie gemerkt, daß ein Reifen platt war, und sich zu Fuß aufgemacht.

»Ich bin jeden Weg abgelaufen, den er gegangen sein könnte«, sagte sie und zählte ihrem Mann die verschiedenen Routen auf, als müßte sie etwas beweisen. Sie hockte auf der vordersten Kante eines Sofas im Wohnzimmer. Ihre Hände, die das Whiskyglas umfaßt hielten, das Luxford ihr gereicht hatte, zitterten heftig. Luxford kauerte vor ihr und hielt sie bei den Armen, wie um sie zu beruhigen. Ab und zu hob er eine Hand, um ihr das Haar aus dem Gesicht zu streichen. »Und nachdem ich alle Wege abgesucht hatte, bin ich am Friedhof entlang nach Hause gerannt. Und da hab' ich die Mütze... Leos Mütze...« Sie führte das Glas mit dem Whisky zum Mund. Sie zitterte so stark, daß es klappernd an ihre Zähne schlug.

Luxford schien zu wissen, was sie nicht aussprechen wollte. »Auf dem Friedhof?« fragte er. »Du hast Leos Mütze auf dem Friedhof gefunden?«

Sie begann zu weinen.

»Aber Leo weiß doch, daß er nicht allein auf den Highgate-Friedhof gehen soll.« Luxford klang verwirrt. »Ich habe es ihm doch extra gesagt, Fiona. Ich habe es ihm immer wieder gesagt.«

»Ja, natürlich weiß er es, aber er ist eben ein Junge. Ein kleiner Junge. Er ist neugierig. Und der Friedhof... du weißt doch, wie verlockend er ist. Völlig verwildert. So abenteuerlich. Leo kommt jeden Tag daran vorbei. Er wird sich gedacht haben –«

»Mein Gott, hat er dir erzählt, daß er dorthin will?«

»Aber Dennis, was soll er groß gesagt haben? Er ist mit dem Friedhof aufgewachsen. Er sieht ihn jeden Tag. Die Gräber und Katakomben haben ihn schon immer fasziniert. Er hat über die Standbilder nachgelesen und –«

Luxford stand auf. Er schob beide Hände in die Hosentaschen und wandte sich von ihr ab.

»Was ist?« fragte sie, und ihre Stimme war schrill vor Angst. »Was ist, Dennis?«

Er drehte sich zu ihr um. »Hast du ihn dazu ermutigt?«

»Wozu?«

»Die Gräber zu besichtigen. Und die Katakomben. In diesem verdammten Friedhof auf Abenteuer zu gehen. Hast du ihn dazu ermutigt, Fiona? Ist er darum dorthin gegangen?«

»Nein! Ich habe seine Fragen beantwortet, sonst nichts.«

»Und das hat ihn neugierig gemacht. Das hat seine Phantasie angeregt.«

»Was hätte ich denn tun sollen, wenn er mich fragt?«

»Und das hat ihn schließlich dazu verleitet, über die Mauer zu klettern.«

»Willst du mir die Schuld geben? Ausgerechnet du! Du hast doch darauf bestanden, daß er zu Fuß zur Schule geht. Du hast mir rundheraus verboten, ihn zu verhätscheln – «

»Und dann ist er irgendeinem Perversen in die Arme gelaufen, der ein bißchen Abwechslung haben wollte und vom Brompton-Friedhof nach Highgate rübergewandert ist.«

»Dennis!«

Lynley griff ein. »Nicht so schnell, Mr. Luxford. Es gibt vielleicht eine ganz einfache Erklärung.«

»Ach, gehen Sie doch zum Teufel mit Ihren einfachen Erklärungen!«

»Als erstes müssen wir die Freunde des Jungen anrufen«, fuhr Lynley fort. »Wir müssen mit dem Rektor von Leos Schule und mit seinem Lehrer sprechen. Er ist schließlich erst seit zwei Stunden überfällig. Es kann leicht sein, daß Sie sich für nichts und wieder nichts in Angst hineinsteigern.«

Wie zur Bestätigung von Lynleys Worten begann in diesem Moment das Telefon zu läuten. Luxford rannte zur anderen Seite des Raumes, riß den Hörer in die Höhe und blaffte ein »Hallo?« Am anderen Ende der Leitung sprach jemand. Luxford umschloß die Sprechmuschel mit der linken Hand.

»Leo!« sagte er. Seine Frau sprang auf. »Wo zum Teufel treibst du dich herum? Weißt du eigentlich, was für Angst du uns eingejagt hast?«

»Wo ist er?« rief Fiona. »Dennis, laß mich mit ihm sprechen.«

Luxford hob eine Hand, um seine Frau zum Schweigen zu bringen. Wieder lauschte er einen Moment schweigend. Dann sagte er: »Wer? Leo, wer? Gottverdammich. Sag mir, wo... Leo! Leo!«

Fiona riß ihrem Mann den Hörer aus der Hand. Sie schrie den Namen ihres Sohnes in die Sprechmuschel. Dann lauschte sie, jedoch offensichtlich umsonst. Der Hörer entglitt ihr und fiel zu Boden.

»Wo ist er?« fragte sie ihren Mann. »Dennis, was ist geschehen? Wo ist Leo?«

Luxford drehte sich zu Lynley um. Sein Gesicht war kreidebleich und wie versteinert.

»Er ist entführt worden«, sagte er. »Jemand hat meinen Sohn entführt.«

Dritter Teil

22

»Der Wortlaut der Nachricht war praktisch identisch mit dem des Briefes, den Luxford nach Charlottes Entführung erhalten hat«, sagte Lynley zu St. James. »Der Unterschied war nur, daß diesmal das Kind selbst die Nachricht übermittelt hat.«

»›Bekennen Sie sich auf der Titelseite zu Ihrem erstgeborenen Kind‹?« fragte St. James.

»In leichter Abwandlung. Laut Luxford sagte Leo: ›Du sollst die Geschichte auf der ersten Seite bringen, Daddy. Dann läßt er mich frei.‹ Und das war alles.«

»Laut Luxford«, wiederholte St. James nachdenklich. Er sah, daß Lynley seinem Gedankengang folgte.

»Als Luxfords Frau ihm den Hörer aus der Hand riß, war bereits niemand mehr dran. Es ist schon richtig: Er war der einzige von uns, der mit dem Jungen gesprochen hat.« Lynley griff nach dem Kognakglas, das St. James auf den Tisch in seinem Arbeitszimmer in der Cheyne Row vor ihn hingestellt hatte. Er starrte in das Glas, als hoffte er, hier Antworten auf seine Fragen zu finden. Er sah ziemlich erledigt aus, wie St. James feststellte. Seine Arbeit forderte ihn ständig bis an den Rand seiner körperlichen Kräfte.

»Das ist kein angenehmer Gedanke, Tommy.«

»Und noch weniger angenehm, wenn man berücksichtigt, daß die Story, die unser vermeintlicher Entführer auf der Titelseite der Zeitung sehen möchte, nun morgen tatsächlich in Luxfords Blatt veröffentlicht wird. Es war noch reichlich Zeit, um die Titelseite zu ändern, nachdem wir von Leo gehört hatten. Das trifft sich verdächtig gut, findest du nicht?«

»Was hast du unternommen?«

Er hatte, erklärte Lynley, trotz seines Unbehagens und seines wachsenden Argwohns gegen Dennis Luxford genau das getan, was die Situation erforderte. Er hatte dafür gesorgt, daß sofort ein Trupp Beamte auf den Highgate-Friedhof entsandt wurde, um nach Spuren und eventuellen Hinweisen zu suchen. Ein zweiter Trupp ging die Wege ab, die Leo eingeschlagen haben könnte, nachdem er seine Schule in der Chester Road verlassen hatte. Fotos des Jungen waren an die Medien verteilt worden. Sie sollten am Abend in den Fernsehnachrichten gesendet werden, für den Fall, daß jemand den Jungen gesehen hatte. Eine Fangschaltung wurde eingerichtet, um Anrufe bei Luxford zurückverfolgen zu können.

»Wir haben außerdem die Nägel aus dem Reifen entfernt«, schloß Lynley, »und den Mercedes nach Fingerabdrücken abgesucht, obwohl ich kaum glaube, daß uns das viel bringen wird.«

»Und was ist mit dem Porsche?«

»Die Brille, die wir gefunden haben, gehört Charlotte. Das hat Eve Bowen uns bestätigt.«

»Weiß sie, wo ihr sie gefunden habt?«

»Nein, das habe ich ihr nicht gesagt.«

»Vielleicht hatte sie von Anfang an recht. In bezug auf Luxford. Seine Beteiligung. Seine Motive.«

»Ja, möglich. Aber dann verfügt dieser Mann wirklich über ein unglaubliches schauspielerisches Talent.« Lynley schwenkte den Kognak in seinem Glas, ehe er ihn mit einem Zug trank. Er stellte das Glas auf den Tisch und beugte sich vor, die Ellbogen auf die Knie gestützt. »Das SO4«, sagte er, »hat eine Übereinstimmung der Fingerabdrücke festgestellt. Der Daumenabdruck an dem Kassettenrecorder ist identisch mit zwei Abdrücken, die wir in dem Haus in der George Street gesichert haben – einmal auf dem Rand des Badezimmerspiegels und ein zweites Mal auf dem Fensterbrett. Das war gute Arbeit, Simon. Ich weiß nicht, wann – und ob überhaupt – wir auf das Haus gestoßen wären, wenn du uns nicht darauf aufmerksam gemacht hättest.«

»Bedank dich bei Helen und Deborah. Sie sind letzte Woche darauf gestoßen und meinten beide, ich müßte es mir unbedingt ansehen.«

Lynley senkte den Blick und verfiel in Schweigen. Hinter

ihm drückte, zersplittert vom Licht einer Straßenlampe, die Dunkelheit des späten Abends gegen die Fenster. Es war still im Haus bis auf die gedämpften Musikklänge, die aus dem oberen Stockwerk herunterschwebten, wo Deborah in ihrer Dunkelkammer arbeitete. Mit einer leichten Regung des Unbehagens erkannte St. James die Melodie: Eric Claptons Ode an den Sohn, den er verloren hatte. Augenblicklich bedauerte er es, Deborah erwähnt zu haben.

Lynley sah auf. »Was habe ich getan? Helen hat mir gesagt, ich hätte ihr einen tödlichen Schlag versetzt.«

Die unbeabsichtigte Ironie der Worte tat St. James weh. Doch er wußte, daß er das Vertrauen seiner Frau nicht brechen durfte. Er sagte nur: »Sie ist hochempfindlich, wenn es um Kinder geht. Sie wünscht sich immer noch so sehr ein eigenes. Und die Adoptionsformalitäten ziehen sich endlos hin.«

»Sie hat meine Bemerkung über das Töten von Kindern auf sich bezogen. Auf ihre mißglückten Schwangerschaften.«

Lynleys Worte zeugten davon, wie gut er Deborah kannte. Und sie kamen der Wahrheit näher, als St. James lieb war. Die schmerzliche Bitterkeit, die er in den letzten zwölf Monaten überwunden geglaubt hatte, regte sich wieder. »So einfach ist das nicht«, sagte er.

»Es war nicht meine Absicht, ihr weh zu tun. Das muß sie doch wissen. Ich war wütend und habe mir meine Worte nicht überlegt. Aber das war wegen Helen, nicht wegen Deborah. Kann ich mich bei ihr entschuldigen?«

»Ich werde ihr erzählen, was du gesagt hast.«

Lynley schien im Begriff zu widersprechen. Doch es gab Grenzen in ihrer Freundschaft, die er auf keinen Fall überschreiten wollte. Dies war so eine Grenze; sie wußten es beide. Er stand auf. »Gestern abend habe ich mich von meiner Unbeherrschtheit hinreißen lassen, Simon«, sagte er. »Barbara Havers hatte mir gleich geraten, nicht herzukommen, aber ich habe nicht auf sie gehört. Der ganze Auftritt tut mir von Herzen leid.«

»Seit ich beim Yard aufgehört habe, ist noch nicht so viel Zeit vergangen, daß ich nicht mehr wüßte, unter was für einem Druck man da steht«, erwiderte St. James. Er begleitete Lynley zur Haustür und trat mit ihm in den kühlen Abend hinaus. Die Luft lag feucht auf seiner Haut, als stiegen von der nicht weit entfernten Themse Nebel auf.

»Hillier kümmert sich um die Medien«, sagte Lynley. »Wenigstens die habe ich nicht auf dem Hals.«

»Ja, aber wer kümmert sich um Hillier?«

Sie lachten in stillem Einverständnis. Lynley nahm seine Wagenschlüssel aus der Tasche. »Er wollte der Presse heute nachmittag unbedingt einen Verdächtigen präsentieren, einen Mechaniker, den Havers in Wiltshire aufgestöbert hat. Man hat Charlotte Bowens Schuluniform in seiner Werkstatt gefunden. Aber sonst hatte er unseres Wissens nichts.« Nachdenklich sah er auf die Schlüssel in seiner Hand. »Die ganze Sache ist zu weit auseinandergezogen, Simon. Von London bis Wiltshire, und weiß der Himmel, wie viele Punkte sie dazwischen noch berührt. Ich würde mich gern für Luxford oder Harvie oder sonst jemanden entscheiden, aber ich fange langsam an zu glauben, daß hinter dieser Geschichte mehr als eine Person steckt.«

»Das glaubt Eve Bowen auch.«

»Sie könnte recht haben, wenn auch nicht so, wie sie es gemeint hat.« Er berichtete St. James, was er von Harvie über Eve Bowen, die IRA und ihre Splittergruppen gehört hatte. »An sich hat die IRA ja nie so gearbeitet«, schloß er. »Noch nie haben diese Leute ein Kind entführt und dann getötet. Ich würde den Gedanken gern kurzerhand verwerfen. Aber das kann ich nicht. Wir müssen auch dieser Möglichkeit nachgehen, um festzustellen, ob da was dran ist.«

»Die Haushälterin ist Irin«, sagte St. James. »Damien Chambers ebenfalls. Der Musiklehrer.«

»Der letzte, der Charlotte gesehen hat«, bemerkte Lynley.

»Er hat einen Belfaster Akzent, wenn das was aussagt. Meiner Ansicht nach kommt er eher in Frage als die Haushälterin.«

»Warum?«

»An dem Abend, an dem Helen und ich bei ihm waren, hatte er jemanden bei sich im Haus. Im oberen Stockwerk. Er behauptete, es wäre eine Frau, und schob seine auffallende Nervosität auf seine Angst, daß gleich die erste gemeinsame Nacht schiefgehen könnte. Da ist alles zur Verführungsszene vorbereitet, und plötzlich platzen zwei fremde Leute herein, um ihn über das Verschwinden einer seiner Schülerinnen auszufragen.«

»Eine verständliche Reaktion.«

»Sicher. Aber es gibt da noch eine andere Verbindung zwischen Chambers und der Entführung von Charlotte Bowen. Es fällt mir eigentlich erst jetzt auf, wo du die IRA erwähnst.«

»Was für eine Verbindung?«

»Der Name. In dem Brief, den Eve Bowen erhielt, wird Charlotte als Lottie bezeichnet. Aber von allen Leuten, mit denen ich über das Kind gesprochen habe, nannten nur Damien Chambers und ihre Schulfreundinnen sie Lottie. Ich an deiner Stelle würde Chambers auf jeden Fall mal auf den Zahn fühlen.«

»Noch eine Möglichkeit«, sagte Lynley resigniert.

Er verabschiedete sich und ging zu seinem Wagen. St. James wartete, bis er weggefahren war, ehe er sich umdrehte und ins Haus zurückging.

Er fand Deborah noch immer oben in der Dunkelkammer. Doch die Musik war jetzt ausgeschaltet. Sie war mit dem Entwickeln ihrer Bilder fertig, und die Tür zur Dunkelkammer war offen; dennoch hatte sie, wie er sah, ihre Arbeit noch nicht beendet. Sie stand über den Arbeitstisch gebeugt und betrachtete etwas mit dem Vergrößerungsglas. Einen ihrer alten Probeabzüge, vermutete er. Es war ihre Gewohnheit, ihre eigene kreative Entwicklung ständig zu überprüfen, indem sie den früheren Stand ihrer Arbeit immer wieder mit dem gegenwärtigen verglich.

Sie war so vertieft in die Betrachtung des Bildes, daß sie ihn nicht hörte, als er ihren Namen sprach. Er trat in die Dunkelkammer und sah ihr über die Schulter. Als er erkannte, was sie so fesselte, war ihm sofort klar, daß er von der Entführung des zweiten Kindes nichts sagen durfte. Sie prüfte nicht etwa einen ihrer Probeabzüge. Vielmehr studierte sie durch das Vergrößerungsglas das Foto der toten Charlotte Bowen, das Lynley ihr am vergangenen Nachmittag im Zorn hingeworfen hatte.

Er wollte nach dem Vergrößerungsglas greifen. Sie fuhr mit einem Aufschrei zusammen und ließ das Glas auf das Foto fallen.

»Du hast mich erschreckt!«

»Tommy war hier.«

Sie senkte die Lider und spielte nervös mit dem Rand des Fotos.

»Er hat sich für das, was er zu dir gesagt hat, entschuldigt, Deborah. Es geschah in der momentanen Erregung. Er hat es nicht ernst gemeint. Er wäre heraufgekommen, um selbst mit dir zu sprechen, aber ich hielt es für besser, es dir auszurichten. Wäre es dir lieber gewesen, ihn zu sehen?«

»Was Tommy gemeint hat, ist bedeutungslos. Er hat die Wahrheit gesagt. Ich töte Kinder, Simon. Wir beide wissen es. Was Tommy nicht weiß, ist, daß Charlotte Bowen nicht das erste war.«

St. James fühlte sich niedergedrückt wie von einem Bleigewicht. Nicht jetzt, schrie es in ihm. Nicht schon wieder. Am liebsten wäre er einfach aus dem Zimmer gelaufen und hätte gewartet, bis Deborah aus ihrer Depression herausgefunden hatte. Aber er liebte sie, und deshalb blieb er und zwang sich zu Geduld und Vernunft. »Das ist so lange her. Wie viele Jahre willst du brauchen, um dir zu verzeihen?«

»Ich kann mich nicht an einen Termin halten, den du mir setzt«, entgegnete sie. »Gefühle sind keine wissenschaftlichen Formeln. Man kann nicht einfach Reue und Verständnis addieren, um als Ergebnis inneren Frieden zu erhalten. Ich jedenfalls kann es nicht. Das, was in einem Menschen vorgeht – oder zumindest in mir vorgeht –, ist kein berechenbarer chemischer Prozeß, Simon.«

»Das habe ich auch nie geglaubt.«

»Doch. Du siehst mich an und denkst, also, seit sie diesen Schwangerschaftsabbruch hat machen lassen, sind einige Jahre vergangen, das müßte ihr meinen Berechnungen nach gereicht haben, um die Sache zu überwinden. Und du vergißt dabei, was ich seitdem durchgemacht habe. Wie oft du und ich versucht haben ... wie oft wir es versucht haben und nichts daraus geworden ist – meinetwegen.«

»Deborah, diese Diskussion haben wir oft genug geführt. Sie führt immer zu nichts. Ich mache dir keinen Vorwurf. Das habe ich nie getan. Warum also beharrst du darauf, dir selbst Vorwürfe zu machen?«

»Weil es mein Körper ist. Weil es mein Versagen ist. Meins.«

»Und wenn es meins wäre?«

»Wie?« Sie schien plötzlich mißtrauisch.

»Würdest du wollen, daß ich mich mit Selbstvorwürfen quäle? Würdest du wollen, daß ich jeden Irrtum, den ich begehe – jede falsche Entscheidung, die ich treffe –, immer wieder nur als Folge meiner körperlichen Unfähigkeit sähe, ein Kind zu zeugen? Ist das denn überhaupt eine rationale Denkweise?«

Er fühlte, wie sie sich innerlich aus der Diskussion zurückzog. Ihre Züge verschlossen sich, wurden unzugänglich. Sie sagte höflich: »Da hast du den Kern unseres Konflikts. Du verlangst von mir rationale Überlegung.«

»Das ist doch aber nicht unzumutbar.«

»Du möchtest, daß ich nicht fühle.«

»Ich möchte«, entgegnete er, »daß du über das nachdenkst, was du fühlst. Und du weichst meiner Frage aus. Also antworte mir bitte.«

»Auf welche Frage?«

»Würdest du wollen, daß ich mich unentwegt quäle? Wegen etwas, wozu mein Körper nicht fähig ist? Wegen etwas, was ich vielleicht selbst verursacht habe, über das ich aber jetzt überhaupt keine Kontrolle habe? Würdest du wollen, daß ich mich deswegen quäle?«

Sie schwieg. Seufzend senkte sie den Kopf. »Nein, natürlich nicht. Wie kannst du überhaupt mit so einem Argument kommen? Ach, natürlich nicht, natürlich nicht, Simon. Verzeih mir.«

»Können wir das Thema dann ruhen lassen?«

»Wir können es versuchen. Ich kann es versuchen. Aber das hier – « Sie berührte das Foto und zeichnete die Rundung des Kinderkopfes nach. Sie holte tief Atem. »Es war doch so: Ich habe dich gebeten, dich darauf einzulassen. Du hättest es nicht getan. Du wolltest nicht. Aber ich habe dich darum gebeten, und du hast es für mich getan.«

Er griff an ihr vorbei und nahm die Fotografie an sich. Er legte seinen Arm um ihre Schultern und zog sie aus der Dunkelkammer ins Labor hinaus. Dort legte er das Bild von Charlotte Bowen mit der Vorderseite nach unten auf den Arbeitstisch. »Hör mir zu, Liebes«, sagte er, seinen Mund an ihrem Haar. »Mein Herz gehört dir. Darüber wird es nie eine Diskussion geben. Aber über meinen Verstand und meinen Willen verfüge ich selbst. Du magst mich gebeten haben, Charlotte Bowens Verschwinden zu untersuchen, aber das allein macht dich nicht verantwortlich dafür, daß ich es getan habe. Entschieden habe ich allein. Sind wir uns da einig?«

Sie drehte sich um und ließ sich von ihm in die Arme nehmen. »Weil du so bist, wie du bist«, sagte sie leise auf die Frage, die er nicht gestellt hatte. »Darum möchte ich so gern ein Kind mit dir haben. Weil du so bist, wie du bist. Wenn du ein geringerer Mensch wärst, würde es mir, glaube ich, nicht einmal etwas ausmachen zu versagen.«

Er hielt sie fester. Er öffnete sein Herz ohne Rücksicht auf die Konsequenzen, wie es die Art der Liebe ist. »Deborah, glaube mir«, sagte er, »ein Kind zu schaffen ist der einfachste Teil.«

Dennis Luxford fand seine Frau im Badezimmer. Die Polizeibeamtin in der Küche hatte ihm nur gesagt, daß Fiona darum gebeten hatte, in Ruhe gelassen zu werden, bevor sie nach oben gegangen war. Darum sah Luxford, als er aus der Redaktion zurückkehrte, zuerst in Leos Zimmer nach ihr. Aber dort war sie nicht. Mit hölzerner Bewegung wandte er sich ab vom Anblick des Kunstbandes, der aufgeschlagen auf Leos Schreibtisch lag; vom Anblick der angefangenen Skizze, die eine Kreuzabnahme von Giotto darstellte. Er hatte ein Gefühl schrecklicher Enge in der Brust, als hätte sich sein ganzes Blut dort gestaut, und er mußte einen Moment an der Tür stehenbleiben, bis er wieder ohne Mühe atmen konnte.

Er sah der Reihe nach in allen anderen Räumen nach. Er rief Fiona leise beim Namen, weil ihm schien, als wären leise Töne erforderlich, und selbst wenn es nicht so gewesen wäre, hätte er nicht mehr zustande gebracht. Er sah im Arbeits- und im Nähzimmer nach ihr, in den Gästezimmern und ihrem gemeinsamen Schlafzimmer. Schließlich entdeckte er sie im Badezimmer, wo sie im Dunkeln auf dem Boden saß, die Stirn auf den hochgezogenen Knien, die Arme über dem Kopf. Das Mondlicht, gesprenkelt von den Blätterschatten der Bäume vor dem Fenster, bildete auf dem Marmorboden ein helles Fleckchen. Dort lagen die zerdrückte Zellophantüte einer großen Packung Cremehütchen und daneben ein leerer Milchbehälter. Luxford nahm den säuerlichen Geruch von Erbrochenem wahr, der jedesmal, wenn Fiona ausatmete, in die Luft stieg.

Er hob den leeren Zellophanbeutel und den Milchbehälter auf und warf beides in den Abfallkorb. Er sah die ungeöffnete Packung Feigenkekse neben Fiona, nahm sie vorsichtig weg und legte sie ebenfalls in den Abfallkorb, wo er sie mit dem Zellophan zudeckte, in der Hoffnung, daß sie sie später nicht finden würde.

Er kauerte vor Fiona nieder. Als sie den Kopf hob, konnte er selbst im dämmrigen Licht den Schweiß in ihrem Gesicht erkennen.

»Fang jetzt nicht wieder an, dir das anzutun«, sagte er. »Morgen ist er wieder zu Hause. Das verspreche ich dir.«

Ihre Augen waren stumpf. Sie griff mit einer lethargischen

Bewegung nach der Kekspackung und fand sie nicht. »Ich möchte es wissen«, sagte sie. »Ich möchte alles wissen. Jetzt gleich.«

Er war gegangen, ohne ihr irgend etwas zu sagen. Ihre angstvollen Schreie: »Was geht eigentlich vor, wo ist er, was tust du, wohin willst du?« hatte er unbeantwortet gelassen. Sie müsse sich zusammennehmen, hatte er ihr im Hinauslaufen zugerufen, sie müsse sich beruhigen, er müsse noch einmal in die Redaktion, um die Story in Druck zu geben, die Leo wieder zurückbringen würde. »Welche Story?« hatte sie gefragt. »Was ist denn nur los? Wo ist Leo? Was hat Leo mit einer Story zu tun?« Und sie hatte sich an ihn geklammert, damit er bei ihr bliebe. Doch er hatte sich mit Gewalt losgerissen und sie allein zurückgelassen. In einem Taxi war er nach Holborn zurückgerast, hatte die Polizei verflucht, die ihm seinen Porsche genommen hatte, mit dem er viel schneller am Ziel gewesen wäre als mit dem schwerfälligen Austin und seinem kettenrauchenden Fahrer.

Er ließ sich auf dem Boden nieder und überlegte verzweifelt, wie er ihr alles erklären sollte, was in den letzten sechs Tagen geschehen war, wie er ihr von den Ereignissen vor nahezu elf Jahren erzählen sollte, die den Vorspann zu diesen letzten sechs Tagen bildeten. Er hätte, dachte er, die Story, die er für die *Source* geschrieben hatte, mit nach Hause nehmen und ihr zu lesen geben sollen. Das wäre einfacher gewesen, als jetzt fruchtlos nach einem Anfang zu suchen, der die niederschmetternde Wirkung dessen, was er ihr über die Lüge zu sagen hatte, die er mehr als zehn Jahre lang gelebt hatte, abschwächen würde.

»Fiona«, sagte er, »ich habe vor elf Jahren bei einer politischen Tagung eine Frau geschwängert. Das Kind – ein Mädchen namens Charlotte Bowen – ist am letzten Mittwoch entführt worden. Der Entführer hat von mir verlangt, ich solle mich zu der Vaterschaft bekennen und das Bekenntnis auf der ersten Seite unserer Zeitung veröffentlichen. Ich habe es nicht getan. Am Sonntagabend wurde sie tot aufgefunden. Derselbe

Mann – wer immer es war, der Charlotte entführt hat – hat jetzt Leo in seiner Gewalt. Er verlangt, die Story in der Zeitung zu sehen. Morgen kommt sie heraus.«

Sie öffnete den Mund, als wolle sie sprechen, aber sie sagte nichts. Dann schloß sie langsam die Augen und wandte sich ab.

»Fi«, sagte er beschwörend, »es ist einfach passiert zwischen dieser Frau und mir. Es war keine Liebe, es hatte überhaupt keine Bedeutung, aber es hat gefunkt zwischen uns, und wir haben dem nachgegeben.«

»Bitte«, sagte sie.

»Du und ich, wir waren damals noch nicht verheiratet«, fuhr er fort, um das ganz klarzustellen. »Wir haben uns zwar gekannt, aber es war noch nichts Ernstes. Du hast damals gesagt, du wärst noch nicht soweit. Weißt du noch?«

Sie hob eine Hand und ballte sie zwischen ihren Brüsten zur Faust.

»Es war reiner Sex, Fiona. Mehr war nicht zwischen uns. Es war nur Sex. Eine körperliche Geschichte ohne Seele und ohne Zuneigung. Es ist passiert, und dann haben wir es beide vergessen.« Er redete zuviel, aber er konnte einfach nicht aufhören. Er mußte die rechten Worte finden, Worte, die sie zwingen würden, ihm zu antworten und ihm ein Zeichen zu geben, daß sie verstand oder wenigstens verzieh. »Wir haben einander nichts bedeutet«, beteuerte er. »Wir waren Körper in einem Bett. Wir waren – ach, ich weiß nicht. Wir *waren* einfach.«

Mit einer matten Bewegung wandte sie sich ihm wieder zu. Sie forschte in seinem Gesicht, als könnte sie dort die Wahrheit lesen.

»Hast du von dem Kind gewußt?« fragte sie tonlos. »Hat die Frau es dir gesagt? Hast du es die ganze Zeit gewußt?«

Er dachte daran zu lügen. Aber er brachte es nicht über sich. »Ja, sie hat es mir gesagt.«

»Wann?«

»Ich wußte von Anfang an von Charlotte.«

»Von Anfang an.« Sie flüsterte die Worte vor sich hin, als wollte sie sich mit ihnen vertraut machen. Sagte sie noch einmal. Dann griff sie über ihren Kopf, wo von einem Handtuchhalter ein dickes grünes Frotteetuch herabhing. Sie zog es herunter und hielt es, zu einem Bündel zusammengeknüllt, in ihren Armen. Dann begann sie zu weinen.

Erschüttert streckte Luxford die Arme nach ihr aus, um sie an sich zu ziehen. Sie schreckte zurück. »Es tut mir leid«, sagte er.

»Es war alles Lüge.«

»Was?«

»Unser Leben. Was wir einander bedeuten.«

»Das ist nicht wahr.«

»Ich habe dir nichts verschwiegen. Aber das hatte überhaupt keine Bedeutung, weil du die ganze Zeit... Wer du in Wirklichkeit bist... Ich will meinen Sohn wiederhaben«, rief sie weinend. »Jetzt. Ich will Leo. Ich will meinen Sohn.«

»Er ist morgen wieder hier. Ich schwöre es dir, Fi. Bei meinem Leben. Ich schwöre es.«

»Das kannst du gar nicht. Du hast gar nicht die Macht. Dieser Mensch wird mit ihm das gleiche tun, was er mit dem anderen Kind getan hat.»

»Nein, Fiona. Leo wird nichts geschehen. Ich tue ja, was er verlangt. Für Charlotte habe ich es nicht getan, aber ich tue es jetzt.«

»Aber sie ist tot. Sie ist *tot.* Er ist jetzt nicht mehr nur ein Entführer. Er ist ein Mörder! Wie kannst du glauben, daß er jetzt, wo er einen Mord auf dem Gewissen hat, Leo freilassen –«

Er packte sie bei den Armen. »Hör mir zu. Dieser Mann, der Leo in seiner Gewalt hat, hat keinen Grund, ihm etwas anzutun, weil er nichts gegen mich hat. Alles, was geschehen ist, ist nur geschehen, weil jemand Charlottes Mutter vernichten wollte und das Mittel dazu gefunden hatte. Sie ist in der Regierung. Sie ist Staatssekretärin. Irgend jemand hat in ihrer Vergangenheit herumgeschnüffelt und ist dabei auf mich gestoßen. Der Skandal – wofür ich stehe, wofür sie steht, was zwischen uns vorgefallen ist, die Verlogenheit, mit der sie all die

Jahre die Öffentlichkeit getäuscht hat – dieser Skandal wird sie erledigen. Und nur darum geht es hier: Eve Bowen soll fertiggemacht werden. Sie hat es riskiert, die Wahrheit auch dann noch zu verheimlichen, als Charlotte entführt wurde. Ich habe mich von ihr überreden lassen, das gleiche zu tun. Aber jetzt, wo jemand Leo entführt hat, kommt das nicht mehr in Frage. Die Situation ist also eine ganz andere. Und Leo wird nichts geschehen.«

Sie hielt das Handtuch an ihren Mund gedrückt und starrte ihn darüber hinweg an. Mit großen, angsterfüllten Augen. Sie sah aus wie ein in die Enge getriebenes Tier, das den Tod vor sich sieht.

»Fiona«, sagte er, »vertrau mir. Ich lasse nicht zu, daß meinem Kind etwas zustößt. Lieber sterbe ich.«

Er erkannte, was er da gesagt hatte, noch ehe das Schweigen auf seine Worte sich ausbreiten konnte. Und er sah ihr am Gesicht an, daß auch sie es wahrgenommen hatte. Er ließ ihre Arme los. Seine eigenen Worte – und die darin enthaltene Verurteilung seines Verhaltens – verdammten ihn.

Er sprach aus, was seine Frau dachte. Besser, er faßte es selbst in Worte, als es aus ihrem Mund hören zu müssen. »Ja, sie war auch mein Kind. Und ich habe nichts getan. Obwohl sie mein Kind war.«

Plötzlich stieg Angst in ihm auf. Es war dieselbe Angst, die er zurückdrängte, seit er am Sonntagabend die Nachrichten gesehen und das Schlimmste befürchtet hatte. Doch jetzt wurde sie verstärkt durch das Bewußtsein seiner Schuld, die Verantwortung für ein Leben, das er mitgezeugt hatte, von sich geschoben zu haben. Und sie wurde verstärkt durch das Wissen, daß seine Tatenlosigkeit in den vergangenen sechs Tagen die Entführung seines Sohnes provoziert hatte. Unfähig, seiner Frau noch länger ins Gesicht zu sehen, wandte er sich ab. »Gott verzeih mir«, sagte er leise. »Was habe ich getan?«

Sie saßen zusammen in der Dunkelheit. Sie waren nur Zentimeter voneinander entfernt, aber sie berührten sich nicht; der eine wagte es nicht, die andere wollte nicht. Luxford wußte, was seine Frau dachte: Fleisch von seinem Fleisch. Charlotte war ebenso sein Kind gewesen wie Leo, und er hatte nichts unternommen, um sie zu retten. Aber er wußte nicht, wie sie den Menschen, mit dem sie seit zehn Jahren zusammenlebte, im Lichte dieser Tatenlosigkeit beurteilte. Er wünschte sich, er könnte weinen, aber er hatte vor langer Zeit die Fähigkeit verloren, sich durch einen Gefühlsausbruch innerlich zu reinigen. Kein Mensch hätte den Weg gehen können, für den er sich vor so vielen Jahren, als er nach London gekommen war, entschieden hatte, und dennoch ein fühlendes Geschöpf bleiben können. Wenn er es zuvor nicht gewußt hatte, so wußte er es jetzt. Nie in seinem Leben war er so verloren gewesen.

»Ich kann nicht sagen, daß es nicht deine Schuld ist«, flüsterte Fiona. »Ich möchte es so gern, Dennis, aber ich kann nicht.«

»Das erwarte ich auch nicht. Ich hätte etwas tun können. Ich habe mich manipulieren lassen. Weil es einfacher war; denn wenn alles geklappt hätte, hättet ihr, du und Leo, nie die Wahrheit erfahren. Und darum ist es mir gegangen.«

»Leo.« Fiona sagte stockend den Namen ihres Sohnes. »Leo hätte sich über eine große Schwester gefreut. Sehr sogar, glaube ich. Und ich – ich hätte dir alles verzeihen können.«

»Außer der Lüge«, sagte er.

»Vielleicht. Ich weiß es nicht. Ich kann jetzt nicht darüber nachdenken. Ich kann nur an Leo denken. Was er in diesem Moment durchmacht, was für eine Angst er haben muß, wie allein er sein muß. Nur daran kann ich denken. Und daran, daß es vielleicht schon zu spät ist.«

»Ich hole Leo zu uns zurück«, sagte Luxford. »Dieser Kerl wird ihm nichts tun. Weil er dann nicht bekommt, was er will. Und morgen bekommt er ja, was er will.«

Fiona fuhr fort, als hätte er nicht gesprochen. »Ich zermartere mir den Kopf darüber, wie es überhaupt passiert sein kann. Die Schule ist doch gar nicht weit von hier, nur einen guten Kilometer. Die Straßen sind sicher. Da kann sich nirgends jemand verstecken. Wenn man ihn auf der Straße gepackt hätte, dann hätte das jemand beobachtet. Selbst wenn jemand ihn auf den Friedhof gelockt hätte, wäre das jemand anders aufgefallen. Und wenn wir diese Person finden können –«

»Die Polizei sucht schon.«

»– dann finden wir auch Leo. Aber wenn jemand etwas gesehen hat...« Sie stolperte über das Wort.

»Tu das nicht«, sagte Luxford.

Dennoch fuhr sie nach einer kurzen Pause zu sprechen fort. »Wenn niemandem etwas aufgefallen ist – siehst du nicht, was das bedeuten würde?«

»Was denn?«

»Es würde bedeuten, daß es jemand war, den Leo kennt. Er würde niemals freiwillig mit einem Fremden mitgehen, Dennis.«

Rodney Aronson winkte Mitch Corsico gleichgültig zu, als dieser die Weinbar in der Holborn Street betrat. Der junge Reporter nickte ihm zu, blieb stehen, um ein paar Worte mit zwei Kollegen vom *Globe* zu wechseln, und schritt dann mit der Selbstsicherheit eines Mannes, der weiß, daß er der Story seines Lebens auf der Spur ist, durch die Schwaden von Zigarettenqualm. Seine Cowboystiefel sangen förmlich auf dem rohen Steinboden. Sein Gesicht glühte. Ja, er sah aus, als wäre er drauf und dran, völlig abzuheben. Dieser Narr!

»Danke, daß Sie gekommen sind, Rod.« Corsico nahm seinen Hut ab und zog einen Stuhl heraus. Er schwang sein Bein nach Cowboyart über die Sitzfläche.

Rodney nickte nur. Mit seiner Gabel spießte er einen Calamari-Ring auf und spülte ihn mit einem Schluck Chianti hinunter. Er hatte sich einen anständigen Schwips von dem Fusel erhofft, aber bis jetzt lag ihm das Zeug nur blubbernd im Magen, ohne sich im geringsten auf seine Stimmung auszuwirken.

Corsico vertiefte sich einen Moment in die Speisekarte, dann legte er sie weg. Er rief einem vorüberkommenden Kellner lässig zu: »Einen doppelten Cappuccino ohne Zimt – und Waffelröllchen« und zog sein Notizbuch heraus. Nach einem argwöhnischen Blick auf die beiden *Globe*-Reporter, mit denen er beim Hereinkommen gesprochen hatte, musterte er die Tische in der näheren Umgebung, um sich zu vergewissern, daß er keine Lauscher zu fürchten brauchte. Drei übergewichtige Frauen mit dem unvorteilhaften Haarschnitt, den Rodney stets mit radikalen Feministinnen und aggressiven Lesben in Verbindung brachte, saßen an dem Tisch, der dem ihren am nächsten war. Das, was Rodney von ihrem Gespräch aufschnappte, Wendungen wie »die ganze verdammte Bewegung« und »diese beschissenen Schwanzlutscher«, überzeugte ihn, daß sie für die Informationen, die Corsico ihm unbedingt an einem sicheren, neutralen Ort hatte vorlegen wollen, nicht das geringste Interesse haben würden. Doch er ließ dem jungen Reporter seinen Moment der Geheimniskrämerei und sagte nichts, als Corsico sich tief über sein Notizbuch beugte und den Arm darum legte, um seine Informationen zu schützen.

»Mann, Rod«, begann Corsico, und Rodney bemerkte, daß er zischend aus dem Mundwinkel sprach: Alec Guinness im heimlichen Verschwörungsgespräch mit einem wertvollen Spitzel. »Ich hab's, und die Sache ist heiß. Sie werden's nicht glauben.«

Rodney spießte den nächsten Calamari-Ring auf. Er gab etwas Chili dazu, um der bereits gut gewürzten Soße mehr Schärfe zu geben. Der Wein stieg ihm nicht wie gewünscht in den Kopf – vielleicht würde das Chilipulver wenigstens seine Nebenhöhlen frei machen. »Was denn?«

»Also, ich hab' mit dem Tory-Parteitag in Blackpool angefangen. Okay?«

»Ja, weiter.«

»Ich hab' mir die Berichte vorgenommen, die der *Telegraph* darüber gebracht hat. Die, die Bowen vorher, während des Parteitags und hinterher abgeliefert hat. Okay?«

»Haben wir das alles nicht schon mal durchgekaut, Mitch?« Nach dem, was er in den letzten zwei Stunden entdeckt hatte, erboste es ihn, daß Corsico auf diesem heimlichen Zusammentreffen bestanden hatte, nur um aufzuwärmen, was sie längst wußten. Mehr noch, es brachte ihn in Rage. Er kaute mit wütendem Nachdruck.

»Einen Moment«, sagte Corsico. »Ich hab' diese Artikel mit dem Programm des Parteitags verglichen und dann nachgeforscht, was sich im Leben der Leute, über die Bowen geschrieben hat, vor, während und nach dem Parteitag abgespielt hat.«

»Und?«

Corsico nahm hastig seine Notizen an sich, als der Kellner mit dem bestellten doppelten Cappuccino und den Waffelröllchen kam. Das Getränk wurde in einer Tasse serviert, die etwa die Größe eines Nachttopfs hatte. »Prost«, sagte der Kellner, und Corsico tauchte ein Ding, das aussah wie ein Zungenspatel voller Plastikknöpfchen, in die Flüssigkeit. »Zucker«, erklärte er auf Rodneys fragenden Blick. Er zog das Ding heraus und tauchte es wieder ein, wiederholte dies mehrmals. »Er schmilzt im Espresso.«

»Toll«, sagte Rodney.

Corsico umschloß die Tasse mit beiden Händen und führte sie zu seinem Mund. Auf seiner Oberlippe blieb ein Schaumbärtchen zurück, das er am Ärmel seines karierten Hemdes abwischte. Er trank geräuschvoll, wie Rodney mit einem inneren Schauder vermerkte. Es gab nichts Unappetitlicheres, als jemanden schlürfen zu hören, während man selbst essen wollte.

»Sie hat über diesen Parteitag geschrieben wie die rasende Reporterin, die über das Jahrhundertereignis berichtet«, fuhr Corsico fort. »So als hätte sie Angst gehabt, die könnten ihr das Spesenkonto sperren, wenn sie daherhinterkämen, wie königlich sie sich in Blackpool amüsierte. Sie hat jeden Tag ein bis drei Artikel geschrieben. Stellen Sie sich das mal vor. Und langweilig war das Zeug! Ich hab' Ewigkeiten gebraucht, um diese Machwerke alle zu lesen und zu sehen, wer es ihr besonders angetan hatte. Dann hab' ich mich in die Lebensgeschichte der Hauptakteure vertieft und nachgeprüft, ob sich bei denen in der fraglichen Zeit was Interessantes getan hatte. Und ich hab's geschafft.«

Er klappte sein Notizbuch auf und schob sich eines seiner Waffelröllchen wie eine Zigarre zwischen die Backenzähne. Er kaute. Brösel spritzten aus seinem Mund.

Rodney fegte einen von seinem Teller. »Und?« fragte er.

»Der Premierminister«, sagte Corsico. »Damals war er natürlich noch nicht Premierminister, aber das macht die Sache um so anrüchiger, finden Sie nicht? Da hat er doch heute was ziemlich Peinliches zu verbergen.«

»Wie haben Sie das denn ausklamüsert?« fragte Rodney neugierig, immer wieder fasziniert von den verschlungenen Wegen der menschlichen Phantasie.

»Mit einem Haufen Beinarbeit, das kann ich Ihnen sagen.« Corsico trank schlürfend von seinem Cappuccino und sah dabei in seine Notizen. »Zwei Wochen nach dem Parteitag in Blackpool haben sich der Premierminister und seine Frau getrennt.

»Ach was?«

Corsico grinste. Ein Fitzelchen Schokolade hing zwischen seinen Zähnen. »Das haben Sie wohl nicht gewußt, was? Tja, die Trennung dauerte neun Monate und hat, wie wir wissen, nicht mit einer Scheidung geendet. Aber ich fand die neun Monate interessant – in Anbetracht der Umstände, haha! Was meinen Sie?«

»Bei neun Monaten klingelt's bei mir ganz gewaltig«, sagte Rodney. Er aß den letzten Bissen von seinen Calamari und schenkte sich noch ein Glas Wein ein. »Wie wär's, wenn Sie mir verraten würden, was genau dieses Klingeln zu bedeuten hat?«

»Sie werden staunen.« Hochzufrieden rückte Corsico sein Gesäß auf seinem Stuhl zurecht. »Ich habe mit fünf verschiedenen Frauen gesprochen, die damals in dem Hotel, in dem der Parteitag abgehalten wurde, als Zimmermädchen gearbeitet haben. Drei von ihnen arbeiten heute noch dort. Von diesen drei haben mir zwei bestätigt, daß der Premierminister eine Frau bei sich hatte, die nicht seine Ehefrau war. Allerdings immer nur abends, es war nichts Offizielles. Ich habe nun folgendes vor: Ich fahre mit ein paar Fotos von der Bowen nach Blackpool rauf und seh' zu, ob ich von einer dieser Frauen die Bestätigung kriegen kann, daß sie diejenige war, mit der der Premierminister sich die Zeit vertrieben hat. Wenn eine von den beiden das bestätigt –«

»Was haben Sie ihnen geboten?«

Corsico sah ihn einen Moment lang verständnislos an. Er biß von einem Waffelröllchen ab und kaute geräuschvoll, während er über die Frage nachdachte.

»Bezahlen wir sie für die Story, oder speisen wir sie mit der Ehre ab, ihren Namen irgendwo in der *Source* lesen zu dürfen?«

»Hey, Rod«, protestierte Corsico. »Wenn wir sie zitieren, müssen wir ihnen doch was zahlen für den Streß, den sie dadurch kriegen. So haben wir's immer gehalten. Richtig?«

Rodney seufzte. »Falsch.« Er tupfte sich den Mund mit seiner Serviette ab und warf sie zusammengeknüllt auf den Tisch. Während Corsico ihn verwirrt anstarrte – offensichtlich konnte er diese plötzliche Richtungsänderung in der Politik seiner Zeitung nicht begreifen –, griff Rodney in eine der voluminösen Taschen seiner Khakijacke und zog die für den kommenden Tag geplante Ausgabe der Zeitung mit der geänderten Titelseite heraus. Einer der Nachrichtenredakteure, dessen Loyalität sich Rodney dadurch gesichert hatte, daß er seit Jahren über die geheimen nächtlichen Aktivitäten des Mannes im Rotlicht-Milieu von Soho Schweigen bewahrte, hatte ihn darauf aufmerksam gemacht.

Jetzt warf er das Blatt vor Corsico auf den Tisch und sagte: »Vielleicht sehen Sie sich das mal an. Es ist brandheiß, wie man so schön sagt, frisch vom Druck.«

Er beobachtete Corsico beim Lesen des Berichts, den er selbst, während er in der Weinbar gesessen und gewartet hatte, so gut wie auswendig gelernt hatte. Die schreiende Schlagzeile und das Begleitfoto sagten so ziemlich alles: *Ich bin der Vater von Eve Bowens Tochter* hieß es da, und damit war jede weitere Erklärung, warum ausgerechnet Dennis Luxfords Gesicht die Titelseite zierte, überflüssig. Als Corsico das Foto sah, griff er blindlings nach seinem Cappuccino. Er las und schlürfte wie besessen. Einmal hielt er inne, sah auf und sagte: »Ach du Scheiße!« Aber dann beugte er sich sofort wieder begierig über die Zeitung. Genauso, dachte Rodney, wie alle anderen es tun werden, wenn das Blatt morgen früh herauskommt. Die *Source* würde mindestens eine Million Exemplare mehr verkaufen als der *Globe*, der *Mirror* und auch die *Sun*. Und die Story würde Fortsetzungen verlangen, die wiederum garantieren würden, daß der *Globe*, der *Mirror* und die *Sun* das Nachsehen hatten.

Rodney beobachtete Corsico verdrossen, während der – den Traum jedes Journalisten erfüllend – ungeduldig zur nächsten Seite weiterblätterte, um die Fortsetzung des Bekenntnisses zu lesen. Als er fertig war, warf er sich auf seinem Stuhl nach hinten und starrte Rodney an. »Wahnsinn«, sagte er. »Mensch, Rodney. Das ist vielleicht ein Ding.«

»Genau«, erwiderte Rodney.

»Warum hat er das getan? Ich meine, schlägt dem Mann plötzlich das Gewissen oder was?«

Oder was, dachte Rodney. Ganz eindeutig oder was. Er faltete die Zeitung zusammen und steckte sie wieder ein.

»Verdammt noch mal«, knurrte Corsico. »So eine Scheiße. Ich hätte schwören können, daß meine Story über den Premierminister absolut solide –« Sein Blick flog zu Rodney. »Hey! Moment mal! Sie glauben nicht vielleicht, daß Luxford sich als Strohmann für die Downing Street hergibt? Mann, Rod. Könnte er ein verkappter Tory sein?«

»Na, verkappt würde ich das nicht nennen«, entgegnete Rodney, aber der andere verstand die Ironie gar nicht.

»Unsere Auflage wird jetzt natürlich einen Riesensprung machen«, meinte Corsico. »Und der große Vorsitzende wird Luxford in den Arsch kriechen. Aber unsere Auflage ist doch sowieso ständig gestiegen, seit Luxford bei uns angefangen hat. Warum hat er das also getan? Was zum Teufel hat das zu bedeuten?«

»Es bedeutet«, sagte Rodney, winkte dem Kellner und schob seinen Stuhl zurück, »daß die *Schießerei* offiziell beendet ist. Fürs erste jedenfalls.«

Corsico sah ihn verständnislos an.

»Sie wissen doch, die mit den schwarzen Hüten und die mit den weißen?« erklärte Rodney. »Dodge City, Tombstone, der O.K. Corral? Ganz egal, wo. Es kommt immer aufs gleiche raus, Mitchell.«

»Was denn?« fragte Corsico.

Rodney warf einen Blick auf die Rechnung, die der Kellner ihm hingelegt hatte, und nahm sein Geld heraus. Mit der Zwanzig-Pfund-Note, die er auf den Tisch warf, schien er das Handtuch zu werfen. »Die mit den schwarzen Hüten haben gesiegt«, sagte er.

23

Kaputt allein reichte nicht, um zu beschreiben, wie Barbara Havers sich fühlte, als sie am Ende der Einfahrt zu *Lark's Haven* den Motor ihres Mini ausschaltete. Sie war fertig, erledigt, erschossen und ausgebrannt. Teilnahmslos hörte sie mit an, wie der Motor noch gut fünfzehn Sekunden vor sich hin rülpste, ehe er endlich den Folgen des Benzinentzugs erlag. Als dieses Wunder moderner Technik endlich geschah, schaltete sie die Scheinwerfer aus und drückte die Wagentür mit einem kräftigen Schulterstoß auf. Aber sie stieg nicht aus.

Der Tag war größtenteils ein Flop gewesen und hatte sich am Schluß zu einem regelrechten Schlamassel ausgewachsen. Sie hatte mit Lynley telefoniert und in einem Gespräch, das aus Lynleys knapper Auflistung der Fakten einerseits und ihren eigenen, mit steigender Erregung hervorgestoßenen Ausrufen der Ungläubigkeit und des Entsetzens andererseits bestanden hatte, von Leo Luxfords Verschwinden erfahren. Sie hätten nicht einen einzigen Hinweis auf den Verbleib des achtjährigen Jungen, hatte Lynley ihr am Ende mitgeteilt, und nur das Wort seines Vaters dafür, daß das Kind überhaupt am Telefon gewesen sei.

»Und was glauben Sie?« fragte Barbara. »Stinkt der gute Luxford nicht zum Himmel?«

Lynleys Antwort war kurz. Sie könnten es nicht riskieren, das Verschwinden des Jungen anders als eine Entführung zu behandeln, erklärte er. Und genau das gedenke er hier in London zu tun, selbstverständlich ohne die Ermittlungen im Fall Bowen zu vernachlässigen. Sie solle die Morduntersuchung in Wiltshire weiterführen. Es gebe kaum einen Zweifel daran, daß die beiden Fälle in engem Zusammenhang stünden. Danach wollte er wissen, was sie denn inzwischen zu bieten habe.

Sie mußte das Schlimmste eingestehen. Nach ihrem letzten

Zusammenstoß mit Sergeant Stanley wegen der Entsendung des Spurensicherungsteams nach Ford hatte sie den Freunden bei der Kriminalpolizei in Amesford erst einmal klargemacht, wer hier das Sagen hatte. Der Detective Sergeant hatte sich deshalb mächtig auf den Schlips getreten gefühlt, und sie hatte wegen seiner mangelnden Kooperationsbereitschaft eine kleinere Auseinandersetzung mit seinem Vorgesetzten gehabt. Sie erzählte Lynley nichts vom Feuerzeug des Sergeants oder seinem Verhalten ihr gegenüber. Lynley hätte wenig Teilnahme gezeigt. Er hätte höchstens gesagt, wenn sie sich in einer vornehmlich von Männern beherrschten Welt durchsetzen wolle, müsse sie austeilen lernen und dürfe nicht erwarten, daß ihr Vorgesetzter bei New Scotland Yard das für die übernähme.

»Aha«, meinte er. »Alles wie üblich, hm?«

Sie hatte den kläglichen Tagesbericht mit den verbleibenden Informationen abgeschlossen. Es war ihr gelungen, das Spurensicherungsteam nach Ford in Marsch zu setzen, wo es das Taubenhaus auf Alistair Harvies Bauernhof unter die Lupe nehmen sollte, das auf den ersten Blick so vielversprechend ausgesehen hatte. Harvies Frau hatte ihr äußerst hilfsbereit die Erlaubnis erteilt, das Gebäude von den Beamten untersuchen zu lassen, doch das hatte Barbara nicht zu der Schlußfolgerung verleiten können, der Abgeordnete sei das reine Unschuldslamm und habe mit der Entführung und Ermordung von Charlotte Bowen nichts zu tun. Sie folgerte vielmehr, daß Harvies Frau entweder eine glänzende Schauspielerin sei oder von den verwerflichen Aktivitäten ihres Mannes keine Ahnung habe. Es war zwar schwer zu glauben, daß es möglich gewesen sein sollte, in dem Taubenhaus, das keine dreißig Meter vom Wohnhaus entfernt war, ein kleines Mädchen versteckt zu halten, ohne daß Mrs. Harvie das mitbekam, aber in der Not greift man eben nach jedem Strohhalm: Solange auch nur die geringste Chance bestand, daß Charlotte Bowen in dem Taubenhaus gewesen war, war Barbara entschlossen, es von oben bis unten durchsuchen zu lassen.

Sie hatte nichts erreicht, als daß sie sich sämtliche Leute der

Spurensicherung zu Feinden gemacht hatte. Ganz zu schweigen von den aufgestörten Tauben.

Das einzige Licht am Ende des finsteren Tunnels dieses Tages voller Enttäuschungen war die Nachricht aus dem Labor, daß die Komponenten der Schmiere, die man unter Charlotte Bowens Fingernägeln gefunden hatte, genau mit denen der Schmiere übereinstimmten, die in Howard Shorts Werkstatt in Coate sichergestellt worden war. Beide Proben gehörten jedoch einer gängigen Marke an, und Barbara mußte zugeben, daß das Vorkommen von Wagenschmiere in einer ländlichen Gemeinde etwa ebenso weltbewegend war wie die Entdeckung von Fischschuppen auf dem Markt von Billingsgate.

Ihre einzige Hoffnung auf einen Durchbruch ruhte nun auf Constable Payne. Im Lauf des Tages hatte er sich viermal gemeldet und von verschiedenen Stationen seiner Fahrt durch die Region Nachrichten für sie hinterlassen. Der erste Anruf kam aus Marlborough. Die nächsten erreichten die Dienststelle aus Swindon, Chippenham und Warminster. Bei seinem letzten Anruf, der ziemlich spät am Tag, nach Barbaras unrühmlicher Rückkehr von Harvies Hof, erfolgte, hatte Payne es endlich geschafft, sie persönlich ans Telefon zu bekommen.

»Sie scheinen ziemlich am Ende zu sein«, bemerkte Robin.

Barbara faßte für ihn kurz die Ereignisse des Tages zusammen, angefangen mit der Autopsie bis zu dem Ausflug nach Ford, der lediglich Zeit und Arbeitskraft gekostet hatte. Schweigend hörte er sich das alles irgendwo in einer Telefonzelle an – während im Hintergrund Lastwagen vorüberdonnerten –, und als sie zum Ende gekommen war, meinte er hellsichtig: »Und Sergeant Stanley macht Ihnen mit seiner Garstigkeit auch noch die Hölle heiß, wie?« Er ließ ihr keine Zeit, darauf zu antworten, sondern fügte sogleich hinzu: »Aber das ist seine normale Art, Barbara. Das hat mit Ihnen nichts zu tun. Auf die Tour versucht er's bei jedem.«

»Ja, hm.« Barbara schüttelte eine Zigarette aus ihrer Pakkung und zündete sie an. »Aber ganz mit leeren Händen stehen wir zum Glück doch nicht da.« Und sie berichtete ihm von Charlotte Bowens Schuluniform, wo sie gefunden worden war und wo der Mechaniker Howard Short sie herbekommen haben wollte.

»Ich hab' auch ein paar Hinweise«, sagte Robin. »Die örtlichen Polizeidienststellen haben mir einige Fragen beantwortet, an die Sergeant Stanley überhaupt nicht gedacht hat.«

Mehr wollte er nicht sagen. Aber in seiner Stimme schwang eine Erregung, die er, wie es schien, krampfhaft zu beherrschen versuchte, als gehörte es sich nicht für einen Constable der Kriminalpolizei, so aus dem Häuschen zu geraten. Er sagte nur noch: »Ich hab' hier in der Gegend noch was zu überprüfen. Wenn das Ergebnis Hand und Fuß hat, sind Sie die erste, die es erfährt.«

Barbara war dem Constable dankbar für sein rücksichtsvolles Verständnis. Sie hatte es sich im Lauf dieses Tages mit Sergeant Stanley und seinem Chef, dem Chief Constable, gründlich verscherzt. Es wäre angenehm, etwas in der Hand zu haben – einen akzeptablen Hinweis, ein Beweisstück, einen Augenzeugen vielleicht sogar –, was dazu beitragen würde, ihre Glaubwürdigkeit, die durch den fruchtlosen Ausflug nach Ford stark erschüttert worden war, wiederherzustellen.

Den Rest des Tages und bis in den Abend hinein war sie damit beschäftigt gewesen, die Berichte der Beamten entgegenzunehmen, die noch immer unermüdlich die Fahndung in den ihnen von Sergeant Stanley zugeteilten Sektionen betrieben. Aber außer dem Mechaniker, der im Besitz von Charlotte Bowens Schuluniform war, hatten sie nichts entdeckt. Nachdem sie mit Lynley telefoniert und von Leo Luxfords Entführung erfahren hatte, hatte sie die einzelnen Teams unverzüglich wieder in die Dienststelle beordert, sie von der zweiten Entführung in Kenntnis gesetzt und Fotos und Personenbeschreibungen des Jungen an die Leute verteilt.

Jetzt hievte sie sich aus dem Mini und trottete müde durch die Dunkelheit zum Haus, wobei sie versuchte, sich auf dieses neuerliche Eintauchen in die Blütenalpträume von *Lark's Haven* seelisch vorzubereiten. Corrine Payne hatte ihr einen

Hausschlüssel gegeben, darum ging sie nicht wie mit Robin am Abend zuvor durch die Küche, sondern betrat das Haus durch die vordere Tür. Im Wohnzimmer brannte Licht, und als sie den Schlüssel drehte und die Tür aufstieß, rief Corrine mit ihrer pfeifenden Asthmatikerstimme: »Robbie? Komm herein, mein Junge! Hier wartet eine Überraschung auf dich.«

Barbara blieb wie angewurzelt stehen. Ein Schauder überrann sie. Allzuoft hatte sie bei ihrer Heimkehr in das Haus in Acton einen ähnlichen Ruf vernommen – Barbie? Barbie? Bist du das, Barbie? Komm, schau! Schau doch mal! Und allzuoft war sie dem Ruf gefolgt und hatte ihre Mutter in einer der Phantasiewelten ihrer zunehmenden geistigen Verwirrung angetroffen: Etwa bei der Planung einer Urlaubsreise in ein Land, das sie niemals kennenlernen würde, oder beim liebevollen Zusammenfalten der Kleidungsstücke ihres Sohnes, der schon bald zwei Jahrzehnte tot war, oder auch mit gespreizten Beinen auf dem Küchenboden sitzend, wo sie auf dem schmutzigen gelben Linoleum aus Mehl und Zucker und Marmelade einen Kuchenteig machte.

»Robbie?« Corrines Stimme klang atemlos, als wären ein paar Minuten mit dem Inhalator angebracht. »Bist du das, Schatz? Mein Sammy ist gerade gegangen, aber wir haben noch Besuch, und ich habe ihr verboten zu gehen, bevor du zu Hause bist. Du wirst sie bestimmt gleich sehen wollen.«

»Ich bin's, Mrs. Payne«, rief Barbara. »Robin arbeitet noch.«

Corrines »Oh!« sprach Bände. Ach, es ist nur diese faule Person, sagte ihr Ton. Sie saß an einem Spieltisch, der in der Mitte des Wohnzimmers aufgestellt war, bei einer Partie Scrabble. Ihre Partnerin war eine attraktive junge Frau mit sommersprossigem Gesicht und modisch geschnittenem hellblonden Haar. In einem Wandregal auf der anderen Seite des Zimmers lief der Fernsehapparat ohne Ton. Sky Television zeigte einen alten Film mit Elizabeth Taylor. Barbara verfolgte einen Moment die Vorgänge auf dem Bildschirm. Die Taylor in Wolken von Chiffon, Peter Finch im Smoking, eine schreiend künstliche Dschungel-Atmosphäre und ein finster dreinblickender eingeborener Butler. *Elefantenpfad*, dachte sie. Sie liebte die Szene – Höhepunkt des Films –, wenn die Dickhäuter Peter Finchs Villa schließlich zu Kleinholz machten.

Ein dritter Stuhl stand am Spieltisch, und auch das kleine Bänkchen für die Scrabble-Buchstaben stand noch dort, wo bis vor kurzem Sam Coreys Platz gewesen war. Corrine bemerkte Barbaras Blick zu dem freien Platz und nahm wie nebenbei das Bänkchen weg, damit Barbara nicht auf den Gedanken käme, sich zu einem Kämpfchen um doppelte und dreifache Wortwerte niederzulassen.

»Das ist Celia«, stellte Corrine ihren Gast vor. »Ich habe vielleicht schon erwähnt, daß sie Robbies –«

»Bitte, Mrs. Payne. Nicht.« Celia lachte verlegen und bekam einen roten Kopf. Sie war füllig, aber nicht dick, die Art Frau, die man auf Gemälden mit dem Titel *Odaliske* in unbefangener Nacktheit auf üppigen Diwanen liegen sieht.

Das ist also die zukünftige Schwiegertocher, dachte Barbara. Aus irgendeinem Grund empfand sie die Erkenntnis, daß Robin Payne kein Mann war, der eine Frau mit dem Körper eines Besenstiels brauchte, als wohltuend.

Sie bot der jungen Frau über den Tisch hinweg die Hand und sagte: »Barbara Havers, New Scotland Yard.« Dann fragte sie sich, warum sie diesen Zusatz gemacht hatte, als hätte sie keine andere Identität.

»Sie sind wegen dieses kleinen Mädchens hier, nicht?« fragte Celia. »Das ist ja wirklich eine furchtbare Geschichte.«

»Ja, wie jeder Mord.«

»Aber unser Robbie wird der Sache schon auf den Grund gehen«, erklärte Corrine wacker. »Das wär ja gelacht.« Sie klatschte zwei Buchstaben auf das Brett, ein R und ein E, die sie an ein N anlegte. Mit pedantischer Genauigkeit zählte sie ihre Punkte zusammen.

»Arbeiten Sie mit Rob zusammen?« erkundigte sich Celia. Sie griff nach einem der Kekse auf einem Streublümchenteller, der am Tischrand stand. Zierlich biß sie hinein. Barbara hätte sich das ganze Ding auf einmal in den Mund gestopft, ein paarmal kräftig gekaut und es mit der nächstbesten Flüssigkeit hinuntergespült. In diesem Fall wäre es Tee gewesen, der in einer Kanne unter einer wattierten Haube bereitstand. Der Teewärmer war, wie alles andere im Haus, eine einzige Blütenpracht. Barbara fiel auf, daß Corrine keine Anstalten machte, ihn zu entfernen, um ihr eine Tasse Tee anzubieten.

Sie wußte, daß es an der Zeit war, ihren Abgang zu machen. Wenn Corrines »Oh« nicht Hinweis genug gewesen wäre, so sprach doch ihr ungastliches Verhalten eine überdeutliche Sprache.

»Robbie arbeitet für Sergeant Havers«, erklärte Corrine. »Und sie ist froh, daß sie ihn hat, stimmt's nicht, Barbara?«

»Er ist ein guter Polizeibeamter«, sagte Barbara.

»Ja, das ist er wirklich. Er war der Beste in diesem Lehrgang, den er gerade gemacht hat. Und kaum war er zwei Tage wieder da, steckte er schon mitten in seinem ersten Fall. Richtig, Barbara?« Sie fixierte Barbara mit scharfem Blick, offensichtlich auf eine Reaktion aus, vielleicht eine, die ihr zeigen würde, was die Beamtin von New Scotland Yard von ihrer Beurteilung der Fähigkeiten ihres Sohnes hielt.

Celias runde Wangen wurden noch runder, und ihre blauen Augen leuchteten auf. Vielleicht dachte sie an die große Karriere, die ihrem Liebsten in dem von ihm gewählten Beruf zweifellos bevorstand. »Ich habe gewußt, daß er sich bei der Kriminalpolizei gut machen würde. Ich habe es ihm doch gesagt, bevor er zu dem Lehrgang gefahren ist.«

»Und es ist ja nicht irgendein Feld-, Wald- und Wiesenfall«, fuhr Corrine fort, als hätte Celia gar nicht gesprochen. »Sondern ein ganz besonderer Fall. Ein Fall für Scotland Yard. Und mit diesem Fall, Kindchen« – sie tätschelte Celias Hand – »wird unser Robbie ganz groß herauskommen.«

Celia lächelte reizend, die Zähne in die Unterlippe gedrückt, als wollte sie ihre Freude zurückhalten. Mittlerweile wurden die Elefanten auf dem Bildschirm unruhig. Ein besonders gewaltiger Bulle trabte, dem uralten Weg zum Wasser folgend, den Peter Finchs Vater so selbstherrlich mit seiner Prachtvilla blockiert hatte, schwerfällig auf die Mauer zu, die das Anwesen umgab. Noch ungefähr zweiundzwanzig Minuten bis zum großen Elefantentrampeln, dachte Barbara. Sie hatte den Film mindestens zehnmal gesehen.

»Dann sage ich Ihnen jetzt gute Nacht«, sagte sie. »Wenn Robin in der nächsten halben Stunde kommen sollte, würden Sie ihn bitten, noch einmal zu mir hinaufzukommen? Wir haben noch verschiedenes zu besprechen.«

»Selbstverständlich sag' ich's ihm, aber ich könnte mir vorstellen, daß unser Robbie ein Weilchen hier unten beschäftigt sein wird«, erwiderte Corrine mit einem vielsagenden Nicken auf Celia, die ihre Buchstaben studierte. »Er wartet nur noch, bis er sich in seiner neuen Stellung richtig eingewöhnt hat. Sobald er da fest im Sattel sitzt, wird er in seinem Leben ein paar große Veränderungen vornehmen. Dauerhafte Veränderungen. Nicht wahr, Kindchen?« Wieder tätschelte sie Celias Hand. Celia lächelte.

Barbara sagte: »Ja, äh – ich gratuliere. Alles Gute.« Sie kam sich blöd vor.

Celia sagte: »Danke« und nahm vier Buchstaben von ihrem Bänkchen, um sie auf das Spielbrett zu legen. Barbara las das Wort, das sie gebildet hatte. Sie hatte an Corrines letztes Wort angelegt und aus dem »Ren« »Hetären« gemacht. Corrine studierte das Wort stirnrunzelnd und griff mit der Frage: »Bist du da sicher, Kindchen?« nach einem Lexikon. Barbara sah, wie sie die Augen aufriß, als sie die Definition las. Sie bemerkte die Erheiterung in Celias Gesicht, die sie unterdrückte, sobald Corrine das Lexikon zuschlug und sie ansah. »Es hat mit Mineralien zu tun, nicht?« fragte Celia scheinheilig.

»Um Gottes willen«, ächzte Corrine und drückte eine Hand auf ihre Brust. »Um Gottes willen ... ich brauch' ... o Gott, o Gott ... ich krieg' keine Luft ...«

Celia sprang erschrocken auf. Corrine stieß, nach Luft schnappend, hervor: »Ganz plötzlich, Kindchen ... wo hab' ich nur ... wo ist mein Inhalator? Hat Sammy – hat er ihn weggetan?«

Celia hatte den Inhalator, der neben dem Fernsehgerät lag, rasch gefunden. Sie rannte damit zu Corrine und stützte sie im Rücken, während diese heftig mit dem Gerät Luft in ihren Mund pumpte. Celia schien die »Hetären«, die offensichtlich Corrines Anfall hervorgerufen hatten, tief zu bedauern.

Interessant, dachte Barbara. Nach diesem Muster würde die Beziehung zwischen den beiden voraussichtlich die nächsten dreißig Jahre funktionieren. Es hätte sie interessiert, ob Celia das bewußt war.

Gerade als Celia an ihren Platz am Tisch zurückkehrte, wurde draußen die Küchentür geöffnet und wieder zugeschlagen. Schnelle Schritte näherten sich, dann hörte Barbara Robins Stimme. »Mama? Bist du hier? Ist Barbara schon da?«

Nach Corrines Gesichtsausdruck zu urteilen, war das nicht die richtige Frage. Aber sie brauchte nicht beantwortet zu werden, da Robin praktisch im selben Moment ins Wohnzimmer trat und an der Tür stehenblieb. Er war von oben bis unten verdreckt; in seinem Haar hingen Spinnweben. Aber er lachte Barbara an und sagte: »Ah, da sind Sie ja. Sie werden Augen machen. Und Stanley kriegt einen Anfall, wenn er das hört.«

»Robbie, mein Schatz?« Corrines Stimme – atemlos und matt – lenkte Robins Aufmerksamkeit von Barbara ab. Sein Blick flog zum Spieltisch.

Celia stand auf. »Hallo, Rob«, sagte sie.

»Hallo, Celia.« In einiger Verwirrung sah er von seiner Zukünftigen zu Barbara.

»Ich wollte gerade nach oben gehen«, sagte Barbara. »Wenn Sie mich entschuldigen –«

»Nein!« rief Robin mit flehendem Blick. Dann fügte er zu Celia gewandt hinzu: »Ich stecke gerade mitten in einer Sache. Tut mir leid, aber ich kann das jetzt nicht einfach stehen- und liegenlassen.« Sein Gesichtsausdruck übermittelte die stillschweigende Botschaft, daß er hoffte, eine von ihnen würde ihn aus dieser unangenehmen Situation befreien.

Corrine hatte offensichtlich nicht die Absicht und Celia

nicht den Wunsch. Und Barbara, die vielleicht aus Freundschaft bereit gewesen wäre, ihn zu erlösen, wußte nicht, wie sie es anstellen sollte. Diese Art gesellschaftlicher Finesse war eine Domäne von Frauen wie Helen Clyde.

»Celia wartet seit halb neun auf dich, Robbie«, sagte Corrine. »Wir haben es uns richtig gemütlich gemacht. Ich habe ihr gesagt, daß seit ihrem letzten Besuch bei uns viel zuviel Zeit vergangen ist, und ich weiß, daß du jetzt, wo du bei der Kriminalpolizei bist, dafür sorgen wirst, daß sich das ändert. Du wirst schon sehen, hab' ich zu ihr gesagt, bald steckt Robbie dir was ganz Besonderes an den Finger. Wart's nur ab.«

Robin wand sich vor Qual. Celia wand sich vor Verlegenheit. Barbara spürte, wie ihr heiß wurde. »Ja, also dann«, sagte sie energisch und machte eine entschlossene Kehrtwendung zur Tür. »Einen schönen Abend noch. – Robin, wir beide können uns ja –«

»Nein!« Er folgte ihr.

»Robbie!« rief Corrine.

»Rob!« rief Celia.

Doch Robin folgte Barbara dicht auf den Fersen. Sie hörte seine Stimme hinter sich. Beschwörend sagte er ihren Namen. An der Tür zu ihrem Zimmer holte er sie ein und faßte sie am Arm. Er ließ los, sobald sie sich umdrehte.

»Hören Sie, Robin«, sagte sie, »das wird langsam ein ziemlich übles Kuddelmuddel. Ich kann genausogut in Amesford ein Zimmer nehmen, und nach heute abend denke ich, daß es auch das beste ist.«

»Nach heute abend?« Er blickte zur Treppe. »Warum? Deswegen? Sie meinen, wegen Celia? Wegen meiner Mutter? Ach was, vergessen Sie's. Das ist total unwichtig.«

»Ich glaube nicht, daß Ihre Mutter oder Celia Ihnen da zustimmen würden.«

»Und wennschon! Sie zählen doch gar nicht. Jedenfalls nicht jetzt. Nicht heute abend.« Er wischte sich mit dem Unterarm über die Stirn und ließ einen Schmutzfleck auf ihr zurück. »Ich hab's gefunden, Barbara. Ich war den ganzen Tag unterwegs. Ich bin in jedes Loch gekrochen, das ich kenne. Und ich hab's tatsächlich gefunden.«

»Was denn?« fragte sie.

Sein schmutziges Gesicht verzog sich zu einem triumphierenden Lächeln. »Das Versteck, in dem Charlotte Bowen festgehalten worden ist.«

Alexander Stone stand da und beobachtete seine Frau, die eben den Hörer des Telefons auflegte. Es war unmöglich, etwas in ihrem Gesicht zu lesen.

Er hatte nur ihre Seite des Gesprächs mitgehört. »Du sollst mich nicht anrufen«, hatte sie gesagt. »Ruf mich nie wieder an! Was willst du überhaupt?« Als sie wenig später wieder gesprochen hatte, klang ihre Stimme erstickt. »Er ist *was*? Wann? Du hundsgemeiner – Untersteh dich, mir weismachen zu wollen – Du Schwein! Du gemeines Schwein!« Das letzte Wort klang wie ein Kreischen. Sie preßte eine Faust auf ihren Mund, um es zu unterdrücken. Alex konnte die Stimme eines Mannes hören, der immer noch in ernstem Ton auf Eve einredete, als sie den Hörer auflegte. Sie saß stocksteif da und zitterte doch, als jagten elektrische Ströme durch ihren Körper.

»Was ist los?« fragte Alex.

Sie waren zu Bett gegangen. Eve hatte darauf bestanden. Sie hatte gesagt, er sähe völlig erschöpft aus, sie selbst sei am Ende, und sie brauchten beide dringend Ruhe, wenn sie die kommenden Tage mit all den Beerdigungsverpflichtungen überstehen wollten. Aber weniger der Wunsch nach Ruhe hatte sie beide zum Rückzug ins Schlafzimmer getrieben, wie er erkannt hatte, als vielmehr der Wunsch, ein Gespräch zu umgehen. Im Dunkeln konnte sie reglos daliegen, tief atmen, Schlaf vortäuschen und ausweichen. Doch sie hatten noch nicht einmal das Licht gelöscht, als das Telefon läutete.

Jetzt stand Eve vom Bett auf. Sie zog ihren Morgenrock über und band den Gürtel zu. Doch sie tat es nicht ruhig, sondern riß unbeherrscht an dem Satinband, und diese Unbeherrschtheit verriet sie.

»Was ist passiert?« fragte Alex zum zweitenmal.

Sie ging zu dem langen Kleiderschrank an der Wand. Sie riß seine Türen auf. Sie schleuderte ein schwarzes Mantelkleid auf das Bett, wandte sich wieder dem Schrank zu und warf ein Paar Schuhe auf den Boden.

Alex stand ebenfalls auf. Er faßte sie bei der Schulter. Sie riß sich los.

»Verdammt noch mal, Eve. Ich habe dich gefragt –«

»Er bringt die Story.«

»Was?«

»Du hast gehört, was ich gesagt habe. Dieser miese, hinterhältige Bastard bringt die Story. Auf der Titelseite. Morgen früh. Er dachte ...« – ihr Gesicht verzog sich bitter – »er dachte, ich würde es vielleicht gern vorher wissen wollen. Damit ich mich gegen die Journalisten wappnen kann.«

Alex sah das Telefon an. »Dann war das also Luxford.«

»Wer sonst?«

Sie rannte zur Kommodo und zerrte an einer Schublade. Sie klemmte. Sie zerrte und rüttelte so lange, bis sie sich aufziehen ließ. Sie kramte Unterwäsche heraus, einen Unterrock, Strümpfe. Sie warf sie neben das Kleid aufs Bett. »Er hat mich von Anfang an zum Narren gehalten. Und jetzt glaubt er, er habe mir den Rest gegeben. Aber ich bin noch nicht tot. Noch lange nicht. Wie er sehr bald merken wird.«

Alex versuchte, sich auf ihre Worte einen Reim zu machen. Aber es gelang ihm nicht. »Die Story?« wiederholte er. »Von euch beiden? Damals in Blackpool?«

»Herrgott noch mal, was für eine Story denn sonst, Alex?« Sie begann sich anzukleiden.

»Aber Charlie ist –«

»Hier geht's nicht um Charlotte. Es ist nie um Charlotte gegangen. Wieso kapierst du das eigentlich nicht? Jetzt behauptet er, sein blöder Sohn sei entführt worden und der Kidnapper habe die gleichen Forderungen gestellt. Na, ist das nicht unheimlich günstig für ihn?« Wütend stolzierte sie zum Bett. Sie stieß ihre Arme in die Ärmel des Mantelkleids, schob die Schulterpolster zurecht und hantierte ungeduldig mit den goldenen Knöpfen.

Alex sah ihr wie betäubt zu. »Luxfords Sohn ist entführt worden? Wann? Wo?«

»Was spielt das schon für eine Rolle? Dennis hat ihn irgendwo versteckt, und jetzt benutzt er ihn genauso, wie er ursprünglich Charlotte benutzen wollte.«

»Und was tust du jetzt?«

»Was glaubst du wohl, was ich tue? Ich werde ihm in die Parade fahren.«

»Wie denn?«

Sie schob ihre Füße in die Schuhe, dann hob sie den Kopf und sah ihn an. »Ich bin nicht zu Kreuze gekrochen, als er Charlotte entführt hat. Und jetzt hat er vor, das gründlich auszuschlachten. Er wird die ganze Geschichte dazu benützen, um mich als grausame Rabenmutter hinzustellen: Charlottes Verschwinden, die Forderung nach dem Vaterschaftsbekenntnis, meine Weigerung trotz Dennis' verzweifelter und inständiger Bitte, auf diese Forderung einzugehen. Und meiner barbarischen Herzlosigkeit steht nun Dennis' Heiligenschein gegenüber: Um seinen Sohn zu retten, wird er tun, was ich zur Rettung meiner Tochter nicht zu tun bereit war. Hast du es jetzt endlich begriffen, oder muß ich noch deutlicher werden? Er wird dastehen wie der heilige Christophorus mit dem Jesuskind auf den Schultern, und ich werde aussehen wie Medea. *Wenn* ich nicht sofort etwas unternehme, um ihn zu bremsen. Auf der Stelle.«

»Wir müssen New Scotland Yard anrufen.« Alex ging zum Telefon. »Wir müssen nachprüfen, ob seine Geschichte stimmt. Wenn der Junge wirklich entführt worden ist –«

»Er ist nicht entführt worden! Und es bringt uns gar nichts, wenn wir die Polizei anrufen. Du kannst dich darauf verlassen, daß Dennis diesmal jede Kleinigkeit bedacht hat. Er hat sein Söhnchen irgendwo weitab vom Schuß versteckt. Er hat die Polizei alarmiert und die große Schau abgezogen. Und während wir beide Zeit damit verschwenden, uns darüber zu unterhalten, was er vorhat und warum, hat er die Story bereits geschrieben und an die Druckerei weitergegeben. In sieben Stunden kann jeder in England sie zum Frühstück lesen. Wenn ich nicht sofort etwas unternehme. Und genau das werde ich tun. In Ordnung? Verstehst du jetzt?«

Alex verstand. Er sah die harte Linie ihres Unterkiefers, er sah die gespannte Haltung ihres Körpers, die starren Schultern, er sah den steinernen Blick. Und er verstand. Vollkommen. Das, was er nicht verstand – bei sich nicht und bei ihr nicht –, war, wieso er nicht schon viel früher verstanden hatte.

Er hatte das Gefühl, als habe man ihm den Boden unter den Füßen weggezogen. Ein unendlicher leerer Raum schien ihn zu umgeben. Wie aus weiter Ferne hörte er sich sagen: »Wohin willst du, Eve? Was willst du tun?«

»Schulden eintreiben.« Sie ging ins Badezimmer. Durch die offene Tür sah er sie hastig Make-up auflegen. Sie schminkte sich nicht mit der gewohnten Sorgfalt. Sie schwenkte einmal den Rougepinsel über ihre Wangen, klatschte Tusche auf ihre Wimpern, zog sich die Lippen nach. Damit fertig, fuhr sie sich mit der Bürste durchs Haar und nahm ihre Brille von der Ablage über dem Waschbecken, wo sie sie abends vor dem Zubettgehen immer ablegte.

Dann kam sie wieder ins Schlafzimmer. »Er hat einen Fehler gemacht – abgesehen von dem, was mit Charlotte passiert ist«, sagte sie. »Er glaubt, ich wäre ohnmächtig. Er glaubt, ich wüßte jetzt nicht, wohin ich mich wenden soll. Aber da irrt er sich, das wird er schnell merken. Wenn es nach mir geht – und das wird es, das kannst du mir glauben –, werde ich eine so strenge einstweilige Verfügung gegen ihn erwirken, daß er in den nächsten fünfzig Jahren nicht ein einziges Wort dieser Story – oder irgendeiner anderen – veröffentlichen kann. Und damit ist er erledigt, genau wie er es verdient hat.«

»Ich verstehe«, sagte Alex, und obwohl er wußte, daß die Frage sinnlos war, trieb ihn ein hartnäckiges Bedürfnis, wenigstens eine Art Wahrheit aus ihrem Mund zu hören, sie dennoch zu stellen. »Und was ist mit Charlie?«

»Was soll mit Charlotte sein? Sie ist tot. Sie ist ein Opfer dieser ganzen gemeinen Geschichte. Und der einzige Weg, ihrem Tod einen Sinn zu geben, ist, dafür zu sorgen, daß er nicht umsonst war. Denn das wird er sein, wenn ich ihrem Vater nicht auf der Stelle das Handwerk lege.«

»Um deinetwillen«, sagte Alex. »Für deine Karriere. Für deine Zukunft. Aber nicht um Charlies willen.«

»Ja, in Ordnung. Stimmt. Für meine Zukunft. Oder hast du erwartet, daß ich mich in ein Loch verkrieche – also genau das tun würde, was Dennis erreichen will –, weil sie getötet worden ist? Möchtest du das?«

»Nein«, antwortete er. »Das möchte ich nicht. Ich dachte nur – eine Zeit der Trauer.«

Drohend trat sie ihm entgegen. »Hör bloß damit auf. Versuch ja nicht, mir zu sagen, was ich fühle und was ich nicht fühle. Erzähl mir nicht, wer ich bin.«

Er hob kapitulierend die Hände. »Das würde mir nicht einfallen. Jetzt nicht.«

Sie ging zum Nachttisch und nahm ihre Tasche. »Wir unterhalten uns später«, sagte sie und ging aus dem Zimmer.

Alex hörte ihre Schritte auf der Treppe. Er hörte, wie der Riegel vor der Tür zurückgeschoben wurde. Einen Moment später hörte er ihren Wagen anspringen. Die Journalisten hatten ihr Lager für die Nacht abgebrochen, sie würde also keine Mühe haben, ungesehen davonzukommen. Ganz gleich, wohin sie fuhr, es würde ihr niemand folgen.

Er setzte sich auf die Bettkante. Den Kopf in die Hände gestützt, starrte er zum Teppich hinunter, auf seine Füße – so weiß und so nutzlos –, die auf dem Teppich standen. Sein Herz war so leer wie das Zimmer, wie das ganze Haus. Er fühlte die ungeheure Leere in sich und fragte sich, wie er sich so lange etwas hatte vormachen können.

Für jedes Warnsignal, das sie ihm gegeben hatte, hatte er Entschuldigungen gefunden. In ein paar Jahren, hatte er gedacht, würde sie genug Vertrauen zu ihm gewonnen haben, um sich ihm zu öffnen. Sie war nur vorsichtig, und diese

Vorsicht war die logische Folge des Berufs, den sie gewählt hatte, aber mit der Zeit würde sie alle Befürchtungen und alle Hemmnisse abwerfen und ihre Seele freigeben, damit sie sich mit seiner vereinigen konnte. Wenn es soweit war, würden sie auf dieser Verbindung ihrer Seelen ihr Leben aufbauen – eine Familie, eine Zukunft, Liebe. Er müsse nur geduldig sein, hatte er sich immer wieder gesagt. Er müsse ihr nur beweisen, wie tief und unerschütterlich seine Zuneigung war. Wenn ihm das gelänge, würde ihr Leben eine neue Fülle bekommen, durch Kinder – Geschwister für Charlie – bereichert werden, für die er und Eve immer dasein würden.

Nichts als Lüge. Nichts als ein Märchen, das er sich selbst erzählt hatte, weil er die Realität, die vor seinen Augen ablief, nicht hatte sehen wollen. Die Menschen änderten sich im Grunde nicht. Sie warfen ihre Maske nur dann ab, wenn sie sich sicher glaubten oder wenn schwere Belastungen die Fassade zertrümmerten, wie es bei langgehegtem Kinderglauben geschah. Die Eve, die er liebte, war in Wirklichkeit nicht anders als der Weihnachtsmann, der Sandmann, das Christkind, der schwarze Mann, der Todesengel. Alex war ein Phantast. Und indem Eve die Rolle gespielt hatte, die er für sie vorgesehen hatte, war sie das phantastische Geschöpf gewesen, das er sich gewünscht hatte. Er also war der Urheber der Lüge. Und er mußte die Konsequenzen aus dieser Lüge ziehen.

Schwerfällig stand er vom Bett auf. Wie zuvor seine Frau ging er zum Kleiderschrank und begann sich anzukleiden.

Robin Payne fuhr den Wagen. Er brauste mit hohem Tempo in östlicher Richtung auf der Landstraße nach Burbage dahin. Er sprach schnell, während er von seinen Streifzügen kreuz und quer durch die Region erzählte. Die Ziegelsteine und der Maibaum hätten ihn hellhörig gemacht, erklärte er Barbara. Als er das gehört habe, sei ihm eine Idee gekommen, aber es habe so viele Möglichkeiten gegeben, daß er jede einzelne habe überprüfen wollen, ehe er irgendwelche Behauptungen bezüglich Charlotte Bowens Versteck aufstellte. Diese ganze Gegend hier sei ja Ackerland, fügte er erläuternd hinzu, obwohl völlig unklar war, worauf er eigentlich hinauswollte. Und das Hauptanbaugut sei Weizen.

»Was hat Weizen mit Charlotte Bowen zu tun?« fragte Barbara. »Bei der Autopsie hat nichts –«

Sie solle sich gedulden, versetzte Robin. Dies war offensichtlich sein großer Moment, und er wollte ihn auf seine Weise genießen.

Überall sei er gewesen, erzählte er weiter. Im Westen bis Freshford, im Süden bis Shaftsbury, seine Nachforschungen hätten sich über ein sehr weites Gebiet erstreckt. Aber da er dank der Hinweise des kleinen Mädchens auf Ziegelsteine und einen Maibaum ziemlich genau gewußt habe, wonach er zu suchen hatte, sei nur eine beschränkte Anzahl, wenn auch weit verstreut liegender Orte in Frage gekommen. Dennoch habe er in Dutzenden dieser Löcher herumkriechen müssen, deshalb sehe er auch so verdreckt aus.

»Wohin fahren wir eigentlich?« fragte Barbara, während sie auf der unbeleuchteten Straße, die auf beiden Seiten von dichtstehenden Bäumen gesäumt war, durch die Dunkelheit rasten.

»Nicht weit«, war alles, was er antwortete.

Auf der Fahrt durch ein Dorf mit strohgedeckten Backsteinhäusern berichtete sie ihm, was sich in London getan hatte, und gab alles, was sie von Lynley erfahren hatte, an ihn weiter. Nachdem sie ihm von den übereinstimmenden Fingerabdrücken bis zu der Fahndung nach dem Stadtstreicher alles erzählt hatte, schloß sie mit der Neuigkeit vom Verschwinden Leo Luxfords.

Robin Payne umfaßte das Lenkrad fester. »Schon wieder eine Entführung?« fragte er scharf. »Und diesmal ist es ein kleiner Junge? Was zum Teufel geht da eigentlich vor?«

»Er ist vielleicht auch in Wiltshire, genau wie Charlotte.«

»Wann ist er verschwunden?«

»Nach vier Uhr heute nachmittag.« Sie sah, wie er nachdenklich die Stirn runzelte. »Was ist?« fragte sie.

»Ich hab' nur gerade überlegt ...« Robin schaltete herunter, als sie links abbogen und auf einer schmäleren Straße, die laut Wegweiser nach Great Bedwyn führte, in nördlicher Richtung weiterfuhren. »Die Zeit stimmt nicht, aber wenn er – wie heißt er gleich wieder?«

»Leo.«

»Wenn Leo gegen vier Uhr entführt worden ist, könnte er, hab' ich mir gedacht, auch hier draußen versteckt sein. Wo Charlotte versteckt war. Aber dann hätte ihn der Kidnapper, lang bevor ich die Stelle gefunden hatte, hierherbringen müssen, stimmt's? Und dann hätte ich ihn finden müssen – da draußen ...« Er wies durch die Windschutzscheibe in die Dunkelheit. »Aber ich hab' ihn nicht gefunden.« Er seufzte tief. »Ach, verdammt. Vielleicht ist es doch nicht der richtige Ort, und ich hab' Sie mitten in der Nacht ganz umsonst hier rausgejagt.«

»Das wäre heute nicht das erstemal, daß ich umsonst losgezogen bin«, erwiderte Barbara. »Aber wenigstens bin ich diesmal in angenehmerer Gesellschaft. Also, gehen wir bis zum bitteren Ende.«

Die Straße verengte sich erneut. Das Licht der Scheinwerfer beleuchtete nur die Fahrbahn, die von Efeu umrankten Bäume, die rechts und links in die Höhe ragten, und die Raine der Felder, die dahinter begannen. Sie waren bestellt wie in der Umgebung von Allington. Und wie dort war überall Weizen angebaut.

Als sie sich dem nächsten Dorf näherten, wurde die Straße noch einmal schmäler. An ihren Rändern erhoben sich jetzt Böschungen, auf denen, unmittelbar an der Straße, vereinzelte Häuser standen. Die Bebauung wurde dichter, und schließlich rückten die Häuser zu einem Dorf zusammen, in dem an den Ufern eines Teiches Enten schliefen und ein Pub namens *The Swan* für die Nacht schloß. Seine letzten Lichter erloschen, als Robin und Barbara, noch immer in nördlicher Richtung, an ihm vorbeischossen.

Knapp einen Kilometer hinter diesem Dorf begann Robin

langsamer zu fahren. Dann bog er nach rechts in einen Weg ein, der so schmal und verwildert war, daß Barbara wußte, sie hätte ihn in dieser nächtlich finsteren Landschaft übersehen, wäre sie allein unterwegs gewesen. Der Weg, auf der einen Seite von einem Drahtzaun begrenzt, der ab und zu im Licht aufblitzte, auf der anderen von einer Reihe Silberbirken, führte rasch ansteigend nach Osten. Er war voller Schlaglöcher, und das Feld hinter dem Zaun war von Unkraut überwuchert.

Sie erreichten eine Lücke zwischen den Birken. Dort bog Robin auf einen Pfad ab, der sie über Holpersteine und durch tiefe Furchen führte. Die Bäume standen hier sehr dicht. Sie waren vom ewigen Wind verformt und beugten sich über den Pfad wie Seeleute im Sturm.

Vor einem Drahtzaun, der sich an einer Reihe von Pfosten spannte, endete der Pfad. Zu ihrer Rechten sahen sie ein altes Gatter, das schief wie ein Boot mit Schlagseite an seinem Pfosten hing. Nachdem Robin aus dem Kofferraum seines Escort eine Taschenlampe geholt hatte, die er Barbara reichte, führte er sie zu diesem Gatter. »Es ist gleich hier«, sagte er, während er sich den Bügel einer Campinglaterne, die er ebenfalls mitgenommen hatte, über den Arm schob.

Robin stieß das Gatter mit einem kräftigen Schubs auf, bis es an einen kleinen Erdhaufen prallte und zum Stillstand kam. Der Zaun umschloß eine Koppel, in deren Mitte sich ein hohes zylinderförmiges Bauwerk in den Nachthimmel hineinstreckte. In der Dunkelheit sah es aus wie ein Raumschiff, das hier gelandet war. Es stand auf einer Anhöhe, auf drei Seiten von Feldern umgeben, die in die Finsternis abfielen, während auf der vierten Seite – vielleicht fünfzig Meter entfernt, nahe dem Feldweg, auf dem sie gekommen waren – die schattenhaften Umrisse eines zerfallenen alten Gebäudes zu erkennen waren, vermutlich eines ehemaligen Wohnhauses.

Die Nacht war still und kühl. Der bedrängende Geruch nach feuchter Erde und Schafsdung umgab sie wie eine dicke Wolke. Barbara schnitt eine Grimasse und wünschte, sie hätte wenigstens daran gedacht, eine Jacke gegen die Kälte mitzunehmen. Den Gestank würde sie eben aushalten müssen.

Sie stapften über eine dicht verwachsene Grasmatte, um zu dem Gebäude zu gelangen. Barbara richtete den Strahl ihrer Taschenlampe auf die Außenmauern. Sie sah die Ziegelsteine. Die Mauern ragten konisch in die Dunkelheit hinauf. Sie waren von einem weißen Metalldach gekrönt, das im Licht wie eine Eiscremekugel aussah. Von einem Punkt des kreisrunden Dachgesimses aus reckten sich kreuzförmig die gesplitterten Überreste vier langer hölzener Arme nach außen, die früher einmal über die ganze Länge ein gitterähnliches Gerüst getragen hatten, das an lange Fensterläden erinnerte. Jetzt klafften dort, wo der Wind im Lauf der Jahre die Lamellen aus ihrer Verankerung gerissen hatte, zackige Lücken in der Konstruktion, doch ihre ursprüngliche Form war so weit erhalten, daß Barbara augenblicklich klar war, was sie vor sich hatte, als sie mit der Taschenlampe hinaufleuchtete.

»Eine Windmühle«, sagte sie.

»Für den Weizen.« Die nicht angezündete Laterne an Robins Arm schwang hin und her, als er mit einer umfassenden Geste auf die sanft geneigten Felder im Süden, Osten und Westen und das dunkle Wohnhaus im Norden, nah an der Straße, wies. »Früher einmal«, erklärte er, »waren überall am Bedwyn, dem Fluß hier, Mühlen. Bis sie den Kanal gebaut und das Wasser umgeleitet haben. Als das passiert ist, sind rundum solche Windmühlen wie die Pilze aus dem Boden geschossen und haben die Müllerei übernommen. Sie sind gelaufen wie geschmiert, bis die vollautomatischen Kunstmühlen in Betrieb gegangen sind. Jetzt verfallen sie langsam, wenn nicht bald jemand ein Interesse daran zeigt, sie zu erhalten. Diese hier ist seit zehn Jahren nicht mehr in Betrieb. Das Haus steht seitdem leer. Es ist da unten, bei der Straße.«

»Sie kennen den Ort hier?«

»Aber ja.« Er lachte leise. »Wie jeden anderen im Umkreis von zwanzig oder dreißig Kilometern, wo ein verknallter Siebzehnjähriger an einem warmen Sommerabend mit seinem

Mädchen Dummheiten machen kann. Das gehört dazu, wenn man auf dem Land aufwächst, Barbara. Hier weiß jeder, wo er ungestört ist, wenn er ein bißchen im Dunkeln munkeln will. Ich könnte mir denken, daß es in der Stadt genauso ist, oder?«

Sie hatte keine Ahnung. Weder munkeln im Dunkeln noch liebefein im Mondenschein hatten bei ihr je zum regelmäßigen Zeitvertreib gehört. Dennoch antwortete sie: »Klar, ganz recht.«

Robin quittierte ihre Zustimmung mit einem verständnisinnigen Grinsen, das besagte, daß nach diesem Austausch persönlicher Vertraulichkeiten ein neues Fädchen in das Band ihrer Freundschaft gewoben worden sei. Wüßte er die Wahrheit über ihr trostloses Liebesleben, dachte Barbara, so würde er sie als die Niete des Jahrhunderts betrachten und sie nicht ansehen, als hätten sie die gleichen Grapsch- und Tatschspielchen hinter sich, wenn auch auf unterschiedlichen Spielplätzen. Sie hatte als junges Mädchen mit keinem gegrapscht und getatscht, und was sie als Erwachsene getan hatte, war ihrer Erinnerung so fern, daß sie nicht einmal mehr wußte, mit wem sie den ekstatischen Moment vollzogen hatte. War es ein Michael gewesen? Ein Martin? Ein Mick? Sie konnte sich nicht entsinnen. Sie erinnerte sich nur noch an Unmengen billigen Weins, genug Zigarettenrauch, um eine Kleinstadt einzunebeln, ohrenbetäubende Musik, die wie Jimi Hendrix auf Speed klang – was wahrscheinlich der ganz normale Jimi Hendrix war, wenn sie sich das jetzt überlegte –, und eine Bodenfläche, auf der sich noch sechs andere Pärchen in Ekstase gewälzt hatten. Ach, wenn sie ewig grün bliebe...

Unter einer verwitterten Galerie, die sich über ihren Köpfen außen um die Mühle wand, folgte sie Robin. Sie kamen an zwei ausgedienten Mühlsteinen vorüber, die von Flechten überzogen auf dem Boden lagen, und hielten vor einer Bogentür aus Holz an. Robin wollte sie öffnen, hob schon die Hand, um gegen das Holz zu drücken, doch Barbara hielt ihn zurück. Sie richtete ihre Taschenlampe auf die Tür und musterte die alte Holzfüllung von oben bis unten. Dann wandte sie sich dem

Schloß zu, das sich in Schulterhöhe befand. Es war aus Messing, neu, überhaupt nicht abgenützt. In ihrem Magen begann es zu kribbeln, als sie das sah und sich klarmachte, was es bedeuten konnte, wenn man bedachte, wie heruntergekommen die Mühle und das Haus der einstigen Eigentümer waren.

»Genau das hab' ich auch gedacht«, unterbrach Robin sie in ihren schweigenden Überlegungen. »Nachdem ich in sämtlichen Wassermühlen und Sägemühlen und Windmühlen im ganzen Landkreis rumgekrochen war, hätt' ich mir beinahe in die Hose gemacht, wie ich das hier gesehen hab'. Drinnen gibt's noch mehr zu sehen.«

Barbara griff in ihre Umhängetasche und zog ein Paar Handschuhe heraus. »Haben Sie –«

»Die hier«, sagte er und nahm zwei zerdrückte Arbeitshandschuhe aus der Tasche seiner Jacke. Sie streiften die Handschuhe über, dann wies Barbara mit einer Kopfbewegung auf die Tür, die nicht abgeschlossen war, und Robin stieß sie auf. Sie traten ins Innere der Mühle.

Boden und Mauern des Innenraums waren aus Backstein. Fenster gab es keine. Es war kalt und feucht wie in einem Grab, und es roch nach Moder, Mäusedreck und faulenden Äpfeln.

Barbara fröstelte in der Kälte. »Wollen Sie meine Jacke haben?« fragte Robin. Als sie verneinte, kauerte er auf dem Boden nieder und zündete die Laterne an, die er mitgebracht hatte. Er drehte an einem Knopf, bis die Flamme hell wurde. Die Taschenlampe war bei dem starken Licht nicht mehr nötig. Barbara knipste sie aus und stellte sie auf einen Stapel Kisten auf der gegenüberliegenden Seite des kleinen runden Raumes. Es waren diese Kisten, von denen der Geruch nach faulenden Äpfeln ausging. Barbara stemmte eine der Latten auf. Dutzende längst vergessener Äpfel lagen braun und verschrumpelt in der Kiste.

Noch ein anderer, feinerer Geruch hing in der Luft. Barbara versuchte, ihn zu identifizieren und seinen Ursprung zu finden, während Robin zu einer schmalen Treppe ging, die zu einer Falltür in der Decke hinaufführte. Er ließ sich auf einer der unteren Stufen nieder und sah ihr einen Moment zu, ehe er sagte:

»Es sind Exkremente.«

»Was?«

»Der andere Geruch. Der stammt von Exkrementen.«

»Wo?«

Er deutete hinüber auf die andere Seite der Kisten. »Für mich sah es so aus, als sollte hier jemand ...« Er zuckte die Achseln und räusperte sich, vielleicht verlegen darüber, daß seine Sachlichkeit ihn im Stich zu lassen drohte. »Es gibt hier keine Toilette, Barbara. Es gibt nur das da.«

»Das da« war ein gelber Plastikeimer. Barbara sah das traurige kleine Häufchen Fäkalien auf seinem Grund. Es lag in einer Pfütze, von der scharfer Uringeruch aufstieg.

Barbara holte tief Atem und stieß in einem Schwall die Luft wieder aus. »Ah ja. In Ordnung.« Dann begann sie, den Boden zu inspizieren.

Sie fand das Blut in der Mitte an einem Ziegelstein, der ein wenig aus der Pflasterung herausstand, und als sie den Kopf hob und Robin einen Blick zuwarf, sah sie, daß auch er bei seinem früheren Besuch den Blutfleck gesehen hatte. »Was noch?« fragte sie.

»Die Kisten«, antwortete er. »Schauen Sie sich die Kisten an. Auf der rechten Seite. Die dritte von unten. Vielleicht brauchen Sie mehr Licht.«

Sie nahm die Taschenlampe und sah, was er gesehen hatte. Ein paar Fäserchen waren an einem Splitter an der Kante einer der Kisten hängengeblieben. Sie bückte sich zu ihnen hinunter und hielt das Licht näher an sie heran. Wegen der Schatten, die die Kisten warfen, konnte sie die Farbe nicht genau erkennen, darum nahm sie ein weißes Papiertaschentuch und hielt es hinter die Fasern. Sie waren grün. Es war das gleiche schmutzige Grün wie das von Charlotte Bowens Schuluniform.

Ihr Herz klopfte schneller, aber sie ermahnte sich sofort, sich nicht zu früh zu freuen. Nach dem Fiasko mit dem Taubenhaus in Ford und der Werkstatt in Coate hatte sie von voreiligen Schlußfolgerungen fürs erste genug. Sie sah wieder zu Robin hinüber.

»Auf der Kassette«, bemerkte sie, »hat sie was von einem Maibaum gesagt.«

»Kommen Sie. Nehmen Sie die Lampe mit.«

Er stieg die Treppe hinauf und stieß die Falltür in der Decke auf. Als Barbara ihm nachkam, bot er ihr die Hand und zog sie zu sich hinauf in das obere Geschoß der Mühle.

Barbara sah sich um und unterdrückte mit Mühe ein Niesen. Der Staub hier oben trieb ihr das Wasser in die Augen. Sie rieb sie sich mit dem Ärmel ihres Pullovers. Als Robin sagte: »Ich habe hier oben vielleicht einen Teil der Spuren verwischt«, leuchtete sie mit der Taschenlampe über den Boden und sah die Fußabdrücke: große und kleine, die Abdrücke eines Kindes und die eines Erwachsenen. Sie überschnitten einander, verwischten sich gegenseitig. Es war daher unmöglich zu sagen, ob ein Kind oder zehn Kinder – ein Erwachsener oder zehn – in dem Raum gewesen waren. »Ich bin total ausgeflippt«, erklärte er, »wie ich unten die Fasern und das Blut gesehen hab', und bin sofort hier raufgerast. An den Boden hab' ich erst gedacht, als es schon zu spät war. Tut mir leid.«

Barbara bemerkte, daß die Bodendielen so wellig und verbogen waren, daß keine einen ordentlichen Abdruck aufgenommen hatte. Die Form der Schuhsohlen war zu erkennen, nicht aber ihr Profil. »Machen Sie sich deswegen keine Sorgen«, sagte sie. »Die sehen sowieso nicht sehr brauchbar aus.«

Sie ließ den Strahl ihrer Lampe vom Boden zu der gekrümmten Mauer wandern. Links von der Falltür war ein Fenster, das mit Brettern vernagelt war; darunter lag ein Haufen alter Werkzeuge, wie Barbara noch nie welche gesehen hatte. Manche waren aus Metall geschmiedet, andere aus Holz gemacht. Das seien Zurichtewerkzeuge, erklärte ihr Robin. Sie seien früher zur Zurichtung der Mahlsteine benutzt worden, die sich ein Geschoß höher befanden. Dort war damals das Getreide gemahlen worden.

Staubige Holzzähne, zwei Rollen und eine Seilrolle lagen in

der Nähe der Werkzeuge. Die Backsteinmauer über ihnen war von Flechten weiß gesprenkelt, und die Luft war klamm. Oben an der Decke, nicht weit über ihren Köpfen, hing ein riesiges Zahnrad, das große Kammrad, das genau zwischen zwei kleine Zahnräder eingepaßt war und zum Antriebsmechanismus der Mühle gehörte. Durch ein Loch in diesem Rad führte von dem Boden, auf dem sie standen, durch die Decke und vermutlich bis zum höchsten Punkt der Windmühle ein dicker Eisenmast voller Rostblasen.

»Charlottes Maibaum«, sagte Barbara und ließ den Strahl ihrer Lampe an dem Mast in die Höhe klettern.

»Ja, genau das habe ich mir auch gedacht«, bestätigte Robin. »Er wird Königsbaum genannt. Da. Schauen Sie rauf.«

Er nahm sie beim Arm und führte sie direkt unter das große Kammrad. Ihre Hand umfassend, richtete er den Strahl der Lampe auf einen der Zähne des Rads. Barbara konnte erkennen, daß Zahn und Nut von einer gallertartig aussehenden Substanz, die Ähnlichkeit mit Honig hatte, bedeckt waren.

»Schmiere«, sagte Robin. Nachdem er sich vergewissert hatte, daß sie es gesehen hatte, senkte er ihren Arm und richtete das Licht dorthin, wo der Königsbaum im Boden verankert war. Dieselbe Substanz glänzte an der Verbindungsstelle. Als Robin davor niederkauerte und auf eine bestimmte Stelle hinwies, war Barbara klar, warum er schnurstracks nach Hause gefahren war, um sie zu holen, warum er die vielsagenden Bemerkungen seiner Mutter über seine zukünftige Braut einfach ignoriert hatte. In der alten Wagenschmiere am Fuß des Königsbaums waren Fingerabdrücke. Und sie stammten von einem Kind.

»Teufel noch mal«, murmelte Barbara.

Robin richtete sich wieder auf. Gespannt starrte er Barbara an.

»Ich glaube, Sie haben es tatsächlich geschafft, Robin«, sagte sie und merkte, daß sie zum erstenmal an diesem Tag lächelte. »Ich werd' verrückt. Ich glaub', Sie haben's tatsächlich geschafft, Sie Tausendsassa.«

Robin lächelte, schien jedoch zugleich verlegen über das Lob. Dennoch sagte er eifrig: »Ja, meinen Sie wirklich?«

»Wirklich!« Sie drückte seinen Arm und erlaubte sich einen kurzen Juchzer freudiger Erregung. »Okay, London«, sagte sie triumphierend. »Das wär's.« Robin lachte über ihren Überschwang, und sie lachte mit ihm und stieß die geballte Faust in die Luft. Dann wurde sie ernst und zwang sich, wieder in ihre Rolle als leitende Ermittlungsbeamtin zu schlüpfen. »Wir brauchen die Spurensicherung hier draußen«, sagte sie. »Heute abend noch.«

»Dreimal an einem Tag? Da werden die aber nicht sehr erfreut sein, Barbara.«

»Zum Teufel mit ihnen. Dafür bin ich erfreut. Was sagen Sie?«

»Zum Teufel mit ihnen«, stimmte Robin ihr zu.

Sie stiegen die steile Treppe hinunter. Unten bemerkte Barbara eine verknüllte blaue Decke. Sie sah sie sich an. Als sie sie unter der Treppe hervorzog, fiel etwas klappernd zu Boden. »Moment mal«, sagte sie und bückte sich, um den kleinen Gegenstand, der in eine Ritze zwischen zwei Ziegelsteinen gerutscht war, näher in Augenschein zu nehmen. Es war ein Tonfigürchen, ein kleiner Igel mit geriffeltem rundem Rükken und einer spitzen Schnauze. Er nahm gerade ein Sechstel ihrer Handfläche ein und paßte sicher genau in eine kleine Kinderhand.

Barbara hob die Figur auf und zeigte sie Robin. »Wir müssen sehen, ob die Mutter das identifizieren kann.«

Sie kehrte wieder zu der Decke zurück. Der rauhe Stoff war feucht, wie sie bemerkte. An der Luftfeuchtigkeit allein konnte das nicht liegen. Bei dem Gedanken an Feuchtigkeit, an Nässe, an Wasser trübte sich ihre Stimmung. Sie mußte daran denken, wie Charlotte Bowen gestorben war. Hier war noch eine offene Frage, die es zu klären galt.

Sie drehte sich zu Robin um. »Wasser.«

»Was ist damit?«

»Sie ist ertränkt worden. Gibt es hier in der Nähe Wasser?«

»Der Kanal ist nicht weit, und der Fluß –«

»Sie ist in Leitungswasser ertrunken, Robin. In einer Badewanne oder einem Waschbecken. Vielleicht auch in einer Toilette. Wir brauchen Leitungswasser.« Barbara hielt sich vor Augen, was sie bisher gesehen hatte. »Was ist mit dem alten Wohnhaus da unten an der Straße? Wie zerfallen ist es? Gibt es dort Wasser?«

»Das ist sicher längst abgestellt worden.«

»Aber es hatte fließendes Wasser, als es noch bewohnt war, oder nicht?«

»Das ist ewig her.« Er zog seine Handschuhe aus und stopfte sie in seine Jackentasche.

»Es könnte also aufgedreht worden sein – vielleicht nur kurz –, wenn jemand die Hauptleitung gefunden hätte.«

»Kann sein. Aber es ist wahrscheinlich Brunnenwasser, so weit außerhalb vom Dorf, wie das Haus liegt. Würde das bei einer Analyse nicht anders rauskommen als Leitungswasser?«

Ja, natürlich. Dieses gottverdammte Leitungswasser, das man in Charlotte Bowens Lunge gefunden hatte, machte alles noch komplizierter. »Hier drinnen gibt es keine Wasserleitung?«

»In der Mühle?« Er schüttelte den Kopf.

»Mist«, brummte Barbara. Was hatte der Kidnapper eigentlich getan? Wenn dies der Ort war, an dem Charlotte Bowen versteckt gehalten worden war, dann mußte sie lebend hier festgehalten worden sein. Die Exkremente, der Urin, das Blut und die Fingerabdrücke legten davon stummes Zeugnis ab. Und selbst wenn man das, was vermutlich Charlottes Anwesenheit bewies, anders erklären konnte oder das Kind schon tot war, als man es herbrachte – wozu hätte der Täter die Tote hierherschaffen und riskieren sollen, daß er dabei beobachtet wurde? Nein, nein. Charlotte hatte gelebt, als sie hier gewesen war. Vielleicht nur noch Tage, vielleicht nur noch Stunden. Aber sie hatte gelebt. Und wenn das zutraf, dann mußte es hier irgendwo in der Nähe Leitungswasser geben, in dem das Mädchen ertränkt worden war.

»Fahren Sie ins Dorf zurück, Robin«, sagte Barbara. »Draußen vor dem Pub war doch eine Telefonzelle, nicht? Rufen Sie die Dienststelle an und sagen Sie denen, sie sollen uns die Spurensicherung rausschicken. Sie sollen Lampen mitbringen, Scheinwerfer, den ganzen Klimbim. Ich warte solange hier.«

Er blickte zur Tür, starrte in die Finsternis dahinter. »Ich find' den Plan nicht so toll«, sagte er. »Ich möchte Sie nicht ganz allein hier draußen lassen. Wenn der Mörder irgendwo in der Nähe ist –«

»Ich komm' schon zurecht«, fiel sie ihm ins Wort. »Na los, fahren Sie schon. Rufen Sie an.«

»Kommen Sie mit.«

»Ich muß den Tatort sichern. Die Tür war offen. Da kann jeder x-beliebige daherkommen und –«

»Genau das meine ich. Es ist gefährlich. Und sie sind doch bestimmt nicht bewaffnet, oder?«

Er wußte, daß sie nicht bewaffnet war. Kein Kriminalbeamter trug eine Waffe. Er selbst war auch nicht bewaffnet. »Ich komm' schon zurecht«, versicherte sie wieder. »Der Kerl, der Charlotte entführt hat, hat jetzt Leo Luxford in seiner Gewalt. Und da Leo nicht hier ist, können wir uns, denke ich, darauf verlassen, daß der Mörder auch nicht hier ist. Also, fahren Sie los und rufen Sie an, und kommen Sie dann gleich wieder her.«

Er zögerte immer noch. Sie wollte ihm gerade einen hilfreichen Schubs in Richtung Tür geben, als er sagte: »Also gut. Lassen Sie die Laterne brennen. Geben Sie mir die Taschenlampe. Wenn Sie jemanden hören –«

»Schnapp ich mir eins von den Werkzeugen und verpass' ihm eins auf die Rübe, keine Sorge.«

Er lachte und wandte sich zur Tür. Aber dort blieb er noch einmal stehen. Er ließ einen Moment verstreichen, ehe er sich nach ihr umdrehte. »Das klingt jetzt vielleicht ein bißchen persönlich«, sagte er. »Aber –«

Sie wurde sofort argwöhnisch. Sergeant Stanleys Hang, persönlich zu werden, reichte ihr vollauf. Sie brauchte das gleiche nicht auch noch von Robin Payne. Aber seine Worte – und die Art, wie er sie sagte – überraschten sie.

»Es ist nur, daß ... Sie sind nicht wie andere Frauen, nicht wahr?«

Sie wußte schon seit geraumer Zeit, daß sie nicht wie andere Frauen war. Und sie wußte auch, daß sie so, wie sie war, auf Männer nicht sonderlich attraktiv wirkte. Darum musterte sie ihn jetzt aufmerksam und überlegte dabei, worauf er hinauswollte. Sie war sich nicht recht sicher, daß sie es wirklich erklärt haben wollte.

»Ich meine, Sie sind etwas Besonderes.«

Aber nicht so besonders wie ihre Celia, lag ihr auf der Zunge. Statt dessen erwiderte sie: »Vielleicht. Sie doch auch.«

Er sah sie schweigend an. Sie schluckte eine plötzlich aufsteigende Angst hinunter. Sie wollte nicht darüber nachdenken, was sie plötzlich fürchtete. Sie wollte nicht darüber nachdenken, warum sie es fürchtete. »Fahren Sie«, sagte sie. »Rufen Sie die Dienststelle an. Es ist spät, und wir werden hier noch stundenlang zu tun haben.«

»In Ordnung«, antwortete Robin, aber er zögerte noch einen Moment an der Tür, ehe er sich endlich abwandte und zu seinem Wagen zurückging.

Die Kälte brach herein. Sobald Robin gegangen war, schien sie von allen Seiten durch die Mauern zu sickern. Barbara schlang ihre Arme um ihren Oberkörper und klopfte sich auf die Schultern. Sie wurde sich bewußt, wie unregelmäßig sie auf einmal atmete, und ging zur Tür hinaus, um frische Luft zu schnappen.

Vergiß es, sagte sie sich. Reiß dich zusammen. Klär diesen Fall auf, bring hier alles zum Abschluß und fahr dann schleunigst nach London zurück. Aber verlier dich ja nicht in müßigen Phantasien.

Zurück zum Wasser. Es ging um ganz gewöhnliches Wasser. Leitungswasser, das man in Charlotte Bowens Lunge gefunden hatte. Darauf sollte sie sich in diesem Moment konzentrieren, und das würde sie auch tun.

Wo war das kleine Mädchen ertränkt worden? Badewanne, Waschbecken, Spülbecken, Toilette. Aber wo? In welchem Becken? In welcher Wanne? In welcher Toilette? Jede Spur, die sie bis jetzt aufgedeckt hatten, hatte mit London zu tun. Also mußte auch das Leitungswasser mit London verbunden sein, wenn nicht geographisch, dann persönlich. Die Person, die Charlotte in Leitungswasser ertränkt hatte, mußte eine Beziehung zu London haben, von wo das Kind entführt worden war. Da fielen einem zuerst ihre Mutter ein – mit ihrem geplanten Gefängnis in Wiltshire – und Alistair Harvie, der dort seinen Wahlbezirk hatte. Aber die Ermittlungen gegen Harvie hatten zu nichts geführt; das war eine Sackgasse, mußte eine sein. Und was Charlottes Mutter anging... Was mußte das für ein Ungeheuer sein, das die Entführung und Ermordung seines einzigen Kindes veranlaßte? Außerdem drohte Eve Bowen laut Lynley jetzt, da Luxford die Story veröffentlichen wollte, alles zu verlieren. Und Luxford –

Barbara stockte kurz der Atem, als ihr eine Einzelheit aus dem Wust von Fakten einfiel, mit denen Lynley sie vor Stunden am Telefon überschüttet hatte. Sie ging von der Windmühle weg auf die Wiese hinaus. Sie trat aus dem breiten Lichtkegel, der aus der Tür der Mühle fiel. Natürlich, dachte sie. Dennis Luxford.

In der Dunkelheit konnte sie nur undeutlich die abfallenden Felder südlich der Windmühle ausmachen und dahinter unter dem glänzenden Sternenhimmel das weite Land, das in der Ferne wieder anstieg. Im Westen flimmerten die Lichter des nahen Dorfes in der Finsternis, im Norden lagen die von Unkraut erstickten Felder, an denen sie entlanggefahren waren. Und irgendwo in der Nähe – sie wußte es, sie war überzeugt davon und sie würde es sich beweisen, sobald Robin zurück war – war das Knabeninternat Baverstock.

Da war der Zusammenhang, nach dem sie gesucht hatte. Das war das Verbindungsglied zwischen London und Wiltshire. Und das war das unzerreißbare Band zwischen Dennis Luxford und dem Tod seiner Tochter.

24

Erst als Lynley sich am folgenden Morgen allein zum Frühstück setzte, wurde ihm so richtig bewußt, wie sehr Helen ein Teil seines Lebens geworden war. Am Vortag hatte er das Frühstück ganz ausfallen lassen und auf diese Weise eine lange einsame Sitzung bei Toast und Eiern vermieden. Aber da er auch auf das Abendessen verzichtet hatte, fühlte er sich gegen Mitternacht ziemlich flau. Er hätte einen Imbiß gut gebrauchen können, aber ihm war nicht danach zumute, in der Küche herumzuwirtschaften. Er beschloß, lieber gleich zu Bett zu gehen und am Morgen für sein leibliches Wohl zu sorgen. Er hatte deshalb einen Zettel in die Küche gelegt – »Frühstück. Für eine Person« –, und Denton hatte sich mit der gewohnten hingebungsvollen Fürsorge darum gekümmert, daß es Lynley an nichts mangelte.

Auf dem Buffet im Speisezimmer war ein halbes Dutzend zugedeckter Schüsseln und Schalen aufgereiht. Zwei Krüge mit Saft standen bereit. Cornflakes, Weetabix und Müsli warteten neben einer Schale und einem Krug Milch. Es war Dentons Stärke, daß er Anweisungen stets befolgte. Seine Schwäche war, daß er dabei Maß und Ziel vergaß. Lynley war sich bis heute nicht klar darüber, ob der junge Mann ein frustrierter Schauspieler oder ein noch frustrierterer Bühnenbildner war.

Nach einer Schale Weetabix inspizierte er die Warmhalteschüsseln und nahm sich Eier, gegrillte Tomaten, Champignons und Bratwürstchen. Erst als er sich zu seinem zweiten Gang niedersetzte, wurde ihm bewußt, wie bedrückend still es im ganzen Haus war. Er vertrieb das klaustrophobische Gefühl, das die Stille hervorrief, indem er zur *Times* griff und sich in die Zeitung vertiefte. Er war noch dabei, sich durch die Leitartikel zu ackern – zwei Spalten über die Heuchelei der ständig von Rückbesinnung auf die wahren britischen Grundwerte faselnden Tories, die sich im jüngsten Skandal über den

Abgeordneten von East Norfolk und seine intimen Beziehungen zu einem Strichjungen spiegelte –, als er merkte, daß er denselben anklagenden Absatz dreimal gelesen hatte, ohne etwas von seinem Inhalt aufzunehmen.

Ungeduldig legte er die Zeitung weg. Er würde noch genug zu lesen bekommen, wenn er erst einmal die aktuelle Ausgabe der *Source* in Händen hielt. Er hob den Kopf und konfrontierte sich mit dem, was er seit Betreten des Zimmers gemieden hatte: dem Anblick von Helens leerem Stuhl.

Er hatte sie am vergangenen Abend nicht angerufen. Er hätte es tun können. Er hätte es unter dem Vorwand tun können, ihr erzählen zu wollen, daß er St. James besucht habe und sich für den Auftritt, den er am Montagnachmittag provoziert hatte, entschuldigt habe. Doch Helens Beschäftigung am Montagabend – dieses Aussortieren völlig unbrauchbarer Kleidung für die Armen Afrikas – war von einer starken unterschwelligen Emotion diktiert gewesen, und er war ziemlich sicher, wenn er mit ihr spräche, würde er genau erfahren, was für eine Emotion das war. Da ihr derzeitiger Gemüts- und Seelenzustand offensichtlich das Ergebnis seines Angriffs auf sie und ihre gemeinsamen Freunde war, würde er, wenn er sich ihr jetzt näherte, riskieren, etwas zu hören zu bekommen, was er lieber nicht hören wollte.

Ihr aus dem Weg zu gehen war reine emotionale Feigheit, das wußte er nur zu gut. Er versuchte, so zu tun, als wäre alles in bester Ordnung, weil er hoffte, die Dinge würden sich dann von selbst regeln. Auch die Tatsache, daß er am Vortag das Frühstück einfach ausgelassen hatte, gehörte zu dieser Vermeidungsstrategie. Durch den Tag zu hetzen, vollauf in Anspruch genommen von den Einzelheiten der Untersuchung, war besser, als das Herz von der Furcht umklammert zu fühlen, er könne durch seine dickköpfige Dummheit verloren oder unheilbar beschädigt haben, was ihm das Teuerste war. Seinen menschlichen Geschöpfen die Fähigkeit zu lieben mitzugeben war bestimmt das Raffinierteste, was Gott sich zum eigenen Amüsement hatte einfallen lassen, dachte Lynley. Erst läßt du sie in Liebe füreinander entbrennen, und dann läßt du sie sich gegenseitig zum Wahnsinn treiben, mußte er sich überlegt haben. Es wird ein Riesenspaß werden, das Chaos zu beobachten, das entstehen wird, wenn ich bei der Mann-Frau-Mischung genau das richtige Spannungsverhältnis erwische.

In seinem Leben jedenfalls war das totale Chaos eingekehrt, gestand sich Lynley ein. Seit er vor achtzehn Monaten erkannt hatte, daß er Helen liebte, kam er sich vor wie Cranes Mensch auf der Jagd nach dem Horizont. Je eifriger er sich bemühte, sein Ziel zu erreichen, desto weiter schien es sich zu entfernen.

Er stand vom Eßtisch auf und knüllte die Leinenserviette zusammen, als Denton ins Zimmer kam. »Haben Sie die Micawbers zum Frühstück erwartet?« erkundigte sich Lynley freundlich.

Die Anspielung ging an dem jungen Mann wie gewöhnlich vorbei. Wenn es nicht von Andrew Lloyd Webber zum Konsum im West-End kreiert war, existierte es ganz einfach nicht. »Pardon?« fragte Denton.

»Nichts«, sagte Lynley.

»Dann Abendessen heute?«

Lynley wies mit dem Kopf zum Buffet. »Wärmen Sie das auf.«

Denton dämmerte es. »Habe ich zuviel vorbereitet? Na ja, ich war nicht sicher, ob ›für eine Person‹ wirklich nur ›für eine Person‹ heißen sollte.« Er warf einen vorsichtigen Blick auf Helens leeren Platz. »Ich meine, ich habe Ihren Zettel natürlich gesehen, aber ich dachte, Lady Helen würde ...« Irgendwie schaffte er es, ernsthaft, reuig und besorgt zugleich auszusehen. »Sie kennen ja die Frauen.«

»Offensichtlich nicht so gut, wie Sie sie kennen«, erwiderte Lynley. Er ließ Denton beim Abdecken zurück und ging hinaus, um nach New Scotland Yard zu fahren.

Havers rief ihn an, als er sich gerade mühsam zwischen morgendlichen Pendlern, mit Gepäck beladenen Reisenden und den zweistöckigen Reisebussen, die sämtlich Straßen rund um den Bahnhof Victoria blockierten, hindurchschlängelte.

Sie hätten mit hoher Wahrscheinlichkeit das Versteck gefunden, in dem Charlotte Bowen gefangengehalten worden war, berichtete sie. Sie bemühte sich, lässig zu sprechen, aber es gelang ihr nicht ganz. In ihrer Stimme schwang der Stolz auf ihre Leistung mit. Es sei eine Windmühle nicht weit von einem Dorf namens Great Bedwyn und, was bedeutsamer sei, nur einen guten Kilometer vom Kennet & Avon-Kanal entfernt. Zwar nicht von der Stelle, an der das tote Kind ins Wasser geworfen worden war. Aber mit einem Boot, das er vorher extra zu diesem Zweck gemietet haben könnte, wäre es dem Mörder gewiß ein leichtes gewesen, die Leiche unter Deck zu verstauen, hochzufrieden bis Allington zu schippern, das Kind ins Schilf zu werfen und sich aus dem Staub zu machen. Oder aber er könnte die Leiche mit dem Auto hingefahren haben. So groß sei die Entfernung nicht, und Robin habe gesagt –

»Robin?« fragte Lynley. Er bremste scharf, um einen jungen Mann mit Irokesenhaarschnitt, der einen Ring in der linken Brustwarze hatte und einen mit schwarzem Netz drapierten Kinderwagen vor sich herschob, nicht zu überfahren.

»Robin Payne. Erinnern Sie sich? Das ist der Constable, mit dem ich zusammenarbeite. Ich wohne bei seiner –«

»Ach ja, richtig. *Der* Robin.« Er hatte sich nicht erinnert. Er war viel zu sehr mit seinen eigenen Angelegenheiten beschäftigt gewesen, um sich zu erinnern. Aber jetzt fiel es ihm ein. Und als er diese Beschwingtheit in Barbara Havers' Ton hörte, fragte er sich, was da außer der Identität eines Killers noch in Wiltshire entdeckt wurde.

Sie berichtete weiter, sie habe die Windmühle vorläufig den Kollegen von der Spurensicherung überlassen. Sie selbst werde dorthin zurückkehren, sobald sie gegessen habe. Sie habe noch nichts gegessen, weil sie so spät nach Hause gekommen sei, und sie habe in der vorigen Nacht so wenig Schlaf bekommen, daß sie finde, sie habe es sich verdient, mal ein bißchen länger zu schlafen, und...

»Havers«, unterbrach Lynley sie, »nur weiter so. Sie machen das ganz großartig.«

Er wünschte, er hätte das gleiche von sich sagen können.

In New Scotland Yard teilte Dorothea Harriman ihm im Vorübergehen großzügigerweise mit, daß der Assistant Commissioner im Haus unterwegs sei, und meinte, Inspector Lynley täte vielleicht gut daran, auf Tauchstation zu gehen, bis Hillier zu seiner Beschäftigung etwas unterkäme, was ihn eine Weile vom Fall Bowen ablenken würde. Lynley fragte neugierig: »Sie wissen, woran ich arbeite, Dee? Ich dachte, die Sache sei streng geheim.« Worauf sie mit heiterer Gelassenheit antwortete: »In der Damentoilette ist nichts geheim, Inspector.«

Na großartig, dachte er.

Auf seinem Schreibtisch stapelten sich Berge von Papieren. Unter den Akten, Berichten, Faxen und Telefonzetteln war auch die *Source* von diesem Morgen. Beigeheftet war eine Notiz in Winston Nkatas mikroskopisch kleiner Handschrift. Lynley setzte seine Brille auf, um sie zu lesen: »Na, ist das ein Kracher?« Er entfernte die Notiz und sah sich die erste Seite des Blattes an. Soweit er sehen konnte, hatte Dennis Luxford die Anweisungen des Entführers bis ins kleinste befolgt. Er hatte beim Abfassen des Artikels weder sich noch Eve Bowen geschont. Er hatte die relevanten Daten und zeitlichen Zusammenhänge eingefügt. Und er hatte auf seine Verbindung zur Entführung und Ermordung von Eve Bowens Tochter hingewiesen. Er schrieb, er trage die Verantwortung für Charlottes Tod, da er es bis zu diesem Moment abgelehnt hatte, die Wahrheit zu offenbaren; er erwähnte jedoch nicht, was ihn dazu veranlaßt hatte, die Geschichte jetzt doch zu erzählen: die Entführung seines Sohnes. Er tat alles menschenmögliche, um das Leben des Jungen nicht zu gefährden. So schien es jedenfalls.

Nach diesem Artikel würden sich die Medien zweifellos wie die Aasgeier auf Eve Bowen stürzen. Gewiß, er rückte auch Luxford ins Rampenlicht, aber das Interesse der Boulevardblätter an ihm würde minimal sein im Vergleich zu ihrer Begierde, über Eve Bowen herzufallen. Diese Überlegung – was

Eve Bowen bevorstand und wie richtig sie vorausgesagt hatte, was auf sie zukommen würde – beunruhigte Lynley. Er legte die Zeitung weg und machte sich daran, die restlichen Papiere auf seinem Schreibtisch durchzusehen.

Er überflog den Obduktionsbefund, den Barbara Havers ihm aus Wiltshire gefaxt hatte. Er las, was er schon wußte: Das Kind war nicht infolge eines Unglücksfalls ertrunken. Es war, bevor der Täter es ertränkt hatte, betäubt worden, weil es ohne Gegenwehr hatte sterben sollen. Das Mittel, mit dem es betäubt worden war, war ein Benzodiazepinderivat namens Diazepam. Verkauft wurde es unter dem Namen Valium. Ein verschreibungspflichtiges Medikament, das manchmal als Sedativum, manchmal als Schlafmittel verwendet wurde. Wenn genug davon in die Blutbahn gelangte, führte es zu Bewußtlosigkeit.

Lynley hob den Namen des Mittels durch Unterstreichung hervor und legte das Fax zur Seite. Valium, dachte er und suchte in den Papieren, die er vor sich liegen hatte, den Laborbefund, den er am Vortag nach der Durchsuchung des leeren Hauses in der George Street angefordert hatte. Er fand ihn zusammen mit einem Vermerk, der besagte, er möge jemanden mit Namen Figaro beim SO7 anrufen, dem gerichtswissenschaftlichen Institut, das auf der anderen Seite der Themse lag. Während er die Nummer eintippte, las er den beigefügten Bericht des chemischen Labors. Man hatte die Analyse des kleinen hellblauen Brösels, den er in der Küche des Hauses in der George Street entdeckt hatte, abgeschlossen. Es handelte sich, genau wie er vermutet hatte, um eine Droge. Sie hieß Diazepam, ein Benzodiazepinderivat, das unter dem Markennamen Valium verkauft wurde. Bingo, dachte er.

Eine Frau meldete sich am Telefon und sagte kurz: »Figaro.« Als Lynley seinen Namen genannt und den Grund seines Anrufs erklärt hatte, meinte sie: »Sie müssen ja blendende Beziehungen haben, Inspector Lynley. Wir sind hier mit unserer Arbeit sechs Wochen im Rückstand, und als gestern das Zeug aus dem Porsche ins Labor kam, hieß es, es hätte erste Priorität. Ich hab' die Leute hier die Nacht durcharbeiten lassen.«

»Der Innenminister interessiert sich für die Ergebnisse«, sagte Lynley.

»Hepton?« Sie lachte mit grimmigem Spott. »Der sollte sich mal lieber für die steigende Kriminalitätsrate interessieren, finde ich. Diese Kerle von der National Front haben gestern nacht vor dem Haus meiner Mutter Randale gemacht. In Spitalfields.«

»Wenn ich ihn sehe, werde ich ihn darauf aufmerksam machen«, versprach Lynley. In der Hoffnung, ihre Redseligkeit einzudämmen, sagte er: »Ich rufe an, Miß –«

»Doktor«, unterbrach sie.

»Verzeihung. Dr. Figaro.«

»Richtig. Moment mal.« Er hörte Papier rascheln. »Porsche«, murmelte sie. »Wo hab' ich... ah, hier... nur noch einen Augenblick, ich muß...«

Lynley seufzte, nahm seine Brille ab und rieb sich die Augen. Sie waren jetzt schon müde, dabei hatte sein Tag gerade erst begonnen. Er wagte nicht daran zu denken, wie es in fünfzehn Stunden sein würde.

Während Dr. Figaro am anderen Ende der Leitung weiter geräuschvoll in ihren Papieren kramte, erschien Winston Nkata an der Tür. Er hob die Faust und streckte den Daumen in die Höhe – offenbar bezog sich die Geste auf irgend etwas in seinem Notizbuch, das er aufgeschlagen auf der offenen Hand liegen hatte. Lynley wies auf einen Sessel.

An seinem Ohr sagte Figaro: »So, da haben wir's. Die Haare sind identisch.«

»Haare?« fragte Lynley.

»Aus dem Porsche, Inspector. Sie wollten doch, daß er ausgefegt wird. Das haben wir getan und dabei hinten einige Haare gefunden. Blonde und braune. Und die braunen sind mit den Haaren aus dem Bowen-Haus identisch.«

»Mit welchen Haaren aus dem Bowen-Haus?«

Nkata hob die Hand. »Von der Kleinen«, sagte er leise. »Ich habe sie mitgenommen.«

»Mit *welchen*?« Figaro schien entrüstet. »Wer führt eigentlich bei Ihnen den Laden? Wir haben uns Ihretwegen die halbe Nacht um die Ohren geschlagen, und jetzt sagen Sie mir –«

Lynley unterbrach sie mit einer, wie er hoffte, plausiblen Erklärung dafür, wie ihm die Sache mit den Haaren momentan hatte entfallen können. Figaro schien halbwegs beschwichtigt, und das reichte ihm. Er verabschiedete sich von ihr und sagte dann zu Nkata: »Gut gemacht, Winston. Wieder einmal.«

»Stets zu Diensten«, erwiderte der Constable. »Also waren die Haare in Luxfords Wagen von dem Kind?«

»Ja.«

»Das macht die Sache interessant. Glauben Sie, daß man ihm die Haare heimlich untergeschoben hat? Zusammen mit der Brille?«

Das war fraglos eine Möglichkeit. Aber Lynley mißfiel es, dem Gedankengang zu folgen, den Luxford ihm am vergangenen Abend vorgegeben hatte. »Am besten halten wir uns vorläufig mal alles offen.« Er wies mit dem Kopf zum aufgeschlagenen Notizbuch. »Was haben Sie da?«

»Erfreuliche Neuigkeiten.«

»Und die wären?«

»Ein Anruf aus Bayswater. Er ist eben reingekommen.«

»Bayswater?« wiederholte Lynley skeptisch. Nichts erschien ihm unwahrscheinlicher, als daß ausgerechnet ein Anruf aus Bayswater erfreuliche Neuigkeiten gebracht haben sollte. »Worum geht es denn?«

Nkata lächelte. »Hätten Sie Lust auf einen kleinen Plausch mit unserem Stadtstreicher?«

St. James' Mutmaßungen über eine mögliche Verkleidung erwiesen sich als falsch. Der Stadtstreicher war echt. Er sah genauso aus, wie er beschrieben und gezeichnet worden war. Sein Name war Jack Beard, und als Lynley und Nkata zu ihm geführt wurden, äußerte er vernehmlich sein Mißfallen darüber, von der Suppenküche in Bayswater, wo er gerade sein Frühstück hatte einnehmen wollen, auf das nächste Polizeirevier gebracht worden zu sein. Seine Spur hatte man in einer Obdachlosenunterkunft in Paddington aufgenommen. Ein Blick auf die Zeichnung, die ihm ein Constable unter die Nase hielt, hatte den diensthabenden Helfer, der das Haus so schnell wie möglich vom ungesunden Einfluß polizeilicher Anwesenheit befreien wollte, zur prompten Identifizierung des Mannes veranlaßt. »Das ist doch der alte Jack Beard«, hatte er gesagt und berichtet, was er über Jacks tägliche Gewohnheiten wußte. Sie bestanden offenbar darin, daß er in Mülltonnen nach ausrangierten Gegenständen suchte, die sich noch verhökern ließen, und seine Mahlzeiten in städtischen Suppenküchen und ähnlichen Einrichtungen einnahm.

Als sich Jack Beard im Vernehmungsraum der Polizeidienststelle Lynley gegenübersah, erklärte er sofort: »Ich hab' niemandem was getan. Was soll das Ganze also? Wer sind Sie überhaupt, Sie feiner Pinkel? Ich brauch' erst mal 'ne Zigarette.«

Nkata schwatzte dem diensthabenden Sergeant drei Zigaretten ab und gab eine dem Penner. Zwischen einen schorfigen Zeigefinger und einen Daumen mit schwarzem Nagel geklemmt, hielt Jack sie an den Mund, als hätte er Angst, man könnte sie ihm wieder wegnehmen, und paffte gierig. Unter zottigen Strähnen fettigen grauen Haars hervor musterte er Lynley und Nkata mißtrauisch.

»Ich hab' für Königin und Vaterland gekämpft«, sagte er. »Das können Sie bestimmt nicht von sich behaupten. Also, was wollen Sie von mir?«

»Wie wir gehört haben, durchsuchen Sie regelmäßig Mülltonnen«, sagte Lynley.

»Alles, was in Mülltonnen liegt, ist weggeschmissenes Zeug. Was ich da finde, darf ich behalten. Ich hab' jedenfalls noch nichts davon gehört, daß es verboten ist. Und ich mach' das jetzt schon seit zwölf Jahren. Ich hab' mir nie was zuschulden kommen lassen. Ich hab' nie was andres genommen als das Zeug, wo in den Mülltonnen ist.«

»Darum geht es auch gar nicht. Niemand behauptet, Sie hätten sich etwas zuschulden kommen lassen, Jack.«

Der Blick des Mannes flog zwischen den Polizeibeamten hin und her. »Worum geht's dann? Ich hab' 'ne Menge zu tun. Ich muß meine tägliche Tour machen.«

»Führt Ihre tägliche Tour Sie auch nach Marylebone?«

Nkata schlug sein Notizbuch auf. Jacks Gesicht wurde sofort argwöhnisch. Er paffte an seiner Zigarette wie eine Dampflok.

»Und wenn? Soviel ich weiß, kann ich in Mülltonnen schauen, wo ich will. Zeigen Sie mir mal das Gesetz, wo's mir verbietet.«

»Kommen Sie auch in den Cross Keys Close?« fragte Lynley. »Inspizieren Sie dort auch die Mülltonnen?«

»Cross Keys was? Hab' ich nie gehört. Kenn' ich nicht.«

Nkata entfaltete eine Kopie der Zeichnung, die von Jack Beard angefertigt worden war. Er legte sie ausgebreitet vor den Mann auf den Tisch. »Im Cross Keys Close«, erklärte er, »wohnt ein Schriftsteller, der uns erzählt hat, daß Sie dort waren, Jack. Am letzten Mittwoch, hat er gesagt. Sie haben dort die Mülltonnen durchsucht. Er hat Sie so gut gesehen, daß er Sie unserem Zeichner genau beschreiben konnte. Na, sieht das aus wie Sie, Jack? Was meinen Sie?«

»Ich kenn' die Gegend nicht. Ehrlich. Ich hab' nie was von Cross Keys gehört. Ich hab' nichts getan. Sie müssen mich hier rauslassen.«

Lynley sah die Verwirrung im Gesicht des alten Mannes. Er hatte unverkennbar Angst. »Jack«, sagte er, »Sie haben nichts zu fürchten. Es geht hier nicht um etwas, was Sie getan haben. Am letzten Mittwoch ist in der Gegend von Cross Keys Close ein kleines Mädchen entführt worden. Nicht lange nachdem Sie dort waren. Wir möchten –«

»Ich hab' niemand entführt!« Jack drückte seine Zigarette auf der Tischplatte aus. Er riß den Filter von einer zweiten Zigarette ab und steckte sie an. Er schluckte, und seine Augen –

krankhaft gelb, wo sie hätten weiß sein sollen – wurden plötzlich feucht. »Ich hab' meine Zeit abgesessen«, sagte er. »Fünf Jahre hab' ich gesessen. Seitdem bin ich sauber.«

»Sie waren im Gefängnis?«

»Wegen Einbruch. Fünf Jahre hab' ich gekriegt. Aber ich hab' meine Lektion gelernt. Ich war danach nie wieder im Knast. Aber mein Hirn funktioniert nicht richtig, und ich vergess' immer alles, drum hab' ich nie viel gearbeitet. Und jetzt mach' ich die Mülltonnen. Das ist das einzige, was ich tu.«

Lynley ließ sich durch den Kopf gehen, was er gesagt hatte, und fand den springenden Punkt. Er sagte zu Nkata: »Constable, erklären Sie Jack bitte, was und wo Cross Keys Close ist.«

Nkata hatte das Problem offenbar auch erkannt. Er nahm die Zeichnung wieder an sich, und während er sie einsteckte, sagte er: »Der Cross Keys Close ist eine Gasse in einem ganzen Gewirr solcher kleiner Straßen. Sie ist vielleicht zehn Meter von der Marylebone High Street entfernt und mündet direkt in die Marylebone Lane. Ganz in der Nähe ist ein Fish & Chips-Lokal, das *Golden Hind*. Nicht weit davon ist eine Straße – eine Sackgasse – mit Bürohäusern, aus denen man hinten direkt auf ein Pub runterschaut. Das ist an der Ecke, wo dieses Durcheinander von Hintergassen anfängt. Es heißt *Prince Albert*. Die haben draußen auf dem Bürgersteig ein paar Tische – und –«

»Das *Prince Albert*, sagen Sie?« unterbrach Jack Beard. »Das kenn' ich.«

»Sie waren also dort?« fragte Lynley. »Am letzten Mittwoch?«

»Kann schon sein.«

Lynley überdachte, was sie wußten, und überlegte, wie er dem Gedächtnis des Mannes auf die Sprünge helfen könnte. Er sagte: »Der Mann, der uns Ihre Beschreibung gegeben hat, hat erzählt, daß Sie von einem Polizeibeamten, wahrscheinlich einem Hilfspolizisten, dort weggejagt worden sind. Können Sie sich jetzt erinnern?«

Er erinnerte sich tatsächlich. Sein Gesicht verfinsterte sich. »Ich bin noch nie vorher weggejagt worden«, erklärte er empört. »Da nicht, und woanders auch nicht. Noch nie.«

»Kommen Sie regelmäßig in die Gegend?«

»Klar. Die Ecke gehört zu meiner Tour. Ich mach' keinen Krach. Ich schmeiß den Müll nicht rum. Ich halt' alles sauber. Ich stör' keinen. Ich nehm' meinen Rucksack, und wenn ich was finde, was ich verkümmeln kann –«

Lynley unterbrach ihn. Die täglichen Geschäfte des Stadtstreichers waren für ihn nicht von Interesse. Anders war es mit den Ereignissen am vergangenen Mittwoch. Er legte dem Mann die Fotografie Charlotte Bowens vor und fragte: »Das ist das kleine Mädchen, das entführt worden ist. Haben Sie es am letzten Mittwoch gesehen, Jack?«

Jack Beard studierte das Bild mit zusammengekniffenen Augen. Er nahm es in die Hand und hielt es auf Armeslänge von sich ab. An einer Zigarette paffend, betrachtete er es gut dreißig Sekunden lang. »Kann mich nicht erinnern«, sagte er schließlich. Und jetzt, da er wußte, daß das Interesse der Polizei nicht ihm selbst galt, wurde er richtig redselig. »Da in der Gegend find' ich sowieso nie viel in den Tonnen. Nur hin und wieder mal 'ne Kleinigkeit. 'ne verbogene Gabel, 'nen abgebrochenen Löffel oder 'ne alte Vase mit 'nem Sprung. Vielleicht auch mal 'ne kleine Figur oder so was. Meistens Zeug, was ich erst richten muß, bevor ich's verscherbeln kann. Aber ich geh' immer hin, weil ich gern meine gewohnte Tour hab', genau wie der Briefträger, und ich mach' bestimmt nie jemand Schwierigkeiten oder so was. Ich hab' da vorher noch nie Schwierigkeiten gehabt.«

»Nur am letzten Mittwoch.«

»Genau. Genau so isses. Wissen Sie, das war so...« Jack Beard rieb sich die Nase, während er nach der passenden Beschreibung suchte. Er zupfte ein Tabakfädchen von seiner Zunge, betrachtete es kurz und schob es unter seine Oberlippe. »Das war genau so«, sagte er, »als hätt' mich da jemand weghaben wollen, Mister. Als ob jemand die Bullen geholt hätte, damit die mich da wegjagen. Damit ich auch bestimmt nicht mehr da bin, wenn da irgendwas abgeht.«

Lynley und Nkata sahen zu, wie der Constable die Tür des Streifenwagens zuschlug und mit Jack Beard davonfuhr, um ihn in die Suppenküche in Bayswater zurückzubringen, wo man, wie der Stadtstreicher ihnen erklärt hatte, von ihm erwartete, daß er als Bezahlung für das Essen beim Abspülen half.

»Der ist also nicht unser Mann«, bemerkte Nkata. »Seine Fingerabdrücke wollten Sie nicht sicherheitshalber haben?«

»Die brauchen wir nicht«, erwiderte Lynley. »Er war im Gefängnis. Er ist erkennungsdienstlich behandelt worden. Wenn seine Abdrücke mit denen übereinstimmten, die wir gesichert haben, wüßten wir bereits Bescheid.«

Lynley dachte über das nach, was der Stadtstreicher ihnen erzählt hatte. Wenn tatsächlich jemand die Polizei angerufen hatte, um ihn vor der Entführung Charlotte Bowens aus dem Cross Keys Close vertreiben zu lassen, dann konnte das nur jemand gewesen sein, der das Viertel beobachtet und sich dort herumgetrieben hatte, oder aber jemand, der dort wohnte. Ihm war klar, welche Möglichkeit die wahrscheinlichere war, und ihm fiel ein, was ihm St. James am vergangenen Abend über Charlottes Spitznamen gesagt hatte und darüber, wer ihn verwendet hatte.

»Winston«, sagte er, »was haben wir aus Belfast gehört? Hat sich die nordirische Polizei schon gemeldet?«

»Noch nicht. Soll ich denen mal Beine machen?«

»Ja«, antwortete Lynley. »Aber tun Sie's vom Wagen aus. Wir müssen jetzt dringend nach Marylebone.«

Zumindest seiner geographischen Lage nach erwies sich das Knabeninternat Baverstock nicht, wie Barbara gehofft hatte, als Dreh- und Angelpunkt des Falles Bowen. Es war zwar in der Nähe des Fundorts der Leiche und des Verstecks, in dem Charlotte festgehalten worden war. Aber das Anwesen stieß nicht, wie sie gemutmaßt hatte, an das Grundstück, auf dem die Windmühle stand. Vielmehr war das Internat gleich außerhalb von Wootton Cross, umgeben von riesigen Ländereien, die früher einmal zum Besitz eines Weizenbarons gehört hatten.

Robin hatte ihr das alles bereits in der vergangenen Nacht auf der Rückfahrt nach Wootton Cross erklärt. Sie würden direkt am Tor zu Baverstock vorbeikommen, hatte er gesagt und ihr wenig später das Tor gezeigt – ein gewaltiges schmiedeeisernes Ding, dessen Flügel in zwei stolzen, von Falken gekrönten Pfeilern verankert waren. »Was für eine Rolle spielt Baverstock denn in dieser Geschichte?« hatte er wissen wollen.

»Das ist mir selbst nicht klar.« Seufzend zündete sie sich eine Zigarette an. »Es war nur ein Gedanke von mir ... Einer unserer Verdächtigen in London ist ein ehemaliger Baverstock-Schüler. Luxford. Der Journalist.«

»Da muß er aber schon zu den ganz feinen Leuten gehören«, hatte Robin gesagt. »Nach Baverstock kommt man nur rein, wenn man ein Stipendium oder die richtige Blutgruppe hat.«

Sein Ton weckte bei Barbara den Eindruck, daß er von diesen Schulen die gleiche Meinung hatte wie sie.

»Und Sie hatten wohl nicht die richtige?« sagte sie.

»Ich war auf der Dorfschule. Und danach auf der Gesamtschule in Marlborough.«

»Also keine Ehemaligen von Baverstock in Ihrem Stammbaum?«

Er warf ihr einen kurzen Blick zu und sagte einfach: »Meinen Stammbaum gibt's gar nicht, Barbara. Wenn Sie wissen, was ich meine.«

Das wußte sie tatsächlich. Sie hatte ihr Leben nicht umsonst in England verbracht. Ihre eigenen Vorfahren waren, gesellschaftlich gesehen, so bedeutend wie Staubkörnchen, wenn auch nicht ganz so zahlreich. »Meine Familie«, sagte sie, »geht bis zur Magna Charta und noch weiter zurück, aber zum Angeben ist da nichts dabei. Da hat sich nie einer durchgebissen, weil sie nie was zu beißen hatten.«

Robin lachte leise und warf ihr wieder einen Blick zu. Die Bewunderung darin war schwer zu übersehen. »Das hört sich an, als machte es Ihnen gar nichts aus, ein Niemand zu sein.«

»Ich bin der Meinung, daß man nur dann ein Niemand ist, wenn man sich selbst so sieht.«

In *Lark's Haven* waren sie ihrer Wege gegangen, Robin ins Wohnzimmer, wo seine Mutter trotz der späten Stunde noch auf ihn gewartet hatte, Barbara nach oben in ihr Zimmer, um in ihr Bett zu kriechen. Aber sie hörte noch, wie Corrine sagte: »Robbie, Celia war heute abend nur hier, weil –« und Robin sie mit den Worten unterbrach: »Keine Diskussion über Celia. Beschäftige du dich mit Sam Corey und nicht mit mir.« Corrine quittierte das mit einem weinerlichen »Aber Bübel«, worauf Robin scharf erwiderte: »Bübel ist Sam, Mama, oder hattest du das vergessen?«

Bevor Barbara einschlief, dachte sie noch, wie glücklich Robin über die Erlösung sein mußte, die Sam Coreys Verlobung mit seiner Mutter verhieß. Und sie dachte es wieder am folgenden Morgen, als sie nach ihrem Telefongespräch mit Lynley die drei – Sam Corey, Corrine und Robin – im Eßzimmer vorfand.

Corrine und Sam saßen über irgendein Boulevardblatt gebeugt, und Corrine sagte gerade mit ihrer pfeifenden Stimme: »Stell dir das nur vor, Sammy. Mein Gott, mein Gott!« Sam hielt ihre Hand und rieb ihr den Rücken, als wollte er ihr beim Atmen helfen, und schüttelte dabei die ganze Zeit düster den Kopf über die Enthüllungen der Zeitung. Es war die *Source*, wie Barbara sah. Sam und Corrine lasen gerade das Bekenntnis, das Dennis Luxford verfaßt hatte, um seinen Sohn zu retten.

Robin war dabei, das Frühstücksgeschirr auf ein Tablett zu stapeln. Als er fertig war und das Tablett in die Küche trug, folgte Barbara ihm. Es war besser, an der Spüle zu essen, als das Frühstück in Gegenwart der beide Turteltauben hinunterzuschlingen, denen es wahrscheinlich sowieso lieber war, wenn man sie allein ließ.

Robin ging zum Herd und erhitzte eine Pfanne, vermutlich für ihre Eier. Sein Gesicht war verschlossen und unzugänglich, ganz anders als am vergangenen Abend bei ihren freundschaftlichen Gesprächen. Seine Worte schienen die Veränderung seiner Stimmung zu erklären. »Er hat die Story also gebracht«, sagte er. »Dieser Luxford aus London. Glauben Sie, das wird reichen, um den Jungen freizubekommen?«

»Keine Ahnung«, bekannte Barbara.

Er schnitt ein Eckchen Butter ab und warf es in die heiße Pfanne. Barbara hatte eigentlich nur ein paar Cornflakes essen wollen – sie war beinahe zwei Stunden verspätet, weil sie so lange geschlafen hatte –, aber es war angenehm zuzusehen, wie Robin ihr das Frühstück machte, darum sagte sie nichts, sondern nahm sich vor, den Zeitverlust wiedergutzumachen, indem sie in doppeltem Tempo kaute.

Robin stellte das Gas ein wenig höher und wartete, bis die Butter geschmolzen war. »Suchen wir weiter nach dem Jungen?« fragte er. »Oder warten wir ab, was jetzt passiert?«

»Ich möchte mir das Gelände um die Windmühle noch mal bei Tageslicht ansehen.«

»Soll ich mitkommen? Ich meine, Sie wissen ja jetzt, wo die Mühle ist, aber ich könnte ...« Er vollendete den Satz mit einem Schwenken des Eierwenders. Barbara hätte gerne gewußt, wie der ganze Satz hätte lauten sollen. Ich könnte für Sie den Fremdenführer spielen? Ich könnte auf Sie warten? Ich könnte immer dasein, falls Sie mich brauchen? Aber sie brauchte ihn nicht. Sie kam seit Jahren sehr gut damit zurecht, niemanden zu brauchen. Und sie wollte auch, sagte sie sich entschlossen, daß es so bliebe. Er mußte es ihr vom Gesicht abgelesen haben, denn er gab ihr großzügig die Gelegenheit, dem Thema bis in alle Ewigkeit auszuweichen, indem er sagte: »Oder ich könnte anfangen, die Bootsverleihe zu überprüfen. Wenn er die Kleine auf dem Kanal von der Windmühle nach Allington gebracht hat, dann hat er ein Boot gebraucht.«

»Ja, darum müßten wir uns kümmern«, sagte Barbara.

»Gut, dann übernehme ich das.« Er schlug zwei Eier in die Pfanne, streute Salz und Pfeffer darüber, drehte die Flamme kleiner und steckte zwei Scheiben Brot in den Toaster. Er schien, dachte Barbara, gänzlich unberührt von ihrer Entscheidung, allein zu arbeiten, und sie merkte, wie die Enttäuschung in ihr hochkroch wie eine heimtückische kleine Spinne, die sie in ihrem Netz fangen wollte. Sie schüttelte sie ab. Es gab eine Menge zu tun. Ein Kind war getötet worden, und ein zweites war verschwunden. Da mußten ihre eigenen verstiegenen Gefühle zurückstehen.

Als sie ging, war er noch beim Abwaschen. Er hatte sie gefragt, ob er ihr den Weg zur Windmühle aufzeichnen solle, aber sie war sicher, ihn ohne weitere Hilfe finden zu können. Sie machte jedoch, von Neugier getrieben, auf der Fahrt einen kleinen Umweg und lenkte ihren Mini durch das imposante Tor von Baverstock. Das Internat, dachte sie, als sie unter dem grünen Dach der Buchen, die die Auffahrt säumten, hindurchfuhr, war wahrscheinlich für die Leute von Wootton Cross der wichtigste Arbeitgeber. Die Schule war ein riesiger Komplex, und ihr Betrieb verlangte zweifellos eine ebenso riesige Menge Personal. Nicht nur Lehrer, sondern auch Gärtner und Handwerker, Hausmeister, Küchen- und Wäschereipersonal, Haushälterinnen und was sonst noch alles zu einem solchen Unternehmen gehörte.

Während Barbara sich die gefällige Anordnung von Gebäuden, Spiel- und Sportfeldern, Gärten, Hecken und Büschen ansah, meldete sich wieder der drängende Instinkt, der ihr zu sagen schien, daß die Schule irgendwie mit dem, was Charlotte Bowen und Leo Luxford zugestoßen war, zu tun hatte. Es konnte kein Zufall sein, daß Baverstock – die Schule, die Dennis Luxford besucht hatte – dem Ort, an dem seine Tochter gefangengehalten worden war, so verlockend nahe war.

Ein kleiner Streifzug, sagte sie sich, war auf jeden Fall angebracht. Sie parkte in der Nähe eines Gebäudes aus rohem Bruchstein, das sie angesichts des stolz aufragenden Daches für die Schulkapelle hielt. Einem sauber gefegten Kiesweg folgend, stieß sie auf ein ebenso sauber gestrichenes Holzschild, das den Weg zum Rektorat wies.

Die Schüler waren anscheinend alle im Unterricht, denn sie begegnete niemandem außer einem einsamen jungen Mann in schwarzer Robe, der aus dem Rektorat kam, als Barbara gerade hineinwollte. Seine Schulbücher unter den Arm geklemmt, sagte er höflich: »Pardon« und eilte zu einer niedrigen Tür über den quadratischen Hof, aus der wenig enthusiastischer Chorgesang herausschallte.

Der Rektor könne Sergeant Havers von New Scotland Yard leider nicht empfangen, bekam Barbara von der Sekretärin zu hören. Der Rektor sei im Moment gar nicht im Haus und würde voraussichtlich auch so bald nicht zurückkehren. Aber wenn Sergeant Havers einen Termin vereinbaren wolle, gegen Ende der Woche vielleicht... Die Sekretärin schlug den Terminkalender auf. Mit gezücktem Bleistift wartete sie auf Barbaras Reaktion.

Barbara wußte nicht, wie sie reagieren sollte, da sie nicht recht ahnte, was sie außer dem vagen und beunruhigenden Gefühl, daß die Schule irgendwie mit dem Fall Bowen zu tun hatte, überhaupt hierhergeführt hatte. Zum erstenmal seit ihrer Ankunft in Wiltshire wünschte sie, Inspector Lynley wäre an ihrer Seite. Er schien niemals unter vagen und beunruhigenden Gefühlen zu leiden – außer in bezug auf Helen Clyde natürlich, da schien er nichts anderes als vage und beunruhigende Gefühle zu haben. Im Angesicht der Sekretärin des Schulrektors gestand sich Barbara ein, daß ihr ein Palaver mit dem Inspector vor diesem Besuch gutgetan hätte. Dann wäre sie nicht in dieses Büro marschiert, ohne einen blassen Schimmer davon zu haben, was sie eigentlich wollte.

Um wenigstens ein Gespräch in Gang zu bringen, versuchte sie es mit: »Ich leite die Ermittlungen über den Mord an Charlotte Bowen, das kleine Mädchen, das am Sonntag im Kanal gefunden wurde« und sah erfreut, daß sie auf Anhieb die ungeteilte Aufmerksamkeit der Sekretärin gewonnen hatte. Der Stift senkte sich auf den Terminkalender, und die

Frau, die – wie kurz und bündig auf ihrem Namensschild stand – Portly hieß und mindestens siebzig und klapperdürr war, sah sie erwartungsvoll an.

»Dieses Mädchen war die Tochter eines Ihrer ehemaligen Schüler«, fuhr Barbara fort. »Eines gewissen Dennis Luxford.«

»Dennis?« rief Portly, allen Nachdruck auf die erste Silbe des Wortes legend. Barbara verstand das als einen Hinweis darauf, daß ihr der Name bekannt war.

»Er muß vor ungefähr dreißig Jahren hier gewesen sein«, fügte sie erläuternd hinzu.

»Vor dreißig Jahren – Unsinn«, sagte Portly. »Er war erst im letzten Monat hier.«

Als St. James Schritte auf der Treppe hörte, hob er den Blick von den Tatortfotos, die er gerade studierte, um vor einem Auftritt im Old Bailey sein Gedächtnis aufzufrischen. Er hörte Helens Stimme. Sie sagte zu Cotter: »Ja, einen Kaffee könnte ich wirklich gebrauchen. Wie nett von Ihnen, daß Sie gefragt haben. Ich habe das Frühstück glatt verschlafen. Da ist natürlich alles willkommen, was mich bis zum Mittagessen wenigstens halbwegs über die Runden bringt...« Cotter rief von unten, daß der Kaffee sofort kommen würde.

Als Helen ins Labor trat, warf St. James einen neugierigen Blick auf die Wanduhr. »Ich weiß«, sagte sie. »Du hast mich viel früher erwartet. Entschuldige. Es tut mir leid.«

»Schlechte Nacht?«

»Überhaupt keine Nacht. Ich konnte nicht schlafen und habe den Wecker nicht gestellt. Ich dachte, ich würde ihn sowieso nicht brauchen, weil ich die ganze Zeit nur an die Decke gestarrt habe.« Sie warf ihre Tasche auf den Arbeitstisch und zog ihre Schuhe aus. Auf Strümpfen ging sie zu ihm hinüber. »Aber ganz stimmt das nicht. Ursprünglich hatte ich den Wecker gestellt. Aber als ich um drei Uhr morgens immer noch wach lag, habe ich ihn einfach abgestellt. Aus psychologischen Gründen. Woran arbeiten wir?«

»Fall Pancord.«

»Ach, dieser gräßliche Kerl, der seine Großmutter umgebracht hat?«

»Angeblich, Helen. Wir stehen auf der Seite der Verteidigung.«

»Natürlich. Dieser arme, unterprivilegierte, vaterlose Junge, der fälschlich beschuldigt wird, eine wehrlose Achtzigjährige mit dem Hammer auf den Kopf geschlagen zu haben?«

»Richtig. Der Fall Pancord.« St. James nahm sein Vergrößerungsglas und beugte sich wieder über die Fotografien. »Was für psychologische Gründe?« fragte er.

»Hm?« Helen hatte begonnen, einen Stapel Berichte und Briefe zu sortieren, um zunächst die einen zu ordnen und dann die anderen zu beantworten. »Ach, warum ich den Wekker abgestellt habe, meinst du? Damit wollte ich die Spannung loswerden, die sich immer einstellt, wenn man weiß, daß man spätestens dann und dann einschlafen muß, um noch ausreichend Schlaf zu bekommen, ehe der Wecker läutet. Da man aber genau deswegen nicht schlafen kann, weil man angespannt ist, hab' ich mir gedacht, wenn ich wenigstens eine Ursache beseitige, könnte ich einschlafen. Und ich bin ja auch eingeschlafen. Nur bin ich dann nicht rechtzeitig aufgewacht.«

»Die Methode ist also von zweifelhaftem Wert.«

»Liebster Simon, die Methode hat überhaupt keinen Wert. Ich bin trotzdem erst gegen fünf eingeschlafen. Da war es natürlich von meinem Körper zuviel verlangt, daß er um halb acht von selbst aufwacht.«

St. James legte das Vergrößerungsglas neben den Bericht einer DNA-Untersuchung von Sperma, das am Tatort gefunden worden war. Es sah nicht gut aus für Mr. Pancord. »Und was für Ursachen gibt es noch?« fragte er.

»Wie?« Helen sah von der Korrespondenz auf. Ihr weiches Haar schwang bei der Kopfbewegung nach rückwärts, und St. James konnte sehen, wie verquollen die Haut unter ihren Augen wirkte.

Er sagte: »Du wolltest doch wenigstens eine Spannungsursache beseitigen, als du den Wecker abgestellt hast. Aber es gibt noch andere, hm?«

»Ach, nur die üblichen psychischen Wehwehchen und Neuröschen.« Sie warf die Bemerkung ganz locker und unbekümmert hin, aber er kannte sie nicht umsonst seit fünfzehn Jahren.

»Tommy war gestern abend hier, Helen«, sagte er.

»Ach ja.« Es war nur ein Zur-Kenntnis-Nehmen, keine Frage. Sie konzentrierte ihre Aufmerksamkeit auf eine auf Büttenpapier gedruckte Einladung. Sie las sie durch, ehe sie aufblickte und sagte: »Ein Symposion in Prag, Simon. Nimmst du an? Es ist erst im Dezember, aber wenn du einen Vortrag vorbereiten willst, ist bis dahin nicht mehr allzuviel Zeit.«

»Tommy hat sich entschuldigt«, fuhr St. James fort, als hätte sie nicht versucht, das Thema zu wechseln. »Bei mir. Er wollte auch mit Deborah sprechen, aber ich hielt es für besser, es ihr auszurichten.«

»Wo ist Deborah eigentlich?«

»An der St.-Botolph's-Kirche. Beim Fotografieren.« Er ließ Helen nicht aus den Augen, als diese zum Computer ging, ihn einschaltete und eine Datei anwählte. »Der kleine Luxford ist entführt worden, Helen«, sagte er. »Die Forderung ist die gleiche wie bei Charlotte Bowen. Damit muß Tommy sich nun auch noch herumschlagen. Er ist im Augenblick sehr stark gefordert. Ich weiß zwar, daß das nicht unbedingt erklären kann –«

»Wie kannst du ihm nur immer – *immer* – so schnell wieder verzeihen?« fragte Helen erregt. »Hat Tommy denn niemals etwas getan, bei dem du das Gefühl hattest, es sei an der Zeit, einen Schlußstrich unter eure Freundschaft zu ziehen?« Sie hielt die Hände im Schoß, und ihre Worte waren weniger an ihn als an den Computerbildschirm gerichtet.

St. James dachte über ihre Frage nach. Sie war durchaus vernünftig im Licht der bewegten Geschichte seiner Freundschaft mit Lynley. Ein katastrophaler Autounfall und eine frühere Beziehung Lynleys zu Deborah belasteten die Freundschaft. Aber St. James hatte seinen eigenen Anteil an diesen beiden Geschehnissen längst akzeptiert. Glücklich war er nicht darüber, aber er wußte, daß ständiges Wühlen in der Vergangenheit letztlich lähmend und unproduktiv war. Was geschehen war, war geschehen. Und damit basta.

Er sagte:» Er hat einen ungeheuer schweren Beruf, Helen. Diese Art Arbeit strapaziert einen seelisch viel stärker, als wir uns überhaupt vorstellen können. Wenn man ständig mit den dunklen und schmutzigen Seiten des Lebens zu tun hat, bleiben einem nur zwei Möglichkeiten: Entweder man stellt alle Gefühle ab – ach, nur wieder mal ein kleiner Mord, der geklärt werden muß –, oder man wird zornig. Gefühllosigkeit hat den Vorteil, daß man mit ihr weiter funktionieren kann. Dem Zorn darf man keinen Raum geben. Man verdrängt ihn also so lange wie möglich. Aber früher oder später passiert etwas, und man explodiert. Man sagt Dinge, die man nicht sagen wollte. Man tut Dinge, die man sonst nicht tun würde.«

Sie senkte den Kopf und strich sich mit dem Daumen der einen Hand über die Knöchel der anderen. »Ja«, sagte sie, »das ist es. Dieser Zorn. Sein Zorn. Er ist immer da, gleich unter der Oberfläche. Er ist in allem, was er tut. Seit Jahren schon.«

»Der Zorn kommt von seiner Arbeit. Es hat nichts mit dir zu tun.«

»Das weiß ich. Aber ich weiß nicht, ob ich es auf die Dauer ertragen kann, damit zu leben. Immer wird er dasein – Tommys Zorn –, wie ein unerwarteter Gast, wenn man selbst nichts zu essen hat.«

»Liebst du ihn, Helen?«

Sie lachte kurz und unglücklich. »Ob ich ihn liebe und ob ich fähig bin, auf Dauer mit ihm zusammenzuleben, sind zwei völlig getrennte Fragen. Die erste kann ich mit Sicherheit bejahen, aber die zweite nicht. Und jedesmal, wenn ich glaube, alle meine Zweifel hätten sich gelegt, geschieht irgendwas, und sie fangen alle wieder an zu rumpeln und zu pumpeln.«

»Die Ehe ist keine Idylle für Leute, die Seelenfrieden suchen«, sagte St. James.

»Nein?« fragte sie. »Ist sie das für dich nicht?«

»Für mich? Überhaupt nicht. Ich liege in einem dauernden Kampf.«

»Wie kannst du das aushalten?«

»Ich hasse Langeweile.«

Helen lachte müde. Auf der Treppe waren Cotters schwere Schritte zu hören. Einen Augenblick später erschien der Butler mit einem Tablett in den Händen an der Tür. »Kaffee«, sagte er. »Ich habe auch gleich ein paar Kekse mitgebracht, Lady Helen. Sie schauen so aus, als könnten Sie einen ordentlichen Bissen Schokoladenkeks gebrauchen.«

»Das kann ich allerdings«, antwortete Helen.

Sie stand vom Computer auf und ging Cotter zum Arbeitstisch, der der Tür am nächsten war, entgegen. Er stellte das Tablett ab und verschob dabei eine Fotografie, die zu Boden flatterte.

Helen bückte sich nach ihr. Sie drehte sie um, um einen Blick darauf zu werfen, während Cotter den Kaffee einschenkte. »Ach Gott«, sagte sie seufzend. »Es gibt kein Entkommen.« Ihre Stimme klang niedergeschlagen.

St. James sah, was sie in der Hand hielt. Es war die Aufnahme der toten Charlotte Bowen, die er Deborah am vergangenen Abend weggenommen hatte, dieselbe Aufnahme, die Lynley vor zwei Tagen wie einen Fehdehandschuh auf den Küchentisch geworfen hatte. Ich hätte das Foto gestern abend gleich wegschmeißen sollen, dachte St. James. Es hat schon genug Schaden angerichtet.

»Gib mir das Bild, Helen«, sagte er.

Sie rührte sich nicht. »Vielleicht hat er recht gehabt«, sagte sie. »Vielleicht *sind* wir schuld. Nicht so, wie er es gemeint hat. Aber in einem weiteren Sinn. Weil wir geglaubt haben, wir könnten etwas ändern, wo doch in Wahrheit niemand irgendwo etwas ändern kann.«

»Das glaubst du doch so wenig wie ich«, entgegnete St. James. »Komm, gib mir das Foto.«

Cotter ergriff eine der Kaffeetassen. Er nahm Helen die

Fotografie aus der Hand und reichte sie St. James. Der legte sie mit der Bildseite nach unten zu den Aufnahmen, die er bei Helens Ankunft begutachtet hatte. Er nahm seinen Kaffee von Cotter entgegen und wartete schweigend, bis dieser wieder gegangen war.

»Helen«, sagte er dann, »ich denke, du mußt dich, was Tommy angeht, endlich entscheiden. Ein für allemal. Und ich finde, du kannst Charlotte Bowen nicht als Vorwand dafür benützen, das zu vermeiden, was du fürchtest.«

»Ich habe keine Angst.«

»Wir haben alle Angst. Aber der dauernde Versuch, unserer Angst, wir könnten einen Fehler machen, auszuweichen ...« Er verstummte, weil er plötzlich den Faden verloren hatte. Er hatte beim Sprechen seine Kaffeetasse auf den Arbeitstisch stellen wollen, und dabei war sein Blick auf die Fotografie gefallen, die er gerade dort hingelegt hatte.

»Was ist?« fragte Helen. »Simon, was ist los?« rief sie, als er wie blind nach dem Vergrößerungsglas griff.

Schlagartig wurde ihm klar, daß er das Wissen von Anfang an in den Händen gehabt hatte. Er hatte diese Fotografie mehr als vierundzwanzig Stunden im Haus gehabt, seit mehr als vierundzwanzig Stunden hatte die Wahrheit vor ihm gelegen. Er sah es mit aufsteigendem Entsetzen.

Aber er erkannte auch, daß er die Wahrheit nicht gesehen hatte, weil er einzig mit Tommys Vorwürfen beschäftigt gewesen war.

Wäre er weniger darauf bedacht gewesen, eiserne Beherrschung zu bewahren, so wäre er selbst vielleicht auch explodiert. Er hätte seinen Gefühlen Luft gemacht und hätte wieder zur Tagesordnung übergehen können. Und dann hätte er es erkannt. Dann hätte er es gesehen.

Daran mußte er glauben, weil er glauben mußte, daß er unter normalen Umständen gesehen hätte, was er jetzt glasklar vor Augen hatte.

Er nahm sein Vergrößerungsglas zur Hand. Er studierte die Rundungen. Er studierte die Linien. Wieder sagte er sich –

schwor es sich, war felsenfest überzeugt davon, wußte es mit absoluter Gewißheit –, daß er unter anderen Umständen erkannt hätte, was er gleich zu Anfang auf diesem Foto hätte sehen müssen.

25

Letztendlich, dachte Barbara Havers, als sie zur Landstraße nach Burbage zurückfuhr, war es eine echte Erleuchtung gewesen, der Eingebung des Augenblicks zu folgen. Bei einer Tasse Tee, in einem Samowar gebraut, der Irina Prozorows zwanzigstem Geburtstag alle Ehre gemacht hätte, hatte Portly einer Stunde seelenreinigenden Klatsches gefrönt und war, von Barbaras zielbewußten Zwischenfragen gelenkt, schließlich zum entscheidenden Thema gekommen: Dennis Luxford.

Da Portly ihre Stellung in Baverstock seit Menschengedenken innehatte – so schien es jedenfalls angesichts der Generationen von Schülern, an die sie sich erinnerte –, kam Barbara in den Genuß einer endlosen Folge von Geschichten, die zu den Lieblingsanekdoten der Sekretärin zählten. Einige dieser Histörchen waren mehr allgemeiner Natur, angefangen von einem Streich, den die Schüler unter Verwendung von Senf und Toilettenpapier dem Schulbeirat von vierzig Jahren bei der Jahresabschlußfeier gespielt hatten, bis zur feierlichen Taufe des Schulleiters im neu angelegten Schwimmbecken zu Beginn des letzten Schuljahrs. Einige der Schwänke bezogen sich auf bestimmte Personen: angefangen bei Dickie Wintersby – mittlerweile fünfzig Jahre alt und ein prominenter Londoner Banker –, der Ausgangsverbot erhielt, weil er einem verängstigten Drittkläßler unzüchtige Avancen gemacht hatte, bis zu Charlie O'Donnell – heute zweiundvierzig Jahre alt, Kronanwalt *und* Mitglied des Schulbeirats –, der von einem seiner Lehrer auf dem Bauernhof des Internats dabei ertappt worden war, wie er einem Schaf noch unzüchtigere Avancen gemacht hatte. Barbara brauchte nicht lange, um zu merken, daß Portly bei ihren Reminiszenzen dazu neigte, das Schlüpfrige herauszugreifen. Sie erinnerte sich genau, welche Jungen wegen Solo-Masturbation, gegenseitiger Masturbation, Sodomie, Fellatio und Koitus (interruptus oder nicht) abgekanzelt worden waren, und sie tat es mit Gusto. Ein wenig vage wurde sie bei jenen Fällen, wo der fragliche Junge allem Anschein nach sauber geblieben war.

So war es bei Dennis Luxford gewesen, auch wenn Portly sich geschlagene fünf Minuten über sechzehn andere Jungen seines Jahrgangs ausließ, die ein volles Halbjahr lang Ausgangssperre bekamen, nachdem sich herausgestellt hatte, daß sie es regelmäßig mit einem Mädchen aus dem Dorf getrieben hatten, das zwei Pfund pro Nummer verlangte. Und das seien keine harmlosen Knutschereien gewesen, erklärte Portly, sondern da sei es zur Sache gegangen, draußen in dem alten Eishaus, und am Ende sei das Mädchen natürlich schwanger geworden. Wenn Sergeant Havers sehen wolle, *wo* diese historische Bumserei sich abgespielt hatte...

Barbara hatte sie wieder auf das Thema gebracht, das ihr am Herzen lag, indem sie sagte: »Um noch einmal auf Mr. Luxford zu kommen... Eigentlich interessiert mich vor allem sein letzter Besuch hier, obwohl diese Geschichten natürlich alle sehr spannend sind. Schade, daß ich nicht mehr Zeit habe, aber Sie wissen ja sicher, wie es ist. Die Pflicht ruft.«

Portly schien enttäuscht, daß ihre Geschichten von pubertären Knaben, die nicht wußten, wohin mit ihrer Libido, nicht den gebührenden Anklang fanden. Aber sie erklärte, *Pflicht* sei auch ihre Parole – wenn ihr nicht gerade die Freude am Obszönen dazwischenkam –, und schürzte nachdenklich die Lippen, während sie sich Dennis Luxfords jüngsten Besuch in Baverstock zu vergegenwärtigen suchte.

Er sei wegen seines Sohnes gekommen, berichtete sie schließlich. Er habe den Rektor aufgesucht, um seinen Sohn für das kommende Schuljahr in Baverstock anzumelden. Der Junge sei ein Einzelkind – ein ziemlich eigenwilliges Einzelkind, wenn Portly sich nicht irre –, und Mr. Luxford habe geäußert, ein Aufenthalt in Baverstock mit all den dazugehörigen harten Anforderungen und Freuden könnten dem Jungen seiner Meinung nach nur guttun. Er habe sich darum mit dem Rektor zusammengesetzt, und nach ihrer Besprechung haben die beiden Männer einen Rundgang unternommen, damit Mr. Luxford sehen konnte, was sich in den Jahren, seit er hier Schüler gewesen war, verändert hatte.

»Einen Rundgang?« Barbara war sofort hellwach. Ein Rundgang über das Gelände, scheinbar um sich einen Eindruck von der Schule zu verschaffen, ehe er seinen Sohn dorthin schickte, konnte Luxford Gelegenheit gegeben haben, sich mit den Örtlichkeiten wieder vertraut zu machen. »Und was gehörte alles zu diesem Rundgang?«

Er hatte sich die Klassenzimmer angesehen, die Schlafsäle, den Speisesaal, den Turnsaal... Er hatte sich, soweit Portly es im Kopf hatte, alles angesehen.

Auch das Gelände? wollte Barbara wissen. Die Sportplätze, den Bauernhof und was sonst noch dazugehörte?

Portly meinte, ja, aber ganz sicher war sie nicht. Um ihrer Erinnerung nachzuhelfen, führte sie Barbara in das Zimmer des Schulleiters, in dem eine künstlerisch ausgeführte Karte des Knabeninternats Baverstock an der Wand hing. Sie war umgeben von Dutzenden von Schülerfotografien durch die Jahrzehnte, und während Portly die Karte studierte, um ihr Gedächtnis aufzufrischen, sah Barbara sich die Fotos an. Sie zeigten Baverstock-Schüler in allen erdenklichen Situationen: im Klassenzimmer, in der Kapelle, beim Verteilen der Mahlzeiten im Speisesaal, in langen schwarzen Roben bei irgendwelchen Feiern, bei Vorträgen, beim Schwimmen, Paddeln, Radeln, Klettern, Segeln und beim Mannschaftssport. Barbara überflog die Aufnahmen und überlegte dabei, wieviel Geld eine Familie wohl aufbringen mußte, um ihren kleinen Prinzen in einer Schule wie Baverstock unterzubringen, als ihre Aufmerksamkeit auf ein Foto einer kleinen Wandergruppe mit Rucksäcken und Wanderstöcken fiel. Es waren weniger die Wanderer, die Barbara interessierten, als der Ort, an dem die Aufnahme gemacht worden war. Die Jungen standen vor einer Windmühle. Und Barbara hätte gewettet, daß es dieselbe Windmühle war, in der noch letzte Woche Charlotte Bowen gefangengehalten worden war.

»Steht die Windmühle auf dem Gelände von Baverstock?« fragte sie, auf das Bild zeigend.

Aber nein, antwortete Portly. Das sei die alte Mühle in der Nähe von Great Bedwyn. Die archäologische Vereinigung unternehme jedes Jahr eine Wanderung dorthin.

Als Barbara die Worte »archäologische Vereinigung« hörte, blätterte sie ihr Notizheft auf der Suche nach den Aufzeichnungen, die sie sich bei ihrem Telefongespräch mit Lynley gemacht hatte, hastig durch. Sie fand sie, las sie, und am Ende der Seite entdeckte sie, was sie brauchte: einen Bericht über Dennis Luxfords Schuljahre, getreulich und gewissenhaft zusammengetragen von Winston Nkata. Wie sie vermutet hatte, war der Chefredakteur der *Source* Mitglied der archäologischen Vereinigung gewesen, die sich die »Becherforscher« nannte.

Barbara verabschiedete sich, so schnell es ging, und lief zu ihrem Wagen hinaus. Ein erster Silberstreifen am Horizont!

Sie hatte die Route zur Windmühle im Kopf und folgte ihr ohne weitere Abstecher. Die Polizei hatte den Weg zur Mühle mit gelbem Plastikband abgesperrt. Sie parkte ihren Wagen unmittelbar davor am Wegrand, der dicht mit weißen und purpurroten Wildblumen bewachsen war, schlüpfte unter dem Band durch und ging langsam auf die Mühle zu. Ihr fiel auf, daß die Mühle durch die Birken an der Straße und dem Weg, dem sie jetzt folgte, ihren Blicken teilweise entzogen war. Und selbst wenn das nicht der Fall gewesen wäre, so war nirgends eine Menschenseele zu sehen. Es war der ideale Ort für einen Entführer, der ein Kind hierher verschleppen wollte, oder für einen Mörder, der die Leiche dieses Kindes fortbringen wollte.

Die Mühle war in der vergangenen Nacht versiegelt worden, aber Barbara brauchte gar nicht hinein. Sie war geblieben, während das Team aus Amesford die Spuren gesichert hatte, und die gründliche Arbeit der Leute hatte sie von ihrer Kompetenz überzeugt. Doch die Dunkelheit hatte es ihr unmöglich gemacht, die Windmühle im Rahmen der sie umgebenden

Landschaft zu betrachten, und um sich jetzt von diesem Gelände ein Bild zu machen, war Barbara zurückgekehrt.

Sie stieß das alte Gatter auf und trat aus dem Schatten der Birken heraus. Als sie drinnen auf der Wiese stand, wurde ihr klar, warum man die Mühle gerade an dieser Stelle errichtet hatte. Am vergangenen Abend war es windstill gewesen, jetzt jedoch blies eine frische Brise. Die Flügel der alten Windmühle knarrten und ächzten. Wäre sie noch in Betrieb gewesen, so hätten die Flügel sich gedreht und die Mühlsteine Weizen gemahlen.

Das Tageslicht zeigte ihr die Wiesen und Getreidefelder, die sachte von der Anhöhe abfielen, auf der die Mühle stand. Abgesehen von dem verlassenen Müllerhaus war die nächste menschliche Behausung etwa einen Kilometer entfernt. Und die nächsten Lebewesen waren Schafe, die unmittelbar östlich der Mühle hinter einem Drahtzaun grasten. In der Ferne ratterte ein Bauer mit seinem Traktor an einem Feldrain entlang, und ein kleines Flugzeug, das ein Schädlingsbekämpfungsmittel versprühte, glitt im Tiefflug über die grünen Spitzen der Felder. Doch wenn es einen Zeugen gab, der beobachtet hatte, was sich dort, wo Barbara jetzt stand, zugetragen hatte, so befand er sich unter den friedlich grasenden Schafen.

Barbara ging zu der Weide hinüber. Die Schafe kauten gemächlich, ohne sich von ihr stören zu lassen. »Na, kommt schon, Freunde«, rief sie. »Spuckt's aus. Ihr habt ihn gesehen, stimmt's?« Aber sie mahlten ungerührt weiter.

Nur eins der Schafe entfernte sich von den anderen und nahm Kurs auf Barbara. Einen Moment lang glaubte sie absurderweise, das Tier hätte tatsächlich ihre Worte verstanden und käme nun, um sich ihr mitzuteilen, aber dann sah sie, daß es gar nicht zu ihr wollte, sondern zu einer niedrigen Tränke nahe beim Zaun, wo es Wasser aufschleckte.

Wasser? Neugierig ging Barbara näher. In einem dreiseitigen Schutzhäuschen aus Backstein am anderen Ende der Tränke ragte ein Wasserrohr mit Hahn aus der Erde. Das Metall war von Wind und Wetter zwar in Mitleidenschaft gezogen, aber als Barbara einen Handschuh anzog und versuchte, den Hahn aufzudrehen, stieß sie auf keinerlei Widerstand. Klar und rein floß das Wasser heraus.

Aber dann fielen ihr Robins Worte ein. So weit entfernt vom nächsten Dorf würde es wahrscheinlich Brunnenwasser sein. Sie mußte sich Gewißheit verschaffen.

Sie fuhr ins Dorf zurück. Das Pub hatte für seine Mittagsgäste geöffnet. Barbara lenkte ihren Mini in eine Lücke zwischen einem dreckverkrusteten Traktor und einem riesigen uralten Humber und hielt an. Bei ihrem Eintritt in die Gaststube empfing sie das plötzliche Schweigen, das jeden Fremden in einem Dorfgasthaus zunächst begrüßt. Doch als sie den Einheimischen zunickte und kurz stehenblieb, um einen Schäferhund hinter den Ohren zu kraulen, kam das Gespräch rundherum wieder in Gang.

Sie ging zum Tresen und bestellte sich eine Zitronenlimonade, einen Beutel Chips mit Salz und Essig und eine Portion des Tagesgerichts: Lauch- und Brokkoli-Auflauf. Als der Wirt ihr das Essen brachte, legte sie ihm neben die verlangten drei Pfund fünfundsiebzig ihren Dienstausweis auf den Tresen.

Ob er davon gehört habe, fragte sie ihn, daß vor kurzem im Kennet & Avon-Kanal die Leiche eines Kindes gefunden worden sei?

Der Dorfklatsch hatte offensichtlich alle einleitenden Bemerkungen überflüssig gemacht. »Ach, darum der ganze Rummel gestern nacht oben auf dem Hügel«, antwortete der Wirt.

Er selbst habe ja nichts davon mitbekommen, bekannte er, aber der alte George Tomley – der Mann, dem der Hof südlich der Windmühle gehörte – sei bis weit nach Mitternacht aufgewesen, weil sein Ischias ihn so geplagt habe. George hatte all die Lichter gesehen und hatte sich – zum Teufel mit dem Ischias – aufgemacht, um nachzuschauen, was da oben los sei. Er hatte gleich gesehen, daß Polizei da war, hatte aber angenommen, da hätten mal wieder junge Leute irgendwelchen Unfug gemacht.

Als Barbara das hörte, war ihr klar, daß keine Notwendigkeit bestand, mit der Wahrheit hinter dem Berg zu halten. Sie erklärte dem Wirt, daß das entführte Kind in dieser Mühle gefangengehalten worden war, ehe der Kidnapper es ertränkt hatte, und daß es in Leitungswasser ertränkt worden war. Auf dem Gelände gebe es einen Wasserhahn, fuhr sie fort. Nun würde sie gern wissen, ob das Wasser dort aus einem Brunnen heraufgepumpt werde.

Der Wirt erwiderte, er habe keinen blassen Schimmer, woher das Wasser bei der Mühle komme, aber der alte George Tomley – ja, eben *der* George Tomley – kenne sich mit dem Grund und Boden hier in der Gegend bestens aus. Wenn sie mit ihm sprechen wolle, er sitze gleich da drüben beim Darts-Brett.

Barbara verfügte sich samt Gemüseauflauf, Chips und Limonade unverzüglich zu George. Der war dabei, sich mit der rechten Hand seine vom Ischias geplagte Hüfte zu massieren, während er mit der linken in einem *Playboy* blätterte. Vor ihm stand ein Teller mit den Überresten seines Mittagessens. Auch er hatte das Tagesgericht gewählt.

Wasser? fragte er. Was für Wasser?

Barbara erklärte. George hörte zu. Seine Finger massierten, sein Blick wanderte zu der Zeitschrift hinunter und wieder zu Barbara hinauf, als stellte er Vergleiche an, die für Barbara wenig schmeichelhaft ausfielen.

Doch er geizte nicht mit Informationen. Brunnen gebe es auf keinem Grundstück hier in der Gegend, sagte er, nachdem sie zum Ende ihrer Erklärung gekommen war. Das sei alles Leitungswasser. Es werde vom Dorf heraufgepumpt und in einem unterirdischen Tank auf dem Feld gleich neben der Windmühle gespeichert. Das sei nämlich der höchste Punkt in der Umgebung, erläuterte er, und von da aus könne das Wasser durch die Schwerkraft abfließen.

»Aber es ist Leitungswasser?« fragte Barbara drängend.

Nichts anderes, versicherte er.

Glänzend, dachte Barbara. Alles begann sich ineinanderzufügen. Sie wußte, daß Luxford kürzlich in der Gegend gewesen war. Sie wußte, daß er in seiner Jugend zur Windmühle gewandert war. Jetzt brauchte sie nur noch Charlottes Schuluniform in seine Hände zu legen. Und sie hatte schon eine recht gute Vorstellung davon, wie sie das anstellen würde.

Cross Keys Close, dachte Lynley bei sich, sah aus wie ein düsterer Schlupfwinkel von Bill Sikes. Die engen Gassen, die sich zwischen den dichtstehenden Häusern hinter der Marylebone Lane hindurchschlängelten, waren menschenleer und praktisch unberührt vom Sonnenlicht dieses Tages. Als Lynley und Nkata, nachdem sie den Bentley am Bulstrode Place abgestellt hatten, in den gottverlassenen Bezirk eindrangen, fragte sich Lynley, was Eve Bowen sich dabei gedacht haben konnte, ihre Tochter mutterseelenallein in diesem Viertel herumspazieren zu lassen. Es hätte ihn interessiert, ob sie selbst überhaupt je hiergewesen war.

»Das ist vielleicht eine gruselige Ecke«, bemerkte Nkata, Lynleys Gedanken in Worte fassend. »Was hat ein kleines Ding wie Charlotte Bowen in so einer Gegend verloren?«

»Ja, das ist die große Frage«, meinte Lynley.

»Mensch, im Winter muß die doch im Stockdunkeln hier rumgeirrt sein.« Nkata war empört. »Das verleitet ja förmlich...« Sein Schritt wurde schleppend, und schließlich blieb er ganz stehen. Er sah Lynley an, der drei Schritte vor ihm haltgemacht hatte. »Das verleitet ja förmlich zum Verbrechen«, schloß er nachdenklich und fügte lebhafter hinzu: »Glauben Sie, die Bowen hat über Chambers Bescheid gewußt, Inspector? Sie sitzt im Innenministerium direkt an der Quelle. Sie könnte den Mann auf eigene Faust überprüft und die gleichen Informationen über ihn bekommen haben wie wir. Sie könnte die Kleine zu ihm in die Musikstunde geschickt und dann die ganze Sache ausgeheckt haben. Sie hätte genau gewußt, daß wir früher oder später auf ihn stoßen würden – was wir ja gerade getan haben – und könnte damit gerechnet haben, daß wir uns dann voll auf ihn konzentrieren und sie darüber ganz vergessen.«

»Die Theorie ist nicht schlecht«, sagte Lynley, »aber wir sollten besser keine voreiligen Schlüsse ziehen, Winston. Sprechen wir erst einmal mit Chambers. St. James meint, er habe am Mittwoch abend etwas verheimlicht, und St. James hat für solche Dinge im allgemeinen ein gutes Gespür. Also, schauen wir mal, was es war.«

Sie hatten Damien Chambers nicht auf ihren Besuch vorbereitet. Aber er war zu Hause. Sie konnten die Klänge eines elektrischen Keyboards hören, die aus seinem kleinen Häuschen auf die Straße hinausschallten. Die Musik brach abrupt ab, als Lynley den Messingklopfer in Form eines Violinschlüssels gegen die Tür fallen ließ.

Ein schlaffer Vorhang am Fenster bewegte sich flüchtig, als von drinnen jemand einen Blick auf die Besucher warf. Einen Moment später wurde die Tür vorsichtig einen Spalt aufgezogen, und das blasse Gesicht eines jungen Mannes wurde sichtbar, schmal, von dünnem, brustlangem Haar umrahmt.

Lynley zückte seinen Dienstausweis. »Mr. Chambers?«

Chambers schien sich zu bemühen, keinen Blick auf den Ausweis zu werfen. »Ja.«

»Inspector Thomas Lynley, Kriminalpolizei, New Scotland Yard.« Lynley stellte Nkata vor. »Wir würden Sie gerne einen Moment sprechen.«

Obwohl Chambers über den Besuch wenig erfreut schien, trat er einen Schritt zurück und zog die Haustür ganz auf. »Ich sitze an der Arbeit.«

Im Zimmer lief ein Kassettenrecorder. Die wohltemperierte und unverkennbar geschulte Stimme eines Schauspielers war zu hören. »Die ganze Nacht hindurch tobte der Sturm ohne Unterlaß. Und während sie in ihrem Bett lag und daran dachte, was sie einander einmal bedeutet hatten, wurde ihr klar, daß sie ihn niemals würde vergessen –«

Chambers schaltete das Gerät aus. »Romankassetten«, sagte er erklärend. »Ich mache die Musikeinlagen zwischen den Szenen.« Er rieb sich die Hände an den Hosenbeinen seiner Jeans, als wollte er den Schweiß von ihnen abwischen. Nachdem er zwei Notenständer weggeschoben hatte und zwei Stühle von Notenblättern frei gemacht hatte, sagte er: »Nehmen Sie Platz, wenn Sie wollen.« Dann ging er durch eine Verbindungstür in die Küche nebenan und drehte das Wasser auf. Mit einem Glas Wasser, in dem eine Scheibe Zitrone schwamm, kehrte er zurück. Er stellte das Glas auf den Rand seines Keyboards und setzte sich an das Instrument, als wollte er weiterarbeiten. Er schlug einen Akkord an, ließ dann jedoch die Hände in den Schoß sinken.

»Sie sind wegen Lottie hier, nicht wahr?« sagte er. »Ich habe es fast erwartet. Ich habe mir schon gedacht, daß es bei dem einen Mann, der letzte Woche hier war, nicht bleiben würde, wenn sie nicht wiederauftauchen sollte.«

»Haben Sie denn erwartet, daß sie wiederauftauchen würde?«

»Ja, eigentlich schon. Sie hat immer gern Dummheiten gemacht. Als sie mir gesagt haben, daß sie verschwunden ist –«

»Sie?«

»Der Mann, der letzten Mittwoch abend hier war. Er war in Begleitung einer Frau.«

»Mr. St. James?«

»Ich kann mich an den Namen nicht erinnern. Die beiden waren im Auftrag von Eve Bowen hier. Sie haben Lottie gesucht.« Er trank einen Schluck von seinem Wasser. »Als ich den Bericht in der Zeitung sah – ich meine, was Lottie zugestoßen ist –, habe ich mir gleich gedacht, daß früher oder später jemand bei mir aufkreuzen würde. Darum sind Sie doch hier, oder nicht?« Er stellte die Frage beiläufig, aber sein Gesicht wirkte leicht besorgt, als erhoffte er sich von ihnen eher Beschwichtigung denn Aufklärung.

Einer direkten Antwort ausweichend, sagte Lynley: »Um welche Zeit ist Charlotte Bowen am Mittwochabend hier weggegangen?«

»Um welche Zeit?« Chambers sah auf seine Uhr, die mit einer Schnur an seinem mageren Handgelenk befestigt war. Daneben trug er ein geflochtenes Lederarmband. »Um kurz nach fünf, würde ich sagen. Wie üblich blieb sie noch ein bißchen, um zu plaudern, aber ich habe sie bald nach ihrer Stunde heimgeschickt.«

»War jemand unten auf der Straße, als sie ging?«

»Mir ist nicht aufgefallen, daß sich da jemand herumgetrieben hat, wenn Sie das meinen sollten.«

»Es war also niemand draußen, der sie hier weggehen sah.«

Chambers hob langsam die Füße unter seinem Stuhl hoch. »Worauf wollen Sie hinaus?« fragte er.

»Sie haben eben gesagt, es sei niemand auf der Straße gewesen, als Charlotte um kurz nach fünf hier wegging. Ist das richtig?«

»Ja, das habe ich gesagt.«

»Daraus folgt, daß niemand auf der Straße war, der Ihre Behauptung, daß sie Ihr Haus überhaupt verlassen hat, bestätigen oder widerlegen kann.«

Seine Zunge schnellte vor und glitt über seine Lippen. Als er wieder zu sprechen begann, färbte der Akzent seiner Heimatstadt Belfast seine hastig und mit wachsender Beunruhigung gesprochenen Worte. »Was soll das eigentlich heißen?«

»Kennen Sie Charlottes Mutter?«

»Natürlich kenne ich sie.«

»Dann wissen Sie auch, daß sie Parlamentsmitglied ist, richtig? Und außerdem Staatssekretärin im Innenministerium.«

»Ja, sicher. Aber ich verstehe nicht, was das –«

»Sie hätten sich nur die Mühe zu machen brauchen, sich über ihre politischen Ansichten zu informieren – und eine große Mühe wäre das wahrhaftig nicht gewesen, da Sie ja zu ihrem Wahlbezirk gehören –, und Sie hätten in Erfahrung bringen können, welchen Standpunkt sie bei gewissen kontroversen Fragen vertritt.«

»Ich habe mit Politik nichts am Hut«, entgegnete Chambers sofort, aber die absolute Reglosigkeit seines Körpers – jeden Nerv schien er angespannt zu haben, um sich nur ja nicht zu verraten – widersprach seinen Worten.

Lynley war sich der Tatsache bewußt, daß allein seine Anwesenheit in Chambers' Haus für diesen, den katholischen Iren, ein Alptraum sein mußte. Die Gespenster der »Birmingham Six« und der »Guildford Four« drängten sich in dem kleinen Zimmer, in dem die Luft zum Atmen schon aufgrund der bedrohlichen Anwesenheit Lynleys und Nkatas knapp wurde, die beide Engländer waren, beide Protestanten, beide gut über einen Meter achtzig groß, beide im Vollbesitz ihrer körperlichen Kräfte – und beide Polizeibeamte. Lynley spürte die Furcht des Iren.

»Wir haben uns mit der nordirischen Polizei unterhalten, Mr. Chambers«, sagte er.

Chambers erwiderte nichts. Er rieb einen Fuß am anderen und versteckte seine Hände unter seinen Achselhöhlen. Sonst jedoch blieb er ganz ruhig. »Das muß eine unheimlich langweilige Unterhaltung gewesen sein.«

»Den Leuten zufolge sind Sie ein Rowdy. Nicht direkt ein IRA-Anhänger, aber doch einer, den man im Auge behalten muß. Was glauben Sie, wie die auf diesen Gedanken kommen?«

»Wenn Sie wissen wollen, ob ich auf seiten der Sinn Fein stehe, dann ja, das tue ich«, entgegnete Chambers. »Aber das trifft auf die halbe Bevölkerung von Kilburn zu, warum fahren Sie also nicht rüber und machen denen die Hölle heiß? Kein Gesetz verbietet es, Partei zu ergreifen, richtig? Was kann das im übrigen jetzt noch für eine Rolle spielen? Die Wogen haben sich geglättet.«

»Partei zu ergreifen ist in Ordnung. Dabei gewalttätig zu werden ist aber etwas anderes. Und der nordirischen Polizei zufolge sind Sie gewalttätig geworden, Mr. Chambers. Ungefähr vom Tag Ihres zehnten Geburtstags an. Ich frage mich, ob Sie sich auf neue Einsätze vorbereiten? Vielleicht ist ja der Friedensprozeß nicht nach Ihrem Geschmack. Vielleicht finden Sie, daß die Sinn Fein Verrat begangen hat.«

Chambers stand auf. Nkata sprang auf die Beine, als wollte er ihn aufhalten. Er überragte den Musiklehrer um mehr als Haupteslänge und war weitaus kräftiger als dieser. Mit ihm konfrontiert, sagte Chambers: »Beruhigen Sie sich. Ich möchte mir nur was zu trinken holen. Was Stärkeres als Wasser. Die Flasche steht in der Küche.«

Nkata warf Lynley einen fragenden Blick zu. Der wies mit einer kurzen Kopfbewegung zur Küche. Nkata holte ein Glas und eine Flasche John Jameson.

Chambers schenkte sich einen kräftigen Schuß von dem Whisky ein. Er kippte ihn hinunter und schraubte die Flasche wieder zu. Einen Moment lang blieb er stehen, die Flasche in der Hand, in einer Haltung, die ahnen ließ, daß er überlegte, was für Möglichkeiten er hatte. Schließlich schob er sich das lange Haar aus dem Gesicht und kehrte an seinen Platz zurück. Auch Nkata setzte sich wieder. Anscheinend frisch gestärkt, um reinen Tisch zu machen, sagte Chambers: »Wenn Sie mit der nordirischen Polizei gesprochen haben, dann wissen Sie, was ich getan habe: Das, was jeder katholische Jugendliche in Belfast damals getan hat. Ich habe mit Steinen auf britische Soldaten geworfen. Ich habe Flaschen geworfen. Ich habe mit Mülleimerdeckeln geklappert. Ich habe Autoreifen angezündet. Ja, die Polizei hat mir deswegen kräftig auf die Finger geklopft, und mit meinen Freunden haben sie es nicht anders gemacht. Aber ich bin aus dieser Phase herausgewachsen, mir lag nichts mehr daran, die Soldaten zu reizen. Ich bin auf die Universität gegangen und habe Musik studiert. Ich habe keine Verbindungen zur IRA.«

»Warum unterrichten Sie gerade hier Musik?«

»Warum sollte ich es nicht tun?«

»Ihre Umwelt hier muß Ihnen doch manchmal sehr feindselig erscheinen.«

»Ja, hm, ich komme nicht viel raus.«

»Wann waren Sie das letztemal in Belfast?«

»Vor drei Jahren. Nein, vor vier. Zur Hochzeit meiner Schwester.« Er holte hinter einem Stapel Zeitschriften und Noten ein Foto im Passepartout hervor, das auf einem großen Stereo-Lautsprecher gestanden hatte. Er reichte es Lynley.

Das Bild zeigte eine große Familie, die sich um ein Brautpaar scharte. Lynley zählte acht Geschwister. Chambers, dessen Haltung Unbehagen ausdrückte, war am Rand, etwas abseits von den anderen, die alle Arm in Arm standen.

»Vier Jahre«, stellte Lynley fest. »Das ist eine ziemlich lange Zeit. Und von Ihrer Familie hält sich niemand hier in London auf?«

»Nein.«

»Und Sie haben sie seitdem nicht mehr gesehen?«

»Nein.«

»Das ist merkwürdig.« Lynley gab das Foto zurück.

»Wieso? Weil wir Iren sind, erwarten Sie wohl, daß wir ständig zusammenglucken?«

»Haben Sie sich mit Ihrer Familie zerstritten?«

»Ich habe mich vom katholischen Glauben getrennt.«

»Und warum?«

Chambers schob sich wieder die Haare hinter die Ohren. Er drückte auf mehrere Tasten seines elektrischen Keyboards und brachte einen dissonanten Akkord hervor. »Inspector«, sagte er, »Sie sind hergekommen, um mit mir über Lottie Bowen zu sprechen. Ich habe Ihnen gesagt, was ich weiß. Sie war zu ihrer Stunde hier. Danach haben wir geplaudert. Und dann ist sie gegangen.«

»Und keiner hat sie gesehen.«

»Das kann ich nicht ändern. Und dafür kann ich nichts. Wenn ich gewußt hätte, daß jemand vorhatte, sie zu entführen, hätte ich sie bis vor ihre Haustür gebracht. Aber ich hatte keinen Anlaß zu glauben, sie befände sich hier in irgendeiner Gefahr. Es gibt keine Einbrüche hier. Es gibt keine Straßenüberfälle. Keine Drogendealer an den Ecken. Ich habe sie mit gutem Gewissen allein nach Hause gehen lassen, und auf dem Weg ist ihr etwas zugestoßen. Das tut mir unglaublich leid, aber ich habe nichts damit zu tun.«

»Dafür hätten wir gern eine Bestätigung.«

»Und wo soll ich die bekommen?«

»Vielleicht von der Person, die am Mittwochabend, als Mr. St. James Sie aufgesucht hat, bei Ihnen im Haus war. Wenn außer Charlotte Bowen tatsächlich jemand hier bei Ihnen war. Würden Sie uns ihren Namen und ihre Adresse geben, bitte?«

Chambers' Kinn zog sich zusammen, als er nervös an der Innenseite seiner Unterlippe saugte. Sein Blick war abwesend, als betrachtete er etwas, was sonst niemand sehen konnte. Es war der Blick eines Menschen, der etwas besaß, was sich zu verbergen lohnte.

»Mr. Chambers«, sagte Lynley, »ich brauche Ihnen nicht zu sagen, wie ernst die Situation ist, in der Sie sich befinden. Sie haben früher, wenn auch nur aus der Ferne, mit der IRA sympathisiert. Das Kind, das entführt und dann ermordet wurde, war die Tochter einer Parlamentsabgeordneten, die für ihre feindselige Haltung der IRA gegenüber bekannt ist. Sie haben dieses Kind gekannt. Sie sind unseres Wissens der letzte, der es lebend gesehen hat. Wenn es jemanden gibt, der uns bestätigen kann, daß Sie mit Charlotte Bowens Entführung und Tod nichts zu tun haben, dann würde ich vorschlagen, daß Sie uns diese Person unverzüglich nennen.«

Wieder berührte Chambers die schwarzen Tasten des Keyboards, schlug mehrere Töne in beliebiger Reihenfolge an. Er stieß unterdrückt ein Wort aus, das Lynley nicht verstand, und sagte schließlich sehr leise und ohne die beiden Männer anzusehen: »Also gut, ich sag's Ihnen. Aber es darf auf keinen Fall publik werden. Wenn die Presse von der Sache Wind bekommt, geht alles in die Brüche. Und damit würde ich nicht fertigwerden.«

Wenn der Musiker nicht eine heimliche Liebesbeziehung zu einer Angehörigen der königlichen Familie oder der Ehefrau des Premierministers hatte, dachte Lynley, würde es für die Boulevardpresse wohl kaum von Interesse sein. Doch er sagte nur: »Ich pflege keinen Kontakt mit der Presse. Das ist im allgemeinen Aufgabe des Pressebüros von New Scotland Yard.«

Das war Chambers offenbar Beruhigung genug. Dennoch brauchte er einen weiteren Schluck John Jameson, ehe er zu sprechen begann.

Er sei am Mittwochabend nicht mit einer Frau zusammengewesen, bekannte er mit beharrlich gesenktem Blick. Es sei ein Mann gewesen. Sein Name sei Russell Majewski. Der Inspector kenne ihn vielleicht eher unter seinem Künstlernamen Russell Mane.

Nkata bemerkte zu Lynley: »Ein Fernsehschauspieler. Er spielt in einer Serie einen Bullen.«

Er spielte, führte Chambers aus, in einem blutrünstigen Melodram über Verbrechen, Schuld und Sühne, das in Süd-London angesiedelt war, einen Kriminalbeamten, der ständig auf Weiberjagd war. Die Serie war derzeit der große Renner bei ITV, und die Rolle hatte Russell Mane, wenn auch nicht gerade zum Megastar, so doch zu einem bekannten Schauspieler gemacht. Und das war es ja, was jeder Schauspieler sich wünschte: Anerkennung seines Talents. Mit der Anerkennung gingen jedoch gewisse Erwartungen einher; daß nämlich der betreffende Leinwand- oder Bildschirmheld im realen Leben wenigstens eine gewisse Ähnlichkeit mit der Person habe, die er verkörperte. Nur hatte Russell leider überhaupt keine Ähnlichkeit mit dem Schürzenjäger, den er spielte. Außer auf dem Bildschirm war er noch nie mit einer Frau zusammengewesen. Und darum achteten sie – Russell und Damien – so sorgfältig darauf, daß ihre Beziehung geheim blieb.

»Wir sind jetzt drei Jahre zusammen, fast vier.« Sein Blick wanderte überallhin, nur nicht zu Nkata oder Lynley. »Wir sind vorsichtig, weil wir genau wissen, wie die Leute sind.«

Russell lebe mit ihm in diesem Haus zusammen, schloß Chambers. Er drehe im Augenblick und werde voraussichtlich erst heute abend gegen neun oder zehn zurück sein. Aber wenn die Polizei ihn sprechen wolle ...

Lynley gab Chambers seine Karte. »Bitten Sie Mr. Mane, uns anzurufen.«

Als sie wieder draußen in der düsteren Straße standen und aus dem Fenster hinter ihnen erneut die Klänge des Keyboards ertönten, sagte Nkata: »Glauben Sie, er weiß, daß die Kollegen vom *Special Branch* ihn unter der Lupe haben?«

»Wenn er es bis jetzt nicht gewußt hat«, erwiderte Lynley, »wird er es sich jetzt denken können.«

Sie gingen in Richtung Marylebone Lane. Lynley überdachte, was sie bisher wußten. Sie hatten eine erhebliche Menge an Informationen und Indizien zusammengetragen: von Fingerabdrücken bis zu einem verschreibungspflichtigen Beruhigungsmittel; von einer Schuluniform, die in Wiltshire gefunden worden war, bis zu einer Brille, die in einem Auto in London entdeckt worden war. Es mußte zwischen all diesen Einzelheiten einen logischen Zusammenhang geben. Alles, was sie brauchten, war der klare Blick, der es ihnen ermöglichen würde, ein Muster zu erkennen. Letztendlich mußte alles, was sie in der Hand hatten, und alles, was sie wußten, zu einer Person führen. Zu der Person, die gewußt hatte, wer Charlotte Bowens leiblicher Vater war, die die Schlauheit besessen hatte, erfolgreich zwei Kinder zu entführen, und die Frechheit, dies am hellichten Tag zu tun.

Was also war das für ein Mensch? fragte sich Lynley. Es schien nur eine vernünftige Antwort auf diese Frage zu geben: Der Täter mußte jemand sein, der gewußt hatte, daß er, selbst wenn er mit den Kindern gesehen werden sollte, nicht unbedingt geschnappt werden würde.

Piranhas, dachte Eve Bowen. Anfangs hatte sie Hyänen gedacht, aber Hyänen waren von Natur aus Aasfresser, während Piranhas auf lebendiges – und vorzugsweise blutendes – Fleisch aus waren. Den ganzen Tag hatten die Reporter sie belagert, draußen vor ihrem Bezirksbüro und dem Innenministerium ebenso wie vor dem Parlament. Sie waren begleitet von ihren Kohorten – den Paparazzi und den Pressefotografen – und lungerten in Gruppen und Grüppchen auf dem Bürgersteig herum, wo sie Kaffee tranken, Zigaretten rauchten, Krapfen und Chips verdrückten und sich auf jeden stürzten, von dem sie glaubten, er könne ihnen etwas über Eve Bowens Schicksal, ihre Gemütsverfassung, ihre Reaktion auf die Enthüllungen Dennis Luxfords in der heutigen *Source* sagen. Sie feuerten Salven von Fragen ab und schossen mit ihren Fotoapparaten unzählige Bilder, und wehe dem Opfer ihrer Aufmerksamkeit, das versuchte, sein Gesicht zu schützen oder ihre Fragen mit einer scharfen Zurückweisung abzuwehren.

Eve hatte geglaubt, der vergangene Abend sei die Hölle gewesen. Aber jedesmal, wenn sich die Tür zu ihrem Bezirksbüro öffnete und das Stimmengewirr und das grelle Licht der Blitzlichter hereindrangen, wurde ihr von neuem klar: Die Stunden zwischen Dennis Luxfords Anruf und der Erkenntnis, daß sie nichts tun konnte, um die Veröffentlichung der Story zu verhindern, waren nur das Fegefeuer gewesen.

Sie hatte alles versucht. Sie hatte jede Schuld eingeklagt, stundenlang am Telefon gesessen und Richter, Anwälte und jeden politischen Verbündeten, den sie sich je gemacht hatte, angerufen. Jedes Telefonat hatte demselben Zweck gedient: die Veröffentlichung des Bekenntnisses in der *Source*, von dem Luxford behauptet hatte, es würde seinen Sohn retten, zu verhindern. Und jedes Gespräch hatte mit dem gleichen Resultat geendet: Es war nicht möglich, die Veröffentlichung der Story zu unterbinden.

Die ganze Nacht hindurch hatte sie Begründungen in allen Variationen dafür zu hören bekommen, warum eine gerichtliche Verfügung trotz aller Macht, die sie in der Regierung besaß, für sie nicht zu erwirken war.

Ob es sich bei dem fraglichen Zeitungsartikel – sie weigerte sich, ihrem jeweiligen Gesprächspartner nähere Details preiszugeben – tatsächlich um Verleumdung handle? Nein? Er schreibt also die Wahrheit? Tja, dann, meine Liebe, haben Sie leider gar keine Handhabe. Ja, natürlich, ich weiß, daß manche Dinge aus unserer Vergangenheit für unsere Gegenwart und unsere Zukunft manchmal peinlich sein können, aber wenn diese Dinge der Wahrheit entsprechen... Tja, da kann man nur Haltung bewahren, den Kopf hoch tragen und das eigene gegenwärtige Handeln für sich sprechen lassen, nicht wahr?

Man kann ja nicht gerade behaupten, daß das ein Tory-Blatt ist, nicht wahr, Eve? Ich meine, wenn der Chefredakteur der

Sunday Times oder der *Daily Mail* oder vielleicht auch des *Telegraph* die Absicht hätte, einen Artikel zu veröffentlichen, der eine Staatssekretärin ernsthaft in Mißkredit bringen könnte, dann hätte man eventuell den Premierminister bitten können, da mal kurz anzurufen und seinen Einfluß geltend zu machen. Aber die *Source* sei ja ausgesprochen links. Und man könne nun weiß Gott nicht erwarten, daß eine Labour-Zeitung mit ein bißchen verbalem Druck zu veranlassen sei, die Veröffentlichung einer Story zu unterlassen, die Stimmung gegen die Tories mache. Ganz im Gegenteil, sollte jemand versuchen, auf einen Mann wie Dennis Luxford Druck auszuüben, so würde das ganz zweifellos noch am selben Tag, an dem die fragliche Story herauskomme, in einem hämischen Leitartikel ausgeschlachtet werden. Und wie würde sich das ausnehmen? Was für ein Licht würde das auf den Premierminister werfen?

Diese letzte Frage war eine kaum verschleierte Aufforderung zum Handeln. Tatsächlich war mit ihr gemeint, was für ein Licht der Artikel in der *Source* letztlich auf den Premierminister werfen würde, der Eve Bowen doch höchstpersönlich zu ihrer derzeitigen politischen Machtstellung verholfen hatte. Tatsächlich war sie eine Weisung, bestimmte Maßnahmen zu ergreifen, sollte von diesem Bericht zu erwarten sein, daß er den Mann, der erst vor zwölf Tagen die Blamage hatte hinnehmen müssen, daß einer seiner Parteikollegen dabei ertappt worden war, wie er sich mit einem Strichjungen auf dem Rücksitz eines geparkten Autos vergnügt hatte, neuerlich öffentlichem Spott preisgeben würde. Die vom Premierminister propagierte Rückbesinnung auf die wahren britischen Grundwerte habe bereits einige schwere Schläge abbekommen, wurde Eve erklärt. Wenn Mrs. Bowen – die ja nicht nur Parlamentsabgeordnete war, sondern im Gegensatz zu Sinclair Larnsey auch noch Staatssekretärin – glaube, es bestünde auch nur die geringste Möglichkeit, daß der besagte Artikel in der *Source* den Premierminister von neuem in Verlegenheit bringen könne ... nun, Mrs. Bowen wisse zweifellos, welchen Weg sie dann einzuschlagen habe.

Natürlich wußte sie es. Sie sollte sich in ihr Schwert stürzen. Aber sie dachte nicht daran, dies ohne erbitterte Gegenwehr zu tun.

Am Morgen hatte sie sich mit dem Innenminister getroffen. Sie war noch bei Dunkelheit in Westminster angekommen, lange bevor die *Source* ausgeliefert wurde, Stunden vor ihrer normalen Ankunftszeit, und hatte so der Presse ein Schnippchen geschlagen. Sir Richard Hepton erwartete sie in seinem Büro. Er hatte offensichtlich einfach übergezogen, was ihm nach Eves Anruf um Viertel vor vier gerade in die Hände gefallen war. Sein weißes Hemd war zerknittert, die Hose gehörte zu einem Anzug, dessen Jackett fehlte. Statt dessen trug er eine Strickjacke. Er hatte keine Krawatte an und war unrasiert. Eve wußte, daß das seine Art war, sie wissen zu lassen, daß ihr Gespräch zwangsläufig kurz ausfallen würde. Er würde ja noch ausreichend Zeit brauchen, um nach Hause zurückzufahren, sich zu duschen und umzuziehen und auf den kommenden Tag vorzubereiten.

Es war ziemlich offensichtlich, daß er glaubte, ihr Anruf sei das Ergebnis zweier langer Tage der Trauer über den Tod ihrer Tochter. Er meinte, sie habe vor, tatkräftigeres Handeln von seiten der Polizei zu fordern, und er war gekommen, um sie zu besänftigen, so gut er konnte. Von den Hintergründen der Entführung und Ermordung ihrer Tochter hatte er keine Ahnung. Trotz seiner langen Erfahrung in der Regierung, die ihn eigentlich das Gegenteil hätte lehren müssen, nahm er an, daß der Schein – zumindest in seinem Ressort – *nicht* trog.

Er sagte: »Nancy und ich haben die Todesanzeige bekommen, Eve. Selbstverständlich werden wir an der Beerdigung teilnehmen. Wie kommen Sie zurecht?« Sein Blick war wachsam, als er die letzte Frage stellte und dann hinzufügte: »Die nächsten Tage werden nicht leicht sein. Gönnen Sie sich denn genug Ruhe?«

Wie die meisten Politiker stellte Sir Richard Hepton Fragen, die in Wirklichkeit einem ganz anderen Thema galten. Was er jetzt wissen wollte, war, warum sie ihn mitten in der Nacht angerufen hatte, warum sie ihn unbedingt sofort hatte sprechen wollen und vor allem, warum sie plötzlich beunruhigende Ansätze zeigte, sich wie eine hysterische Person zu benehmen. So etwas konnte er in seiner Regierung überhaupt nicht gebrauchen. Er war bereit, ihr eine gewisse Freiheit zu gestatten, da sie ja einen furchtbaren Verlust erlitten hatte, aber er wollte auf keinen Fall, daß durch die Schwere dieses Verlusts ihre kühle und vernünftige Effizienz erschüttert wurde.

»Die *Source* bringt morgen einen Bericht«, sagte sie, »genauer gesagt, heute, und davon wollte ich Sie im voraus unterrichten.«

»Die *Source*?« Hepton sah sie an, ohne eine Miene zu verziehen. Er spielte besser politisches Poker als jeder andere, den Eve kannte. »Was ist das für ein Bericht, Eve?«

»Ein Bericht über mich, über meine Tochter. Ein Bericht darüber, vermute ich, was zu ihrem Tod geführt hat.«

»Ich verstehe.« Er schob seinen Ellbogen auf die Armlehne seines Sessels. Das Leder knarrte leise, und durch das feine Geräusch erschien die Stille im Haus und auf den Straßen noch tiefer. »Gab es denn ...« Er hielt inne und machte ein nachdenkliches Gesicht, offenbar damit beschäftigt, eine Auswahl unter mehreren Schlußfolgerungen zu treffen. »Eve, hat es zwischen Ihnen und Ihrer Tochter Probleme gegeben?«

»Probleme?«

»Sie sagten, der Bericht befasse sich mit dem, was zu ihrem Tod geführt hat.«

»Hier geht es nicht um Kindesmißbrauch, falls Sie das meinen sollten«, erklärte Eve. »Charlotte ist nicht mißbraucht worden. Und was zu ihrem Tod geführt hat, hatte mit mir nichts zu tun. Jedenfalls nicht in diesem Sinn.«

»Dann erklären Sie mir vielleicht am besten, inwiefern Sie daran beteiligt sind.«

»Ich wollte Sie darauf vorbereiten«, begann sie, »weil es in der Vergangenheit so häufig vorgekommen ist, daß es die Regierung völlig überraschend getroffen hat, wenn die Boulevardpresse jemanden aus der Politik angegriffen hat. Ich wollte nicht, daß es in diesem Fall auch so ist. Ich möchte reinen Tisch machen, damit wir gemeinsam überlegen können, was als nächstes zu tun ist.«

»Vorauswissen ist eine nützliche Waffe«, gab Hepton zu. »Es hat mir stets geholfen, klarer zu sehen.«

Es entging Eve nicht, daß er aus ihrem »Wir« ein »Ich« gemacht hatte. Es entging ihr auch nicht, daß er nicht ein Wort zu ihrer Beruhigung gesagt hatte. Sir Richard Hepton witterte Unrat. Und wenn sich in seinem wohlgeführten Haus ein übler Geruch ausbreitete, wußte er genau, welche Fenster er zu öffnen hatte, um ihn zu vertreiben.

Sie begann zu sprechen. Es gab kein Mittel, die Geschichte in freundlicheren Farben zu malen. Hepton hörte schweigend zu, die Hände auf seinem Schreibtisch gefaltet. Sein Gesicht trug dieselbe Maske unverbindlicher Ausdruckslosigkeit zur Schau, die sie bei zahllosen Sitzungen in der Vergangenheit an ihm gesehen hatte. Als sie alle relevanten Einzelheiten ihrer kurzen Affäre mit Dennis Luxford in Blackpool berichtet hatte – und ebenso alle Einzelheiten in Zusammenhang mit Charlottes Entführung und späterer Ermordung –, wurde sie sich bewußt, wie stark ihr ganzer Körper sich versteift hatte. Sie konnte die Spannung in der krampfartigen Verhärtung ihrer Rückenmuskeln vom Hals bis hinunter zum Gesäß spüren. Sie versuchte, sich zu lockern, aber es gelang ihr nicht, sich einzureden, ihre Zukunft als Politikerin hinge nicht davon ab, wie dieser eine Mann ihr Verhalten vor fast elf Jahren interpretierte.

Als sie zum Ende ihrer Rede gekommen war, rollte Hepton seinen Ledersessel vom Schreibtisch weg und drehte ihn langsam zur Seite. Er hob den Kopf, als wollte er die Porträts der drei Monarchen und zwei Premierminister an der gegenüberliegenden Wand betrachten. Er strich sich über die Wange; die Stille war so tief, daß Eve das feine Kratzgeräusch seiner Schnurrbarthaare hören konnte, als er sie mit dem Daumen gegen den Strich schob.

Sie sagte: »Ich vermute, daß Luxford zwei Ziele verfolgt: Er möchte seine Auflage steigern und uns politischen Schaden zufügen. Er will den *Globe* unbedingt übertreffen. Und er will der Regierung eine Wunde schlagen. Mit dieser Story schafft er beides mit einem Streich.«

»Vielleicht. Vielleicht auch nicht«, meinte Hepton gedankenvoll. Eve konnte seinem Ton anhören, daß er die verschiedenen Möglichkeiten der Reaktion auf diesen Zeitungsbericht erwog. Schadensbegrenzung war oberstes Gebot.

»Selbstverständlich läßt sich das gegen Luxford selbst verwenden, Richard«, sagte sie. »Wenn ich hier als Heuchlerin hingestellt werde, was ist denn dann er? Und wenn die Polizei ihn als den Drahtzieher hinter Charlottes Entführung –«

Hepton hob den rechten Zeigefinger, um ihrer Rede Einhalt zu gebieten. Er blieb weiter in seine Überlegungen vertieft. Eve registrierte sehr wohl, daß er es unterließ, sie an diesen Überlegungen teilhaben zu lassen. Sie wußte, daß es in ihrem Interesse gewesen wäre, jetzt nichts mehr zu sagen, aber sie konnte sich nicht enthalten, einen letzten Versuch zu unternehmen, doch noch etwas zu retten.

»Lassen Sie mich mit dem Premierminister sprechen. Wenn er in vollem Umfang darüber unterrichtet ist, was dazu geführt hat, daß Dennis Luxford diesen Bericht schrieb, wird er ganz sicher –«

»Auf jeden Fall«, sagte Hepton langsam. »Der Premierminister muß unbedingt sofort erfahren, was geschehen ist.«

Tief erleichtert erwiderte sie: »Ich kann von hier aus direkt in die Downing Street gehen. Er wird mich bestimmt sofort empfangen, wenn er weiß, was auf dem Spiel steht. Und es ist besser, wenn ich jetzt gehe – solange es noch dunkel ist und bevor die Zeitungen ausgeliefert sind – und nicht warte, bis die Katze aus dem Sack ist und es überall von Reportern wimmelt.«

»Er muß sich morgen im Unterhaus einer Fragestunde stellen«, fuhr Hepton sinnend fort.

»Um so mehr Grund, ihn sofort zu unterrichten.«

»Die Opposition – ganz zu schweigen von der Presse – wird ihn abschlachten, wenn wir nicht vorsichtig sind. Er kann sich dieser Fragestunde auf keinen Fall aussetzen, bevor diese Angelegenheit geregelt ist.«

»Geregelt«, wiederholte Eve. Es gab nur eine Möglichkeit, die Angelegenheit innerhalb des Zeitraums zu »regeln«, den Hepton angesetzt hatte. Verzweifelt wiederholte Eve: »Lassen Sie mich mit ihm sprechen. Lassen Sie mich versuchen, ihm alles zu erklären. Wenn es mir nicht gelingt, ihn zu überzeugen –«

Hepton unterbrach sie, immer noch mit diesem sinnenden Ton in der Stimme. Eve erkannte, daß er damit Abstand zu ihr schuf. Es war der gleiche Ton, den ein Monarch angeschlagen hätte, der sich gezwungen sah, eine geliebte Person zum Tod zu verurteilen. »Nach dem Larnsey-Debakel muß der Premierminister vor der Öffentlichkeit konsequente Entschlossenheit zeigen, Eve. Gütiges Verständnis kann hier nicht in Frage kommen.« Erst jetzt sah er sie endlich an. »Das verstehen Sie doch, nicht wahr? Das sehen Sie doch ein?«

Sie fühlte, wie etwas in ihr losbrach, als ihr ihre Zukunft – so als wäre sie in ihren Muskeln, ihren Organen und ihrem Blut eingebettet gewesen – zu entgleiten begann. Jahre sorgfältiger Planung, Jahre angestrengten Bemühens, Jahre politischen Drähteziehens waren mit einem Schlag ausgelöscht worden. Was auch immer sie in der Zeit, die nun vor ihr lag, erschaffen würde, es würde keine politisch bedeutsame Persönlichkeit sein, das wußte sie.

Sir Richard Hepton schien zu spüren, was in ihr vorging. »Ich weiß«, sagte er, »ein Rücktritt ist ein schwerer Schlag, aber er bedeutet noch lange nicht, daß Sie keine Zukunft mehr haben. Sie können rehabilitiert werden. Sehen Sie sich John Profumo an. Wer hätte gedacht, daß ein Mann, der so viel Schande auf sich gehäuft hatte, zu so einer Kehrtwendung fähig wäre?«

»Ich habe nicht die Absicht, eine poplige Sozialarbeiterin zu werden.«

Hepton neigte den Kopf zur Seite und gab sich väterlich. »Das wollte ich auch gar nicht vorschlagen, Eve. Außerdem ist Ihre Tätigkeit in der Regierung ja nicht beendet. Sie haben immer noch Ihren Sitz im Unterhaus. Wenn Sie als Staatssekretärin zurücktreten, heißt das nicht, daß Sie alles verlieren.«

Nein. Nur das meiste, dachte Eve.

Sie hatte also den Brief geschrieben, wie es der Innenminister von ihr verlangt hatte. Sie hätte gern geglaubt, daß der Premierminister ihr Rücktrittsgesuch ablehnen würde, aber sie wußte, er würde es nicht tun. Die Menschen setzen ihr Vertrauen in die von ihnen gewählten Leitfiguren, würde er, auf der Treppe der Downing Street Nummer zehn stehend, feierlich tönen. Wenn dieses Vertrauen unterhöhlt ist, müssen die gewählten Führer abtreten.

Sie war das kurze Stück vom Innenministerium zu ihrem Büro am Parliament Square gelaufen. Sie war schon da, als ihr Assistent eintraf. Am raschen Abwenden seines Blickes sah Eve, daß Joel Woodward schon von der Story gehört hatte. Natürlich. Man hatte es sicherlich in den Morgennachrichten gebracht, und Joel sah sich stets die Nachrichten an, während er seine Frühstücks-Cornflakes aß.

Es zeigte sich schnell, daß auch alle anderen in dem großen Gebäude am Parliament Square von Luxfords Bekenntnis wußten. Niemand sprach sie an, die Leute nickten ihr kurz zu und sahen dann schnell weg, in ihrem Büro sprachen alle mit den ehrfürchtig gesenkten Stimmen derer, die gerade dem Tod begegnet sind.

Sobald die Telefonzentrale besetzt war, begannen die Anrufe der Reporter. Mit »Kein Kommentar« ließen sie sich nicht abspeisen. Sie wollten wissen, ob die Staatssekretärin die Behauptungen der *Source* zurückweisen würde. »Ein ›Kein Kommentar‹ gibt es nicht«, hatte einer von ihnen gesagt, wie Joel gewissenhaft berichtete. »Es ist entweder die Wahrheit oder eine Lüge, und wenn sie keine Verleumdungsklage anstrengt, dürfte ja wohl klar sein, woher der Wind weht.«

Joel wünschte, sie würde die Behauptungen der Zeitung

abstreiten. Er konnte nicht glauben, daß das Objekt, um das sich seine Karriereträume rankten, eine Seite hatte, die mit den erklärten Überzeugungen der Partei nicht recht zusammenpaßte.

Sie hörte erst gegen Mitte des Vormittags von Joels Vater. Und auch dann hörte sie nur durch Nuala von ihm, die sie vom Bezirksbüro aus anrief, um ihr mitzuteilen, daß Colonel Woodward den Vorstand der Bezirksgruppe zusammengerufen habe. Nuala zitierte ihr seine Aufforderung zu erscheinen und nannte ihr die Zeit, für die die Sitzung angesetzt war. Dann senkte sie die Stimme und sagte teilnahmsvoll: »Wie geht es Ihnen, Mrs. Bowen? Hier ist die Hölle los. Wenn Sie hier sind, dann versuchen Sie, durch den Hintereingang reinzukommen. Vorn auf der Straße wimmelt's von Reportern.«

Es war nicht besser geworden, als sie angekommen war. Jetzt, in ihrem Büro, wappnete sich Eve für das Schlimmste. Man hatte ihr ausrichten lassen, daß ihr Erscheinen zu den vorbereitenden Beratungen des Vorstands nicht erforderlich sei. Colonel Woodward hatte nur kurz bei ihr hereingeschaut und nach dem Namen des Vaters ihrer Tochter gefragt. Dabei hatte er sich weder um einen freundlichen Ton noch um eine beschönigende Formulierung bemüht. Er hatte die Frage herausgeblafft wie einen militärischen Befehl und Eve auf diese Weise deutlich gezeigt, wie der politische Hase lief.

Sie versuchte, sich auf die Tagesgeschäfte zu konzentrieren, aber es gab kaum etwas zu tun. Sie kam normalerweise nicht vor Freitag in das Bezirksbüro, darum wartete abgesehen von der Post keine Arbeit auf sie. Niemand außer den Reportern vertrat sich draußen die Beine, um mit der Abgeordneten zu sprechen. Sie las die Briefe, die auf ihrem Schreibtisch lagen, und beantwortete sie, und in den Pausen ging sie ruhelos auf und ab.

Zwei Stunden nach Beginn der Vorstandssitzung kam Colonel Woodward sie holen. Er sagte: »Wir möchten jetzt mit Ihnen sprechen«, machte sofort wieder auf dem Absatz kehrt und eilte ihr voraus ins Konferenzzimmer. Unterwegs wischte er sich mehrmals über die Schultern seines Fischgrätjacketts, um die Schuppen zu entfernen, an denen es ihm nicht mangelte.

Die Mitglieder des Vorstands saßen in Reih und Glied um einen rechteckigen Mahagonitisch, der voller Kaffeekannen, gebrauchter Tassen, Schreibblöcke und Stifte war. Es war sehr heiß im Zimmer – sowohl von der Körperwärme der versammelten Mannschaft als auch von der Hitze ihrer zweistündigen Diskussion –, und Eve hätte gern einen der Anwesenden gebeten, ein Fenster zu öffnen. Doch bei dem Gedanken an die Reporter draußen vor dem Haus ließ sie es sein. Sie setzte sich auf den freien Stuhl am unteren Ende des Tischs und wartete schweigend, bis Colonel Woodward an seinen Platz am Kopfende zurückgekehrt war.

»Luxford«, sagte er. Ebensogut hätte er »Hundescheiße« sagen können. Und dabei fixierte er sie unter buschigen Brauen, um sie das ganze Maß seiner – und somit auch des Vorstands – Mißbilligung erkennen zu lassen. »Wir wissen nicht, was wir davon halten sollen, Eve. Eine Affäre mit einem Feind der Monarchie. Einem Klatschreporter übelster Sorte. Einem Labour-Anhänger. Womöglich einem Kommunisten oder Trotzkisten oder wie sonst sich diese Leute nennen. Sie hätten keine abscheulichere Wahl treffen können.«

»Es ist lange her.«

»Wollen Sie damit sagen, daß er damals nicht so war, wie ich ihn beschrieben habe?«

»Im Gegenteil, ich will damit sagen, daß ich damals nicht die war, die ich heute bin.«

»Na, Gott sei Dank, kann ich da nur sagen«, bemerkte Colonel Woodward. Unruhe regte sich rund um den Tisch. Eve nahm sich einen Moment Zeit, um jedem der Anwesenden direkt ins Gesicht zu sehen. An der Bereitschaft oder dem Widerstreben jedes einzelnen, ihren Blick zu erwidern, konnte sie erkennen, wie es um ihre Zukunft stand. Sie gewann den Eindruck, daß die meisten auf Colonel Woodwards Seite waren.

»Ich habe vor langer Zeit einen Fehler begangen«, sagte sie, das Wort an alle gemeinsam richtend. »Ich habe für diesen Fehler teurer bezahlt, als jemals eine in der Öffentlichkeit stehende Person für eine Indiskretion bezahlen mußte: Ich habe mein Kind verloren.«

Darauf folgte allgemeines betretenes Gemurmel, und drei der Frauen gönnten ihr teilnahmsvolle Blicke. Colonel Woodward schaltete sich sofort ein, um einen möglichen Strom von Beileidsbekundungen, der sich zu einer Welle der Unterstützung hätte auswachsen können, im Keim zu ersticken. »Sie haben Schlimmeres getan, als einen Fehler zu begehen. Sie haben dieses Gremium belogen, Mrs. Bowen.«

»Ich glaube nicht, daß ich –«

»Lügen in Form von Unterlassung, Mrs. Bowen. Lügen in Form von Ausflüchten und Heuchelei.«

»Ich habe im Interesse meiner Wählerschaft gehandelt, Colonel Woodward. Ich habe mich mit aller Hingabe und allem Bemühen für meine Wählerschaft eingesetzt. Wenn es ein Gebiet gibt, auf dem ich den Belangen der Bürger von Marylebone nicht gerecht geworden bin, wäre ich Ihnen verbunden, wenn Sie mich darauf hinweisen würden.«

»Es geht hier nicht um Ihre politische Tüchtigkeit«, entgegnete Colonel Woodward. »Wir konnten diesen Sitz bei Ihrer ersten Parlamentswahl mit einer Mehrheit von gerade einmal achthundert Stimmen halten.«

»Die ich beim letztenmal auf zwölfhundert erhöht habe«, versetzte Eve. »Ich habe Ihnen von Anfang an gesagt, daß es Jahre braucht, eine Mehrheit, wie sie Ihnen vorschwebt, aufzubauen. Wenn Sie mir den Spielraum geben –«

»Den Spielraum wozu?« unterbrach Colonel Woodward scharf. »Sie sprechen doch nicht etwa davon, daß Sie Ihren Sitz behalten wollen?«

»Doch, genau davon spreche ich. Wenn ich jetzt zurücktrete, wird eine Nachwahl notwendig werden. Und was glauben Sie wohl, welchen Ausgang diese Nachwahl in dem gegenwärtigen politischen Klima nehmen wird?«

»Und wenn Sie nicht zurücktreten, wenn wir Sie nach diesem Skandal erneut für die Parlamentswahlen aufstellen, werden wir auf jeden Fall an Labour verlieren. Sie mögen über Ihre Fähigkeit, die Absolution der Wähler zu gewinnen, denken, wie Sie wollen; keiner von ihnen, Mrs. Bowen, wird vergessen, wie weit das Bild, das Sie von sich selbst entworfen haben, und die Realität auseinanderklaffen. Selbst wenn die Wähler großzügig genug wären, das zu vergessen, wird die Opposition, sollten wir Sie bei den nächsten Wahlen als unsere Kandidatin präsentieren, sich ein Vergnügen daraus machen, jedes unerquickliche Detail Ihrer Vergangenheit aus der Versenkung zu holen, um die allgemeine Erinnerung zu wecken.«

Die Worte »unerquickliches Detail« schienen im Raum widerzuhallen. Eve sah, wie die Mitglieder des Vorstands auf ihre Schreibblöcke, ihre Stifte, ihre Kaffeetassen hinunterblickten. Ihr Unbehagen war deutlich zu spüren. Keiner von ihnen wollte, daß diese Sitzung zum offenen Krieg ausartete. Aber wenn sie von ihr erwarteten, daß sie sich ihrem kollektiven Willen beugte, dann würden sie ihr diesen Willen schon klar und deutlich zur Kenntnis bringen müssen. Sie war nicht bereit, aus freien Stücken sofort zurückzutreten und damit ihren Sitz der Opposition zum Geschenk zu machen.

»Colonel Woodward«, sagte sie ruhig, »uns allen liegen die Interessen der Partei am Herzen. Wenigstens nehme ich das an. Was genau erwarten Sie also von mir?«

Er musterte sie argwöhnisch. Der zweite Satz ihrer Erwiderung verärgerte ihn. »Ich empfinde nichts als Ablehnung für Sie, Mrs. Bowen. Ich lehne Sie als Mensch ab, ich finde verabscheuungswürdig, was Sie getan haben, und ebenso verabscheuungswürdig finde ich die Art und Weise, wie Sie es verheimlichen wollten. Aber die Partei ist wichtiger als meine Abneigung gegen Sie.«

Eve merkte, daß es ihm ein Bedürfnis war, sie anzuprangern, und das so öffentlich, wie die Situation und ihr beiderseitiges Interesse an Schadensbegrenzung es erlaubten. Innerlich kochte sie vor Zorn, aber sie bewahrte eisige Ruhe.

»Ich bin ganz Ihrer Meinung, Colonel Woodward«, sagte sie kühl. »Die Partei ist das wichtigste.« Und wieder fragte sie: »Was also erwarten Sie von mir?«

»Wir haben nur eine Möglichkeit. Sie behalten Ihren Sitz im Parlament, bis der Premierminister die nächste Parlamentswahl ansetzt.«

»Und dann?«

»Dann sind wir fertig mit Ihnen. Dann haben Sie im Parlament nichts mehr zu suchen. Sie werden zugunsten des Kandidaten zurücktreten, den wir auswählen werden.«

Sie blickte um den ganzen Tisch herum. Ihr war klar, daß dieser Plan eine Kompromißlösung war, geboren aus dem Wunsch, ihren sofortigen Rücktritt zu verlangen, und der Einsicht, daß dann die Labour-Partei der lachende Dritte sein würde. Damit blieb ihr gerade so viel Zeit, wie der Premierminister noch herausschlagen konnte, ehe die Winde politischer Veränderung, die seit Monaten immer heftiger wehten, ihn zwangen, Neuwahlen anzuberaumen. Wenn es soweit war, würde ihre Karriere beendet sein. Aber eigentlich war sie schon in diesem Augenblick beendet. Eine Weile noch würde sie ihren Sitz im Unterhaus behalten, aber alle, die in diesem Raum versammelt waren, wußten, wer von ihnen in Wirklichkeit jetzt die Macht hatte.

»Sie haben mich nie gemocht, nicht wahr?« sagte sie zu Colonel Woodward.

»Mit gutem Grund«, antwortete der Colonel.

26

Als Barbara Havers St. Bernard gefunden hatte, fühlte sie, daß sie der Wahrheit näher kam. Das Dorf bestand aus einer Ansammlung von Bauernhöfen, kleinen Häusern und Stallungen, die an fünf im Ortskern zusammenlaufenden schmalen Straßen und holprigen Fahrwegen verteilt waren. Es hatte eine Quelle, einen Brunnen, ein winziges Postamt und eine Kirche. Diese Kirche hatte den Basar veranstaltet, auf dem Howard Short an der Ramschbude die Schuluniform Charlotte Bowens in einem Sack Lumpen erstanden haben wollte.

Aber es war nicht die Kirche, die Barbaras Interesse erregte. Es war die Lage des Dorfes selbst. Nicht einmal einen Kilometer südlich von ihm zog sich der Kennet & Avon-Kanal still und friedlich durch Wiesen und Maisfelder in Richtung Allington, das wenig mehr als drei Kilometer entfernt im Westen lag. Barbara unternahm eine kurze Rundfahrt um das Dorf, um sich dieser Einzelheiten zu vergewissern, ehe sie die Kirche ansteuerte. Als sie ihren Mini abgestellt hatte, ausgestiegen war und den Jauchegeruch in der Luft wahrgenommen hatte, war sie fest davon überzeugt, dem Killer auf der Spur zu sein.

Sie traf den Pastor und seine Frau im Garten eines Hauses mit schmalen hohen Fenstern an, das ein Schild als das Pfarrhaus auswies. Sie lagen beide vor einem üppig bepflanzten Blumenbeet auf den Knien, und im ersten Moment glaubte Barbara, sie seien ins Gebet vertieft. In respektvollem Abstand blieb sie am Tor stehen, bis sie die Stimmen der beiden hörte.

Der Pastor sagte gerade: »Die Ranunkeln müßten eine Pracht werden, meine Liebe, wenn das Wetter mitmacht.« Worauf seine Frau antwortete: »Aber mit den Maiglöckchen ist es vorbei. Die mußt du herausziehen. Bis zum Damenkränzchen möchte ich den Garten unbedingt in Ordnung haben, Schatz.«

Als sie diesen eindeutig untheologischen Austausch hörte,

rief Barbara einen Gruß und stieß das Tor auf. Der Pastor und seine Frau richteten sich auf und setzten sich auf die Fersen zurück. Sie knieten auf einer karierten Autodecke und hatten beide sorgsam ihre Schuhe ausgezogen. Beim Näherkommen sah Barbara, daß eine der schwarzen Socken des Pastors ein Loch hatte.

Sie hatten offenbar vorgehabt, den Garten gründlich auf Vordermann zu bringen. Vor ihren Knien war ein ganzes Arsenal blitzsauberer Gartengeräte aufgereiht. Sie lagen auf einem großen Stück Packpapier, auf dem, wie es aussah, ein Plan für die Anlage des Gartens aufgezeichnet war. Das Papier war voller Erdflecken, der Plan darauf war mit zahllosen Anmerkungen versehen. Der Pastor und seine Frau gaben sich der Gärtnerei anscheinend mit der Leidenschaft religiöser Eiferer hin.

Barbara stellte sich vor und zeigte ihren Dienstausweis. Der Pastor wischte sich die Hände ab und stand auf. Er half seiner Frau auf die Beine, und während sie ihr ergrauendes Haar richtete und ihren Leinenrock abklopfte, stellte er sich als Reverend Matheson vor und seine Frau als »meine Braut Rose«.

Seine Frau lachte scheu über diese Bezeichnung und legte ihre Hand auf den Arm ihres Mannes. Sie ließ sie abwärts gleiten, bis ihre Finger sich mit den seinen trafen und verschlangen. Der Pastor sagte zu Barbara: »Wie können wir Ihnen behilflich sein, junge Frau?«

Barbara erklärte, sie sei hergekommen, weil sie einige Fragen über den Basar habe, der kürzlich stattgefunden hatte, und Rose schlug daraufhin vor, sie könnten sich darüber ja unterhalten, während sie und ihr Mann ihrer Arbeit im Garten nachgingen. »Wissen Sie«, erklärte sie, »es ist schwer genug, meinem Mann ein Stündchen abzuluchsen, damit wir uns um unsere Pflanzen kümmern können. Zumal er so ziemlich alles tun würde, um nur ja nicht in den Blumenbeeten wühlen zu müssen. Sie verstehen, daß ich jetzt, wo ich ihn hier habe, das Eisen schmieden muß.«

Mr. Matheson machte ein beschämtes Gesicht. »Ich habe nun mal keinen grünen Daumen, Rose. Es hat unserem Herrn nicht gefallen, mich mit dem nötigen Talent auszustatten, das weißt du doch.«

»Allerdings«, versicherte Rose mit Inbrunst.

»Ich helfe gern mit«, sagte Barbara.

Rose war hocherfreut über das Angebot. »Wirklich?« Sie ging wieder auf der Autodecke in die Knie. Barbara glaubte, sie wollte ein Dankgebet dafür zum Himmel schicken, daß der Herr ihr eine Helferin gesandt hatte. Doch sie nahm nur einen Kultivator unter den Geräten heraus, reichte ihn Barbara und sagte dazu: »Zuerst lockern wir den Boden und ziehen das Unkraut heraus. Dann düngen wir. Das fördert das Wachstum der Pflanzen.«

»Gut«, sagte Barbara. Sie brachte es nicht übers Herz zu verraten, daß auch ihr der Herr keinerlei gärtnerisches Talent in die Wiege gelegt hatte. Zweifellos war die Pforte zum Paradies mit allerlei Grünzeug dekoriert, das sie im Lauf der Jahre gemeuchelt hatte.

Mr. Matheson ließ sich ebenfalls wieder auf der Decke nieder. Er begann, die Maiglöckchen aus der Erde zu rupfen, und warf die Überreste auf den Rasen. Während die beiden Seite an Seite mit Barbara arbeiteten, plauderten sie liebenswürdig über ihren Basar. Er wurde jedes Jahr veranstaltet und war, nach dem begeisterten Zulauf zu urteilen, das Ereignis des Jahres. Er diente ihnen dazu, das Geld zur Erneuerung der Kirchenfenster aufzubringen. »Wir möchten nämlich wieder Buntglasfenster«, erklärte Mr. Matheson. »Einige der Kirchenvorsteher beschuldigen mich zwar, mit diesen Fenstern allzusehr der Hochkirche nachzueifern –«

»Sie beschuldigen dich der Papisterei«, neckte seine Frau mit einem gutmütigen Lachen.

Mr. Matheson schleuderte zum Zeichen, was er von diesen Beschuldigungen hielt, ein Büschel Maiglöckchen über seine Schulter. »Aber wenn die Fenster erst da sind, werden sie anders denken, warte nur ab. Es kommt immer nur darauf an, woran man gewöhnt ist. Und wenn unsere jetzigen ungläubigen Thomase sich erst einmal daran gewöhnt haben, wie sich durch diese Fenster das Licht verändert und wie sich in diesem sanfteren Licht Kontemplation und Andacht entfalten... in einem Licht, wie sie es nie gesehen haben... es sei denn natürlich, sie waren einmal in Chartres oder in Notre Dame...«

»Ja, Schatz«, sagte Rose energisch.

Ihre Worte rissen den Pastor aus seiner Schwärmerei. Er zwinkerte kurz, dann lachte er leise. »Ich verfalle immer gleich in den reinsten Taumel, ich weiß.«

»Es ist schön, etwas zu haben, was einem wirklich am Herzen liegt«, bemerkte Barbara.

Rose jätete fleißig das Unkraut zwischen den Ranunkeln. »Ja«, sagte sie und riß kräftig an einem besonders hartnäckigen Löwenzahn. »Aber manchmal wünsche ich mir, meinem Mann lägen Dinge am Herzen, die etwas mehr mit unserer anglikanischen Kirche zu tun haben. Erst vor zwei Wochen hat er im Beisein des Erzdiakons so begeistert von der Westfassade der Kathedrale von Reims geschwärmt, daß ich dachte, der arme Mann bekäme gleich einen Schlaganfall.« Sie sprach mit tieferer Stimme weiter. »›A-aber, mein bester Matheson, das ist doch ein papistischer Bau.‹« Sie schnalzte tadelnd mit der Zunge. »Nein, war das eine Szene, die mein Mann da heraufbeschworen hat!«

Barbara gab ein angemessenes »Ts, ts« von sich, dann brachte sie das Thema wieder auf den Basar. Was sie interessiere, sei die Ramschbude, erklärte sie. In einem Lumpensack aus dieser Bude sei nämlich ein Kleidungsstück gefunden worden, eine Schuluniform, das im Zusammenhang mit einer Morduntersuchung von großer Bedeutung sei.

Mr. Matheson ließ Maiglöckchen Maiglöckchen sein und richtete sich auf. »*Mord*untersuchung?« wiederholte er ungläubig, während seine Frau zur selben Zeit und ebenso ungläubig rief: »Eine Schuluniform?«

»Es geht um das kleine Mädchen, das am Sonntagabend

drüben im Kanal gefunden wurde. Bei Allington. Haben Sie davon gehört?«

Aber natürlich hatten sie davon gehört. Wer hatte nicht davon gehört? Allington war ja nur einen Katzensprung entfernt, und es gehörte zu Mr. Mathesons Gemeinde.

»Aha«, sagte Barbara. »Nun, die Schuluniform, die unter den Lumpen gefunden wurde, hat dem kleinen Mädchen gehört.«

Rose zupfte tief in Gedanken an einem Unkraut, das in Barbaras Augen nicht viel anders aussah als die Pflanzen, die neben ihm wuchsen. Stirnrunzelnd schüttelte sie den Kopf. »Sind Sie sicher, daß es die Uniform des kleinen Mädchens war?«

»Sie war mit ihrem Namen gezeichnet.«

»In einem Stück?«

Barbara, die glaubte, sie spreche von dem Namensetikett, starrte sie verblüfft an. »Wie bitte?«

Ob die Uniform in einem Stück gewesen sei, wollte Mrs. Matheson wissen. Die Lumpen, erklärte sie, bestünden nämlich nie aus ganzen Kleidungsstücken. Die Lumpen wären... nun ja, eben Lumpen. Jedes Stück, das zum Verkauf als Kleidungsstück nicht mehr taugte, wurde zerschnitten. Diese Stoffteile wurden dann in Säcken gesammelt und auf dem Basar als Lumpen angeboten. Und niemals hätte sich ein unversehrtes Kleidungsstück unter ihre Lumpen verirren können, stellte Mrs. Matheson mit Nachdruck fest. Vor dem Basar pflegten sie und ihre Tochter – von der sie wie in einem Roman von Jane Austen als der »jungen Miß Matheson« sprach – den ganzen Ramsch Stück für Stück durchzusehen und eigenhändig zu zerschneiden. »Damit wollen wir verhindern, daß womöglich eins unserer Gemeindemitglieder beleidigt wird«, erklärte Mrs. Matheson. »Wenn jemand erführe, daß ein Nachbar sich über seine Spende mokiert hat... Nun, er würde wahrscheinlich überhaupt nichts mehr spenden, nicht wahr? Darum erledigen wir das selbst. Das haben wir schon immer so gehalten.« Und deshalb, schloß sie, während sie resolut ein

Büschel Klee attackierte, wäre eine Schuluniform in gutem Zustand ihr ganz sicher aufgefallen und bestimmt nicht im Lumpensack gelandet. Und wäre sie in schlechtem Zustand gewesen, so wäre sie genau wie alle anderen untauglichen Kleidungsstücke in viereckige Lappen zerschnitten worden.

Eine interessante Wendung, dachte Barbara. Sie stocherte mit ihrem Kultivator in der Erde herum, während sie sich diese Neuigkeit durch den Kopf gehen ließ, und sagte nach einer kleinen Weile: »Wann genau hat der Basar eigentlich stattgefunden?«

»Am letzten Sonntag«, antwortete Mrs. Matheson.

»Und wo?«

Auf dem Gelände der Kirche, antworteten die Mathesons im Chor. Und alles für die Ramschbude sei vier Wochen lang im Kirchenvorraum in großen Kartons gesammelt worden. Mrs. Matheson und ihre Tochter – die bereits erwähnte junge Miß Matheson – hätten sich jeden Sonntagabend gleich in der Krypta darangemacht.

»Da haben wir die Teile zerschnitten«, berichtete Mrs. Matheson. »Es ist einfacher, jede Woche ein bißchen was zu erledigen, als bis zum Schluß zu warten und dann die ganze Arbeit auf einmal machen zu müssen.«

»Eine gute Organisation ist der Schlüssel zu einem gelungenen Basar«, verkündete Mrs. Matheson. »Wir haben diesmal dreihundertachtundfünfzig Pfund und vierundsechzig Pence eingenommen, richtig, Rose?«

»Ja, das ist richtig. Aber die Stoffbälle in der Wurfbude waren vielleicht eine kleine Spur zu leicht. Dort sind nicht genug Preise gewonnen worden, und die Leute waren ein bißchen verdrossen.«

»Unsinn«, meinte ihr Mann geringschätzig. »Es geht doch um eine gute Sache. Und wenn die Fenster erst eingesetzt sind, werden die Leute sehen –«

»Ja, wir wissen es, Schatz«, sagte Mrs. Matheson bestimmt.

Da die Schuluniform nicht unter den Altkleidern gewesen sei, die durch Mrs. Mathesons Hände gegangen waren, wollte

Barbara wissen, wer Zugang zu den Säcken mit den sortierten und zugeschnittenen Teilen gehabt haben könnte.

Mrs. Matheson robbte auf der Spur eines Kriechunkrauts mit kleinen gelben Blüten ins Blumenbeet hinein. »Wer an die Säcke herangekommen sein könnte?« meinte sie. »Jeder, vermute ich. Wir haben sie in der Krypta aufbewahrt, und die Krypta ist nicht abgeschlossen.«

»Die Kirche auch nicht«, warf Mr. Matheson ein. »Das kommt mir nicht in Frage. Ein Gotteshaus sollte dem Reuigen, dem Bettler, dem Unglücklichen und dem Bekümmerten zu jeder Tages- und Nachtzeit offenstehen. Es ist doch absurd zu erwarten, daß das Bedürfnis der Gemeindemitglieder, mit Gott Zwiesprache zu halten, sich nach dem Stundenplan des Pfarrers richtet, finden Sie nicht auch?«

Barbara bestätigte, daß sie das auch finde. Und ehe der Pastor sich weiter über seine persönlichen Ansichten zur Religionsausübung auslassen konnte – wofür er sich offensichtlich schon aufwärmte, da er die Maiglöckchen wieder einmal links liegenließ und sich die Hände rieb –, fragte sie, ob ihm und seiner Frau in den Tagen vor dem Basar irgendwelche Fremde in der Gegend aufgefallen seien. Oder auch am Morgen des Basars, fügte sie hinzu.

Die Mathesons sahen einander an. Sie schüttelten die Köpfe. Beim Basar selbst, erklärte Mr. Matheson, kämen natürlich immer Leute, die man nicht kenne, da das Ereignis ja in jedem Weiler und jedem Dorf in der Nähe angekündigt werde, ganz zu schweigen von Marlborough, Wootton Cross und Devizes. Das sei schließlich auch der Sinn einer solchen Veranstaltung, nicht wahr? Abgesehen davon, daß man Geld lockermachen wolle, hoffe man immer, dem Herrn diese oder jene Seele wieder zuführen zu können. Und gäbe es ein besseres Mittel, das zu erreichen, als die verlorenen Seelen zu ermutigen, sich unter die schon geretteten zu mischen?

Das verkomplizierte die Dinge. Schlimmer noch, damit war alles wieder offen. »Es könnte sich also praktisch jeder an diese Lumpensäcke herangemacht, einen geöffnet und die Uniform hineingesteckt haben«, sagte Barbara. »Entweder schon in der Krypta oder kurz vor dem Basar oder auch während des Basars.«

Daß es während des Basars geschehen sei, halte sie für unwahrscheinlich, sagte Mrs. Matheson. Die Bude sei ja immer besetzt, und wenn ein Fremder einen der Säcke geöffnet hätte, dann hätte sie das ganz bestimmt gesehen.

Ob sie denn selbst an der Bude verkauft habe, fragte Barbara.

Mrs. Matheson bejahte. Und wenn sie selbst nicht dagewesen sei, fügte sie hinzu, habe die junge Miß Matheson sie vertreten. Ob Sergeant Havers vielleicht einmal mit ihr sprechen wolle.

Das wollte Barbara natürlich, vorausgesetzt, sie würde sich die Zunge nicht mehr als einmal an dem »junge Miß Matheson« brechen müssen. Aber sie wollte bei diesem Gespräch eine Fotografie von Dennis Luxford zeigen können. Wenn Luxford nach seinem Besuch in Baverstock vor einem Monat zu einem späteren Zeitpunkt noch einmal in Wiltshire gewesen war – wenn er sich in der letzten Woche in der Gegend von Stanton St. Bernard herumgetrieben hatte –, dann hatte ihn wahrscheinlich irgendjemand irgendwo gesehen. Also begann man mit der Suche nach diesem Jemand am besten gleich hier, an Ort und Stelle.

Sie erklärte dem Pastor und seiner Frau, daß sie noch einmal wiederkommen würde, um ihnen eine Fotografie zu zeigen. Auch ihre Tochter wolle sie das Bild sehen lassen. Um welche Zeit denn die junge Miß Matheson normalerweise von der Schule nach Hause komme?

Die Mathesons lachten und lieferten ihr sogleich die Erklärung für ihre Erheiterung. Die junge Miß Matheson gehe nicht mehr zur Schule, aber es freue sie, daß Barbara sie offensichtlich für jung genug halte, noch ein schulpflichtiges Kind im Haus zu haben. Man solle sich ja eigentlich auf sein Äußeres nichts einbilden, aber Sergeant Havers sei nicht die erste, der die erstaunliche Jugendlichkeit dieses Paares aufgefallen war, das sein Leben Gott gewidmet hatte. Aber so sei das eben, wenn man sein Leben darauf aufbaue, dem Herrn zu dienen, *und* sich viel an der frischen Luft aufhielt, wie sie das gerade taten –

»Natürlich«, sagte Barbara. »Wo kann ich Ihre Tochter dann finden?«

In der Barclay's Bank in Wootton Cross, antwortete Mrs. Matheson. Wenn Sergeant Havers der jungen Miß Matheson das Foto noch vor Feierabend zeigen wolle, brauche sie nur bei der Bank vorbeizuschauen. »Fragen Sie einfach nach Miß Matheson in der Abteilung für neue Konten«, sagte Mrs. Matheson stolz. »Sie hat dort eine sehr ordentliche Stellung.«

»Sie hat sogar ihren eigenen Schreibtisch«, ergänzte der Pastor ernsthaft.

Winston Nkata nahm den Anruf von Barbara Havers entgegen, darum bekam Lynley, der den Wagen fuhr, nur eine Seite des Gesprächs mit, die sich etwa so anhörte: »Genau ... Erstklassiger Schachzug, Sarge ... Ach, er war in Baverstock, wann denn? ... Hey, das ist echt gut ... Und wie sieht's mit den Booten aus?« Als das Gespräch beendet war, sagte Nkata: »Sie möchte, daß wir ihr ein Foto von Luxford nach Amesford faxen. Sie sagt, sein Kopf steckt schon in der Schlinge, und die zieht sich schnell zu.«

Lynley bog bei der ersten Gelegenheit links ab und manövrierte den Wagen durch Seitenstraßen nach Norden, in Richtung Highgate, wo Luxford seine Villa hatte. Während er fuhr, setzte Nkata ihn über die Aktivitäten Barbara Havers' in Wiltshire in Kenntnis. Zum Schluß sagte er: »Ist doch interessant, daß Luxford uns von seinem Trip nach Wiltshire im letzten Monat überhaupt nichts erzählt hat, hm?«

»Ja, das ist durchaus bemerkenswert«, stimmte Lynley zu.

»Wenn wir ihm nachweisen können, daß er ein Boot gemietet hat – das prüft Barbaras Süßer gerade nach –, dann –«

»Barbaras Süßer?« unterbrach Lynley fragend.

»Na, der Kerl, mit dem sie zusammenarbeitet. Ist Ihnen denn nicht aufgefallen, daß sie jedesmal eine ganz wuselige Stimme kriegt, wenn sie seinen Namen sagt?«

Lynley fragte sich, wie eine wuselige Stimme klang. Er sagte: »Nein, vom Stimmwusel habe ich nichts gemerkt.«

»Dann müssen Sie taub sein. Zwischen den beiden läuft was, todsicher.«

»Das sagt Ihnen der Klang von Barbaras Stimme?«

»Genau. Es ist ja auch ganz natürlich. Sie wissen doch, wie's ist, wenn man mit jemandem eng zusammenarbeitet.«

»Da bin ich mir nicht so sicher«, antwortete Lynley. »Sie und ich, wir sind jetzt seit ein paar Tagen fast dauernd zusammen, aber ich kann nicht glauben, daß ich besonders zärtliche Gefühle für Sie empfinde.«

Nkata lachte. »Warten wir's ab.«

Die Millfield Lane in Highgate war zum Feldlager der Journalisten geworden. Sie hingen vor Luxfords Haus wie eine Traube böser Erinnerungen, die sich nicht abschütteln ließen. Die Kulisse bildeten Übertragungswagen, Kameraleute, Fernsehscheinwerfer und drei Hunde, die sich knurrend um die von den Journalisten weggeworfenen Essensreste balgten. Auf der anderen Straßenseite, östlich der Highgate-Teiche, hatten sich Passanten, Nachbarn und diverse Gaffer versammelt. Und als Lynleys Bentley die Menge vor der Einfahrt zu Luxfords Grundstück auseinandertrieb, bremsten hastig drei Radfahrer und zwei Rollerblader ab und stürzten sich mit ins Getümmel.

Polizeibeamte am Tor zur Einfahrt hatten es bisher geschafft, die Presseleute in Schach zu halten. Aber als einer der Constables jetzt den Sägebock zur Seite zog, drängte sich ein Reporter, dem zwei Fotografen folgten, an ihm vorbei. Alle drei sprinteten zur Villa auf der Anhöhe hinauf.

Die Hand schon am Türgriff, fragte Nkata: »Soll ich diese Bande an die Leine nehmen?«

Lynley beobachtete, wie sie zum Säulengang rasten. Einer der Fotografen begann Aufnahmen vom Garten zu machen. »Die erreichen sowieso nichts«, sagte er. »Sie können sich darauf verlassen, daß Luxford nicht an die Tür kommen wird.«

»Da erfährt er wenigstens mal am eigenen Leib, wie es ist«, meinte Nkata, »wenn man von diesen Geiern verfolgt wird.«

»Ja, ein nettes ironisches Detail«, meinte Lynley, »wenn man so etwas mag.«

Er hielt hinter dem Mercedes an. Auf sein Klopfen öffnete ein Constable die Haustür. Der Reporter schrie an ihm vorbei: »Mr. Luxford! Ich vertrete die *Sun*. Würden Sie mir ein paar Fragen beantworten? Wie hat Ihre Frau reagiert, als sie heute morgen –«

Lynley packte den Mann am Kragen und schleuderte ihn zu Nkata hinüber, der ihm mit unverhohlenem Vergnügen einen kräftigen Stoß in Richtung Straße versetzte. Von lautem Geschimpfe über »rücksichtslose Polizeibrutalität« begleitet, traten sie ins Haus.

»Sie haben unsere Nachricht bekommen?« fragte der Constable kurz.

»Welche Nachricht?« erwiderte Lynley. »Wir waren im Auto. Winston war am Telefon.«

Der Constable erklärte mit gesenkter Stimme: »Es scheint sich was zu tun. Eben ist wieder ein Anruf gekommen.«

»Vom Entführer? Wann?«

»Es ist noch keine fünf Minuten her.« Der Constable führte sie ins Wohnzimmer.

Die Vorhänge waren zugezogen, um die Luxfords vor den Teleobjektiven der Fotografen zu schützen. Die Fenster waren geschlossen, um sie gegen Lauscher abzuschirmen. Doch das Resultat war eine Atmosphäre beklemmender Düsternis, die auch das Licht der Tischlampen nicht aufzuhellen vermochte. Im ganzen Haus war es totenstill. Auf Beistelltischen, Sitzkissen und Sesseln standen Teller mit Mahlzeiten, die größtenteils unberührt geblieben waren. Tassen mit kaltem Tee und überquellende Aschenbecher drängten sich auf einem Flügel neben einer aufgeschlagenen Ausgabe der *Source* dieses Tages.

Dennis Luxford saß, den Kopf in die Hände gestützt, in einem Sessel neben dem Telefon. Als die Polizeibeamten auf ihn zugingen, blickte er auf. Zur gleichen Zeit kam Inspector

John Stewart – einer von Lynleys Kollegen im Yard und der beste Mann für jede Aufgabe, die gewissenhafte Detailarbeit erforderte – aus der anderen Richtung ins Wohnzimmer. Um seinen dünnen, sehnigen Hals hing ein Kopfhörer, und er telefonierte gerade an einem Handy. Er nickte Lynley zu, sagte ins Telefon: »Ja... ja... verdammt noch mal. Vielleicht klappt's das nächstemal... Gut« und machte Schluß. Dann trat er zu Luxford. »Nichts, Mr. Luxford. Sie haben Ihr Bestes getan, aber die Zeit hat nicht gereicht.« Zu Lynley gewandt, fragte er: »Sie haben es gehört?«

»Im Moment. Was war denn?«

»Wir haben das Gespräch auf Band.« Er führte Lynley in die Küche. Auf einer Art Frühstücksbar, die zwischen einer Arbeitsplatte und einem Edelstahlherd in die Mitte des Raumes hineinragte, war eine Fangschaltung aufgebaut. Sie bestand aus einem Aufzeichnungsgerät, einem halben Dutzend Bandspulen, Kopfhörern, Kabeln und Drähten, die in alle Richtungen zu laufen schienen.

Stewart spulte das Band zurück und spielte es ab. Zwei Stimmen waren zu hören, beides Männerstimmen. Eine gehörte Luxford. Die andere klang guttural, als spräche der Anrufer tief aus der Kehle und mit fest zusammengebissenen Zähnen. Eine sehr wirksame Methode, um eine Stimme bis zur Unkenntlichkeit zu verzerren.

Das Gespräch war kurz, so kurz, daß es nicht möglich gewesen war, den Anruf zurückzuverfolgen.

»Luxford?«

»Wo ist mein Sohn? Wo ist Leo? Lassen Sie mich mit ihm sprechen!«

»Sie haben's falsch gemacht, Sie Scheißer.«

»Was habe ich falsch gemacht? Wovon sprechen Sie? Um Gottes willen –«

»Schnauze, Mann. Jetzt hören Sie mir mal gut zu. Ich will die Wahrheit. Die wahre Geschichte. Wenn die nicht kommt, stirbt der Junge.«

»Aber ich habe sie doch geschrieben. Haben Sie die Zeitung nicht gesehen? Es steht auf der ersten Seite. Ich habe getan, was Sie verlangt

haben. Ich habe mich genau an das gehalten, was Sie wollten. Jetzt geben Sie mir meinen Sohn, sonst –«

»Sie haben's falsch geschrieben, Sie Scheißer. Glauben Sie bloß nicht, ich wüßte es nicht. Entweder Sie machen's morgen richtig, oder Leo stirbt. Genau wie Lottie. Kapiert? Morgen – oder er stirbt.«

»Aber was –«

An dieser Stelle endete die Aufnahme. Das Gespräch war abgebrochen worden.

»Das ist alles«, sagte Stewart. »Die Zeit war zu kurz. Wir konnten nicht feststellen, woher der Anruf kam.«

»Was geschieht jetzt, Inspector?«

Lynley drehte sich nach der Stimme um. Luxford war an die Küchentür gekommen. Er war unrasiert, er sah ungewaschen aus, er hatte dieselben Kleider an wie am Vortag. Die Manschetten und der Kragen seines weißen Hemdes waren schmuddelig von seinem Schweiß.

»›Sie haben es falsch gemacht‹«, wiederholte Lynley. »Was soll das heißen?«

»Ich weiß es nicht«, antwortete Luxford. »So wahr ich hier stehe, ich weiß es nicht. Ich habe getan, was er von mir verlangt hat, bis ins kleinste. Ich weiß nicht, was ich noch hätte tun können. Hier.« Er hatte die *Source* von diesem Morgen bei sich und reichte sie Lynley. Er zwinkerte ein paarmal hastig. Seine Augen waren blutunterlaufen, die Lider rot.

Lynley sah sich die Zeitung genauer an, als er dies am Vormittag getan hatte. Die Schlagzeile und die Fotografie waren so eindeutig, wie der Kidnapper sie sich nur hätte wünschen können. Ein Blick auf sie, und der Leser brauchte sich kaum noch den Bericht vorzunehmen, den sie begleiteten. Und der Sprache, die Luxford bei der Abfassung seines Bekenntnisses verwendet hatte, zumindest auf der Titelseite, hätte selbst ein Schulkind folgen können. Als Lynley den Text überflog, sah er, daß schon der erste Absatz alle entscheidenden Fragen nach dem Wer, dem Wo, dem Wann, dem Warum und dem Wie beantwortete, und las gar nicht weiter, als er zum Ende des Teils auf der ersten Seite gelangt war.

»Genauso ist es meiner Erinnerung nach gewesen«, bemerkte Luxford. »Es kann sein, daß ich mich in irgendeinem Detail vertan habe. Es kann sein, daß ich etwas ausgelassen habe – ich kann mich beispielsweise nicht mehr an die Zimmernummer in dem Hotel erinnern –, aber alles, woran ich mich erinnern *kann*, ist in dem Bericht enthalten.«

»Und doch haben Sie es falsch gemacht. Was kann er damit gemeint haben?«

»Ich weiß es nicht. Das sag' ich Ihnen doch.«

»Haben Sie die Stimme erkannt?«

»Wie, zum Teufel, hätte ich diese verdammte Stimme erkennen sollen? Es hat sich ja angehört, als spräche er mit einem Knebel im Mund.«

Lynley blickte an ihm vorbei zum Wohnzimmer. »Wo ist Ihre Frau, Mr. Luxford?«

»Oben. Sie hat sich hingelegt.«

»Sie hat sich vor ungefähr einer Stunde sehr stark aufgeregt«, berichtete Stewart. »Daraufhin hat sie eine Tablette genommen und sich niedergelegt.«

Lynley nickte Nkata zu. Der sagte: »Ihre Frau ist oben, Mr. Luxford?«

Luxford, der offenbar die Absicht hinter der Frage erkannte, rief erregt: »Können Sie sie denn nicht in Frieden lassen? Muß sie das unbedingt jetzt erfahren? Wenn sie endlich ein bißchen schläft –«

»Sie schläft vielleicht gar nicht«, unterbrach Lynley. »Was für ein Mittel hat sie genommen?«

»Eine Beruhigungstablette.«

»Was für eine?«

»Das weiß ich nicht. Warum? Was soll das alles? So hören Sie doch. Ich bitte Sie, wecken Sie sie jetzt nicht, um ihr das zu sagen!«

»Sie weiß es vielleicht schon.«

»Sie weiß es schon? Woher denn?« Dann begriff Luxford plötzlich. »Sie können doch nicht immer noch glauben, daß Fiona etwas mit dieser Sache zu tun hat!« rief er. »Sie haben sie gestern selbst gesehen. Sie haben gesehen, in welcher Verfassung sie war. Sie ist keine Schauspielerin.«

»Sehen Sie nach ihr«, befahl Lynley Nkata, und der Constable ging. »Ich brauche ein Foto von Ihnen, Mr. Luxford«, fuhr Lynley fort. »Und ich möchte auch gleich eins von Ihrer Frau.«

»Wozu?«

»Für meine Mitarbeiterin in Wiltshire. Sie haben uns nicht gesagt, daß Sie erst kürzlich in Wiltshire waren.«

»Wann zum Teufel soll ich in Wiltshire gewesen sein?«

»Sagt Ihnen Baverstock etwas?«

»Baverstock? Sie meinen, als ich mir die Schule angesehen habe? Warum hätte ich Ihnen von einem Besuch in Baverstock erzählen sollen? Das hatte mit den Geschehnissen hier überhaupt nichts zu tun. Ich bin hingefahren, weil ich Leo anmelden wollte.«

Luxford warf Lynley einen scharfen Blick zu, als versuchte er zu erkennen, was dieser von seiner Erklärung hielt, und als er es sah, rief er ungläubig: »Mein Gott! Was ist hier eigentlich los? Was stehen Sie hier herum und starren mich an, als erwarteten Sie, daß mir gleich eine lange Nase wächst? Der Kerl wird meinen Sohn töten. Sie haben es doch gehört, oder nicht? Er wird ihn morgen töten, wenn ich nicht tue, was er verlangt. Wieso zum Teufel verschwenden Sie Zeit damit, meine Frau zu verhören, wenn Sie längst unterwegs sein und etwas tun könnten – ganz gleich, was –, um meinen Sohn zu retten? Ich schwöre bei Gott, wenn Leo etwas passiert ...« Er schien sich bewußt zu werden, wie heftig er keuchte, und brach ab. Tonlos sagte er: »O Gott, ich weiß nicht, was ich tun soll.«

Aber Inspector Stewart wußte, was er zu tun hatte. Er machte einen Küchenschrank auf, nahm eine Flasche Kochsherry heraus und goß etwas davon in ein Glas. »Trinken Sie das«, sagte er und reichte Luxford das Glas. Während dieser trank, kehrte Nkata mit Fiona Luxford zurück.

Wenn Lynley ernstlich vermutet hatte, Fiona Luxford sei in die Ermordung Charlotte Bowens und die spätere Entführung ihres eigenen Sohnes verwickelt, wenn er ernstlich vermutet hatte, sie habe mit einem schnurlosen Telefon irgendwo in diesem Haus den Anruf getätigt, so wurde diesen Vermutungen allein durch die äußere Erscheinung der Frau augenblicklich der Boden entzogen. Ihr Haar war stumpf und strähnig, das Gesicht verschwollen, ihre Lippen waren rissig. Sie hatte Leggings an und ein zerknittertes Herrenhemd, das vorn befleckt war, von Erbrochenem, wie es schien. Und tatsächlich ging ein säuerlicher Geruch von ihr aus. Um die Schultern hatte sie eine Wolldecke, in die sie sich, eher schutz- als wärmesuchend, hineinkuschelte. Als sie Lynley sah, blieb sie stehen. Dann bemerkte sie ihren Mann und schien ihm die Katastrophe vom Gesicht abzulesen. Ihr eigenes Gesicht verzog sich.

»Nein!« schrie sie. »Nein! Nein! Nein!« Immer schriller wurde der Ton der Angst in ihrer Stimme.

Luxford nahm sie in seine Arme. Stewart goß noch einmal Sherry ein. Lynley führte sie alle ins Wohnzimmer hinüber.

Behutsam drückte Luxford seine Frau aufs Sofa hinunter. Sie zitterte am ganzen Körper. Er zog die Decke enger um sie und hielt sie fest in seinem Arm.

»Leo ist nicht tot«, sagte er. »Fiona! Er ist nicht tot. Hörst du mich?«

Schwach lehnte sie sich an seine Brust. »Er muß solche Angst haben«, sagte sie leise. »Er ist doch erst acht...« Wie unter Schmerzen schloß sie die Augen.

Luxford drückte sachte ihren Kopf an seine Schulter. »Wir werden ihn finden«, versicherte er. »Wir holen ihn zurück.« Der Blick, den er auf Lynley richtete, fragte: Wie können Sie glauben, daß diese Frau die Entführung ihres eigenen Sohnes veranlaßt hat?

Lynley mußte zugeben, daß er selbst nicht an ihre Schuld glauben konnte. Seit er Fiona Luxford gestern nachmittag das erstemal gesehen hatte, als sie mit der Schulmütze ihres kleinen Sohnes in den Händen nach Hause gekommen war, hatte er nicht einen einzigen falschen Ton bei ihr entdeckt. Es bedurfte mehr als einer glänzenden Schauspielerin, um die Verzweiflung und die Angst, die sie ausstrahlte, so überzeugend darzustellen. Es bedurfte einer Soziopathin. Und seine Intuition sagte ihm, daß Leo Luxfords Mutter keine Soziopathin war. Sie war schlicht und einfach Leos Mutter.

Diese Erkenntnis jedoch tat nichts dazu, Dennis Luxford zu entlasten. An der Tatsache, daß man in seinem Porsche Charlottes Brille sowie Haare vom Kopf des Kindes gefunden hatte, war nicht zu rütteln. Gewiß, jemand konnte ihm diese Indizien untergeschoben haben, aber allein auf diese Möglichkeit hin war er aus dem Kreis der Verdächtigen nicht auszuschließen. Lynley behielt ihn aufmerksam im Auge, als er sagte: »Wir müssen Ihren Zeitungsbericht genau durchsehen, Mr. Luxford. Wenn Sie darin etwas falsch gemacht haben, müssen wir wissen, wie das kommt.« Luxford sah aus, als wollte er protestieren, als wollte er einwenden, daß sie ihre Zeit und ihre Kraft lieber darauf verwenden sollten, straßauf, straßab nach seinem Sohn zu suchen, anstatt in seinem Text nach einem Fehler zu suchen, um ihn korrigieren zu können und so vielleicht einen Mörder zu besänftigen. »Unsere Ermittlungen in Wiltshire machen Fortschritte«, erklärte Lynley, um diesem unausgesprochenen Protest zu begegnen. »Und wir sind auch hier in London ein Stück vorwärtsgekommen.«

»Inwiefern?«

»Unter anderem steht eindeutig fest, daß die Brille dem kleinen Mädchen gehört hat. Am selben Ort wurden Haare entdeckt, die ebenfalls von Charlotte Bowen stammen.« Was sich daraus ergab, sprach er nicht aus: Dennis Luxford bewegte sich auf sehr unsicherem Boden. Man konnte ihm deshalb nur raten, nach besten Kräften mit der Polizei zusammenzuarbeiten.

Die Botschaft kam bei Luxford an. Er war kein Dummkopf. Aber er sagte: »Ich weiß nicht, was ich sonst hätte schreiben können. Und mir ist unklar, was wir mit der Durchsicht des Textes überhaupt erreichen wollen.«

Seine Zweifel waren verständlich. »Vielleicht«, sagte Lynley, »hat sich in der Woche, die Sie und Eve Bowen zusammen in

Blackpool verbracht haben, irgend etwas ereignet. Etwas, was Sie vergessen haben. Diese Episode – eine Zufallsbegegnung, ein verpatztes Zusammentreffen, eine Verabredung, die Sie abgesagt oder nicht eingehalten haben – könnte für uns der entscheidende Hinweis auf die Person sein, die für das, was Charlotte und Ihrem Sohn zugestoßen ist, verantwortlich ist. Wenn wir entdecken können, was genau Sie in Ihrem Artikel ausgelassen haben, erkennen wir vielleicht eine Verbindung zu einer bestimmten Person, die wir bis jetzt noch nicht gesehen haben.«

»Dazu brauchen wir Eve«, sagte Luxford. Als seine Frau den Kopf hob, fügte er hinzu: »Es geht nicht anders, Fi. Ich habe alles niedergeschrieben, woran ich mich erinnere. Wenn ich etwas ausgelassen habe, kann nur sie mir das sagen. Ich muß mit ihr sprechen.«

Fiona drehte den Kopf. Ihr Blick war stumpf. »Ja«, sagte sie, aber ihre Stimme war wie tot.

Luxford wandte sich wieder an Lynley. »Aber nicht hier. Nicht vor dieser Meute da draußen. Bitte.«

Lynley gab Nkata seine Wagenschlüssel und sagte: »Holen Sie Mrs. Bowen ab. Fahren Sie sie ins Yard. Wir treffen Sie dort.«

Nkata ging. Lynley sah Fiona Luxford an. »Sie müssen in den kommenden Stunden stark sein, Mrs. Luxford«, sagte er. »Inspector Stewart bleibt bei Ihnen. Die Constables bleiben ebenfalls. Wenn der Entführer anrufen sollte, müssen Sie versuchen, das Gespräch auszudehnen, damit wir eine Chance haben, den Anruf zurückzuverfolgen. Der Mann mag ja ein Mörder sein, aber wenn Ihr Sohn gewissermaßen die letzte Karte ist, die er in der Hand hält, dann wird er ihm nichts zuleide tun, solange noch eine Möglichkeit besteht, daß er bekommt, was er will. Verstehen Sie?«

Sie nickte nur. Luxford berührte ihr Haar und sagte ihren Namen. Die Decke an die Brust gedrückt, richtete sie sich auf. Sie nickte noch einmal. Die Tränen schossen ihr in die Augen, aber sie weinte nicht.

»Ich brauche Ihren Wagen, John«, sagte Lynley zu Stewart.

Der warf ihm die Schlüssel zu. »Überfahren Sie gleich ein paar von den Schweinen da draußen, wenn Sie schon dabei sind.«

Luxford fragte seine Frau: »Kommst du allein zurecht? Soll ich jemanden für dich anrufen, ehe ich gehe?«

»Nein, geh nur«, erwiderte sie. Zumindest bei einem Thema schien ihr Verstand offenbar einwandfrei zu funktionieren. »Das einzig Wichtige ist jetzt Leo.«

27

Lynley hatte sich schon vorher überlegt, daß es kaum etwas bringen würde, das Gespräch mit Dennis Luxford und Eve Bowen in einem der Vernehmungszimmer zu führen. Das Fehlen von Fenstern, das Tonbandgerät und eine Beleuchtung, die darauf angelegt war, den Teint gelbstichig zu machen und die Nerven flattrig, hätten sie vielleicht etwas aus der Fassung gebracht. Aber es kam jetzt weniger darauf an, die Selbstsicherheit der beiden zu erschüttern, als ihre Bereitschaft zur Zusammenarbeit zu gewinnen. Deshalb führte er Luxford direkt in sein Büro, um dort mit ihm auf die Rückkehr Nkatas mit Eve Bowen zu warten.

Dorothea Harriman streckte Lynley einen Packen Telefonzettel entgegen, als die beiden Männer an ihrem Schreibtisch vorüberkamen, und sagte erklärend: »SO7 wegen des Hauses in der George Street. SO4 wegen Jack Beards Fingerabdrücken. Revier Wigmore Street wegen der Hilfspolizisten. Zwei Reporter– einer von der *Source*, der andere vom *Mirror* –«

»Woher haben die meinen Namen?«

»Ach, irgendeiner plappert doch immer, Inspector. Schauen Sie sich nur die Royals an.«

»Aber die plappern über sich selbst«, entgegnete Lynley.

»Tja, die Zeiten haben sich geändert.« Sie schwenkte die Telefonzettel. »Zweimal Sir David. Einmal Ihr Bruder – er sagt, Sie brauchen nicht zurückzurufen. Er wollte Sie nur wissen lassen, daß das Problem mit *Trefalwyns Molkerei* gelöst ist. Sagt Ihnen das etwas?« Sie wartete seine Antwort nicht ab. »Einmal Ihr Schneider. Mr. St. James dreimal. Sie möchten ihn so schnell wie möglich zurückrufen. Und Sir David läßt Ihnen ausrichten, er möchte seinen Bericht haben. Und zwar pronto.«

»Sir David möchte seine Berichte immer pronto haben.« Lynley nahm den Packen Zettel und stopfte ihn in seine Jakkentasche. »Kommen Sie«, sagte er zu Luxford und führte ihn in sein Büro, wo er ihn Platz zu nehmen bat. Er rief beim SO4 und beim SO7 an, um zu hören, was man über Jack Beard und das Haus in der George Street zu melden hatte. Die Informationen waren umfassend, aber nicht unbedingt hilfreich. Der Erkennungsdienst bestätigte, daß Jack Beard vorbestraft war, aber seine Fingerabdrücke stimmten mit denen, die man im Fall Bowen gesichert hatte, nicht überein. Der Teppich aus dem Haus in der George Street war untersucht worden, aber es würde mindestens noch eine Woche dauern, um alles zu analysieren, was man auf ihm gefunden hatte: Haare, Sperma, Blut, Urin und genug Essensreste, um eine ganze Schar Tauben satt zu kriegen.

Als Nkata mit Eve Bowen eintraf, übergab Lynley dem Constable die restlichen Zettel und die Fotografien Dennis Luxfords, die dieser ihm zur Verfügung gestellt hatte. Nachdem Nkata davongeeilt war, um das Foto an Barbara Havers in Wiltshire zu faxen, die Anrufe zu erledigen und einen Bericht zusammenzustellen, der den Assistant Commissioner bis zum nächsten Tag zufriedenstellen würde, schloß Lynley die Tür hinter ihm und wandte sich Eve Bowen und Dennis Luxford zu.

»War das wirklich nötig, Inspector Lynley?« fragte Eve Bowen scharf. »Ist Ihnen eigentlich klar, wie viele Fotografen nur darauf gewartet haben, den großen Moment, als Ihr Constable mich abholte, für die Nachwelt festzuhalten?«

»Wir hätten auch zu Ihnen ins Büro kommen können«, entgegnete Lynley. »Aber ich glaube nicht, daß Ihnen das recht gewesen wäre. Dieselben Fotografen, die Ihnen aufgelauert haben, als Sie mit Constable Nkata weggegangen sind, hätten sich die Gelegenheit, Mr. Luxford vor Ihrer Tür aufzunehmen, ganz sicher nicht entgehen lassen.«

Sie hatte bisher keine Notiz von Luxford genommen. Und sie tat es auch jetzt nicht. Sie ging ohne einen Blick auf ihn zu einem der beiden Sessel vor Lynleys Schreibtisch und setzte sich, so aufrecht, als hätte sie ein Lineal im Rücken. Sie trug ein schwarzes Mantelkleid, zweireihig mit goldenen Knöpfen besetzt, zweifellos die korrekte Kleidung für eine Politikerin, aber es war ungepflegt und zerknittert, und an einem ihrer schwarzen Strümpfe war unten am Knöchel der Beginn einer Laufmasche, die sich bald weiß ihr ganzes Bein hinaufzuziehen drohte.

Mit gefaßter Stimme, aber ohne Luxford anzusehen, sagte sie: »Ich bin von meinem Posten im Innenministerium zurückgetreten, Dennis. Und in Marylebone bin ich erledigt. Bist du jetzt zufrieden? Glücklich? Ist das nach deinem Geschmack?«

»Evelyn, es war *nie* –«

»Ich habe so ziemlich alles verloren«, unterbrach sie ihn. »Aber es besteht noch Hoffnung, wenn man dem Innenminister glauben kann. In zwanzig Jahren könnte ich, wenn ich sauber bleibe, ein weiblicher John Profumo werden. Bewundert, wenn auch weder geachtet noch gefürchtet. Ist das nicht wenigstens etwas, worauf man sich freuen kann?« Ihr kleines Lachen klang falsch.

»Ich habe mit dieser Sache nichts zu tun«, sagte Luxford. »Wie kannst du nach allem, was geschehen ist, noch glauben, daß ich für diese grauenhafte Geschichte verantwortlich bin?«

»Weil alles so gut zusammenpaßt. Eins, zwei, drei, vier. Charlotte wird entführt, dann kommt die Drohung, ich kapituliere nicht, Charlotte wird getötet. Das reichte, um die öffentliche Aufmerksamkeit auf mich zu lenken, genau dahin, wo du sie haben wolltest, und es bereitete den Weg für Schachzug Nummer fünf.«

»Und der wäre?« fragte Luxford.

»Das Verschwinden deines Sohnes und die sich daraus ergebende unausweichliche Notwendigkeit, mich zu vernichten.« Jetzt endlich sah sie ihn an. »Sag mir eins, Dennis: Wie steht es um die Auflage deiner Zeitung? Hast du es endlich geschafft, die *Sun* zu übertrumpfen?«

Luxford wandte sich ab von ihr. »Mein Gott«, sagte er nur.

Lynley setzte sich hinter seinen Schreibtisch und musterte

die beiden, die ihm gegenübersaßen. Luxford hockte zusammengesunken in seinem Sessel, unrasiert, das Haar ungepflegt, mörtelgrau im Gesicht. Eve Bowen verharrte in ihrer unnachgiebigen Haltung, ihre Züge so starr wie eine Maske, die auf ihr Gesicht aufgemalt war. Lynley fragte sich, was es kosten würde, ihre Hilfe zu gewinnen.

»Mrs. Bowen«, begann er ruhig, »ein Kind ist bereits tot. Ein zweites wird vielleicht sterben, wenn wir nicht sehr schnell handeln.« Er ergriff die Ausgabe der *Source*, die er aus Luxfords Haus mitgenommen hatte, und legte sie so auf den Schreibtisch, daß die Schlagzeile und Luxfords Bild den beiden direkt ins Gesicht starrten. Eve Bowen warf nur einen angewiderten Blick auf das Blatt und sah weg.

»Das ist es, worüber wir sprechen müssen«, sagte Lynley zu ihr. »Dieser Bericht enthält entweder einen Fehler, oder aber es fehlt etwas. Wir müssen wissen, was es ist. Und um das herauszubekommen, brauchen wir Ihre Hilfe.«

»Wieso? Braucht Mr. Luxford für morgen einen neuen Aufmacher? Kann er sich den nicht selbst zurechtschneidern? Bis jetzt ist ihm das doch sehr gut gelungen.«

»Haben Sie den Artikel gelesen?«

»Mir liegt nichts daran, mich im Dreck zu suhlen.«

»Dann bitte ich Sie, ihn jetzt zu lesen.«

»Und wenn ich ablehne?«

»Ich kann mir nicht vorstellen, daß Sie, die Sie gerade Ihre Tochter verloren haben, den Tod eines achtjährigen Jungen auf dem Gewissen haben möchten, wenn Sie etwas tun können, um ihn zu verhindern. Aber dazu wird es kommen, der Junge wird sterben – machen Sie sich da nichts vor –, wenn wir nicht jetzt etwas unternehmen, um es zu verhindern. Bitte lesen Sie den Bericht.«

»Ich lasse mich doch von Ihnen nicht für dumm verkaufen! Mr. Luxford hat erreicht, was er wollte. Er hat seine Schlagzeile. Er hat mich ruiniert. Er kann das bißchen, was von mir übriggeblieben ist, noch tagelang weiter auseinandernehmen und neue Storys daraus fabrizieren, und ich zweifle keinen

Moment daran, daß er das auch tun wird. Aber eins wird er gewiß nicht tun – seinen eigenen Sohn ermorden.«

Luxford sprang auf und packte die Zeitung. »Lies es!« fuhr er sie an. »Lies den gottverdammten Artikel. Glaub meinetwegen, was du willst, denk, was du willst, aber lies jetzt endlich den Artikel oder ich werde –«

»Was wirst du?« fragte sie. »Auf den Rufmord einen echten Mord folgen lassen? Bist du dazu überhaupt fähig? Könntest du mit dem Messer zustoßen? Könntest du abdrücken? Oder würdest du den Job wieder von einem deiner Handlanger erledigen lassen?«

Luxford schleuderte ihr die Zeitung auf den Schoß. »Du machst dir die Realität wirklich zurecht, wie du sie brauchst. Ich habe es restlos satt zu versuchen, dir die Wahrheit vor Augen zu halten. Lies den Artikel, Evelyn. Du wolltest nichts unternehmen, um unsere Tochter zu retten, und ich besitze nicht die Macht, daran etwas zu ändern. Aber wenn –«

»Wie kannst du es wagen, von ihr als *unserer* Tochter zu sprechen! Wie kannst du es wagen, auch nur anzudeuten –«

»Aber wenn ...« Luxfords Stimme wurde lauter. »Aber wenn du glaubst, ich werde hier tatenlos herumsitzen und darauf warten, daß mein Sohn das nächste Opfer eines Psychopathen wird, dann hast du dich gründlich in mir getäuscht. Also – lies jetzt den verdammten Artikel. Lies ihn sofort und lies ihn genau, und sag mir dann, wo ich etwas falsch gemacht habe, damit ich Leo retten kann. Denn wenn Leo stirbt ...« Luxford versagte plötzlich die Stimme. Er stand auf und ging zum Fenster. Das Gesicht dem Glas zugewandt, sagte er: »Du hast Grund genug, mich zu hassen. Aber räche dich nicht an meinem Sohn.«

Eve Bowen beobachtete ihn etwa auf die gleiche Art, wie ein Wissenschaftler ein Versuchstier beobachtet, dessen Verhalten ihm irgendwelche praktischen Erkenntnisse liefern soll. Eine Karriere, die sie gelehrt hatte, jedem zu mißtrauen, alles mit sich selbst auszumachen und immer die Augen offenzuhalten, um nicht von einem Dolchstoß in den Rücken getroffen zu werden, hatte ihr die Fähigkeit geraubt, irgend jemandem zu glauben. Tief verwurzelter Argwohn – Fluch und Notwendigkeit eines Lebens in der Politik – hatte sie in ihre gegenwärtige Lage getrieben und sie nicht nur um ihre Stellung gebracht, sondern auch auf grausamste Weise ihr Kind um sein Leben. Lynley sah klar, daß ebendieses Mißtrauen und die Feindseligkeit, die sie dem Mann entgegenbrachte, der sie geschwängert hatte, sie daran hinderte, den Sprung ins Vertrauen zu wagen, der es ihr ermöglichen würde, ihnen zu helfen.

Aber damit konnte er sich nicht abfinden. Er sagte: »Mrs. Bowen, der Entführer hat sich heute gemeldet. Er hat gedroht, den Jungen zu töten, wenn Mr. Luxford die Fehler, die sein Artikel angeblich enthält, nicht korrigiert. Sie brauchen Mr. Luxfords Worten nicht zu glauben. Aber ich bitte Sie jetzt, meinem Wort zu glauben. Ich habe die Aufzeichnung des Telefongesprächs gehört. Sie wurde von einem meiner Kollegen gemacht, der sich im Haus befand, als der Anruf kam.«

»Das hat überhaupt nichts zu bedeuten«, sagte Eve Bowen. Aber ihr Ton war jetzt nicht mehr so sicher wie bei ihren früheren Ausführungen.

»Nein. Da haben Sie recht. Es gibt Dutzende von Möglichkeiten, einen Anruf vorzutäuschen. Aber nehmen wir für den Moment einmal an, daß der Anruf echt war – möchten Sie den Tod eines zweiten Kindes auf der Seele haben?«

»Ich habe mir nichts vorzuwerfen. Ich habe getan, was ich tun mußte. Ich habe richtig gehandelt. Mich trifft keine Schuld. Er –« Sie hob die Hand und wies auf Luxford. Zum erstenmal zitterte die Hand leicht. Sie schien es zu bemerken und senkte sie hastig zu ihrem Schoß, auf dem die Zeitung lag. »Er ... nicht ich ...« Sie schluckte, starrte ins Leere und sagte schließlich noch einmal: »Nicht ich.«

Lynley wartete. Luxford, der immer noch am Fenster stand, drehte sich um. Er wollte etwas sagen, aber Lynley warf ihm einen Blick zu und schüttelte den Kopf. Von draußen konnte er das Läuten der Telefone und Dorothea Harrimans Stimme hören. Doch hier drinnen war es grabesstill, und mit angehaltenem Atem dachte er, nun komm schon, komm endlich. Verdammt noch mal, komm schon, Weib.

Sie knüllte die Ränder der Zeitung zusammen. Sie schob ihre Brille fester auf die Nase. Und dann begann sie zu lesen.

Das Telefon läutete. Lynley hob hastig ab. Sir David Hilliers Sekretärin meldete sich. Wann der Assistant Commissioner von seinem Untergebenen den fälligen Bericht über den neuesten Stand der Untersuchung erwarten könne. Wenn er geschrieben ist, antwortete Lynley und knallte den Hörer auf.

Eve Bowen blätterte zur Fortsetzung des Artikels auf der zweiten Seite um. Luxford blieb, wo er war. Als sie fertig gelesen hatte, verharrte sie einen Moment reglos, die Hand auf der Zeitung, den Kopf gerade so weit erhoben, daß ihr Blick auf der Kante von Lynleys Schreibtisch ruhte.

»Er hat gesagt, ich hätte es falsch gemacht«, erklärte Luxford leise. »Er hat gesagt, ich müßte es bis morgen richtigstellen, sonst würde er Leo töten. Aber ich weiß nicht, was ich ändern soll.«

»Du hast nichts falsch gemacht.« Auch jetzt sah sie ihn nicht an, und ihre Stimme war gedämpft.

»Hat er etwas ausgelassen?« fragte Lynley.

Sie strich glättend über das Blatt. »Zimmer siebenhundertzehn«, sagte sie. »Gelbe Tapeten. An der Wand über dem Bett ein Aquarell von Mykonos. Eine Minibar mit sehr schlechtem Champagner. Darum haben wir etwas von dem Whisky und den ganzen Gin getrunken.« Sie räusperte sich. Noch immer haftete ihr Blick an der Schreibtischkante. »Zweimal haben wir uns spätabends zum Essen getroffen. Einmal waren wir in einem Restaurant namens *La Château*. Das andere Mal bei einem Italiener. *San Filippo*. Da war ein Geiger, der so lange an unserem Tisch gespielt hat, bis du ihm fünf Pfund gegeben hast.«

Luxford schien nicht fähig, den Blick von ihr zu wenden. Es war quälend, ihn anzusehen.

Sie fuhr fort: »Wir haben uns immer lange vor dem Frühstück getrennt. Aus Vorsicht. Aber am letzten Morgen haben wir das nicht getan. Es war vorbei, aber wir wollten den Moment der Trennung hinausschieben. Wir haben uns das Frühstück aufs Zimmer bestellt. Es kam spät. Es war kalt. Du hast die Rose aus der Vase genommen und ...« Sie nahm ihre Brille ab und klappte sie zusammen.

»Evelyn, es tut mir leid«, sagte Luxford.

Sie hob den Kopf. »Was tut dir leid?«

»Du hast damals gesagt, du wolltest nichts von mir haben. Du wolltest nichts von mir wissen. Ich konnte nicht mehr tun, als ihr ein Bankkonto einzurichten – jeden Monat habe ich Geld für sie auf dieses Konto überwiesen –, damit sie, falls mir etwas zustoßen sollte – wenn sie je etwas brauchen sollte ...« Ihm schien bewußt zu werden, wie sinnlos und erbärmlich sein Versuch, Verantwortung zu übernehmen, im Licht der Ungeheuerlichkeit der Ereignisse der letzten Woche gewesen war. »Ich hatte keine Ahnung«, sagte er. »Ich habe nie daran gedacht –«

»Woran?« fragte sie scharf. »Woran hast du nie gedacht?«

»Daß diese Woche dir mehr bedeutet haben könnte, als mir damals bewußt war.«

»Sie hat mir nichts bedeutet. Du hast mir nichts bedeutet. Du bedeutest mir auch heute nichts.«

»Natürlich nicht«, sagte er. »Das weiß ich. Natürlich.«

»Können Sie uns sonst noch irgend etwas sagen?« fragte Lynley.

Sie setzte ihre Brille wieder auf. »Was ich gegessen habe, was er gegessen hat. Wie viele Positionen wir ausprobiert haben. Was spielt das alles für eine Rolle?« Sie reichte Lynley die Zeitung zurück. »Es gibt aus dieser Woche in Blackpool sonst nichts, was irgend jemanden interessieren könnte, Inspector. Das Spannende steht schon alles schwarz auf weiß in diesem Blatt: Fast eine Woche lang hat Eve Bowen mit dem linken Redakteur dieses widerlichen Schmierblatts gevögelt. Und die nächsten elf Jahre hat sie so getan, als wäre es nie passiert.«

Lynley richtete seine Aufmerksamkeit auf Luxford. Er ließ sich noch einmal die Worte des aufgezeichneten Telefongesprächs durch den Kopf gehen. Es schien in der Tat nichts zu geben, was man hätte veröffentlichen können, um die Staatssekretärin und Parlamentsabgeordnete Eve Bowen noch tiefer in den Ruin zu stürzen, als das bereits geschehen war. Damit blieb nur eine Möglichkeit, so unwahrscheinlich diese Möglichkeit auch zu sein schien: Der Entführer hatte es gar nicht auf Eve Bowens Vernichtung abgesehen.

Er begann, die Akten und Berichte auf seinem Schreibtisch durchzusehen. Fast ganz unten, unter den Papierbergen begraben, fand er die Fotokopien der beiden ersten Entführerschreiben. Die Originale waren noch zur schwierigen und langwierigen Abnahme eventueller Fingerabdrücke beim SO7 im Labor.

Er las noch einmal den Brief, den Luxford erhalten hatte, erst für sich, dann laut: »›Verwenden Sie die Titelseite, um Ihr erstgeborenes Kind anzuerkennen, und Charlotte wird freigelassen.‹«

»Ich habe sie anerkannt«, sagte Luxford. »Ich habe Charlotte als meine Tochter anerkannt. Was soll ich denn noch tun?«

»Wenn Sie das alles getan haben und es dennoch falsch gemacht haben, gibt es nur eine denkbare Erklärung«, meinte Lynley. »Charlotte Bowen war nicht Ihr erstgeborenes Kind.«

»Was?« rief Luxford. »Was sagen Sie da?«

»Ich finde, das ist doch ziemlich klar. Sie haben noch ein Kind, Mr. Luxford. Und irgend jemand weiß, wer dieses Kind ist.«

Als Barbara Havers gegen Abend nach Wootton Cross zurückkehrte, hatte sie die Fotografie von Dennis Luxford bei sich, die Nkata ihr nach Amesford gefaxt hatte. Sie war körnig – und die Qualität der Aufnahme war durch mehrfaches Fotokopieren nicht besser geworden –, aber sie würde ausreichen müssen.

In Amesford hatte sie sich alle Mühe gegeben, einen weiteren Zusammenstoß mit Sergeant Reg Stanley zu vermeiden.

Der Detective Sergeant war im Ereignisraum hinter einer Mauer von Telefonbüchern verbarrikadiert gewesen, und da er gerade einen Telefonhörer ans Ohr gedrückt hielt und in die Sprechmuschel blaffte, während er sich gleichzeitig mit seinem obszönen Frauenhintern-Feuerzeug eine Zigarette anzündete, hatte Barbara es geschafft, mit einem kollegialen und absolut nichtssagenden Nicken an ihm vorbeizukommen, um sich auf die Suche nach ihrem Fax aus London zu begeben. Nachdem sie es gefunden und ihre Kopien gemacht hatte, hatte sie Robin aufgestöbert, der seine Runde durch die Bootsverleihe mittlerweile abgeschlossen hatte. Er hatte drei Möglichkeiten ausgemacht und schien ganz versessen darauf, sie mit ihr zu diskutieren, aber sie hatte nur gesagt: »Na großartig. Gut gemacht, Robin. Jetzt fahren Sie noch mal zu Ihren drei Kandidaten zurück und zeigen ihnen das hier.« Damit hatte sie ihm das fotokopierte Bild von Dennis Luxford in die Hand gedrückt.

Er hatte es sich angesehen. »Luxford?« hatte er gefragt.

»Luxford«, bestätigte Barbara. »Unser erster Anwärter auf die Rolle des Staatsfeinds Nummer eins.«

Robin hatte die Fotografie einen Moment lang betrachtet, ehe er sagte: »Also schön. Dann werd' ich mal sehen, ob ihn bei den Bootsverleihen jemand wiedererkennt. Und was haben Sie jetzt noch vor?«

Sie sagte ihm, sie verfolge immer noch die Spur von Charlotte Bowens Schuluniform. »Wenn Dennis Luxford in Stanton St. Bernard war und die Uniform irgendwie unter die Lumpen für den Basar geschmuggelt hat, muß ihn jemand gesehen haben. Und das will ich jetzt rauskriegen.«

Sie war gegangen, während sich Robin noch mit einer Tasse Tee gestärkt hatte. Sie hatte sich wieder in ihren Mini gesetzt und war Richtung Norden gefahren. Jetzt umrundete sie das Standbild König Alfreds, das die Straßenkreuzung in Wootton Cross zierte, und fuhr an der kleinen Polizeidienststelle vorüber, vor der sie Robin zum erstenmal begegnet war. Ist das wirklich erst zwei Tage her? dachte sie, als sie auf der Suche nach Barclay's Bank in die Hauptstraße einbog. Sie fand die Bank zwischen *Elefant im Porzellanladen* (erste und zweite Wahl) und *Mr. Kiplings Köstliche Kuchen und Kekse* (jeden Tag frisch).

In Barclay's Bank erfreute man sich eines ruhigen Nachmittags. Es war mäuschenstill in der kleinen Filiale, man kam sich vor wie in einer Kirche. Am hinteren Ende grenzte ein Gitter die den Bankoberen vorbehaltenen Räumlichkeiten ab. Dort hatte man vor einer Reihe abgeschlossener Büros mit Hilfe von Trennwänden mehrere kabinenartige kleine Räume geschaffen. Als Barbara nach »Miß Matheson von der Abteilung für neue Konten«, fragte, wies ein rothaariger Mann mit schiefen Zähnen sie zu einer dieser Zellen in unmittelbarer Nähe eines Büros, auf dessen Türschild »Filialleiter« stand. Vielleicht, dachte Barbara, war es diese Nähe zum Herrscher über die Gelder, aus der die Eltern der »jungen Miß Matheson« ihren Stolz über die »ordentliche Stellung« ihrer Tochter bezogen.

Miß Matheson saß mit dem Rücken zu Barbara an ihrem Schreibtisch und schaute auf einen Computerbildschirm. Sie gab gerade von einem Stapel Papiere irgendwelche Daten ein, wobei sie mit der einen Hand flink Blatt um Blatt wendete, während die andere routiniert über die Tasten sprang. Sie saß, wie Barbara vermerkte, auf einem ergodynamisch korrekten Stuhl, und ihre Haltung machte ihrem ehemaligen Maschinenschreiblehrer alle Ehre. Diese Frau würde niemals an Handwurzelentzündungen, schiefem Hals oder Rückgratverkrümmung leiden. Bei ihrem Anblick straffte Barbara ihren eigenen krummen Rücken zu kerzengeradem Stand, den sie, wie sie zuversichtlich hoffte, wenigstens dreißig Sekunden würde beibehalten können.

»Miß Matheson?« sagte sie. »New Scotland Yard. Kann ich Sie einen Moment sprechen?«

Noch während sie sprach, drehte sich die junge Frau auf ihrem Stuhl herum. Barbaras »Kann ich Sie einen Moment sprechen?« versickerte in unartikuliertem Stottern, und ihre vorbildliche Haltung klappte zusammen wie ein Kartenhaus in einer Windbö. Sie und die »junge Miß Matheson« starrten einander an.

»Barbara?« sagte die eine.

»Celia?« sagte die andere und fragte sich, was es zu bedeuten hatte, daß die Spur von Charlotte Bowens Uniform sie zu Robin Paynes Zukünftiger geführt hatte.

Nachdem sich beide von ihrer Verwirrung über diese unerwartete Begegnung erholt hatten, schlug Celia Barbara vor, mit ihr nach oben in die Kantine zu gehen. »Es ist sowieso Zeit für meine Pause«, bemerkte sie. »Und Sie sind doch sicher nicht gekommen, weil Sie ein Konto eröffnen wollen?«

Eine mit strapazierfähigem braunen Teppich bespannte Treppe führte in die Kantine hinauf, die sich die obere Etage mit einem Lagerraum und einer Toilette teilte. Das Mobiliar bestand aus zwei Tischen und mehreren ergodynamisch absolut unkorrekten Plastikstühlen, auf denen man wahrscheinlich nur die Viertelstunde Pause zu sitzen brauchte, um die ganze heilsame Wirkung ihrer Gegenstücke, auf denen man den Rest des Tages verbrachte, wieder zunichte zu machen. Auf einer Arbeitsplatte aus orangefarbenem Resopal stand ein elektrischer Wasserkocher, umgeben von Tassen und Teedosen. Celia schaltete den Wasserkocher ein und fragte: »Typhoo?«

Barbara sah glücklicherweise die Teedose, bevor sie sich lächerlich machte und Gesundheit sagte. »Gern«, antwortete sie.

Als der Tee fertig war, goß Celia ein und trug die Tassen zum Tisch. Sie nahm Süßstoff, Barbara griff sich den Dickmacher Zucker. Sie rührten und tranken und rührten wieder, wie zwei mißtrauische Ringer, die einander abtasten, und dann enthüllte Barbara den Grund ihres Besuchs.

Sie erzählte Celia von der Entdeckung von Charlotte Bowens Schuluniform – wo sie gefunden worden war und wie – und stellte fest, daß Celias Gesicht sich entspannte. Der Ausdruck mißtrauischer Wachsamkeit wich Überraschung. Barbara nahm das Foto Dennis Luxfords aus ihrer Tasche, als sie zum Schluß kam, und sagte: »Ich würde deshalb gern wissen, ob dieser Mann Ihnen bekannt vorkommt. Haben Sie ihn vielleicht auf dem Basar gesehen? Oder irgendwann vor dem Basar in der Nähe der Kirche?«

Sie schob das Foto über den Tisch. Celia stellte ihre Teetasse ab und strich das Bild erst einmal glatt. Ihre Hände auf die beiden Seitenränder gedrückt, sah sie es sich aufmerksam an. Dann schüttelte sie den Kopf. »Ist das an seinem Kinn eine Narbe?« fragte sie.

Barbara selbst war die Stelle noch gar nicht aufgefallen. Sie sah sie sich an. Celia hatte recht. »Ja, ich denke schon.«

»An die Narbe würde ich mich bestimmt erinnern«, erklärte Celia. »Ich habe ein ganz gutes Gedächtnis für Gesichter. Es kommt hier bei den Kunden immer gut an, wenn man sie mit Namen anspricht. Meistens präge ich mir irgendeine Besonderheit als Eselsbrücke ein. Ich hätte mir diese Narbe ganz sicher gemerkt.«

Barbara wollte lieber nicht wissen, was Celia sich in ihrem Fall für eine Besonderheit gemerkt hatte, aber sie hielt es doch für gut, einen kleinen Gedächtnistest zu machen. Sie nahm ein Foto von Howard Short heraus, das sie aus der Dienststelle mitgenommen hatte, und fragte Celia, ob sie diesen Mann wiedererkenne.

Diesmal kam die Antwort prompt. »Ja, er war bei uns an der Ramschbude«, sagte sie und fügte mit entwaffnender Aufrichtigkeit, die ihren Eltern sicher sehr gefallen hätte, hinzu: »Aber ich hätte ihn sowieso erkannt. Das ist Howard Short. Seine Großmutter kommt zu uns in die Kirche.«

Sie trank einen Schluck Tee. Barbara stellte fest, daß sie überhaupt nicht schlürfte, obwohl der Tee noch heiß war. Es ging eben nichts über eine gute Erziehung.

»Er ist ein sehr netter Junge«, bemerkte Celia, als sie Barbara das Foto zurückgab. »Er hat sich doch nicht in Schwierigkeiten gebracht?«

Barbara dachte, daß Celia nicht viel älter sein könne als

Howard Short, und fand es etwas gönnerhaft von ihr, ihn als »netten Jungen« zu bezeichnen. Aber sie erwiderte nur: »Im Moment sieht es aus, als wäre er in Ordnung, auch wenn wir bei ihm die Schuluniform gefunden haben.«

»Bei Howard?« rief Celia ungläubig. »O nein, der kann unmöglich etwas mit dem Tod dieses kleinen Mädchens zu tun haben.«

»Das behauptet er auch. Er sagt, die Uniform sei unter den Lumpen in einem der Säcke gewesen, die er an Ihrer Bude gekauft hat.«

Celia bestätigte Howard Shorts Aussage, daß er die Lumpen bei ihr gekauft habe. Sie bestätigte aber auch, was ihre Mutter über die Herstellung und Aufbewahrung der Lumpen gesagt hatte. Dann beschrieb sie Barbara noch die Ramschbude selbst, die eigentlich weniger eine Bude als ein Stand sei. Auf den Seiten stünden Kleiderstangen, an denen gebrauchte Kleidungsstücke hingen, vorn stünden Tische mit gefalteten Textilien und Schuhen – »Von denen verkaufen wir allerdings nie viele«, bekannte sie –, und die Plastiksäcke mit den Lumpen befänden sich in einem großen Karton in der hintersten Ecke des Standes. Man brauchte nicht groß auf sie aufzupassen, denn es waren ja nur Lumpensäcke. Wenn wirklich einer von ihnen gestohlen wurde, war das für die Kirche kein großer Verlust, aber daß jemand eine Wohltätigkeitsveranstaltung wie den alljährlichen Basar von Stanton St. Bernard dazu benutzt habe, ein Kleidungsstück loszuwerden, das mit einem Mord zu tun hatte, sei natürlich ein trauriger Gedanke.

»Es könnte also jemand die Uniform in einen Sack gesteckt haben, ohne daß das an der Kasse jemand gemerkt hätte?« fragte Barbara.

Celia mußte zugeben, daß das möglich war. Unwahrscheinlich, aber möglich. Die Ramschbude gehörte jedes Jahr zu den großen Attraktionen des Basars. Mrs. Ashley Havercombe aus Wyman Hall in der Nähe von Bradford-on-Avon steuerte stets großzügige Spenden aus ihrer eigenen Garderobe bei, und es gab immer gleich zu Beginn des Basars einen großen Ansturm auf diese Sachen. In dieser Zeit hätte leicht jemand ... Ja, es war möglich.

»Aber diesen Mann haben Sie nicht gesehen? Da sind Sie ganz sicher?«

Celia war sicher. Aber sie hatte nicht den ganzen Tag in der Ramschbude gearbeitet, daher täte Barbara gut daran, das Bild auch ihrer Mutter zu zeigen. »Sie hat kein so gutes Personengedächtnis wie ich«, sagte Celia, »aber sie redet gern mit den Leuten. Wenn er da war, hat sie vielleicht ein bißchen mit ihm geschwatzt.«

Barbara bezweifelte, daß Luxford so unbedacht gewesen wäre, die Schuluniform seiner Tochter in den Lumpen zu verstecken und dann durch einen Schwatz mit der Frau des Pastors auf sich aufmerksam zu machen. Dennoch sagte sie: »Na schön, dann brause ich gleich von hier aus noch einmal nach Stanton St. Bernard.«

»Ach, Sie fahren nicht zu *Lark's Haven*?« erkundigte sich Celia beiläufig, während sie mit ihrem wohlgeformten Daumennagel die Dekoration auf ihrem Teebecher nachzeichnete: ein dickes pinkfarbenes Herz mit den Worten »Viel Glück zum Valentinstag« darüber. Wahrscheinlich ein Geschenk, dachte Barbara flüchtig.

»Jetzt?« fragte sie. »Nein. Es gibt noch zuviel zu tun.« Damit schob sie ihren Stuhl zurück und nahm die beiden Bilder, um sie wieder einzustecken.

Celia sagte unvermittelt: »Zuerst hat mich das alles sehr gewundert – es ist so gar nicht seine Art –, aber gestern abend ist mir einiges klargeworden.«

»Wie bitte?« fragte Barbara und blieb verblüfft auf ihrem Stuhl sitzen, die Hand, von der die Bilder herabhingen wie eine zurückgewiesene Gabe, halb erhoben.

Celia studierte mit unnötiger Akribie einen Stapel eselsohriger Mitteilungsblätter der Bank, der in der Mitte des Tisches lag. Sie holte tief Atem und sagte mit einem schwachen Lächeln: »Als er letzte Woche von dem Lehrgang zurückkam, konnte ich einfach nicht verstehen, wieso sich zwischen uns alles so verändert hatte. Vor sechs Wochen war es noch so, daß es nur uns beide gegeben hat. Und plötzlich war nichts mehr davon da.«

Barbara bemühte sich redlich, sie zu verstehen. »Er« mußte Robin sein. »Alles« mußte die Beziehung zwischen den beiden sein. Der »Lehrgang« mußte der Ausbildungslehrgang sein, den Robin bei der Kriminalpolizei absolviert hatte. Soviel begriff sie, Celias einleitende Bemerkung jedoch, daß ihr am vergangenen Abend einiges klargeworden sei, blieb ihr rätselhaft.

»Hey, die Arbeit bei der Kripo ist hart«, sagte sie deshalb. »Das hier ist Robins erster Fall, da ist er natürlich ein bißchen verbissen, weil er unbedingt zeigen will, was er kann. Sie dürfen sich das wirklich nicht so zu Herzen nehmen, wenn er ein bißchen verschlossen wirkt. Das gehört bei dem Job einfach dazu.«

Doch Celia ließ sich von ihrem Gedankengang nicht abbringen. »Erst dachte ich, der Grund wäre Corrines Verlobung mit Sam. Ich dachte, es bedrückt ihn, weil er Angst hat, daß seine Mutter Sam noch nicht so lange kennt, wie man eigentlich einen Mann kennen sollte, bevor man ihn heiratet. Robbie ist in der Hinsicht sehr konservativ. Und er hängt unheimlich an seiner Mutter. Sie haben ihr Leben lang zusammengelebt. Aber irgendwie konnte ich das doch nicht als Grund akzeptieren, daß er plötzlich gar nicht mehr den Wunsch hatte mit mir... na ja, mit mir zusammenzusein. Wenn Sie wissen, was ich meine.« Erst jetzt richtete sie ihre Aufmerksamkeit auf Barbara. Sie sah sie unverwandt an. Es war, als wartete sie auf eine Antwort auf eine unausgesprochene Frage.

Barbara fühlte sich völlig überfordert. Der Preis, den viele ihrer Kollegen bei New Scotland Yard für ihre Berufswahl bezahlen mußten, war hoch, und sie glaubte nicht, daß es Celia ein Trost wäre, von den Trümmerfeldern zerrütteter Ehen und kaputter Beziehungen zu hören, die viele ihrer Kollegen hinter sich zurückgelassen hatte. Sie sagte darum lieber: »Er muß sich in seiner neuen Arbeit erst zurechtfinden. Er muß den richtigen Rhythmus finden, um es mal so auszudrücken.«

»Er hat was ganz anderes gefunden. Das ist mir klargeworden, als ich Sie beide gestern abend in *Lark's Haven* zusammen gesehen habe. Er hatte nicht erwartet, daß ich dasein würde. Und als er mich gesehen hat, hat er mich überhaupt nicht beachtet. Das sagt doch so ziemlich alles, finden Sie nicht?«

»Wieso? Was sagt es denn?«

»Er hat *Sie* auf diesem Lehrgang kennengelernt, Barbara. Auf dem Lehrgang für die Kriminalpolizei. Und da hat alles angefangen.«

»Alles angefangen?« Einen Moment war Barbara sprachlos vor Ungläubigkeit. Sie hatte endlich begriffen, was Celia andeutete. »Sie glauben, daß Robin und ich...« Die Vorstellung war so lachhaft, daß sie den Satz nicht vollenden konnte. »Wir beide?« stotterte sie. »Er mit mir? Das glauben Sie im Ernst?«

»Ich weiß es.«

Barbara kramte in ihrer Tasche nach ihren Zigaretten. Sie war durcheinander. Es war schwer zu glauben, daß diese junge Frau mit ihrem schicken Haarschnitt und ihrer schicken Kleidung und ihrem etwas rundlichen, aber unbestreitbar hübschen Gesicht ausgerechnet sie als Rivalin betrachten sollte. Sie, Barbara Havers, mit ihren ungezupften Augenbrauen und ihrem zerzausten Haar, mit ihrer ausgebeulten braunen Hose und dem voluminösen Pullover, die sie trug, um einen Körper zu verbergen, der so plump und formlos war, daß sie schon seit zehn Jahren kein Mann mehr mit Begehren angesehen hatte. Und auch damals war dies nur unter dem Einfluß von solchen Unmengen von Alkohol passiert, daß... Das ist echt Wahnsinn, dachte Barbara. Es geschehen doch noch Zeichen und Wunder.

»Celia«, sagte sie fest, »beruhigen Sie sich. Zwischen Robin und mir läuft überhaupt nichts. Ich habe ihn ja erst vor zwei Tagen kennengelernt. Und da hab' ich ihn zur Feier des Tages erst mal auf den Boden gefeuert und bin ihm dann auch noch kräftig auf die Hand getreten.« Sie grinste. »Das, was Sie da bei ihm sehen, hat mit Verliebtheit oder so gar nichts zu tun. Er überlegt wahrscheinlich nur, wie er sich bei nächster Gelegenheit am besten an mir rächen kann.«

Celia stimmte nicht in ihre Heiterkeit ein. Sie stand auf und trug ihre Tasse zur Arbeitsplatte, spülte sie aus und schichtete sie vorsichtig auf die anderen, die kunterbunt in einer Geschirrablage übereinandergestapelt waren. »Das ändert nichts«, sagte sie.

»Was ändert nichts?«

»Wann Sie ihn kennengelernt haben. Oder wie. Oder auch wieso. Ich kenne Robin. Ich kann ihm alles vom Gesicht ablesen. Zwischen uns ist es aus, und der Grund dafür sind Sie.« Sie trocknete sich die Hände an einem Küchentuch ab und rieb sie dann aneinander, als wollte sie sie von Staub befreien, von Barbara, vor allem aber von dieser Begegnung.

Mit einem förmlichen Lächeln wandte sie sich Barbara wieder zu. »Gibt es noch irgend etwas, worüber Sie mit mir sprechen möchten?« fragte sie in einem Ton, den sie garantiert solchen Bankkunden gegenüber anschlug, die sie tief verabscheute.

Auch Barbara stand jetzt auf. »Nein, ich glaube nicht«, antwortete sie. Und als Celia zur Tür ging, fügte sie hinzu: »Sie täuschen sich, Celia. Wirklich. Es ist nichts passiert.«

»Bis jetzt vielleicht nicht«, erwiderte Celia und eilte die Treppe hinunter.

Winston Nkata hatte keine Zeit, Eve Bowen nach Hause zu fahren. Lynley forderte deshalb einen Wagen an, der sie aus der Tiefgarage abholen und ungesehen nach Hause bringen sollte. Eve hatte geglaubt, der Wechsel des Fahrzeugs – vom auffallenden silbernen Bentley zu diesem unprätentiösen, keinesfalls blitzsauberen beigefarbenen Golf – würde die Reportermeute von ihrer Spur ablenken. Aber sie hatte sich geirrt. Der Fahrer versuchte es mit einigen geschickten Täuschungsmanövern über die Tothill, die Dartmouth und die Old

Queens Street, aber er hatte es mit Experten in der Kunst der Verfolgung zu tun. Zwei Wagen, deren Fahrer fälschlich vermuteten, sein Ziel sei das Innenministerium, konnte er abschütteln, aber ein drittes Fahrzeug nahm ihre Spur auf, als sie in nördlicher Richtung am St. James's Park entlangbrausten. Der Fahrer dieses Wagens hängte sich sofort an sein Autotelefon, es war daher damit zu rechnen, daß weitere Verfolger die Jagd aufnehmen würden, noch ehe Eve Bowen Marylebone erreichte.

Der Premierminister hatte kurz nach Mittag, in feierlichem Ernst auf der Treppe vor der Downing Street Nummer zehn stehend, ihren Rücktritt bekanntgegeben. Seine Verlautbarung war Ton und Ausdruck nach eine gekonnte Gratwanderung zwischen der Mißbilligung, die man von einem Staatsoberhaupt, das sich die Rückbesinnung auf britische Grundwerte aufs Panier geschrieben hatte, erwartete, und der Anerkennung, die ein Parteifreund einer geschätzten Mitarbeiterin, die ihm unermüdlich und in hervorragender Weise gedient hatte, schuldig war. Der Premierminister schaffte es, genau den richtigen Ton des Bedauerns anzuschlagen und sich doch gleichzeitig von ihr zu distanzieren. Aber er hatte ja auch gute Leute, die ihm seine Reden schrieben. Vier Stunden später hatte Colonel Woodward vor dem Haus des Bezirksbüros in Marylebone von sich hören lassen. Seine Bekanntmachung war kurz und prägnant gewesen, glänzend geeignet, um in den Abendnachrichten zitiert zu werden: »Wir haben sie gewählt; wir behalten sie. Fürs erste.« Und seit diese beiden Parteipriester das Urteil über ihr weiteres Schicksal gesprochen hatten, gierten die Reporter danach, ihre Reaktion festzuhalten, sei es in Worten oder in Bildern. Beides wäre recht gewesen.

Sie fragte den Beamten am Steuer des Golf nicht, ob die Presseleute wußten, daß sie in New Scotland Yard mit Dennis Luxford zusammengetroffen war. Es spielte sowieso kaum noch eine Rolle. Ihre Verbindung zu Luxford war schon in dem Moment Schnee von gestern geworden, als seine Zeitung sie der Öffentlichkeit zum Fraß vorgeworfen hatte. Das einzige, was für die Boulevardjournalisten zählte, war, der Story irgendeinen neuen, aufregenden Aspekt abzugewinnen. Luxford hatte sämtliche Zeitungen in London ausgetrickst, und es gab von Kensington bis zur Isle of Dogs nicht einen einzigen Redakteur, der seinen Leuten das nicht einhämmerte. Bis zu dem Augenblick also, wo die nächste Sensationsnachricht das Interesse der Öffentlichkeit erregte, würde die Meute sie jagen, um irgendwie auch noch ein Knöchelchen zu schnappen. Sie konnte versuchen, sie zu überlisten, aber sie konnte nicht hoffen, daß sie Erbarmen zeigen würden.

Für morgen hatten sie dank dem Premierminister und dem Vorsitzenden der Bezirksgruppe von Marylebone mehr als genug für eine saftige Story. Sie hatten so viel, daß ihr gegenwärtiges Bemühen, Eve Bowen auf den Fersen zu bleiben, eigentlich überflüssig war. Aber es bestand ja immer die Chance, daß ein kleiner zusätzlicher Leckerbissen abfallen würde. Und sie würden sich bestimmt keine Gelegenheit entgehen lassen, noch eine Schaufel Dreck auf ihr Grab zu werfen.

Der Constable bemühte sich immer noch, die Verfolger abzuschütteln. Er kannte sich in Westminster so gut aus, daß Eve sich fragte, ob er vielleicht früher einmal Taxifahrer gewesen war. Aber dem vierten Stand war er dennoch nicht gewachsen. Als die Reporter trotz all seiner Manöver spitzbekamen, daß er in Richtung Marylebone fuhr, riefen sie einfach ihre Kollegen an, die sich an der Devonshire Place Mews die Füße vertraten. Kein Wunder, daß Eve, als der Golf schließlich von der Marylebone High Street abbog, von einer brüllenden Phalanx mit Fotoapparaten und Notizblöcken bewaffneter Individuen empfangen wurde.

Eve hatte, wie das von einer Angehörigen der Konservativen Partei erwartet wurde, stets ihre Sympathien für die königliche Familie bekundet. Trotz ihrer heimlichen inneren Überzeugung, daß diese Leute eine hirnlose Gesellschaft waren, die nur die Wirtschaft belastete, ertappte sie sich jetzt bei dem

Wunsch, einer von ihnen – ganz gleich wer – hätte heute irgendein Stückchen geliefert, das die Presse angelockt hätte. Irgend etwas, damit sie selbst sie loswurde.

Die Devonshire Place Mews war immer noch abgesperrt. Der Zugang wurde von einem Constable bewacht, der dafür sorgte, daß ihr Haus unbehelligt blieb. Trotz ihres Rücktritts und ganz gleich, was in den nächsten Tagen auf diesen Rücktritt folgen würde, würde die Straße abgesperrt bleiben, bis der ganze Aufruhr sich legte. Das immerhin hatte Sir Richard Hepton ihr versprochen. »Ich werfe die Meinen nicht den Wölfen zum Fraß vor«, hatte er erklärt.

Nein. Er warf sie nur in Richtung der Wölfe, dachte Eve. Aber so war nun mal die Politik.

Der Fahrer fragte sie, ob er sie ins Haus begleiten solle. Um für ihre Sicherheit zu sorgen, sagte er. Sie antwortete ihm, das sei nicht nötig. Ihr Mann erwarte sie. Zweifellos hatte er das Schlimmste schon gehört. Sie wollte nur noch allein und ungestört sein.

Sie hörte das rasende Klicken der Kameras, als sie geduckt vom Wagen zur Haustür rannte. Die Reporter hinter der Absperrung schrien ihr Fragen hinterher, aber ihre Stimmen vermischten sich mit den Verkehrsgeräuschen der Hauptstraße und dem Lärmen der Gäste des *Devonshire Arms,* die draußen vor dem Pub ihr Bier kippten. Sie ignorierte es alles. Und sobald sie die Haustür hinter sich zugeschlagen hatte, hörte sie es auch nicht mehr.

Sie legte die Riegel vor. Sie rief: »Alex?« und ging in die Küche. Auf ihrer Uhr war es genau fünf Uhr achtundzwanzig. Die Teezeit war vorüber, zum Abendessen war es noch zu früh. In der Küche stand weder schmutziges Geschirr von einer eingenommenen Mahlzeit, noch war etwas für den Abend vorbereitet. Nun, das machte nichts. Sie war sowieso nicht hungrig.

Sie stieg die Treppe hinauf in die erste Etage. Ihrer Berechnung nach lief sie nun seit achtzehn Stunden in denselben Kleidern herum – seit sie in der vergangenen Nacht zu ihrem fruchtlosen Versuch, die Katastrophe abzuwenden, aufgebrochen war. Feuchtkalt lag der Stoff ihres Kleides in ihren Achselhöhlen, und ihr Höschen klebte ihr zwischen den Beinen wie die schweißfeuchte Hand eines Betrunkenen. Sie sehnte sich nach einem Bad, einem langen heißen Bad in duftendem Wasser, und nach einer Gesichtsmaske, die den Dreck aus ihrer Haut saugen würde. Und danach ein Glas Wein. Kühlen Weißwein mit einem leicht moschusähnlichen Nachgeschmack, der sie an Picknicks in Frankreich erinnern würde.

Vielleicht sollten sie nach Frankreich verreisen, bis sich die Wogen geglättet hatten und sie nicht mehr der Knüller des Monats für die Skandalpresse war. Sie konnten nach Paris fliegen und dort ein Auto mieten. Sie würde sich in ihrem Sitz zurücklehnen und die Augen schließen und Alex fahren lassen, wohin er wollte. Es würde guttun, hier wegzukommen.

Im Schlafzimmer zog sie ihre Schuhe aus. Wieder rief sie: »Alex?«, aber nur Stille antwortete ihr. Während sie ihr Kleid aufknöpfte, ging sie in den Flur hinaus und rief noch einmal seinen Namen. Dann fiel ihr ein, daß er um diese Zeit wie immer in einem seiner Restaurants sein würde. Sie selbst war ja um diese Zeit normalerweise niemals zu Hause. Es war zweifellos alles in Ordnung, auch wenn ihr das Haus unnatürlich still vorkam. Dennoch wurde sie das Gefühl nicht los, daß der Stille etwas Atemloses anhaftete, als warteten die leeren Räume gespannt darauf, daß sie etwas entdecken würde ... Was denn? fragte sie sich. Und woher kam diese innere Gewißheit, daß etwas nicht stimmte?

Nerven, dachte sie. Nichts als Nerven. Sie war durch die Hölle gegangen. Sie brauchte jetzt dringend ein Bad. Sie brauchte ein Glas Wein.

Sie schlüpfte aus ihrem Kleid und ließ es einfach zu Boden fallen. Sie trat zum Kleiderschrank, um ihren Morgenrock herauszuholen. Sie öffnete seine Türen. Und da sprang es ihr entgegen. Mit einem Schlag erkannte sie, was die Stille ihr hatte sagen wollen.

Seine Kleider waren weg: jedes Hemd, jedes Jackett, jede

Hose, jedes einzelne Paar Schuhe. Alles weg. Nicht ein Fädchen oder Fussel war zurückgeblieben, das bezeugt hätte, daß die leere Kleiderstange, die Fächer und Regale bis vor kurzem noch benutzt worden waren.

In der Kommode sah es nicht anders aus. Und auch nicht auf dem Nachttisch, im Badezimmer, im Toilettenschrank und im Apothekerschränkchen. Sie konnte sich nicht vorstellen, wie lange er gebraucht hatte, um jede Spur seiner Person aus dem Haus zu entfernen. Aber genau das hatte ihr Mann getan.

Sie vergewisserte sich, indem sie im Arbeitszimmer, im Wohnzimmer und in der Küche nachsah. Alles, was seine Anwesenheit in diesem Haus – und in ihrem Leben – bezeugt hatte, war verschwunden.

Schwein, dachte sie. Gemeines Schwein. Wie gut er den Moment gewählt hatte! Gab es eine bessere Möglichkeit, ihr das Messer in den Leib zu stoßen, als zu warten, bis er ihre öffentliche Demütigung vollenden konnte? Denn es gab keinen Zweifel daran, daß diese Aasgeier, die in der Marylebone Street auf Beute lauerten, ihn mit dem vollgepackten Volvo hatten wegfahren sehen. Und jetzt warteten sie nur noch darauf, diesen Moment, da ihr Leben endgültig vernichtet war, zu vermarkten.

Schwein, dachte sie wieder. Dieses dreckige Schwein. Er war den Weg des geringsten Widerstands gegangen und hatte sich wie ein erbärmlicher kleiner Junge davongeschlichen, als sie nicht dagewesen war, um Fragen zu stellen und Antworten zu verlangen. Er hatte es sich leichtgemacht: packen und abhauen. Mit den Journalisten konnte sie sich herumschlagen. Sie hörte sie schon fragen: Ist das eine offizielle Trennung? Hat der Auszug Ihres Mannes in irgendeiner Weise mit den Enthüllungen Dennis Luxfords von heute morgen zu tun? Wußte er vor dem Bericht in der heutigen *Source* von Ihrer Beziehung zu Mr. Luxford? Hat sich Ihre Einstellung zur Heiligkeit der Ehe in den letzten zwölf Stunden geändert? Steht eine Scheidung bevor? Möchten Sie eine Erklärung dazu abgeben, was –

O ja, dachte Eve. Ich habe eine Menge Erklärungen abzugeben. Aber nicht an die Presse.

Sie kehrte ins Schlafzimmer zurück und kleidete sich eilig an. Sie zog sich die Lippen nach. Sie kämmte sich das Haar und strich die Augenbrauen mit dem Finger glatt. Dann ging sie in die Küche hinunter, wo der Kalender hing. Unter Mittwoch stand, in Alex' klarer Handschrift, das Wort *Sceptre*. Wie günstig, dachte sie. Das Restaurant war in Mayfair, mit dem Auto weniger als zehn Minuten entfernt.

Sie sah, wie die Reporter hinter der Polizeisperre in Habacht-Stellung gingen, als sie ihren Wagen aus der Garage fuhr. Es gab einen Moment des Durcheinanders, als diejenigen unter ihnen, die motorisiert waren, zu ihren Fahrzeugen rannten. An der Sperre beugte sich der Constable zum Fenster ihres Wagens hinunter und sagte: »Sie sollten nicht ganz allein wegfahren, Mrs. Bowen. Ich kann dafür sorgen, daß sofort jemand –«

»Schieben Sie den Bock weg«, befahl sie ihm.

»Diese Bande wird sich wie ein Schwarm Hornissen auf Sie stürzen.«

»Schieben Sie den Bock weg«, wiederholte sie. »Und zwar sofort.«

Blöde Ziege, sagte sein Blick. Doch er nickte, brummte: »In Ordnung« und schob den Sägebock zur Seite, um sie auf die Marylebone High Street hinausfahren zu lassen. Sie drückte das Gaspedal durch, bog sofort nach links ab und raste in Richtung Berkeley Square davon. Das *Sceptre* war in einem verschwiegenen Eckchen am Eingang zu einer mit Kopfsteinen gepflasterten stillen kleinen Straße gleich südwestlich des Platzes. Der Eingang zum Restaurant, das sich in einem hübschen weinumrankten Backsteinhaus befand, war üppig mit blühenden tropischen Pflanzen geschmückt.

Eve traf mit gutem Vorsprung vor den Reportern ein, die eine ganze Menge Zeit dadurch verloren hatten, daß sie erst zu ihren Fahrzeugen hatten laufen müssen und sich dann an die Verkehrsvorschriften gehalten hatten, die sie selbst völlig ignoriert hatte. Das Restaurant hatte noch nicht geöffnet, aber sie wußte, daß in der Küche schon seit mindestens zwei Uhr gearbeitet wurde. Und sie wußte, daß sie Alex dort antreffen würde. Sie ging zur Seitentür und klopfte mit ihrem Schlüsselring energisch an das Holz. Sie war mit dem Konditor im Vorratsraum, noch ehe die Verfolger aus ihren Autos gesprungen waren.

»Wo ist er?« fragte sie.

»Er arbeitet gerade an einer neuen Aioli«, antwortete der Konditor. »Wir haben heute abend Schwertfisch und –«

»Ersparen Sie mir die Einzelheiten«, unterbrach Eve. Sie drängte sich an ihm vorbei und eilte an den riesigen Kühlschränken und den offenen Regalen, in denen Töpfe und Pfannen im hellen Licht der Deckenbeleuchtung blitzten, vorüber in die Küche.

Alex und sein Chefkoch standen an einer Arbeitsplatte und fachsimpelten über einem Häufchen gehacktem Knoblauch, einer Flasche Olivenöl, einem Berg gehackter Oliven und einem Sortiment Tomaten, Zwiebeln und Peperoni. Um sie herum waren die Vorbereitungen für das Abendessen in vollem Gang: Da wurden Suppen zubereitet, die Horsd'œuvres gerichtet, Gemüse und Salat gewaschen. Das Bouquet der Gerüche hätte sie verlockt, wäre sie hungrig gewesen. Aber Essen war in diesem Moment das letzte, was sie interessierte.

»Alex!« sagte sie.

Er blickte auf.

»Ich möchte mit dir reden.« Sie merkte, daß es nach ihren Worten einen Moment ganz still wurde. Aber gleich setzten die Küchengeräusche mit töpfescheppernder Entschlossenheit wieder ein. Sie wartete darauf, daß er ein zweites Mal innerhalb von vierundzwanzig Stunden den kleinen quengeligen Jungen spielen würde. Siehst du nicht, daß ich alle Hände voll zu tun habe? Ich kann jetzt nicht. Aber das tat er nicht. Er sagte lediglich zu seinem Koch: »Wir müssen bis morgen unbedingt irgendwo *nopalitos* herbekommen« und bemerkte dann zu Eve gewandt kurz: »Gehen wir ins Büro.«

Eine Buchhalterin saß auf dem einzigen Stuhl, den es in dem kleinen Büro gab. Auf dem Schreibtisch vor ihr häufte sich ein Berg Rechnungen. Sie schien dabeizusein, sie zu sortieren, und blickte nur kurz auf, als Alex die Tür öffnete. »Also dieser Stand in Smithfield hat uns meiner Meinung nach wieder zuviel berechnet, Alex«, sagte sie. »Entweder wir wechseln den Lieferanten, oder –« Sie bemerkte plötzlich, daß Eve hinter Alex stand, und legte die Rechnung, von der sie gerade gesprochen hatte, aus der Hand. Suchend sah sie sich um, als hielte sie nach einem Ort Ausschau, an den sie sich zurückziehen könnte.

»Fünf Minuten, Jill«, sagte Alex. »Wenn es Ihnen nichts ausmacht.«

»Aber gern«, antwortete sie. »Ich wollte mir schon längst eine Tasse Tee genehmigen.«

Sie stand auf und eilte hinaus. Eve vermerkte, daß sie sie nicht ansah.

Alex schloß die Tür. Eve hatte erwartet, er würde betreten, verlegen, peinlich berührt, bedauernd oder vielleicht auch aggressiv reagieren. Mit diesem Ausdruck hoffnungsloser Traurigkeit, der sich auf seinem Gesicht zeigte, hatte sie nicht gerechnet.

»Ich verlange eine Erklärung«, sagte sie.

»Was soll ich denn noch sagen?«

»Du *sollst* überhaupt nichts. Ich möchte wissen, was los ist. Ich möchte wissen, warum. Ich finde, soviel bist du mir schuldig.«

»Du warst also zu Hause.«

»Natürlich war ich zu Hause. Was hast du denn gedacht? Hast du damit gerechnet, daß mir die Reporter mitteilen würden, daß mein Mann mich verlassen hat? Ich nehme doch an, du hast es fertiggebracht, deinen Auszug direkt unter ihren Augen zu veranstalten?«

»Das meiste habe ich gestern nacht erledigt. Den Rest heute morgen. Da waren noch keine Reporter da.«

»Wo wohnst du jetzt?«

»Das ist unwichtig.«

»Ach ja? Wieso?« Sie blickte zur Tür. Sie erinnerte sich an den Ausdruck, der über das Gesicht der Buchhalterin geflogen war, als diese sie hinter Alex im Korridor hatte stehen sehen. Was hatte sich darin gespiegelt? Erschrecken? Bestürzung? Selbstzufriedenheit? Was? Sie fragte: »Wer ist die Frau?«

Alex schloß einen Moment müde die Augen. Es schien ihn Anstrengung zu kosten, sie wieder zu öffnen. »Du glaubst, das sei alles, worum es hier geht? Um eine andere Frau?«

»Deswegen bin ich ja hergekommen. Weil ich verstehen möchte, worum es geht.«

»Ja, das ist mir klar. Aber ich weiß nicht, ob ich es dir erklären kann. Nein, das stimmt nicht. Ich kann es erklären. Ich kann erklären und erklären – bis morgen früh, wenn du das willst.«

»Es ist ein Anfang.«

»Aber am Ende meiner Erklärungen wird es sein wie am Anfang. Du wirst es nicht verstehen. Und darum ist es für uns beide besser, einfach auseinanderzugehen, Vergangenes ruhen zu lassen und uns gegenseitig das Schlimmste zu ersparen.«

»Du willst dich scheiden lassen. Stimmt's? Nein. Warte. Antworte mir noch nicht. Ich möchte das richtig verstehen.« Sie ging zum Schreibtisch, legte ihre Tasche darauf nieder und drehte sich zu ihm um. Er blieb an der Tür stehen. »Ich habe gerade die schlimmste Woche meines Lebens durchgemacht, und es ist noch nicht vorbei. Man hat meinen Rücktritt aus der Regierung verlangt. Man hat mir mitgeteilt, daß ich bei den nächsten Parlamentswahlen meinen Sitz räumen muß. Mein Privatleben wird in sämtlichen Revolverblättern des Landes breitgetreten. Und du willst dich scheiden lassen.«

Er öffnete den Mund und atmete durch. Er sah sie an, aber es war kein Funke des Erkennens in seinem Blick. Es war, als habe er sich in eine andere Welt zurückgezogen, deren Bewohner mit der Frau, mit der er in diesem Moment in seinem Büro stand, nichts gemeinsam hatten. »Hör dir doch nur einen

Moment lang selbst zu«, sagte er müde. »Verdammt noch mal, Eve. Hör dir zu, dann weißt du es.«

»Was?«

»Wer du eigentlich bist.«

Sein Ton war nicht kalt und auch nicht niedergeschlagen. Er war nur resigniert, so resigniert, wie sie es bei ihm noch nie gehört hatte. Er sprach wie jemand, der zu einer endgültigen Schlußfolgerung gelangt war, aber ob sie diese Schlußfolgerung verstand, schien ihm völlig gleichgültig zu sein. Sie kreuzte die Arme und legte ihre Hände um ihre Ellbogen. Sie drückte ihre Fingernägel in ihre Haut. »Ich weiß genau, wer ich bin«, entgegnete sie wütend. »Im Augenblick bin ich für sämtliche Zeitungen in diesem Land das gefundene Fressen. Ich bin die Zielscheibe des allgemeinen Spotts. Ich bin eins der vielen Opfer einer machthungrigen Presse, die es darauf anlegt, die öffentliche Meinung zu beeinflussen und einen Regierungswechsel herbeizuführen. Aber ich bin auch deine Frau, und als deine Frau erwarte ich klare Antworten. Nach sechs Jahren Ehe schuldest du mir etwas mehr als Psychogequatsche, Alex. ›Hör dir doch nur mal zu, dann weißt du, wer du bist‹ ist keine Antwort. Das reicht höchstens für einen Riesenkrach. Und den wird es gleich geben, wenn du mir nicht endlich eine Erklärung gibst. Habe ich mich klar genug ausgedrückt?«

»Du hast dich immer klar ausgedrückt«, antwortete Alex. »Ich war derjenige, der das Brett vor dem Kopf hatte. Ich habe nicht gesehen, was ich direkt vor Augen hatte, weil ich es nicht sehen wollte.«

»Du redest absoluten Blödsinn.«

»Für dich, ja. Mir ist klar, daß das für dich Blödsinn sein muß. Vor der letzten Woche hätte ich es auch für Blödsinn gehalten. Quatsch. Unsinn. Mist. Wie immer du es nennen willst. Aber dann ist Charlie verschwunden, und ich war gezwungen, unser Leben einmal richtig anzuschauen. Und je länger ich hineingesehen habe, desto widerlicher ist mir unser Leben vorgekommen.«

Eve erstarrte. Die Distanz zwischen ihnen wurde eisig. »Was

genau hast du denn erwartet, wie unser Leben nach Charlottes Entführung aussehen würde?« fragte sie. »Nach ihrer Ermordung? Nachdem ihre Geburt und ihr Tod ausgeschlachtet wurden, um die Sensationslust der Leute zu erregen?«

»Ich habe erwartet, daß du anders sein würdest. Aber ich habe zuviel erwartet.«

»Ach ja? Und was hast du denn von mir erwartet, Alex? Daß ich im härenen Hemd herumlaufe? Mir Asche aufs Haupt streue? Meine Kleider zerfetze? Mir der Kopf kahlschere? Oder dem Schmerz auf irgendeine andere rituelle Weise, die deinen Beifall gefunden hätte, Ausdruck gebe? Hast du so etwas erwartet?«

Er schüttelte den Kopf. »Ich habe erwartet, daß du dich wie eine Mutter verhalten würdest«, antwortete er. »Aber ich habe erkannt, daß du in Wirklichkeit nur eine Frau bist, die aus Versehen ein Kind zur Welt gebracht hat.«

Sie spürte, wie heiße Wut sie packte. »Wie kannst du es wagen –«

»Was Charlie zugestoßen ist –« Er brach ab. Die Ränder seiner Augen wurden rot. Mit einem heftigen Räuspern zwang er sich weiterzusprechen. »Was Charlie zugestoßen ist, hat dich nur insoweit interessiert, als es dich berührte. Selbst jetzt, wo sie tot ist, geht es dir einzig um dich. Auch als Luxford diesen Artikel in seiner Zeitung veröffentlicht hat, ging es dir nur um dich. Und auch jetzt – in bezug auf mich, auf meine Entscheidung, auf das, was ich getan habe – geht es dir einzig und allein um dich. Für dich ist das nichts weiter als ein neuerlicher Schlag ins Gesicht deines politischen Ehrgeizes, eine weitere persönliche Schmach, die du vor der Presse irgendwie wegerklären mußt. Du lebst in einer Welt, in der der Schein immer wichtiger war als das Sein. Ich war nur zu dumm, das zu merken. Bis Charlie ermordet wurde.« Er griff nach dem Türknauf.

Sie rief: »Alex, wenn du jetzt gehst ...« Aber sie wußte nicht, wie sie die Drohung vollenden sollte.

Er drehte sich herum. »Du wirst sicher einen passenden

Euphemismus finden, um der Presse zu erklären, was zwischen uns vorgefallen ist. Nenn es, wie du willst. Es ist mir völlig gleichgültig. Hauptsache, du weißt, daß es vorbei ist.«

Er zog die Tür auf. Die Geräusche aus der Restaurantküche brandeten hinter ihm auf. Er machte Anstalten zu gehen, aber dann zögerte er noch einmal und sah zu ihr zurück. Sie glaubte, er werde etwas über ihre gemeinsame Geschichte sagen, über ihr gemeinsames Leben, über die Zukunft, in der es keine Gemeinschaft zwischen ihnen mehr geben würde. Doch er sagte etwas ganz anderes. »Ich glaube, das schlimmste war, daß ich mir immer gewünscht habe, du wärst fähig zu lieben, und aus diesem Wunsch heraus geglaubt habe, es wäre so.«

»Wirst du mit der Presse sprechen?« fragte sie ihn.

Sein Lächeln war kalt. »Mein Gott, Eve«, sagte er. »Mein Gott.«

28

Luxford fand sie in Leos Zimmer. Sie war dabei, seine Zeichnungen durchzusehen und sie nach Themen in dünnen Stapeln zu ordnen. Hier waren seine gewissenhaften Kopien von Giottos Engeln, Madonnen und Heiligen. Dort waren mit schnellem Strich hingeworfene Skizzen anmutiger Ballerinen und flotter Tänzer mit Zylindern. Daneben lag ein Häufchen Tierzeichnungen, vornehmlich von Eichhörnchen und Haselmäusen. Und ganz allein, in der Mitte des Schreibtischs, lag eine Zeichnung eines kleinen Jungen, der wie ein armer Sünder auf einem dreibeinigen Hocker hinter dem Gitter einer Gefängniszelle hockte. Sie sah aus wie die Kopie einer Kinderbuchillustration, und Luxford überlegte, ob Leo sie aus Dikkens abgezeichnet hatte.

Fiona war in die Betrachtung dieser letzten Zeichnung vertieft. Sie hielt einen von Leos karierten Schlafanzügen an ihre Wange gedrückt und wiegte sich sachte, kaum wahrnehmbar, auf dem Stuhl hin und her.

Luxford konnte sich nicht vorstellen, wie sie diesen neuen Schlag ertragen sollte, den er ihr würde versetzen müssen. Die ganze Fahrt von Westminster nach Highgate hatte er mit seiner Vergangenheit und seinem Gewissen gerungen. Aber es war ihm nicht gelungen, Worte zu finden, die das, was der Kidnapper jetzt von ihm verlangte, abmildern konnten. Zumal das Grauenvolle daran war, daß er die Auskunft, die von ihm gefordert wurde, gar nicht geben konnte. Wie sollte er seiner Frau sagen, daß das Leben ihres gemeinsamen Sohnes in der Schale einer Waage lag, in deren andere Schale er – Luxford – nichts hineinzulegen hatte?

»Es sind ein paar Anrufe für dich gekommen«, sagte Fiona leise. Sie wandte den Blick nicht von der Zeichnung.

Luxford spürte, wie sich alles in ihm zusammenkrampfte. »Hat er –«

»Es war nicht der Kidnapper.« Ihre Stimme klang wie erloschen, als wären alle Emotionen aus ihr herausgepreßt worden. »Zuerst hat Peter Ogilvie angerufen. Er wollte wissen, warum du die Story über Leo zurückgehalten hast.«

»Mein Gott«, flüsterte Luxford. »Wer hat ihm das erzählt?«

»Er hat gesagt, du sollst ihn sofort zurückrufen. Ob du deine Verpflichtungen gegenüber der Zeitung völlig vergessen hättest. Du hättest das Material für die größte Story des Jahres in der Hand, und wenn du deiner eigenen Zeitung in den Rücken fällst, dann möchte er gefälligst wissen, warum.«

»Ach Gott, Fi. Das tut mir leid.«

»Rodney hat auch angerufen. Er möchte wissen, was du morgen auf der Titelseite haben möchtest. Und Miß Wallace möchte wissen, ob sie Rodney weiterhin erlauben soll, die Redaktionsbesprechungen in deinem Büro abzuhalten. Ich wußte nicht, was ich den Leuten sagen soll. Ich habe gesagt, du rufst zurück, sobald du kannst.«

»Zum Teufel mit ihnen.«

Immer noch wiegte sie sich sachte hin und her, als wäre es ihr gelungen, sich von allem, was um sie herum geschah, zu distanzieren. Luxford neigte sich zu ihr hinunter und drückte seinen Mund auf ihr honigblondes Haar. »Ich habe solche Angst um ihn«, sagte sie. »Dauernd stelle ich mir vor, wie er sich fühlen muß. Ganz allein. Kalt. Hungrig. Wie er versucht, tapfer zu sein, und sich die ganze Zeit mit Fragen quält, was ihm da passiert ist und warum. Ich kann mich erinnern, daß ich einmal von der Entführung eines kleinen Mädchens gelesen habe. Da wurde das Opfer in einen Sarg gelegt und lebendig begraben, aber so, daß es gerade noch ein bißchen Luft bekommen konnte. Und es mußte innerhalb einer bestimmten Zeit gefunden werden, sonst wäre es erstickt. Ich habe solche Angst, daß Leo ... daß sie ihm etwas antun, Dennis.«

»Quäl dich doch nicht so«, sagte Luxford.

»Er versteht doch gar nicht, was passiert ist. Und ich möchte so gern etwas tun, um ihm zu helfen. Ich fühle mich so nutzlos. Hier herumzusitzen und zu warten. Überhaupt nichts tun zu können, während jemand mein Kind gefangenhält. Ich halte es nicht aus, daran zu denken, wie groß seine Angst sein muß. Und ich kann trotzdem an nichts anderes denken.«

Luxford kniete neben ihrem Stuhl nieder. Er brachte es nicht über sich zu sagen, was er ihr seit mehr als vierundzwanzig Stunden beständig immer wieder gesagt hatte: Er kommt zu uns zurück, Fiona. Zum erstenmal nämlich war er davon nicht mehr überzeugt. Alles war unsicher geworden. Er hatte das Gefühl, als ginge er über eine Eisdecke, die so brüchig war, daß ein falscher Schritt sie alle vernichten würde.

Fiona drehte sich auf ihrem Stuhl um und sah ihn an. Sie berührte leicht seinen Kopf und ließ ihre Hand auf seine Schulter sinken. »Ich weiß, du leidest genauso wie ich. Ich habe es von Anfang an gewußt, aber ich wollte es nicht sehen, weil ich einen Sündenbock gebraucht habe. Und du warst zur Stelle.«

»Ich verdiene den Vorwurf. Das alles ist allein meine Schuld.«

»Du hast vor elf Jahren eine Dummheit gemacht, Dennis. Aber keiner kann dir die Schuld an dem geben, was jetzt geschehen ist. Du bist genauso ein Opfer wie Leo. Wie Charlotte und ihre Mutter. Das weiß ich.«

Die Großmütigkeit, mit der sie ihm verzieh, war für ihn kaum zu ertragen. Er hatte das Gefühl, als zöge sich eine eiserne Klammer um sein Herz zusammen. Stockend sagte er: »Ich muß dir etwas sagen.«

Fiona sah ihn mit ernsten Augen forschend an. »Du weißt, was in dem Bericht heute morgen gefehlt hat«, folgerte sie. »Eve Bowen hat es erkannt. Komm, du kannst es mir ruhig sagen. Es ist schon in Ordnung.«

Aber es war nicht in Ordnung. Und es konnte nie wieder in Ordnung kommen. Sie hatte davon gesprochen, daß sie einen Sündenbock gesucht hatte, und bis zu diesem Nachmittag hatte er das gleiche getan. Er hatte Evelyn die Schuld gegeben, ihre Paranoia, ihre Verbohrtheit und Dummheit als Gründe dafür vorgeschoben, warum Charlotte hatte sterben müssen und Leo als Geisel festgehalten wurde. Aber jetzt wußte er, wo die wahre Verantwortung lag. Und wenn er das seiner Frau sagte, würde es sie vernichten.

»Dennis«, drängte sie. »Sag es mir.«

Er begann mit dem wenigen, was Eve Bowen zu dem Bericht in der Zeitung hatte beitragen können, er fuhr fort mit Lynleys Interpretation der Worte »Ihr erstgeborenes Kind« und schloß mit einer Zusammenfassung dessen, was ihn unablässig beschäftigt hatte, seit er von New Scotland Yard weggefahren war.

»Fiona«, sagte er, »ich kenne dieses dritte Kind nicht. Ich habe bis heute nichts von seiner Existenz gewußt. Gott ist mein Zeuge, ich weiß nicht, wer das Kind ist.«

Sie schien wie betäubt. »Aber wie ist das möglich, daß du nicht weißt...?« Sie wandte sich von ihm ab, als ihr klarwurde, was dieses Nichtwissen bedeutete. »Waren es denn so viele, Dennis?«

Luxford versuchte, ihr zu erklären, was für ein Mensch er gewesen war, bevor er sie kennengelernt hatte, was ihn getrieben hatte, welche Dämonen ihm im Nacken gesessen hatten.

»Bevor ich dich gekannt habe, Fiona, war Sex für mich einfach etwas, was man tut.«

»Wie morgens Zähneputzen?«

»Es war etwas, was ich gebraucht hatte, womit ich mir beweisen wollte...« Er machte eine ziellose Handbewegung. »Ich weiß selbst nicht genau, was eigentlich.«

»Nein? Weißt du es wirklich nicht? Oder willst du es nur nicht sagen?«

»Also gut«, sagte er. »Männlichkeit. Daß ich auf Frauen anziehend wirke. Weißt du, ich hatte immer Angst, wenn ich mir nicht dauernd beweisen würde, wie unglaublich attraktiv ich auf Frauen wirke...« Er wandte wie sie den Kopf zu Leos Schreibtisch, betrachtete die Zeichnungen mit ihrer Zartheit, ihrer Einfühlsamkeit und Innigkeit. Sie verkörperten die Furcht, der ins Auge zu sehen er sein Leben lang vermieden hatte. Schließlich war es seine Frau, die es aussprach.

»Daß du dich dann damit auseinandersetzen müßtest, wieso du so unglaublich attraktiv auf Männer wirkst.«

»Ja«, bestätigte er. »Das war es. Ich dachte, irgendwas an mir könnte nicht stimmen. Ich dachte, ich strahlte irgendwas aus: eine Aura, ein Fluidum, eine stillschweigende Einladung...«

»Wie Leo.«

»Wie Leo.«

Sie beugte sich vor und nahm das Bild des kleinen Jungen, das ihr Sohn gezeichnet hatte. Sie hielt es hoch, so daß das Licht darauf fiel. »So fühlt sich Leo«, sagte sie.

»Wir holen ihn zurück. Ich schreibe die Story. Ich lege ein Bekenntnis ab. Ich nenne jede Frau, die ich je gekannt habe, und bitte die eine, sich zu melden, wenn –«

»Ich meine nicht, daß Leo sich jetzt so fühlt, Dennis. So fühlt sich Leo ständig.«

Luxford nahm ihr das Bild aus der Hand. Als er es sich näher anschaute, konnte er sehen, daß der Junge Leo sein sollte. Das helle Haar gab ihn ebenso zu erkennen wie die allzulangen Beine und die zarten Fußgelenke, die sichtbar waren, weil er aus der Hose herausgewachsen war und die Socken heruntergerutscht waren. Und auch die Armesünderhaltung kannte er – er hatte sie erst in der letzten Woche in dem Restaurant am Pond Square gesehen. Eine genauere Betrachtung des Bildes zeigte ihm, daß ursprünglich noch eine zweite Gestalt abgebildet gewesen war. Obwohl sie ausradiert war, konnte man die Umrisse noch erkennen. Die Linien waren deutlich genug für Luxford, um die gemusterten Hosenträger, das gestärkte Hemd und den Strich einer Narbe quer über dem Kinn auszumachen. Die Gestalt war sehr groß – übermenschlich in ihrer Größe – und überschattete das Kind wie eine Manifestation kommenden Unheils.

Luxford knüllte das Blatt zusammen. Er fühlte sich wie geprügelt. »Gott verzeih mir. Bin ich denn so hart gegen ihn?«

»So hart wie gegen dich selbst.«

Er dachte an seinen Sohn: wie wachsam dieser stets in Gegenwart seines Vaters war, wie sorgsam darauf bedacht, nur ja nichts falsch zu machen. Er erinnerte sich, wie der Junge seinem Vater zuliebe immer wieder versucht hatte, sich einen forscheren Gang anzugewöhnen, seiner Stimme einen rauheren Klang zu geben, Worte zu vermeiden, die ihn als Muttersöhnchen hätten abstempeln können. Doch der wahre Leo schimmerte stets durch das Image hindurch, an dem er so hart arbeitete: sensibel, schnell den Tränen nahe, offen, liebevoll und kreativ.

Zum erstenmal, seit er als Schuljunge erkannt hatte, wie wichtig es war, Gefühle zu verbergen und keine Schwäche zu zeigen, verspürte Luxford einen tiefen Schmerz, der ihn zu überwältigen drohte. Aber er weinte keine Träne.

»Ich wollte, daß ein Mann aus ihm wird«, sagte er.

»Das weiß ich, Dennis«, antwortete Fiona. »Aber wie kann ein Mann aus ihm werden, wenn er nicht vorher ein kleiner Junge sein darf?«

Barbara Havers war enttäuscht, als sie bei ihrer Rückkehr aus Stanton St. Bernard sah, daß Robins Wagen nicht in der Einfahrt von *Lark's Haven* stand. Sie hatte seit dem seltsamen Gespräch mit Celia – Celias Vermutungen über die Natur ihrer Beziehung zu Robin waren wirklich zu albern, um auch nur einen Gedanken an sie zu verschwenden – gar nicht darüber nachgedacht, daß sie ihn sehen würde, aber als sie den Platz, an dem er gewöhnlich seinen Escort abstellte, leer sah, sagte sie seufzend: »Ach, Mist« und erkannte, daß sie damit gerechnet hatte, den Fall mit einem Kollegen durchsprechen zu können, so wie sie die anderen Fälle mit Inspector Lynley durchzusprechen pflegte.

Sie war noch einmal im Pfarrhaus von Stanton St. Bernard gewesen und hatte die Fotografie Dennis Luxfords Mr. Matheson und seiner Frau gezeigt. Die beiden hatten sich mit dem Foto – jeder eine Ecke haltend – unter die Küchenlampe gestellt, und Mrs. Matheson hatte gesagt: »Was meinst du, Schatz? Kennen wir ihn?« Worauf Mr. Matheson geantwortet hatte: »Ach, Rose, mein Engel, mein Gedächtnis ist ein nutzloses altes Ding.« Mit einer gewissen Zaghaftigkeit hatten sie erklärt, daß dieses Gesicht ihnen unbekannt sei. Mrs. Matheson sagte, sie hätte sich gewiß an das Haar erinnert, da sie, wie sie mit einem verlegenen kleinen Lachen erklärte, schönes volles Haar bei einem Mann immer schätze. Mr. Matheson, dessen Haar recht schütter war, sagte, er behalte selten ein Gesicht, wenn er nicht mit dem Betreffenden ein Gespräch liturgischen, persönlichen oder theologischen Inhalts geführt habe. Dennoch, wenn dieser Mann in der Kirche, auf dem Kirchhof oder auf dem Basar gewesen wäre, dann wäre ihm das Gesicht jetzt zumindest irgendwie bekannt vorgekommen. So aber ... Es täte ihnen leid, aber sie könnten sich nicht an ihn erinnern.

Auch von den übrigen Leuten im Dorf erhielt Barbara keine andere Antwort. Fast jeder, den sie fragte, wollte helfen, aber keiner konnte es. Schließlich war sie hundemüde und ausgehungert zu *Lark's Haven* zurückgefahren. Es war inzwischen auch höchste Zeit, London anzurufen. Lynley wartete sicher schon, um Hillier etwas Geeignetes auftischen zu können, womit er ihn sich wieder ein Weilchen vom Leibe halten konnte.

Sie trottete zum Haus. Über Leo Luxford gab es keine Neuigkeiten. Sergeant Stanley hatte seine Rasterfahndung wieder aktiviert, diesmal mit besonderer Konzentration auf die Gegend um die Windmühle, aber sie hatten keinerlei Hinweis darauf, daß der kleine Junge überhaupt in Wiltshire war. Sie hatten sein Foto in jedem Weiler, jedem Dorf und jeder Ortschaft gezeigt, aber überall nur Kopfschütteln geerntet.

Barbara fragte sich, wie zwei Kinder so spurlos verschwinden konnten. Ihr selbst, die ja auch in der Großstadt aufgewachsen war, hatte man in ihrer Kindheit unermüdlich zwei Gebote eingebleut: »Schau nach rechts und links, ehe du über die Straße gehst« und »Sprich nie mit fremden Leuten«. Was also war mit diesen beiden Kindern geschehen? Niemand hatte beobachtet, daß sie schreiend von der Straße verschleppt worden waren; das mußte heißen, daß sie dem Entführer freiwillig gefolgt waren. Hatte man sie denn nie vor Fremden gewarnt? Das konnte sich Barbara nicht vorstellen. Wenn ihnen aber diese Warnung ebenso unermüdlich eingebleut worden war wie einst ihr selbst, dann konnte es nur eine Schlußfolgerung geben: Wer immer die Kinder mitgenommen hatte, war ihnen nicht fremd gewesen. Damit stellte sich die Frage, was diese beiden Kinder gemeinsam hatten.

Barbara war zu kaputt, um jetzt nach einer Verbindung zu suchen. Sie mußte zuerst einmal etwas essen – sie hatte extra bei Elvis Patels Lebensmittelgeschäft angehalten und eine Fleischpastete gekauft (»Sie brauchen sie nur noch in die Röhre zu schieben«) –, und wenn sie gegessen hatte, würde ihr Blutzuckerspiegel vielleicht wieder soweit angestiegen und ihre Gehirnzellen soweit gestärkt sein, daß sie mit den Informationen, die ihr zur Verfügung standen, etwas anfangen und nach einer Verbindung zwischen Charlotte Bowen und Leo Luxford suchen konnte.

Sie sah auf ihre Uhr, als sie mit ihrer Fleischpastete in der Hand ins Haus ging. Es war fast acht, genau die richtige Zeit zum stilvollen Dinner. Sie hoffte, Corrine Payne würde nichts dagegen haben, wenn sie kurzfristig ihre Backröhre mit Beschlag belegte.

»Robbie?« Corrines pfeifende Stimme kam aus dem Eßzimmer. »Bist du das, mein Junge?«

»Ich bin's«, rief Barbara.

»Oh! Barbara.«

Da das Eßzimmer auf Barbaras Weg zur Küche lag, konnte sie ein Zusammentreffen mit der Frau nicht vermeiden. Sie fand sie vor dem Eßtisch stehend, auf dem eine Bahn geblümter Baumwollstoff ausgebreitet lag. Corrine hatte ein Schnittmuster auf den Stoff gesteckt und war gerade dabei, es nachzuschneiden.

»Hallo«, sagte Barbara. »Darf ich mal Ihre Backröhre benutzen?« Sie hielt die Fleischpastete hoch.

»Robbie ist nicht mit Ihnen gekommen?« Corrine schob die Schere unter den Stoff und schnitt an dem Muster entlang.

»Der macht noch weiter, nehme ich an.«

Corrine lächelte auf ihren Stoff hinunter. »Und Sie wohl auch, hm?« murmelte sie vielsagend.

Barbara wurde unbehaglich. Sie bemühte sich um einen leichten Ton, als sie sagte: »Wir haben wahnsinnig viel zu tun. Ich mach' mir das hier nur schnell heiß und verschwinde.« Sie nahm Kurs auf die Küche.

»Sie hätten Celia beinahe überzeugt«, bemerkte Corrine.

Barbara blieb stehen. »Bitte? Überzeugt?«

»Was Sie und Robbie betrifft.« Corrine schnitt weiter an dem Schnittmuster entlang. War es Einbildung, oder legte die Schere plötzlich an Tempo zu? »Sie hat hier angerufen, vor knapp zwei Stunden. Das haben Sie wohl nicht erwartet, wie, Barbara? Ich hab's natürlich gleich an ihrer Stimme gemerkt – so was merke ich immer. Sie wollte es mir erst nicht sagen, aber dann ist sie doch damit rausgerückt. Ich glaube, sie hat jemanden zum Reden gebraucht. Das geht einem manchmal so, nicht? Möchten Sie mit mir reden?« Sie blickte auf und sah Barbara ganz freundlich an. Aber beim Anblick der erhobenen Schere bekam Barbara eine Gänsehaut.

Barbara verstand sich nicht auf weibliche List. In diesem Fach hatte sie in ihrer Schulzeit gefehlt. Sie hatte oft den Eindruck, daß ihr Unvermögen, die Kunst weiblicher Raffinesse zu meistern, daran schuld war, daß sie jedes Silvester zu Hause saß und Radio hörte und eine Riesenschüssel Schokoladenpudding mit Mandelsplittern verdrückte. Und so suchte sie zwar jetzt krampfhaft nach einer schlauen Entgegnung, die Corrine Payne von ihrem Thema abbringen würde, sagte aber am Ende doch nur: »Celia täuscht sich, Mrs. Payne. Ich weiß nicht, wie sie auf die Idee gekommen ist, daß zwischen mir und Robin etwas ist, aber dieser Eindruck ist falsch.«

»Corrine«, sagte Corrine. »Nennen Sie mich Corrine.« Sie senkte die Schere und begann wieder zu schneiden.

»Gut. Corrine. Also, dann schieb' ich jetzt rasch die Pastete in die Röhre und –«

»Frauen gewinnen keine ›falschen Eindrücke‹, Barbara. Dazu haben wir viel zuviel Intuition. Mir ist die Veränderung an Robbie auch aufgefallen. Ich hab' nur nicht gewußt, was dahintersteckt. Bis Sie hier aufgetaucht sind. Ich kann verstehen, daß Sie es für besser gehalten haben, Celia zu belügen.« Bei dem Wort »belügen« biß die Schere mit besonderem Nachdruck zu. »Sie ist schließlich Robins Zukünftige. Aber mich werden Sie nicht belügen. Das kommt nicht in Frage.«

Bei den letzten Worten hüstelte Corrine ein wenig. Zum erstenmal fiel Barbara auf, daß sie beim Atmen leicht keuchte. Corrine klopfte sich lächelnd auf die Brust. »Scheußlich, dieses Asthma. Das machen die vielen fliegenden Pollen.«

»Ja, im Frühjahr ist es sicher schlimm«, pflichtete Barbara ihr bei.

»Sie können sich nicht vorstellen, wie schlimm.« Corrine war beim Zuschneiden langsam um den Tisch herumgewandert. Jetzt stand sie zwischen Barbara und der Küchentür. Sie legte den Kopf schief und lächelte mütterlich. »Also, raus mit der Sprache, Barbara. Und keine Lügen, bitte.«

»Mrs. Pay – Corrine! Celia ist durcheinander, weil Robin mit seinen Gedanken ganz woanders ist. Aber das geht einem bei einer Morduntersuchung immer so. Sie nimmt einen völlig gefangen. Und eine Zeitlang vergißt man alles andere. Aber wenn der Fall geklärt ist, nimmt alles wieder seinen normalen Lauf. Sie braucht nur ein bißchen Geduld zu haben, dann wird sie sehen, daß ich die Wahrheit sage.«

Corrine tippte sich nachdenklich mit der Scherenspitze an die Lippe. Sie musterte Barbara mit taxierendem Blick, und als sie sich wieder dem Zuschneiden ihres Stoffes zuwandte, nahm sie auch ihr Thema wieder auf. »Bitte versuchen Sie doch nicht, mich für dumm zu verkaufen, Barbara. Das ist Ihrer nicht würdig. Ich habe Sie doch zusammen gehört. Robbie hat natürlich versucht, diskret zu sein. In der Hinsicht ist er immer sehr rücksichtsvoll. Aber ich habe gehört, wie er nachts zu Ihnen reingeschlichen ist, und deshalb wäre es mir lieber, wir wären ganz offen zueinander. Lügen sind so unschön, finden Sie nicht?«

Einen Moment lang war Barbara sprachlos. »Reingeschlichen?« stammelte sie dann. »Mrs. Payne, glauben Sie etwa, daß wir –«

»Wie ich eben schon gesagt habe, Barbara, Sie mögen es für nötig halten, Celia zu belügen. Sie ist ja auch seine zukünftige Frau. Aber mich sollten Sie wirklich nicht belügen. Sie sind Gast in meinem Haus, da ist das nicht sehr höflich.«

Zahlender Gast, hätte Barbara gern entgegnet. Sie sah zu, wie Corrines Schere wieder Tempo machte. Bald *ehemaliger* Gast, wenn sie nur ihre Sachen schnell genug packen konnte. »Sie täuschen sich! Vollkommen. Genau wie Celia. Ich denke, unter diesen Umständen ist es für alle das beste, wenn ich ausziehe.«

»Damit es leichter wird, Robbie zu treffen? Damit Sie sturmfreie Bude haben und ganz ungestört sind?« Corrine schüttelte den Kopf. »Das gehört sich nun wirklich nicht. Und es wäre Celia gegenüber nicht fair. Nein. Ich finde, es ist das beste, wenn Sie hier im Haus bleiben. Wir klären das alles, sobald Robbie nach Hause kommt.«

»Es gibt nichts zu klären. Es tut mir leid, wenn Robin und Celia Probleme haben, aber mit mir hat das nichts zu tun. Und Sie werden ihn nur in tödliche Verlegenheit stürzen, wenn Sie ihm jetzt nachweisen wollen, daß er und ich ... daß wir ... daß er mit mir ... ich meine, seit ich hier bin ...« Barbara hatte sich noch nie so konfus gefühlt.

»Wollen Sie behaupten, daß ich mir das ausgedacht habe?« fragte Corrine. »Wollen Sie mich beschuldigen, die Unwahrheit zu sagen?«

»Überhaupt nicht. Ich sage nur, daß Sie sich irren, wenn Sie glauben –«

»Sich irren ist nichts anderes als lügen. Sich irren ist das Wort, das wir anstelle von Lügen gebrauchen.«

»Sie vielleicht, aber ich –«

»Widersprechen Sie mir nicht.« Corrine rang röchelnd nach Atem. »Und leugnen Sie nicht. Ich weiß, was ich gehört habe, und ich weiß, was es bedeutet. Und wenn Sie glauben, Sie brauchen sich nur hinzulegen und die Beine breit zu machen und könnten meinen Robbie dem Mädchen wegnehmen, das er heiraten wollte –«

»Mrs. Payne! Corrine!«

»– dann sind Sie auf dem Holzweg. Weil ich da nicht tatenlos zusehen werde. Und Celia auch nicht. Und Robbie ... Robbie ...« Sie schnappte nach Luft.

»Sie regen sich wegen nichts und wieder nichts auf«, sagte Barbara. »Sie werden ganz rot im Gesicht. Bitte. Setzen Sie sich einen Moment. Ich werde auch mit Ihnen reden, wenn Sie das wollen. Ich werde versuchen, es Ihnen zu erklären. Aber bitte beruhigen Sie sich, sonst werden Sie noch krank.«

»Das würde Ihnen so passen, wie?« Corrine wedelte mit der Schere in der Luft herum, daß Barbara ganz nervös wurde. »Das ist doch genau das, was Sie von Anfang an geplant haben, oder? Wenn die Mutter aus dem Weg geräumt ist, wär ja keiner mehr da, der ihm klarmachen könnte, daß er drauf und dran ist, sein ganzes Leben für ein Stück Dreck wegzuschmeißen, wo er was ganz andres hätte haben –« Die Schere fiel klappernd auf den Tisch. Corrine griff sich an die Brust.

»Scheiße!« sagte Barbara. Sie wollte Corrine zu Hilfe kommen. Keuchend winkte diese sie beiseite. »Mrs. Payne, seien Sie doch vernünftig«, flehte Barbara. »Ich habe Robin vor genau zwei Tagen kennengelernt. Wir haben insgesamt ganze sechs Stunden miteinander verbracht, weil jeder von uns an einem anderen Teil des Falls arbeitet. Überlegen Sie doch mal. Sehe ich aus wie eine *femme fatale*? Sehe ich aus wie eine Frau, zu der sich Robin gern nachts ins Zimmer schleichen würde? Und das nach einer Bekanntschaft von genau sechs Stunden? Ist das denn vernünftig?«

»Ich hab' euch beide genau beobachtet.« Corrine rang verzweifelt nach Atem. »Ich hab's gesehen. Und ich weiß Bescheid. Ich weiß es, weil ich ihn angerufen hab', um –« Sie krallte ihre Finger in ihre Brust.

»Mrs. Payne, bitte!« sagte Barbara wieder. »Beruhigen Sie sich doch. Beruhigen Sie sich, sonst –«

»Sam und ich ... Als wir das Datum festgesetzt hatten, hab' ich gedacht, er ... er würde gern ... der erste sein ...« Sie pfiff und röchelte. »... der's erfährt ...« Sie hustete, aber sie gab nicht nach. »Aber er war nicht da, und wir beide wissen, warum er nicht da war, und Sie sollten sich schämen – schämen sollten Sie sich! –, einer anderen Frau den Mann wegzunehmen.«

Der lange Satz hatte sie völlig erschöpft. Sie sank über dem Tisch zusammen. Sie schnaufte, als bekäme sie nur noch durch ein Nadelöhr Luft. Sie krallte die Finger in den Stoff, den sie zugeschnitten hatte, und riß ihn mit sich zu Boden, als sie zusammenbrach.

»Ach, verdammt!« Barbara sprang vorwärts. »Mrs. Payne!« schrie sie. »Mrs. Payne!« Sie packte Corrine und drehte sie auf den Rücken.

Corrines Gesicht, das eben noch hochrot gewesen war, war jetzt kreideweiß. Ihre Lippen schimmerten bläulich. »Luft«, keuchte sie. »Atem ...«

Barbara ließ sie ohne große Umstände wieder auf den Boden sinken. Sie sprang auf und begann zu suchen. »Der Inhalator! Mrs. Payne, wo ist Ihr Inhalator?«

Corrine wies mit einer Hand schwach zur Treppe.

»Oben? In Ihrem Zimmer? Im Bad? Wo ist er?«

»Luft ... bitte ... Treppe ...«

Barbara raste die Treppe hinauf. Sie rannte ins Badezimmer. Sie riß das Apothekerschränkchen auf. Sie fegte ein halbes Dutzend Medikamente zu Boden. Sie schleuderte Zahnpasta, Mundwasser, Heftpflaster, Zahnseide, Rasiercreme hinaus. Der Inhalator war nicht da.

Als nächstes versuchte sie ihr Glück in Corrines Zimmer. Sie riß die Schubladen der Kommode auf und warf alles hinaus, was darin war. Sie leerte den Nachttisch aus. Sie sah auf den Bücherregalen nach. Sie ging zum Schrank. Nichts.

Sie stürzte wieder in den Korridor. Sie konnte die qualvollen Atemzüge der Frau hören. Sie schienen langsamer zu werden. Sie schrie: »Scheiße! Scheiße!« und stürzte sich auf einen Schrank, riß die Türen auf und begann alles, was darin war, auf den Boden zu feuern: Bettlaken, Handtücher, Kerzen, Brettspiele, Decken, Fotoalben. Sie hatte den Schrank innerhalb von zwanzig Sekunden geleert. Ohne Erfolg.

Aber sie hatte doch »Treppe« gesagt? Hatte sie nicht »Treppe« gesagt? Hatte sie nicht gemeint...?

Barbara rannte die Treppe wieder hinunter. An ihrem Fuß stand ein halbmondförmiges Tischchen. Und dort zwischen der Post, einer Topfpflanze und zwei Nippesfiguren lag der Inhalator. Barbara packte ihn und rannte ins Eßzimmer zurück. Sie schob ihn der Frau in den Mund und pumpte wie eine Wilde. »Komm schon«, sagte sie. »O Gott, nun komm schon.« Und wartete darauf, daß das Wunderding seine Wirkung tun würde.

Zehn Sekunden vergingen. Zwanzig. Endlich wurde Corrines Atem leichter. Sie atmete mit Hilfe des Inhalators weiter. Barbara hielt sie fest, aus Angst, sie könnte ihr sonst noch sterben.

Und so traf Robin Payne die beiden Frauen an, als er knapp fünf Minuten später nach Hause kam.

Lynley nahm sein Abendessen, das er sich aus der Kantine geholt hatte, an seinem Schreibtisch ein. Er hatte dreimal versucht, Barbara Havers zu erreichen – zweimal bei der Kriminalpolizei in Amesford und einmal in *Lark's Haven*, wo er ihr eine Nachricht bei einer Frau hinterlassen hatte, deren höflich eisiger Ton, als sie sagte: »Sie können sich darauf verlassen, Inspector, ich werde dafür sorgen, daß sie Ihre Nachricht bekommt«, vermuten ließ, daß Barbara von ihr weit mehr zu hören bekommen würde als seine Bitte, sie möge sich mit ihrem Tagesbericht über den Fortgang der Untersuchung in Wiltshire in London melden.

Er hatte auch St. James angerufen, hatte aber nur Deborah erreicht, die ihm sagte, Simon sei nicht zu Hause gewesen, als sie vor einer halben Stunde von der St.-Botolph's-Kirche, wo sie den ganzen Tag fotografiert hatte, heimgekehrt war. Sie sagte: »Wenn man die Obdachlosen dort sieht... Das rückt alles wieder in die richtige Perspektive, nicht, Tommy?«

Er nutzte den Moment, um zu erwidern: »Wegen Montag nachmittag, Deb. Ich kann mich nur damit entschuldigen, daß ich mich wie ein Flegel benommen habe. Nein, ich *war* ein Flegel. Diese Bemerkung über das Töten von Kindern war unverzeihlich. Es tut mir unglaublich leid.« Worauf sie nach einer nachdenklichen Pause, wie sie so ganz ihre Art war, antwortete: »Mir tut es auch leid. Ich bin da eben sehr empfindlich, wenn es um Kinder geht. Du weißt schon.« Und er erwiderte: »Ja, ich weiß. Natürlich weiß ich das. Verzeihst du mir?« Und sie versicherte ihm: »Längst verziehen, Tommy. Seit Ewigkeiten«, obwohl keine achtundvierzig Stunden vergangen waren, seit die harten Worte zwischen ihnen gefallen waren.

Nach dem Gespräch mit Deborah hatte er mit Hilliers Sekretärin telefoniert, um ihr zu sagen, wann etwa der Assistant Commissioner seinen Bericht erwarten könne. Dann hatte er Helen angerufen. Sie sagte ihm, was er bereits wußte – daß St. James ihn dringend sprechen wolle und schon seit Mittag versuche, ihn zu erreichen. »Ich weiß nicht genau, worum es geht«, fügte sie hinzu, »aber es hat etwas mit diesem Foto von Charlotte Bowen zu tun, das du am Montag bei Simon gelassen hast.«

»Darüber habe ich schon mit Deborah gesprochen«, sagte Lynley. »Ich habe mich entschuldigt. Ich kann das, was ich gesagt habe, nicht ungeschehen machen, aber sie ist offenbar bereit, mir zu verzeihen.«

»Das sieht ihr ähnlich.«

»Ja. Und du? Bist du auch bereit?«

Darauf folgte eine Pause. Er nahm einen Bleistift und kritzelte damit auf einem Aktendeckel herum. Er schrieb ihren Namen wie ein Schuljunge und stellte sich vor, daß sie jetzt Kräfte für eine Antwort sammelte. Er hörte am anderen Ende der Leitung Geschirr klappern. Offenbar hatte er sie beim Abendessen gestört. Erst da fiel ihm ein, daß er seit dem Frühstück nicht mehr ans Essen gedacht hatte.

»Helen?« fragte er.

»Simon hat mir gesagt, daß ich mich entscheiden muß«, sagte sie. »Entweder rein ins Wasser oder runter vom Sprungbrett. Er selbst plädiert für den Sprung ins Wasser. Er sagt, ihm gefällt die Aufregung einer unsicheren Ehe.«

Sie war direkt zum Kern der Sache gekommen, die zwischen ihnen stand, und das war ganz untypisch für sie. Lynley wußte nicht, ob es ein gutes oder ein schlechtes Zeichen war. Helen neigte dazu, ihre Richtung auf indirekten Wegen zu finden. Aber er wußte, daß St. James ein wahres Wort gesprochen hatte. Sie konnten nicht endlos so weitermachen, die eine ewig unschlüssig aus Angst vor einer endgültigen Bindung, der andere aus Angst vor einer endgültigen Zurückweisung bereit, diese Unschlüssigkeit zu akzeptieren. Es war lächerlich. Sie standen ja nicht einmal auf dem Sprungbrett. In den letzten sechs Monaten waren sie dem Wasser überhaupt nicht nahe gekommen.

»Helen, bist du am Wochenende frei?« fragte er.

»Ich wollte eigentlich mit Mutter zusammen zu Mittag essen. Warum? Mußt du nicht arbeiten, Liebling?«

»Doch, wahrscheinlich. Ganz bestimmt, wenn dieser Fall bis dahin nicht abgeschlossen ist.«

»Was –«

»Ich dachte, wir könnten heiraten. Wir haben die nötigen Papiere. Ich finde, es wird Zeit, daß wir ernst machen.«

»Einfach so?«

»Kopfüber ins Wasser.«

»Aber was ist mit deiner Familie? Und mit meiner? Und die Gäste, die Kirche, der Empfang... ?«

»Also, heiraten wir?« Seine Stimme klang heiter, aber innerlich war er voll Furcht. »Na komm, Liebling. Vergiß das ganze Brimborium. Das können wir auch später haben, wenn du es willst. Es ist Zeit für den Sprung ins Wasser.«

Er spürte förmlich, wie sie alle Möglichkeiten abwog, versuchte, im voraus abzusehen, wohin es führen konnte, wenn sie sich auf Dauer und vor aller Öffentlichkeit an ihn band. Wenn es darum ging, Entscheidungen zu treffen, war Helen Clyde die am wenigsten impulsive Frau, die er kannte. Ihre Entschlußlosigkeit trieb ihn zum Wahnsinn, aber er hatte längst gelernt, daß sie ein Teil ihrer Natur war. Sie konnte eine Viertelstunde über der Entscheidung brüten, welche Strümpfe sie morgens anziehen sollte, und weitere zwanzig Minuten in ihren Ohrringen kramen, um genau das richtige Paar zu finden. War es da ein Wunder, daß sie seit achtzehn Monaten in Entscheidungsschwierigkeiten steckte, zuerst wegen der Frage, ob, dann wegen der Frage, wann sie ihn heiraten sollte?

»Helen«, sagte er, »jetzt gilt es. Ich weiß, daß die Entscheidung schwierig ist und dir angst macht. Ich habe weiß Gott auch meine Zweifel. Aber das ist ganz natürlich, und es kommt ein Tag, an dem ein Mann und eine Frau –«

»Liebling, das weiß ich doch alles«, erwiderte sie völlig gelassen. »Es besteht wirklich kein Grund, mir Mut zuzusprechen.«

»Nein? Ja, warum um Himmels willen sagst du dann nicht –«

»Was?«

»Sag ja. Sag, daß du mich heiraten willst. Sag irgendwas. Sag irgendwas, um mir ein Zeichen zu geben.«

»Ach, entschuldige. Ich dachte nicht daran, daß du ein Zeichen brauchst. Ich habe nur überlegt.«

»Was denn, Herrgott noch mal?«

»Das Wichtigste an der ganzen Sache.«

»Und was ist das?«

»Aber Tommy! Du kennst mich doch! Was um alles in der Welt ich anziehen soll.«

Er erklärte, es sei ihm völlig egal, was sie anziehen werde. Sie könne den Rest ihres gemeinsamen Lebens anziehen, was sie wolle. Sie könne in Sack und Asche gehen, wenn ihr das gefalle. Oder in Bluejeans, Strumpfhosen, Satin und Spitze. Sie lachte und meinte, sie werde ihn beim Wort nehmen. »Ich habe genau die passenden Accessoires zu Sack und Asche.«

Hinterher merkte er, wie hungrig er war, und er ging in die Kantine und kaufte sich das Sandwich des Tages mit Avocado und Garnelen. Er ließ sich noch einen Apfel dazu geben und nahm beides, den Apfel auf einer Tasse Kaffee balancierend, mit in sein Büro.

Er hatte sein provisorisches Abendbrot zur Hälfte gegessen, als Winston Nkata mit einem Zettel in der Hand hereinkam. Er sah verwirrt aus.

»Was ist?« fragte Lynley.

Nkata rieb sich die Wange. »Ich werd' daraus nicht schlau«, sagte er. Er setzte sich in einen der Sessel vor Lynleys Schreibtisch und blickte auf den Zettel in seiner Hand. »Ich hab' eben mit dem Revier Wigmore Street telefoniert. Die haben seit gestern die Hilfspolizisten überprüft, Sie wissen doch?«

»Die Hilfspolizisten?« Als Nkata nickte, fragte Lynley: »Was ist mit denen?«

»Sie erinnern sich, daß keiner von den regulären Beamten in der Wigmore Street letzte Woche den Penner aus dem Cross Keys Close rausgejagt hat?«

»Jack Beard, meinen Sie? Ja, sicher. Darum haben wir ja vermutet, daß es einer der Hilfspolizisten gewesen sein muß. Haben Sie ihn gefunden?«

»Geht nicht«, antwortete Nkata.

»Warum nicht? Sind die Aufzeichnungen im Revier nicht in Ordnung? Hat es einen Wechsel im Personal gegeben? Was ist passiert?«

»Nein zu eins, nein zu zwei und nichts zu drei«, sagte Nkata. »Ihre Aufzeichnungen sind in bester Ordnung. Die Hilfspolizisten werden immer vom selben Mann eingeteilt. In der letzten Woche hat keiner aufgehört. Und es ist auch kein neuer dazugekommen.«

»Was wollen Sie mir eigentlich sagen?«

»Daß Jack Beard nicht von einem Hilfspolizisten weggejagt worden ist. Und auch nicht von einem regulären Beamten vom Revier Wigmore Street.« Er beugte sich in seinem Sessel vor, knüllte den Zettel zusammen und warf ihn in den Papierkorb. »Ich krieg' langsam das Gefühl, daß Jack Beard überhaupt nicht weggejagt worden ist.«

Lynley ließ sich das durch den Kopf gehen. Es war unsinnig. Sie hatten zwei voneinander unabhängige Aussagen – abgesehen von Jack Beards eigener Aussage –, daß der Mann an dem

Tag, an dem Charlotte Bowen verschwunden war, aus dem Cross Keys Close vertrieben worden war. Die Aussagen, die zunächst Helen eingeholt hatte, waren später bestätigt worden, als die mit dem Fall befaßten Beamten dieselben Personen, die den Wortwechsel zwischen dem Stadtstreicher und dem Beamten, der ihn vertrieben hatte, beobachtet hatten, noch einmal vernommen hatten. Wenn sich nicht Jack Beard und die Bewohner des Cross Keys Close miteinander verschworen hatten, mußte es eine andere Erklärung geben. Zum Beispiel, dachte Lynley, daß sich jemand als Polizeibeamter ausgegeben hatte. Es war nicht unmöglich, sich eine Polizeiuniform zu beschaffen. Man konnte sie in jedem Kostümverleih mieten.

Diese Überlegungen beunruhigten Lynley. Mehr zu sich selbst als zu Nkata sagte er: »Es ist wieder alles offen.«

»Im Gegenteil. Wir sind in einer Sackgasse.«

»Das glaube ich nicht.«

Lynley sah auf die Uhr. Es war zu spät, um jetzt noch anzufangen, Kostümverleihe anzurufen, aber wie viele davon konnte es in London geben? Zehn? Zwanzig? Sicher weniger als zwanzig, und gleich morgen früh –

Das Telefon läutete. Es war der Empfang. Ein Mr. St. James warte unten. Ob der Inspector ihn empfangen wolle? Lynley bejahte. Er schickte Nkata hinunter, St. James zu holen.

St. James hielt sich nicht mit Förmlichkeiten auf, als er fünf Minuten später in Begleitung von Winston Nkata Lynleys Büro betrat. Er sagte nur: »Tut mir leid, ich konnte nicht länger darauf warten, daß du mich zurückrufst.«

»Hier war die Hölle los«, erklärte Lynley.

»Das glaube ich.« St. James setzte sich. Er hatte einen großen braunen Umschlag bei sich und stellte ihn, an das Bein seines Sessels gelehnt, auf den Boden. »Wie weit seid ihr?« fragte er. »Im *Evening Standard* machen sie einen Haufen Wind um einen ungenannten Verdächtigen in Wiltshire. Ist das der Mechaniker, von dem du mir gestern abend erzählt hast?«

»Das haben wir Hillier zu verdanken«, sagte Lynley. »Er

möchte, daß die Öffentlichkeit erfährt, wie nutzbringend die Polizei ihre Steuergelder verwendet.«

»Was habt ihr sonst noch?«

»Einen Haufen offener Fragen. Und viel Arbeit.«

Er berichtete St. James von der Entwicklung der Ermittlungen sowohl in London als auch in Wiltshire. St. James hörte aufmerksam zu. Ab und zu warf er eine Frage ein: Ob Sergeant Havers sicher sei, daß die Fotografie, die sie in Baverstock gesehen hatte, tatsächlich die Windmühle zeigte, in der Charlotte Bowen gefangengehalten worden war. Ob es eine Verbindung zwischen dem Basar in Stanton St. Bernard und irgendeiner in den Fall verwickelten Person gäbe. Ob inzwischen weitere Sachen von Charlotte Bowen gefunden worden seien – der Rest ihrer Uniform, ihre Schulbücher, ihre Flöte. Ob Lynley den Dialekt der Person habe erkennen können, die am Nachmittag bei Dennis Luxford angerufen hatte. Ob Damien Chambers Verwandte oder Freunde in Wiltshire habe, insbesondere jemanden, der bei der Polizei sei.

»In der Richtung haben wir bei Chambers noch gar nicht nachgeforscht«, antwortete Lynley. »Seiner politischen Einstellung nach gehört er ins IRA-Lager, allerdings nur ganz am Rande.« Er schilderte kurz die Tatsachen, die sie über Chambers zusammengetragen hatten, und schloß mit den Worten: »Warum fragst du? Hast du etwas über ihn?«

»Ich kann nicht vergessen, daß er, abgesehen von Charlottes Schulkameradin, der einzige war, der sie Lottie nannte. Deswegen ist er die einzige Verbindung, die ich zwischen dem Kind und seinem Mörder herstellen kann.«

»Aber es können doch massig Leute gewußt haben, wie die Kleine genannt worden ist, ohne daß sie selbst sie so genannt haben«, wandte Nkata ein. »Wenn ihre Schulfreundinnen sie Lottie genannt haben, dann haben ihre Lehrer das bestimmt gewußt. Die Eltern ihrer Freundinnen werden es gewußt haben. Ihre eigenen Eltern ebenfalls. Ganz abgesehen von ihrer Tanzlehrerin, dem Chorleiter, dem Pfarrer, bei dem sie zur Kirche gegangen ist, und jedem anderen, der irgendwann mal gehört hat, wie sie jemand auf der Straße beim Namen gerufen hat.«

»Da hat Winston nicht ganz unrecht«, meinte Lynley. »Warum bist du so auf den Namen fixiert, Simon?«

»Weil es meiner Ansicht nach einer der Fehler war, die der Mörder gemacht hat – zu zeigen, daß Charlottes Spitzname ihm bekannt war«, antwortete St. James. »Ein zweiter Fehler war der Daumenabdruck –«

»– im Batteriefach des Kassettenrecorders«, vollendete Lynley. »Hat er sonst noch Fehler begangen?«

»Noch einen, glaube ich.« St. James griff nach dem braunen Umschlag. Er öffnete ihn und ließ seinen Inhalt auf Lynleys Schreibtisch gleiten.

Es war die Fotografie der toten Charlotte Bowen, die Fotografie, die er Deborah im Zorn hingeworfen hatte und nach der Auseinandersetzung in Simons Haus zurückgelassen hatte.

»Hast du die Entführerbriefe da?« fragte St. James.

»Nur Kopien.«

»Das reicht schon.«

Die beiden Kopien waren schnell gefunden, da Lynley sie ja erst vor ein paar Stunden herausgesucht hatte, als Eve Bowen und Dennis Luxford bei ihm im Büro gewesen waren. Er nahm sie zur Hand und legte sie neben das Foto. Während er sich bemühte, eine Verbindung zu erkennen, kam St. James um den Schreibtisch herum an seine Seite. Nkata stand auf und beugte sich vor.

»Ich habe mir diese Briefe letzte Woche lang und genau angesehen«, sagte St. James. »Am Mittwochabend, nachdem ich mit Eve Bowen und Damien Chambers gesprochen hatte. Ich fand keine Ruhe und versuchte, einen roten Faden zu finden. Da habe ich mich über die Briefe gesetzt und die Schrift studiert.«

Mit einem Bleistift wies er auf jedes Detail, das er im folgenden ansprach. »Sieh dir an, wie er die Buchstaben abbildet, Tommy, besonders das t und das f. Bei beiden leitet der Querstrich direkt in den nachfolgenden Buchstaben über. Und schau dir das w an, es steht immer allein, niemals mit dem Rest des Wortes verbunden. Und dann das e. Es ist immer mit dem nachfolgenden Buchstaben verbunden, aber niemals mit dem vorhergehenden.«

»Ich kann sehen, daß die beiden Briefe von derselben Person geschrieben wurden«, sagte Lynley.

»Ja«, bestätigte St. James. »Und jetzt sieh dir das an.« Er drehte das Foto um und zeigte auf den Namen »Charlotte Bowen«, der auf der Rückseite geschrieben stand. »Sieh dir das Doppel-t an«, sagte er. »Und das e. Und das w.«

»Das gibt's doch nicht«, flüsterte Lynley.

Nkata kam jetzt ebenfalls um den Schreibtisch herum und stellte sich auf Lynleys andere Seite.

»Das ist der Grund, warum ich nach einer Verbindung Damien Chambers' mit Wiltshire gefragt habe«, erklärte St. James. »Weil die Person, die Charlotte Bowens Namen auf die Rückseite dieses Fotos geschrieben hat und die auch diese beiden Briefe geschrieben hat, ihren Spitznamen meiner Ansicht nach nur gewußt haben kann, wenn sie ihn von einem Komplizen – wie zum Beispiel Chambers – erfahren hatte.«

Lynley hielt sich alle Fakten, die sie beisammenhatten, vor Augen. Sie ließen, so schien es, nur einen logischen, erschrekkenden und unausweichlichen Schluß zu. Winston Nkata richtete sich auf und faßte diese Schlußfolgerung in Worte.

»Ich glaube, da kommt einiges auf uns zu«, erklärte er.

»Ja, das glaube ich auch«, antwortete Lynley und griff zum Telefon.

29

Als Robin Barbara und seine Mutter auf dem Boden sah, wurde er so weiß wie ein Leintuch. »Mama!« schrie er auf und fiel neben ihr auf die Knie. Vorsichtig, als habe er Angst, sie könnte sich bei zu grober Berührung auflösen, ergriff er die Hand seiner Mutter.

»Es ist schon wieder in Ordnung«, sagte Barbara. »Sie hatte einen Anfall, aber jetzt ist es wieder in Ordnung. Aber ich hab' das ganze Haus auf den Kopf gestellt, um den Inhalator zu finden. Oben sieht's aus wie auf einem Schlachtfeld.«

Er schien sie gar nicht zu hören. »Mama? Was ist denn passiert, Mama? Wie geht es dir?«

Corrine drehte mit schwacher Bewegung den Kopf zu ihrem Sohn. »Ach, mein Bübel«, flüsterte sie mühsam, obwohl das Atmen schon wieder recht gut ging. »Robbie! Ich hatte einen Anfall, mein Junge. Aber Barbara... hat sich um mich gekümmert. Ich bin gleich wieder auf den Beinen. Mach dir keine Sorgen.«

Robin bestand darauf, sie sofort ins Bett zu packen. »Ich rufe Sam an, damit er zu dir kommt, Mama. Möchtest du das? Soll ich Sam bitten herzukommen?«

Ihre Augenlider flatterten, als sie müde den Kopf schüttelte. »Ich will nur meinen kleinen Jungen«, murmelte sie. »Meinen Robbie. Wie früher. Das ist dir doch recht, mein Schatz?«

»Natürlich ist es mir recht.« Robins Ton war entrüstet. »Wieso sollte es mir nicht recht sein? Du bist schließlich meine Mutter. Was denkst du denn?«

Barbara konnte sich ganz gut vorstellen, was Corrine dachte, aber sie sagte nichts. Sie war froh, Corrine ihrem Sohn überlassen zu können. Sie half Robin dabei, seine Mutter wieder auf die Beine zu stellen und die Treppe hinaufzubringen. Oben führte Robin seine Mutter in ihr Schlafzimmer und schloß die Tür. Von draußen konnte Barbara ihre Stimmen hören, Corrines dünn und zerbrechlich, Robins beruhigend wie die eines Vaters, der ein Kind tröstet. »Mama«, sagte er, »du mußt besser auf dich achten. Ich kann dich nicht mit gutem Gewissen Sam überlassen, wenn du nicht anfängst, besser auf dich achtzugeben.«

Im Korridor kniete Barbara im Tohuwabohu der Sachen nieder, die sie aus dem Wäscheschrank gerissen hatte. Sie begann, die Bettwäsche und die Handtücher zu ordnen und einzuräumen. Sie war bis zu den Brettspielen, Kerzen und dem anderen Ramsch gekommen, die sie in ihrer Panik herausgeworfen hatte, als Robin aus dem Zimmer seiner Mutter trat. Leise zog er die Tür hinter sich zu.

»Barbara, lassen Sie das doch liegen«, sagte er hastig, als er sah, was sie tat. »Ich mach' das schon selbst.«

»*Ich* hab' die Unordnung gemacht.«

»*Sie* haben meiner Mutter das Leben gerettet.« Er kam zu ihr und bot ihr die Hand. »Aufgestanden, marsch! Das ist ein Befehl.« Er milderte seine Worte mit einem Lächeln und fügte hinzu: »Wenn es Ihnen nichts ausmacht, sich von einem kümmerlichen Constable rumkommandieren zu lassen.«

»Na, kümmerlich sind Sie nun wirklich nicht.«

»Das freut mich.«

Sie ergriff seine Hand und ließ sich von ihm aufhelfen. Große Fortschritte hatte sie bei ihren Aufräumungsarbeiten nicht gemacht. »Im Zimmer Ihrer Mutter habe ich ähnlich gewütet«, bemerkte sie mit einer kurzen Kopfbewegung zum Boden. »Aber das haben Sie sicher schon gesehen.«

»Ich bring' das schon wieder in Ordnung. Und hier auch. Haben Sie schon was gegessen?«

»Ich wollte mir ein Fertiggericht aufwärmen.«

»Kommt nicht in Frage.«

»Wieso? Das ist doch nicht schlecht. Wirklich. Es ist eine Fleischpastete.«

»Barbara ...« So, wie er ihren Namen sagte, klang es, als wollte er ihr eine Eröffnung machen. Seine Stimme war leise und in seinem Ton schwang eine Nuance, die sie nicht deuten konnte.

Sie sagte hastig: »Ich hab' die Fleischpastete bei Elvis Patel gekauft, Robin. Waren Sie schon mal in dem Laden? Bei dem Namen konnte ich einfach nicht widerstehen. Manchmal denke ich, ich hätte in den fünfziger Jahren leben sollen. Elvis' *Blue Suede Shoes* haben's mir immer schon angetan.«

»Barbara...«

Wild entschlossen galoppierte sie weiter. »Ich wollte gerade in die Küche und die Pastete warm machen, als Ihre Mutter den Anfall bekam. Beinahe hätte ich den Inhalator nicht gefunden. Sie sehen ja, wie ich hier rumgetobt habe. Es sieht wirklich aus...« Sie zögerte. In seinen Augen brannte eine Flamme, die einer Frau mit mehr Erfahrung wahrscheinlich ganze Bände unausgesprochener Gefühle offenbart hätte: Barbara jedoch offenbarte sie gar nichts; sie rief bei ihr nur den unangenehmen Eindruck hervor, daß sie sich auf dünneres Eis gewagt hatte, als ihr bewußt war. Er sagte ein drittes Mal ihren Namen, und Barbara wurde ganz heiß. Was zum Teufel hatte dieser intensive Blick zu bedeuten? Und was hatte es zu bedeuten, daß er ihren Namen auf die gleiche sehnsüchtige Art aussprach, wie sie im allgemeinen »Noch etwas mehr Schlagsahne, bitte«, sagte? Eilig fuhr sie fort: »Kurz und gut, Ihre Mutter bekam den Anfall keine zehn Minuten nachdem ich nach Hause gekommen war. Ich hatte gar keine Zeit, die Pastete aufzuwärmen.«

»Darum können Sie jetzt etwas zu essen gebrauchen«, stellte er sachlich fest. »Und ich auch.« Er nahm sie beim Arm. Sie spürte den sanften Druck, mit dem er sie zur Treppe steuern wollte. »Ich koche gut«, sagte er. »Und ich habe ein paar Lammkoteletts mitgebracht. Die brate ich uns. Wir haben auch frischen Brokkoli und ein paar Karotten.« Er hielt inne und sah ihr direkt in die Augen. Es war wie eine Herausforderung, und sie wußte nicht recht, wie sie sie verstehen sollte. »Darf ich für Sie kochen, Barbara?«

Sie fragte sich, ob der Ausdruck »für jemanden kochen«

neuerdings zweideutig geworden war. Wenn ja, so gelang es ihr jedenfalls nicht, den tieferen Sinn zu erkennen. Sie mußte zugeben, daß sie hungrig genug war, um ein ganzes Wildschwein auf einen Satz zu verschlingen, und es konnte ihrer Arbeitsbeziehung sicher nicht schaden, wenn sie sich von ihm ein schnelles Abendessen zaubern ließ. »Okay«, sagte sie, hatte dabei aber das Gefühl, daß sie die Mahlzeit unter Vortäuschung falscher Tatsachen annähme, wenn sie ihn nicht darüber aufklärte, was an diesem Abend zwischen seiner Mutter und ihr vorgefallen war. Er betrachtete sie offensichtlich als Corrines Lebensretterin und war vielleicht ganz aufgeweicht vor Dankbarkeit für das, was sie getan hatte. Aber wenn es auch stimmte, daß sie Corrine gerettet hatte, so war doch nicht zu leugnen, daß sie selbst der Auslöser ihres Asthmaanfalls gewesen war. Und das mußte er wissen. Es war nur fair. Sie schob deshalb seine Hand von ihrem Arm und sagte: »Robin, wir müssen etwas besprechen.«

Augenblicklich trat ein wachsamer Ausdruck in sein Gesicht. Barbara wußte, wie ihm zumute war. Wenn jemand sagte: »Wir müssen etwas besprechen«, war das im allgemeinen die Ankündigung dafür, daß gleich die Bombe platzen würde, und in diesem Fall konnte das nur ihre dienstliche Beziehung oder ihre persönliche Beziehung betreffen – wenn überhaupt eine persönliche Beziehung zwischen ihnen bestand. Sie hätte ihn gern irgendwie beruhigt, aber sie war zu unerfahren im Mann-Frau-Gespräch und fürchtete, sie würde sich lächerlich machen. Deshalb stolperte sie einfach weiter, indem sie direkt zur Sache kam.

»Ich habe heute mit Celia gesprochen.«

»Celia?« Jetzt wurde sein Gesicht direkt mißtrauisch. »Mit Celia? Warum? Was ist denn los?«

Na toll, dachte Barbara. Er machte schon die Schotten dicht, obwohl sie noch nicht einmal richtig angefangen hatte. »Ich mußte wegen des Falls mit ihr sprechen –«

»Was hat Celia mit dem Fall zu tun?«

»Nichts, wie sich herausgestellt hat, aber ich –«

»Warum mußten Sie dann mit ihr reden?«

»Robin«, Barbara berührte flüchtig seinen Arm. »Lassen Sie mich doch erst mal sagen, was ich zu sagen habe, okay?«

Ihm war sichtlich unbehaglich, aber er nickte. Dann sagte er drängend: »Können wir das nicht unten besprechen? Während ich das Essen mache?«

»Nein. Ich muß Ihnen das jetzt sagen. Weil Sie danach vielleicht gar keine Lust mehr haben, für mich zu kochen. Es wird Ihnen vielleicht wichtiger sein, sich heute abend Zeit zu nehmen, um mit Celia zu sprechen und alles zu klären.«

Er schien perplex, doch ehe er Gelegenheit hatte, ihr Fragen zu stellen, sprach sie hastig weiter. Zuerst berichtete sie von ihrem Gespräch mit Celia in der Bank, dann von dem Gespräch mit seiner Mutter. Er hörte sich alles an. Zuerst wurde sein Gesicht zornig, dann, irgendwann in der Mitte ihres Berichts, sagte er erbittert: »Verdammt noch mal«, und am Ende stand er nur noch schweigend da. Als er nach einer halben Minute immer noch kein Wort herausgebracht hatte, bemerkte sie abschließend: »Ich glaube deshalb, es ist das beste, wenn ich nach dem Essen meine Sachen packe und verschwinde. Wenn Ihre Mutter und Ihre Freundin –«

»Sie ist nicht meine –«, unterbrach er sie schnell, hielt aber inne, ohne den Satz zu vollenden. »Barbara«, sagte er, »können wir nicht unten weitersprechen?«

»Es gibt nichts mehr zu sagen. Kommen Sie, räumen wir hier auf, und dann pack' ich meine Sachen. Ich esse noch mit Ihnen, aber dann muß ich hier verschwinden. Anders geht's nicht.« Sie bückte sich, um sich wieder an die Arbeit zu machen. Sie begann die Karten und die Geldscheine eines Monopoly-Spiels einzusammeln, die mit den Spielsteinen eines uralten Leiterspiels durcheinandergeraten waren.

Wieder nahm er sie beim Arm, um sie zum Aufhören zu zwingen. Diesmal packte er ziemlich fest zu. »Barbara«, sagte er. »Sehen Sie mich an.« Seine Stimme war – wie der Zugriff seiner Hand – ganz verändert, so als hätte plötzlich ein Mann die Stelle des Jungen eingenommen. Ihr Herz begann ganz seltsam zu klopfen. Aber sie tat, was er gesagt hatte. Er half ihr wieder auf. »Sie sehen sich selbst nicht so, wie andere Sie sehen«, sagte er. »Das hab' ich von Anfang an gemerkt. Ich vermute, Sie sehen sich überhaupt nicht als Frau, als eine Frau, meine ich, für die ein Mann sich interessieren könnte.«

Ach, das hat gerade noch gefehlt, dachte sie und entgegnete: »Ich denke, ich weiß ziemlich gut, wer und was ich bin.«

»Nein, das glaube ich nicht. Wenn Sie wirklich wüßten, wer Sie sind, was für eine Frau Sie sind, hätten Sie mir das, was meine Mutter und Celia über uns denken, nicht so erzählt, wie Sie's getan haben.«

»Ich habe Ihnen schlicht und einfach die Fakten berichtet.« Ihre Stimme war ruhig, sogar unbefangen, fand sie. Aber sie war sich seiner Nähe überaus bewußt.

»Sie haben mir nicht nur die Fakten berichtet. Sie haben mir erzählt, daß Sie es nicht glauben.«

»Daß ich was nicht glaube?«

»Daß das, was Celia und meine Mutter gesehen haben, stimmt. Daß ich etwas für Sie empfinde.«

»Ich empfinde auch etwas für Sie. Wir arbeiten zusammen. Und wenn man mit jemandem zusammenarbeitet, entwickelt sich oft eine Kameradschaft, die vielleicht –«

»Das, was ich fühle, geht über Kameradschaft hinaus. Sagen Sie jetzt nicht, daß Sie das nicht gemerkt haben. Das glaub' ich Ihnen nämlich nicht. Zwischen uns ist ein Funke da, und das wissen Sie auch.«

Barbara wußte nicht, was sie darauf sagen sollte. Sie konnte nicht leugnen, daß tatsächlich von Anfang an ein kleiner Funken zwischen ihnen dagewesen war. Aber die Vorstellung, daß sich daraus etwas entwickeln könnte, war so unwahrscheinlich gewesen, daß sie das Fünkchen zuerst ignoriert und später so gut wie möglich gelöscht hatte. Das sei das einzig Vernünftige, hatte sie sich gesagt. Sie waren Kollegen, und unter Kollegen war es besser, Abstand zu halten. Und selbst wenn sie keine Kollegen gewesen wären – sie war nicht so naiv, daß sie auch nur eine Sekunde lang vergessen hätte, wie abschreckend vieles an ihr wirkte: vor allem ihr Gesicht, ihre Figur, ihre Art, sich zu kleiden, ihr brüskes Verhalten und ihre kratzbürstige Umgangsart. Wo gab es den Mann, der das alles durchschauen und sie als die erkennen würde, die sie wirklich war?

Er schien ihre Gedanken zu lesen. »Das, was bei einem Menschen zählt, ist sein Inneres, nicht sein Äußeres«, sagte er. »Sie sehen sich an und sehen eine Frau, die einem Mann niemals gefallen würde. Richtig?«

Sie schluckte. Er stand immer noch dicht neben ihr. Er erwartete eine Antwort, und früher oder später würde sie ihm eine geben müssen. Oder sie würde in ihr Zimmer laufen und die Tür zuschlagen müssen. Also los, red schon, befahl sie sich. Antworte ihm. Denn wenn du's nicht tust ... er rückt dir ja immer näher ... wenn du nichts sagst, glaubt er womöglich ...

Hastig begann sie zu sprechen. »Es ist so lange her. Ich war schon lange nicht mehr mit einem Mann ... ich meine ... ach, Mensch, ich kann so was nicht ... Wollen Sie nicht Celia anrufen?«

»Nein«, antwortete er. »Ich will Celia nicht anrufen.« Er überbrückte den winzigen Abstand zwischen ihnen, indem er sich zu ihr neigte. Und dann küßte er sie.

Ach, du Scheiße, das ist ja der Wahnsinn, dachte Barbara. Dann spürte sie seine Zunge in ihrem Mund und seine Hände in ihrem Gesicht, an ihren Schultern, ihren Armen, an ihrem Busen. Sie hörte auf zu denken. Er drängte sich an sie. Er drückte sie an die Wand. Er stand so, daß sie jede Kontur seines Körpers wahrnahm und es an seinen Absichten keinen Zweifel geben konnte. Ihr Verstand sagte, Mensch, hau ab, versteck dich. Ihr Körper sagte, na endlich, wurde aber auch Zeit, verdammt noch mal.

Das Telefon läutete. Das Geräusch riß sie auseinander. Außer Atem, erhitzt, mit schlechtem Gewissen, starrten sie einander an und begannen gleichzeitig zu sprechen.

Barbara sagte: »Sie sollten besser –«

Und Robin sagte: »Ich sollte besser –«

Sie fingen an zu lachen, und Robin hauchte lächelnd: »Ich

geh' schnell ran. Bleib hier. Beweg dich nicht von der Stelle. Versprichst du's?«

»Ja. Gut«, antwortete Barbara.

Er ging in sein Zimmer. Sie konnte seine Stimme hören, das gedämpfte »Hallo?«, dann eine Pause, dann: »Ja. Sie ist hier. Einen Moment bitte.« Mit einem schnurlosen Telefon kam er wieder heraus. Er reichte es Barbara. »London. Der Chef.«

Zum Teufel, dachte sie. Sie hätte Lynley längst anrufen sollen. Er hatte wahrscheinlich schon seit dem späten Nachmittag auf ihren Bericht gewartet. Sie drückte das Telefon an ihr Ohr, während Robin den Wäscheschrank öffnete und sich daranmachte, die Sachen, die noch auf dem Boden herumlagen, aufzuräumen. Sie hatte noch seinen Geschmack auf der Zunge. Sie fühlte noch den Druck seiner Hände auf ihren Brüsten. Lynley hätte in keinem unpassenderen Moment anrufen können.

»Inspector?« meldete sie sich. »Tut mir leid. Wir hatten hier eine kleine Krise. Ich wollte Sie gerade anrufen.«

Robin sah zu ihr herauf, lachte und nahm seine Arbeit wieder auf.

Lynley fragte leise: »Ist der Constable in Ihrer Nähe?«

»Aber ja. Sie haben doch eben mit ihm gesprochen.«

»Ich meine, ob er jetzt da ist. Im selben Raum mit Ihnen.«

Barbara bemerkte, daß Robin wieder zu ihr aufsah. Er legte fragend den Kopf schief. Sie zuckte die Achseln. »Ja«, sagte sie ins Telefon und hörte, wie ihre Stimme am Ende des Wortes in die Höhe stieg, so daß aus der Bestätigung eine Frage wurde. Robin beugte sich wieder über seine Arbeit.

Lynley rief irgend jemandem, der bei ihm im Büro war, zu: »Er ist bei ihr«, ehe er das Wort wieder an sie richtete. Er sprach in einem Ton, der scharf und gespannt war, gar nicht seine Art. »Hören Sie genau zu, Barbara. Bleiben Sie ganz ruhig. Es spricht fast alles dafür, daß Robin Payne unser Mann ist.«

Barbara stand wie versteinert. Sie hätte nicht einmal reagieren können, wenn sie es gewollt hätte. Sie öffnete den Mund,

und irgendwie brachte sie die Worte »Ja, Sir« hervor, aber das war auch das Äußerste, was sie sich abringen konnte.

Lynley fragte: »Ist er noch da? Im selben Zimmer?«

»O ja, natürlich.« Barbara riß ihren Blick von der Wand gegenüber los und sah zu Robin hinunter. Er war dabei, die Fotoalben aufeinanderzuschichten.

»Er hat die Entführerbriefe geschrieben«, fuhr Lynley fort. »Er hat Charlottes Namen und das Aktenzeichen hinten auf die Tatortfotos geschrieben. St. James hat sie alle genau überprüft. Die Schrift stimmt bis ins kleinste überein. Und Amesford hat uns bestätigt, daß Payne diese Aufnahmen beschriftet hat.«

»Ah ja, ich verstehe«, sagte Barbara. Robin war dabei, das Monopoly zu ordnen. Geld hier. Häuser dort. Hotels daneben. Sie warf einen verstohlenen Blick auf eine der Ereigniskarten. »Du kommst aus dem Gefängnis frei.« Sie hätte brüllen können vor Lachen.

»Wir haben überprüft, was er in den letzten Wochen getrieben hat«, berichtete Lynley weiter. »Er war im Urlaub, Barbara. Er hatte die Zeit, um nach London zu fahren.«

»Na, das ist eine echte Neuigkeit, was?« sagte Barbara und hörte zugleich, was sie viel früher hätte hören müssen, was sie zweifellos gehört hätte, wäre sie nicht wie benebelt gewesen von dem Gedanken – oder war es die Hoffnung, du dumme Gans? –, es könne sich tatsächlich ein Mann für sie interessieren. Sie konnte die Stimme eines jeden von ihnen hören, und der Widerspruch zwischen den einzelnen Bemerkungen hätte bei ihr sofort rote Warnsignale auslösen müssen:

»Ich hab's gerade erst vor drei Wochen geschafft. Da hab' ich den Lehrgang abgeschlossen.« Das war Robins Stimme.

Celia jedoch hatte gesagt: *»Als er von dem Lehrgang zurückkam ...«*

Und Corrine hatte gerufen: *»Als ich angerufen habe ... er war nicht da.«*

Und diese letzten Worte waren die verräterischsten. Unablässig gingen sie Barbara im Kopf herum. Er war nicht da, er war nicht da, er war nicht auf dem Lehrgang. Weil er in London war und die Entführung vorbereitete. Er hatte Charlotte beobachtet und er hatte Leo beobachtet, sich mit dem Tagesablauf jedes der beiden Kinder vertraut gemacht, den Weg geplant, den er einschlagen würde, wenn der Moment kam, sie zu verschleppen.

»Barbara«, sagte Lynley. »Sind Sie noch da? Können Sie mich hören?«

»O ja, Sir«, antwortete sie. »Sehr gut. Die Verbindung ist ausgezeichnet.« Sie räusperte sich, weil sie merkte, daß ihre Stimme seltsam klang. »Ich habe nur gerade über das ganze Warum und Wozu nachgedacht. Sie wissen, was ich meine.«

»Sein Motiv? Es gibt da irgendwo noch ein drittes Kind, Barbara. Luxford hat neben Charlotte und Leo noch ein drittes Kind. Payne weiß, wer es ist. Oder wer die Mutter ist. Und das soll Luxford in seiner Zeitung veröffentlichen. Das war es, was er von Anfang an wollte.«

Barbara beobachtete ihn. Er streckte gerade die Hand nach einem Sortiment Kerzen aus, die aus dem Schrank gerollt waren. Rot, gold, silbern, pink, blau. Wie ist das nur möglich, dachte sie. Er sah nicht anders aus als noch vor wenigen Augenblicken, als er sie in seinen Armen gehalten und geküßt hatte, als er so getan hatte, als begehrte er sie.

Und während sie weiter Theater spielte, suchte sie immer noch nach einer kleinen Chance. »Die Fakten sind also ganz eindeutig?« fragte sie. »Ich meine, Harvie hat doch ausgesehen wie der Saubermann in Person, nicht? Ich weiß, daß wir gleich von Anfang an die Verbindung nach Wiltshire hatten, aber was den Rest angeht... Ehrlich, Sir, ich will ja nicht unken, aber haben Sie wirklich jede andere Möglichkeit überprüft?«

»Sind Sie sicher, daß Payne unser Mann ist?« übersetzte Lynley.

»Das ist die Frage«, bestätigte Barbara.

»Wir sind so gut wie sicher. Nur der Fingerabdruck muß noch verglichen werden.«

»Welcher?«

»Der, den St. James in dem Kassettenrecorder entdeckt hat. Wir nehmen den Abdruck mit nach Wiltshire –«

»Jetzt?«

»Ja, jetzt. Wir brauchen eine Bestätigung von der Kriminalpolizei Amesford. Die haben dort seine Fingerabdrücke vorliegen. Wenn sie übereinstimmen, haben wir ihn.«

»Und dann?«

»Dann tun wir gar nichts.«

»Warum nicht?«

»Er muß uns zu dem Jungen führen. Wenn wir Payne vorher festnehmen, riskieren wir, das Kind zu verlieren. Wenn Luxfords Zeitung morgen früh ohne die Story herauskommt, die Payne zu sehen erwartet, wird er sich schnurstracks den Jungen vornehmen. Und dann schnappen wir ihn uns.« Lynleys Stimme war leise und eindringlich, als er fortfuhr. Er sagte, sie solle weitermachen wie bisher. Leo Luxfords Sicherheit, erklärte er, sei das allerwichtigste. Er betonte noch einmal, daß sie warten müßten und auf keinen Fall etwas unternehmen dürften, bis Payne sie an den Ort führte, wo er Leo Luxford versteckt hielt. Sobald sie von der Kriminalpolizei Amesford die Bestätigung hätten, daß die Fingerabdrücke übereinstimmten, sagte er, würden sie das Haus überwachen. Sie brauche bis dahin nichts weiter zu tun, als vorzugeben, es gehe alles seinen normalen Gang. »Winston und ich fahren jetzt los«, sagte er. »Halten Sie inzwischen die Stellung, Barbara. Schaffen Sie das? Können Sie einfach mit dem weitermachen, was Sie gerade getan haben, bevor ich angerufen habe?«

»Ich denke schon«, antwortete sie und fragte sich, wie zum Teufel sie das fertigbringen sollte.

»Gut«, meinte Lynley. »Er glaubt jetzt, wir hätten Alistair Harvie am Schlafittchen. Sie machen weiter wie bisher.«

»Ja. In Ordnung.« Sie legte eine kleine Pause ein und sagte dann, wie in Antwort auf eine Bemerkung Lynleys: »Morgen früh? In Ordnung. Das ist kein Problem. Wenn Sie Harvie erst eingebuchtet haben, wird er Ihnen schon sagen, was er mit dem Jungen angestellt hat. Da brauche ich hier wirklich nicht länger auf alle möglichen Büsche zu klopfen. Und um welche Zeit erwarten Sie mich im Yard?«

»Gut gemacht, Barbara«, lobte Lynley. »Also, halten Sie die Stellung. Wir machen uns jetzt auf den Weg.«

Barbara drückte auf den Knopf, um das Gespräch zu beenden. Sie beobachtete Robin, der immer noch auf dem Boden hockte und aufräumte. Am liebsten hätte sie sich sofort auf ihn gestürzt und die Wahrheit aus ihm herausgeprügelt. Und sie wünschte sich, es würde sich herausstellen, daß Robin doch der war, der er zu sein schien. Aber sie wußte, daß sie gar nichts tun konnte. Leo Luxfords Leben war ungleich wichtiger als ihre Erkenntnis, was diese zwei Minuten Zärtlichkeit zwischen Handtüchern und Bettwäsche wirklich zu bedeuten hatten. Als sie »Soll ich das Telefon ...?« sagte, sah Robin zu ihr auf, und sie erkannte, warum er gar so versessen darauf gewesen war, in die Küche zu gehen und zu kochen, selbst das Durcheinander aufzuräumen, das sie angerichtet hatte, sie zu umgarnen und von dem abzulenken, was sie unwissentlich aufgedeckt hatte, als sie den Wäscheschrank ausgeleert hatte. Er hatte die Kerzen in der Hand. Er wollte sie gerade wieder in den Schrank legen. Aber unter den Kerzen war eine silberne, die gar keine Kerze war. Es war ein Teil einer Flöte. Charlotte Bowens Flöte.

Robin stand auf. Er stopfte das, was er in der Hand hielt, neben einen Stapel Handtücher in den Schrank. Barbara bemerkte in dem restlichen Chaos auf dem Boden noch einen Teil der Flöte. Er lag neben dem Kasten, aus dem er herausgefallen war. Mit einer Handvoll Kopfkissenbezüge hob Robin das silberne Ding vom Boden auf und schob alles in den Schrank. Dann nahm er ihr das Telefon ab. »Ich bring's schon weg«, sagte er und strich ihr mit den Fingern leicht über die Wange, als er auf dem Weg in sein Zimmer an ihr vorbeiging.

Sie hatte erwartet, sein vorgetäuschtes Feuer würde erkalten, sobald die Flöte sicher verstaut war. Aber als er aus seinem Zimmer kam, ging er sofort lächelnd auf sie zu. Er streichelte mit einem Finger ihren Hals und neigte sich über sie.

Barbara dachte darüber nach, wie weit sie in Erfüllung ihrer Pflicht zu gehen bereit wäre. So weit jedenfalls bestimmt nicht. Seine Zunge in ihrem Mund fühlte sich an wie ein ekelhaftes Reptil. Am liebsten hätte sie zugeschnappt und so lange mit den Zähnen gemahlen, bis sie sein Blut geschmeckt hätte. Sie wünschte, sie könnte ihm das Knie in die Eier rammen, daß ihm Hören und Sehen verging. Nie im Leben würde sie mit einem Mörder schlafen, nicht für Geld und gute Worte, nicht fürs Vaterland und Königreich, und schon gar nicht aus Lust am perversen Kick. Aber genau das, erkannte sie, war der Grund, weshalb Robin Payne mit ihr schlafen wollte. Aus der Lust am perversen Kick. Was für ein tierischer Spaß, genau das Bullenschwein aufs Kreuz zu legen, das ihm an den Kragen wollte. Ebendas hatte er nämlich die ganze Zeit schon getan, in dieser oder jener Form. Er hatte sie aufs Kreuz gelegt und sich dabei ins Fäustchen gelacht.

Barbara war so wütend, daß sie ihm am liebsten das Gesicht zertrümmert hätte. Aber sie konnte Lynley hören, der ihr sagte, sie solle weitermachen wie bisher. Darum überlegte sie, wie sie am besten Zeit gewinnen konnte. Sie glaubte nicht, daß es schwierig sein würde. Sie hatte ja einen Vorwand direkt hier im Haus. Sie entzog sich Paynes Kuß und flüsterte: »Robin, nicht. Deine Mutter. Sie ist doch gleich nebenan in ihrem Zimmer. Wir können nicht –«

»Sie schläft. Ich hab' ihr zwei Tabletten gegeben. Vor morgen früh wacht sie bestimmt nicht auf. Du brauchst dir keine Sorgen zu machen.«

Leb wohl, Plan eins, dachte Barbara. Und dann ging ihr blitzartig auf, was er gesagt hatte. Tabletten. *Tabletten*. Was für Tabletten? Sie mußte sofort ins Badezimmer. Sie hatte zwar kaum Zweifel daran, was sie unter den Medikamenten finden würde, die sie aus dem Apothekerschränkchen gefegt hatte, aber sie wollte ganz sicher sein.

Payne hielt sie gefangen. Mit einem Arm stützte er sich an der Wand ab, den anderen hatte er um ihren Hals geschlungen. Sie spürte seine Hand an ihrem Nacken, die sehnige Kraft seiner Finger. Wie leicht mußte es für ihn gewesen sein, Charlotte Bowen unter Wasser zu halten, bis sie gestorben war.

Er küßte sie wieder. Seine Zunge bohrte sich in ihren Mund. Barbara wurde steif in seinem Arm. Er zog sich zurück. Er sah sie forschend an. Er war ja nicht dumm. »Was ist?« fragte er. »Was ist los?«

Er wußte, daß etwas nicht in Ordnung war. Und er würde es nicht schlucken, wenn sie noch einmal versuchte, sich ihn mit ihrer Angst vor seiner Mutter vom Leib zu halten. Sie sagte ihm deshalb die Wahrheit. Etwas an ihm, was ihr zuvor nicht aufgefallen war – eine Art räuberischer Sexualität –, verriet ihr, daß eine Möglichkeit bestand, daß er die Wahrheit auf eine Weise interpretieren würde, die ihr helfen würde. »Ich habe Angst vor dir.«

Sie sah das Mißtrauen in seinen Augen aufflackern. Sie hielt ihren Blick ruhig und vertrauensvoll auf ihn gerichtet.

»Es tut mir leid«, fuhr sie fort. »Ich wollte es dir vorher schon sagen. Ich war schon so lange nicht mehr mit einem Mann zusammen. Ich weiß gar nicht mehr, wie das geht.«

Das Mißtrauen in seinen Augen erlosch. Er drängte sich wieder an sie. »Das kommt alles ganz von selbst wieder«, murmelte er. »Ich versprech's dir.«

Sie durchlitt einen weiteren Kuß. Sie gab ein, wie sie hoffte, angemessenes Geräusch von sich. Als Antwort nahm er ihre Hand und führte sie zu seinem Geschlecht. Er krümmte ihre Finger darum. Er drückte sie zusammen. Er stöhnte.

Das gab ihr den Vorwand, sich von ihm loszureißen. Sie achtete sorgsam darauf, ihrer Stimme einen Klang von Atemlosigkeit, Verwirrung und Bestürzung zu verleihen. »Das geht mir zu schnell, Robin, wirklich. Du bist ein attraktiver Mann. Du bist echt sexy. Aber ich bin einfach noch nicht soweit . . . Ich meine, ich brauche ein bißchen Zeit.« Sie raufte sich mit beiden Händen heftig die Haare. Sie lachte ein wenig und hoffte, es klänge bedauernd. »Ich kann einfach nicht. Können wir uns nicht ein bißchen Zeit lassen? Willst du mir nicht die Chance geben –«

»Aber du fährst doch morgen«, sagte er.

»Ich fahre ...« Am Rande des Abgrunds fing sie sich gerade noch. »Aber doch nur nach London. Wie lange braucht man schon nach London? Ganze hundertdreißig Kilometer. Das schafft man doch mit links, wenn man's nur eilig genug hat hinzukommen.« Sie bot ihm ein Lächeln dar und ärgerte sich, daß sie in ihrem Leben so wenig Zeit darauf verwendet hatte, sich im Süßholzraspeln zu üben. »Na, wie ist es? Willst du? Nach London kommen, meine ich?«

Er strich mit einem Finger über ihren Nasenrücken und dann über ihre Lippen. Sie blieb reglos und unterdrückte den Impuls, ihn kräftig in den Finger zu beißen.

»Ich brauche einfach noch ein bißchen Zeit«, sagte sie wieder. »Und London ist ja wirklich nicht weit. Willst du mir nicht ein bißchen Zeit lassen?«

Ihr Minireservoir an weiblichen Tricks war absolut erschöpft. Gespannt wartete sie, was jetzt geschehen würde. Gegen einen netten kleinen *deus ex machina* hätte sie in diesem Moment überhaupt nichts einzuwenden gehabt. Ein hilfreicher Gott, der im feurigen Kampfwagen aus dem Himmel herabschoß, wäre genau das richtige gewesen. Doch sie war in Robin Paynes Händen. Sie hatte gesagt, nicht jetzt, nicht hier, noch nicht. Der nächste Schritt war allein seine Sache.

Er drückte seinen Mund auf den ihren. Er schob seine Hand an ihrem Bauch hinunter. Er griff ihr so schnell zwischen die Beine, daß sie es vielleicht gar nicht wahrgenommen hätte, wenn er nicht so hart zugegriffen hätte, daß sie den heißen Druck seiner Hand noch spürte, als er sie schon wieder weggezogen hatte. »Bis London«, sagte er und lächelte. »Komm, gehen wir was essen.«

Sie stand an ihrem Schlafzimmerfenster und starrte angespannt in die Dunkelheit hinaus. An der Landstraße nach Burbage gab es keine Straßenbeleuchtung, sie mußte sich deshalb darauf verlassen, daß ihr Mond- und Sternenlicht und die Scheinwerfer eines gelegentlich vorüberkommenden Fahrzeugs zeigen würden, ob die von Lynley versprochenen Beobachter schon Posten bezogen hatten.

Irgendwie hatte sie ihr Abendessen hinuntergewürgt. Sie konnte sich nicht mehr erinnern, was er außer den Lammkoteletts aufgetischt hatte. Es hatten mehrere Schüsseln auf dem Eßtisch gestanden, und sie hatte von jeder genommen und sich den Anschein gegeben zu essen. Sie hatte gekaut, sie hatte geschluckt, sie hatte ein Glas Wein getrunken, nachdem sie es, als er in die Küche gegangen war, um das Gemüse zu holen, mit seinem vertauscht hatte – nur zur Vorsicht. Aber sie hatte überhaupt nichts geschmeckt. Der einzige ihrer fünf Sinne, der zu funktionieren schien, war der Gehörsinn. Und sie hatte auf alles gehorcht: auf den Klang seiner Schritte, auf den Rhythmus ihres eigenen Atems, auf das Klappern des Bestecks auf dem Porzellan, am konzentriertesten aber auf jedes kleine Geräusch von draußen. War das ein Auto? Waren das die gedämpften Schritte der Männer, die sich auf ihren Posten verteilten? War das eine Türglocke, die irgendwo läutete, wo Polizeibeamte sich Zugang zu einem Haus verschafften, von dem aus sie beobachten konnten, wann Robin Payne *Lark's Haven* verlassen würde?

Das Gespräch mit ihm war eine Qual gewesen. Ständig war sie sich der Gefahr bewußt gewesen, sie könnte – um wachsendes Vertrauen zu simulieren – eine falsche Frage stellen, durch die sie ungewollt verraten würde, daß sie von seiner Schuld wußte. Um das zu vermeiden, hatte sie erzählt. Es gab wenig genug Stoff, um ein Gespräch in Gang zu halten, und noch weniger, was sie mit ihm teilen wollte. Aber sie wußte, wenn sie ihn glauben machen wollte, daß sie davon träumte, ihn nach ihrer Rückkehr nach London wiederzusehen, dann mußte sie irgendwie dafür sorgen, daß ihre Stimme voll seliger Vorfreude war. Sie mußte ihn direkt ansehen. Sie mußte ihm den Eindruck vermitteln, daß sie es darauf anlegte, als Frau von ihm wahrgenommen zu werden. Sie mußte ihn zum Reden bringen, und wenn sie ihn soweit hatte, mußte sie an seinen Lippen hängen, als wäre jedes seiner Worte Manna für sie.

Es war nicht gerade eine Nummer, die ihr lag. Am Ende der Mahlzeit war sie völlig erledigt gewesen. Und als sie gemeinsam den Tisch abgedeckt hatten, waren ihre Nerven zum Zerreißen gespannt.

Sie hatte gesagt, sie sei zum Umfallen müde, es sei ein langer Tag gewesen, sie müsse morgen in aller Frühe los, sie müsse um spätestens halb neun im Yard sein, und bei dem zu erwartenden Verkehr... Wenn er nichts dagegen hätte, würde sie jetzt zu Bett gehen.

Er hatte nichts dagegen. »Du hast heute eine Menge verkraften müssen, Barbara«, hatte er gesagt. »Du hast dir deinen Schlaf verdient.« Er war mit ihr bis zur Treppe gegangen und hatte ihr beim Gute-Nacht-Sagen den Hals gestreichelt.

Sobald sie aus seinem Blickfeld war, wartete Barbara auf Geräusche, die ihr sagen würden, daß er ins Eßzimmer oder in die Küche zurückgekehrt war. Als sie hörte, daß er angefangen hatte, das Geschirr zu spülen, huschte sie in das Badezimmer, in dem sie zuvor nach Corrines Inhalator gesucht hatte.

So leise wie möglich, beinahe mit angehaltenem Atem, sah sie die Medikamente durch, die immer noch im Waschbecken lagen. Begierig las sie jedes Etikett. Sie fand Mittel gegen Übelkeit, Infektionen, Nervosität, Durchfall, Muskelkrämpfe und Verdauungsstörungen, alle derselben Patientin verschrieben: Corrine Payne. Das Fläschchen, das sie suchte, war nicht darunter. Aber es mußte hier sein – wenn Robin wirklich der war, für den Lynley ihn hielt.

Dann fiel es ihr ein. Er hatte Corrine Tabletten gegeben. Wenn sie wie die anderen Medikamente ursprünglich im Apothekerschränkchen gestanden hatten, dann hätte er im Waschbecken kramen müssen – genau wie sie eben –, um sie zu finden. Und als er sie entdeckt hatte, hatte er die Flasche vermutlich genommen und zwei Tabletten in seine Hand fallen lassen und... Was hatte er dann mit der verdammten Flasche getan? Im Apothekerschränkchen stand sie nicht. Auch nicht auf der Ablage über dem Becken. Und im Papierkorb lag sie auch nicht. Wo zum Teufel...? Da sah sie die

Flasche. Sie stand auf dem Wassertank der Toilette. Triumphierend packte sie sie. *Valium* las sie auf dem Etikett. Und darunter die Anweisungen für den Patienten: »Eine Tablette bei beginnenden Angstzuständen.« Noch eine Zeile tiefer stand die Warnung: »Kann Müdigkeit verursachen. Keine Einnahme bei Alkoholgenuß. Nur nach Verordnung des Arztes einzunehmen.«

Sie hatte die Flasche wieder auf den Wassertank gestellt. Hab' ich dich, hatte sie gedacht und war in ihr Zimmer gegangen.

Eine Viertelstunde lang hatte sie diverse Geräusche produziert, um den Anschein zu wecken, sie mache Abendtoilette. Danach hatte sie sich auf ihr Bett fallen lassen und das Licht ausgeknipst. Sie hatte fünf Minuten gewartet, dann war sie leise aufgestanden und zum Fenster geschlichen. Und da stand sie jetzt und wartete auf irgendein Zeichen, daß die Beobachter auf ihren Posten waren.

Wenn sie da waren – und Lynley hatte versprochen, daß sie dasein würden –, dann müßte sie doch eine Spur von ihnen entdecken, sagte sie sich. Einen harmlosen Lieferwagen? Ein gedämpftes Licht hinter einem Vorhang in diesem Haus da drüben auf der anderen Straßenseite? Eine Bewegung bei den Bäumen dort an der Einfahrt? Aber sie sah gar nichts.

Wieviel Zeit war seit Lynleys Anruf vergangen? Zwei Stunden? Mehr? Er hatte vom Yard aus angerufen, aber er hatte gesagt, sie würden sofort losfahren. Und auf dem *motorway* würden sie um diese Zeit gut vorwärts kommen, wenn es nicht irgendwo einen Unfall gegeben hatte. Die Landstraße nach Amesford war zwar ein bißchen unangenehm, aber so lange konnte sie das nicht aufgehalten haben. Sie mußten längst hier sein. Wenn nicht Hillier sie aufgehalten hatte. Wenn nicht Hillier umfassende Erklärungen verlangt hatte. Wenn nicht der gottverdammte Hillier mal wieder Sand ins Getriebe geschmissen hatte ...

Sie hörte Robin Paynes Schritte im Korridor vor ihrer Tür. Wie der Blitz huschte sie zu ihrem Bett und kroch unter die

Decke. Sie zwang sich so tief zu atmen, als schliefe sie wie ein Murmeltier, und lauschte gleichzeitig angestrengt, ob der Türknopf sich drehte, ihre Zimmertür sich öffnete und er auf leisen Sohlen durchs Zimmer tappte.

Statt dessen hörte sie Geräusche im Badezimmer. Er pinkelte, was das Zeug hielt. Er hörte gar nicht mehr auf. Dann rauschte die Toilettenspülung, und als das Geräusch verklang, vernahm sie ein leises Klappern, das sie erkannte. Tabletten, die in einer Flasche geschüttelt wurden.

Sie hörte die Erklärung des Pathologen so deutlich, als stünde er hier bei ihr im Zimmer. Sie wurde betäubt, ehe sie ertränkt wurde, hatte er gesagt. Sie wurde weder vor noch nach ihrem Tod in irgendeiner Weise mißhandelt. Sie war bewußtlos, als sie ins Wasser gelegt wurde.

Mit einem Ruck fuhr Barbara in die Höhe. Der Junge, dachte sie. Der Kerl wartet gar nicht auf die morgige Zeitung. Er will den Jungen noch heute nacht töten, dafür braucht er das Valium. Sie warf die Decke zur Seite und huschte lautlos zur Tür. Vorsichtig zog sie sie einen Spalt auf.

Robin kam aus dem Badezimmer. Er ging zum Zimmer seiner Mutter und öffnete die Tür. Er wartete einen Moment reglos, schien zufrieden, machte die Tür wieder zu. Dann wandte er sich in Barbaras Richtung. Sie drückte ihre Tür zu. Es gab keinen Schlüssel und keinen Riegel. Und es war auch keine Zeit mehr, zum Bett zurückzulaufen. Den Kopf gegen die Türfüllung gedrückt, blieb sie stehen. Geh weiter, betete sie, geh weiter, geh weiter. Sie konnte seinen Atem auf der anderen Seite hören. Er klopfte leise. Sie tat nichts. Er flüsterte: »Barbara? Schläfst du? Kann ich reinkommen?« Und er klopfte noch einmal. Sie preßte die Lippen zusammen und hielt den Atem an. Einen Augenblick später hörte sie ihn auf der Treppe.

Er lebte in diesem Haus. Er wußte daher, daß man die Tür nicht absperren konnte. Er hatte also gar nicht zu ihr hineingewollt. Hätte er es gewollt, so hätte er nur einzutreten brauchen. Aber er hatte sich nur vergewissern wollen, daß sie fest schlief.

Ganz vorsichtig zog sie die Tür wieder auf. Sie konnte ihn

unten hören. Er war in die Küche gegangen. Sie schlich die Treppe hinunter.

Er hatte die Küchentür hinter sich zugezogen, aber nicht ganz geschlossen. Barbara öffnete sie einen winzigen Spaltbreit. Sie konnte mehr hören als sehen, wie eine Schranktür geöffnet wurde, ein elektrischer Dosenöffner brummte, Metall klirrend an Kacheln schlug.

Dann trat er, eine große Thermosflasche in der Hand, direkt in ihr Blickfeld. Er kramte in einem Küchenschrank und holte ein kleines Holzbrett heraus. Auf das Brettchen legte er vier blaue Tabletten, die er mit der Rückseite eines Löffels zu Pulver zerdrückte. Das Pulver fegte er vom Brettchen in die Thermosflasche.

Dann ging er zum Herd, auf dem er etwas aufwärmte. Er rührte um. Sie hörte ihn leise vor sich hin pfeifen. Er trug einen Topf zu der Thermosflasche und goß eine dampfende Flüssigkeit in die Flasche, dem Geruch nach war es Tomatensuppe. Nachdem er die Thermosflasche zugeschraubt hatte, räumte er gewissenhaft auf und beseitigte alle Spuren seines nächtlichen Treibens. Noch einmal sah er sich prüfend in der Küche um, klopfte auf seine Taschen, zog seine Autoschlüssel heraus. Dann trat er in die Nacht hinaus und machte das Licht hinter sich aus.

Barbara stürzte zur Treppe. Sie raste in Riesensätzen hinauf und rannte zu ihrem Fenster. Sein Escort rollte geräuschlos – mit ausgeschalteten Scheinwerfern – die Einfahrt hinunter zur Straße. Aber sie würden ihn sehen, sobald er die Straße erreichte. Und dann würden sie ihm folgen.

Sie schaute erst nach rechts, dann nach links. Sie wartete. Sie beobachtete. Der Escort hatte die Straße erreicht. Robin Payne ließ den Motor an. Er schaltete die Scheinwerfer ein und fuhr nach Westen, in Richtung des Dorfes. Aber niemand folgte ihm. Fünf Sekunden vergingen. Dann zehn. Dann fünfzehn. Nichts. Niemand.

»Scheiße!« fluchte Barbara unterdrückt. »Gottverdammter Mist. So ein Mist!« Sie schnappte sich ihre Schlüssel. Sie polterte die Treppe hinunter. Sie rannte durch die Küche ins Freie. Sie warf sich in ihren Mini. Heulend sprang der Motor an, das Getriebe krachte, als sie den Rückwärtsgang einlegte, dann schoß sie die Einfahrt hinunter und auf die Landstraße hinaus. Sie fuhr ohne Scheinwerfer und mit allem, was der Mini hergab, ins Dorf. Dabei betete und fluchte sie abwechselnd.

In der Mitte des Dorfes, wo sich die Straße vor dem Standbild König Alfreds teilte, bremste sie ab. Wenn sie die linke Abzweigung nahm, würde sie in südlicher Richtung auf Amesford zufahren. Die rechte Abzweigung führte nach Marlborough im Norden und zu der kleinen Landstraße, die sich durch das Vale of Wootton schlängelte, durch Stanton St. Bernard, durch Allington und an dem geisterhaften Kreidepferd vorbei, das seit tausend Jahren über diese Hügel galoppierte. Sie entschied sich für die rechte Abzweigung. Sie drückte das Gaspedal bis zum Boden durch. Sie brauste an der in Dunkelheit gehüllten Polizeidienststelle vorüber, passierte Elvis Patels Lebensmittelgeschäft, das Postamt. Der Mini schien abzuheben, als er die Brücke nahm, die sich über dem Kennet & Avon-Kanal wölbte.

Mit dem Kanal ließ sie das Dorf hinter sich und erreichte das offene Land. Sie suchte den Horizont ab. Sie suchte die Straße ab, die sich vor ihr dehnte. Sie verfluchte Hillier und jeden, der daran schuld sein konnte, daß die Überwachung nicht geklappt hatte. Sie hörte Lynleys Stimme. Sie hörte ihn sagen, daß die Sicherheit des Jungen das allerwichtigste sei, daß Payne ihn töten würde, wenn er entdeckte, daß die Zeitung die Story nicht gebracht hatte. Sie sah Charlotte Bowens Leiche vor sich, wie sie bei der Autopsie ausgesehen hatte, und sie schlug mit der Faust auf das Lenkrad und schrie: »Verdammt noch mal! Wo bist du?«

Dann sah sie plötzlich an einer Hecke etwa einen Kilometer vor sich den Widerschein von Autoscheinwerfern. Sie raste diesem Licht entgegen. Es war ihre einzige Hoffnung.

Er fuhr ganz gemächlich dahin. Er glaubte ja, es bestünde

keine Notwendigkeit zur Eile. Er glaubte, seine Mutter schliefe und Barbara ebenso. Weshalb also Aufsehen erregen, indem man wie ein Wilder die Straße entlangdonnerte? Barbara gelang es, Boden gutzumachen, und als er an einer hellerleuchteten Tankstelle kurz vor Oare vorbeizuckelte, sah sie, daß der Wagen vor ihr in der Tat Robin Paynes Escort war. Vielleicht, dachte sie, gibt es doch einen Gott.

Aber niemand folgte ihr. Und das sagte ihr, daß sie ganz auf sich gestellt war. Ohne eine Waffe, ohne einen Plan und ohne wirklich zu verstehen, warum Robin Payne es sich zur Aufgabe gemacht hatte, das Leben so vieler Menschen zu zerstören.

Lynley hatte gesagt, Luxford habe noch ein drittes Kind in die Welt gesetzt. Da der Kidnapper von Luxford gefordert hatte, sein *erstgeborenes* Kind anzuerkennen, und da es ihn nicht zufriedengestellt hatte, als Luxford sich zu Charlotte Bowen bekannt hatte, war die einzig mögliche Folgerung, daß es noch ein älteres Kind geben mußte. Und das war das Kind, von dem Robin Payne wußte. Um dessentwillen er so wütend war, daß er zu töten bereit war. Aber wer...

Er hatte sich verändert, hatte Celia gesagt. Bei seiner Rückkehr von dem – wie Celia annahm – Polizeilehrgang, war Robin völlig verändert. Als er aus Wootton Cross abgefahren war, hatte sie noch geglaubt, sie würden heiraten. Als er zurückgekommen war, hatte sie die Kluft gesehen, die sich zwischen ihnen aufgetan hatte. Sie hatte daraus den Schluß gezogen, daß es in Robins Leben eine andere Frau geben müsse. Aber konnte es nicht so sein, daß Robin über sie selbst etwas herausgefunden hatte? Über Celia? Über eine Beziehung Celias zu einem anderen Mann? Über eine Beziehung Celias zu Dennis Luxford?

Vor ihr bog Robin von der Hauptstraße nach links auf eine schmale Landstraße ab, die im Licht seiner Scheinwerfer einen gewundenen Verlauf durch Weiden und Felder nahm. Der Schwenk nach links bedeutete, daß Robin in den nördlichen Teil des Vale of Wootton wollte. Als Barbara die Nebenstraße erreichte, riskierte sie es, einen Moment ihre eigenen Scheinwerfer einzuschalten, um zu sehen, wohin sein Kurs führte. Auf einem Wegweiser entzifferte sie die Namen Fyfield, Lokkeridge und West Overton. Darunter, mit einem richtungsweisenden Pfeil versehen, befand sich das Symbol einer historischen Stätte: die Mauer einer alten Burg, braun auf weißgestrichenem Metall. Die Zinnen waren überaus deutlich gestaltet, damit man ohne jeden Zweifel erkannte, womit man es zu tun hatte. Bingo, dachte Barbara. Zuerst eine Windmühle. Dann eine alte Burg. Robin Payne kannte, wie er selbst gesagt hatte, die besten Plätze in Wiltshire, wo man ungestört Dummheiten machen konnte.

Vielleicht war er sogar mit Celia dort gewesen. Vielleicht war eben das der Grund, weshalb er die Burg gewählt hatte. Aber wenn es hier um Celia Matheson und ihre heimliche Affäre mit Dennis Luxford ging, dann stellte sich die Frage, wann diese Beziehung bestanden hatte. Charlotte Bowen war zur Zeit ihres Todes knapp zehn Jahre alt gewesen. Wenn sie nicht Luxfords erstgeborenes Kind war, dann mußte das unbekannte Erstgeborene logischerweise älter sein. Aber selbst wenn dieses Kind nur wenige Monate älter war, würde das bedeuten, daß Celia Matheson zur Zeit ihrer Affäre mit Dennis Luxford noch ein Teenager gewesen war. Wie alt war Celia überhaupt? Vierundzwanzig? Höchstens fünfundzwanzig. Um ein Kind zur Welt zu bringen, das älter war als Charlotte Bowen, hätte sie sich mit Luxford einlassen müssen, als sie grade mal vierzehn war. Das lag zwar nicht im Bereich des Unmöglichen, da es ja heutzutage keine Seltenheit war, daß Mädchen, die selbst noch Kinder waren, Kinder gebaren. Aber auch wenn Luxford ein ausgesprochen mieser Typ zu sein schien – ging man einmal nach der Zeitung, die er herausbrachte –, so gab doch nichts, was Barbara über ihn gehört hatte, Anlaß zu der Vermutung, daß er eine Vorliebe für minderjährige Mädchen hatte. Und wenn man bedachte, wie Portly Luxford zu seiner Zeit als Schüler in Baverstock beschrieben hatte, wenn man insbesondere bedachte, wie deutlich er sich Portlys Schilderung zufolge von den anderen Jungen abgehoben hatte, konnte man daraus eigentlich nur schließen –

Moment mal, dachte Barbara. Moment mal. Sie packte das Lenkrad fester. Vor sich sah sie Robins Wagen, der der kurvenreichen schmalen Straße folgte, unter einer Gruppe überhängender Bäume hindurchfuhr, eine kleine Anhöhe erklomm. Ihr Augenmerk bald auf den Escort, bald auf die Straße richtend, zuckelte sie in einigem Abstand hinter ihm her und kramte die wesentlichen Details dessen, was Portly ihr erzählt hatte, aus ihrem Gedächtnis. Eine Gruppe Jungen in Dennis Luxfords Alter – Baverstock-Schüler der Abschlußklasse – hatte sich in dem alten Eishaus auf dem Schulgelände regelmäßig mit einem Mädchen aus dem Dorf getroffen. Zwei Pfund hatte sie jeweils von jedem von ihnen für ihre Gunst verlangt. Und sie war schwanger geworden. Hinterher hatte es einen Riesenskandal gegeben, mit Schulverweisen und was sonst noch dazugehörte. So weit, so gut. Wenn nun dieses Dorfmädchen das Kind, das sie erwartete, ausgetragen, wenn sie ein gesundes Kind geboren hatte, das heute noch am Leben war, dann mußte dieses Kind, das damals im Eishaus von dem Dorfmädchen und einem der wilden Jungen aus Baverstock gezeugt worden war, jetzt – Barbara rechnete rasch – neunundzwanzig Jahre alt sein.

Mann-o-Mann, dachte Barbara. Es war nicht einfach so, daß Robin Payne von Luxfords Kind wußte. Robin Payne glaubte, er *sei* dieses Kind. Sie konnte sich nicht vorstellen, wie er auf die Idee gekommen war. Aber sie wußte, daß es so war. So sicher wie sie wußte, daß er sie jetzt zu dem Jungen führte, den er für seinen Halbbruder hielt. Sie hörte sogar noch, was er an dem Abend, als sie an Baverstock vorbeigefahren waren, zu ihr gesagt hatte: »Meinen Stammbaum gibt's gar nicht.« Sie hatte gedacht, er meine, er habe in seiner Familie niemanden von Bedeutung vorzuweisen. Jetzt begriff sie, daß er genau das gemeint hatte, was er gesagt hatte. Er hatte keinen Stammbaum, jedenfalls keinen, auf den er sich berufen konnte.

Es war wirklich eine Meisterleistung gewesen, sich für diesen

Fall einteilen zu lassen. Wer hätte sich auch wundern sollen, als der eifrige junge Detective Constable darum bat, an diesem Fall mitarbeiten zu dürfen? Und der Ermittlungsleiterin von New Scotland Yard das eigene Haus als Unterkunft anzubieten – so nahe am Fundort der Leiche, mit Mama im Haus, die dafür sorgte, daß die Formen gewahrt blieben, und die ja sowieso regelmäßig an Urlauber vermietete – war genial gewesen. Auf diese Weise war er zu jeder Zeit über den Stand der Ermittlungen auf dem laufenden gewesen. Er hatte nur mit Barbara zu schwatzen oder ihren Gesprächen mit Lynley zuzuhören brauchen, um zu erfahren, wie weit die Nachforschungen gediehen waren. Und als sie ihm von dem Maibaum und den Ziegelsteinen, die Charlotte auf der Bandaufnahme erwähnt hatte, erzählt hatte, hatte sie ihm direkt in die Hände gespielt: Sie hatte ihm den »Hinweis« geliefert, den er brauchte, um derjenige zu sein, der die Windmühle entdeckte. Wo er zweifellos Charlottes Uniform mal kurz an den rauhen Kisten vorbeigezogen hatte, ehe er sie zusammengefaltet und bei einem Besuch bei den Mathesons in einem der Ramschsäcke von Mrs. Matheson deponiert hatte. Ganz klar, daß die Mathesons sich nichts dabei gedacht hatten, als Robin Payne bei ihnen aufgekreuzt war. Er war schließlich der zukünftige Ehemann ihrer Tochter, den diese liebte. Daß er außerdem ein Mörder war, war ihnen nicht aufgefallen.

Barbara konzentrierte ihre Aufmerksamkeit wieder auf Robins Escort. Eben bog er erneut ab, diesmal nach Süden. Der Wagen begann eine Steigung hochzukriechen. Barbara hatte das starke Gefühl, daß sie sich ihrem Ziel näherten.

Sie folgte ihm um die Kurve und nahm Gas weg. Hier draußen war nur offenes Land – der letzte Bauernhof lag mindestens fünf Kilometer zurück –, sie brauchte also nicht zu fürchten, ihn zu verlieren. Sie konnte in der Ferne die schwankenden Strahlen seiner Scheinwerfer sehen. Mit gleichbleibendem Abstand kroch sie hinter ihm her.

Die Straße verengte sich, wurde zu einem tief durchfurchten Feldweg. Linker Hand erhob sich ein mit Bäumen dicht bedeckter Hügel. Rechts neigte sich ein großes Feld, das vom Weg durch einen Drahtzaun abgegrenzt war, in die Dunkelheit. Der Feldweg begann sich um die Flanke des Hügels zu krümmen, und Barbara fuhr noch einmal langsamer. Einen Augenblick später sah sie, wie einige hundert Meter vor ihr Paynes Wagen vor einem Gatter haltmachte, das den Feldweg versperrte. Payne stieg aus und stieß das Gatter auf. Er fuhr durch, stieg wieder aus, schloß das Gatter hinter sich und fuhr weiter. Das Mondlicht beleuchtete sein Ziel. Ungefähr noch einmal hundert Meter von dem Tor entfernt hoben sich die Ruinen einer alten Burg. Sie konnte die verfallene Mauer erkennen, die sie umgab, und dahinter die vom Mondlicht übergossenen runden Formen von Büschen und Bäumen. In der Mitte dieses von der Mauer umgrenzten Gebietes standen die Reste der Burg selbst. Sie konnte zwei runde, gezinnte Türme an den beiden Enden einer eingestürzten Mauer erkennen und vielleicht zwanzig Meter von einem der Türme entfernt das Dach eines Gebäudes, vielleicht eines Küchen- oder Backhauses, einer Kemenate oder eines Palastes.

Barbara fuhr bis dicht vor das geschlossene Gatter und parkte ihren Mini ganz am Rand des Feldwegs. Sie schaltete den Motor ab und stieg aus. Sie hielt sich ganz links vom Weg, dicht am Hang des Hügels, der von Bäumen und Buschwerk überwachsen war. Ein Schild am Gatter identifizierte das Gebäude, als das Silbury Huish Castle. Auf einem zweiten, kleineren Schild stand, daß es nur jeden ersten Samstag im Monat zur Besichtigung geöffnet war. Robin hatte sein Versteck gut gewählt. Die Zufahrt war unwegsam genug, um Touristen eher abzuschrecken, und selbst wenn die Abenteuerlust sie bis zum Gatter treiben sollte, würden sie es kaum riskieren, das Gelände trotz Verbots zu betreten, nur um sich eine verfallene Ruine anzusehen. Es gab in der Umgebung genug andere historische alte Gemäuer, die weit bequemer zu erreichen waren.

Robins Escort hielt vor der äußeren Burgmauer. Die Lichter der Scheinwerfer bildeten helle Kreise auf dem alten Stein.

Dann erloschen sie. Während Barbara sich zu dem Gatter schlich, beobachtete sie, wie Robin aus seinem Wagen stieg. Er ging zum Kofferraum und suchte darin herum. Einen Moment später nahm er einen Gegenstand heraus, der leise klirrte, als er ihn auf den Steinboden stellte. Einen zweiten Gegenstand behielt er in der Hand. Ein Lichtkegel flammte auf. Eine Taschenlampe. Mit ihrer Hilfe suchte er sich seinen Weg an der Burgmauer entlang. Im nächsten Moment war er verschwunden.

Barbara eilte zum Kofferraum ihres eigenen Wagens. Eine Taschenlampe zu benützen konnte sie nicht riskieren. Ein Blick über die Schulter und Robin Payne würde sie sehen, und dann wäre es vorbei. Aber auf keinen Fall würde sie ihm in diese alte Gemäuer folgen, ohne sich irgendwie zu bewaffnen. Sie warf den ganzen Krempel, der sich im Kofferraum ihres Minis angesammelt hatte, heraus, verfluchte sich dafür, daß sie niemals Ordnung machte, und fand schließlich unter mehreren Decken, einem Paar Gummistiefel, diversen Zeitschriften und einem Badeanzug, der mindestens zehn Jahre alt war, den Wagenheber und das zugehörige Montiereisen für die Reifen. Sie nahm das Eisen und wog es in der Hand. Sie schlug mit seinem gebogenen Ende fest auf ihre Handfläche. Es mußte gehen, etwas anderes hatte sie nicht.

Sie machte sich auf den Weg. Robin, der mit dem Wagen bis zur Burgmauer gefahren war, war dem Weg gefolgt. Sie war zu Fuß, sie brauchte das nicht. Sie rannte über ein Stück offenes Gelände, das von der Burg aus gut zu überblicken war. Zu Zeiten, als das Gemäuer noch bewohnt gewesen war, war man sicher rechtzeitig gewarnt, wenn sich ein Feind auf diesem Weg näherte. Barbara rannte geduckt, wohl wissend, daß das Mondlicht, das ihr den Weg zeigte, auch sie beleuchtete und für jeden, der zufällig in ihre Richtung blickte, sichtbar machte – wenn vielleicht auch nur als Schatten.

Sie kam rasch und mühelos voran, bis Mutter Natur ihr ein Bein stellte. Sie stolperte über einen niedrigen Busch – es fühlte sich an wie ein Wachholder – und scheuchte eine Schar

Vögel auf. Sie flatterten direkt vor ihr in die Höhe, und ihre Schreie hallten, so schien es ihr, laut von jedem einzelnen Stein der Burgmauer wider.

Barbara erstarrte. Sie wartete mit hämmerndem Herzen. Sie zwang sich zu zählen, zweimal bis sechzig. Als sich nirgends etwas rührte, nahm sie Robins Verfolgung wieder auf.

Sie erreichte seinen Wagen ohne Zwischenfall. Sie schaute hinein, betete darum, daß die Wagenschlüssel vom Zündschloß herabhängen würden, aber sie waren nicht da. Nun, das wäre auch zu einfach gewesen.

Sie folgte wie zuvor der Krümmung der Burgmauer, in flotterem Tempo jetzt. Sie hatte die Zeit, die sie durch den Lauf über das freie Feld hatte gewinnen wollen, verloren. Sie mußte sie wieder aufholen, ganz gleich, wie. Dennoch, sie mußte sich still und leise heranschleichen. Abgesehen von dem Montiereisen verfügte sie nur noch über die Waffe der Überraschung.

Am Ende der Mauerkrümmung gelangte sie zu den Überresten des alten Torhauses. Es hing keine Tür mehr in den geborstenen Steinen, nur der leere Torbogen war noch da, über dem sie undeutlich ein Wappen erkennen konnte. In einer Nische, die durch den Einsturz der Torhauswände entstanden war, blieb sie stehen und lauschte. Die Vögel hatten sich wieder beruhigt. Ein leichter Nachtwind säuselte in den Blättern der Bäume innerhalb der Burgmauer. Doch sie hörte keine Stimme, keinen Schritt, kein Rascheln von Kleidern. Und es war nichts zu sehen als die beiden gezinnten Türme, die in den Himmel hineinragten.

Sie hatten kleine ovale Schlitze, durch die bei Tag Sonnenlicht auf die steinerne Wendeltreppe in ihrem Inneren fallen würde. Von diesen Schießscharten aus hatten vermutlich Bogenschützen den anrückenden Feind beschossen, während hinter ihnen Krieger zu den Wehrplatten auf dem Turmdach hinaufstürmten. Und durch diese Schlitze hätte gedämpftes Licht geschimmert, hätte Robin Payne den kleinen Leo Luxford in einem der Türme gefangengehalten. Aber Barbara sah kein Licht. Robin mußte also irgendwo in dem Gebäude sein, dessen Dach Barbara etwa zwanzig Meter vom hinteren Turm entfernt hatte aufragen sehen.

Sie konnte das Gebäude als schattenhafte Silhouette im Dämmerlicht wahrnehmen. Zwischen diesem mit einem Giebeldach versehenen Bau und dem Torbogen, in dem sie wie unter einer Glocke von Dunkelheit stand, bot sich kaum Dekkung. Wenn sie sich einmal aus dem Schutz des Torhauses, der Bäume und des Buschwerks hinauswagte, würde sie sich nur noch hinter den vereinzelten Steinhaufen verstecken können, die die Stellen markierten, an denen einst die Wohngebäude der Burg gestanden hatten. Barbara musterte das Terrain. Bis zum ersten dieser Steinhaufen waren es ungefähr zehn Meter.

Wieder lauschte sie angespannt und hörte nichts als das sanfte Rauschen des Windes. Sie sprintete los.

Dem einzigen noch halbwegs intakten Teil der Burg nun zehn Meter näher, konnte sie erkennen, was sie vor sich hatte. Sie konnte die Spitzbögen der gotischen Fenster ausmachen und auf dem Dach ein Kreuz, das sich wie gezeichnet vom dunken Himmel abhob. Das Gebäude war eine Kapelle.

Unverwandt hielt Barbara ihren Blick auf die Fenster gerichtet. Sie wartete darauf, von innen einen Lichtschimmer zu sehen. Er hatte eine Taschenlampe. Er würde sie brauchen. Gleich würde er sich verraten. Aber sie sah nichts.

Ihre Hand, die das Montiereisen hielt, was klatschnaß. Sie rieb sie an ihrer Hose trocken. Sie musterte das nächste Geländestück und wagte einen zweiten Sprint zu einem zweiten Steinhaufen.

Hier sah sie, daß eine Mauer, die niedriger war als die Burgmauer, sich rund um die Kapelle zog. Ein kleines überdachtes Torhäuschen, dessen Form die der Kapelle spiegelte, schützte das dunkle Rechteck einer Holztür. Sie war geschlossen. Noch einmal fünfzehn Meter trennten Barbara vom Torhäuschen der Kapelle, und auf dieser Strecke bot einzig eine Bank, von der aus Touristen die Überreste der mittelalterlichen Wehrmauer bewundern konnten, Deckung. Barbara rannte zu der Bank. Und von der Bank aus rannte sie zur äußeren Einfriedungsmauer der Kapelle.

Das Montiereisen fest in der Hand, schob sie sich an dieser Mauer entlang. Sie wagte kaum zu atmen. An die Steine gedrückt, erreichte sie das Torhäuschen. Dort blieb sie stehen, den Rücken an der Wand, und lauschte wieder. Zuerst hörte sie nur den Wind. Dann das leise Brummen eines Düsenflugzeugs hoch am Himmel. Und dann ein anderes Geräusch. Viel näher. Das Klirren von Metall auf Stein. Barbara zitterte.

Vorsichtig schob sie sich weiter bis zum Tor. Sie drückte mit der Hand gegen die Holztür. Sie gab nach, erst nur ein paar Zentimeter, dann öffnete sie sich weiter. Barbara spähte durch den Spalt.

Die Tür zur Kapelle, die sich direkt vor ihr befand, war geschlossen. Und die Spitzbogenfenster über ihr waren so schwarz und blind wie zuvor. Doch an der Seite der Kapelle führte ein Pfad um das Gebäude herum, und als Barbara sich durch das Tor schob, sah sie aus dieser Richtung einen ersten schwachen Lichtschimmer. Und wieder vernahm sie dieses Geräusch. Metall auf Stein.

Eine ungepflegte Rabatte wucherte üppig am Fuß der Mauer rund um die Kapelle und breitete ihre Ranken, Zweige, Blätter und Blüten über den Steinpfad. Hier und dort war die Rabatte niedergetreten, und Barbara, die das bemerkte, war sicher, daß es nicht das Werk eines Touristen war, der sich, die Stoßdämpfer seines Wagens riskierend, am ersten Samstag des Monats zu diesem abgeschiedenen Ort aufgemacht hatte.

Sie glitt über den Pfad zur Kapelle. Sie tastete sich am rauhen Gestein ihrer Mauer entlang, bis sie die Ecke erreichte. Dort blieb sie stehen und lauschte wieder. Zuerst hörte sie wieder nur den Wind, ein Seufzen, das durch die Bäume am nahegelegenen Hügelhang strich. Dann wieder das Geräusch von Metall auf Stein, klarer jetzt. Und dann die Stimme.

»Du trinkst, wenn ich es dir sage.« Das war Robin, aber nicht der Robin, den sie kennengelernt hatte. Das war nicht der unsichere, unerfahrene Polizeibeamte, der mit ihr gesprochen hatte. Das war die Stimme eines brutalen Mörders. »Hast du das kapiert?«

Danach die Stimme des Kindes, dünn und verängstigt: »Aber es schmeckt so komisch. Es schmeckt –«

»Es ist mir scheißegal, wie es schmeckt. Du trinkst das jetzt gefälligst aus, wie ich dir gesagt hab'. Du kannst froh sein, daß du überhaupt was kriegst. Und wenn du nicht folgst, schütt' ich's dir rein. Hast du verstanden? Hat's dir gefallen, wie ich's dir das letztemal reingekippt hab'?«

Das Kind sagte nichts. Barbara schlich näher. Sie riskierte einen Blick um die Ecke und sah, daß der Weg in eine steinerne Treppe mündete. Die Stufen führten durch einen Torbogen nach unten, wahrscheinlich in ein unterirdisches Gewölbe. Licht lag auf den Treppenstufen. Zuviel Licht für eine Taschenlampe. Er mußte auch seine Laterne mitgenommen haben. Er hatte sie dabeigehabt, als sie zur Windmühle gefahren waren. Das mußte der Gegenstand gewesen sein, den er aus dem Kofferraum seines Wagens geholt hatte.

Sie krümmte ihre Finger um das Montiereisen. Langsam, ganz langsam schob sie sich an der Mauer der Kapelle entlang.

»Trink jetzt, verdammt noch mal«, sagte Payne.

»Ich möchte nach Hause.«

»Was du möchtest ist mir scheißegal. Los, nimm das jetzt –«

»Aua! Mein Arm!« schrie der Junge.

Geräusche eines Handgemenges folgten. Ein Schlag fiel. Robin grunzte. Dann schrie er wütend: »Du Scheißkerl, du kleiner! Wenn ich dir sage, du sollst trinken ...« Und dann ein Klatschen von Fleisch auf Fleisch.

Leo schrie. Ein weiterer Schlag folgte. Robin wollte ihn umbringen. Entweder würde er ihn zwingen, die Suppe mit dem Valium zu trinken, die paar Minuten warten, bis er das Bewußtsein verloren hatte, und ihn dann wie Charlotte ertränken, oder er würde ihn einfach totschlagen. Jedenfalls war er entschlossen, Leo zu töten.

Barbara rannte den Pfad entlang zum Licht. Sie hatte ja das

Überrraschungsmoment auf ihrer Seite, sagte sie sich. Sie hatte das Montiereisen und das Moment der Überraschung.

Mit einem brüllenden Schrei raste sie die Treppe hinunter und stürzte sich in die Gruft. Sie donnerte die Holztür krachend gegen die Steinmauer. Robin hielt den hellhaarigen Kopf eines kleinen Jungen in seine Armbeuge eingeklemmt und preßte dem Kleinen einen Plastikbecher an die Lippen.

Sie sah auf den ersten Blick, wie er es diesmal anstellen wollte. Das unterirdische Gewölbe war eine alte Grabkammer. Sechs Bleisärge überspannten einen Graben im Fußboden. Der Graben war voll mit schleimigem Wasser, das nach Fäulnis, Exkrementen und Seuche stank. Dieses Wasser würde man in Leos Leiche finden. Nicht Leitungswasser dieses Mal, sondern etwas, was für den Pathologen weit reizvoller war.

»Loslassen!« schrie Barbara. »Verdammt noch mal, Sie sollen ihn loslassen, hab' ich gesagt.«

Robin ließ den Jungen los. Er stieß ihn zu Boden. Aber er wich nicht etwa zurück vor Schreck darüber, als Mörder entlarvt worden zu sein. Nein, er griff sie an.

Barbara schwang das Montiereisen. Es traf ihn an der Schulter. Er zuckte zusammen, aber er war nicht aufzuhalten. Sie holte von neuem aus. Seine Hand schoß in die Höhe. Er packte das Montiereisen, entwand es ihrer Hand und schleuderte es weg. Klirrend schlitterte es über den Steinboden, prallte gegen einen Sarg und fiel klatschend in den wassergefüllten Graben. Robin lachte bei dem Geräusch und rückte weiter vor.

»Leo!« rief Barbara. »Lauf weg.« Aber das Kind schien wie gelähmt. Es kauerte neben dem Sarg, gegen den das Montiereisen geprallt war. Der Junge hatte die Hände vors Gesicht geschlagen und beobachtete sie durch gespreizte Finger. »Nein!« schrie er laut. »Nicht.«

Robin war schnell. Er hatte sie schon gegen die Mauer geworfen, noch ehe sie wußte, wie ihr geschah. Er rammte ihr seine Fäuste in den Körper; eine in den Magen, um sie noch fester gegen den Stein zu drücken, die andere von der Seite in die Niere. Brennende Hitze durchzuckte ihren Körper. Sie packte ihn bei den Haaren, zog hart und riß seinen Kopf nach hinten. Mit den Daumen suchte sie seine Augen. Er zuckte instinktiv zurück. Er entkam ihr. Er schlug ihr die Faust ins Gesicht.

Sie hörte, wie ihr Nasenbein brach. Sie fühlte den Schmerz, der sich wie züngelndes Feuer über ihr ganzes Gesicht ausbreitete. Sie stürzte zur Seite, aber sie packte ihn noch einmal. Sie riß ihn mit sich zu Boden, und gemeinsam schlugen sie auf die Steine.

Sie warf sich über ihn. Blut strömte aus ihrer Nase auf sein Gesicht hinunter. Sie packte seinen Kopf mit beiden Händen. Sie hob ihn hoch. Sie hämmerte ihn auf den Steinboden. Sie donnerte ihre Fäuste auf seinen Adamsapfel, dann auf die Ohren, die Wangen, die Augen.

»Leo!« brüllte sie wieder. »Lauf weg! Mach, daß du wegkommst.«

Robins Hände grapschten nach ihrem Hals. Er strampelte und wand sich unter ihr. Wie durch einen Nebel sah sie, daß Leo aufsprang. Aber er wich zurück. Er rannte nicht zur Tür. Er kroch zwischen die Särge, als wollte er sich verstecken.

»Leo!« schrie sie wie eine Wahnsinnige. »Lauf doch weg!«

Mit einem dumpfen Stöhnen schleuderte Robin sie von sich. Sie trat wie eine Wilde mit den Füßen nach ihm, als sie zu Boden fiel. Sie fühlte, wie ihr Fuß sein Schienbein traf, und als er zurücktaumelte, sprang sie auf.

Sie fuhr sich mit der Hand über ihr Gesicht. Die Hand war blutverschmiert, als sie sie wieder wegzog. Sie schrie Leo zu, er solle weglaufen. Sie sah sein Haar – hell leuchtend vor dem stumpfen Blei der Särge –, und dann sprang Robin ebenfalls auf.

»Du beschissene, gottverdammte ...« Er raste mit gesenktem Kopf auf sie zu und stieß sie krachend gegen die Mauer. Er grunzte. Er bearbeitete ihr Gesicht mit seinen Fäusten.

Eine Waffe, dachte Barbara. Ich brauche eine Waffe. Sie hatte nichts. Und wenn sie keine Waffe hatte, dann waren sie verloren. Beide. Sie und Leo. Er würde sie beide töten, weil sie versagt hatte. Versagt. Versagt. Der Gedanke daran –

Sie stieß ihn mit Gewalt von sich weg, indem sie ihm ihre Schulter in die Brust rammte. Er wehrte sie ab, doch sie riß ihn an sich, die Arme um seine Taille. Sie stemmte die Füße in den Boden, um besseren Halt zu haben, und als er sein Gewicht verlagerte, riß sie ihr Knie in die Höhe und versuchte, es ihm zwischen die Beine zu stoßen. Sie verfehlte ihr Ziel, und er nutzte seinen Vorteil. Er schleuderte sie wieder gegen die Mauer. Er packte sie am Hals. Er riß sie zu Boden.

Über ihr stehend, blickte er nach links und rechts. Er suchte eine Waffe. Sie sah die Waffe im selben Moment wie er: die Laterne.

Sie packte ihn bei den Beinen, als er wegspringen wollte, um sich die Laterne zu schnappen. Er trat ihr ins Gesicht, aber sie riß ihn zu Boden. Als er stürzte, kroch sie über ihn, aber sie wußte, daß sie fast am Ende ihrer Kräfte war. Sie drückte ihm den Hals zu, sie umklammerte seine Beine mit den ihren. Wenn sie ihn nur einen Moment so halten könnte, wenn der Junge nur weglaufen würde, wenn er nur so vernünftig wäre, sich in die Büsche zu schlagen...

»Leo!« schrie sie. »Lauf weg! Versteck dich!«

Sie glaubte, ihn am Rand ihres Blickfelds zu sehen, aber irgend etwas stimmte nicht mit ihm. Das Haar war nicht hell genug. Das Gesicht war grau wie das eines Gespensts.

Er hatte Todesangst. Er war ja nur ein kleiner Junge. Er begriff nicht, was geschah. Aber wenn sie ihm nicht begreiflich machen konnte, daß er weglaufen mußte, jetzt, sofort...

»Lauf!« schrie sie wieder. »Lauf, Leo!«

Sie spürte, wie Robins Körper sich spannte, Beine, Arme und Brust. Mit einer gewaltigen Kraftanstrengung schleuderte er sie erneut von sich. Aber diesmal kam sie nicht wieder auf die Beine. Er lag über ihr, wie sie selbst eben noch über ihm gelegen hatte – den Arm über ihrem Hals, seine Beine wie eiserne Klammern um die ihren. Sie spürte seinen heißen Atem in ihrem Gesicht.

»Er wird ...« Krampfhaft schnappte er nach Luft. »Zahlen. Er wird zahlen.«

Er verstärkte den Druck. Er preßte alle Luft aus ihr heraus. Barbara hatte das Gefühl, in weiß wallenden Nebeln zu versinken. Und das letzte, was sie sah, war Robin Paynes Lächeln. Es war das Lächeln eines Mannes, der endlich Gerechtigkeit gefunden hatte.

30

Lynley sah zu, wie Corrine Payne die Tasse zum Mund führte. Ihre Augen waren glasig und ihre Bewegungen schwerfällig. »Mehr Kaffee«, sagte er grimmig zu Nkata. »Aber schwarz diesmal. Und stärker. Doppelt so stark wie eben. Dreimal so stark, wenn das geht.«

Nkata erwiderte: »Eine kalte Dusche hätte wahrscheinlich die gleiche Wirkung.« Wie um einem Einwand zu begegnen, den Lynley gar nicht äußerte – daß sie keine Beamtin bei sich hätten und die Frau ja nicht gut eigenhändig auskleiden könnten –, fügte er hinzu: »Wir brauchen ihr ja die Kleider gar nicht auszuziehen. Wir könnten sie einfach kräftig abduschen, wie sie ist.«

»Kümmern Sie sich um den Kaffee, Winston.«

Corrine murmelte: »Bübel?«, und ihr Kopf fiel nach vorn.

Lynley schüttelte sie an der Schulter. Er zog den Stuhl zurück und hievte sie hoch. Er ging einmal mit ihr durch das ganze Eßzimmer, aber ihre Beine waren etwa so stabil wie gekochte Spaghetti. Und sie selbst war ihnen in diesem Zustand so nützlich wie ein Küchengerät. »Verdammt noch mal«, fluchte Lynley unterdrückt. »Komm endlich zu dir, Weib. Los jetzt!«, und als sie plötzlich taumelnd gegen ihn fiel, merkte er, daß er sie am liebsten bis zur Besinnungslosigkeit gerüttelt und geschüttelt hätte. Was ihm zeigte, wie übermächtig seine Ängste in der halben Stunde, die seit ihrer Ankunft in *Lark's Haven* verstrichen war, geworden waren.

Eigentlich hätte alles problemlos klappen müssen. Abfahrt vom Yard, dann die Fahrt nach Wiltshire, der Vergleich von Robin Paynes Fingerabdrücken mit jenen, die sie auf dem Kassettenrecorder und in dem Haus in der George Street gesichert hatten. Und danach die Anordnung, *Lark's Haven* zu beobachten, damit sie Payne, wenn er am Morgen zu dem Versteck fuhr, in dem er den kleinen Luxford gefangenhielt –

was er ganz gewiß tun würde, sobald er sah, daß die *Source* die von ihm gewünschte Story nicht gebracht hatte –, verfolgen und festnehmen und das Kind zurückbringen konnten.

Aber die Dienststelle Amesford hatte den ganzen schönen Plan gründlich durcheinandergebracht. Die Leute dort konnten nicht um viel Geld einen Fingerabdruckexperten auftreiben, und als es ihnen schließlich doch gelungen war, einen zu finden, hatte der Mann mehr als eine Stunde gebraucht, um in der Dienststelle zu erscheinen. In dieser Zeit war Lynley in ein Wortgefecht mit Sergeant Stanley geraten, der mit Entrüstung auf die Vorstellung reagiert hatte, einer seiner Beamten stecke hinter den beiden Kindesentführungen und dem Mord. »So ein ausgemachter Quatsch«, hatte er gesagt. »Wer sind Sie überhaupt? Wer hat Sie hergeschickt?« Und als er hörte, daß sie mit Barbara Havers zusammenarbeiteten, die ihm offenbar ein arger Dorn im Auge war, hatte er seinen Worten noch ein spöttisches Lachen hinterhergeschickt. Hilfsbereitschaft schien selbst in seinen besten Momenten nicht zu seinen hervorragenden persönlichen Eigenschaften zu gehören. Und in diesem, dem ungünstigsten aller möglichen Momente, war sie ihm ganz abhanden gekommen.

Nachdem sie die Bestätigung ihrer Vermutung erhalten hatten – eine Sache von Minuten, der Experte setzte nur seine Brille auf, schaltete eine starke Lampe ein, griff zu einem Vergrößerungsglas, mit dem er die Abdrücke auf den Karten inspizierte und sagte: »Doppelschlingen. Ein Kinderspiel. Die sind identisch. Haben Sie mich wirklich deswegen von meinem Pokerspiel weggeholt?« –, war das Überwachungsteam schnell zusammengestellt. Natürlich gab es Getuschel und Murren unter den Beamten, als sich herausstellte, wen sie überwachen sollten, aber es wurde dennoch schleunigst ein Wagen losgeschickt, Funkkontakt hergestellt und jedem Mann sein Posten zugeteilt. Erst als die erste Meldung einging, die besagte, daß der Wagen des Verdächtigen nicht da sei und ebensowenig das Fahrzeug von Sergeant Havers, waren Lynley und Nkata selbst zu *Lark's Haven* hinausgefahren.

»Sie muß ihm irgendwohin gefolgt sein«, sagte Lynley zu Nkata, als sie durch die Nacht nordwärts nach Wootton Cross brausten. »Er war im Zimmer, als ich mit ihr telefoniert habe. Wahrscheinlich hat er ihr angesehen, was los ist. Havers ist ja weiß Gott keine Schauspielerin. Und jetzt ist er zu dem Jungen gefahren.«

»Vielleicht ist er auch zu seiner Freundin gefahren«, meinte Nkata.

»Das glaube ich nicht.«

Lynleys böse Ahnungen verdichteten sich, als sie das Haus am Ortsrand von Wootton Cross erreichten. Es war völlig dunkel – was vermuten ließ, daß alle im Haus zu Bett gegangen waren –, doch die Hintertür war nicht nur nicht abgesperrt, sie war offen. Und ein tiefer Reifenabdruck im Blumenbeet an der Einfahrt legte nahe, daß jemand in großer Eile weggefahren war.

Lynleys Funkgerät wurde lebendig, als er und Nkata auf die offene Tür zusteuerten. »Brauchen Sie Verstärkung, Inspector?« fragte jemand aus dem Lieferwagen, der ein Stück straßabwärts stand.

»Bleiben Sie auf Ihrem Posten«, antwortete Lynley dem Beamten. »Das sieht mir hier nicht koscher aus. Wir schauen uns drinnen mal um.«

Die Hintertür führte in eine Küche. Lynley schaltete das Licht ein. Alles schien in Ordnung zu sein, und so war es auch im anschließenden Eßzimmer und dem dahinterliegenden Wohnzimmer.

Oben entdeckten sie das Zimmer, in dem Barbara Havers hauste. Ihr altes Sweatshirt mit dem heiligen Georg und seinem Drachen hing schlaff vom Haken an der Tür herab. Ihr Bett war zerdrückt – aber nur der Überwurf und die Decke darunter. Die Leintücher waren glatt und unberührt. Entweder hatte sie ein Nickerchen gemacht, was höchst unwahrscheinlich war, oder sie hatte Schlaf vorgetäuscht, was seinen Instruktionen an sie, sie solle weitermachen wie bisher, eher entsprach. Ihre unförmige Umhängetasche lag auf der Kommode, aber ihre Wagenschlüssel fehlten. Sie muß gehört haben, wie Payne das Haus verließ, dachte Lynley. Sie muß ihre Schlüssel gepackt haben und ihm gefolgt sein.

Bei dem Gedanken, daß Barbara Havers ganz allein einem Mörder auf der Spur war, lief Lynley zum Fenster ihres Zimmers. Er zog die Vorhänge zurück und spähte in die Nacht hinaus, als könnten Mond und Sterne ihm sagen, welche Richtung sie und Robin Payne genommen hatten. Zur Hölle mit dieser dickschädeligen Person, dachte er. Was in drei Teufels Namen hat sie sich dabei gedacht, diesem Kerl ganz allein nachzusetzen? Wenn sie dabei umkam –

»Inspector?«

Lynley drehte sich um. Nkata stand an der Tür. »Was ist?«

»In einem von den anderen Zimmern ist eine Frau. Total weggetreten. Scheint ein Schlafmittel intus zu haben.«

So kam es, daß sie Corrine Payne jetzt literweise Kaffee einflößten, während diese lallend entweder nach ihrem »Bübel« oder nach »Sam« verlangte.

»Wer ist dieser Sam überhaupt?« wollte Nkata wissen.

Lynley war das gleichgültig. Er wollte die Frau nur zur Besinnung bringen. Und als Nkata die nächste Kanne Kaffee in das Eßzimmer brachte, setzte er Corrine an den Tisch und kippte ihr das Gebräu eigenhändig in den Mund.

»Wir müssen unbedingt wissen, wo Ihr Sohn ist«, sagte er. »Mrs. Payne, können Sie mich hören? Ihr Sohn Robin ist nicht im Haus. Wissen Sie, wohin er gefahren ist?«

Ihre Augen wurden etwas wacher, als beginne das Koffein endlich auf ihr Gehirn zu wirken. Ihr Blick flog von Lynley zu Nkata, bei dessen Anblick sie voller Entsetzen die Augen aufriß.

»Wir sind von der Polizei«, erklärte Lynley, ehe sie angesichts eines unbekannten – und daher automatisch bedrohlichen – Schwarzen in ihrem piekfeinen Eßzimmer in Schrekkensgeheul ausbrechen konnte. »Wir suchen Ihren Sohn.«

»Robbie ist bei der Polizei«, erklärte sie ihm. Dann aber schien ihr die Bedeutung seiner Worte »Wir suchen Ihren

Sohn« zu dämmern. »Wo ist Robbie?« rief sie. »Was ist mit ihm passiert?«

»Wir müssen mit ihm sprechen«, antwortete ihr Lynley. »Können Sie uns helfen, Mrs. Payne? Haben Sie eine Ahnung, wo er sein könnte?«

»Mit ihm sprechen?« Ihre Stimme bekam einen schrillen Klang. »Warum? Warum müssen Sie mit ihm sprechen? Es ist mitten in der Nacht. Er ist in seinem Bett. Er ist ein guter Junge. Er war immer gut zu seiner Mama. Er ist –«

Lynley legte ihr beruhigend die Hand auf die Schulter. Ihre Atemzüge waren unregelmäßig.

»Asthma«, sagte sie erklärend. »Manchmal bleibt mir die Luft weg.«

»Haben Sie ein Medikament?«

»Einen Inhalator. Im Schlafzimmer.«

Nkata holte ihn. Sie pumpte ein paarmal kräftig, und das schien sie wiederherzustellen. Die Kombination von Kaffee und Inhalator weckten sie aus ihrer Benommenheit. Sie zwinkerte mehrmals, als wäre sie jetzt ganz munter. »Was wollen Sie von meinem Sohn?«

»Er hat in London zwei Kinder verschleppt. Er hat sie hier aufs Land gebracht. Eins der Kinder ist tot. Das andere ist vielleicht noch am Leben. Wir müssen ihn finden, Mrs. Payne. Wir müssen dieses Kind finden.«

Sie schien völlig entgeistert. Sie schloß ihre Hand um den Inhalator, und Lynley glaubte, sie werde gleich wieder zu pumpen anfangen. Statt dessen starrte sie Lynley an, ihr Gesicht ein Bild der Verständnislosigkeit.

»Kinder?« wiederholte sie. »Mein Robbie? Sie sind ja verrückt!«

»Nein, leider nicht.«

»Niemals würde er Kindern was tun. Das käme ihm gar nicht in den Kopf. Er liebt Kinder. Er will selbst mal Kinder haben. Er will noch dieses Jahr Celia Matheson heiraten und dann einen Stall voll Kinder haben.« Sie zog ihren Morgenrock fester um sich, als wäre ihr plötzlich kalt. »Wollen Sie vielleicht behaupten – wollen Sie mir allen Ernstes weismachen –, daß mein Robbie ein Sittenstrolch ist, ein Perverser?« fragte sie leise und empört. »Mein Robbie? Mein Sohn? Mein eigener Sohn, der nicht mal seinen eigenen kleinen Piephahn anrührt, wenn ich ihn ihm nicht in die Hände lege?«

Die Worten hingen einen Moment zwischen ihnen in der Luft. Lynley sah Nkata interessiert eine Braue hochziehen. Die Fragen der Frau ließen auf trübe, wenn auch nicht tiefe Wasser schließen, aber jetzt war keine Zeit zu Spekulationen.

»Die Kinder, die er verschleppt hat«, fuhr Lynley fort, »haben denselben Vater. Ihr Sohn scheint etwas gegen diesen Mann zu haben.«

Die Frau sah noch verwirrter drein als vorher. »Wer?« fragte sie. »Welchen Vater?«

»Es handelt sich um einen Mann namens Dennis Luxford. Besteht eine Verbindung zwischen Robin und Dennis Luxford?«

»Zwischen Robbie und *wem*?«

»Dennis Luxford. Er ist der Chefredakteur einer Zeitung namens *The Source* in London. Er hat hier in der Gegend vor ungefähr dreißig Jahren die Schule besucht. Er war in Baverstock auf dem Internat. Das erste Kind, das Ihr Sohn entführt hat, war Luxfords uneheliche Tochter. Das zweite ist Luxfords ehelicher Sohn. Offenbar glaubt Robin, daß es ein drittes Kind gibt, ein Kind, das älter ist als die beiden anderen. Er verlangt von Dennis Luxford, daß er sich in seiner Zeitung öffentlich zu diesem Kind bekennt, und droht damit, das zweite Kind zu töten, wenn Luxford die Forderung nicht erfüllt.«

Die Veränderung trat allmählich ein, während Lynley sprach. Mit jedem Satz schien ihr Gesicht mehr zu verfallen. Schließlich sagte sie leise: »Der Chefredakteur einer Zeitung, sagen Sie? In London?«

»Ja. Er heißt Dennis Luxford.«

»Mein Gott!«

»Was ist?«

»Ich hab' doch nicht gedacht...«, murmelte sie. »Er sollte doch nicht glauben...«

»Was?«

»Es ist so lange her.«

»Was?« fragte Lynley wieder.

Die Frau sagte nichts weiter als: »Mein Gott!«

Lynley konnte kaum noch an sich halten. »Wenn Sie uns etwas sagen können, was uns hilft, Ihren Sohn zu finden, dann schlage ich vor, Sie tun es endlich, und zwar sofort. Ein Kind ist schon tot. Das Leben von zwei weiteren Menschen steht auf dem Spiel. Wir können es uns nicht leisten, Zeit mit langem Nachdenken zu verschwenden. Also –«

»Ich hab' in Wirklichkeit gar nicht gewußt, wer's war.« Sie sprach mit gesenktem Kopf, ohne die beiden Männer anzusehen. »Woher hätt' ich's denn auch wissen sollen? Aber irgendwas hab ich ihm sagen müssen. Er hat ja nicht lockergelassen... Immer wieder hat er gefragt, immer wieder. Er hat mir keine Ruhe gelassen.« Sie schien sich in sich selbst zurückzuziehen.

Nkata bemerkte: »Das führt doch zu nichts, Mann.«

»Suchen Sie sein Zimmer«, befahl Lynley. »Vielleicht gibt uns dort etwas einen Hinweis, wohin er gefahren ist.«

»Aber wir haben keinen –«

»Zum Teufel mit dem Durchsuchungsbefehl, Winston. Es geht um Havers. Sie kann in den größten Schwierigkeiten sein. Ich habe nicht die Absicht, hier herumzusitzen und darauf zu warten –«

»Gut. Ich bin schon unterwegs.« Nkata steuerte auf die Treppe zu.

Lynley hörte ihn oben schnell durch den Korridor gehen. Türen wurden geöffnet und geschlossen. Kommodenschubladen knarrten und Schranktüren quietschten, und diese Geräusche mischten sich mit Corrine Paynes fortgesetztem Gebrabbel.

»Ich hätte doch nie geglaubt...«, sagte sie. »Aber als ich's in der Zeitung gesehen hab', kam es mir so einfach vor... Als ich gelesen hab' ... Als da Baverstock gestanden hat – ausgerechnet Baverstock ... Und er hätte ja einer von ihnen gewesen sein können. Wirklich, er hätte einer von ihnen gewesen sein können. Weil ich ihre Namen nicht wußte, verstehen Sie. Ich hab' nie danach gefragt. Sie sind einfach nur ins Eishaus gekommen. Montags und mittwochs ... süße Jungs, wirklich ...«

Wieder hätte Lynley sie am liebsten geschüttelt, daß ihr die Zähne klapperten. Sie brabbelte sinnloses Zeug vor sich hin, während Sekunde um Sekunde verrann. »Winston?« rief er. »Ist da oben irgendwas?«

Nkata polterte die Treppe hinunter. Er hatte Zeitungsausschnitte bei sich. Sein Gesicht war ernst. Er reichte Lynley die Ausschnitte. »Das war in einer Schublade in seinem Zimmer.«

Lynley sah sich die Ausschnitte an. Sie waren aus dem Magazin der *Sunday Times*. Er breitete sie auf dem Tisch aus, aber er brauchte sie gar nicht zu lesen. Es war derselbe Artikel, den Nkata ihm vor kurzem gezeigt hatte. Er las den Titel ein zweites Mal: »*Ein Blatt wird gewendet.* Der Inhalt bestand im wesentlichen aus einer Kurzbiographie Dennis Christopher Luxfords, die mit Bildern Luxfords, seiner Frau und ihres gemeinsamen Sohnes illustriert war.

Corrine Payne streckte den Arm aus und zeichnete mit zitterndem Finger die Umrisse von Dennis Luxfords Gesicht nach. »Da hat Baverstock gestanden«, sagte sie. »Da hat gestanden, er wär in Baverstock auf der Schule gewesen. Und Robbie wollte wissen ... Sein Vater ... Seit Jahren hat er immer wieder gefragt ... Er hat gesagt, er habe das Recht ...«

Jetzt endlich verstand Lynley. »Sie haben Ihrem Sohn erzählt, Dennis Luxford sei sein Vater? Ist das richtig?«

»Er hat gesagt, ich wär' ihm die Wahrheit schuldig, wenn ich jetzt heiraten wollte. Ich wär' ihm seinen wahren Vater schuldig, hat er gesagt. Aber ich hab's doch nicht gewußt, verstehen Sie. Es waren ja so viele. Und das konnte ich ihm doch nicht sagen. Das konnte ich nicht. Oder? Und da hab' ich ihm eben gesagt, es wär' nur einer gewesen. Ein einziges Mal. Am Abend. Ich hätt's nicht tun wollen, hab' ich gesagt, aber er war stärker als ich, und darum hätt' ich's tun müssen. Ich hätt's tun müssen, weil mir sonst was passiert wäre.«

»Vergewaltigung?« fragte Nkata.

»Ich hab' doch nie gedacht, daß Robbie... Ich hab' ihm gesagt, daß es lang her ist. Ich hab' gesagt, daß es nicht wichtig ist. Daß *er* jetzt für mich wichtig ist. Mein Sohn. Mein kleiner Liebling. Nur er ist wichtig.«

»Sie haben ihm erzählt, Dennis Luxford habe Sie vergewaltigt?« fragte Lynley, um es ganz klar zu verstehen. »Sie haben Ihrem Sohn erzählt, Dennis Luxford habe Sie vergewaltigt, als Sie beide noch Teenager waren?«

»Sein Name war in der Zeitung«, murmelte sie. »Und Baverstock stand auch drin. Ich hab doch nicht gedacht... Gott hilf mir. Ich fühl' mich gar nicht gut.«

Lynley stieß sich vom Tisch ab. Bis jetzt hatte er über sie gebeugt gestanden, aber nun brauchte er Abstand. Er konnte es nicht fassen. Ein kleines Mädchen war tot, und zwei weitere Menschen waren in höchster Gefahr, weil diese Frau – diese furchtbare Frau – ihrem Sohn hatte verheimlichen wollen, daß sie nicht wußte, wer sein Vater war. Sie hatte sich irgendeinen Namen gegriffen, aus dem Nichts, aus der Luft. Sie hatte das Wort »Baverstock« in dem Bericht in dem Magazin gesehen und hatte aus diesem Wort eine Geschichte fabriziert, die ein zehnjähriges Kind zum Tod verurteilt hatte. Großer Gott. Wahnsinn war das. Er brauchte frische Luft. Er mußte Havers finden, bevor Payne ihr etwas antun konnte.

Er eilte in die Küche, zur Tür, um zu fliehen. Im selben Moment meldete sich einer der Beobachter über Funk.

»Es kommt ein Fahrzeug, Inspector. Sehr langsam. Aus Westen.«

»Die Lichter!« rief Lynley. Eilig schaltete Nkata alle Lichter aus.

»Inspector?« tönte es aus dem Funkgerät.

»Bleiben Sie, wo Sie sind.«

Corrine, die noch immer am Tisch saß, richtete sich auf. »Ist es Robbie?«

»Bringen Sie sie nach oben«, befahl Lynley.

Sie sagte: »Ich will aber nicht –«

»Winston!«

Nkata trat zu ihr. Er zog sie hoch. »Kommen Sie, Mrs. Payne.«

Sie hielt sich an ihrem Stuhl fest. »Sie tun ihm doch nichts«, flüsterte sie. »Er ist mein kleiner Junge. Sie tun ihm doch nichts. Bitte!«

»Bringen Sie sie hinaus!«

Als Nkata Corrine Payne zur Treppe führte, strichen die Strahlen zweier Autoscheinwerfer durch das dunkle Eßzimmer. Ein Motor brummte. Das Geräusch wurde lauter, als das Auto sich dem Haus näherte. Dann hörte es auf, ein Blubbern und ein kurzes Aufstoßen folgten, danach war es still. Lynley huschte lautlos zum Fenster und zog vorsichtig den Vorhang zur Seite.

Der Wagen hatte außerhalb seines Gesichtsfeldes auf der hinteren Seite des Hauses angehalten, in der Nähe der Küchentür, die noch offenstand. Leise schlich Lynley um den Tisch herum zur Tür. Er schaltete sein Funkgerät aus. Er horchte nach draußen.

Eine Autotür wurde geöffnet. Sekunden verstrichen. Dann näherten sich schwere, schleppende Schritte.

Lynley eilte zu der Tür zwischen Küche und Eßzimmer. Er vernahm von draußen einen tiefen gutturalen Aufschrei, der sich anhörte, als würde er mit Gewalt unterdrückt. In der Dunkelheit wartete er, die Hand am Lichtschalter. Als er die schattenhafte Gestalt auf der kurzen Treppe sah, drückte er den Schalter herunter und überflutete die Küche mit Licht.

»Um Gottes willen!« rief er laut und schrie nach Nkata, als Barbara Havers zur Tür hereintaumelte.

Sie hielt ein Kind in den Armen. Ihre Augen waren geschwollen, und ihr Gesicht war ein wüstes Durcheinander aus Striemen, Blutergüssen und Blut. Die Vorderseite ihres Pullovers war blutdurchtränkt. Ihre Hose war von den Hüften bis zu den

Knien blutverschmiert. Mit zusammengekniffenen Augen starrte sie Lynley an. »Gottverdammich«, sagte sie, kaum fähig, die geschwollenen Lippen zu bewegen. Einer ihrer Zähne war abgebrochen. »Sie haben sich vielleicht Zeit gelassen.«

Nkata stürzte herein. Bei Barbaras Anblick bremste er mit einem Ruck ab und sagte nur noch: »Heiliger Herr Jesus!«

»Rufen Sie einen Krankenwagen«, befahl Lynley ihm. Und zu Barbara sagte er: »Der Junge?«

»Er schläft.«

»Er sieht entsetzlich aus. Sie sehen beide entsetzlich aus.«

Sie versuchte zu lächeln und verzog schmerzerfüllt das Gesicht. »Er hat ein Bad in einer Kloake genommen, um mein Montiereisen zu suchen. Und dann hat er Payne damit eins übergezogen. Nein, vier hat er ihm übergezogen. Ein toller kleiner Kerl. Aber nach diesem Bad wird er wahrscheinlich eine Tetanusspritze brauchen. Das Wasser war total verdreckt. Die reinste Brutstätte für jede Krankheit, die man sich denken kann. Er war in einer Grabkammer. Mit Särgen. Es war eine alte Burgruine. Ich weiß, ich hätte warten sollen, aber als er abgezischt ist und niemand ihm hinterherfuhr, dachte ich, es wäre das beste, wenn ich –«

»Havers«, unterbrach Lynley sie. »Das war großartig.«

Er ging zu ihr und nahm ihr das Kind ab. Leo wurde einen Moment unruhig, wachte aber nicht auf. Havers hatte recht. Der Junge war von Kopf bis Fuß mit Schlamm und Algen bedeckt. Seine Ohren sahen aus, als sprieße Moos aus ihnen. Seine Hände waren schwarz. Sein blondes Haar wirkte grün. Aber er lebte. Lynley reichte ihn an Nkata weiter.

»Rufen Sie seine Eltern an«, befahl er. »Sagen Sie ihnen Bescheid.«

Nkata ging aus dem Zimmer.

Lynley wandte sich wieder Barbara zu. Sie lehnte immer noch am Türpfosten. Behutsam zog er sie weg, fort aus dem Licht ins Eßzimmer, in dem es noch dunkel war. Er drückte sie auf einen Stuhl.

»Er hat mir die Nase gebrochen«, flüsterte sie. »Und ich weiß nicht, was sonst noch. Mein ganzer Oberkörper tut mir weh. Ich glaube, es hat ein paar Rippen erwischt.«

»Es tut mir leid«, sagte Lynley. »Mein Gott, Barbara. Es tut mir leid.«

»Leo hat's ihm gegeben«, sagte sie. »Er hat ihn zusammengeschlagen.«

Lynley kauerte vor ihr nieder. Er zog sein Taschentuch heraus und tupfte zart ihr Gesicht ab. Aber es half nichts. Immer neues Blut sickerte aus den Wunden. Wo zum Teufel, fragte er sich, bleibt der verdammte Krankenwagen?

»Ich hab' natürlich gewußt, daß er in Wirklichkeit gar nichts von mir wollte«, sagte sie. »Aber ich hab' mitgemacht. Weil ich dachte, das wäre das Richtige.«

»Das war es auch«, versicherte Lynley. »Es war richtig. Sie habe genau das Richtige getan.«

»Und am Ende hab ich's ihm mit gleicher Münze heimgezahlt.«

»Wie?« fragte Lynley.

Sie lachte leise und zuckte gleich wieder zusammen vor Schmerz. »Ich hab' ihn in der Gruft eingesperrt. Damit er mal sieht, wie's ist, wenn man im Dunkeln sitzt. Dieses Schwein.«

»Ja«, sagte Lynley. »Er ist wirklich ein Schwein.«

Sie weigerte sich, ins Krankenhaus zu fahren, ehe sie ihnen genau beschrieben hatte, wo er zu finden war. Sie erlaubte nicht einmal den Sanitätern, sie zu versorgen, bevor sie Lynley eine Karte gezeichnet hatte. Sie hing über dem Tisch und blutete auf die geblümte Tischdecke. Und sie mußte den Bleistift, mit dem sie den Plan zeichnete, mit beiden Händen führen.

Einmal hustete sie, und Blut quoll aus ihrem Mund. Lynley nahm ihr den Stift ab und sagte: »Ich weiß es jetzt. Ich werde ihn holen. Sie müssen jetzt dringend ins Krankenhaus.«

»Aber ich will dabeisein, um alles abzuschließen«, entgegnete sie eigensinnig.

»Sie haben es abgeschlossen«, sagte er.

»Und jetzt?«

»Jetzt nehmen Sie mal Urlaub.« Er tätschelte ihr vorsichtig die Schulter. »Sie haben ihn wirklich verdient.«

Völlig überrascht sah er ihr unglückliches Gesicht. »Aber was werden Sie –«, begann sie, unterbrach sich dann jedoch, als habe sie Angst, sie würde zu weinen anfangen, wenn sie den Satz beendete.

Er wußte nicht, was sie meinte. Erst als Winston Nkata wieder hereinkam, verstand er. »Ich hab' die Eltern erreicht«, sagte der lange Constable. »Sie sind schon unterwegs. Wie geht's Ihnen, Sarge?«

Barbaras Augen waren fest auf Nkata gerichtet. Lynley sagte zu ihr: »Es hat sich nichts geändert, Barbara. Fahren Sie ruhig ins Krankenhaus.«

»Aber wenn ein Fall –«

»Dann übernimmt ihn ein anderer. Helen und ich heiraten am Wochenende. Ich werde also auch nicht im Yard sein.«

Wieder lächelte sie mit Mühe. »Sie heiraten?«

»Ja, endlich.«

»Ist ja irre«, sagte sie. »Darauf müssen wir einen trinken.«

»Werden wir tun«, versicherte er ihr. »Aber nicht heute abend.«

Lynley fand Robin Payne dort, wo Barbara Havers ihn zurückgelassen hatte: eingesperrt in der gespenstischen Gruft unter der Burgkapelle von Silbury Huish Castle. Er kauerte so weit wie möglich von den gruseligen Bleisärgen entfernt in einer Ecke und hielt die Arme fest um seinen Kopf geschlungen. Als Constable Nkata den Strahl seiner Taschenlampe auf Payne richtete, hob dieser sein Gesicht dem Licht entgegen, und Lynley verspürte beim Anblick seiner Verletzungen eine flüchtige primitive Befriedigung. Havers und Leo hatten Gleiches mit Gleichem vergolten. Paynes Wangen und Stirn waren zerkratzt und voller Blutergüsse. Sein Haar war von geronnenem Blut verfilzt. Eins seiner Augen war zugeschwollen.

»Payne?« sagte Lynley zu ihm.

Der Mann stand mit schmerzverzerrtem Gesicht auf und wischte sich den Mund mit dem Handrücken. »Bringen Sie mich hier raus«, sagte er. »Mich haben so ein paar Rowdys hier eingesperrt. Sie haben mich unten auf der Straße angehalten und –«

»Ich arbeite mit Sergeant Havers zusammen«, unterbrach Lynley.

Das brachte den jungen Mann zum Schweigen. Die angeblichen Rowdys – zweifellos Teil eines Märchens, das er sich ausgedacht hatte, nachdem Havers ihn hier zurückgelassen hatte – schienen plötzlich aus seinen Gedanken verschwunden. Er drängte sich näher an die Mauer der Gruft, und nach einer kurzen Stille sagte er in einem Ton, der in Anbetracht der Umstände bemerkenswert selbstsicher war: »Wo ist meine Mutter? Ich muß mit ihr sprechen.«

Lynley befahl Nkata, Payne seine Rechte zu verlesen. Einem der anderen Constables von der Dienststelle Amesford trug er auf, über Funk einen Arzt auf die Dienststelle zu bestellen. Während Nkata Payne auf seine Rechte hinwies und der andere Beamte davonging, um den Arzt anzufordern, beobachtete Lynley schweigend den jungen Mann, der Tod, Ruin und Verzweiflung über eine Gruppe von Menschen gebracht hatte, die er nie kennengelernt hatte.

Trotz der Verletzungen, die Paynes Gesicht entstellten, konnte Lynley darin noch die jugendliche – und falsche – Unschuld erkennen. Es war eine oberflächliche Unschuld, die ihm in Verbindung mit einer Maske, die kein Beobachter für eine Maske gehalten hätte, gewiß gute Dienste geleistet hatte. In die Uniform gekleidet, die er als einfacher Constable vor seiner Versetzung zur Kriminalpolizei getragen hatte, hatte er Jack Beard aus dem Cross Keys Close in Marylebone verjagt, und keiner, der die Szene beobachtet hatte, hatte Anlaß gehabt, Verdacht zu schöpfen, daß er ein anderer sein könnte als der, der zu sein er vorgab – ganz bestimmt kein Kidnapper, der sich freie Bahn verschaffte, ehe er sein Opfer verschleppte. In ebendiese Uniform gekleidet, das scheinbar unschuldige Gesicht voll guter Absichten, hatte er Charlotte Bowen – und später Leo Luxford – dazu überredet, mit ihm zu gehen. Zweifellos hatte er gewußt, daß Kinder von dem Tag an, da sie die ersten Schritte tun, von ihren Eltern ermahnt werden, nicht mit Fremden zu sprechen. Aber er hatte auch gewußt, daß Kindern immer gesagt wird, der Polizei könnten sie vertrauen. Und Robin Payne hatte ein Gesicht, das zum Vertrauen einlud. Auch das konnte Lynley trotz der Verletzungen erkennen.

Und es war auch ein intelligentes Gesicht, und Intelligenz war erforderlich gewesen, um die Verbrechen, die Payne begangen hatte, zu planen und durchzuführen. Seine Intelligenz hatte ihm geraten, sich während seines Aufenthalts in London in dem leerstehenden Haus in der George Street einzunisten, so daß er in der Zeit, in der er seine Opfer beobachtete, unbekümmert kommen und gehen konnte – sowohl in der Uniform eines Polizeibeamten als auch in der Kleidung eines ganz normalen Bürgers –, ohne das Risiko einzugehen, daß er dem Empfangsangestellten eines Hotels auffallen und dieser ihn später irgendwie mit der Entführung zweier Kinder und der Ermordung eines dieser Kinder in Verbindung bringen würde.

Und seine Intelligenz im Zusammenspiel mit seiner beruflichen Erfahrung hatte ihn dazu veranlaßt, eine falsche Spur zu legen, die die Polizei direkt zu Dennis Luxford führen würde. Denn es war ja von Anfang an seine Absicht gewesen, Dennis Luxford zur Strecke zu bringen, ganz gleich, auf welchem Weg. Es war offensichtlich, daß der Mann, den Payne für seinen Vater gehalten hatte, im Mittelpunkt der Verbrechen stand, die dieser begangen hatte.

Das besonders Grauenvolle lag in der Tatsache, daß sein Rachefeldzug gegen Luxford ein Rachefeldzug gegen ein Hirngespinst gewesen war, das aus einer Lüge geboren war. Es war dieses Wissen, das Lynleys Absichten in sich zusammensinken ließ, als er sich dem Killer gegenübersah.

Ein Kindesentführer. Ein Mörder. Auf der Fahrt zur Burg hatte sich Lynley das erste Zusammentreffen mit diesem Mann plastisch vorgestellt: wie er ihn in die Höhe reißen würde; wie er im Kommandoton den Befehl geben würde, ihm seine Rechte zu verlesen; wie er ihm die Handschellen anlegen und ihn in die Nacht hinausstoßen würde. Kindermörder waren der letzte Dreck auf Erden. Sie verdienten es, entsprechend behandelt zu werden. Und Robin Paynes Ton, als er forderte, mit seiner Mutter zu sprechen – so absolut selbstsicher, so ohne einen Funken Reue –, schien seine Verworfenheit nur noch zu bestätigen. Doch als Lynley den jungen Mann anblickte und das, was er sah, im Licht dessen betrachtete, was er über ihn wußte, verspürte er nur eine tiefe Niedergeschlagenheit.

Die Kluft zwischen der Wahrheit und dem, was Robin Payne für die Wahrheit hielt, war so groß, daß Lynleys Zorn und Empörung sie nicht überspringen konnten. Lynley hörte wieder Corrine Paynes Worte, als Nkata dem jungen Mann die Arme auf den Rücken zog und ihm die Handschellen anlegte. »Er ist mein kleiner Junge. Sie tun ihm doch nichts. Bitte.« Bei der Erinnerung an diese Worte wurde Lynley klar, daß es wenig Sinn hatte, Robin Payne etwas anzutun. Seine Mutter hatte ihm schon genug angetan.

Aber eine Auskunft brauchte er noch, die es ihm gestatten würde, den Fall wenigstens mit einer gewissen Befriedigung abzuschließen. Und er würde mit Sorgfalt und Umsicht zu Werke gehen müssen, um diese Auskunft zu erhalten. Payne war schlau genug, um zu wissen, daß er nur den Mund zu halten brauchte, damit Lynley das letzte Stück des Puzzles niemals in die Hände bekommen würde. Doch in Paynes Forderung, mit seiner Mutter zu sprechen, sah Lynley eine Möglichkeit, wenigstens ein kleines Maß an Gerechtigkeit zu üben und gleichzeitig von Payne das letzte Informationsteilchen zu bekommen, das er brauchte, um ihn unwiderlegbar mit Charlotte Bowen und ihrem Vater zu verbinden. An die Wahrheit war nur heranzukommen, wenn die Wahrheit ausgesprochen würde. Aber nicht er würde reden.

»Holen Sie Mrs. Payne«, befahl er einem der Beamten der Dienststelle Amesford. »Bringen Sie sie auf die Dienststelle.«

Das überraschte Gesicht des Constables verriet Lynley, daß er glaubte, Paynes Forderung, mit seiner Mutter zu sprechen, werde stattgegeben. »Ist das nicht ein bißchen irregulär, Sir?« fragte er mit Unbehagen.

»Richtig«, antwortete Lynley. »Das ganze Leben ist irregulär. Holen Sie Mrs. Payne.«

Schweigend fuhren sie nach Amesford. Die Dunkelheit über der nächtlichen Landschaft, die an ihnen vorüberzog, wurde nur gelegentlich von den Scheinwerfern eines entgegenkommenden Fahrzeugs durchbrochen. Vor und hinter ihnen rollte eines Eskorte von Polizeifahrzeugen, in denen jetzt, da die Meldung hinausging, daß Payne gefaßt war und zur Dienststelle gebracht wurde, zweifellos reger Funkverkehr herrschte. Doch in Lynleys Bentley war es still. Seit Payne verlangt hatte, mit seiner Mutter zu sprechen, hatte er kein Wort mehr gesagt.

Erst als sie endlich die Dienststelle in Amesford erreichten, machte Payne den Mund wieder auf. Er sah einen einsamen Reporter mit gezücktem Block und einen ebenso einsamen Fotografen mit schußbereiter Kamera an der Tür der Dienststelle stehen und sagte: »Hier geht's überhaupt nicht um mich. Es wird schon noch alles rauskommen. Alle werden's erfahren. Und ich bin froh darüber. Ich bin verdammt froh darüber. Ist meine Mutter schon hier?«

Auf diese Frage bekamen sie Antwort, als sie ins Haus traten. Corrine Payne kam ihnen entgegen, gestützt von einem korpulenten Herrn mit schütterem Haar. Er hatte eine Pyjamajacke an, die in eine gürtellose Hose mit Fischgrätmuster gestopft war.

»Robbie! Mein Robbie!« Corrine streckte die Arme nach ihrem Sohn aus, als sie mit zitternden Lippen seinen Namen rief. Ihre Augen wurden feucht. »Was haben diese gräßlichen Leute dir angetan?« Und dann zu Lynley: »Ich habe Sie extra gebeten, ihm nichts zu tun. Ist er schwer verletzt? Was ist denn passiert? Ach, Sam. Sam!«

Der Mann schob hastig seinen Arm um ihre Taille. »Kleines Äpfelchen«, murmelte er. »Jetzt beruhig dich doch.«

»Bringen Sie sie in einen Vernehmungsraum«, befahl Lynley.

»Allein. Wir kommen sofort.«

Ein uniformierter Beamter faßte Corrine beim Arm. »Aber was ist mit Sam?« rief sie. »Sam!«

»Ich bleibe hier, Äpfelchen«, versicherte er.

»Du gehst nicht weg?«

»Nein, ich gehe nicht weg, Liebes.« Er küßte ihre Fingerspitzen.

Robin Payne wandte sich ab. Er sagte zu Lynley: »Können wir jetzt endlich zur Sache kommen?«

Corrine wurde in einen Vernehmungsraum geführt. Lynley brachte ihren Sohn zu dem Arzt, der sie bereits mit geöffneter Arzttasche, griffbereit ausgebreiteten Instrumenten, sauber angeordnetem Verbandszeug und Desinfektionsmitteln erwartete. Routiniert untersuchte er seinen Patienten, sprach mit gedämpfter Stimme von der Möglichkeit einer Gehirnerschütterung und der Notwendigkeit, den Verletzten während der nächsten Stunden genau zu beobachten. Er legte Pflaster auf und nähte mit einigen Stichen die häßliche Wunde an Paynes Kopf. »Kein Aspirin«, sagte er, nachdem er seine Arbeit abgeschlossen hatte, »und lassen Sie ihn nicht schlafen.«

Lynley erklärte, daß Schlaf für Robin Payne in der nächsten Zukunft sowieso nicht angesagt sei. Er führte ihn durch den Korridor – wo ihm auffiel, daß Paynes Kollegen seinem Blick auswichen, als sie vorüberkamen – und brachte ihn zu seiner Mutter.

Corrine saß abseits von dem einzigen Tisch, der im Raum stand. Ihre Füße waren flach auf den Boden gedrückt. Sie hielt ihre Handtasche auf ihrem Schoß, beide Hände um den Henkel gelegt, als wollte sie gleich wieder aufstehen und gehen.

Bei ihr war Nkata. Mit einer Tasse in der Hand lehnte er an der gegenüberliegenden Wand. Ein Dampfwölkchen stieg vor seinem Gesicht auf, als er trank. Es roch nach Hühnerbouillon.

Corrine faßte den Henkel ihrer Tasche fester, als sie ihren Sohn sah. Aber sie stand nicht von ihrem Stuhl auf. »Diese Leute haben mir etwas Schreckliches erzählt, Robbie. Über dich. Sie haben gesagt, du hättest schlimme Dinge getan, und ich habe ihnen erklärt, daß sie sich täuschen.«

Lynley schloß die Tür. Er zog einen Stuhl heraus, der am Tisch stand, und tippte Payne auf die Schulter, um ihm zu bedeuten, daß er sich setzen solle. Payne kam der Aufforderung ohne ein Wort nach.

Corrine rutschte unruhig auf ihrem Stuhl hin und her, machte aber immer noch keine Anstalten, zu ihrem Sohn zu gehen. »Sie haben gesagt, du hättest ein kleines Mädchen getötet, Robbie«, fuhr sie fort. »Aber ich hab' ihnen gesagt, daß das ganz ausgeschlossen ist. Ich hab' ihnen erzählt, daß du Kinder gern hast und daß ihr beide, du und Celia, viele Kinder haben wollt, wenn ihr erst verheiratet seid. Komm, mein Junge, diesen Unsinn werden wir schnellstens aufklären, nicht wahr? Es ist bestimmt alles ein schreckliches Mißverständnis. Irgend jemand hat da was Schlimmes angestellt, aber du warst das doch bestimmt nicht, oder?« Sie versuchte ein aufmunterndes Lächeln, brachte es aber nicht zustande. Und trotz ihrer Worte verrieten ihre Augen ihre Furcht.

Als Payne ihr nicht antwortete, sagte sie drängend: »Robbie? Ist es nicht so? Ist das nicht alles Unsinn, was diese zwei Polizisten erzählt haben? Ist das nicht alles ein furchtbarer Irrtum? Weißt du, ich hab' mir gedacht, es kommt vielleicht davon, daß diese Sergeant Havers bei uns gewohnt hat. Vielleicht hat sie Gerüchte über dich verbreitet. Eine Frau, die abgeblitzt ist, ist zu allem fähig, Robbie, um sich zu rächen.«

»Du nicht«, sagte er.

Corrine wies verwirrt mit dem Finger auf sich selbst. »Ich nicht, Robbie?«

»Du warst nicht fähig, dich zu rächen«, erklärte er. »Du hast dich nicht gerächt. Nie. Darum hab' ich's getan.«

Corrine lächelte unsicher und drohte halb scherzhaft mit dem Finger. »Wenn du die Art und Weise meinst, wie du dich in den letzten Tagen Celia gegenüber verhalten hast, du ungezogener Junge, dann sollte sie hier auf diesem Stuhl sitzen, nicht ich. Wirklich, dieses Mädchen hat die Geduld einer Heiligen, wenn's darum geht, darauf zu warten, daß du endlich mal sagst, was Sache ist, Robbie. Aber die Mißverständnisse mit Celia klären wir auf, sobald wir die Mißverständnisse hier aus der Welt geschafft haben.« Sie sah ihn aufmunternd an, eine klare Aufforderung an ihren Sohn, dem von ihr vorgegebenen Weg zu folgen.

»Sie haben mich geschnappt, Mama«, sagte Payne.

»Robbie –«

»Nein. Hör mir zu. Es ist nicht wichtig. Hauptsache ist jetzt, daß die ganze Geschichte endlich rauskommt, so wie sich's gehört. Damit er endlich für alles bezahlt. Zuerst hab' ich gedacht, ich könnte ihn über sein Geld kriegen – ihn für das, was er getan hat, richtig bluten lassen. Aber wie ich dann das erstemal ihren Namen gesehen hab', wie mir klargeworden ist, daß er mit einer anderen genau dasselbe gemacht hat wie mit dir... Da hab' ich gewußt, daß es nicht reicht, wenn ich ihm sein Geld abnehme. Den muß man vorführen, der ganzen Welt zeigen, was für ein Mensch er ist. Und das wird jetzt passieren. Er soll leiden, weil er ungeschoren davongekommen ist, Mama. Ich hab's für dich getan.«

Corrine sah verwirrt aus. Wenn sie ihn verstand, so ließ sie es sich nicht anmerken. »Was redest du da eigentlich, Robbie, mein Kleiner?«

Lynley zog einen zweiten Stuhl heraus. Er setzte sich so, daß er sowohl Mutter als auch Sohn beobachten konnte. Mit bewußter Brutalität sagte er: »Er erklärt Ihnen gerade, daß er für Sie Charlotte Bowen entführt und getötet hat und daß er für Sie Leo Luxford entführt hat, Mrs. Payne. Er erklärt Ihnen gerade, daß er es aus Rache getan hat, um Dennis Luxford seiner gerechten Strafe zuzuführen.«

»Seiner gerechten Strafe?«

»Dafür, daß er Sie vor dreißig Jahren vergewaltigt hat, daß er Sie geschwängert und Sie dann verlassen hat. Er weiß, daß er ertappt worden ist – die Tatsache, daß er Leo Luxford im Silbury Huish Castle gefangenhielt, ist ja kaum Zeugnis seiner Unschuld –, und darum möchte er Sie jetzt wissen lassen, warum er das alles getan hat. Er hat es für Sie getan, Mrs. Payne. Möchten Sie ihn nicht jetzt, da Sie das wissen, über die Vergangenheit aufklären?«

»Für mich?« Wieder deutete sie mit ihrem Finger auf ihre Brust.

»Ich hab' dich doch immer wieder gefragt«, warf Payne ein. »Aber nie wolltest du es mir sagen. Du hast immer geglaubt, daß ich meinetwegen frage, nicht? Du hast gedacht, ich wollte nur meine Neugier befriedigen. Aber ich hab's nie meinetwegen wissen wollen, Mama. Immer nur deinetwegen. Der Mann mußte bestraft werden. Er kann dich doch nicht erst im Stich lassen und dann lustig weiterleben. Das geht doch nicht. Und darum hab' ich ihn gezwungen, Farbe zu bekennen. Die Geschichte kommt jetzt in allen Zeitungen raus. Und dann ist er erledigt. Wie er's verdient hat.«

»In den Zeitungen?« Corrine war entsetzt.

»Keiner außer mir hätte es tun können, Mama. Keiner außer mir hätte es überhaupt planen können. Und mir tut nichts davon leid. Wie ich schon gesagt hab', du warst nicht die einzige, mit der er so umgesprungen ist. Als ich das rausgekriegt hatte, war mir klar, daß er zahlen muß.«

Es war seine zweite Anspielung auf eine weitere Vergewaltigung, und es gab nur eine Frau, die er für das Opfer dieser zweiten Vergewaltigung halten konnte. Paynes Bemerkung bot Lynley den Einstieg, auf den er gehofft hatte. »Woher wußten Sie von Eve Bowen und ihrer Tochter, Constable?«

Payne richtete das Wort weiterhin an seine Mutter. »Hör doch, Mama, mit ihr hat er's genauso gemacht. Und sie ist auch schwanger geworden, genau wie du. Und dann hat er sie sitzenlassen, genau wie dich. Und darum mußte er bezahlen. Erst habe ich gedacht, ich knöpfe ihm sein Geld ab, ein schönes Hochzeitsgeschenk für dich und Sam. Aber als ich dann ihren Namen auf seinem Konto gesehen hab, hab' ich mir gedacht, hoppla, was ist denn das? Und dann hab' ich da mal nachgeforscht.«

Ihr Name auf seinem Konto. Erst habe ich gedacht, ich knöpfe ihm sein Geld ab. Geld! Lynley fiel plötzlich ein, was Dennis Luxford während ihres Gesprächs in New Scotland Yard zu Eve Bowen gesagt hatte. Er hatte ein Sparkonto für ihre gemeinsame Tochter angelegt, damit sie eine Reserve hätte, wenn sie einmal etwas brauchen sollte. Auf der Suche nach einer Möglichkeit, Luxfords Leben zu zerstören, mußte Robin Payne auf dieses Konto gestoßen sein und dadurch von Luxfords Geheimnis erfahren haben. Aber wie hatte er das geschafft? Das war das letzte Verbindungsglied in der Kette der Beweise, das Lynley noch suchte.

»Danach war's leicht«, fuhr Payne fort. Er lehnte sich über den Tisch, neigte sich seiner Mutter zu. Corrine wich kaum merklich zurück. »Ich bin ins St. Catherine's House gegangen. Ich hab' gesehen, daß auf ihrer Geburtsurkunde der Name des Vaters nicht angegeben war, genau wie auf meiner. Und da hab' ich gewußt, daß Luxford noch mit einer anderen Frau das gleiche gemacht hatte wie mit dir. Als ich das sah, wollte ich sein Geld gar nicht mehr. Da wollte ich nur noch, daß er endlich die Wahrheit sagt. Ich hab' die Kleine über ihre Mutter ausfindig gemacht. Dann hab' ich sie beobachtet. Und dann hab' ich sie mir geschnappt. Sie sollte nicht sterben, aber als Luxford überhaupt nicht reagiert hat, gab's keine andere Möglichkeit. Das verstehst du doch, nicht wahr? Das verstehst du doch? Du siehst ganz blaß aus, aber du brauchst keine Angst zu haben. Wenn die Geschichte erst mal in allen Zeitungen steht –«

Corrine wedelte erregt mit den Händen, um ihm Einhalt zu gebieten. Sie öffnete ihre Handtasche und kramte ihren Inhalator heraus. Sie begann zu pumpen.

»Mama, du sollst dich nicht aufregen«, sagte Payne.

Corrine atmete mit geschlossenen Augen, die Hände auf die Brust gedrückt. »Robbie, mein Junge«, murmelte sie. Dann öffnete sie die Augen und sah ihn mit einem liebevollen Lächeln an. »Mein liebster, liebster kleiner Junge. Ich weiß überhaupt nicht, wie es zu diesem schrecklichen Mißverständnis gekommen ist.«

Payne starrte sie verständnislos an. Er schluckte. »Was?« sagte er.

»Wie um alles in der Welt bist du nur auf die Idee gekommen, daß dieser Mann dein Vater ist? Von mir kannst du sie ganz bestimmt nicht haben.«

Immer noch starrte Payne sie an, ohne zu begreifen. »Aber du hast doch gesagt ...« Er schob die Zunge vor und befeuchtete seine Lippen. »Wie du die *Sunday Times* gesehen hast – den Bericht über ihn ... Du hast gesagt ...«

»Ich habe gar nichts gesagt.« Corrine steckte den Inhalator wieder in ihre Handtasche und klappte sie mit einem Knall zu. »Oh, ich hab' vielleicht gesagt, daß der Mann mir bekannt vorkommt, aber wenn du dir einbildest, ich hätte gesagt, daß er dein Vater ist, dann täuschst du dich. Es kann sogar sein, daß ich gesagt hab', er sieht ein bißchen wie der Junge aus, der mich damals so gemein behandelt hat. Aber mehr hätte ich bestimmt nicht gesagt, eben weil es schon so viele Jahre her ist, Robbie, mein Junge. Und es war ja auch nur eine einzige Nacht. Eine einzige schreckliche, grauenhafte Nacht, die ich am liebsten einfach vergessen möchte. Aber wie soll ich sie jetzt, wo du mir das angetan hast, jemals vergessen können? Jetzt wird das alles in den Zeitungen und Zeitschriften und im Fernsehen breitgetreten, die werden mich mit Fragen bombardieren, bei denen alles wieder aufgerührt wird, bei denen Sam denken wird ... vielleicht verläßt er mich dann sogar! Hast du *das* gewollt? Wolltest du, daß Sam mich verläßt, Robbie? Hast du darum diese scheußlichen Sachen getan? Weil du Angst hattest, daß du mich an einen anderen Mann verlierst, und das verhindern wolltest? Ist das der Grund, Robbie? Wolltest du Sams Liebe zu mir zerstören?«

»Nein! Ich hab's getan, weil er daran schuld war, daß du jahrelang gelitten hast. Wenn ein Mann so was tut, dann muß er dafür bezahlen.«

»Aber er war's ja nicht«, entgegnete sie. »Er war es nicht, Robbie. Du hast das falsch verstanden. Er war es nicht.«

»Doch, er war's. Du hast es selbst gesagt. Ich weiß noch genau, wie du mir den Artikel im Magazin gezeigt hast. Du hast auf Baverstock gedeutet und gesagt: ›Das ist der Mann, Robbie. Er hat mich an einem Abend im Mai ins Eishaus mitgenommen. Er hatte eine Flasche Sherry dabei. Er hat mich gezwungen, davon zu trinken. Er selbst hat auch was getrunken, und dann hat er mich auf den Boden geworfen. Er wollte mich erwürgen, darum hab' ich nachgegeben. So war es. Und das ist der Mann.‹«

»Nein!« protestierte sie. »Das habe ich nie gesagt. Ich hab' vielleicht gesagt, er *erinnert* mich –«

Payne schlug mit der offenen Hand auf den Tisch. »Du hast gesagt: ›Das ist der Mann!‹« brüllte er. »Deshalb bin ich nach London gefahren. Deshalb hab' ich ihn verfolgt. Und ich hab' gesehen, wie er in Barclay's Bank gegangen ist. Dann bin ich nach Hause gefahren und zu Celia gegangen. Ich hab' ihr schöngetan und gesagt: ›Zeig mir doch mal, wie so ein Computer funktioniert. Können wir mal verschiedene Konten raussuchen? Irgendwelche? Zum Beispiel das von dem Mann hier? Hey, das ist ja echt geil.‹ Und da stand dann ihr Name. Ich hab' sie aufgestöbert. Ich hab' gesehen, daß er mit ihrer Mutter das gleiche gemacht hat wie mit dir. Und dafür mußte er bezahlen. Er – mußte – bezahlen.« Payne sank auf seinem Stuhl zusammen. Zum erstenmal wirkte er besiegt.

Lynley hatte nun auch das letzte Glied in seiner Beweiskette. Er erinnerte sich an Corrine Paynes Worte: *Er will noch dieses Jahr Celia Matheson heiraten.* Er fügte sie mit dem zusammen, was Payne soeben gesagt hatte. Danach gab es nur eine mögliche Schlußfolgerung. Lynley sagte zu Nkata: »Bringen Sie Celia Matheson herein.«

Nkata ging zur Tür. Er blieb stehen, als Payne müde sagte: »Sie weiß nichts. Sie hat nichts mit alldem zu tun. Sie kann Ihnen gar nichts sagen.«

»Dann sagen Sie es mir«, gab Lynley zurück.

Payne beobachtete seine Mutter. Corrine öffnete ihre Handtasche. Sie zog ein Taschentuch heraus, drückte es an ihre Nase und an ihre Augen. »Brauchen Sie mich noch, Inspector?« fragte sie mit schwacher Stimme. »Es geht mir leider gar nicht gut. Wenn Sie so freundlich wären und Sam sagen würden, daß er mich abholen soll . . .«

Lynley nickte Nkata zu, und der ging aus dem Zimmer. Während sie darauf warteten, daß er mit Sam zurückkehrte, richtete Corrine das Wort noch einmal an ihren Sohn.

»So ein entsetzliches Mißverständnis, mein Junge. Ich weiß nicht, wie es dazu kommen konnte. Ich kann einfach nicht verstehen . . .«

Payne senkte den Kopf. »Bringen Sie sie raus«, sagte er zu Lynley.

»Aber Robbie –«

»Bitte!«

Lynley führte Corrine Payne aus dem Vernehmungsraum. Im Korridor trafen sie auf Nkata und Sam. Sie fiel dem dicklichen Mann in die Arme.

»Sammy«, sagte sie, »es ist etwas Gräßliches passiert. Robbie ist nicht bei sich. Ich hab' versucht, mit ihm zu reden, aber man kann gar nicht mehr vernünftig mit ihm reden, und ich hab' solche Angst . . .«

»Beruhig dich«, sagte Sam und klopfte ihr sachte auf den Rücken. »Beruhig dich, Äpfelchen. Komm, ich fahr' dich nach Hause.«

Er ging mit ihr davon. Sie hörten noch einmal ihre Stimme, als sie sagte: »Du verläßt mich doch nicht? Sag mir, daß du mich jetzt nicht im Stich läßt.«

Lynley kehrte in den Vernehmungsraum zurück. »Kann ich bitte eine Zigarette haben?« sagte Payne.

»Kommt sofort«, antwortete Nkata und ging hinaus, um Zigaretten zu holen. Als er mit einer Packung Dunhill und einem Streichholzheftchen zurückkehrte, zündete sich Payne eine Zigarette an und rauchte einen Moment schweigend. Er sah aus, als stünde er unter Schock. Lynley fragte sich, wie er es aufnehmen würde, wenn – und falls – seine Mutter sich je dazu durchringen sollte, ihm die Wahrheit über seine Geburt zu erzählen. Es war eine Sache, sich für das Ergebnis einer Gewalttat zu halten. Es war eine ganz andere zu wissen, daß man das Ergebnis anonymer Kopulation war, die nach dem Austausch von Geld ohne jedes Gefühl schnell und wortlos vollzogen worden war und bei der der eine nichts im Sinn gehabt hatte, als möglichst rasch zum Orgasmus zu kommen, während die andere im Geist die Pfunde und Pennies zusammenzählte und sich überlegte, was sie sich davon kaufen würde.

»Erzählen Sie mir von Celia«, sagte Lynley.

Er habe sie nur benutzt, erklärte Payne, weil sie bei Barclay's Bank in Wootton Cross arbeitete. Sicher, er hatte sie schon vorher gekannt – er kannte sie seit Ewigkeiten –, aber hatte nie viel für sie übriggehabt, bis er erkannte, wie sie ihm bei seinem Plan, Luxford zu vernichten, helfen konnte.

»Eines Abends, als sie Überstunden gemacht hat, hab' ich sie überredet, mich in die Bank reinzulassen«, berichtete er. »Sie hat so ein kleines Büro für sich, und das hat sie mir gezeigt. Und ihren Computer hat sie mir auch gezeigt. Ich hab' sie dazu gekriegt, Luxfords Konto anzuwählen, weil ich sehen wollte, was ich aus ihm rausholen könnte. Ich hab' sie auch andere Konten raussuchen lassen. Ich hab' ein Spiel daraus gemacht und Luxford irgendwo dazwischengeschmuggelt, damit's nicht auffällt. Und während sie die Konten angewählt hat, hab' ich's mit ihr getrieben.«

»Sie hatten Geschlechtsverkehr mit ihr«, stellte Lynley klar.

»Weil sie denken sollte, daß ich scharf auf sie bin«, schloß Payne, »und nicht nur auf ihren Computer.«

Er schnipste die Asche von seiner Zigarette auf den Tisch. Er tippte mit dem Zeigefinger auf das Häufchen und sah zu, wie es zusammenfiel.

»Wenn Sie geglaubt haben, Charlotte Bowen sei Ihre Halbschwester«, sagte Lynley, »und ein Opfer wie Sie, warum haben Sie sie dann getötet? Das ist das einzige, was ich nicht verstehe.«

»So hab' ich sie nie gesehen«, antwortete Payne. »Ich hab' immer nur an meine Mutter gedacht.«

Sie rasten den *motorway* entlang, immer mit der Lichthupe, um die Überholspur frei zu machen. Luxford fuhr. Fiona saß neben ihm. Seit dem Moment, wo sie in Highgate in den Mercedes gestiegen waren, hatte sie ihre Körperhaltung nicht verändert. Sie hatte sich angeschnallt, aber sie saß weit vorgebeugt, als könnte sie dadurch bewirken, daß sie noch schneller führen. Sie sprach kein Wort.

Sie waren schon im Bett gewesen, als der Anruf gekommen war. Sie hatten in der Dunkelheit gelegen und einander festgehalten, stumm, weil es nichts mehr zu sagen gab. Bei Erinnerungen an ihren Sohn zu verweilen hätte seinem Verschwinden etwas Endgültiges gegeben, das sie nicht ertragen konnten. Von Leos Zukunft zu sprechen hätte womöglich die Boshaftigkeit eines neidischen Gottes herausgefordert. Darum sprachen sie gar nichts, sondern lagen schweigend unter den Decken und hielten einander ohne Hoffnung auf Schlaf und Frieden in den Armen.

Bevor sie zu Bett gegangen waren, hatte das Telefon geklingelt. Luxford hatte es, wie ihn der Polizeibeamte, der noch unten in der Küche saß, angewiesen hatte, dreimal läuten lassen. Man hoffte immer noch auf den Anruf, der den Durchbruch in diesem Fall bringen würde. Aber als Luxford abgehoben hatte, war nur Peter Ogilvie am anderen Ende gewesen.

Er hatte in scharfem herrischem Ton gesagt: »Rodney hat berichtet, daß ein Informant im Yard ihm mitgeteilt hat, daß Sie sich dort heute nachmittag mit Eve Bowen getroffen haben. Hatten Sie vor, diese Story zu bringen, oder wollen Sie sie einfach dem *Globe* überlassen? Oder vielleicht der *Sun*?«

»Ich habe nichts zu sagen.«

»Rodney behauptet, Sie stecken bis über beide Ohren in dieser Bowen-Geschichte, und er meint, Sie haben von Anfang an dringesteckt. Was mir einiges darüber sagt, wo Ihre Prioritäten liegen. Offensichtlich nicht bei der *Source*.«

»Mein Sohn ist entführt worden. Es kann sein, daß er getötet wird. Wenn Sie glauben, ich sollte mich unter diesen Umständen auf die Zeitung konzentrieren –«

»Das Verschwinden Ihres Sohnes ist zweifellos tragisch, Dennis. Aber als die Bowen-Story herauskam, war er noch nicht verschwunden. Sie haben uns Informationen vorenthalten. Leugnen Sie das bitte nicht. Rodney ist Ihnen gefolgt. Er hat Ihre Zusammenkunft mit der Bowen beobachtet. Seit dem Tod der kleinen Bowen und auch vorher schon arbeitet er für zwei.«

»Und er hat dafür gesorgt, daß Sie davon hören«, versetzte Luxford.

»Ich biete Ihnen die Gelegenheit, mir eine Erklärung zu geben«, sagte Ogilvie. »Ich habe Sie geholt, damit Sie die *Source* genauso in die Höhe bringen, wie Sie den *Globe* in die Höhe gebracht haben. Wenn Sie mir versichern können, daß der morgige Leitartikel alle Informationen bringt, auf die unsere Leser ein Recht haben – und ich meine *alle* Informationen, Dennis –, dann können wir davon ausgehen, daß Ihnen Ihre Stellung für mindestens weitere sechs Monate sicher ist. Wenn Sie mir diese Zusicherung nicht geben können, muß ich leider sagen, daß es für uns an der Zeit ist, uns zu trennen.«

»Mein Sohn ist entführt worden«, wiederholte Luxford. »Haben Sie das überhaupt gehört?«

»Das wird unserer Story um so mehr Power geben«, erwiderte Ogilvie. »Also, wie lautet Ihre Antwort?«

»Meine Antwort?« Luxford hatte seine Frau angesehen, die auf der Chaiselongue im Erker ihres Schlafzimmers saß. Sie hielt immer noch Leos Schlafanzugjacke. Sie war dabei, sie auf ihrem Schoß säuberlich zu einem kleinen Quadrat zu falten. Am liebsten wäre er sofort zu ihr gegangen. »Ich bin raus, Peter«, sagte er zu Ogilvie.

»Was soll das heißen?«

»Rodney ist doch seit dem ersten Tag hinter meinem Job her. Geben Sie ihn ihm. Er verdient ihn.«

»Das ist nicht Ihr Ernst.«

»Mir war nie etwas ernster.«

Er hatte aufgelegt und war zu Fiona gegangen. Er hatte sie behutsam ausgekleidet und zu Bett gebracht. Dann hatte er sich zu ihr gelegt. Sie sahen zu, wie das Mondlicht langsam über die Wand zur Zimmerdecke hinaufkletterte.

Als drei Stunden später das Telefon läutete, hätte Luxford in seiner tiefen Entmutigung es am liebsten einfach weiterläuten lassen. Aber er hielt sich an die Anweisung der Polizei und nahm beim vierten Läuten den Hörer ab.

»Mr. Luxford?« Es war eine weiche Männerstimme mit dem melodischen Klang, der die Sprache des Westindiers auszeichnet, der in Südlondon großgeworden war. Der Mann nannte seinen Namen – Constable Nkata – und fügte »New Scotland Yard« hinzu, als hätte Luxford ihn in den wenigen Stunden, seit sie einander das letztemal begegnet waren, vergessen können. »Wir haben Ihren Sohn, Mr. Luxford. Es ist alles in Ordnung. Es geht ihm gut.«

Luxford konnte nur fragen: »Wo?«

In der Polizeidienststelle Amesford, antwortete Nkata und berichtete, wie und von wem er gefunden worden war, warum er entführt worden war, wo man ihn festgehalten hatte. Zum Schluß hatte er Luxford den Weg zur Dienststelle beschrieben, und diese Hinweise waren der einzige Teil des kurzen Gesprächs, an den sich Luxford erinnerte, als er jetzt mit Fiona durch die Nacht fuhr.

In Swindon bogen sie vom *motorway* ab und rasten in südlicher Richtung nach Marlborough weiter. Die fünfzig Kilometer bis Amesford erschienen ihnen wie hundert – nein, zweihundert –, und auf dieser letzten Etappe ihrer Fahrt begann Fiona endlich zu sprechen.

»Ich habe mit Gott einen Pakt geschlossen.«

Luxford warf ihr einen Blick zu. Die Scheinwerfer eines entgegenkommenden Lastwagens überfluteten ihr Gesicht mit Licht.

»Ich habe ihm versprochen, daß ich dich verlasse, wenn er

mir Leo zurückgibt, Dennis, wenn das notwendig ist, um dich zur Vernunft zu bringen.«

»Mich zur Vernunft zu bringen?« fragte er.

»Ich kann mir ein Leben ohne dich nicht vorstellen.«

»Fi–«

»Aber ich werde dich verlassen. Ich werde Leo nehmen und gehen. Wenn du in bezug auf Baverstock nicht Vernunft annimmst.«

»Aber ich dachte, du hättest längst verstanden, daß Leo nicht dorthin braucht. Ich dachte, das hättest du meinen Worten entnommen. Ich weiß, ich habe es nicht direkt gesagt, aber ich dachte, du hättest gemerkt, daß ich nach alldem nicht dran denke, ihn fortzuschicken.«

»Und wenn der Schrecken von ›alldem‹, wie du es nennst, nachläßt? Wenn Leo wieder anfängt, dir zu mißfallen? Wenn er hüpft, anstatt ordentlich zu marschieren? Wenn er zu schön singt? Wenn er an seinem Geburtstag zu einem Ballettabend möchte statt zu einem Fußball- oder Cricketspiel? Was wirst du tun, wenn du wieder das Gefühl bekommst, er müßte härter rangenommen werden?«

»Ich bete darum, daß ich dann meinen Mund halten werde. Würde dir das genügen, Fiona?«

»Wie sollte es? Ich werde immer wissen, was du denkst.«

»Was ich denke, ist nicht wichtig«, entgegnete Luxford. »Ich werde lernen, ihn so anzunehmen, wie er ist.« Er sah sie wieder an. Ihre Miene war unerbittlich. Es war klar, daß ihre Worte kein Bluff waren. »Ich liebe ihn«, sagte er. »Ich liebe ihn wirklich – trotz all meiner Schwächen und Fehler.«

»So, wie er ist, oder so, wie du ihn gern hättest?«

»Jeder Vater hat Träume.«

»Aber die Träume des Vaters sollten für den Sohn nicht zu Alpträumen werden.«

Sie passierten Upavon, sausten durch einen Kreisverkehr, fuhren weiter nach Süden. Im Westen flimmerten hier und dort die Lichter verschlafener Dörfer am Rand der Ebene von Salisbury. East Chisenbury, Littlecott, Longstreet, Coombe,

Fittleton. Während Luxford an den Wegweisern zu diesen Dörfern vorüberfuhr, dachte er über die Worte seiner Frau nach und darüber, wie eng die eigenen Träume mit den eigenen Ängsten gekoppelt sind. Träume davon, stark zu sein, wenn du schwach bist. Träume davon, reich zu sein, wenn du arm bist. Träume davon, auf dem Gipfel eines Berges zu stehen, wenn du im Getümmel auf dem Grund des Tals gefangen bist.

Die Träume, die er für seinen Sohn hegte, spiegelten nur seine Ängte um ihn wider. Erst wenn es ihm gelang, diese Ängste fahrenzulassen, würde er in der Lage sein, seine Träume aufzugeben.

»Ich muß ihn verstehen«, sagte er. »Und ich werde ihn verstehen. Laß es mich versuchen. Ich werde ihn verstehen.«

Als sie die Außenbezirke von Amesford erreichten, folgte er der Route, die ihm Nkata beschrieben hatte. Er lenkte den Wagen auf den Parkplatz und hielt ihn neben einem Streifenfahrzeug an.

In der Dienststelle ging es so geschäftig zu, als wäre es mitten am Tag und nicht mitten in der Nacht. Uniformierte Beamte eilten durch die Korridore. Ein gedeckter Dreiteiler mit Aktenköfferchen stellte sich als Rechtsanwalt Gerald Sowforth vor und verlangte, seinen Mandanten zu sehen. In der Eingangshalle kam ihnen eine blasse Frau entgegen, die sich schwer auf den Arm eines korpulenten, fast kahlköpfigen Mannes stützte, der gerade sagte: »Jetzt bringen wir dich erst mal nach Hause, Äpfelchen« und ihr dabei die Hand tätschelte. Ein einsamer Reporter bestürmte den diensthabenden Sergeant mit zornigen Fragen.

Über den Kopf des Reportes hinweg sagte Luxford laut: »Dennis Luxford. Ich bin –«

Die Frau, die ihnen entgegenkam, begann zu wimmern und schien sich am liebsten hinter ihrem Gefährten verstecken zu wollen. »Verlaß mich nicht, Sammy«, jammerte sie. »Sag mir, daß du mich nicht verläßt.«

»Niemals«, beteuerte Sammy mit Inbrunst. »Niemals. Du

wirst es schon sehen.« Die Frau verbarg ihr Gesicht an seiner Brust, als die beiden an Luxford und Fiona vorüberkamen und in die Nacht hinausgingen.

»Ich bin wegen meines Sohnes hier«, erklärte Luxford dem Sergeant.

Der Mann nickte und griff zum Telefon. Er tippte drei Zahlen ein, sprach kurz, legte auf.

Innerhalb einer Minute öffnete sich die Tür zur Eingangshalle. Jemand rief Luxfords Namen. Luxford nahm Fionas Arm, und zusammen traten sie in einen Korridor.

»Bitte folgen Sie mir«, sagte die Beamtin, die sie abgeholt hatte. Sie führte sie zu einer Tür, die sie öffnete.

»Wo ist Leo?« fragte Fiona.

»Warten Sie bitte hier«, erwiderte die Beamtin.

Fiona ging ruhelos auf und ab. Luxford wartete unbewegt. Beide horchten sie auf die Geräusche, die vom Korridor hereindrangen. In den nächsten zehn Minuten rannten draußen drei Dutzend Leute vorbei, ohne anzuhalten. Endlich hörten sie eine ruhige Männerstimme, die fragte: »Hier drinnen?«, und die Tür ging auf.

Als Lynley die beiden sah, sagte er sofort: »Leo geht es gut. Es dauert noch einen Moment, weil er gerade vom Arzt untersucht wird.«

»Vom Arzt?« rief Fiona. »Ist ihm –«

Lynley nahm sie beim Arm. »Nein, nein. Es ist nur eine Vorsichtsmaßnahme. Er war völlig verdreckt, als Sergeant Havers ihn brachte, deshalb wollten wir ihn auch gleich ein wenig säubern. Es wird nicht mehr lange dauern.«

»Aber es geht ihm gut? Es geht ihm wirklich gut?«

Lynley lächelte. »Es geht ihm wirklich gut, und er ist ein tapferer kleiner Bursche. Sergeant Havers hat vor allem ihm ihr Leben zu verdanken. Er hat es mit einem Mörder aufgenommen und ihm eins übergezogen, was der Mann so schnell nicht vergessen wird. Wenn er das nicht getan hätte, wären wir jetzt nicht hier. Oder wir würden zumindest ein ganz anderes Gespräch führen.«

»Leo?« fragte Fiona. »Leo hat das getan?«

»Zuerst ist er in einen Abflußgraben gesprungen und hat die Waffe herausgefischt«, erklärte Lynley. »Und dann hat er das Montiereisen geschwungen wie ein junger Herkules.« Er lächelte wieder. Luxford erkannte, daß er sich bemühte, Fiona zu beruhigen. Lynley nahm Fionas Hand und führte sie zu einem Stuhl. »Leo ist ein richtiger kleiner Schläger«, sagte er. »Aber genau das war in diesem Moment nötig. – Ah, hier ist er schon.«

Und da war er wirklich. Constable Nkata trug ihn auf dem Arm. Sein blondes Haar war feucht, seine Kleider starrten trotz aller Bemühungen immer noch vor Schmutz, sein Kopf lag auf Nkatas Schulter. Er schlief.

»Er ist total erledigt«, sagte Nkata. »Wir konnten ihn gerade so lange wachhalten, daß der Arzt ihn untersuchen konnte, aber beim Haarewaschen ist er gleich wieder eingeschlafen. Wir hatten leider nur Toilettenseife da. Sie werden ihn gründlich schrubben müssen, wenn Sie zu Hause sind.«

Luxford nahm dem langen schwarzen Constable seinen Sohn ab.

»Leo, Leo«, sagte Fiona und streichelte seinen Kopf.

»Wir lassen Sie jetzt erst mal einen Moment allein«, bemerkte Lynley. »Wir können uns nachher weiterunterhalten.«

Als die Tür sich leise schloß, trug Luxford seinen Sohn zu einem Stuhl. Mit dem Kind in den Armen setzte er sich. Er nahm beinahe ungläubig das geringe Gewicht seines kleinen Sohnes wahr und fühlte jedes Knöchelchen seines Körpers, als berührte er ihn zum erstenmal. Er schloß die Augen und atmete seinen Geruch ein, vom scharfen Aroma der billigen Seife in seinem Haar bis zur sauren Ausdünstung seiner verdreckten Kleider. Er küßte seinen Sohn auf die Stirn und dann auf beide Augen, die so blau waren wie die seiner Mutter. Er blinzelte kurz und sah, wer ihn im Arm hielt.

»Daddy«, sagte er und schaltete sofort um auf den rauhbeinigeren Tonfall, den Luxford so lange von ihm verlangt hatte. »Dad, hallo! Ist Mami auch hier? Ich hab' nicht geweint. Ich hab' Angst gehabt, aber ich hab' überhaupt nicht geweint.«

Luxford schloß den Jungen fester in die Arme. Er senkte sein Gesicht zu Leos Schulter.

»Hallo, mein Schatz«, sagte Fiona und kniete neben dem Stuhl nieder.

»Das war doch richtig, oder?« sagte Leo in mannhaftem Ton zu ihr. »Ich hab' kein einziges Mal geweint. Er hat mich eingesperrt, und ich hab' furchtbar Angst gehabt, und ich wollte auch weinen. Aber ich hab's nicht getan. Kein einziges Mal. Das war doch gut, oder? Ich glaub', ich hab's ganz richtig gemacht.« Er kniff die Augen zusammen und runzelte die Stirn. Er drehte den Kopf, um seinen Vater besser sehen zu können. »Was hat Dad?« fragte er seine Mutter perplex.

»Gar nichts«, antwortete Fiona. »Daddy weint nur gerade für dich.«

Danksagung

Wootton Cross und das Vale of Wootton gibt es nicht. Aber ich danke den Menschen, die mir geholfen haben, es zu erschaffen: Mr. A. E. Swaine aus Great Bedwyn, Wiltshire, der mir die Schönheit der Wilton-Windmühle nahebrachte; Gordon Rogers aus High Ham, Somerset, und den liebenswürdigen Leuten vom National Trust, die mir die Besichtigung der High-Ham-Windmühle ermöglichten; den freundlichen Polizeibeamten von Pewsey, die meine Fragen beantworteten und mir erlaubten, ihre Polizeidienststelle als Vorbild für die von Wootton Cross zu nehmen.

Großen Dank schulde ich Michael Fairbairn, dem politischen Berichterstatter der BBC, der viel Zeit mit mir in den Houses of Parliament verbrachte und während der Entstehung dieses Romans zahllose Fragen beantwortete; David Banks, der mir Zugang zum *Mirror* verschaffte, und Maggie Pringle, die alle meine Fragen beantwortete und meinen Besuch in der Redaktion der Zeitung in Holborn arrangierte; Ruth und Richard Boulton, die stets liebenswürdig jede Frage beantworteten, mochte sie auch noch so trivial sein; Chief Inspector Pip Lane, der dafür sorgte, daß ich wenigstens halbwegs innerhalb der Grenzen realer Polizeiarbeit blieb; meiner Agentin Vivienne Schuster und meinem Lektor Tony Mott, die mich bei meinen Bemühungen unterstützten und, wenn nötig, immer ein aufmunterndes Wort für mich hatten.

In den Vereinigten Staaten danke ich Gary Bale vom Sheriff's Department Orange County für seine klugen Worte zu allem, von der Sicherung von Fingerabdrücken bis zur Toxikologie; Dr. Tom Ruben und Dr. H. M. Upton, die mir, wenn nötig, mit medizinischem Rat zur Seite standen; April Jackson von der *Los Angeles Times* für die Beantwortung der verschiedensten Fragen zur journalistischen Tätigkeit; Julie Mayer für das Lesen eines weiteren Entwurfs; Ira Toibin für seine liebevolle und beständige Unterstützung; meiner Lektorin Kate Miciak, die sich meine endlosen Variationen zu Thema und Handlung anhörte; meiner Agentin Deborah Schneider für ihre Klugheit und ihr Vertrauen in das Projekt.

Ich möchte daran erinnern, daß Personen und Handlung dieses Romans frei erfunden sind. Alle Fehler oder Irrtümer in dem Roman gehen auf mein Konto.